SCIENCE FICTION

Herausgegeben
von Wolfgang Jeschke

Von **Sheri S. Tepper** erschien in der Reihe
HEYNE SCIENCE FICTION & FANTASY:

Die Schöne · 06/5344
Die Pest der Engel · 06/5945 (in Vorb.)

ZYKLUS MONSTRÖSE WELTEN:

Gras · 06/5918
Hobbs Land · 06/5919 (in Vorb.)
Toleranz · 06/5920 (in Vorb.)

SHERI S. TEPPER

MONSTRÖSE WELTEN

GRAS

Erster Roman

Aus dem Amerikanischen von
MARTIN GILBERT

Deutsche Erstausgabe

WILHELM HEYNE VERLAG
MÜNCHEN

HEYNE SCIENCE FICTION & FANTASY
Band 06/5918

Titel der amerikanischen Originalausgabe
GRASS
Deutsche Übersetzung von Martin Gilbert
Das Umschlagbild malte Karel Thole

Redaktion: Wolfgang Jeschke

Printed in Germany Dezember 1997
Umschlaggestaltung: Atelier Ingrid Schütz, München
Technische Betreuung: M. Spinola
Satz: Schaber Datentechnik, Wels
Druck und Bindung: Ebner Ulm

ISBN 3-453-13300-5

1

Gras!

Das Grasland erstreckt sich über Millionen Quadratkilometer; unzählige windgepeitschte Tsunamis aus Gras, tausend sonnenverwöhnte karibische Seen aus Gras, hundert wogende Ozeane, jede Welle purpurn und bernsteinfarben, smaragd- und türkisfarben changierend, in allen Farben des Regenbogens. Sie färben die Prärie streifen- und punktförmig ein, und das Gras – hoch und niedrig, grannig und glatt – schafft sich seine eigene Geographie. Auf manchen Hügeln erreichen die Halme eine Höhe von zehn großen Männern; Grastäler, deren Boden weich wie Moos ist und auf dem Mädchen sich betten, wenn sie an ihren Liebsten denken, auf dem Männer sich niederlegen und an ihre Geliebte denken; Grasinseln, in denen alte Männer und Frauen am Ende des Tages stumm verweilen und von Dingen träumen, die sich ereignet haben könnten, sich vielleicht ereignet haben. Alles Gemeine, natürlich. Kein Aristokrat würde sich in der Prärie zum Träumen niederlassen. Aristokraten haben zu diesem Zweck Gärten, falls sie überhaupt träumen.

Gras. Rubinrote Gebirgszüge, blutrote Hochebenen, rötlich schillernde Sümpfe. Saphirfarbene Grasmeere, durchsetzt von dunklen Grasinseln mit großen grannigen Bäumen aus Gras. Unendliche Weiden mit silbernem Heu, über welche die großen Tiere wie Mähdrescher in diagonalen Linien hinwegziehen und nur die Stoppeln zurücklassen, die in der wie flüssiges Silber wogenden Wildnis schnell wieder nachwachsen.

Hochebenen leuchten orangefarben im Sonnenuntergang. Aprikosenhaine glühen in der Morgendämmerung. Samenkugeln glitzern wie Sterne. Blütenkelche wie feine Spitze, die alte Frauen aus der Kommode holen, um sie ihren Enkeltöchtern zu zeigen.

»Diese Spitze wurde vor langer Zeit von Nonnen geklöppelt.«

»Was sind denn Nonnen, Großmutter?«

Die Dörfer sind weit über die endlose Savanne verstreut und von einer Mauer umgeben, um das Gras abzuhalten; sie bestehen aus kleinen, massiven Häusern mit starken Türen und schweren Fensterläden. Auf den kleinen Feldern und in den winzigen Gärten gedeihen Getreide und Früchte, während vor den Mauern das Gras wie ein planetenumspannender Vogel hockt, bereit, über die Mauer zu steigen und alles zu vertilgen, die Äpfel und Rüben, die alten Frauen am Brunnen und ihre Enkeltöchter.

»Dies ist eine Pastinake, Kind. Aus einer lange vergangenen Zeit.«

»Wie lange, Großmutter?«

Ebenso weit verstreut wie die Dörfer sind auch die Estancias der Aristokraten: das Anwesen der bon Damfels', das Anwesen der bon Maukerden und all die anderen Gutshöfe, große reetgedeckte Häuser inmitten von Gärten mit Springbrunnen und Gerichtshöfen aus Gras, die von hohen Mauern umgeben sind – mit Toren, durch welche die Jäger zur Jagd aufbrechen und durch die sie wieder zurückkehren. Falls sie denn zurückkehren.

Und da kommen die Hunde mit hochgezogenen Lefzen und hängenden Ohren, schnüffeln an den Graswurzeln und setzen vorsichtig einen Fuß vor den anderen auf der Suche nach dem *Es*, dem allgegenwärtigen *Es*, dem Schrecken der Nacht, dem Töter der Jungen. Und seht, hinter ihnen kommen auf großen Reittieren die Reiter in ihren roten Mänteln, stumm wie

Schatten kommen sie angeritten, reiten durch das Gras: der Jäger mit seinem Horn; die Treiber mit ihren Peitschen; das Feld, manche mit roten Mänteln, manche mit schwarzen, die runden Mützen tief ins Gesicht gezogen, die Augen auf die Hunde geheftet – und sie reiten immer weiter.

Heute wird Diamante bon Damfels der Jagdgesellschaft angehören – die junge Tochter Dimity –; sie hat die Augen geschlossen, weil sie den Anblick der Hunde nicht erträgt, und ihre Hände umklammern so fest die Zügel, daß die Knöchel weiß hervortreten. Um den Hals, schlank wie ein Blumenstiel, windet sich das weiße Halstuch, die schwarzen Stiefel glänzen, der schwarze Mantel ist ausgebürstet, und auf dem Kopf sitzt eine schwarze Mütze. Sie reitet immer weiter, zum ersten Mal in ihrem Leben, immer den Hunden nach.

Und irgendwo dort, in der Richtung, die sie eingeschlagen haben, in einem Baumwipfel vielleicht, denn hier und da gibt es auch Bauminseln in der weiten Prärie, steckt der Fuchs. Der mächtige Fuchs. Der wilde Fuchs. Der Fuchs weiß, daß sie kommen.

2

Bei den bon Damfels machte das Bonmot die Runde, daß immer, wenn die Jagd von der Estancia der bon Damfels' ausgerichtet wurde, Kaiserwetter herrsche. Die Familie betrachtete das als ihr persönliches Verdienst, obwohl dieser Umstand wohl eher der Jagd-Rotation zugeschrieben werden mußte, aufgrund derer die Jagd immer im Frühherbst von den bon Damfels' ausgerichtet wurde. Zu dieser Jahreszeit war das Wetter in der Regel sehr gut. Und zu Beginn des Frühjahrs natürlich auch, wenn die Familie aufgrund des Rotationsprinzips erneut als Veranstalter der Jagd fungierte.

Stavenger, Obermun bon Damfels, war einmal von einem Würdenträger aus Semling – der in Stavengers Augen eine Autorität auf dem Gebiet der brotlosen Künste war – darüber in Kenntnis gesetzt worden, daß die Fuchsjagd eigentlich ein Wintersport sei.

Stavengers Replik war charakteristisch für ihn im besonderen und die Aristokratie im allgemeinen. »Hier auf *Gras*«, hatte er entgegnet, »machen wir es so, wie es sich schickt. Im Frühjahr und im Herbst.«

Der Besucher hatte so viel Gespür bewiesen, sich nicht weiter über das auf *Gras* geltende Reglement dieser Sportart auszulassen. Er hatte sich jedoch viele Notizen gemacht, und nach der Rückkehr nach Semling hatte er eine Monographie verfaßt, in der die auf *Gras* gültigen Regeln dem historischen Prozedere gegenübergestellt wurden. Von der ursprünglichen Auflage in Höhe von einem Dutzend Exemplaren war nur noch ein Buch erhalten. Es verstaubte irgendwo im Apparat des Fachbereichs für Komparative Anthropologie der Universität von Semling in Semling Prime.

Seitdem war ein halbes Menschenalter verstrichen. Mittlerweile erinnerte nicht einmal mehr der Autor selbst sich an jenes Buch, und Stavenger bon Damfels hatte es ohnehin längst vergessen. Auf die Einlassungen von Fremden reagierte Stavenger grundsätzlich nur mit Unverständnis und Geringschätzung, und man hätte es dem Burschen von vornherein verwehren müssen, an der Jagd teilzunehmen. Mehr hatten die bon Damfels zu diesem Thema nicht zu sagen.

Die Estancia der bon Damfels' hieß Klive, nach einem verehrten Vorfahren mütterlicherseits. Die bon Damfels behaupteten, daß die Gärten als eines der siebzig Wunder des *Überall* galten. Snipopean – der *große* Snipopean – hatte das nämlich niedergeschrieben, und besagtes Buch befand sich in der Bibliothek der Estancia, dieser großen und hohen Halle, in der es nach Leder und Papier und den Chemikalien roch, mit denen die Bibliothekare die Bücher konservierten. Kein Angehöriger der heutigen bon Damfels-Generationen hatte das Werk gelesen oder wäre auch nur in der Lage gewesen, das Buch unter all diesen Bänden zu finden, von denen die meisten noch völlig unberührt waren. Weshalb sollten sie auch über die Grasgärten von Klive lesen, wo sie doch inmitten dieser Gärten lebten?

In diesem Teil der Grasgärten, der auch die Bezeichnung *Erste Fläche* trug, wurden die Jagden immer zusammengestellt. Als Gastgeber war Stavenger bon Damfels zugleich auch der Jägermeister. Vor seiner ersten Jagd in der Herbstsaison – und vor seiner ersten Jagd überhaupt – hatte er drei Angehörige der großen und weitverzweigten Sippe als Jäger sowie Ersten und Zweiten Treiber verpflichtet. Dem Jäger hatte er das Horn der bon Damfels' anvertraut, ein kunstvoll graviertes Instrument, dem nur leise, aber silberhelle Töne zu entlocken waren. Den Treibern hatte er die Peitschen übergeben – winzige, fragile Objekte, bei denen man aufpassen mußte, daß sie nicht zerbrachen; im Grunde handelte es sich bei ihnen nur um Schmuckstücke, wie Tapferkeitsmedaillen, die nicht den geringsten Nutzwert aufwiesen. Niemand hätte es gewagt, sie gegen einen Hund oder ein Reittier einzusetzen; genausowenig, wie man, außer bei rituellen Rufen und am Ende der Jagd, unmittelbar am Ohr eines Reittiers oder gar in Hörweite anderer Menschen ins Horn gestoßen hätte. Niemand interessierte sich für die traditionellen beziehungsweise aktuellen Gebräuche, die von anderen gepflegt wurden. Was die *bons* betraf, so existierten diese ›anderen‹ ohnehin nicht mehr, seit ihre Vorfahren sie verlassen hatten.

An diesem ersten Tag der Herbstjagd stand Diamante bon Damfels, Stavengers jüngste Tochter, auf der *Ersten Fläche*, inmitten der sich zögerlich sammelnden Jagdgesellschaft. Alle waren sie knurrig und verschlafen, als ob sie die ganze Nacht wachgelegen und eines Tons geharrt hätten, der nie ertönt war. Inmitten der reglosen Gestalten der Jäger huschten Mägde aus dem nahe gelegenen Dorf umher, deren Beine unter den langen glockenförmigen Röcken verschwanden und deren Haar unter einem komplizierten Kopfputz mit glänzenden Applikationen versteckt war. Sie trugen Tabletts mit Gläsern, die nicht größer waren als Fingerhüte.

Emeraude und Amethyste (die von der Familie Emmy und Amy und von allen anderen ›die Fräuleins bon Damfels'‹ gerufen wurden), hatten Dimity in die Mitte genommen. Sie war herausgeputzt und machte in ihrem Jagddress eine makellose Figur; weil das Haar streng zurückgekämmt worden war, um unter der schwarzen Kappe Platz zu finden, hatte sie Kopfschmerzen. Die älteren Mädchen hatten rote Kokarden an den Hüten befestigt, welche ihnen die Reitpraxis bescheinigten, die zur Teilnahme an der Jagd erforderlich war. Dimitys Kragen war schwarz, so schwarz wie die Ringe um ihre Augen, Ringe, die ihre Schwestern wohl sahen, aber geflissentlich ignorierten. Man durfte sich nicht gehenlassen. Schwäche und Feigheit durfte man weder bei sich selbst noch bei einem anderen Angehörigen der Familie tolerieren.

»Keine Sorge«, sagte Emeraude; das war der beste Rat, den sie ihrer Schwester geben konnte. »Bald wirst auch du dir die Jagdfarben verdient haben. Denke nur daran, was der Rittmeister dir gesagt hat.« Ihre Mundwinkel zuckten, wie bei einem Frosch.

Dimity schauderte, die Ringe um die Augen verzerrten sich, und obwohl sie es eigentlich nicht hatte sagen wollen, konnte sie es dennoch nicht unterdrücken: »Emmy, Mama hat gesagt, ich müßte nicht …«

Amethyste lachte, mit einem Anflug von Indignation, und so spröde wie Glas. »Natürlich mußt du nicht, du Dummerchen. Niemand von uns *mußte*. Nicht einmal Sylvan und Shevlok *mußten*.«

Bei der Nennung seines Namens wandte Sylvan bon Damfels sich um und schaute über die *Erste Fläche* zu seinen Schwestern hinüber, wobei sein Gesichtsausdruck sich merklich verdüsterte, als er sah, daß Dimity bei den älteren Mädchen war. Er entschuldigte sich bei seinen Kameraden und schritt schnell über den kreisförmigen schiefergrauen Boden, wobei er über die purpurnen und bernsteinfarbenen Gräser im Mittelpunkt schlurfte. »Was tust du hier?« fragte er zornig und blickte das Mädchen grimmig an.

»Der Rittmeister hat Mama gesagt …«

»Du bist noch nicht soweit. Nicht einmal annähernd!« Das war Sylvan; er sagte immer, was er dachte, auch wenn es nicht populär war – manche sagten, gerade *weil* es nicht populär war –; er genoß die Aufmerksamkeit, die sein Auftritt hervorrief, aber wenn man ihn daraufhin angesprochen hätte, hätte er es bestritten. Sylvan war ein Streiter für die Wahrheit, und alles andere war schwarze Häresie, obwohl er zuweilen vor dem sehr menschlichen Problem stand, zu ermitteln, was nun Wahrheit und was Häresie war.

»Ach, Sylvan«, sagte Amethyste kokett schmollend und schürzte die vollen Lippen, die in den Augen ihrer Verehrer reifen Früchten glichen. »Du mußt nicht so streng sein. Wenn es nach dir ginge, würde außer dir niemand reiten.«

»Amy, wenn es nach mir ginge, würde überhaupt niemand reiten, nicht einmal ich. Was hat Mutter sich denn nur dabei gedacht?«

»Es war Daddy«, sagte Dimity. »Er dachte, es wäre schön, wenn ich bald meine Farben bekäme. Ich bin schon älter, als Amy und Emmy damals waren.« Sie schaute über die *Erste Fläche*, wo Stavenger sie inmitten der älteren Jäger düster anblickte; seine schlanke und knochige Gestalt war reglos, und die große Hakennase hing über dem schmallippigen Mund.

Sylvan legte ihr die Hand auf die Schulter. »Um Himmels willen, Dim, wieso hast du ihm nicht einfach gesagt, daß du noch nicht soweit bist?«

»Das konnte ich nicht, Syl. Daddy hat den Rittmeister gefragt, und der Rittmeister sagte ihm, ich wäre bereit.«

»Er meinte aber nicht ...«

»Ich weiß, was er meinte, um Himmels willen. Ich bin doch nicht blöd. Er meinte, ich sei nicht sehr gut und würde auch nicht besser werden.«

»Du bist gar nicht so schlecht«, tröstete Emeraude sie. »Ich war viel schlechter.«

»Als Kind warst du in der Tat viel schlechter«, pflichtete Sylvan ihr bei. »Aber in Dims Alter warst du schon viel besser. Genauso wie wir alle. Aber das heißt noch längst nicht, daß Dim ...«

»Wollt ihr endlich aufhören, mir Vorschriften zu machen?« rief Dimity plötzlich, wobei ihr die Tränen über die Wangen strömten. »Die eine Hälfte der Familie sagt, ich müßte noch nicht mitreiten, und die andere Hälfte sagt, ich wäre schon soweit.«

Betroffen verstummte Sylvan, blieb stehen und war plötzlich wie verwandelt. Er liebte sie, die kleinste Schwester. Er war es gewesen, der sie zuerst Dimity genannt hatte, der sie gehalten hatte, als sie an einer Kolik litt, der sie auf die Schulter genommen und mit ihr die Korridore von Klive auf und ab gegangen war, der dreizehnjährige Junge, der das Kleinkind liebevoll im Arm gehalten hatte. Heute empfand der mittlerweile Achtundzwanzigjährige noch genauso für das nun fünfzehnjährige Mädchen; er sah in ihr noch immer das kleine Kind, das sie damals gewesen war. »Was möchtest du denn?« fragte er sie mit sanfter Stimme und berührte ihre schweißbedeckte Stirn unter der Kappe. Mit dem straff zurückgekämmten und im Nacken zu einem Knoten gebundenen Haar wirkte sie wie ein verängstigter kleiner Junge. »Was möchtest du denn am liebsten tun, Dim?«

»Ich bin hungrig und durstig und müde. Ich möchte zurück ins Haus gehen, frühstücken und mich auf den Sprachunterricht für diese Woche vorbereiten«, sagte sie mit zusammengebissenen Zähnen. »Ich möchte auf den Sommerball gehen und mit Jason bon Haunser flirten. Ich möchte ein schönes heißes Bad nehmen und mich dann in den Rosengras-Hof setzen und die Kolibris beobachten.«

»Na schön«, wollte er schon sagen, als er vom verhaltenen *Tawa, tawa* des Jagdhorns neben dem Hundetor unterbrochen wurde. Das Signal war gerade so laut, um die Aufmerksamkeit der Reiter zu erregen, ohne daß indessen die Hunde nervös wurden. »Die Hunde«, flüsterte er und wandte sich um. »Mein Gott, Dim, jetzt ist es zu spät.«

Er verstummte und entfernte sich stolpernd von den Mädchen. Überall erstarben die Gespräche, und Schweigen legte sich über die Szene. Die Gesichter wurden ausdruckslos und leer. Die Blicke wurden starr. Dimity schaute sich um und sah, daß die anderen sich anschickten, zu den Hunden hinüberzureiten. Ein Schauder durchfuhr sie. Der Blick ihres Vaters streifte sie wie ein kalter Windhauch, ohne daß er sie indessen wahrgenommen hätte. Sogar Emmy und Amy wirkten nun völlig unnahbar. Nur Sylvan, der sie von seinem Platz inmitten der Gefährten ansah, schien sie überhaupt noch zu bemerken.

Nun formierten die Reiter sich auf der *Ersten Fläche*, wobei die erfahrenen Reiter sich entlang der westlichen Tangente des Kreises und die jüngeren an der östlichen gruppierten. Beim Klang des Horns hatten die Diener sich zu Boden geworfen, so daß nun scheinbar eine Vielzahl weißer Blüten im grauen Gras sproß. Dimity stand nun fast ganz allein am östlichen Rand des Kreises und schaute zu dem Pfad hinüber, der zu einem massiven Tor in der Mauer der Estancia führte. »Beobachte das Hundetor«, sagte sie zu sich selbst. »Beobachte das Hundetor.«

Alle beobachteten das Hundetor, das sich langsam öffnete. Paarweise kamen die Hunde zum Vorschein, mit Schlappohren und mit elfenbeinfarbenen Reißzähnen bewehrten Mäulern, aus denen hechelnde Zungen hingen; die Schwänze waren angelegt. Sie liefen den Hundeweg entlang, einen breiten, mit niedrigem und gemustertem Samtgras bewachsenen Pfad, der dem Umfang der *Ersten Fläche* folgte, dann in westlicher Richtung durch das Hundetor in der gegenüberliegenden Mauer verschwand und in die größeren Außengärten mündete. Während die Hunde sich paarweise der *Ersten Fläche* näherten, nahmen sie eine zweireihige Formation ein, wobei sie die Jäger umkreisten und sie mit blutunterlaufenen, wie Kohle glühenden Augen musterten; dann vereinigten die beiden Reihen sich und hielten in derselben Marschordnung wie bisher auf das Jagdtor zu.

Dimity empfand diese glühenden Augen wie einen Schlag. Sie schaute auf ihre Hände, knetete sie so heftig, daß die Knöchel weiß hervortraten und versuchte, alle Gedanken zu verdrängen.

Als das letzte Hundepaar sich vereinigt hatte und die Jäger sich hinter ihnen in Bewegung setzten, verließ Sylvan seinen Platz, lief zu ihr herüber und flüsterte ihr ins Ohr: »Bleib einfach hier, Dim. Es wird sich niemand umdrehen. Sie werden es erst nach der Rückkehr erfahren. Bleib einfach hier.«

Dimity schüttelte den Kopf. Ihr Gesicht war leichenblaß, und in den großen dunklen Augen stand eine Angst, die sie sich nun zum erstenmal selbst eingestand; aber sie würde auf keinen Fall hierbleiben. Kopfschüttelnd ging Sylvan wieder an seinen Platz. Langsam und zögernd setzte sie sich in Bewegung, während die Jäger den Hunden durch das Jagdtor folgten. Von der anderen Seite der Mauer hörte man Hufgetrappel auf dem Rasen. Die Reittiere warteten.

Vom Balkon ihres Schlafzimmers aus musterte Rowena, die Obermum bon Damfels, mit sorgenvollem Blick den Hinterkopf ihrer jüngsten Tochter. Vom weißen Halstuch umschlungen, wirkte Dimitys Hals fragil und schutzlos. Sie ist wie eine kleine Blüte, sagte Rowena sich und erinnerte sich an die Bilder von nickenden Blüten in den Märchenbüchern, die sie als Kind gelesen hatte. »Schneeflocken«, rezitierte sie im Geiste. »Tulpen. Glockenblumen. Und Pfingstrosen.« Früher hatte sie ein Buch über all die guten und bösen Feen besessen, die in Blumen lebten. Sie fragte sich, wo das Buch jetzt wohl war. Wahrscheinlich verschwunden. Eines dieser ›fremden‹ Dinge, gegen die Stavenger immer agitierte. Als ob ein paar Märchen jemandem hätten weh tun können.

»Dimity schaut so winzig aus«, sagte Salla, das Kindermädchen. »So winzig. Und dann will sie mit hinausreiten ...« Salla hatte die Kinder betreut, als sie Babies waren. Dimity, das Nesthäkchen, war länger ein Baby geblieben als die anderen.

»Amethyste war genauso alt, als sie zum erstenmal ausgeritten ist. Und Emmy war sogar noch jünger.« Obwohl sie es zu unterdrücken versuchte, schwang der Unterton einer Rechtfertigung in Rowenas Stimme mit. »So jung ist sie nun auch nicht mehr.«

»Aber ihre Augen, gnädige Frau«, murmelte Salla. »Wie ein kleines Mädchen. Sie weiß doch nichts von der Jagd. Nichts. Überhaupt nichts.«

»Natürlich weiß sie Bescheid.« Rowena mußte das einfach sagen und auch daran glauben. Das war doch der Sinn und Zweck der ganzen Ausbildung: daß die jungen Reiter wußten, worum es bei der Jagd ging. Es war alles gar kein Problem, vorausgesetzt, man hatte zuvor eine gründliche Ausbildung erhalten. »Sie weiß Bescheid«, wiederholte Rowena halsstarrig, stellte sich vor den Spiegel und fingerte am Arrangement ihres dichten schwarzen Haars herum. Ihre grauen Augen starrten sie anklagend an, und sie biß sich auf die Lippe.

»Weiß sie nicht«, widersprach Salla genauso stur und drehte sich schnell weg, um dem Klaps zu entgehen, den Rowena ihr womöglich verpaßt hätte, wenn das möglich gewesen wäre, ohne sich zu bewegen. »Sie ist wie Sie, gnädige Frau. Nicht dafür geschaffen.«

Schließlich wurde Rowena der Betrachtung ihres Spiegelbilds überdrüssig und beschloß, sich auf eine andere Argumentation zu verlegen. »Ihr Vater wollte es so!«

Dem widersprach Salla nicht. Es hätte nämlich auch keinen Sinn gehabt. »Sie ist nicht dafür geschaffen. Genausowenig wie Sie. Und Sie zwingt er doch auch nicht.«

Oh, jetzt vielleicht nicht mehr, aber er hat es getan, sagte Rowena sich, wobei sie von schmerzlichen Erinnerungen überwältigt wurde. Er hat mich zu so vielen Dingen gezwungen, die ich nicht tun wollte. Ja, er hat nicht mehr darauf bestanden, daß ich ausritt, aber erst, als ich mit den sieben Kindern schwanger war, die ich ihm gebären sollte, wo ich doch nur ein oder zwei Kinder haben wollte. Hat mich zum Reiten gezwungen, bis ich alt wurde und Falten um die Augen bekam. Hat mich gezwungen, die Kinder auf die Jagd zu schicken, obwohl ich das nicht wollte. Hat sie alle nach seinem Vorbild geprägt – außer Sylvan. Egal, was Stavenger auch tut, Sylvan bleibt Sylvan. Nicht daß Sylvan sagt, was er wirklich denkt. Sylvan schimpft nur über alles. Kluger Syl, so lautstark wie er sich gibt, seine wirkliche Meinung zu verbergen. Und Dimity bleibt natürlich auch Dimity – aber die arme Dim –, Dim kann sich nicht verstellen. Ob sie heute wohl in der Lage wäre, ihre Gefühle zu verbergen?

Rowena trat wieder auf den Balkon und reckte den Hals, um über die Mauerkrone hinwegzuschauen. Sie erblickte die Reittiere, die nervös tänzelten, den Kopf hochwarfen und mit dem Schweif wedelten. Sie vernahm das Trappeln der Hufe und das Schnauben der Tiere. Es war zu ruhig. Es war immer zu ruhig, wenn die Reiter aufsaßen. Sie hätte es als natürlich empfunden, daß die Reiter sich begrüßten und ein Schwätzchen hielten. Da fehlte … etwas. Dieses Schweigen war bedrückend.

Vor dem Jagdtor liefen die Hunde im Kreis herum, und die Reittiere warteten, wobei sie ungeduldig von einem Huf auf den anderen traten, mit dem Schweif schlugen und den Kopf hochwarfen, während sie auf den Boden stampften; die Szenerie war so still wie in einem Traum, wo die Dinge sich ereignen, ohne daß ein Laut ertönt. Die Luft war geschwängert von ihrem dampfendem Atem, dem Geruch nach Heu und Schweiß. Stavengers Reittier setzte sich zuerst in Bewegung, was auch nur angemessen war, und dann kamen die anderen Tiere auf den Jäger, die Treiber und die Feldreiter zu, wobei sie das Senioritätsprinzip beachteten. Dimity stand hinter Emeraude und Amethyste. Ein leiser Schauder durchfuhr sie. Dann schwangen die anderen sich auf die Rücken der wartenden Tiere. Bald war sie die einzige, die noch nicht aufgesessen war. Als sie glaubte, daß kein Reittier mehr für sie da war und schon durch das Tor schlüpfen wollte, stand das Tier direkt vor ihr.

Es schaute sie an, streckte ein Vorderbein aus und knickte leicht ein, so daß sie einen Fuß auf das gestreifte Bein stellen, die Zügel packen und sich auf das Tier schwingen konnte, wie sie es immer wieder am Simulator geübt hatte; der einzige Unterschied bestand im Geruch und dem großen Leib zwischen ihren Beinen, der sich im Rhythmus der Atmung ausdehnte und wieder zusammenzog. So authentisch hatte die Maschine das nicht simuliert. Verzweifelt tastete sie mit den Zehen nach den Kerben, die sich zwischen der dritten und vierten Rippe befinden mußten, und schließlich fand sie sie viel weiter oberhalb der angegebenen Stelle. Sie schlüpfte mit den Zehen in die Kerben und verschaffte sich einen festen Halt. Dann mußte sie nur noch die Zügel anziehen, dem Tier die Sporen geben und die Beine anpressen, und die große Kreatur stieg auf der Hinterhand auf, drehte sich und folgte den anderen in westlicher Richtung. Durch den langen Gebrauch auf dem Simulator waren ihre mit Leder besetzten Reithosen schon schön geschmeidig. Seit dem vergangenen Abend hatte sie nichts mehr getrunken und schon seit Mittag nichts mehr gegessen. Sie wünschte sich sehnlichst, daß Sylvan neben ihr geritten wäre, aber er befand sich weit vorne. Emeraude und Amethyste steckten irgendwo in der Kolonne. Sie sah Stavengers roten Mantel; der Mann saß so gerade im Sattel wie Stangengras. Jetzt war es zu spät zur Umkehr. Die Gewißheit, daß sie nun keine andere Wahl mehr hatte, war fast eine Erleichterung. Sie war auf Gedeih und Verderb mit der Jagdgesellschaft verbunden. Plötzlich ertönte ein Geräusch, ein allgegenwärtiges Trommeln von Füßen, ein hallender Donner, der aus dem Boden unter ihnen aufstieg.

Vom Balkon aus hörte Rowena das Geräusch und hielt sich die Ohren zu, bis es verklungen war. Allmählich setzten wieder die leisen Geräusche der Insekten, Vögel und Zikaden ein, die durch das Erscheinen der Hunde zum Verstummen gebracht worden waren.

»Zu jung«, grummelte Salla. »Oh, gnädige Frau.«

Anstatt das Kindermädchen zu ohrfeigen, wandte Rowena sich mit Tränen in den Augen zu ihr um. »Ich weiß«, sagte sie. Sie drehte sich wieder zur Brüstung und sah zu, wie die Kolonne der Reiter sich auf dem Gartenpfad nach Westen entfernte. Ein Ausritt, sagte sie sich. Ein Ausritt. Und sie werden zurückkommen. Wieder zurück. Sie sagte es wie eine Litanei auf. Wieder zurück.

»Sie wird zurückkommen«, tröstete Salla sie. »Sie wird zurückkommen und sich ein schönes heißes Bad wünschen.«

Dann schauten sie beide nach Westen und sahen dort nichts als Gras.

Von Rowenas Räumlichkeiten führte ein breiter Korridor zu der fast nie genutzten Bibliothek von Klive; dort hatten sich gewisse Mitglieder der Aristokratie, die der Jagd nicht zugetan waren, eingefunden, um einen Gegenstand fortwährender Irritation für sie alle zu besprechen. Das Vize-Oberhaupt von Klive war Stavengers jüngerer Bruder, Figor. Als er vor einigen Jahren einen Jagdunfall erlitten hatte, die sich in jeder Jagdsaison zuhauf ereignen, hatte Figor die Jagd mit den Hunden aufgegeben. Deshalb kümmerte er sich in der

Jagdsaison um die Verwaltung der Estancia, während Stavenger anderweitig engagiert war. An diesem Tag traf Figor sich mit Eric bon Haunser, Gerold bon Laupmon und Gustave bon Smaerlok. Trotz seiner Behinderung war Gustave noch immer Obermun bon Smaerlok, das Oberhaupt der Familie Smaerlok; Eric bon Haunser und Gerold bon Laupmon waren jedoch Söhne der jeweiligen Familienoberhäupter, die auch an der Jagd teilnahmen.

Das Quartett versammelte sich an einem großen rechteckigen Tisch in einer Ecke des trübe beleuchteten Raums und reichten das Dokument weiter, das die Ursache für diese Zusammenkunft war. Es war ein kurzes Schriftstück, auf dessen Kopf in kursiven Arabesken die Namen und Bezeichnungen von *Heiligkeit* verzeichnet waren; das Dokument war reichlich mit Siegeln und Bändern versehen und vom Hierarchen daselbst unterzeichnet. Diese Gruppe von Aristokraten hatte sich bereits in der entfernten und jüngeren Vergangenheit mit solchen Dokumenten befaßt, und Gustave bon Smaerlok machte kein Hehl aus seinem beträchtlichen Unwillen, sich dieser Routine erneut unterziehen zu müssen.

»Dieses Büro von *Heiligkeit* wird allmählich aufdringlich«, stellte der Obermun fest, der nun schon seit zwanzig Jahren an einen bionischen Rollstuhl gefesselt war. »Dimoth bon Maukerden ist der gleichen Ansicht. Ich hatte ihn gefragt, und er hat wegen dieser Sache einen Wutanfall bekommen. Yalph bon Bindersen ebenfalls. Ihn hatte ich nämlich auch gefragt. Ich hatte bisher noch keine Gelegenheit, bon Tanlig aufzusuchen, aber Dimoth, Yalph und ich sind uns einig, daß, was immer dieses *Heiligkeit* auch will, es uns nichts angeht und daß wir ihre verdammten *fragras* hier nicht wollen. Unsere Leute sind nach *Gras* gekommen, um *Heiligkeit* zu entfliehen – also soll *Heiligkeit* uns jetzt auch in Ruhe lassen. Es genügt schon, daß wir ihnen gestatten, die Stadt Arbai auszugraben und daß diese Grünen Brüder oben im Norden Lehmkuchen mit ihren Schäufelchen backen. Die anderen sollen bleiben, wo sie sind, und *Gras* soll *Gras* bleiben. Darüber sind wir uns alle einig. Also sagen wir es ihnen, ein für allemal. Es ist Jagdsaison, um Himmels willen. Wir haben keine Zeit für diesen Unsinn.« Auch wenn Gustave kein aktiver Reiter mehr war, so verfolgte er doch eifrig die Jagd; wann immer das Wetter es zuließ, beobachtete er das Geschehen von einem Zeppelin aus, der über einen lautlosen Propellerantrieb verfügte.

»Nur kommod, Gustav«, murmelte Figor und massierte mit der rechten Hand den linken Arm an der Verbindungsstelle zwischen Fleisch und Prothese; er spürte eine Woge des Schmerzes unter den Fingern, der auch nach zwei Jahren noch sein ständiger Begleiter war. Das machte ihn reizbar, und er versuchte, diese Reizbarkeit zu unterdrücken, denn er wußte, daß sie körperliche und keine seelischen Ursachen hatte. »Es besteht kein Anlaß, deshalb gleich eine Revolte anzuzetteln. Es hat keinen Sinn, *Heiligkeit* gegen den Strich zu bürsten.«

»Revolte!« bellte der ältere Mann. »Seit wann herrscht denn diese *fragras Heiligkeit* auf *Gras?*« Obwohl das Wort *fragras* schlicht ›fremd‹ bedeutete, benutzte er es mit der auf *Gras* üblichen Konnotation, nämlich als die tiefste Beleidigung.

»Schsch.« Figor hatte Verständnis für Gustave. Gustave verspürte nämlich auch Schmerzen und war deshalb leicht reizbar. »Diese Art von Revolte hatte ich überhaupt nicht gemeint, und das weißt du auch. Obwohl wir keine religiöse Treuepflicht gegenüber *Heiligkeit* haben, legen wir in anderer Hinsicht Lippenbekenntnisse ab. Das Hauptquartier von *Heiligkeit* befindet sich auf Terra. Wir erkennen Terra als Zentrum aller diplomatischen Aktivitäten an. Hüterin unseres kulturellen Erbes. Ewige Wiege der Menschheit. Blabla.« Er seufzte und massierte sich erneut. Gustave schnaubte zwar, unterbrach Figor aber nicht, als dieser fortfuhr. »Viele nehmen unsere Geschichte ernst, Gustave. Nicht einmal wir ignorieren sie völlig. Auf den Konferenzen bedienen wir uns der alten Sprachen, und wir lehren unsere Kinder Terranisch. Wir sprechen zwar nicht alle dieselbe Sprache auf den Estancias, aber wir betrachten die Konversation in terranischer Sprache als Ausweis von Kultur, nicht wahr? Und nach wie vor berechnen wir unser Alter in *Heiligkeit*-Jahren. Die meisten Getreidesorten sind von unseren Vorfahren auf Terra gezüchtet worden. Weshalb sollten wir es uns also mit *Heiligkeit* verderben – und allen, die zu seiner Verteidigung eilen werden –, wenn dafür überhaupt keine Notwendigkeit besteht?«

»Dann willst du also ihre verdammten Wissenschaftler hierhaben, die überall herumschnüffeln? Willst du, daß ihre widerlichen kleinen Forscher alles auf den Kopf stellen?«

Dann trat eine Phase des Schweigens ein, in der man darüber nachdachte, was wohl alles auf den Kopf gestellt werden könnte. In dieser Jahreszeit konnte höchstens die Jagd gestört werden, denn sie war das einzig wichtige Ereignis. Im Winter blieben natürlich alle zu Hause, und im Sommer war es so heiß, daß man nur nachts reisen konnte; nachts fanden auch die Sommerbälle statt. Dennoch hatte ›Forschung‹ einen unguten Beigeschmack. Die Leute stellten Fragen. Die Leute verlangten Antworten auf ihre Fragen.

»Wir werden nicht zulassen, daß sie hier für Unruhe sorgen«, versicherte Figor, wobei er indessen selbst nicht so recht an seine Worte glaubte.

»Schließlich haben sie uns gesagt, weshalb sie hierher kommen wollen. Eine Seuche ist ausgebrochen, und *Heiligkeit* errichtet überall Missionen, um sie zu heilen.« Mit grimmiger Miene rieb er sich wieder den Arm.

»Aber weshalb ausgerechnet hier?« platzte Gerold bon Laupmon heraus.

»Wieso denn nicht hier? Wenn *Heiligkeit* überhaupt etwas von *Gras* weiß, dann nur wenig; es greift quasi nach einem Strohhalm.«

Darüber dachten sie für eine Weile nach. Es stimmte, daß das geringe Wissen, das *Heiligkeit* über *Gras* besaß, nur von den Grünen Brüdern stammte. Fremde kamen und gingen in *Commoner Town*, aber ihre Aufenthaltserlaubnis galt lediglich bis zum Abflug des nächsten Schiffs, und es war ihnen nicht gestattet, das Grasland zu betreten. Semling hatte einmal versucht, eine Botschaft auf *Gras* zu etablieren, jedoch ohne Erfolg. Nun bestanden überhaupt keine diplomatischen Beziehungen mehr zu den ›anderen‹. Obwohl diese Bezeichnung oft auf *Heiligkeit* und Terra angewandt wurde, hatte sie auch noch eine umfassendere Bedeutung: *Gras* war *Gras*; und wer nicht auf *Gras* lebte, gehörte eben zu den ›anderen‹.

Schließlich brach Eric das Schweigen. »Beim letzten Mal hat *Heiligkeit* etwas von jemandem erzählt, der krank hergekommen und geheilt wieder gegangen sei.« Unbeholfen stand er mit den Prothesen auf, wobei er in Gedanken mit seiner Behinderung haderte.

»Quatsch«, erwiderte Gustave schroff. »Sie wußten nicht einmal, wer es war oder wann es geschehen war. Angeblich ein Besatzungsmitglied irgendeines Schiffs. Welches Schiff es war, wußten sie aber auch nicht. Es war nur ein Gerücht. Vielleicht existiert diese Seuche nicht einmal«, grummelte er. »Vielleicht ist es nur ein Vorwand, uns zu missionieren, weichzuklopfen und Gewebeproben für ihre verdammten Banken zu entnehmen.« Obwohl die bon Smaerloks schon vor langer Zeit nach *Gras* gekommen waren, legte ihre Familienchronik beredtes Zeugnis ab von der religiösen Tyrannei, vor der sie geflohen waren.

»Nein«, sagte Figor. »Ich glaube schon, daß die Seuche existiert. Wir wissen das auch aus anderen Quellen. Und sie sind deshalb besorgt, was durchaus auch verständlich ist. Ihre bisherigen Bemühungen sind nicht von Erfolg gekrönt gewesen. Nun, sie werden die Seuche in den Griff bekommen. Gebt ihnen etwas Zeit. Auf jeden Fall muß man *Heiligkeit* zugute halten, daß es für alle Probleme eine Lösung findet. Warum sollte man ihnen also nicht erlauben, die Antwort woanders zu suchen, ohne daß sie uns behelligen müßten? Wir werden diesem Hierarchen sagen, daß wir uns nur ungern als Versuchsobjekte zur Verfügung stellen würden, blabla, und ein Recht auf kulturelle Integrität hätten – er wird das akzeptieren müssen, denn es fällt unter die Verträge, die *Heiligkeit* nach der Diaspora unterzeichnet hat – aber wir werden ihm auch sagen, daß wir verständige und gesprächsbereite Leute seien und daß er uns einen Botschafter schicken könne, um die Angelegenheit zu erörtern.« Figor machte eine ausladende Geste. »Dann halten wir ihn für ein paar Jahre hin, bis die Sache sich erledigt hat.«

»Bis alle tot sind?« fragte Gerold bon Laupmon – Figor interpretierte die Frage so, daß Gerold damit alle Menschen gemeint hatte, die nicht auf *Gras* lebten.

Figor seufzte. Man wußte bei Gerold nie, ob er die jeweilige Problematik auch verstand. »Nein. Bis sie ein Gegenmittel gefunden haben. Was auch der Fall sein wird.«

Gustave schnaubte. »Ich werde das an die *Geheiligten* weiterleiten, Gerold. Sie sind kluge Leute.« Seinem Tonfall war anzumerken, daß er von der Klugheit dieser Leute nicht unbedingt überzeugt war.

Dann legten sie eine Bedenkpause ein. »Es hat den Vorteil, daß wir einen sehr guten Eindruck machen«, erkannte Eric bon Haunser schließlich.

Gustave schnaubte erneut. »Auf wen denn? Wer wollte sich anmaßen, ein Urteil über uns zu fällen? Wer hat das Recht dazu?« Er schlug auf die Armlehne des

Rollstuhls, und nun stieg die Zornesröte in sein ohnehin schon grimmiges Gesicht. Seit dem Unfall, der seine Reiterkarriere abrupt beendet hatte, war Gustave reizbar und schwierig, und Figor bemühte sich, ihn zu beruhigen.

»Jeder darf es, Gustave, ob er nun das Recht dazu hat oder nicht. Jeder hat das Recht auf eine eigene Meinung, ob sie uns gefällt oder nicht. Und falls wir jemals auf die Unterstützung von *Heiligkeit* angewiesen sein sollten, wären wir in einer günstigeren Position, wenn wir uns auf einen schon erwiesenen Gefallen berufen könnten.«

Als Eric bemerkte, daß Gustave einen Einwand erheben wollte, nickte er. »Vielleicht werden wir nie auf *Heiligkeit* angewiesen sein, Gustave. Vielleicht nicht. Aber wenn es aus irgendeinem Grund doch der Fall sein sollte, wären wir in einer guten Position. Bist du es nicht, der uns immer predigt, einen Vorteil nicht ohne Not aufzugeben?«

Der alte Mann kochte vor Wut. »Dann müssen wir jeden höflich behandeln, den sie schicken – wir müssen einen Diener und einen Kratzfuß machen, heucheln, er sei einer von uns, obwohl es nur ein Narr von einem fremden Planeten ist.«

»Stimmt leider. Weil der Botschafter von *Heiligkeit* kommt, wird es wahrscheinlich ein Terraner sein, Gustave. Für eine gewisse Zeit könnten wir das sicher ertragen. Wie ich schon sagte, verstehen die meisten von uns sich auf Diplomatie.«

»Und dieser blöde *fragras* wird womöglich noch eine blöde Frau und ein Dutzend Gören haben. Und Diener. Und Sekretäre und Adjutanten. Und alle werden sie blöde Fragen stellen.«

»Wir werden sie irgendwohin abschieben, wo sie nicht viele Fragen stellen können. Wir werden sie auf Opal Hill unterbringen.« Genüßlich sprach Eric den Namen der ehemaligen Semling-Botschaft aus und wiederholte ihn noch einmal: »Opal Hill.«

»Opal Hill, sehr schön! Abgelegener geht es nimmer! Jenseits des Sumpfwaldes im Südwesten. Deshalb haben die Leute aus Semling auch aufgegeben. Opal Hill ist ein einsamer Ort.«

»Also wird der Mann von *Heiligkeit* sich auch einsam fühlen und wieder gehen. Aber das ist dann sein Problem, nicht unseres. Einverstanden? Ja?«

Damit war die Sache perfekt. Figor wartete noch ab, ob jemand Bedenken nachschieben oder Gustave wieder an die Decke gehen würde, und dann ließ er Wein kommen, bevor er die Gäste hinaus in die Grasgärten führte. Jetzt, im Frühherbst, entfalteten die Gärten sich zu ihrer vollen Pracht, wobei die fedrigen Samenkugeln wie Tänzer im Südwind schwebten. Selbst auf Gustave übte ein einstündiger Aufenthalt in den Gärten eine kontemplative Wirkung aus. Wenn man es bedachte, gab es in Opal Hill auch feine Gärten; sie waren zwar noch neu, aber schön angelegt. Die *Geheiligten Sünder*, die hier auf *Gras* Buße taten, indem sie Ruinen ausgruben und Gärten anlegten – und sich selbst die Grünen Brüder nannten – hatten beträchtliche Sorgfalt auf die Gärten von Opal Hill verwandt. Die Gärten waren nicht mehr betreten worden, seit die Leute von Semling gegangen waren. Vielleicht hatte dieser Botschafter Ambitionen im Gartenbau. Oder seine Frau, falls er eine Frau hatte. Oder das Dutzend Gören.

Weit entfernt von Klive, in der wogenden Prärie, versuchte Dimity bon Damfels die Schmerzen in den Beinen und im Rücken zu ignorieren. Trotz der vielen Trainingsstunden auf dem Simulator war es in der Praxis doch etwas anderes. Diese Schmerzen waren kaum auszuhalten.

»Wenn die Schmerzen unerträglich werden«, hatte der Rittmeister gesagt, »stell dir den bisherigen Verlauf der Jagd vor. Lenk dich ab. Und vor allem darfst du nicht an die Schmerzen denken.«

Also lenkte sie sich ab und ließ den ersten Abschnitt der Jagd Revue passieren. Sie waren dem Grün-Blauen Pfad gefolgt, wobei der gemusterte Pfad vom tiefsten Indigo über alle Schattierungen von Türkis und Saphir bis hin zu dunklem Moosgrün und leuchtendem Smaragd changierte, den Kamm hinauf, wo große Büschel von aquamarinfarbenem Wassergras in endlosen Wellen wogten. Jenseits des Kamms füllte das Wassergras eine flache, mit Inseln aus Sandgras durchsetzte Senke aus; die Szenerie hatte eine solche Ähnlichkeit mit einer wundervollen, lebendigen Meereslandschaft, daß man dieses Tal als Ozean-Garten bezeichnete. Dimity hatte einmal einen richtigen Ozean gesehen, als sie mit Rowena nach *Commoner Town* ging, um importiertes Tuch einzukaufen. Es hatte an der Wand der Tuchhandlung gehängt und zeigte die Abbildung eines Meeres auf *Heiligkeit*. Sie erinnerte sich, wie sie damals sagte, daß die riesige Wasserfläche wie Gras aussähe. Jemand hatte gelacht und gesagt, es sei das Gras, das wie Wasser aussähe. Es war aber auch nicht leicht, beides auseinanderzuhalten. Für sie bestand kein Unterschied zwischen Wasser und Gras, beides glich einander, mit dem einen Unterschied, daß man im Wasser ertrinken konnte.

In diese Gedanken versunken, überkam Dimity die Erkenntnis, daß man im Gras fast auch ertrinken konnte. In diesem Moment wünschte sie es sich auch bald. Das linke Knie schmerzte höllisch. Wie flüssiges Feuer zog der Schmerz vom Knie hoch in die Lendengegend. Lenk dich ab, wiederholte sie stumm. Lenk dich ab.

Am Ende des Grün-Blauen Pfades waren die Hunde lautlos in den Wald der Dreißig Schatten gelaufen, wo riesige schwarze Stämme mit dem Umfang ihres Körpers in den Himmel wuchsen; von weit oben, wo sie mit den Wipfeln aneinanderstießen, war ein Rauschen zu vernehmen. Samtige Moosflächen zogen sich um mit Steingras bewachsene Hügel, und die Hunde folgten dem Pfad, der zum Rubin-Hochland hinaufführte.

Das Gras des Hochlands leuchtete bernsteinfarben, apricot und rosé, wobei die pastelligen Farben von leuchtend roten Strängen des gen Himmel wachsenden Blutgrases durchzogen wurden; an dieser Stelle verließ der Pfad die Gärten und führte hinaus in die wild wachsenden Gräser der Prärie. Es war eine Hochgras-Prärie, in der nichts zu sehen war außer den wogenden Halmen, durch die das Reittier sich einen Weg bahnte, nichts zu hören außer dem Rauschen der flockigen Samen; ihr ganzes Denken war darauf gerichtet, sich vor den scharfen Halmen in acht zu nehmen und den Kopf unten zu halten, damit die Halme auf die gefütterte Kappe und nicht in ihr Gesicht peitschten.

Anhand des Sonnenstandes schloß sie, daß sie sich nach Norden bewegten, und darauf konzentrierte Dimity sich nun. Die anderen sieben Estancias waren über eine Flugstunde voneinander entfernt, und dennoch nahmen sie nur einen kleinen Teil der Oberfläche von *Gras* ein. Was wußte sie über das Land nördlich der Damfels-Estancia? Dort gab es keine Estancia mehr. Die nächst gelegene Estancia war die der bon Laupmons, doch sie lag weit in südöstlicher Richtung. Direkt im Osten lebten die bon Haunsers. Die Abtei der Grünen Brüder befand sich ziemlich weit nordöstlich von der Estancia der bon Damfels'. Im Norden gab es keine Estancias, keine Dörfer, nichts außer der weiten Prärie und einem langen, flachen Tal mit vielen Baumgruppen. »Viele Wäldchen bedeuten viele Füchse«, zitierte sie im Geiste. Zweifellos ritten sie zu diesem Tal.

Plötzlich brandeten die Schmerzen wieder auf, nur daß diesmal das andere Bein davon betroffen war. »Noch besser als Ablenkung«, hatte der Rittmeister gesagt, »ist es, wenn du dich dem Rhythmus des Tieres anpaßt und an gar nichts denkst.« Sie versuchte nicht, den Schmerz niederzukämpfen oder sich abzulenken, sondern diesen Rat zu befolgen. »Vor allem darfst du nicht das Reittier scheu machen und die Aufmerksamkeit der Hunde erregen.« Sie würde ihre Aufmerksamkeit nicht erregen. Sie würde einfach nur weiterreiten und an nichts denken.

Auf dem Simulator war es Dimity nie gelungen, an nichts zu denken, und überrascht stellte sie fest, wieviel leichter es ihr hier fiel. Als ob der Ballast in ihrem Bewußtsein beseitigt würde. Mit einem Radiergummi. Rubbel, rubbel, rubbel. Irritiert schüttelte sie den Kopf, denn dieses Gefühl behagte ihr nicht; gerade noch rechtzeitig erinnerte sie sich, daß man sich auf gar keinen Fall bewegen darf. Der Eindringling machte sich an ihrem Bewußtsein zu schaffen. Sie verlegte sich wieder auf die Ablenkungsstrategie und dachte an ihr neues Ballkleid, wobei sie sich jedes Volant, jedes gestickte Blatt und jede Blüte vorstellte, und nach einiger Zeit verschwand das unangenehme Gefühl in ihrem Kopf tatsächlich.

»Weiter«, sagte sie sich. »Weiter, weiter, weiter.« Die Wiederholung füllte die Leere aus, ließ das Ballkleid verschwinden, und sie ritt einfach weiter, paßte sich dem Rhythmus des Tieres an und schloß die Augen, um die Außenwelt auszublenden. Ihr Rückgrat war ein einziger Quell des Schmerzes. Sie hätte am liebsten geschrien, und es kostete sie all ihre Kraft, diesen Schrei zu unterdrücken.

Unvermittelt erreichten sie den Kamm einer langgezogenen Hügelkette und hielten an. Fast gegen ihren Willen schlug sie die Augen auf, und sie schaute in das vor ihnen liegende Tal hinab. Es wies eine gewisse Ähnlichkeit mit dem Ozean-Garten auf, nur daß die Wellen hier von bernsteinfarbenem und graubraunem Gras geschlagen wurden und die Inseln aus richtigen Bäumen bestanden, Baumgruppen, der einzigen Sorte von Bäumen, die auf *Gras* existierte. Sumpfbäume, die überall dort gediehen, wo es oberirdische Quellen gab. Fuchsbäume. Das Refugium der gezähnten Teufel. Hier lebten sie. Hier versteckten sie sich, wenn sie nicht im Gras umherschlichen und die Fohlen rissen.

»Sprich nie von ›Fohlen‹, wenn ein Reittier in Hörweite ist«, hatte der Rittmeister sie ermahnt. »Das ist unsere Bezeichnung. Wir vermuten nämlich nur, daß es Fohlen gibt, obwohl wir noch nie welche gesehen haben. Also nimm dieses Wort nicht in den Mund. Überhaupt darfst du in der Nähe eines Reittiers gar nicht sprechen.«

Also schwieg sie; die anderen Reiter sagten auch nichts und behielten ihre Spekulationen für sich. Dimity betrachtete die blassen Gesichter der Reiter, auf denen sich Konzentration und Gelassenheit abzeichnete. Diese Ruhe hätte Dimity bei Emeraude nicht für möglich gehalten, wenn sie es nicht selbst gesehen hätte. Mummy hätte es wahrscheinlich nicht einmal dann geglaubt. Und Shevlok! Normalerweise sah man Shevlok nur mit einer importierten Zigarre im Mund – wobei Shevlok sich nur mit dem besten Shafne-Tabak zufriedengab – und in ein Gespräch verwickelt. Allerdings nicht in Gegenwart seines Vaters. Wenn Stavenger in der Nähe war, hielt Shevlok sich immer im Hintergrund und saß in irgendeiner Ecke.

Diese Jagd zeichnete sich durch ihre Ruhe aus. Es war so ruhig wie auf der Latrine im Winter, bei klirrender Kälte, wenn sonst niemand da war. Dimity konzentrierte sich auf eine ruhige Atmung. Dieses radiergummiartige Gefühl meldete sich zurück, und sie wehrte es ab, indem sie sich überlegte, was sie nach der Jagd zu Abend essen würde. In Öl gesottenes Grashuhn mit importierten Gewürzen. Einen Fruchtsalat. Nein. Es war noch zu früh für frisches Obst. Einen Obstkuchen.

Und dann ritten sie ins Tal hinunter, auf ein dunkles Wäldchen zu. Dimity gedachte der Instruktionen des

Rittmeisters: »Diese Bäume sind außergewöhnlich«, hatte er gesagt. »Du wirst dich beherrschen müssen, nicht zu keuchen oder einen Ruf der Bewunderung auszustoßen. Aber das wirst du natürlich unterlassen. Du wirst den Mund geschlossen halten. Du wirst nicht den Hals recken, dich umschauen oder dein Gewicht verlagern.« Zumal sie die Bäume schon tausendmal auf dem Bildschirm des Simulators gesehen hatte.

Also ließ sie den Mund zu und schaute geradeaus, während die schwarzen Türme um sie herum in die Höhe ragten; das Blätterdach blendete den Himmel aus, und plötzlich fühlte sie sich in eine Wasserwelt versetzt. Überall hörte sie das Plätschern der Hufe im Wasser, die quietschenden und schmatzenden Geräusche, und der Geruch, der ihr in die Nase stieg, war ganz anders als der Geruch des Regens. Hier war es nicht nur feucht, sondern auch modrig, ein Gestank von Fäulnis und Verwesung. Vorsichtig öffnete Dimity den Mund, um die Atmung zu verbessern, und allmählich gewöhnte sie sich an den Brodem, der ihr ständig einen Nies- und Hustenreiz verursachte.

Sie spürte das Signal für die Hunde, ohne daß sie es bewußt wahrgenommen hätte, und dann schwärmten die Tiere in alle Richtungen aus, die Nasen am Boden. Schließlich verklang das trappelnde Geräusch. Der Rittmeister hatte gesagt, dieser Vorgang sei früher von einem bestimmten verbalen Ritual begleitet worden. Ab ins Gebüsch, sagte sie sich. Ab ins Gebüsch, Jungs. Als ob irgend jemand es wagen würde, die Hunde mit ›Jungs‹ anzureden!

Irgendwo zirpte eine Grille, ein arhythmisches Pulsieren, das den Wald durchdrang und sich so oft wiederholte, daß es fast einer Melodie glich; dann verstummte der Laut, und sie glaubte schon, die Grille hätte aufgehört, als das Zirpen erneut einsetzte. Aus dem Augenwinkel erhaschte sie einen Blick auf die Grille, die sich an einen Grashalm klammerte.

Ein Hund schlug an, mit einem tiefen Bellen, das sie schier in Angst versetzte, als es scheinbar nicht aufhören wollte. Dann fiel ein anderer ein, eine halbe Oktave höher, und das Heulen des Duetts stach wie ein Messer in ihre Ohren. Schließlich stimmte das ganze Rudel ein, wobei die einzelnen Beiträge in einer chaotischen Kakophonie untergingen, unmelodisch und dissonant. Die Reittiere antworteten mit Geschrei und stürmten tiefer in den Forst. Sie hatten den Fuchs gefunden, den Fuchs aufgescheucht und würden den Fuchs nun jagen. Dimity schloß die Augen und versuchte, die Ruhe zu bewahren; sie biß sich auf die Zunge, biß sich in die Wange und tat alles, um aufrecht im Sattel zu bleiben und nicht das Bewußtsein zu verlieren, auf gar keinen Fall.

Dann kam ihr ein Gedanke.

Dies ist Darenfelds Wald, rief sie sich ins Bewußtsein. Darenfelds Wald, der einmal innerhalb der Grenzen von Darenfelds Estancia gelegen hatte. Wir jagen in Darenfelds Wald, wo deine Freundin Janetta bon Maukerden umgekommen ist. Dimity öffnete den Mund zu einem Schrei, aber ihr Verstand zwang sie, ihn wieder zu schließen. Du wirst nichts sagen, befahl sie sich. Es hat nämlich niemand gesagt, daß Janetta hier gestorben sei. Niemand hat das gesagt. Man hat nur ihren Namen erwähnt und dann ›Darenfelds Wald‹ geflüstert. Und als Dimity der Sache auf den Grund gehen wollte, hieß es nur: ›Pssst, stell keine Fragen.‹

Sie wissen mehr als du, sagte sie sich. Du kannst ihnen nichts erzählen, was sie selbst nicht schon wüßten.

Bellend stoben die Hunde davon, und das Reittier unter ihr jagte ihnen nach. Sie hielt sich oben, die Augen wieder geschlossen. Alles, was sie tun konnte, war im Sattel zu bleiben. Sie mußte bleiben, wo sie war. Sie durfte nicht herunterfallen. Sie durfte nicht sprechen. Sie mußte die Schmerzen ertragen. Sie mußte die Jagd fortsetzen.

Die Jagd dauert an. Die Zeit verstreicht. Der Fuchs ist schon seit Stunden auf der Flucht. Die Reiter verfolgen ihn schon seit Stunden. Dimity hat vergessen, wer sie ist und wo sie ist. Es gibt kein Gestern mehr und auch kein Morgen. Es gibt nur noch eine bis in alle Ewigkeit dauernde Gegenwart, erfüllt mit dem Donnern der Hufe auf dem Boden, dem Rascheln des von den Hufen verdrängten Grases, dem weit entfernten Schrei des Fuchses und dem Gebell der Hunde. Stunden sind vergangen. Tage vielleicht. Vielleicht reiten sie schon seit Tagen. Sie weiß es nicht.

Nichts markiert den Fluß der Zeit. Durst, ja. Hunger, ja. Müdigkeit, ja. Schmerzen, ja. All das verspürt sie schon seit dem frühen Morgen: brennenden Durst, nagenden Hunger, schmerzende Knochen. Noch trockener kann ihr Mund nicht mehr werden, der Magen nicht leerer. Und die Schmerzen können schlimmer nicht werden. Schließlich gibt sie den Kampf auf. Es wird ewig dauern. Das Ding in ihrem Kopf wischt alle diesbezüglichen Zweifel weg. Nichts markiert die Zeit. Nicht vorher. Nicht nachher. Rein gar nichts. Bis das Reittier langsamer wird und stehenbleibt; unwillig erwacht sie aus dem qualvollen Dösen und öffnet die Augen.

Sie stehen am Rand einer anderen Baumgruppe und reiten langsam hinein, in das Wäldchen, das einer dämmrigen Kathedrale aus Bäumen gleicht. Hoch über ihnen öffnet sich das Blätterdach, und das Sonnenlicht durchdringt wie lange strahlende Speere die Dunkelheit. Im Licht eines dieser Speere sieht sie Stavenger, der mit einer Harpune in den Händen wurfbereit in den Steigbügeln steht. Aus den über ihm hängenden Ästen ertönt ein Wutschrei, und dann holt Stavenger aus, und die Leine wickelt sich hinter der Harpune ab wie ein güldener Faden.

Erneut ertönt ein gräßlicher Schrei; diesmal ist es ein Schmerzensschrei.

Ein Hund springt in die Höhe, um die Leine mit den Zähnen zu packen. Andere Hunde folgen seinem Beispiel. Dann bekommen sie sie zu fassen. Sie zerren den heulenden und schreienden Fuchs aus dem Baum. Etwas Großes und Dunkles mit glühenden Augen und mächtigen Reißzähnen fällt zwischen sie, und dann hört man nur noch Schreie und das Geräusch von Zähnen, die in den Leib des Fuchses geschlagen werden.

Erneut schließt Dimity die Augen, zu spät jedoch, um nicht das Blut zwischen den sich windenden Körpern zu sehen, und sie spürt… spürt eine Aufwallung von Lust, die so intim ist, daß sie errötet und die Luft anhält; die Beine zittern, wo sie am Körper des Reittiers anliegen, und ihr ganzer Körper erbebt in einer ekstatischen Zuckung.

Auch die anderen haben die Augen geschlossen, und ihre Körper beben. Außer Sylvan. Sylvan sitzt mit ausdruckslosem Gesicht aufrecht im Sattel; er hat den Blick auf das blutige Chaos vor sich gerichtet, die Zähne in stiller, trotziger Wut gebleckt. Von seiner Position aus sieht er Dimity, sieht ihren zuckenden Körper und die geschlossenen Augen. Um es nicht sehen zu müssen, wendet er den Blick ab.

Dimity öffnete die Augen erst wieder, als sie sich schon auf dem Rückweg nach Klive befanden. Sie hatten den Dunklen Wald verlassen und ritten nun auf dem Grün-Blauen Pfad zurück. Dann wurde der Schmerz übermächtig, und unwillkürlich stöhnte sie leise auf. Einer der Hunde drehte sich zu ihr um, ein großes geflecktes Tier mit flammenden Augen. Der ganze Körper war blutverschmiert; sie wußte nicht, ob es das Blut des Hundes selbst oder das des Fuchses war. In diesem Moment wurde ihr bewußt, daß diese Augen sie während der Jagd immer wieder angeschaut hatten, daß diese Augen sie sogar angeschaut hatten, als der Fuchs aus dem Baum mitten in das Rudel fiel, als sie … dieses Gefühl verspürte.

Sie schaute auf die um die Zügel geklammerten Hände und hob den Kopf nicht wieder.

Als sie das Jagdtor erreicht hatten, war sie nicht imstande, selbst abzusteigen. Sylvan mußte ihr helfen. Er war so schnell zur Stelle, daß niemand bemerkte, wie schwach sie war. Niemand außer diesem Hund, dessen Augen in der einsetzenden Dämmerung rot glühten. Dann trollte er sich, und die anderen Hunde folgten ihm. Am Tor stieß der Jäger verhalten ins Horn und rief: »Die Jagd ist vorbei. Wir sind zurück. Laßt uns ein.«

Vom Balkon hörte Rowena das Hornsignal. Es verkündete, daß die Tiere verschwunden waren und die Menschen betreut werden mußten. Mit ineinander verkrampften Händen und offenem Mund beugte sie sich über die Balustrade, während ein Diener von innen das Hundetor öffnete und die müden Jäger einließ: den Jägermeister und die Jagdgesellschaft in ihren roten Mänteln, die Frauen in Schwarz, wobei sie in der Dämmerung in den gefütterten Reithosen wie aufgeblasene Frösche aussahen. Die zuvor weißen Hosen waren nun verschwitzt, und das strahlende Weiß des Halstuchs hatte unter dem Staub und der Spreu der hohen Gräser gelitten. Diener standen mit Wasserkaraffen und Bratspießen bereit. Die Bäder waren schon vor Stunden eingelassen und von den integrierten kleinen Öfen warmgehalten worden; die mit Essen und Getränken versorgten Jäger verteilten sich auf ihre Zimmer. Rowena holte tief Luft; sie stand kurz davor, die Ängste, die sie den ganzen Tag ausgestanden hatte, mit einem Schrei herauszulassen. Sie überflog die Reiter, bis sie die schlanke Gestalt von Diamante in Sylvans Arm erblickte. Dann brach sie in Tränen aus. Vor lauter Angst, daß Dimity vielleicht nicht zurückgekommen wäre, hätte es ihr fast die Sprache verschlagen.

»Dimity.« Rowena lehnte sich über das Geländer, wobei sie hoffte, daß Stavenger oder die anderen Angehörigen der alten aristokratischen Schule sie nicht hörten. Als das Mädchen aufschaute, winkte Rowena, und Sylvan machte eine Kopfbewegung in Richtung einer Seitentür. Binnen weniger Minuten stand Dimity im Zimmer ihrer Mutter, wo Salla sie vorwurfsvoll begrüßte.

»Schmutzig. Oh, bist du schmutzig, Mädchen. Wie ein Maulwurf. Überall dreckig. Leg den Mantel ab. Ich hole dir einen Bademantel, und dann kannst du die übrigen schmutzigen Sachen ausziehen.«

»Ich bin zwar schmutzig, aber sonst geht es mir gut, Salla«, sagte das leichenblasse Mädchen und patschte schwach auf Sallas geschäftige Hände.

»Dimity?«

»Mutter?«

»Gib Salla deine Kleider, Liebes. Warte, ich helfe dir mit den Stiefeln.« Die Aktion wurde von einem kurzen Grunzen begleitet. »Während du badest, kannst du mir von der Jagd erzählen.« Sie ging durch das luxuriöse Schlafzimmer, winkte und öffnete die Tür zum mosaikartig gekachelten Bad, wo das Wasser bereits eingelassen war und von einigen Feuern warmgehalten wurde. »Du darfst mein Badeöl benutzen. Als du klein warst, hast du immer gern darin gebadet. Bist du wundgeritten?«

Als Antwort versuchte Dimity ein Lächeln, was ihr aber mißlang. Sie bemühte sich, ein Zittern der Hände zu unterdrücken, als sie die Unterwäsche auszog und auf den Boden fallen ließ. Erst als sie im dampfenden Wasser saß, wiederholte Rowena: »Erzähl mir davon.«

»Es gibt nichts zu erzählen«, murmelte das Mädchen. »Es ist nichts passiert.« Das Wasser linderte die Schmerzen. Jede Bewegung tat ihr zwar noch weh, aber im warmen, belebenden Badewasser war es fast ein lustvoller Schmerz, der ihr nun in den Knochen steckte. »Es ist nichts passiert.«

Rowena stampfte leicht mit dem Fuß auf; Tränen glitzerten in den Augen. »Hattest du Schwierigkeiten mit dem Aufsitzen?«

»Nein. Eigentlich nicht.«

»Hattest du ... hattest du das Reittier vorher schon einmal gesehen?«

In plötzlicher Erkenntnis öffnete Dimity die Augen und sah ihre Mutter direkt an. »Das Reittier? Ich glaube, ich hatte es schon einmal gesehen, vielleicht beim Grasen in der Nähe des Kurzgrasfeldes, wo Syl und ich immer gespielt hatten.« Vielleicht hatte es damit eine besondere Bewandtnis. Sie musterte das Gesicht ihrer Mutter, aber Rowena nickte nur. Bei ihrem ersten Ausritt hatte Rowena ebenfalls ein Tier bekommen, das sie in ihrer Kindheit schon gesehen hatte.

»Wo seid ihr denn hingeritten?«

»Ich glaube, zu einem Wäldchen in Darenfelds ... im Tal.«

Rowena nickte erneut und erinnerte sich an dunkle Baumriesen, die den Himmel ausblendeten, an den mit blühendem Moos überzogenen Boden, an das Plätschern von Wasser unter dem Moos und unter den Wurzeln. Sie erinnerte sich an Dimitys Freundin und Shevloks Geliebte, Janetta ...

»Habt ihr einen Fuchs aufgestöbert?«

»Ja.« Sie schloß die Augen und wollte nichts mehr sagen. Sie wollte nicht darüber sprechen. Sie wollte es vergessen. Beim nächstenmal würde sie sich nicht dagegen sträuben. Zwischen schmalen Lidern sah sie Rowenas fragendes Gesicht; sie wollte noch mehr hören. Seufzend sagte Dimity: »Die Hunde sind reingegangen. Dann haben sie alle gebellt, und wir sind losgestürmt. Ich glaube, die Hunde haben ihn drei- oder viermal verloren, aber sie haben ihn immer wiedergefunden. Vielleicht bilde ich mir das auch nur ein. Er ist immer weitergerannt, das ist alles. Und dann haben die Hunde ihn irgendwo im Norden auf die Bäume gescheucht.«

»Hast du ihn getötet?«

»Stavenger war es. Daddy. Ich meine, der Meister hat es getan. Er hat ihn mit dem ersten Wurf erwischt. Ich habe nicht gesehen, wo die Harpune ihn getroffen hat, aber sie haben den Fuchs vom Baum gezogen, und die Hunde haben ihn erledigt.« Bei dem Gedanken, was dann folgte, stieg ihr das Blut in den Kopf und sie errötete unübersehbar.

Rowena sah das, interpretierte es richtig und wandte sich ab, um nicht mit dem Ausdruck in Dimitys Gesicht konfrontiert zu werden. Scham. Verlegenheit. Rowena suchte nach Worten, um etwas anderes zu sagen als … etwas anderes als das. Sie hatte es noch keiner Menschenseele anvertraut. Bis jetzt hatte sie nicht gewußt, ob es ihr intimes Geheimnis oder ein geteiltes Geheimnis war.

»Dann hast du den Fuchs also gar nicht richtig gesehen.«

»Ich habe nichts außer einem Schatten im Baum gesehen. Dann Augen und Zähne, und dann war es auch schon vorbei.«

»Aha.« Rowena seufzte; nun ließ sie den Tränen freien Lauf und lachte über sich selbst und ihre Ängste; sie schämte sich wegen Dimitys Scham und spürte gleichzeitig Erleichterung.

»Mutter! Es geht mir gut. Alles ist gut.«

Rowena nickte und rieb sich die Augen. Von allen Dingen, die hätten schiefgehen können, war nichts eingetreten. Dimity hatte das Reittier bestiegen, war geritten, hatte sich oben gehalten, war nicht vom Fuchs angegriffen worden und hatte auch nichts getan, um die Hunde nervös zu machen.

»Mutter.« Sie sagte es leise, von den Tränen gerührt.

»Ja, Dimity?«

»Da war dieser Hund, der mich auf dem Rückweg immer beobachtete. Einer mit purpurnen Flecken. Er hat mich immer nur angestarrt. Jedesmal, wenn ich mich umschaute, war er da.«

»Du hast ihn nicht angestarrt?!«

»Natürlich nicht. Auf diese Idee wäre ich nie gekommen. Ich habe so getan, als ob ich es nicht gemerkt hätte. Ich habe es für einen Scherz gehalten, das ist alles.«

Rowena befand sich in einem Zwiespalt. Wie sie es auch machte, es war falsch. Sollte sie sich am besten überhaupt nicht dazu äußern? »In dieser Hinsicht verhalten die Hunde sich komisch. Manchmal beachten sie uns, manchmal ignorieren sie uns. Und manchmal scheinen sie sich sogar über uns zu amüsieren.«

»Das verstehe ich nicht.«

»Nun, sie brauchen uns, Dimity. Sie können nicht klettern, und deshalb können sie auch den Fuchs nicht erlegen, es sei denn, wir holen ihn für sie herunter.«

»Sie brauchen nur einen starken Mann dazu, der die Harpune wirft.«

»Oh, ich glaube, das ist noch nicht alles. Anscheinend genießen die Hunde die Jagd. Das ganze Ritual.«

»Auf dem Rückweg habe ich mich gefragt, wie alles überhaupt anfing. Ich weiß, daß man auf Terra Treibjagden mit Hunden veranstaltete, lange bevor es *Heiligkeit* gab und wir gegangen sind. Das hat in meinem Geschichtsbuch gestanden, mit Bildern von Pferden und Hunden und dem lustigen kleinen Pelztier – so ganz anders als unser Fuchs. Ich habe keine Erklärung dafür gefunden, weshalb sie dieses Tier töten wollten. Mit unseren Füchsen kann man nicht anders verfahren, als sie zu töten. Aber weshalb auf diese Art?«

»Einer der ersten Siedler hat das Vertrauen eines jungen Reittiers erworben und es zugeritten, das ist alles«, erwiderte Rowena. »Dieser Siedler hat es dann ein paar Freunden beigebracht, und das junge Reittier hat ein paar Kameraden mitgebracht, und so entwickelte sich allmählich die Jagd.«

»Und die Hunde?«

»Das weiß ich auch nicht. Mein Großvater erzählte mir, eines Tages seien sie plötzlich dagewesen. Mehr nicht. Als ob sie gewußt hätten, daß wir sie für die Jagd brauchten. Sie erscheinen immer am richtigen Tag und am richtigen Ort, genauso wie die Reittiere ...«

»Wenn wir sie als Hunde bezeichnen, obwohl sie eigentlich gar keine Hunde sind, weshalb bezeichnen wir die Reittiere dann nicht auch als Pferde?« fragte Dimity und lehnte sich so weit zurück, bis ihr Kopf halb untergetaucht war. Sie hatte keine Lust mehr, etwas zu sagen und wartete vielleicht darauf, daß ihre Mutter ihr den Rücken wusch.

»Oh, ich glaube nicht, daß die Hippae das gerne hören würden«, wehrte Rowena ab, »ganz und gar nicht.«

»Aber sie haben nichts dagegen, wenn sie Reittier genannt werden?«

»Aber mein Liebes, so nennen wir sie doch auch nur, wenn sie uns nicht hören. Das weißt du doch. Wir haben überhaupt keinen Namen für sie, wenn sie in Hörweite sind.«

»Es ist ein komisches Gefühl«, sagte Dimity. »Nicht wahr?«

»Was?« fragte Rowena und sprang plötzlich auf. »Was ist ein komisches Gefühl?«

»Beim Jagen. Hast du dabei nicht auch so ein komisches Gefühl im Kopf?«

»Es ist eine Art hypnotischer Effekt«, sagte Rowena gedankenverloren. »Sonst wäre es auch zu langweilig.« Sie legte Dimity ein Handtuch hin und verließ dann den Raum, wobei sie die Tür hinter sich schloß, damit die Wärme nicht entwich.

Einer der Hunde hatte Dimity beobachtet? Sie biß sich auf die Lippe und runzelte die Stirn. Darüber mußte sie sich mit Sylvan unterhalten. Im Augenblick konferierte er zwar mit Figor über diese *Heiligkeit*-Angelegenheit, aber vielleicht war ihm doch etwas aufgefallen. Möglicherweise hatte Dimity sich das aber auch bloß eingebildet. Angesichts der Übermüdung und der Schmerzen wäre das durchaus denkbar gewesen.

Dennoch war es eine seltsame Vorstellung. Die Hunde hatten getötet, also hätten sie eigentlich in guter Stimmung sein müssen. Es gab keinen Grund, weshalb einer von ihnen Dimity hätte belauern sollen. Genausowenig gab es einen Grund, weshalb Dimity sich das hätte einbilden sollen. Sicher hatte niemand ihr etwas von Janetta erzählt … von diesem Aspekt der Sache.

Sie würde mit Sylvan darüber sprechen. So bald wie möglich. Sobald eine Entscheidung bezüglich dieser dummen Forschungsmission getroffen worden war und die Leute den Kopf wieder für andere Dinge frei hatten.

Gras.

Millionen Quadratkilometer Prärie, mit Dörfern und Estancias, mit Jägern und Gejagten, wo die Halme vom Wind gebeugt und die Samen von ihm fortgetragen werden, unter dem Sternenzelt, und wo die Grillen Tag und Nacht in den Wurzeln zirpen; nur wenn das Brüllen versteckter Bestien die sternenfunkelnde Dunkelheit durchdringt, legt sich eine lähmende, unheimliche Stille über das Land.

Im Norden, fast an der Grenze zum Kurzgras-Land, befinden sich die Ruinen der Stadt der Arbai, die eine gewisse Ähnlichkeit mit den übrigen Städten der Arbai aufweist, die auf den besiedelten Welten gefunden wurden; nur daß die Bewohner hier eines gewaltsamen Todes gestorben sind. In den Ruinen arbeiten die

Grünen Brüder, heben Gräben aus, erstellen Verzeichnisse von Artefakten und fertigen Kopien der Bücher in der Bibliothek von Arbai an. Die Brüder seien Büßer, heißt es, obwohl niemand auf *Gras* weiß, weshalb sie Buße tun. Es interessiert auch niemanden.

Etwas weiter nördlich der Ausgrabungsstätte, in der ausgedehnten Abtei mit ihren Gewölben, sind andere Grüne Brüder damit beschäftigt, Gartenpflege zu betreiben, Schweine und Hühner zu hüten und draußen im Gras zu beten, zu den Hippae vielleicht oder zu den Füchsen; wer wollte das schon sagen. Sie sind auch Büßer, die von *Heiligkeit* an diesen entlegenen, einsamen Ort verbannt wurden. Sie waren schon hier, als die Aristokraten ankamen. Manche von ihnen befürchten, daß sie auch noch hier sein werden, wenn die Aristokraten längst wieder gegangen sind.

Und dann gibt es da noch den Hafen und *Commoner Town*, die an dem einzigen Ort auf *Gras* errichtet wurden, wo kurzes Gras wächst, auf einem hohen, steinigen Gebirgszug, der sich mitten aus einem Sumpfwald erhebt – eine lange, schmale Ellipse mit einer Fläche von vielleicht zweihundertfünfzig Quadratkilometern, auf der ein Raumhafen, Lagerhäuser und hydroponische Farmen angelegt wurden, Steinbrüche und Weiden und Bergwerke, das ganze Spektrum menschlicher Existenz und menschlicher Betriebsamkeit. *Commoner Town*, wo Fremde kommen und gehen, ohne die Einheimischen zu belästigen, wo die Fremden ihren unverständlichen und, wie die bon Damfels sich auszudrücken belieben, verachtenswerten Geschäften nachgehen.

Dort befindet sich auch der Hafen, wo Dickschiffe auf Feuerschweifen niedergehen, die von Shafne und Semling und von dem Planeten kommen, den die meisten *Heiligkeit* nennen, bis man sie darauf hinweist, daß er in Wirklichkeit Terra heißt, die Wiege der Menschheit. Männer und Frauen treten auf *Gras* in vielerlei

Ausprägung auf: Durchreisende und Händler und Handwerker und Schiffsbesatzungen und Priester, die Hotels und Lagerhäuser, Geschäfte und Bordelle und Kirchen benötigen. Dazu die Kinder mit ihren Spielplätzen und Lehrer mit ihren Schulen.

Gelegentlich verläßt eine kleine Gruppe abenteuerlustiger Kinder oder gelangweilter Durchreisender den Hafen oder die Stadt und spaziert den anderthalb Kilometer langen Abhang hinunter bis zu der Stelle, wo der Boden in Marschland übergeht. Die bemooste, zähe Oberfläche ist zunächst federnd und feucht, verwandelt sich aber schnell in den Matsch, den man nach tagelangen Regenfällen auch erwarten sollte. Für eine Weile trägt der Boden die Wanderer noch, wobei die Füße aber schon tief in den Morast einsinken. Hier kehren die meisten dann um, weil sie befürchten, im Schlick zu versinken; und an einer Stelle ist diese Besorgnis durchaus auch begründet: der Boden ist so trügerisch, daß nur noch die unerschrockensten Forscher von einer Grasinsel zur nächsten hüpfen, von denen der ölig glänzende Sumpf durchsetzt ist. Hier gedeihen große *Clume*-Bäume mit blauen Blättern, weiße Blüten mit der Form von Kerzen und schwarzflügelige Motten mit der Größe und Farbe von Papageien, die nach Weihrauch duften; und dann gibt es noch große, häßliche Frösche, deren Vorfahren vor langer Zeit mit den ersten Siedlern hier ankamen.

Dies ist alles, was man bei einem kurzen Abstecher von *Commoner Town* an Eindrücken sammelt – denn gleich hinter den *Clume*-Bäumen wird der Sumpf tiefer, und die Grasinseln schrumpfen zu winzigen Flächen inmitten eines Bayous aus dunklem Wasser, in dem Wurzeln driften; zuweilen stürzen sich irgendwelche zuckenden Lebewesen mit einem unheimlichen Platschen in den Schleim. Dort leuchten die Blätter der Bäume in einem intensiveren Blau, und je weiter man in den Sumpf vordringt, desto höher werden sie und blenden das Licht aus. Um diesen Wald zu erforschen, bräuchte man ein Boot, einen Kahn oder einen Nachen mit einer langen Stange, um im schlammigen Grund zu staken, oder vielleicht auch ein Paddel, das lautlos in das ruhige dunkle Wasser eintaucht und einen durch das Blätterlabyrinth befördert.

Nicht daß man es nicht schon versucht hätte. Einige risikofreudige Männer haben mehr oder weniger seetüchtige Fahrzeuge konstruiert und sich damit auf eine Forschungsreise begeben; ein paar leichtsinnige Jungen aus dem Volk und vielleicht ein oder zwei Mädchen haben Boote gebaut, sind damit in den großen Mangrovenhain eingefahren, haben sich an den langen Weinranken entlanggezogen und sind immer weiter in die von Lichtreflexen durchdrungenen Schatten des Sumpfwaldes vorgestoßen. Es waren nicht viele. Vielleicht waren es aber doch mehr, als man annahm, denn von denen, die einfuhren, sind viele nicht wiedergekehrt. Erwachsene Männer von fremden Planeten haben es auch versucht, aber sie sind genauso verschollen wie die Jungen und Mädchen.

Und jene, die zurückkamen? Was wußten sie zu berichten, außer daß es feucht und dunkel und glitschig war und mit zunehmender Entfernung immer feuchter und dunkler und glitschiger wurde? Im Grunde waren ihre Berichte sehr dürftig. Es hatte fast den Anschein, als ob sie sich nicht mehr daran erinnerten, was sie gesehen hatten, dort in den Tiefen des finsteren Sumpfwaldes. Als ob sie zufällig als Schlafwandler hineingegangen und wieder herausgekommen wären, ohne etwas gesehen oder gehört zu haben.

Aber wen interessiert das schon? Besteht denn überhaupt eine Notwendigkeit, sich dort hineinzuwagen? Schließlich geht doch nichts Bedrohliches vom Sumpf und den Weinranken aus, und es gibt nichts im Sumpf, wofür irgend jemand sich interessieren könnte. Von oben wirken die großen Bäume wie die wogenden

Wellen eines graugrünen Meeres. Aus der Ferne sind sie ein Wall, der *Commoner Town* einschließt und die unbändige Energie der Händler und Handwerker an der Eruption hindert. Aus der Sicht der Stadt sind sie ein Bollwerk gegen das unvermeidliche Gras. Norden, Süden, Osten und Westen: in allen Himmelsrichtungen wird die Stadt vom Sumpfwald begrenzt. Keine Straße führt herein, keine hinaus; der undurchdringliche und unerforschte Wald ist so groß und geheimnisvoll, daß – obwohl das völlig aus der Luft gegriffen ist – alle Einwohner von *Commoner Town* glauben, dort drin gäbe es etwas, das eines Tages aus heiterem Himmel über sie kommen würde.

3

Die Straßen von St. Magdalen waren wie immer tief verschlammt. Marjorie Westriding Yrarier mußte ihren Schwebegleiter am Tor abstellen, gleich neben dem Pfosten, an dem die aktuelle Einwohnerzahl angeschlagen war. Dann schlurfte sie durch den fast knöcheltiefen Matsch an der Kapelle und an der Suppenküche vorbei zu der Hütte, die Bellalou Benice und ihren Kindern zugewiesen worden war. Das heißt, jetzt hatte sie nur noch ein Kind: Lily Anne. Die beiden leiblichen Kinder hatten ihre Mutter vor einem Monat öffentlich verstoßen und sich somit aus der Affäre gezogen. Diese Redewendung hatte einen bitteren Beigeschmack für Marjorie, und sie errötete. Sie ärgerte sich darüber, daß sie sich über die beiden fast erwachsenen Benice-Kinder ärgerte. ›Aus der Affäre gezogen‹ traf es genau, und Bellalou hatte ihre Kinder wahrscheinlich selbst dazu angehalten, die erniedrigende Zeremonie zu vollziehen, sobald sie alt genug waren. Auf Terra beriefen sowohl die planetarische als auch die Mehrzahl der Provinzregierungen sich auf ein Jüdisch-Christliches Erbe, wobei das Gebot ›Du sollst Vater und Mutter ehren‹ jedoch keine Relevanz für illegale Kinder und deren Eltern hatte.

Vor der Hütte stellte Marjorie den Rucksack auf die Treppe und kratzte die Stiefel an der scharfen Kante ab, wobei sie die klebrigen Brocken in den Morast schleuderte. Dafür gab es keine Entschuldigung. Es würde weniger Geld kosten, die Straßen zu pflastern, als anläßlich der quartalsweisen Vorstandsvisiten provisorische Gehwege zu verlegen. Mit dieser Ansicht befand Marjorie sich im Rat der Gouverneure jedoch in der Minderheit; für ›soziale Sentimentalitäten‹ hatte man dort kein Verständnis. Die meisten Vorstandsmitglieder trafen ihre Entscheidungen bezüglich *Breedertown*, ohne die Stadt oder ihre Einwohner jemals persönlich gesehen zu haben. Nicht daß sie Marjorie nicht wegen ihres ›Engagements‹ und ›Mutes‹ lobpriesen. Früher hatte ihr das erhebliche Befriedigung verschafft. Vor einiger Zeit. Bevor sie wußte, was sie heute wußte.

Die Tür der Hütte öffnete sich einen Spaltweit und gab den Blick auf Bellalous geschwollenes Gesicht frei. Jemand hatte sie wieder geschlagen. Ihr vermeintlicher Ehemann war es indessen nicht gewesen. Der war nämlich im letzten Jahr wegen illegaler Kinderzeugung erschossen worden.

»Gnädige Frau«, sagte Bellalou.

»Guten Morgen, Bellalou.« Marjorie setzte das bei Besuchen übliche Lächeln auf, wobei sie sich jedoch bemühte, kein herablassendes Wohlwollen zu zeigen. »Wie geht es Lily?«

»Gut«, entgegnete die Frau. »Es geht ihr gut.«

Lily Anne ging es natürlich nicht gut. Als Marjorie den schäbigen Raum betrat, schaute das illegale Kind sie mit einem Gesicht an, das genauso geschwollen war wie das ihrer Mutter. »Sie kontrollieren mich ja schon wieder.«

»Versuch am Leben zu bleiben, bis das Schiff startet, Lily.«

»Haben Sie schon einmal daran gedacht, daß ich vielleicht lieber tot wäre?«

Marjorie nickte ungerührt. O ja. Daran hatte sie durchaus schon gedacht. Vielleicht wäre Lily lieber tot. Vielleicht wären die meisten illegalen Menschen lieber tot, als nach *Reue* deportiert zu werden, wo zwei Drittel von ihnen ohnehin nicht das dreißigste Lebensjahr erleben würden. Marjorie hatte sich dieser Sache aufgrund der religiösen Überzeugung von der Unantastbarkeit des Lebens verschrieben, aber das war gewesen, bevor sie gewisse Dokumentarfilme gesehen und gewisse Exposés gelesen hatte. Selbst sie war sich nun nicht mehr sicher, ob *Reue* dem sicheren Tod vorzuziehen war.

»Das meinst du doch nicht im Ernst, Lily«, protestierte Bellalou.

»Ich meine es verdammt ernst.«

Marjorie intervenierte und versuchte, sowohl sich selbst als auch das Mädchen zu überzeugen. »Sieh es mal so, Lily. Auf *Reue* kannst du so viele Babies bekommen, wie du willst.« Wenigstens das entsprach der Wahrheit. *Reue* litt so dramatisch an Unterbevölkerung wie Terra an Überbevölkerung. Die auf *Reue* geborenen Babies würden Bürger dieses Planeten sein.

»Will keine Babies dort. Will mein Baby, das ihr genommen habt.« Dies war die jüngste Beschwerde seit der von Marjorie arrangierten Abtreibung, wobei sie ihre eigene Freiheit und möglicherweise auch ihre Ehe aufs Spiel gesetzt hatte. Weder Rigo noch das örtliche Gericht hätten diesen Akt der Mildtätigkeit mit Wohlwollen betrachtet. Marjories Beichtvater, Vater Sandoval, wäre darob auch nicht sonderlich entzückt gewesen, wenn er es denn gewußt hätte. Von diesem Schritt auf einem Weg, der hoffentlich, Marjorie betete darum, keine Einbahnstraße war, hatte sie ihm nämlich nichts erzählt.

»Lady Wesridin' hat dein Baby genommen, Lily. Wenn du nit diese Abtreibung hätt'st machen lass'n, wärst du sofort erschossen wor'n, wenn die Bevölk'rung dich so gesehen hätt'.« Bellalou schaute ihre Tochter bittend an. »Illegale dürfen das nicht tun.« Ab dem dritten Kind waren alle illegal. Auch wenn Bellalou selbst keine Illegale war, so hatte sie dennoch keinen höheren Status inne. Als Elternteil einer Illegalen hatte man ihr nämlich die bürgerlichen Ehrenrechte aberkannt. »Auf *Reue* wirst du es besser haben«, versuchte sie ihrer Tochter die Sache schmackhaft zu machen.

»Will nicht nach *Reue*. Will lieber erschossen werden«, sagte das Mädchen weinend.

Weder Marjorie noch Bellalou widersprachen ihr. Marjorie ertappte sich bei dem Gedanken, weshalb sie den Dingen nicht einfach ihren Lauf gelassen hatte. Armes kleines Hascherl. Sie war völlig lebensuntüchtig. Die Hälfte der Zähne war ihr schon ausgefallen, und sie konnte weder lesen noch schreiben. Es war verboten, Illegale zu unterrichten oder sie medizinisch zu betreuen. An ihrem sechzehnten Geburtstag würde Lily zum Hafen gebracht werden und sich einer Rotte anderer junger Illegaler anschließen, deren Schicksal es war, auf dem Kolonialplaneten zu leben und zu sterben; und wenn sie nicht die Abtreibung hätte durchführen und sich ein illegales Kontrazeptivum mit einer Wirkung von fünf Jahren implantieren lassen, hätte die arme kleine Kuh nicht einmal bis zur Deportation überlebt. Das planetarische Gesetz forderte, daß eine schwangere Illegale erschossen wurde, zusammen mit der illegalen oder entrechteten männlichen Person, die der Vaterschaft bezichtigt wurde – sofern die Frau den Vater benannte, was indessen erstaunlich oft geschah. Weil durch diese Praxis jedoch auch einige honorige Männer in Mißkredit gebracht worden waren, hatte man sich dazu veranlaßt gesehen, besagtes Gesetz zu novellieren. Nun gab es nur noch weibliche Wachen in Breedertown. Und das Inspektions-Komitee bestand ebenfalls nur aus Frauen.

»Ihr dürft Kinder kriegen«, winselte Lily. »Ihr reichen Leute!«

»Zwei Kinder«, sagte Marjorie. »Nur zwei, Lily. Wenn ich ein drittes Kind hätte, wäre ich eine Illegale genau wie du. Sie würden mir die Bürgerrechte entziehen wie deiner Mutter. Sie würden meine älteren Kinder dazu veranlassen, mich zu verstoßen, wie dein Bruder und deine Schwester es mit Bellalou getan haben.«

Ihrem Tonfall nach zu urteilen glaubte sie selbst nicht daran. Reiche Leute kamen nämlich erst gar nicht in eine solche Bredouille. Das war noch nie vorgekommen. Nur die Armen mußten dran glauben: aufgrund von Unwissenheit, religiöser Konditionierung und anmaßenden Gesetzen, die von den Leuten, die sie aufgestellt hatten, nonchalant gebrochen wurden. Marjorie hatte selbst ein Implantat, das aus der Humanistischen Enklave an der Küste importiert worden war. Wieder so eine Sache, die sie Vater Sandoval unterschlagen hatte. Rigo hatte sie es auch nicht gesagt, aber der hatte sicher einen Verdacht. Vielleicht hatte seine Konkubine ebenfalls ein derartiges Implantat.

Sie erhob sich und strich die Hose glatt. »Ich habe dir für die Reise ein paar Sachen mitgebracht«, sagte sie zu dem Mädchen. »Und einige Dinge, die du auf *Reue* brauchen wirst.« Sie gab Bellalou das Paket. »Lily wird diese Sachen brauchen, Bellalou. Bitte achte darauf, daß sie sie nicht gegen Psychopharmaka eintauscht.« Trotz aller Bemühungen, den Handel mit Psychopharmaka in St. Magdalen zu unterbinden, machten die Dealer einen guten Umsatz.

»Gib's mir«, winselte Lily und schnappte nach dem Paket.

»Später«, sagte ihre Mutter. »Später, mein Liebling. Ich gebe es dir später.«

Nachdem sie die Angelegenheit mit Bellalou beendet hatte, trat Marjorie wieder nach draußen auf die schlammige Straße. Es herrschte eine drückende Hitze. Sie war froh, daß sie die Visite erledigt hatte und war im Grunde auch nicht motiviert, das halbe Dutzend anderer Hütten aufzusuchen, die sie sich für heute noch vorgenommen hatte. Es gab so wenig, was sie tun konnte. Nahrung für die hungrigen Kinder. Ein paar antiseptische Präparate und Schmerzmittel, die nicht auf dem medizinischen Index standen. Die hiesige Provinz wurde hauptsächlich von den *Geheiligten* bewohnt, was zur Folge hatte, daß Empfängnisverhütung und Abtreibung gesetzlich untersagt waren. Und wenn man dem nun das planetare Bevölkerungsgesetz gegenüberstellte, das jeder Mutter nur zwei Kinder erlaubte, was war dann das Resultat? *St. Magdalen's Town. Breedertown.* Eine Stiftung, die von reichen alten Katholiken gegründet worden war, um den Unglücklichen oder Unklugen Zuflucht zu gewähren, die entweder ihrer Neigung oder der Religion gefolgt waren. Als Vorsitzende des Inspektions-Komitees sah Marjorie mehr als die meisten anderen. Sie ordnete die derangierte Frisur und korrigierte sich: Sie sah mehr als jeder andere. Man hatte sich beeilt, ihr wegen ihres Engagements Bewunderung zu zollen, aber man ließ sich verdammt viel Zeit, ihrem Beispiel zu folgen.

Was nur dazu beitrug, ihre Zweifel zu mehren. Ihre Vorgängerinnen im Amt waren nur dem Namen nach Vorsitzende gewesen, oder aber die Frauen waren auch nicht reicher gewesen als Marjorie und hatten Stellvertreterinnen für die Visiten engagiert. Weshalb bestand sie darauf, die Inspektionen selbst durchzuführen?

»Du hältst dich wohl für eine Heilige«, hatte Rigo gespottet. »Olympiasiegerin hat dir wohl nicht gereicht? Meine Frau zu sein ist dir auch nicht genug? Obendrein mußt du noch die heilige Marjorie sein, die sich für die Armen aufopfert?«

Das hatte sie getroffen, obwohl es im Grunde überhaupt nicht stimmte. Die Goldmedaille lag schon lange zurück, vor ihrer Hochzeit. Die junge Marjorie Westriding hatte Gold gewonnen, ja, aber bei der Verleihung der Medaillen ließen die Juroren und Funktionäre sich von einer Vielzahl subjektiver Kriterien leiten. Trotz des Stolzes auf den Erfolg war man sich also nie sicher, inwieweit er überhaupt auf persönlichem

Verdienst beruhte; so hatte Marjorie es zumindest einem skeptischen Rigo beibringen wollen, der indes ein bellendes Gelächter ausstieß und sich auch dann noch als ungläubiger Thomas gab, als er sie leidenschaftlich drückte. Die ehrliche Antwort auf seine Frage hätte gelautet, nein, die Goldmedaille war nicht genug. Außerdem war es schon lange her. Nun brauchte sie wieder eine vergleichbare Herausforderung, etwas nur für sich, eine perfekte Leistung. Bisher hatte sie geglaubt, diese Erfüllung würde sie in ihrer Familie und den Kindern finden, aber offensichtlich stimmte das nicht...

Also hatte sie das hier versucht, und es funktionierte genausowenig. Sie biß die Zähne zusammen, trat in den Schlamm und machte sich auf zur nächsten Hütte.

Als sie Stunden später zum Gleiter zurückkehrte, war sie müde, schmutzig und zutiefst deprimiert. Eines ihrer ›Mädchen‹ war in dieser Woche von einer Bevölkerungs-Patrouille exekutiert worden. Zwei Kinder einer Familie lagen anscheinend im Sterben; sie litten wahrscheinlich an einer Infektion, die man hätte heilen können, wenn Antibiotika für Illegale zugänglich gewesen wären. Das waren sie aber nicht. Vor tausend Jahren hätte man die Einwohner von Breedertown nach Australien verschiffen können. Vor ein paar hundert Jahren hätte man ihnen die Ausreise zu einem wilden Kolonialplaneten gestattet. Aber nun gab es *Heiligkeit*, das massiv intervenierte, wann immer die Menschen versuchten, sich auszubreiten. Unter diesen Umständen war keine Kolonisierung mehr möglich. Der einzige Ort, an den man überschüssige Menschen noch schicken konnte, war *Reue*; sofern sie lange genug lebten, um dorthin zu gelangen.

Aber *Reue* mochte wirklich die schlechtere Alternative sein. Nun, da Marjorie sich zu dieser Ansicht durchgerungen hatte, war es im Grunde sinnlos, weiterzumachen. Solange *Heiligkeit* die Herrschaft ausübte, gab es keine legale Möglichkeit, etwas Signifikantes zu bewirken. Jede Woche würde ein anderes Mädchen schwanger werden, Woche um Woche. Selbst wenn Marjorie sich in finanzieller und körperlicher Hinsicht verausgabte, hätte das auf Dauer keinen Zweck. War es überhaupt sinnvoll, sich mit dem Schicksal von Einzelpersonen zu befassen? Lily? Bets im letzten Monat? Dephine im vorletzten? Wenn die eine es nicht schaffte, dann eine andere. Welches Leben würde diejenigen denn erwarten, denen die Flucht gelang? Verstrickt in Unwissenheit und Ressentiments; vielleicht ein früher Tod …

Marjorie biß die Zähne zusammen und versuchte, die Contenance zu wahren. Sie könnte natürlich kündigen. Sie hätte Dutzende Entschuldigungen für den Vorstand parat gehabt, die allesamt plausibel gewesen wären. Aber sie hatte dieses Amt nun einmal übernommen, und es wäre eine Sünde gewesen, es einfach niederzulegen …

Sie schüttelte heftig den Kopf und zwang den Gleiter in den Sturzflug. Das Plärren des Warntons aus der Konsole brachte sie wieder zur Besinnung. Es wäre besser, an etwas anderes zu denken. Zum Beispiel an die Kinder: Tonys Pläne. Stellas Launen. Sie würde an etwas anderes denken, und wenn es an Rigo und seine Mätresse wäre. Mätressen. Plural. Sequentiell.

Der Gleiter verließ die Flugschneise und überflog die Grenze des Anwesens. Beim Passieren der Ställe kämmte sie sich durch das Haar und betete, daß Rigo nicht zu Hause war und sie ausfragte, wo sie gewesen wäre und was sie gemacht hätte. Sie war zu müde und deprimiert für einen Streit. Sie hatte etwas Bedeutendes leisten wollen, ein Zeichen setzen, und sie war gescheitert; das war alles. Es war ein honoriges Anliegen gewesen, und Rigo hatte kein Recht, ständig eine Erklärung von ihr zu verlangen. Zumal sie sich nun selbst nicht mehr sicher war.

Vielleicht hatte Rigo doch recht gehabt. Vielleicht hatte sie wirklich eine Heilige sein wollen. Und wenn dem so war?

Sie mußte lachen; eine Träne quoll ihr aus dem Auge, als sie den Gleiter parkte und im Sitz zusammensank. Sie fragte sich, was man heute als Heilige wohl alles zu tun hätte. Dann wischte sie sich die Tränen ab und sammelte sich, bis ihr plötzlich bewußt wurde, daß sie nicht die Contenance wahren mußte, daß sie nicht die starke Frau spielen mußte, daß sie sich überhaupt nicht verstellen mußte. Nun würde sie Rigo zum erstenmal keine Rechenschaft ablegen müssen. Vor heute abend würde er ohnehin nicht nach Hause kommen. Heute war der Tag, da Roderigo Yrarier, der treue Altkatholik und zuverlässige Sohn der Kirche, das Undenkbare getan hatte. Er hatte einer Vorladung nach *Heiligkeit* Folge geleistet.

Hundert goldene Engel zieren die Turmspitzen von *Heiligkeit*, mit ausgebreiteten Flügeln und erhobenen Trompeten. Von innen beleuchtet wirken sie wie hundert Sonnen. Die schwindelerregend hohen Kristalltürme von *Heiligkeit* schmiegen sich in einem Feuerwerk funkelnder Fassaden aneinander, vor dem Hintergrund eines dunklen, leeren Himmels. Tag und Nacht dienen sie als Leuchtturm und Wegweiser – so spricht *Heiligkeit* – für die große Diaspora der Menschheit, die über die Welten in der Weite des Alls verstreut ist.

Sie dienen auch als Boje für die Ausflugsschiffe, die in einer Höhe von fünfzig Kilometern über der Requisite hängen und hinter deren Fenstern sich die Beobachter drängen. Aus Furcht vor einem nicht näher spezifizierten Unfall müssen die Schiffe einen Mindestabstand von fünfzig Kilometern einhalten.

Das reicht gerade, daß die Touristen die großen Engel auf den Turmgiebeln erkennen und die in

Leuchtbuchstaben geschriebenen Worte lesen können, die auf Spiegel an den höchsten Mauern projiziert werden.

Heiligkeit. Einheit. Unsterblichkeit.

Obwohl man aus dieser Entfernung mit dem bloßen Auge keine Details erkennt, ist ein näherer Blick auf *Heiligkeit* unmöglich. Für alle Welten befindet *Heiligkeit* sich für immer am Horizont von Terra, wahrnehmbar und doch entrückt, heilig und unnahbar, zugänglich nur für die Erwählten: die Hierophanten, die Servitoren, die Ministranten. Wenn ein männlicher Fremder diesen Ort besuchen will (Frauen sind von vornherein nicht zugelassen), muß er sich zuerst die notwendigen Papiere besorgen. Nachdem man sich dann davon überzeugt hat, daß er auch wirklich männlichen Geschlechts ist, muß er diese Papiere vorzeigen, um sich innerhalb eines bestimmten Radius unter Aufsicht in der umgebenden Landschaft bewegen zu dürfen. Je nach Lust und Laune werden die Wachen ihm dann einen Passierschein ausstellen, der ihn durch stille Tunnel zum Empfangsbereich bringt, der sich in gebührender Entfernung des geschützten Herzens von *Heiligkeit* befindet.

Bei diesem Herzen handelt es sich um die unterirdische Residenz des Hierarchen deroselbst, weit unter den mit Engeln bestückten Türmen und durch achthundert Meter Erdreich und Fels von allen nur denkbaren Unbilden geschützt. Die Hierophanten des höheren Dienstes bewohnen in der Nähe gelegene Appartements. Darüber befinden sich die Maschinenräume, dann kommen die Kapellen, und erst dann die Endstation und der Empfangsbereich. Die untersten Stockwerke der Türme beherbergen die Suiten der Servitoren und Geistlichen niederen Ranges. Je höher in der Hierarchie man angesiedelt ist, desto tiefer steht man auf der infrastrukturellen Leiter. Je höher man sich befindet, desto weiter ist nämlich der Weg zu den Kapellen und Tunnels, in denen die Rituale von *Heiligkeit* vollzogen werden. Je weiter oben man lebt, desto geringer ist das Ansehen. Ganz oben, in Kontakt mit den Wolken, leben die eifrigen Konvertiten, deren Intellekt zu schwach ausgeprägt ist, als daß man sie mit anspruchsvollen Aufgaben betrauen könnte; die Alten, die dem Vergessen anheimgegeben werden; die zwangsverpflichteten Ministranten, die lustlos ihre Dienstzeit abreißen.

Und hier, im obersten Stockwerk des höchsten Turms, verlebt Rillibee Chime seine dienstfreie Zeit, wobei er meditierend in der umwölkten Stille hockt und zölibatäre Nächte auf der Pritsche verbringt, ohne daß angenehme Träume ihm das Dasein versüßen würden. Hier steht er des Morgens auf und wäscht sich, hier schlüpft er in die weichen Schuhe, zieht eine saubere weiße Kutte mit einer eng anliegenden Kapuze an und pudert sich das Gesicht, um jedwede unzüchtige Farbe zu kaschieren. Während dieser Verrichtungen beobachtet er die Vögel, die in einer präzisen V-förmigen Formation gen Süden fliegen, in die warmen Länder, in Rillibees Heimat. *Heiligkeit* ist am Rande der Eiswüste errichtet worden, um sich sowohl von den Niederungen des weltlichen Alltags zu separieren als auch der Natur den Platz zu lassen, den sie für ihre Regeneration braucht. Hinter den funkelnden Türmen liegt in der Kälte die arktische Tundra und das Eis, seit Jahrhunderten unberührt.

Die Kälte ist indessen kein Thema für *Heiligkeit*. In den Türmen herrscht eine konstante Temperatur. Weder Regen noch Schnee fallen in diesen stillen Korridoren. Es gibt keine Vegetation. Es gibt auch keinen Tod. Wenn Rillibee ernstlich erkrankte, würde man ihn einfach wegspiritualisieren, und ein anderer Ministrant würde seine Zelle beziehen, seine Arbeit tun und den Gottesdienst verrichten. Niemand würde zur Kenntnis nehmen, daß der eine gegangen und ein anderer gekommen ist. Eine Nachricht würde an seine Eltern oder Verwandten geschickt werden, sofern er noch welche hatte; mehr Aufhebens würde aber nicht gemacht werden von der Sache. Obwohl die Doktrin lehrt, daß die erbauliche Existenz von *Heiligkeit* auf der Unsterblichkeit der Person fuße, wird keine Personalität zugelassen – zumindest nicht auf Rillibees Niveau. *Heiligkeit* wird nur von ein paar Personen repräsentiert: dem Hierarchen, Carlos Yrarier, dem Abteilungsleiter Missionen, Sender O'Neil und dem designierten Hierarchen. Rillibee wird für immer ein Niemand bleiben.

Manchmal sagt er seinen Namen in einer stummen Litanei auf, um sich an seine Identität zu erinnern; er klammert sich an sein Selbst, das Selbst, das ihm vertraut war, das Selbst mit Erinnerungen und einer Vergangenheit und Menschen, die er einmal geliebt hatte. Manchmal schaut er auf den benachbarten Turm und versucht, hinter der glitzernden Fassade eine Person zu erkennen, jemand anders, jemanden mit einem anderen Namen, und er kämpft die Schreie nieder, die sich seiner wie zugeschnürt wirkenden Kehle entringen möchten.

»Ich bin Rillibee Chime«, flüstert er im Monolog. »Geboren inmitten der Kakteen der Wüste. Vögel und Eidechsen waren meine Gefährten.« Er erinnert sich an die Vögel und Eidechsen, die Formation der Enten in der Luft, die auf einem heißen Rost gebackenen Fladenbrote, den Geschmack der leckeren Bohnen, das Bild von Miriam und Joshua Songbird, vor langer, langer Zeit. »Noch zwei Jahre«, flüstert er. »Nur noch zwei Jahre.«

In zwei Jahren ist seine Dienstzeit beendet. Nicht daß er von seinen Eltern verpflichtet worden wäre, so wie die Söhne der *Geheiligten* verpflichtet wurden. Nicht daß er versprochen worden wäre, damit seine Mutter die Erlaubnis erhielt, einen Sohn zu gebären.

Nur bei den *Geheiligten* war es üblich, daß die Frauen ihre Söhne für einen jahrelangen Dienst bei *Heiligkeit* verpflichteten, und Rillibees Leute besaßen nicht den Status von *Geheiligten*. Nein, Rillibee war eingezogen, adoptiert und verpflichtet worden, weil es niemanden gab, der die ehrgeizigen Lakaien von *Heiligkeit* an die Kandare nahm.

Noch zwei Jahre, sagt Rillibee sich, falls er solange durchhält. Und wenn nicht? Manchmal stellt er sich diese Frage, wobei er Angst vor der Antwort hat. Was geschieht mit denen, die ihre Dienstzeit nicht durchhalten? Was geschieht mit denen, die es nicht schaffen, die Schreie zu unterdrücken, die sprechen oder schreien oder fluchen, so wie er fluchen möchte?

›Verdammt‹, hatte der Papagei vor langer Zeit zu Miriams Belustigung gesagt. ›Verdammte Scheiße.‹

»Verdammt«, flüstert Rillibee nun.

›Laßt mich sterben‹, hatte der Papagei dann gesagt. Das hatte niemand mehr lustig gefunden.

»Laßt mich sterben«, sagt nun auch Rillibee und streckt die Hände zu den sechsflügeligen Seraphen auf den Türmen aus.

Nichts geschieht. Obwohl er sie wiederholt dazu aufgefordert hatte, strecken die Engel ihn nicht nieder.

Jeden Tag verläßt er seine Zelle und tritt an die Rutschbahn. Er betrachtet sie für einen Moment und fragt sich, ob er wohl den Mut aufbringen würde, auf sie aufzuspringen. Als er zum erstenmal nach *Heiligkeit* kam, wurde er hinuntergestoßen, immer wieder, und er hatte das Gefühl eines endlosen Falls. Er bekam eine Gänsehaut, und der Magen wollte ihm schier zur Nase herauskommen. Das ist nun schon zehn Jahre her, aber bei dem Gedanken, auf die Rutschbahn aufzuspringen, entfährt ihm auch heute noch ein mentaler Schrei. Er hat indes eine akzeptable Alternative gefunden. An der Innenwand der abgrundtiefen Rutschen befinden sich massive Metallsprossen für das Reinigungs- und

Wartungspersonal. Dreihundert Meter in die Tiefe. Dreihundert Meter in die Höhe. Rillibee bewältigt diese Strecke jeweils einmal am Tag, wobei er früh aufsteht, um nicht in Zeitnot zu geraten.

Nach dem Abstieg wartet das Refektorium auf ihn. Seit zehn Jahren sucht er nun schon täglich das Refektorium auf, seit er zwölf Jahre alt war; aber er muß noch immer den Hustenreiz unterdrücken, der ihn beim Geruch des Frühstücks befällt. Refektorium. Es stinkt permanent nach ekelhaft schmeckendem Mampf. Er verzichtet auf das Frühstück.

Statt dessen setzt er den Abstieg zu seinem Arbeitsplatz fort und sucht auf der beleuchteten Anzeigetafel seine Nummer unter tausend anderen heraus. RC-15-18809. Klerikale Dienstleistungen für den Hierarchen. *Cleric-all* erforderlich. Besucherführung. Drittes Untergeschoß, Raum 409, 1000 Stunden.

Der Hierarch. Merkwürdig, daß ausgerechnet ein so jugendlicher und rangniederer Mitarbeiter wie Rillibee als Adjutant des Hierarchen abgestellt wird. Andererseits ist das überhaupt nicht so merkwürdig. Er ist nämlich nur ein Rädchen im Getriebe von *Heiligkeit*, das nach Belieben austauschbar ist. Es gehört nicht viel dazu, einen Besucher zu führen oder einen *cleric-all* zu bedienen.

Die nächsten zwei Stunden wird sein Körper nicht gebraucht werden. Diese Zeit hat er zur freien Verfügung. Zeit, ins Magazin zu gehen und sich einen *cleric-all* besorgen. Zeit, ins Kommissariat zu gehen und sich etwas zu essen zu kaufen, das diese Bezeichnung auch verdient. Zeit, in die Bibliothek zu gehen und sich ein unterhaltsames Buch auszuleihen. Er fürchtet sich vor menschlicher Gesellschaft. Wegen der Einsamkeit und Frustration würde er jeden Moment anfangen zu weinen. Er schluckt und versucht, diese deprimierenden Gefühle zu unterdrücken, aber sie wollen einfach nicht weichen.

Unter diesen Umständen sucht er besser einen weniger belebten Ort auf. Er setzt den Abstieg bis zur Kapellenebene fort und schreitet langsam den Korridor ab, wobei er eine Kapelle nach der anderen passiert und das stetige Summen der Lautsprecher über den Altären vernimmt. Schließlich betritt Rillibee die nächstbeste Kapelle. Er nimmt Platz und stöpselt sich den Ohrhörer ein, der das mückenartige Summen zu einer verständlichen Sprache verlangsamt. »Artemus Jones«, dröhnt eine Baßstimme. »Favorella Biskop. Janice Pittorney.« Rillibee nimmt den Ohrhörer heraus und betrachtet statt dessen den Altar.

Tag für Tag sitzt ein Älterer hinter dem Altar und wartet darauf, daß der anonyme Ministrant ihm eine Liste mit Neuzugängen überreicht. Der Ältere nickt mit dem Kopf, und der Ministrant hebt an: »Auf der Welt Semling ist Martha und Henry Spike ein Mädchen geboren worden mit Namen Alevia Spike. Auf *Sieg* ist Brown Little und Hard Lost Blue ein Junge geboren worden mit dem Namen Broken Sound. Auf *Reue* ist Domal und Susan Crasmere ein Junge geboren worden mit dem Namen Domal Vincente II.«

Nach jeder Meldung macht der Ältere eine tiefe Verbeugung und intoniert Worte, die wegen des inflationären Gebrauchs bereits komödiantisch wirken, Worte, die in den Türmen niemand mehr ernst nimmt. »*Heiligkeit*. Einheit. Unsterblichkeit.« Auf den Sinngehalt kommt es dabei nicht an. Allein die Äußerung dieser Worte öffnet schon die heilige Tür. Die reine Phonetik schreibt Geschichte. Nach der Intonation dieser Worte hält der in eine Kutte gehüllte Ministrant die Dokumente und Gewebeproben für einen Moment in Weihrauch, bevor er sie in Schlitze steckt, durch die sie über eine Rutsche aus poliertem Stein an einen Ort befördert werden, den besagter Ministrant, wie die meisten kürzer dienenden Ministranten, nie zu Gesicht bekommen wird. Dort werden die Namen archiviert, die

Zellproben kommen in die Gewebebank und verhelfen der rotgesichtigen Alevia, dem schreienden Broke und dem schlummernden Dom somit zur Unsterblichkeit in der heiligen Geschichte.

Ein paarmal hat Rillibee schon in dieser Gruft als Archivar Dienst geschoben. Dort unten befinden sich die genealogischen Maschinen und brabbeln vor sich hin, während sie Nummern vergeben und den genetischen Code der Zellproben registrieren, den Code, mit dem im Bedarfsfall die Körper von Alevia oder Broke oder Dom oder einer beliebigen Person, die jemals existiert hat, rekonstruiert werden kann, authentisch und individuell, wie neugeboren aus der Klon-Maschine. Natürlich nur als körperliche Entität. Bisher hat noch niemand einen Weg gefunden, die Erinnerungen oder die Personalität eines Menschen abzuspeichern. Trotzdem sei das besser als nichts, sagen die *Geheiligten* und reichen unverdrossen ihre Proben ein. Hauptsache, die Replika existiert körperlich; mit der Zeit wird sich auch ein neues Gedächtnis etablieren, und irgendwann wird die neue Kreatur schon eine gewisse Ähnlichkeit mit dem Original aufweisen. Wer wollte denn ausschließen, daß die neue Alevia aufgrund gewisser Umstände und déjà-vu-Erlebnisse ihr früheres Leben nicht noch einmal durchlebt? Und wer wollte ausschließen, daß Dom beim Blick in den Spiegel nicht den Geist seines früheren Ich erblickt?

In den Tiefen von *Heiligkeit* sind die Namen aller Männer und Frauen der Menschheitsgeschichte gespeichert. Die Menschen, von denen keine schriftliche Biographie vorlag, sind von den Maschinen bis zur Morgendämmerung der Menschheit extrapoliert worden. Es sind Männer und Frauen in den Maschinen verzeichnet, deren Namen kein Historiker jemals gehört hat, Namen in Sprachen, die am Beginn der Zeit gesprochen wurden. Es tut der Sache keinen Abbruch, daß heutzutage niemand das Idiom des Homo habilis beherrscht; die Maschinen beherrschen die Sprache und kennen jeden, der sie gesprochen hat. Adam, der gerade von den Bäumen herabgestiegen ist, steht genauso auf der Liste wie Eva, die sich mit ihrer affenartigen Hand am Hintern kratzt. Ihre Genotypen sind auch abgespeichert, von den Maschinen rekonstruiert und mit den entsprechenden DNA-Abschnitten versehen. Jeder Mensch, der jemals gelebt hat, befindet sich hier, in *Heiligkeit*-Einheit-Unsterblichkeit.

Und das alles, jede Maschine, jeder Eingang, jede Probe, alles wird bewacht. Die Wachen sind allgegenwärtig, beobachten, notieren, berichten. Sie observieren jene, die nicht mit dem Ideal von H-E-U konform gehen. Sie halten Ausschau nach Ministranten, die in lallenden Wahnsinn verfallen. Sie spähen nach *Moldies*, Mitgliedern jener Sekte, die wegen des mühseligen Lebens nur ein Ziel kennt, die Vernichtung von *Heiligkeit*, von Terra, von hundert Welten, des Lebens selbst – das Ende all dieser Männer und Frauen auf der ewigen Liste.

Tag für Tag, in jeder der tausend Kapellen, werden Auszüge der Liste laut von den Maschinen verlesen, den ganzen Tag und die ganze Nacht. Nachdem die Liste vollständig verlesen wurde, fangen die Maschinen von vorne an. Das mückenähnliche Summen nimmt kein Ende, während alle Angehörigen der Menschheit von Altvater Adam bis zum kleinen Dom verlesen werden, unaufhörlich.

Während dieser Litanei mustert Rillibee den Älteren, lauscht mit halbem Ohr den vom Ministranten vorgetragenen Namen und stöpselt wieder den Ohrhörer ein, um der Rezitation der Maschine zu folgen. »Violet Wilberforce. Nick en Ching. Herbard Guston.« Jeder, der jemals gelebt hatte, nur nicht Rillibee Chime. Sein Name ist noch nie von der mechanischen Stimme genannt worden. Vielleicht wird er erst dann registriert, wenn er die zwölfjährige Dienstzeit beendet hat. Der

Ohrhörer ist stark verstaubt. Es ist schon lange her, daß ein Zuhörer hier war, der sich für die Litanei interessierte.

Gleich wird er sich den *cleric-all* besorgen und sich in Zimmer 409 im dritten Untergeschoß zum Dienst melden. Gleich. Im Moment sitzt er hier ganz entspannt und unterdrückt die Einsamkeit, indem er den *Rillibee Chime*-Monolog aufsagt und aufmerksam dem Klang lauscht; derweil spricht eine menschliche Stimme laute Worte in dieser leeren Hölle, wo niemand seinen Namen ruft.

Als Rigo Yrarier die Raumkapsel verließ und den tief unter der Erde gelegenen Empfangsbereich betrat, wunderte er sich nicht über die Gänsehaut, die ihn aufgrund seiner abergläubischen Disposition überkam. Er war nämlich unfreiwillig hier. Onkel Carlos hatte ihm eine Nachricht gesandt, mit der Bitte zu kommen. Onkel Carlos, das schwarze Schaf der Familie. Carlos, der Ungläubige. Onkel Carlos, der Apostat, der schon vor langer Zeit vom Altkatholizismus seiner Jugend abgefallen war und nun Hierarch von ... *dem hier* war. Rigo schaute sich um und versuchte, *das hier* zu definieren. Diesen Bienenstock. Diesen unheiligen Ameisenhügel. Hinter der Glasscheibe, vor der er stand, wuselten identisch gekleidete, anonyme leichenblasse Figuren wie Insekten umher.

Rigo hatte überhaupt nicht kommen wollen, nicht einmal im Rahmen einer Hilfsmission, wie Onkel Carlos sich in seiner Botschaft ausgedrückt hatte. Für Hilfsmissionen war Marjorie zuständig, nicht Rigo, zumal er nicht einmal damit sympathisierte. Völlig sinnlos. Man konnte niemanden retten, der zu dumm war, sich selbst zu retten, und dasselbe galt auch für *Heiligkeit*, zumindest was Rigo betraf. Dann hatte überraschenderweise Vater Sandoval Rigo bedrängt, dem Gesuch zu entsprechen. Zweifellos hatte der Vater dafür seine Gründe. Er würde vermutlich einen Bericht wünschen; er würde alles über *Heiligkeit* wissen wollen, wie es aussah, was dort vorging. Der Klerus der Altkatholiken durfte *Heiligkeit* nämlich mit derselben Häufigkeit einen Besuch abstatten, wie die Altkatholiken es dem Teufel gestatteten, eine Messe zu lesen.

Der Aberglauben, den Rigo spürte, war indessen nur eine Ursache seines Zögerns. Er steckte auch voller Ressentiments, die er jedoch erkannte und zu kaschieren versuchte, während er nach jemandem Ausschau hielt, der sich seiner annahm. Das gespenstische Fluidum der vermummten und leichenblassen Nonentität, die durch die zischende Tür trat und ihn mit einer Verbeugung begrüßte, trug jedenfalls nicht dazu bei, sein Unbehagen zu lindern. Ebensowenig wie der lange Marsch, auf den sein Führer sich nun mit ihm begab, durch verzweigte Korridore, an einer Kapelle nach der anderen vorbei, alle verlassen, alle widerhallend mit der schrillen Litanei von Namen, endlosen Namenslisten.

Es wäre besser, sagte er sich, wenn sie Maschinen erfänden, die auch zuhören würden, anstatt nur zu reden, oder weshalb sagten die Maschinen die Namen nicht einfach still für sich auf, bis in alle Ewigkeit. Ohne dieses hornissenartige Gesumm, das ihm einen Juckreiz und Kopfschmerzen bescherte, wäre schon viel gewonnen. Irgendwo in diesem Rauschen wurde sicher auch sein Name genannt. Und der von Marjorie und den Kindern. Es gab kein Entrinnen, obwohl ihre Familien auf den Erhebungsbögen angegeben hatten, sie würden einem anderen Glauben angehören und keinen Wert darauf legen, in *Heiligkeit* registriert zu sein. Die Kinder sollten auch nicht registriert werden, und überhaupt glaubten sie nicht an die mechanische Unsterblichkeit und hofften auch nicht auf die körperliche Wiederauferstehung, was das größte Werbeversprechen von *Heiligkeit* war. Ungeachtet der Wutausbrüche seines Vaters wegen der anmaßenden Arroganz von *Heiligkeit,* trotz der Hysterie seiner Mutter und Vater Sandovals milden Tadels verfuhr *Heiligkeit* ganz nach Gusto. Jeder wußte, daß diese Ausnahmeformulare Travestie waren. Das Ausfüllen eines solchen Bogens diente nur als Signal für die *Geheiligten Missionare,* die Abtrünnigen zu identifizieren und zu jagen, bis der Missionar ihnen ein paar lebende Zellen abgenommen hatte. Dazu genügte eine belebte Straße oder ein Gehweg. Ein schneller Knuff reichte. Der Stich einer Nadel, wie ein Zwicken oder Kneifen. Sie waren wie Ratten, diese Missionare, räuberische Parasiten, die Namen und Gewebeproben dem ... dem hier zuführten.

Dem hier. *Heiligkeit*/Einheit/Unsterblichkeit. Die Worte waren allgegenwärtig, in die Fußböden und Wände eingemeißelt und in die Türklinken geprägt. Wo der Platz nicht ausreichte für die ganze Wortkombination, wurde eben die Abkürzung verwendet: H/E/U, H/E/U, H/E/U.

»Blasphemische Fiktion«, murmelte Rigo; ein Zitat von Vater Sandoval. Er versuchte, kürzere Schritte zu machen, um dem Führer nicht auf die Fersen zu treten und wünschte sich bei jedem Schritt, nicht hergekommen zu sein. Nicht für Onkel Carlos. Carlos, der Verräter. Der Tatbestand der Häresie war an sich schon schlimm genug gewesen; und jetzt war er obendrein noch Hierarch, eine Schande für jeden Altkatholiken.

Der maskierte Führer blieb stehen, musterte Rigo flüchtig, als ob er sich davon überzeugen wollte, daß die Kleiderordnung auch stimmte, und klopfte an eine tief in die Wand versetzte Tür. Dann öffnete er und bedeutete Rigo, einzutreten. Es war ein kleiner, schmuckloser Raum mit drei Stühlen. Im Schneidersitz nahm der vermummte Ministrant auf einem davon Platz; auf dem Schoß lag ein *cleric-all.* Auf einem anderen Stuhl, der in der Nähe einer spaltweit geöffneten Tür stand, saß zusammengesunken ein alter Mann, eine lebende

Leiche mit trüben, tief in den Höhlen liegenden Augen. Seine bandagierten Hände zitterten, und mit zittriger Stimme fragte er:

»Rigo?«

»Onkel?« fragte Rigo unsicher zurück. Er hatte Carlos seit Jahrzehnten nicht mehr gesehen. »Onkel Carlos?« Ein Gestank lag im Raum, wie eine Dachkammer, in der jemand gestorben war.

Das Zittern verlagerte sich von den Händen zum Kopf, wobei Rigo dies als ein Nicken interpretierte. Die Hand wies kraftlos auf den leeren Stuhl, und Rigo nahm Platz. Vor ihm saß der leibhaftige Tod, dessen Leben eigentlich schon längst abgelaufen war. Wider Willen spürte er Mitleid. Der Ministrant auf dem dritten Stuhl war Protokollführer und hatte bereits den *cleric-all* zwecks Aufnahme und Transkription eingeschaltet.

»Mein Junge«, ertönte ein Flüstern. »Wir möchten dich um etwas bitten. Du sollst für einige Zeit auf Reisen gehen. Es ist wichtig. Es handelt sich um eine Familienangelegenheit, Rigo.« Dann lehnte er sich zurück und hüstelte schwach.

»Onkel!« Der Teufel sollte ihn holen, wenn er ihn als *Hierarch* titulierte. »Du weißt doch, daß wir nicht zu den Geheiligten zählen.«

»Du sollst es auch nicht für *Heiligkeit* tun, Rigo. Ich bitte dich im Namen der Familie darum. Für deine Familie. Alle Familien. Ich sterbe. Ich bin nicht wichtig. Wir sterben alle …« Er wurde von einem Anfall geschüttelt.

Die Tür ging auf, und zwei vermummte Adjutanten stürmten in den Raum, wobei sie sich vor lauter Beflissenheit fast selbst über den Haufen gerannt hätten.

Rigo streckte eine Hand aus. »Onkel!«

Die beiden Figuren schauten ihn mit fanatischem Gesichtsausdruck drohend an und schlugen ihm die Hand weg.

Schwächlich schlug der alte Mann nach ihnen. »Laßt mich, laßt mich, ihr Narren! Laßt mich!« bis sie von ihm abließen und sich zögerlich trollten. »Keine Kraft für Erklärungen«, murmelte er mit fast geschlossenen Augen. »O'Neil wird es dir erklären. Arsch. Nicht du. O'Neil. Arsch. Schreib das nicht auf«, sagte er zum Ministranten. »Bitte, Rigo«, wandte er sich wieder an seinen Neffen.

»Onkel!«

Der Mann riß sich zusammen und musterte Rigo mit einem Totenkopf-Blick. »Ich weiß, daß du nicht an *Heiligkeit* glaubst. Aber du glaubst doch an Gott, Rigo. Bitte, Rigo. Du mußt gehen. Du und deine Frau und deine Kinder. Deine ganze Familie, Rigo. Für die Menschheit. Wegen der Pferde.« Er hustete wieder.

Diesmal war es kein vorübergehender Anfall, und die Servitoren kamen sofort herein, um den alten Mann fortzuschaffen. Rigo behielt Platz und musterte die ihm gegenübersitzende anonyme Kalkratte. Dann hängte der Ministrant sich den *cleric-all* um die Schulter und bedeutete Rigo, ihm nach draußen zu folgen. Er führte ihn durch eine gewundene Halle in einen breiten Korridor.

»Wie ist dein Name?« hatte Rigo gefragt.

»Wir haben keine ...«, erwiderte der Ministrant mit Grabesstimme.

»Das interessiert mich nicht. Wie ist dein Name?«

»Rillibee Chime.« Die Worte tröpfelten in die Stille, wie Regenwasser in einen Pool.

»Stirbt er?«

Einen Moment Pause. »Das Flüstern sagt, daß er stirbt«, erwiderte er schließlich, als ob die Beantwortung dieser Frage schwierig oder gar unzulässig gewesen wäre.

»Was hat er?«

»Alle sagen ... Pest.« Das letzte Wort kam so bitter wie Galle und verschlug ihm die Sprache. Das anonyme Gesicht wandte sich ab. Die anonyme Person keuchte. Er hatte ein schlimmes Wort ausgesprochen. Es bedeutete das Ende der Zeit. Es bedeutete, daß zwei Jahre vielleicht nicht ausreichen würden, von diesem Ort zu verschwinden.

Auch Rigo kam das schwer an.

»Pest!« entfuhr es ihm grunzend.

Dieser Tage bedeutete das nur eines. Ein heimtückisches Virus mit einer langen Inkubationszeit. Ein Virus, das den Körper dazu veranlaßte, sich in einem Anfall von biologischem Selbsthaß selbst zu verzehren. Vater Sandoval hatte darauf bestanden, Rigo ein auf dem Index stehendes Dokument zu zeigen, das von einem anderen, bereits verstorbenen Priester in einem Lazarett erstellt worden war, wo Pestopfer behandelt wurden und geistlichen Beistand erhielten. Alle Betten waren belegt gewesen; manche Patienten waren noch am Leben. Rigo hatte das Bild überflogen, ohne es eigentlich sehen zu wollen. Der Würfel hatte ihn aber dazu gezwungen. Er hatte nämlich auch einen Audio- und olfaktorischen Modus, und er war vor dem Gestank zurückgewichen, während er versuchte, den gutturalen, qualvollen Husten und die verstümmelten Körper zu verdrängen, deren Augen so tief in den Höhlen lagen, daß die Gesichter wie Totenschädel aussahen.

»Pest«, murmelte er erneut. Es ging das Gerücht, wonach die Seuche von einem Planeten zum anderen übertragen worden und nach Jahrzehnten überall gleichzeitig ausgebrochen war, ohne daß man ihren Ursprung lokalisieren und sie eindämmen konnte. Ein weiteres Gerücht besagte, daß die Wissenschaft hilflos war; den Forschern war es wohl gelungen, das Monster zu isolieren, aber wenn das Virus sich erst einmal in einem menschlichen Wirt eingenistet hatte, war es nicht mehr aufzuhalten. Dieses Gerücht war über zwanzig Jahre umgegangen. Wenn es sich wirklich um die Pest handelte, mußte die Anzahl der Opfer bereits in die Milliarden gehen. Es handelte sich allerdings nur um Gerüchte, denn *Heiligkeit* bestritt die Existenz der Pest, und was von *Heiligkeit* dementiert wurde, wurde auch von den Kolonialwelten dementiert – in der Regel.

»Du meinst meinen Onkel?« fragte Rigo.

»Bis heute habe ich nicht gewußt, daß er Euer Onkel ist. Der Hierarch.« Der Ministrant drehte sich um und schaute ihn aus plötzlich menschlichen Augen an. »Eigentlich dürfte ich überhaupt nicht mit Euch sprechen, Sir. Bitte sagt ihnen nicht, daß ich es getan habe. Hier befinden sich die Räumlichkeiten des Abteilungsleiters Missionen, Sir. Wenn Ihr Fragen habt, müßt Ihr Euch an den Abteilungsleiter wenden. Ihr müßt Sender O'Neil fragen.«

Der Ministrant wandte sich um und verschwand im Strom der namenlosen Ministranten; an der Biegung des Korridors drehte er sich noch einmal zu Roderigo Yrarier um, der noch immer mit gesenktem Blick vor der Tür stand, einen Ausdruck der Abscheu im Gesicht.

»Dieser Ministrant sollte diszipliniert werden«, forderte ein Beobachter. »Seht nur, wie er herumsteht und gafft.« Der Beobachter selbst gaffte angestrengt durch eine unmerklich geöffnete Tür, wobei seine mit Altersflecken übersäte Hand zitternd an der Wand lag.

»Er ist bloß neugierig«, sagte sein Kamerad über die Schulter hinweg. »Was glaubst du denn, wie oft er einen *Geheiligten* zu sehen bekommt. Mach die Tür zu. Hast du denn verstanden, was der alte Mann sagte, Hallers?«

»Der Hierarch? Er sagte, sein Neffe hätte die Chance, das zu finden, was wir suchen; wegen der Pferde.«

»Und glaubst du, daß Yrarier Erfolg haben wird?«

»Nun, Cory, er ist eine so repräsentative Erscheinung, nicht wahr? Das schwarze Haar und die weiße Haut und die roten Lippen. Ich glaube, seine Chancen stehen so gut wie bei jedem anderen.«

Der als Cory bezeichnete Mann verzog das Gesicht. Er war nie eine repräsentative Erscheinung gewesen, und oft hatte er diesen Umstand bedauert. Nun war er einfach nur alt, wobei ihm Haare aus den Ohren wuchsen und die Augen mit Krähenfüßen umgeben waren. »Er hat zwar ein repräsentatives Äußeres, macht aber keinen besonders intelligenten Eindruck. Ich hoffe aber trotzdem, daß er Erfolg hat. Wir sind auf ihn angewiesen, Hallers. Wir brauchen es.«

»Das mußt du mir nicht sagen, Cory. Wenn wir nicht bald das Gegenmittel bekommen, werden wir sterben. Alle.«

Dann trat eine Pause ein. Hallers drehte sich um und sah, wie sein Gefährte nachdenklich auf den Boden starrte. »Auch wenn wir es schnell bekommen sollten, halte ich es für besser, wenn wir es nicht jedem zugänglich machen.«

Unsicher und mit verwirrtem Gesichtsausdruck trat Hallers auf seinen Kameraden zu. »Ich verstehe nicht, was du meinst.«

»Nun, Hallers, angenommen, wir würden das Gegenmittel morgen bekommen. Weshalb sollten wir jeden retten? Unsere besten Leute, natürlich, aber wieso sollten wir uns um die anderen kümmern? Was gehen uns denn zum Beispiel die Kolonialplaneten an?«

Schweigen herrschte im Raum, während Hallers perplex dreinschaute und Cory Strange auf eine Reaktion wartete. Hallers war schockiert. Nun, nachdem Cory diese Idee gekommen war, war er zunächst auch schockiert gewesen. Aber dann hatte er den potentiellen Nutzen dieser Sache für *Heiligkeit* erkannt...

»Du würdest sie sterben lassen? Ganze, von Menschen besiedelte Welten?«

Der andere zuckte ungerührt die Achseln und stieß

ein Wimmern aus, als ein Schmerz durch das Gelenk zuckte. »Langfristig dürfte *Heiligkeit* davon profitieren, glaubst du nicht auch? Die Menschheit ist jetzt schon zu weit verbreitet. *Heiligkeit* hat sich nach Kräften bemüht, die Kolonialisierung zu beenden, aber sie geht dennoch weiter. Hier eine Gruppe, da eine Gruppe, die hier und da eine kleine Grenzwelt in Besitz nimmt. Und was geschieht dann? Es entstehen Orte wie Shafne, wo wir nicht einmal imstande sind, einen Brückenkopf zu errichten! Nein, die Menschheit ist schon viel zu weit verbreitet, als daß wir sie noch kontrollieren könnten.«

»Ich weiß, daß das die aktuelle Ansicht des Ältestenrates ist, aber ...«

»Auf jeden Fall«, fiel der andere ihm ins Wort, »müssen wir Yrarier im Auge behalten, damit wir über jeden seiner Schritte im Bilde sind. Hast du mir nicht gesagt, Nods sei nach *Gras* abkommandiert worden? Vorsitzender der *Akzeptablen Doktrin* bei den dortigen Büßern, war es nicht so? Oder habe ich das von jemand anders gehört?«

»Es muß jemand anders gewesen sein. Meinst du unseren alten Freund Noddingdale?«

»Genau den. Obwohl er sich einen dieser komischen Namen der Grünen Brüder zugelegt hat. Jhamless. Jhamless Zoe.«

»Jhamless Zoe?« Der andere lachte keuchend.

»Lach nicht. Die Brüder nehmen ihre religiösen Namen sehr ernst. Bleib solange, bis ich eine Notiz gemacht habe. Veranlasse einen deiner Schüler, sie in einem unauffälligen Gegenstand zu deponieren, mit einem Code zu versehen und in eine sich selbst zerstörende Hülle zu wickeln. Dann soll sie auf das Schiff gebracht werden, mit dem auch Yrarier fliegt.«

Er setzte sich an den Schreibtisch und schrieb: ›Mein lieber alter Freund Nods ...‹, wobei er Schwierigkeiten hatte, die Buchstaben zu Papier zu bringen.

Sein gleichermaßen betagter Freund beugte sich ihm über die Schulter und brachte ihn aus dem Konzept: »Es heißt, der Hierarch hätte nur noch wenige Stunden zu leben. Ob der neue Hierarch wohl die gleiche Einstellung zu dieser Sache haben wird, Cory? Das Gegenmittel beschaffen und ein paar Welten einfach ... über den Jordan gehen lassen?«

»Der neue Hierarch?« Cory lachte erneut, diesmal aus vollem Herzen, und richtete die großen, fanatischen Augen auf seinen Kameraden. »Soll das etwa heißen, du hättest es nicht gewußt? Richtig! Schließlich bist du für eine Weile draußen gewesen. Der Ältestenrat ist vor einer Woche zusammengekommen. *Ich* werde der neue Hierarch sein.«

4

Es scheint so, als ob hier immer Winter wäre«, bemerkte Marjorie Westriding Yrarier, wobei sie jedoch darauf achtete, daß diese Aussage nicht wie eine Beschwerde klang. Eine Beschwerde wäre nämlich ein diplomatischer Fauxpas gewesen, aber wegen einer bloßen Meinungsäußerung würde ihr Gastgeber und Begleiter, Obermun Jerril bon Haunser, sich nicht echauffieren. Das wäre nämlich ein noch größerer Verstoß gegen die Etikette gewesen als die Beleidigung selbst – allemal von jemandem, der sie nicht kannte, dessen Aufgabe aber unzweifelhaft darin bestand, sie so schnell wie möglich kennenzulernen. Bei der Betrachtung seines rechteckigen, markanten Gesichts fragte sie sich jedoch, ob er sie jemals kennenlernen würde. Er wirkte nämlich nicht wie ein Mann, der besonderes Einfühlungsvermögen in andere Menschen besaß.

Dennoch versuchte er mit einem für ihn untypischen Lächeln, charmant zu wirken. »Wenn der Sommer kommt«, sagte er in einem schwer akzentuierten Terranisch, dessen er sich bei diplomatischen Konversationen immer befleißigte, »wird es Ihnen so vorkommen, als ob hier immer Sommer wäre. Die Jahreszeiten auf *Gras* währen ewig. Der Sommer endet nie, und der Herbst auch nicht. Und selbst wenn Sie es nicht glauben: Wir haben jetzt Frühling.«

»Woher sollte ich das denn wissen?« fragte sie mit echtem Interesse. Vom Fenster des Haupthauses, das auf einer leichten Anhöhe errichtet war, wirkte die Landschaft unter ihr wie ein endloser Ozean aus pastelligem Grau und blassem Gold, trockene Gräser, die wie die Wellen eines Meeres wogten, eine Fläche, die nur von vereinzelten Inseln aus großen, verwachsenen Bäumen unterbrochen wurde, deren Kronen so ausladend waren, daß sie sich als massive schwarze Objekte vor dem trüben Himmel abhoben. Es war nicht wie der heimische Frühling. Es hatte überhaupt keine Ähnlichkeit mit den Jahreszeiten zu Hause, wohin sie sich nun sehnlichst zurückwünschte, trotz des Enthusiasmus, mit dem sie diese Mission zunächst in Angriff genommen hatte.

»Woran erkennen Sie, daß es Frühling ist?« fragte sie, wandte sich vom Fenster ab und ihm zu.

Sie standen zwischen den hohen, hallenden Wänden einer arktisch kalten und leeren Kammer, welche die Botschaft darstellte. Das hohe Kreuzgewölbe war mit elfenbeinfarbenen Filigranmustern verziert; große, in eiskalte Bögen eingelassene Glastüren führten auf eine Terrasse; in blassem Licht glühende Korridore reflektierten ihre Bewegungen, als ob sie über eine mit einer feinen Staubschicht überzogene, polierte Eisfläche geschritten wäre. Obwohl es sich um eine der Haupt-Lobbies der Estancia handelte, war der Raum unmöbliert und hatte nicht einmal Vorhänge vor den vereisten Fenstern. Anscheinend genügte er sich selbst, wie auch das Dutzend anderer Räume, die sie besichtigt hatten; alle waren sie so groß, kalt und leer gewesen wie dieser hier.

Die Estancia befand sich zwar in einem guten Zustand, war aber eine Zeitlang unbewohnt gewesen, und Marjorie, Lady Westriding, hatte den Eindruck, daß es dem Haus auch ganz recht so war. Möbel wären nämlich nur Fremdkörper in diesen Räumen gewesen. Sie hatten sich daran gewöhnt, ohne Mobiliar auszukommen. Auch auf Teppiche und Vorhänge war zugunsten dieser kühlen Schlichtheit verzichtet worden.

»Betrachten Sie einmal das Gras auf den Stufen zur Terrasse«, sagte der Obermun. »Fällt Ihnen etwas auf?«

Sie schaute auf die bezeichnete Stelle und überzeugte sich davon, daß der amethystfarbene Schatten, den sie sah, nicht bloß ein Effekt des oft trügerischen Lichts war. »Purpur?« fragte sie. »Purpurnes Gras?«

»Wir bezeichnen diese spezielle Sorte als *Königsmantel*«, erklärte er. »Es gibt hundert Gräser auf dieser Welt, in mannigfaltigen Formen und Größen und in einer unglaublichen Farbenvielfalt. Wir haben zwar keine Blumen in dem Sinn, wie man sie auf *Heiligkeit* kennt, aber dennoch mangelt es uns nicht an Blüten.« Wie die meisten, denen sie auf *Gras* begegnet waren, gebrauchte auch er das Wort ›*Heiligkeit*‹ als Synonym für Terra. Erneut war sie versucht, ihn zu korrigieren, aber dann unterließ sie es doch. Die Zeiten, als *Heiligkeit* nur auf Terra begrenzt war, lagen lange zurück, und es hatte keinen Sinn, seine Allgegenwart und Allmacht auf der Wiege der Menschheit in Abrede zu stellen.

»Ich habe Snipopeans Bericht über die Grasgärten von Klive gelesen«, murmelte sie, wobei sie allerdings verschwieg, daß das auch fast schon alles war, was sie über *Gras* in Erfahrung gebracht hatte. *Heiligkeit* wußte nichts. Terra wußte nichts. Es bestanden keine diplomatischen Kontakte, und die Geschwindigkeit des Informationsflusses hing unmittelbar von der Reisegeschwindigkeit der Yrariers ab – Monate, nachdem *Heiligkeit* um Erlaubnis nachgesucht hatte, Monate, nachdem ein Botschafter akkreditiert worden war, Monate, nachdem Roderigos alter Onkel – der nun schon lange tot war – sie gebeten hatte, zu kommen. Alles war so schnell wie möglich in die Wege geleitet worden, und trotzdem waren fast zwei Terra-Jahre verstrichen, seit diese Aristokraten kundgetan hatten, sie würden eine Botschaft tolerieren. Nun mußten die Yrariers die verlorene Zeit aufholen. »Die Grasgärten von Klive gehören zur Estancia der Damfels'?« fragte sie unschuldig.

Er quittierte die als Fragesatz intonierte Feststellung mit einem Nicken. »*Bon* Damfels«, fügte er das Adelsprädikat hinzu. »Stavenger und Rowena bon Damfels wären erfreut gewesen, Sie willkommen zu heißen, aber sie haben einen Trauerfall in der Familie.«

»Ach?« fragte sie.

»Sie haben vor kurzem eine Tochter verloren«, erklärte er, wobei ein Ausdruck von Abscheu und Verlegenheit auf seinem Gesicht erschien. »Bei der ersten Frühjahrs-Jagd. Ein Jagdunfall.«

»Ich spreche ihnen mein Beileid aus.« Dann legte sie eine kurze Pause ein, wobei sie einen wohlkalkulierten mitleidigen Gesichtsausdruck aufsetzte. Was sollte sie dazu sagen? Zu viel Mitgefühl wäre sicher unangebracht. Wäre Neugier deplaziert? Ein Jagdunfall? Der Gesichtsausdruck des Mannes legte es nahe, auf weitere Informationen zu warten, anstatt danach zu fragen. Sie wartete darauf, daß der Obermun fortfuhr, und als er es nicht tat, kam sie wieder auf das unverfänglichere vorherige Thema zu sprechen: »Was hat es denn zu bedeuten, wenn der Königsmantel an der Unterseite Purpur zeigt?«

»In wenigen Tagen werden die Halme diese Farbe bis zur halben Höhe angenommen haben, und dann werden Sie sehen, wie die Gärten sich in voller Pracht entfalten – rosé und bernsteinfarben, türkis und smaragdfarben. Diese Estancia wird Opal Hill genannt wegen des Farbenspiels, das sich in jedem Frühling entfaltet. Diese Gärten sind noch jung, aber gut angelegt. Den flachen Abschnitt dort unten am Treppenabsatz bezeichnen wir als *Erste Fläche*. Alle Gärten verfügen über ein solches eingeschlossenes, flaches Areal. Es ist der Ausgangspunkt für die Gartenspaziergänge. Von dieser Stelle führen Pfade zu allen Aussichtspunkten. In einer Woche werden die Winde nachlassen. Wir befinden uns nun in der Frühjahrskollekte. Am Ende der Periode ...«

»Eine Periode?«

»Sechzig Tage. Wurde von den ersten Siedlern willkürlich festgelegt. Wenn ein Jahr mehr als zweitausend Tage hat, ist es schwer, aussagekräftige Zwischenperioden zu definieren. Eine Periode hat sechzig Tage, zehn Perioden ergeben eine Kollekte, und vier Kollekten – das Äquivalent einer Jahreszeit – ergeben ein Jahr. Wir würdigen unsere terranische Abstammung, indem wir die Perioden in vier Fünfzehn-Tage-Wochen unterteilen, aber das hat keine religiöse Bedeutung.«

Sie nickte und riskierte es, »Kein Sabbat« zu bemerken.

»Keine wie auch immer gearteten religiösen Feiertage. Das bedeutet aber nicht, daß wir hier keine Religion hätten; es ist nur so, daß wir Staat und Kirche strikt voneinander getrennt haben. Unsere Vorfahren waren zwar alle von edler Herkunft, stammten aber aus verschiedenen Kulturkreisen. Deshalb wollten sie entsprechende Konflikte vermeiden.«

»Wir müssen noch einiges lernen«, erkannte sie und fingerte an der kleinen, in Leder gebundenen Bibel in ihrer Tasche herum. Vor dem Abflug von Terra hatte Vater Sandoval das Buch zur Exilkirche geschickt, um es vom Papst segnen zu lassen. Vater Sandoval, der den Anspruch erhob, sie besser zu kennen als sie sich selbst, war der Ansicht gewesen, es würde ihr Trost spenden, nachdem er erste Enthusiasmus verflogen war. Bisher hatte sie aber nur wenig Trost gefunden. »Die Behörden von *Heiligkeit* haben uns fast nichts von *Gras* erzählt.«

»Nehmen sie mir das bitte nicht übel, aber die Terraner wissen auch fast nichts über *Gras*. Sie haben sich nie sonderlich für uns interessiert.«

Wieder diese Verwirrung zwischen Terra, dem Planeten, und *Heiligkeit*, dem religiösen Reich. Sie nickte und nahm ihm diese Belehrung auch nicht übel. Er hatte nämlich recht. Die Terraner hatten sich nie für *Gras* interessiert. Genausowenig wie für Semling, *Die Perlentore,* Shafne, *Reue* oder einen der hundert von Menschen besiedelten Planeten, die über das Weltall verstreut waren. Die terranische Zivilisation war zu sehr damit beschäftigt, die Bevölkerungszahl zu reduzieren und eine Ökologie zu restaurieren, die von den Ansprüchen einer unersättlichen Menschheit fast vernichtet worden wäre, als sich um die Emigranten zu kümmern, die durch ihre Auswanderung die Erde überhaupt erst gerettet hatten. Das am Rande der Arktis gelegene *Heiligkeit* kontrollierte seine Anhänger, während es für alle anderen Terraner ums reine Überleben ging. Jedes Terra-Jahr veranstaltete *Heiligkeit* ein Fest, das mit Flaggen und Ansprachen garniert wurde und zu dem auch Besucher von anderen Planeten eingeladen wurden. Den Rest des Jahres hätte *Heiligkeit* ebensogut in der Versenkung verschwinden können. *Heiligkeit* war nicht Terra. Terra war ihre Heimat, nicht *Heiligkeit.* Obwohl Marjorie das mit Inbrunst hatte sagen wollen, unterließ sie es.

»Würden Sie mir die Ställe zeigen?« fragte sie. »Ich nehme an, unsere Pferde sind wiederbelebt und ausgeliefert worden?«

Bis zu diesem Augenblick hatte sie kein Anzeichen von Unbehagen auf dem Gesicht des Aristokraten wahrgenommen. Er hatte sie im Empfangsbereich des Revivatoriums auf dem Raumhafen begrüßt, sich um ihr Gepäck gekümmert und zwei Gleiter bereitgestellt, mit denen sie zur Estancia flogen – die Gleiter standen ihnen während ihres ›Besuchs‹ zur freien Verfügung. Er war geblieben, um sie durch die Sommerquartiere zu führen, während ihr Mann, Roderigo Yrarier, zusammen mit Eric bon Haunser, einem jungen, aber nicht weniger pflichtbewußten Mitglied der Aristokratie von Gras, die Winterquartiere und die Büros der neuen Botschaft in Augenschein nahm. Im Verlauf dieser recht umfangreichen Tour war Obermun bon Haunser die Ruhe in Person gewesen, bis die Erwähnung der Pferde ihn nervös machte. Er verlor jedoch nicht die Contenance, sondern ließ nur kurz und unmerklich die Mundwinkel hängen.

Marjorie, die in den olympischen Disziplinen Dressurreiten, Mächtigkeitsspringen und Ausdauerreiten Gold gewonnen hatte, verstand sich auf die Interpretation solcher Zuckungen. Pferde teilten sich nämlich auf die gleiche Art mit. »Stimmt etwas nicht?« fragte sie scheinheilig, wobei sie sich bemühte, sich nichts anmerken zu lassen.

»Wir hatten nicht …« Er verstummte und überlegte, wie er es ihr beibringen sollte. »Wir sind nicht vorab über die Tiere informiert worden.«

Tiere? Seit wann waren Pferde denn ›Tiere‹?

»Stellt das ein Problem dar? Auf Semling hieß es, die Estancia würde über Stallungen verfügen.«

»Nein, keine Stallungen«, erwiderte er. »In der Nähe gibt es ein paar Unterstände, die von den Hippae genutzt wurden. Natürlich, bevor diese Estancia errichtet wurde.«

Weshalb natürlich? Und Hippae? Das wäre das hiesige Pendant zum terranischen Pferd. »Sind sie denn so verschieden, daß unsere Pferde nicht in ihre Ställe passen?«

»Hippae lassen sich nicht in Ställe sperren«, entgegnete er, wobei das sicher nur die halbe Wahrheit war. Die Contenance kam ihm so weit abhanden, daß er am Daumennagel knabberte, bevor er fortfuhr: »Die Unterstände in der Nähe von Opal Hill werden nicht mehr von den Hippae genutzt, und sie dürften auch nicht für Ihre Pferde geeignet sein. Wie dem auch sei, zum Zeitpunkt Ihrer Ankunft verfügten wir über keine geeigneten Transporter für große Tiere.« Erneut versuchte er ein Lächeln. »Bitte entschuldigen Sie, Lady

Marjorie. Es handelt sich lediglich um ein momentanes Mißgeschick. Ich bin sicher, daß wir das Problem in ein paar Tagen gelöst haben.«

»Dann sind die Pferde also noch nicht wiederbelebt worden«, konstatierte sie schärfer als beabsichtigt, an der Grenze zum Zorn. Die armen Wesen! Lagen dort draußen in diesem kalten, alptraumhaften Nichts.

»Noch nicht. In den nächsten Tagen.«

Sie riß sich zusammen. Es hätte keinen Zweck, die Beherrschung zu verlieren und sich eine Blöße zu geben. »Wünschen Sie, daß ich zum Hafen komme? Oder soll ich eines der Kinder schicken. Wenn Sie niemanden haben, der sich mit Pferden auskennt, würde Stella gerne gehen. Oder Anthony.« Oder ich, sagte sie sich. Oder Rigo. Jeder von uns, Mann. Der armen Tiere wegen …

»Ihr Sohn?«

Er klang so unglaublich erleichtert, daß ihr klar wurde, das war ein Teil des Problems gewesen. Eine diplomatische Geste, kein Zweifel. Vermutlich galt es als unschicklich, daß der Botschafter oder seine Frau sich mit solchen Angelegenheiten befaßten, aber wer hätte es denn sonst tun sollen? Egal. Zeige keine Angst. Riskiere wegen ein paar Tagen nicht die Akzeptanz der Botschaft – diese Botschaft kam fast der Erhörung ihrer Gebete gleich, diese Gelegenheit, etwas Bedeutendes zu bewirken. Don Quichote und El Dia Octavo konnten nun viel länger schlafen, zusammen mit Ihrer Majestät, Irish Lass, Millefiori und Blue Star. »Wir freuen uns schon auf unsere erste Jagd«, sagte sie. »Natürlich nur als Beobachter«, schränkte sie ein, als sie seinen gequälten Gesichtsausdruck sah.

Offensichtlich war selbst das noch zuviel. Ein Anflug nackter Panik erschien auf dem Gesicht des Mannes. Gütiger Gott, was hatte sie jetzt schon wieder gesagt?

»Wir haben Arrangements getroffen«, sagte er.

»Einen Zeppelin. Vielleicht das erste Mal, bis Sie vertrauter sind mit der Materie.«

»Wie Sie meinen«, erwiderte sie, wobei er aus ihrem Tonfall schließen sollte, daß sie keine Schwierigkeiten machen wollte. »Wir fügen uns ganz Ihren Wünschen.«

Sein Gesicht hellte sich auf. »Wir sind erfreut über Ihre Zusammenarbeit, Lady Marjorie.«

Trotz der nagenden Ungeduld rang sie sich ein Lächeln ab. Seit ihrer Ankunft war sie nur mißgestimmt gewesen. Übellaunig und hungrig. Soviel sie auch aß, es füllte nicht die quälende Leere in ihr aus. »Kommen wir nun zur Frage der Titel, Obermun bon Haunser.«

Er runzelte die Stirn. »Ich verstehe nicht.«

Nun entschied sie sich doch dafür, ihn auf den Unterschied zwischen *Heiligkeit* und Terra hinzuweisen. »Zu Hause, auf dem Planeten Terra, würde ich von denen, die sich einst als *Heilige* bezeichneten und sich heute *Geheiligte* nennen, schlicht als Matrone Yrarier angeredet werden. Die Männer heißen entweder Junge oder Ehemann. Die Frauen sind entweder Mädchen, Braut (für kurze Zeit) oder Matrone. Beide Geschlechter sind sehr bemüht, früh zu heiraten und die Kindheitsbezeichnungen abzulegen. Wir – das heißt unsere Familie – gehören nicht zu den *Geheiligten*. Deshalb erkenne ich die von *Heiligkeit* vergebenen weiblichen Titel auch nicht an.

Aber ich bin Terranerin. Als Kind lebte ich in einem Gebiet namens England. Ich bin Marjorie, Lady Westriding, das älteste Kind meines verwitweten Vaters. ›Lady Marjorie‹ wäre nur dann korrekt, wenn ich eine jüngere Tochter wäre. Außerdem habe ich die Ehre, Meisterin der Westriding-Jagd zu sein. Diese Position wurde mir wohl wegen meines guten Abschneidens bei den Olympischen Spielen angetragen.«

Er wirkte interessiert, aber völlig verständnislos. »Olympische Spiele?«

»Ein terranischer Sportwettkampf mit verschiedenen Disziplinen, einschließlich Reiten«, erklärte sie geduldig. Wenn die Yrariers schon nicht viel über *Gras* wußten, so gab es umgekehrt auch viele Einheimische, die nichts von den Yrariers wußten. »Ich habe am sogenannten Mächtigkeitsspringen teilgenommen, bei dem das Pferd nicht sieht, was sich hinter der Barriere befindet, zumal die Barriere über seinen Kopf emporragt.« Er begriff noch immer nichts. »Ich verstehe, das gibt es hier nicht. Nun, ich habe das jedenfalls gemacht, und dazu noch Dressurreiten, ein sehr schöner Sport, und Ausdauerreiten, ein ziemlich rauher Sport. Ich war das, was man als Goldmedaillen-Gewinnerin bezeichnet. Roderigo hatte auch eine Medaille gewonnen. So lernten wir uns kennen.« Sie lächelte und machte eine wegwerfende Geste. Offensichtlich hatte der arme Mann nicht die geringste Ahnung. »Also wäre die Anrede Lady Westriding, Madam Yrarier oder Meisterin passend, obwohl letztere eigentlich nur auf der Jagd benutzt wird. Gibt es hier auf *Gras* vielleicht einen Titel, der Botschaftern und ihren Frauen verliehen wird? Ich wüßte nämlich gern, welcher Titel als angemessen betrachtet wird.«

Trotz seines anfänglichen Unverständnisses hatte er ihr aufmerksam zugehört. »Nein, ich glaube nicht, Madam Yrarier«, erwiderte er. »Ehetitel sind nur bei den Familienoberhäuptern üblich, also bei den ›bon‹-Familien. Jede Familie hat einen Obermun und eine Obermum, fast immer Mann und Frau, obwohl im Prinzip auch Mutter und Sohn möglich sind. Zur Zeit gibt es sieben große Aristokraten-Familien: Haunser, Damfels, Maukerden, Laupmon, Smaerlok, Bindersen und Tanlig; und diese Familien haben ihren Namen das Präfix ›bon‹ vorangestellt. Wenn aus einer Verbindung zwischen diesen Familien ein Kind hervorgeht, erhält es den Nachnamen des Vaters oder der Mutter, je nachdem, zu welcher Familie das Kind gehört. Diesen Namen wird es dann behalten, ob es später einmal heiratet oder nicht.«

»Aha«, sagte sie. »Wenn ich einer Frau oder einem Kind begegne, weiß ich also nicht …«

»… welche Verwandtschaft sie haben. Es geht nicht aus ihrem Namen hervor, Lady Westriding. *Gras* hat eine kleine Bevölkerung, die über einen kleinen Teil dieser Welt verstreut ist. Vor langer Zeit sind wir vor der Herrschaft von *Heiligkeit* und dem übervölkerten Terra geflohen …« – seine hochgezogenen Augenbrauen sagten ihr, daß er sie nun verstanden hatte – »… und wollten verhindern, daß beides sich auf *Gras* wiederholt. Obwohl einige Estancias verloren sind, hat die Anzahl der Estancias nie die ursprüngliche Quote überschritten – mit Ausnahme von Opal Hill natürlich, aber das haben wir auch nicht angelegt. Jeder kennt jeden und sogar die Großeltern aller Bewohner, bis zurück zum Beginn der Besiedlung. Wir wissen, wer mit wem eine Liaison eingegangen ist, und wem welches Kind gehört. Ich würde es für richtig halten, daß man Sie Marjorie Westriding oder Lady Westriding nennt. Dies wäre Ihrer Stellung angemessen. Und um die anderen kennenzulernen … werden Sie jemanden brauchen, der sich auskennt. Vielleicht könnte ich Ihnen einen Sekretär empfehlen, ein laterales Familienmitglied …«

»Lateral?« Fragend hob sie eine Braue und fröstelte in dem kalten Raum.

Er war ein aufmerksamer Beobachter. »Ihnen ist kalt. Sollen wir in die Winterquartiere zurückgehen? Auch wenn der Frühling naht, wird es die nächsten Wochen noch ziemlich ungemütlich sein.«

Sie verließen den hohen, kalten Raum; dann gingen sie durch die langen, kalten Korridore und über eine lange Treppenflucht ins Winter-Haus, das Schlechtwetter-Haus und die anderen Räume, deren Wände mit wärmedämmenden Matten aus Gras behängt waren und denen durch ein Kaminfeuer, Lampen und weiche

Sofas in freundlichen Farben ein behagliches Ambiente verliehen wurde. Mit einem Seufzer der Erleichterung nahm Marjorie auf einer Couch Platz. »Sie hatten gesagt, Sie würden mir ein ›laterales Familienmitglied‹ als Sekretär abstellen?«

»Jemand, dessen *einer* Elternteil ein *bon* ist. Der zwar den Namen trägt, aber ohne das *bon*.«

»Ach so. Ist das denn ein großes Handicap, dieses fehlende *bon*?« Sie lächelte, um ihm zu verdeutlichen, daß sie nur gescherzt hatte. Daß man darüber keine Witze machte, wurde ihr indes klar, als er steif erwiderte:

»Das bedeutet, daß ein Elternteil von den *Commons* abstammt. Wenn eine solche Person auf einer Estancia lebt, dann als Bediensteter, und sie nimmt auch nicht am Sommerball teil. Jemand ohne das Prädikat *bon* darf nicht mit auf die Jagd.«

›Aha‹, dachte sie und fragte sich, ob man den Ehrwürdigen Lord Roderigo Yrarier und seine Gemahlin wohl als hinreichend *bon* erachten würde, damit sie an der Jagd und dem Sommerball teilnehmen durften. Vielleicht war das auch der Grund für das Hickhack mit der Jagd und die Verzögerung mit den Pferden gewesen. Vielleicht hatte die Mission ein Imageproblem. Die armen Pferde, die kalt und leblos dort draußen lagen, ohne warme Ställe, ohne Hafer; vielleicht träumten die tiefgekühlten Tiere, falls Pferde überhaupt träumen, von einem unüberwindlichen Zaun, hinter dem sich grüne Weiden erstreckten.

»Obermun bon Haunser«, sagte sie, »haben Sie vielen Dank für Ihre Güte. Morgen werde ich Anthony mit einem der Gleiter, die Sie uns so umsichtig bereitgestellt haben, zum Hafen schicken. Vielleicht könnten Sie es einrichten, daß ihn dort jemand erwartet, um ihm mit den Pferden zu helfen. Wäre es vielleicht möglich, uns eine Art Anhänger oder Lkw zur Verfügung zu stellen?«

»Genau das ist das Problem, Lady Westriding. Unsere Kultur gestattet keinen Betrieb von Fahrzeugen auf dem Gras. Die Tiere müssen eingeflogen werden. Geländewagen sind auf *Gras* verboten. Hier wird geflogen. Und zwar so geräuscharm wie möglich. Das Hafengelände und *Commoner Town* stellen natürlich eine Ausnahme dar. Weil der Sektor ringsum von Wald umgeben ist, sind gute Straßen gebaut worden.«

»Wie interessant«, murmelte sie. »Wie auch immer es gehandhabt wird, ich bin sicher, Sie werden es perfekt organisieren. Und wenn Sie dann so gütig wären, mir ein oder zwei Leute zu empfehlen, die mit den Gepflogenheiten auf *Gras* vertraut sind, kann ich vielleicht schon damit anfangen, die Residenz einzurichten und mich mit den Nachbarn bekannt zu machen.«

Er verneigte sich. »Gewiß, Lady Westriding, gewiß. Wir werden ein Transportflugzeug von *Commons* requirieren. Und in einer Woche werden wir Ihre Teilnahme als Beobachter an der Jagd der bon Damfels-Estancia arrangiert haben. Dann haben Sie auch die Gelegenheit, viele Ihrer Gastgeber kennenzulernen.« Er verneigte sich erneut, drehte sich um und verließ das Zimmer. Dann ging er die Treppe hinauf und verließ das Haus. Sie vernahm das Echo seiner Stimme, als er den anderen *bon* begrüßte und zusammen mit ihm ging. ›Gastgeber‹, hatte er gesagt. Nicht ›Nachbarn‹. Auch wenn sie sich fragte, ob ihm die Implikation überhaupt klar war, war sie sich des Unterschieds sehr wohl bewußt.

»Worüber habt ihr denn gesprochen?« ertönte die Stimme hinter ihr, vom Korridor, der zu den Büros führte. Rigo.

»Obermun bon Haunser hat gesagt, daß die Pferde noch nicht wiederbelebt wurden«, erwiderte sie und drehte sich zu ihrem Mann um. Er, schlank und nicht weniger aristokratisch als der Mann, der soeben gegangen war, war ganz in Schwarz gekleidet, bis auf den hohen, purpurrot gestreiften Kragen, der ihn als Botschafter auswies. Als solcher war er sakrosankt, eine Person, die unter der Androhung von Vergeltung durch *Heiligkeit* Immunität genoß vor Enteignung und Strafverfolgung – wobei die Organisation jedoch aufgrund der großen Entfernung sowie interner Querelen und der katastrophalen Lage auf Terra überhaupt nicht in der Lage war, diese Drohung auch wahrzumachen. Sein Gesichtsausdruck befand sich im ›häßlichen Modus‹ – diese Typologie behielt sie jedoch für sich –, hängende Mundwinkel, schmale Lippen, die schwarzen Augen beschattet von buschigen Brauen und gezeichnet durch zu wenig Schlaf. In diesem Zustand wirkte er düster und unnahbar. Er hatte aus seiner schlechten Laune auch kein Hehl gemacht, und nun wirkte er gereizt. Sie versuchte, ihn aufzumuntern und die Schatten zu vertreiben. »Weißt du, Rigo, es würde mich interessieren, ob die Kinder und ich auf diesem Planeten auch diplomatische Immunität genießen.«

»Weshalb denn nicht?« Bei dieser Vorstellung trat ein zorniges Funkeln in seine Augen. Roderigo war ein sehr impulsiver Mensch.

»Die hiesigen Frauen nehmen nicht den Namen des Mannes an, und nach dem, was der Obermun gesagt hat, bezweifle ich auch, ob sie seinen Status erlangen.« Nicht daß Roderigos Status höher gewesen wäre als der ihre. Wenn man die Stammbäume verglich, wäre sie vielleicht von noch edlerer Herkunft, obwohl sie das natürlich nie erwähnen würde. »Ich weiß nicht, ob die Frau eines Diplomaten überhaupt jemand ist.« Nicht daß sie es jemals angestrebt hätte, die Frau eines Diplomaten zu werden. Nicht daß Rigo auf eine Karriere als Diplomat zurückschaute! So viele Dinge waren anders gekommen, als sie es sich eigentlich gewünscht hätte. Allerdings bestand nach wie vor die Möglichkeit, daß diese ganze Sache sich doch noch als bedeutend und lohnend erwies.

Er lächelte freudlos. »Nenn mir auch nur einen Punkt, über den man uns informiert hätte.«

»Vielleicht irre ich mich ja auch.«

»Deine Vermutungen sind oft so fundiert wie anderer Leute Gewißheiten, Marjorie«, sagte er mit sonorer Stimme, die er üblicherweise Frauen gegenüber ertönen ließ, einschließlich seiner eigenen. »Ich werde Asmir Tanlig mit der Überprüfung beauftragen.«

»Asmir?«

»Einer meiner Leute auf Gras. Heute morgen habe ich zwei engagiert, nachdem es mir endlich gelungen war, den Haunser ab zuschütteln.« Er kratzte sich die Handfläche und schnippte ein imaginäres Schmutzteilchen fort.

»Ist der Tanlig, den du eingestellt hast, etwa ein *bon?*«

»Meine Güte, nein. Jedenfalls nehme ich es nicht an. Vielleicht ein Bastard, dessen Großvater ein *bon* war.«

»Lateral«, rief sie, stolz auf ihr Wissen. »Dann ist der Tanlig also ein sogenannter Lateraler.«

»Ich habe auch einen Mechaniker eingestellt.«

Das begriff sie nicht. »Einen Mechaniker?«

»Eigentlich heißt er Mechanic. Philologischer Nachkomme der alten Smiths und Wrights. Sein Name ist Sebastian Mechanic, und er ist kein Blaublüter, wie er mir versicherte.« Er setzte sich auf einen Stuhl und rieb sich den Rücken. »Nach dem Kälteschlaf bin ich immer total erledigt.«

»Ich fühle mich nur schläfrig und meschugge.«

»Meine Liebe ...«, hob er mit sonorer Stimme an, mit einem Anflug von Feindseligkeit.

»Ich weiß schon. Du glaubst, ich sei immer meschugge.« Sie versuchte die Verletzung mit einem Lachen zu überspielen. Wenn Roderigo nicht der Ansicht gewesen wäre, seine Frau sei meschugge, hätte er nicht Eugenie Le Fevre gebraucht. Wenn er Eugenie Le Fevre nicht gehabt hätte, wäre Marjorie vielleicht nicht meschugge gewesen. Noch einmal im Kreis herum, wie eine Pferde-Quadrille, Zügel umgreifen, Pirouette, und die nächste Figur.

Rigo, der seinen Fauxpas erkannt hatte, wechselte das Thema: »Notiere es bitte, meine Liebe. Asmir Tanlig. Sebastian Mechanic.«

»Als was betrachtest du sie denn?« fragte sie. »Angehörige der Mittelklasse?«

»Bis auf wenige Ausnahmen ist die nur in *Commoner Town* vertreten. Nein, ich würde sagen, sie sind Bauern, die sich unter die Dörfler mischen und sich umhören. Vielleicht brauche ich noch mehr Leute, die in *Commoner Town* Informationen sammeln, obwohl Tanlig auch dort nicht auffallen würde, wenn er sich nur Mühe gäbe. Mechanic hingegen ist ein Landmann von echtem Schrot und Korn und stolz darauf.«

»Kaum der richtige Bedienstete, um unsere Reputation bei den *bons* zu verbessern.«

»Die *bons* werden es auch gar nicht erfahren. Wenn wir die Mission erfolgreich beenden wollen, brauchen wir Kontakte zu allen sozialen Schichten. Sebastian ist meine Schnittstelle zu den Bauern. Er ist versiert genug, um nicht die Aufmerksamkeit der Aristokraten zu erregen. Und wenn du wissen möchtest, wie ich es geschafft habe, ohne Haunsers Wissen die Kontakte anzubahnen: die auf Semling stationierten Chargen von *Heiligkeit* haben mir den Tip gegeben. Ich habe sie schon gefragt.«

»Aha.« Atemlos wartete sie.

»Sie haben ›Nein‹ gesagt.«

»Aha«, wiederholte sie und atmete tief durch. Also bestand noch Hoffnung. »Hier gibt es keine Pest.«

»Sie wissen nichts von einer unbekannten Krankheit. Wie wir es besprochen hatten, sagte ich ihnen, daß wir eine Untersuchung durchführen würden.«

»Vielleicht haben sie nur nichts davon gehört ...«

»Beide haben Verwandte in *Commoner Town*. Ich

glaube schon, daß sie etwas von einer unbekannten Krankheit gehört hätten. Aber sie hat eine lange Inkubationszeit. Die Aristokraten kontrollieren, zumindest theoretisch, neunundneunzig Prozent der Planetenoberfläche. Vielleicht gehen irgendwo doch Dinge vor, von denen die *Commons* einfach nichts wissen.«

»Es hört sich so an, als ob du alles im Griff hättest.« Sie seufzte; plötzlich drohten Müdigkeit und Hunger sie zu überwältigen. »Weißt du vielleicht, wo Anthony steckt?«

»Eigentlich müßte er bei Stella im Sommerhaus sein, um einen Grundriß für mich zu erstellen. Wir müssen uns mit der Einrichtung des Hauses beeilen. Asmir hat gesagt, in *Commoner Town* gäbe es ein Handwerkerviertel, das die einfallsreiche Bezeichnung *Neustraße* trägt. Wo mag wohl die alte Straße gewesen sein?«

»Vielleicht auf Terra.«

»Oder auf einem Dutzend anderer Welten. Aber das spielt auch keine Rolle, solange wir wissen, wo es die Sachen zu kaufen gibt. Nach Asmirs Auskunft beträgt die Lieferzeit zwei bis drei Wochen – die langen *Gras*-Wochen –, und die Qualität der Ware soll sehr gut sein. Mit einem Gerät, das er als *Telly* bezeichnet, hat er bereits einen Innenarchitekten für uns engagiert.«

»Gut. Was ist aber mit den *bons*, Rigo? Ich habe das Gefühl, daß alles, was wir tun, von den *bons* argwöhnisch beäugt wird. Ich glaube, daß unsere armen Pferde noch nicht wiederbelebt wurden, weil die *bons* sich nicht schlüssig waren, ob sie sie hier auf *Gras* akzeptieren sollten. Sie haben nämlich eigene Reittiere.«

»Hippae.«

»Genau. Die laut Aussage des Obermun nicht in Ställen gehalten werden.«

»Wo, zum Teufel, werden sie dann gehalten?«

»Ich bezweifle stark, daß sie überhaupt ›gehalten‹ werden, Rigo, obwohl sie durchaus an stallähnlichen Orten leben, die aber nicht so bezeichnet werden. Weshalb sammeln wir nicht Anthony und Stella auf und gehen auf Erkundung?«

Bei den ›Nicht-Ställen‹ handelte es sich um weitläufige, in einen Hügel getriebene Kammern, die mit Steinen ausgekleidet und mit Steinpfeilern abgestützt wurden. Ein gemauertes, von einer Quelle gespeistes Becken warf ein Wellenmuster auf das niedrige Gewölbe. Ein halbes Dutzend großer Schlitze im Hügel diente als Zugang.

»Hier hätten wir für die nächsten hundert Jahre Platz für alle Hengste, Stuten und Fohlen«, erkannte Stella grummelig und biß herzhaft in einen Apfel. »Und dann wäre es immer noch verdammt groß.« Mit dem schwarzen Haar und dem impulsiven Naturell glich Stella ihrem Vater. Sie bewegte sich so geschmeidig wie er und war ein richtiges Energiebündel, dem Zurückhaltung völlig unbekannt war. »Hallooooo«, rief sie nun in die Finsternis und lauschte dem Echo ihrer Stimme, die sich an den massiven Pfeilern brach. Es war ein Jagdschrei, wie beim Erspähen eines Fuchses. »*Gras* stinkt!« rief sie, und das Echo rollte zurück, *ing, ing, ing, ing*.

Anthony enthielt sich eines Kommentars und schaute sich nur betrübt um, wobei er dieses Gefühl jedoch mit der kühlen Gelassenheit kaschierte, die er als Sohn des Botschafters für angemessen hielt. Er hatte sich gründlich mit seiner Rolle beschäftigt und betete stündlich für die Kraft, sie auch auszufüllen. Er war nach Marjorie geraten. Er hatte ihr flachsblondes Haar und die haselnußbraunen Augen, ihren reinen, weißen Teint, ihren gertenschlanken Körper, ihr angenehmes Wesen und ausgeglichenes Temperament. Wie sie war auch er von tausend Selbstzweifeln und Schreckensvisionen befallen, die er jedoch nie nach außen dringen ließ. Wie sie galt auch er als schöner Mensch; sogar völlig Fremde waren von ihm fasziniert. Im Alter von neunzehn Jahren hatte er fast schon die Größe seines Vaters, wenn auch noch nicht ganz die Statur eines Mannes.

Ein junger Mann, sagte sich seine Mutter bewundernd.

Noch ein Junge, sagte sein Vater sich und wünschte, Tony wäre schon älter, damit er ihm den Grund ihres Hierseins nennen und mehr Unterstützung von ihm bekommen könnte.

»Ein beträchtliches gesellschaftliches Problem«, sagte just in diesem Augenblick Obermun bon Haunser zu einigen Kameraden. »Das gilt auch für die Tochter, Stella. Wir werden unsere Kinder vor ihr warnen müssen«, befand er. Früher oder später würden die Yrariers von seiner Einstellung erfahren, und er fragte sich, wie er sich dann wohl rechtfertigen sollte. Ihm mißfiel die Vorstellung, sich Lady Westridings zornige Blicke zuzuziehen. Ihre Blicke konnten töten …

Im Moment jedoch musterte Marjorie nur die Anlage der Ställe und trennte im Geiste einen Sektor ab. »Wir können diesen Bereich der Kaverne abteilen«, schlug sie vor, »und an dieser Seite ein halbes Dutzend schöner Boxen mit je einem Ausgang einrichten. Draußen könnten wir eine Koppel anlegen. Und wenn es dann Winter wird …« Bei dem Gedanken, wie streng die Winter hier waren, verstummte sie und fragte sich betrübt, was sie dann mit den Pferden machen sollten.

»Dann werden wir doch wohl nicht mehr hier sein?« fragte Anthony mit einem Anflug von Furcht. Sofort registrierte er das und riß sich zusammen: »Wird die Mission denn so lange dauern?«

Sein Vater schüttelte den Kopf. »Wir wissen es nicht, Tony.«

»Welche Art von Pferden diese Hippae wohl sind?« sinnierte Marjorie, drehte sich um und schaute in die schattigen Winkel der großen, niedrigen Höhle. »Ich komme mir vor wie in einem großen Fuchsbau.«

»Ein Fuchsbau?« mokierte ihre Tochter sich. »Mutter, ich muß mich über dich wundern.« Sie warf den Kopf zurück, wobei ihr das seidenmatte schwarze Haar wie Wasser über die Schultern floß. Die Siebzehnjährige hatte einen schlanken Körper, und die spätere, atemberaubende Schönheit war bereits zu erahnen. Nun lächelte sie zuckersüß und schaute ihre Eltern unter langen Wimpern schmollend an. »Wann warst du denn zum letztenmal in einem Fuchsbau?« fragte sie gehässig. Stella hatte nämlich nicht mit nach Gras kommen wollen. Sie hatten aber darauf bestanden, ohne ihr indessen erklären zu können, weshalb. Für Stella bedeutete diese Reise eine Mißachtung ihrer Person. Mit höchster Dramatik setzte sie den Vorgang mit einer Vergewaltigung gleich und ließ sie das auch so oft wie möglich wissen. »In einem anderen Leben?« spottete sie nun. »In einer anderen Zeit?«

»Als ich noch ein Wechselbalg war«, erwiderte ihre Mutter bestimmt. »Vor sehr langer Zeit, als ich mir meiner Würde noch nicht bewußt war. Das wird wieder geschehen. Ich werde mir ein schönes altes Kleid anziehen und es mir gemütlich machen. Ich habe Hunger, großen Hunger, und dann lese ich ein Buch, das ich schon kenne, und dann gehe ich schlafen. Das ist mir alles zu fremdartig. Nicht einmal die Farben stimmen.«

Sie stimmten wirklich nicht. Ihre Worte riefen es ihnen ins Bewußtsein, als sie die Höhle verließen und auf einer kuppelartigen Allee aus importierten Bäumen zur Residenz zurückgingen. Die Farben stimmten nicht. Der Himmel, der eigentlich hätte blau sein sollen, war nicht blau. Die Prärie hätte die Farbe verdorrten Grases haben müssen, aber statt dessen drängten sich ihnen ein blasses Mauve und ein noch blasseres Saphir auf, als ob die Szenerie vom Mond beschienen würde.

»Wir sind nur nicht daran gewöhnt«, versuchte Tony

sie zu trösten und gleichzeitig sich selbst. Er hatte auch so manches zurückgelassen. Ein Mädchen, das ihm am Herzen lag. Freunde, die ihm etwas bedeuteten. Pläne für eine Ausbildung und den weiteren Lebensweg. Er wollte, daß dieses Opfer wenigstens einen Sinn hatte und daß er nicht umsonst auf dieser unbehaglichen, kalten Falschfarbenwelt einen Teil seines Lebens verbrachte. Tony wußte auch nicht, weshalb sie hier waren, aber er hatte Marjorie vertraut, als sie ihm sagte, daß es wichtig sei. Tony war genauso vertrauensvoll, wie Marjorie es gewesen war, als sie in seinem Alter geheiratet hatte.

»Wir werden an der Jagd teilnehmen«, sagte Rigo mit fester Stimme. »Bis dahin werden die Pferde wiederbelebt sein.«

»Nein«, widersprach Marjorie kopfschüttelnd. »Offensichtlich dürfen wir nicht teilnehmen.«

»Mach dich doch nicht lächerlich.« Er sagte es, wie schon so oft, ohne nachzudenken, und bereute es auch sofort, als er den Schmerz auf ihrem Gesicht sah.

»Rigo, mein Liebling, du glaubst doch nicht etwa, daß ich mich vor der Jagd drücken will.« Sie lachte, ein Lachen, mit dem sie auf ihre Art ausdrückte, daß er ein ungehobelter Klotz war. »Der zugeknöpfte Obermun bon Haunser hätte fast die Contenance verloren, als ich nur erwähnte, daß wir als Beobachter mitreiten wollten. Offensichtlich ist schon eine andere Disposition getroffen worden.«

»Verdammt, Marjorie. Wozu bin ich denn hierhergeschickt worden? Wozu du? Doch nicht nur wegen der Pferde!«

Sie versuchte erst gar nicht, darauf zu antworten. Darauf gab es nämlich keine Antwort. Er sah sie grimmig an. Stella schaute kichernd zu und freute sich über den Zwist. Tony räusperte sich unbehaglich, wie er es immer tat, wenn er Zeuge eines Konflikts zwischen ihnen wurde.

»Sicher«, sagte er leise, »sicher ...«

»Ich dachte, unser Aufenthalt hier hätte einen wichtigen Grund«, spöttelte Stella, womit sie jedoch unwillentlich den Zorn ihres Vaters von Marjorie ablenkte und auf sich zog.

»Wir hätten kaum eine andere Möglichkeit gehabt«, entrüstete er sich. »Unsere Lebensplanung ist auch umgestürzt worden, und uns gefällt es auf *Gras* auch nicht besser als dir. Wir würden genauso wie du lieber zu Hause sein und ein normales Leben führen.« Mit der Peitsche schlug er nach einer Samenkugel. »Was soll das heißen, wir reiten nicht mit?«

»Ich weiß nicht, weshalb wir nicht an der Jagd teilnehmen dürfen«, sagte Marjorie beschwichtigend, »aber es steht fest, daß wir es nicht dürfen. Mein Rat, Botschafter, besteht darin, daß wir das tun, was dieser zugeknöpfte Haunser für uns arrangiert hat, bis wir herausgefunden haben, was hier vorgeht. Wir sind schließlich keine *bons*, und Obermun bon Haunser hat mir dargelegt, daß weder *Heiligkeit* noch Terra das geringste von Gras wissen.«

Rigo wollte schon zu einer Replik ansetzen, wurde jedoch durch ein Geräusch davon abgehalten. Wie das Stöhnen einer gequälten Seele, sofern sie eine Stimme wie ein Donnerhall oder ein Wasserfall hatte. Es war ein ganz ursprüngliches Geräusch, wie es von einer kleinen Welt hervorgebracht wurde, die auseinandergerissen wurde, und dennoch zweifelten sie nicht daran, daß es einer Kehle und Lungen und einem wie auch immer gearteten Körper entsprungen war. Etwas, das nur benannt werden konnte, wenn man wußte, worum es sich handelte. Ein verzweifelter Schrei der Einsamkeit.

»Was?« keuchte Rigo, reglos und angespannt. »Was war das?«

Sie warteten, bereit zur Flucht. Nichts.

In der kommenden Zeit sollten sie diesen Schrei

noch einige Male hören. Fragen nach dem Urheber dieser Laute wußte niemand zu beantworten.

El Dia Octavo wurde aus einem bösen Traum in die rauhe Wirklichkeit zurückgeholt. Die Füße hatten keinen Bodenkontakt, und er schlug schwächlich um sich. Eine unverständliche Stimme drang durch den Vorhang aus Schmerzen. »Laß die Schlinge runter, du Narr, und laß ihn runter.«

Der Hengst bekam festen Boden unter die Hufe und stand zitternd und mit hängendem Kopf da. Er nahm die Witterung der anderen auf. Sie befanden sich ganz in der Nähe, aber es gelang ihm nicht, den Kopf zu heben und sich nach ihnen umzuschauen. Statt dessen blähte er die Nüstern und sog den komplexen Geruch ein, der von ihnen allen verströmt wurde. Eine Hand fuhr ihm über die Flanke und den Hals. Nicht *ihre* Hand. Eine gute Hand, aber eben nicht ihre Hand. Auch nicht *seine* Hand. Es war der Männlich-Eine, der Ähnlichkeit mit ihr hatte, und nicht die Weiblich-Eine, die Ähnlichkeit mit ihm hatte.

»Schsch«, zischte Toni. »Bist ein guter Junge. Bleib noch ein bißchen stehen. Ich komme gleich wieder. Schsch.«

Was dann kam, war der Traum. Jemand galoppierte hinter ihm her. Etwas Großes. Groß und schnell. Eine Bedrohung von hinten. Eine Flucht. Er wieherte hilfesuchend, und dann kam erneut die Hand.

»Schsch.«

Er schlief im Stehen ein, und der Traum verblaßte.

Im Halbschlaf betrat er über eine Rampe etwas Bewegliches, und dann schlief er wieder ein. Als das Ding dann stehenblieb, ging er im Halbschlaf die Rampe hinunter. Und da war *sie.*

»*Sie*«, wieherte Millefiori. »In Ordnung. *Sie.*«

Er nickte, produzierte einen Laut im Hals und scharrte mit den Hufen, als er versuchte, *ihr* zu folgen.

Die Gerüche stimmten nicht. Er vernahm zwar vertraute Geräusche, aber die Gerüche stimmten nicht. Als er sich dann im Stall befand und auf dem Gras lag, stimmte der Geruch auch nicht.

Draußen ertönte Lärm. Der andere Hengst wieherte schrill und tobte.

El Dia Octavo wieherte ihm zu, und die Stuten folgten seinem Beispiel. Sofort beruhigte Don Quixote sich wieder und stieß einen Klagelaut aus.

Dann kam *sie*, tätschelte und streichelte sie und sprach mit ihnen; wie Tony sagte sie ›Schsch‹ und gab ihnen Wasser.

Er trank, und das Wasser floß dorthin, wo die Furcht saß. Nach einer Weile schlief er wieder ein, traumlos, wobei der Traum sich allmählich im seltsamen Geruch des Heus verlor.

»Komisch«, murmelte Marjorie und schaute auf ihn hinab.

»Sie wirken verängstigt«, sagte Tony. »Die ganze Zeit hatten sie anscheinend eine Todesangst, waren aber so lethargisch, daß sie nichts dagegen tun konnten.«

»Am Anfang habe ich auch schlecht geträumt. Und jedesmal bin ich voller Angst aufgewacht.«

»Ich auch.« Tony schauderte. »Ich wollte es eigentlich nicht sagen, aber ich hatte wahre Alpträume.«

»Ein Effekt des Kälteschlafs?« spekulierte Marjorie.

»Ich habe mich auf dem Raumhafen erkundigt. Niemand hält das für eine normale Reaktion auf den Kälteschlaf.«

»Komisch«, wiederholte Marjorie. »Nun, wenigstens sind die Ställe rechtzeitig fertig geworden.«

»Sie haben gute Arbeit geleistet. Leute aus dem Dorf?«

»Leute aus dem Dorf. Es ist ein Geschäft auf Gegenseitigkeit. Wir geben ihnen Arbeit und kaufen ihre landwirtschaftlichen Erzeugnisse, und sie geben uns dafür alles, was wir brauchen. Sie leben schon seit Jahren hier und halten den Ort in Schuß. Ich habe einige Hilfskräfte für die Pferde eingestellt. Vielleicht sind sogar ein paar richtige Stallburschen darunter.«

Sie verließen die Ställe und gingen zum Haus zurück, wobei sie sich ein paarmal umdrehten, als ob sie sich davon überzeugen wollten, daß die Pferde in Ordnung waren; beide mutete es seltsam an, daß die Tiere ihre Alpträume anscheinend mitteilten. Marjorie nahm sich fest vor, sich die nächsten Tage mit ihnen zu beschäftigen, bis die Traumata verschwunden waren.

Es kamen indessen andere Dinge dazwischen. Unter anderem erschien die Abordnung der Handwerker aus *Neustraße*, welche die Sommerräume von Opal Hill in Augenschein nahm und sich Notizen machte.

»Wünschen Sie die Einrichtung im landestypischen Stil?« erkundigte der Sprecher der Delegation sich im Händleridiom. Er war ein untersetzter, kahlköpfiger Mann mit Tränensäcken unter den Augen und einem gewinnenden Lächeln. Sein Name war Roald Few. »Sie möchten vermeiden, daß die *bons* sich die Mäuler zerreißen, nicht wahr?«

»Richtig«, hatte sie erstaunt bestätigt und sich dann über diese Reaktion amüsiert. Was hatte sie denn erwartet? Arme, unwissende Narren wie in *Breedertown?* »Sie sind sehr schnell, Mr. Few. Ich dachte, wir wären die erste Botschaft auf *Gras*.«

»Jetzt sind Sie die einzige«, erwiderte er. »Es hatte schon einige gegeben. Aber sie haben den Winter nicht überstanden, wissen Sie. Zu einsam. Semling hatte für eine Weile einen Mann hier. Genau hier. Auf Opal Hill. Semling hat nämlich die Estancia gebaut, müssen Sie wissen.«

»Weshalb waren die Sommerquartiere nicht möbliert?«

»Weil die Estancia im Spätsommer errichtet wurde, und als der Herbst halb vorbei war, war auch der Mann von Semling wieder fort, wissen Sie. Den besten

Teil des Jahres hat er versäumt. Welche Vorstellungen haben Sie also wegen der Farben und der übrigen Einrichtung?«

»Kann ich mich darauf verlassen, daß Sie uns ordentlich einrichten?« fragte sie. »Wenn ja, ist ein Bonus für Sie drin. Mein Mann mag warme Farben, Rot und Bernstein. Ich ziehe die kühleren vor. Blau. Pastellgrau. Meeresgrün. Ach ...« Sie verstummte. »Es gibt ja gar kein Meer auf Gras, aber Sie wissen trotzdem, was ich meine.« Er nickte. »Vielleicht könnten Sie es im ortsüblichen Rahmen etwas variieren?«

»Ortsübliche Variation«, bestätigte er den Auftrag und notierte ihn mit gespitzten Lippen. »Ich werde mein Bestes tun, Madam, und möchte Ihnen zu dem Sachverstand gratulieren, uns damit zu betrauen. Wir von der *Neustraße* sind ein eingespieltes und kompetentes Team.« Er erwiderte ihren offenen Blick und nickte. »Ich möchte Ihnen etwas sagen, unter vier Augen. Sie und Ihre Familie kommen ab und zu über den Wald ins Territorium der *Commons*. Die Aristos bezeichnen es als *Commoner Town*, aber wir sagen *Commons*, was bedeutet, daß dort für jeden von uns Platz ist. Wir haben Lebensmittel, die Sie hier niemals bekommen und die wir extra für uns einfliegen lassen. Es wird verdammt einsam hier draußen, wenn man nicht zu diesen *bons* gehört. Vielleicht entscheiden Sie sich sogar dafür, den Winter in *Commons* zu verbringen, falls Sie so lange hierbleiben. Sie haben auch Tiere dabei, und für die wird in *Commons* besser gesorgt als hier draußen. Wir haben Winterställe für die Tiere eingerichtet. Wir haben Scheunen, die wir jeden Sommer mit Heu auffüllen, und Kuhställe bei unseren Wohnquartieren. Alle Dörfer schließen im Winter und ziehen in die Stadt. Kein Aristo wird es erfahren. Jeder, der Sie über das *Telly* anruft, wird nach *Commons* durchgestellt, und sie werden nicht wissen, daß Sie dort überwintern. Übrigens, sprechen Sie *Grassan?*«

»Ich dachte, auf Gras wird Terranisch oder das Händleridiom gesprochen«, erwiderte sie irritiert. »Obermun bon Haunser hat terranisch mit mir gesprochen, Fachsprache Diplomatie.«

»Oh, sie tun das schon, wenn ihnen danach ist«, sagte er mit einem schiefen Grinsen. »Sie sprechen *diplo*, und manche von ihnen lassen sich sogar zum Händleridiom herab, und beim nächstenmal wenden sie dir dann den Rücken zu und tun so, als ob sie nichts verstehen würden. Man erreicht mehr bei ihnen, wenn man *Grassan* spricht. Ich verstehe auch ein wenig; es ist ein Mischmasch aus allen Sprachen, die von den ersten Siedlern gesprochen wurden, und seitdem hat es sich verändert. Jede Familie spricht ihre eigene Variante, quasi ein Familiendialekt; es ist eine Art Spiel, wobei die Dialekte sich durch familientypische Wörter unterscheiden. Aber man erfaßt zumindest den Sinn, wenn man die Sprache beherrscht. Noch weiter kommt man aber, wenn man sie erst in dem Glauben läßt, daß man die Sprache nicht spricht und dann plötzlich loslegt. Ich könnte Ihnen einen Lehrer besorgen.«

»Tun Sie das«, sagte sie; plötzlich erschien er ihr gleichermaßen vertrauenswürdig und sympathisch. »Schicken Sie mir einen Lehrer und bewahren Sie bitte Stillschweigen über die Sache, Mr. Few.«

»Das werde ich.« Er schnaufte. »In zwei Tagen werde ich Ihnen jemanden vorbeischicken. Und nennen Sie mich Roald, wie alle *Commons*. Verdammte *bons*.« Diese Animosität wirkte eher gewohnheitsmäßig als akut, und Marjorie forschte auch nicht weiter nach; sie machte sich nur eine Notiz für Rigo, für den Fall, daß er es nicht selbst schon gehört hatte.

Außer den großzügigen Zimmern für Gäste und Personal im Haupthaus gab es auf Opal Hill auch noch drei kleinere, separate Residenzen für Angehörige der

Botschaft. Rigos treue Assistentin Andrea Chapelside hatte zuerst wählen dürfen und sich das nächstgelegene Haus ausgesucht, um im Bedarfsfall schnellstmöglich erreichbar zu sein. Sie zog mit ihrer Schwester Charlotte dort ein. Vater Sandoval und sein Priesterkollege, Vater James, nahmen die größte der Außenresidenzen, weil sie dort eine Bibliothek und Schule für Stella und Tony sowie eine Kapelle für sich selbst und die Botschaft einrichten wollten. Also blieb das kleinste Haus für Eugenie Le Fevre. Im Erdgeschoß befanden sich eine Sommerküche, Wohnzimmer und Schlafzimmer und im Keller mehrere behagliche Winterräume. Von jedem Haus führte ein Tunnel zum Haupthaus, und alle hatten einen Panoramablick über die Gärten.

Nachdem Roald Few die Besprechung mit Marjorie beendet hatte, kontaktierte er alle anderen Bewohner von Opal Hill und nahm ihre Wünsche für die Einrichtung der Sommer-Schlafzimmer und Wohnzimmer entgegen. Die Frauen im mittleren Alter, die das erste Haus bewohnten, hatten Bilder mit der gewünschten Ausstattung dabei, im terranischen Stil. Die Männer im größeren Haus wünschten es so schlicht wie möglich, und ein Raum sollte überhaupt nicht eingerichtet werden, bis auf ein paar Stühle mit Kniebänken und einem Altar. Der zierlich wirkende jüngere Mann hatte eine Skizze angefertigt, die der stämmige ältere Mann mit einem Kopfnicken absegnete. Beide waren religiös, erkannte Roald, obwohl sie nicht wie *Geheiligte* gekleidet waren. Diese beiden trugen Kutten mit lustigen schmalen Kragen. Mal was anderes.

»Ich hoffe, das ist nicht mit allzu großem Aufwand für Sie verbunden«, sagte der ältere mit metallischer Stimme, die nur scheinbar apologetisch war.

»Überhaupt nicht«, sagte Roald mit einem gewinnenden Lächeln, »bis auf einen Punkt: Ich wüßte gern, wie die korrekte Anrede für Sie und den anderen

Herrn lautet. Ich weiß nämlich, daß Sie Männer der Kirche sind und möchte nicht ins Fettnäpfchen treten.«

Der Zierliche nickte: »Wir sind Altkatholiken. Ich bin Vater Sandoval, und mein Kamerad ist Vater James. Die Mutter von Vater James ist die Schwester Seiner Exzellenz, Roderigo Yrarier. Üblicherweise nennt man uns Vater, wenn Sie damit einverstanden sind.« Und wenn nicht, dann ist mir das auch egal, schwang unausgesprochen mit.

»In meinem Geschäft ist der Kunde König«, beruhigte Roald sie. »Wenn ich Sie mit ›Onkel‹ anreden sollte, wäre das auch kein Problem. Gegen die ›Tante‹ würde ich mich wohl sträuben, aber ›Onkel‹ wäre in Ordnung.«

Das bescherte ihm ein glucksendes Lachen des jüngeren Priesters, und Roald nickte ihm beim Abschied fröhlich zu.

Das kleinste Haus war gleichzeitig das entlegenste und das letzte auf seiner Liste. Es war hier gewesen, im leeren Sommerquartier, wo er Eugenie begegnet war. Er hatte nicht lange mit ihr zusammensein müssen, um sie kennenzulernen. Alles, so sagte er sich, was er über sie wissen mußte.

»Pink«, sagte sie. »Pastelliges Pink. Und warme Rosé-Töne, wie in der Innenseite einer Blüte. Ich vermisse die Blumen. Vorhänge, um die Nacht auszusperren und mir den Anblick dieses gräßlichen Grases zu ersparen. Vorhänge aus dünnem Stoff, die man drapieren kann und die sich im Wind bauschen. Breite Sofas mit Kissen.« Sie gestikulierte mit den Händen und formte mit den Lippen ihre Wünsche, und er sah, was ihr vorschwebte, ein Nest aus elfenbein- und roséfarbenen Federn, duftend wie – so das Klischee – ein terranischer Morgen. Sie trug ein Seidennachthemd, dessen Schleppe sich bei jeder Bewegung bauschte, als ob sie von linden Winden umfächelt würde. Ihr hellbraunes Haar war hochgesteckt, wobei Löckchen sich über den Brauen und am Nacken kringelten. Die babyblauen Augen blickten unschuldig; sie kannte nur ihr Vergnügen und war unbelastet von jeglichen tiefschürfenden Gedankengängen.

Roald Few seufzte stumm. Er wußte Bescheid. Diese Lady sah aus wie die kleine Porzellanpuppe, die seine Frau zu Hause auf dem Tisch stehen hatte. Arme Lady Westriding. Sie war eine sehr interessante Frau, und nun bedauerte er sie ebensosehr. Er fragte sich, was wohl schiefgelaufen war. Es gab so viele Erklärungen. Er würde Kinny, seiner Frau, alles erzählen, wie sie ausgesehen hatten, was sie gesagt hatten, und dann würde Kinny auch Bescheid wissen. Sie würde ihm die Geschichte beim Abendessen erzählen, daß dieser Roderigo und diese Lady Westriding fast das ideale Paar gewesen seien, wie füreinander bestimmt, und daß dann etwas geschehen war, und nun war diese Dame in Pink des Lords Bettgenossin, während die kühle blonde Frau ganz allein war. Obwohl er sie womöglich gar nicht allein ließ. Diese Möglichkeit bestand nämlich auch.

»Rosé und Pink«, sagte er zu Eugenie und notierte die Bestellung. »Und jede Menge weiche Kissen.«

Als Roald nach Hause kam, wartete Kinny, seine Frau, schon mit dem Abendessen. Seit Marthamay Alverd Bee geheiratet hatte und an das andere Ende der Stadt gezogen war, waren Roald und Kinny sporadisch allein gewesen – das heißt, wenn keines der Kinder einen Babysitter oder nach einem Ehekrach eine Zuflucht benötigte. Ehekräche, so hatte Roald ein jedes seiner Kinder instruiert, seien so unvermeidlich wie der Winter, im Gegensatz zu diesem jedoch nicht lebensgefährlich, sofern man ein paar kleine Vorsichtsmaßnahmen traf. Zum Beispiel, sich im Bedarfsfall zu Hause ein paar Tage abzukühlen und sich aus dem Weg zu gehen. Genauso, wie auf den Winter der Frühling folgte, so folgte aus einem beigelegten Streit ein besseres Verständnis füreinander.

Im Augenblick herrschte Friede zwischen den Kindern und ihren Ehepartnern, und keines der Enkelkinder befand sich in der Residenz, so daß er und Kinny ungestört waren. Solche Momente genoß er immer.

»Ich habe Gans mit Kohl gemacht«, sagte Kinny. »Jandra Jellico hat ein paar Gänse geschlachtet und mich über das *Telly* benachrichtigt. Also bin ich rüber und habe mir einen fetten Vogel geholt.«

Roald leckte sich die Lippen. Frühlingsgans mit Kohl war eines seiner Lieblingsgerichte, und Kinny war eine unübertroffene Köchin. Es war auch Gans mit Kohl gewesen, weshalb er für sie entflammt war, mit ihren knubbeligen kurzen Armen und dem pausbäckigen Gesicht, und Gans mit Kohl war seither auch der Lichtblick in all ihren gemeinsamen Jahreszeiten gewesen. Gans mit Kohl hatte generell den Status eines Festessens.

»Na, welche gute Nachricht gibt es denn?« fragte er sie.

»Marthamay ist schwanger.«

»Nun, ist das nicht wunderbar! Wo sie doch so besorgt war.«

»Eigentlich war sie das gar nicht. Ihre Schwestern hatten sie nur aufgezogen, als sie und Alverd geheiratet hatten und nichts passiert ist.«

»Dann bereitet Alverd sich jetzt auf eine kleine Ausgrabung vor, nicht wahr?«

»So sagt sie.« Lächelnd schob Kinny sich eine Ladung Kohl in den rosigen Mund und dachte dabei an den großen, fleißigen Alverd Bee, wie er unten in den Winterquartieren malochte und nach alter Väter Sitte einen neuen Raum ausschachtete. Alverd würde in ein paar Wochen zum Bürgermeister von *Commons* gewählt werden, und als Bürgermeister würde er wenig Zeit für solche Dinge haben. Aber die Brüder würden ihm schon helfen, genauso wie er ihnen geholfen hatte. »Was gibt es also von den Neuen zu erzählen?«

Er erstattete Bericht, über den Botschafter und Marjorie und die andere Dame in dem bald bezugsfertigen pinkfarbenen Liebesnest.

»Ach«, kommentierte Kinny naserümpfend. »Das ist aber traurig.«

»Meine ich auch«, pflichtete er ihr bei. »Seine Frau ist eine schöne Dame, aber kühl. Ist nicht leicht, die Leidenschaft in ihr zu entfachen.«

»Und dazu ist er wohl zu geil und ungeduldig.«

Nachdenklich mümmelte Roald vor sich hin. Ja. Wie immer hatte Kinny es auf den Punkt gebracht. Viel zu geil und ungeduldig, dieser Roderigo Yrarier. So geil und ungeduldig, daß er sich schon eine Menge Ärger aufhalste, bevor er überhaupt angefangen hatte.

Weil diese Vorstellung ihm nicht gefiel, wechselte Roald das Thema: »Weiß Marthamay schon, wie sie das Baby nennen will?«

Marjories Sprachlehrer traf nach zwei Tagen ein. Er stellte sich als Persun Pollut vor. In dem Raum, der einmal Marjories Arbeitszimmer werden würde, nahm er neben ihr Platz, direkt vor dem großen Fenster, durch das die orangefarbene Sonne wärmende Strahlen schickte. Derweil gingen draußen in der Halle Handwerker ein und aus, mit Kisten und Kartons, Werkzeug und Leitern. Die Arbeiter vor Augen, bemerkte Marjorie, daß es im Grunde doch grotesk sei, separate Winter- und Sommerquartiere einzurichten.

»Die Winter sind lang«, stellte er mit gesenktem Blick fest. »Sie sind so lang, daß wir unserer überdrüssig werden.« Persun hatte außergewöhnlich buschige Augenbrauen. Er war jung, aber kein Kind mehr; schlank, aber nicht dürr; resolut, aber nicht stur. Marjorie kam zu dem Schluß, daß Roald Few eine gute Wahl getroffen hatte, insbesondere deshalb, weil Persun so schlau gewesen war, den wahren Grund seiner Anwesenheit nicht preiszugeben. Er hatte sich im nächsten Dorf ein Zimmer genommen und verkündet, er wäre gekommen, um ein paar Bretter für ›das Arbeitszimmer der Lady‹ zu sägen. Nun saß er entspannt in besagtem Arbeitszimmer und fuhr mit seiner Erklärung fort.

»Der Winter ist so lang, daß man beim Gedanken daran schier verzagen möchte«, sagte er. »Wir wollen nicht die Luft atmen, die nicht nur kalt, sondern auch ungesund ist. Deshalb verkriechen wir uns unter die Erde, wie die Hippae, und warten auf den Frühling. Manchmal wünschten wir uns, einen Winterschlaf zu halten wie sie.«

»Was, in aller Welt, fangt ihr dann überhaupt mit euch an?« erkundigte Marjorie sich, wobei sie sich erneut fragte, was sie während des Winters mit den Pferden machen sollte. Wenn sie dann überhaupt noch auf *Gras* waren. Anthony sagte immer, daß sie dann schon wieder auf dem Heimweg wären, aber Anthony wußte auch nicht, weshalb sie hergekommen waren.

»Wir besuchen *Commons*, spielen und arbeiten und veranstalten Winterfestspiele und literarische Wettbewerbe. Wir besuchen die Tiere in den Scheunen. Wir haben ein Orchester. Die Leute singen und tanzen und dressieren Tiere. Wir haben eine Winter-Universität, an der die meisten von uns Dinge lernen, sie sie nie lernen würden, gäbe es den Winter nicht. Manchmal fliegen wir für die kalte Jahreszeit auch Professoren von Semling ein. Sie werden noch merken, daß wir gebildeter sind als die *bons*, obwohl wir sie das natürlich nicht spüren lassen. Unter *Commons* befinden sich so viele Tunnels, Lagerräume und Konferenzräume, daß man es mit einem Schwamm vergleichen könnte. Wir bewegen uns dort unten, ohne auch nur einen Blick nach draußen zu werfen, wo der Wind bis auf die Knochen schneidet und der kalte Nebel alles einhüllt, auch die Eisgeister.«

»Aber die *bons* bleiben auf ihren Estancias?«

»Weil sie draußen auf den Estancias nicht über unsere Ressourcen verfügen, verbringen sie die Zeit unproduktiver. In der Stadt nutzen wir den Synergieeffekt von mehreren tausend Menschen, wobei die Zahl im Winter sich noch erhöht. Wenn der Winter naht, übersiedelt die Dorfbevölkerung nach *Commons*. Der Hafen ist das ganze Jahr über in Betrieb, so daß wir sogar in der kalten Jahreszeit Besucher haben. Das Hotel hat auch Winterquartiere, die über Tunnels mit dem Hafen verbunden sind. Auf einer Estancia leben vielleicht hundert Menschen, maximal hundertfünfzig. Auf den Estancias gehen die Leute sich mit der Zeit auf die Nerven.«

Dann herrschte Schweigen, bis sie schließlich zögernd fragte: »Gibt es auch karitative Einrichtungen auf *Gras?*«

»Karitativ, Gnädige Frau?«

»Wohltätigkeit. Den Menschen helfen.« Sie zuckte die Achseln und benutzte den Ausdruck, den sie oft schon von Rigo gehört hatte. »Witwen und Waisen?«

Er schüttelte den Kopf. »Nun, ich glaube schon, daß es Witwen und gelegentlich auch eine Waise gibt, aber ich verstehe nicht, weshalb sie der Wohltätigkeit bedürften. Wir *Commoners* sorgen für uns selbst, aber das ist keine Wohltätigkeit, sondern gesunder Menschenverstand. Haben Sie das auf Ihrem Heimatplaneten oft praktiziert?«

Sie nickte ernüchtert. O ja, und wie sie das praktiziert hatte. Aber niemand hatte es für nötig gehalten, ihren Platz wieder auszufüllen. »Ich glaube, es wird viel Leerlauf geben«, sagte sie. »Anscheinend ist der Winter sehr lang.«

»Und ob er lang ist. Die Aristos haben ein Sprichwort auf *Grassan*: *Prin g'los dem aufnet haudermach*. Soll heißen: ›Die Nähe des Winters wird im Frühling getrennt.‹ Sie würden es vielleicht eher so ausdrücken: ›Winter-Liaisons enden im Frühling.‹« Nachdenklich zog er die Augenbrauen hoch. »Nein, ein Terraner würde wohl eher sagen: ›Der Frühling lockert Winter-Ehen.‹«

»Ja, wir sagen eher Ehen«, bestätigte sie trocken. »Wo haben Sie denn das Diplomaten-Idiom erlernt?«

»Alle beherrschen es. Jeder in *Commons*. Auf dem Hafen ist immer viel Betrieb. Viele Starts und Landungen. Wir haben mehr Geschäftsleute in *Commons*, als Sie vielleicht glauben. Wir importieren Güter von anderen Planeten. Und wir exportieren auch Waren. Wir müssen kommunizieren. Deshalb sprechen wir das Diplomaten- und Händler-Idiom sowie noch ein halbes Dutzend anderer Sprachen. *Grassan* ist eine sehr gestelzte und unpräzise Sprache. Es ist eine Sprache, die von den Aristokraten erfunden wurde. Wie ein privater Code. Ich werde sie Ihnen beibringen, aber erwarten Sie nicht, daß Sie schlau daraus werden.«

»Keine Sorge. Bestreiten Sie auch Ihren Lebensunterhalt als *Grassan*-Lehrer?«

»Oh, bei den graziösen Körpern der *Migerer*, nein, Lady. Wem sollte ich es auch beibringen? Hier beherrscht jeder die Sprache, und sonst hat niemand Interesse daran. Hime Pollut, der Schreiner, ist ein Freund des Handwerksmeisters Roald Few, und ich bin der Sohn von Pollut, dem Schreiner; er beschäftigt mich während einer lauen Saison, das ist alles.«

Sie konnte ein Lachen nicht mehr unterdrücken. »Dann *sind* Sie also ein Schreiner?«

Sein Blick wurde abwesend. »Nun, in erster Linie schon, denn bisher habe ich mein Glück noch nicht gemacht.« Er verstummte und setzte sich dann gerade hin. »Aber ich werde es machen. Es gibt viel Geld zu verdienen in den Seidenspinnereien von Semling, darauf gebe ich Ihnen mein Wort. Aber vorher säge ich noch ein paar Bretter für Ihr Arbeitszimmer, Lady; schließlich müssen wir meine Anwesenheit irgendwie begründen, wenn die Bewohner von *Gras* nicht erfahren sollen, daß Sie ihre Sprache erlernen.« Hinzu kam, daß er seit dem Augenblick, da er sie zum erstenmal gesehen hatte, etwas für sie tun wollte. Etwas wirklich Bedeutendes.

»Was soll ich tun, wenn Obermun bon Haunser mir einen Sekretär empfiehlt?«

Persun nickte nachdenklich. »Sagen Sie ihm, daß Sie es sich noch überlegen werden. Außer in *Commons* mahlen die Mühlen eher langsam auf *Gras*. Das habe ich von ein paar Fremden gehört, die mit den Aristos Geschäfte machen. Sie werden langsam ungeduldig. Also lassen Sie den Obermun ruhig warten. Er wird es Ihnen nicht übelnehmen.«

Das alles berichtete sie Rigo, und als der Obermun ihr dann einen gewissen Admit Maukerden empfahl, beschied sie ihn mit besagter Antwort.

Weil sie noch das eine oder andere zu erledigen hatte, verstrichen ein paar Tage, bis Marjorie Zeit zum Ausreiten fand. Anthony und Rigo waren schon ein paarmal ausgeritten, und sogar Stella war dazu vergattert worden. Am Tag nach dem Abzug der Handwerker ritt Marjorie mit Rigo und Anthony aus. Es war ein sonniger und warmer Morgen, und gern hätte sie Stella dabeigehabt, obwohl das Mädchen ihre Einladung mit einer gewissen Blasiertheit ausgeschlagen hatte. Stella war eine ausgezeichnete Reiterin, aber sie hatte keinen Zweifel daran gelassen, daß sie keine Lust hatte, auf *Gras* zu reiten und daß ihr überhaupt nichts an *Gras* gefiel. Stella hatte Freunde zurückgelassen, darunter ihre beste Freundin. Marjorie hatte das indessen nicht angefochten. Vielleicht wollte Stella mit ihrer ostentativen Renitenz Marjorie für diese Grausamkeit abstrafen; aber Marjorie konnte Stella einfach nicht über die Hintergründe dieser Reise aufklären. Sie hätte sich gewünscht, Stella wäre dabeigewesen, als sie den gewundenen Pfad zu den neu errichteten Ställen hinuntergingen.

Die Stallknechte hatten die Arbeiten weisungsgemäß ausgeführt: Sie hatten bestimmte Grassorten geschnitten und in Tröge gefüllt, die neuen Ställe ausgemistet und ein paar einheimische Getreidesorten in geringen Mengen ausgelegt, um zu sehen, welche davon von den Tieren goutiert wurden. Sie sahen zu, wie die Terraner drei Pferde sattelten und stellten ohne jegliche Zurückhaltung Fragen im Händler-Idiom: »Wozu ist das denn gut?«, »Weshalb tun Sie das?«

»Reiten die *bons* denn nicht?« fragte Tony. »Habt ihr denn noch nie einen Sattel gesehen?«

Alle verstummten, und die zwei Männer und die Frau schauten sich an. Dies war ein Thema, das sie offensichtlich nur ungern diskutierten. »Die Hippae würden... würden keinen Sattel dulden«, sagte die Frau schließlich, fast flüsternd. »Die Reiter tragen statt dessen gefütterte Hosen.«

Na so was, sagte Marjorie sich. Das ist ja ein Ding! Sie nahm Blickkontakt mit Tony auf und schüttelte unmerklich den Kopf, gerade als der fragen wollte, seit wann ein Pferd denn auch etwas zu melden hätte.

»Unsere Pferde finden den Sattel angenehmer als unsere knochigen Hinterteile«, sagte sie gleichmütig. »Vielleicht sind die Hippae anders gebaut.«

Damit schien die Sache aus der Welt zu sein, und die Bediensteten fuhren mit ihren Fragen fort. Marjorie notierte sich die intelligentesten Fragen und die Fragesteller mit der besten Auffassungsgabe.

»Das Blaugras läßt sich nur schwer schneiden«, sagte einer. »Aber den Pferden schmeckt es am besten.«

»Womit schneidet ihr es denn?« fragte Marjorie. Sie zeigten ihr eine Sichel aus minderwertigem Stahl. »Ich gebe euch besseres Werkzeug.« Sie schloß eine Werkzeugkiste auf und verteilte Laser-Messer. »Seid vorsichtig damit«, sagte sie und zeigte ihnen, wie man sie benutzte. »Nicht daß ihr einen Arm oder ein Bein verliert. Paßt auf, daß niemand in den Schnittbereich der Klinge kommt.«

Sie sah zu, wie sie mit den Messern experimentierten, mit einem Schnitt ganze Grasgarben mähten, erstaunte und freudige Rufe ausstießen und sie dankbar anschauten. Sie würde einen Pfleger für die Fohlen brauchen, und den konnte sie nur unter den Dörflern rekrutieren. Die Leute kümmerten sich schon jetzt mehr um die Pferde, als eigentlich erforderlich war.

Heiligkeit hatte ihnen nur gestattet, sechs Tiere mitzunehmen. In Anbetracht des langen Aufenthalts hatten sie Zuchttiere mitgenommen. Marjorie hatte ihr Lieblingspferd, den Wallach Reliant, zurückgelassen. Statt dessen wählte sie El Dia Octavio aus, einen Hengst, der von einem ehemaligen Lippizaner-Reiter trainiert wurde. Rigo ritt Don Quixote, einen Araber. Tony auf Millefiori, einer Vollblutstute. Drei Stuten waren Vollblüter, und eine, Irish Lass, war wegen ihrer Größe ausgewählt worden. Wenn sie ein ganzes *Gras*-Jahr oder noch länger auf diesem Planeten festsaßen, wollten sie sich wenigstens das Vergnügen bereiten, eine eigene Zucht aufzubauen.

Tony führte sie durch eine niedrige Senke, bis sie nach einer halben Meile eine natürliche Arena erreichten, in der er die Pferde trainiert hatte, eine ebene, fast kreisrunde Fläche, die mit bernsteinfarbenem Gras bewachsen war. Dort angekommen, machten sie diverse Übungen, Trab, Trott, Handgalopp, wieder Trott, Trab, zuerst in der einen Richtung, dann in der anderen; noch mehr Trott und Handgalopp, bis sie schließlich abstiegen und die Pferde untersuchten.

»Sie atmen nicht einmal schwer«, stellte Rigo fest. »Sie werden mit jedem Tag besser.« Er klang enthusiastisch, doch Marjorie wußte, daß er etwas im Schilde führte. Rigo war immer dann am glücklichsten, wenn er eine verdeckte Aktion durchführte. Worum würde es sich diesmal handeln? Wollte er etwa die Eingeborenen verblüffen? »Erstaunlich, wie schnell sie sich wieder erholt haben«, ließ er sich über die Pferde aus.

»Genauso wie wir«, sagte Marjorie. »Ein paar Tage haben wir uns elend gefühlt, und dann waren wir wieder fit. Den Muskeltonus haben sie auch nicht verloren. Wir sollten noch ein paar Minuten weitermachen und sie dann zurückbringen. Morgen dann mehr.«

Sie saß auf und fiel wieder in den vertrauten Rhythmus. Halber Paß, enger Kreis, halber Paß.

Ihr Blick fiel auf den Hügelkamm, wo die grelle Frühlingssonne einen merkwürdig dunklen Schatten warf. Geblendet schaute sie nach oben und erspähte irgendwelche Konturen, die sich vor dem Licht abhoben; die Sonne blendete sie so stark, daß sie sie nicht eindeutig indentifizieren konnte. Pferde? Eine Vision geschwungener Hälse und gerundeter Kruppen, mehr nicht. Sie wußte weder wie groß noch wie weit entfernt sie waren.

El Dia Octavo blieb stehen und folgte Marjories Blick. Ein Laut des Unbehagens entrang sich seinem Hals, und die Flanken zitterten, als ob er sich eines Angriffs von Stechmücken erwehren würde. »Schsch«, sagte sie und tätschelte ihm den Hals, besorgt wegen seiner Unruhe. Irgend etwas dort oben machte ihn nervös. Erneut schaute sie in die blendende Sonne und versuchte, etwas mehr zu erkennen. Eine Wolke driftete auf die Sonne zu, aber noch bevor sie sich davorgeschoben hatte, waren die Silhouetten schon wieder vom Grat verschwunden.

Die Beobachter legten anscheinend Wert darauf, unerkannt zu bleiben. Sie trieb Octavo an und wollte zum Kamm hinaufreiten, um zu sehen, wohin sie verschwunden waren, wer oder was auch immer es gewesen war.

Der Hengst zitterte, als ob er Schmerzen verspürte, als ob er eine schreckliche Gefahr witterte. Ein Geräusch entrang sich seiner Kehle, Vorstufe eines Schreis. Nur die an ihn gepreßten Beine und die Hand am Hals hielten ihn noch zurück. Er schien kaum mehr imstande, sich auf den Beinen zu halten und weiterzugehen.

Interessant, sagte sie sich streiflichtartig und bemerkte das Zittern von Octavos Flanken. Sie trieb ihn nicht mehr an, sondern konzentrierte sich nur noch darauf, ihn zu beruhigen. »Schsch«, machte sie erneut. »Es ist alles gut, es ist alles gut.«

Unvermittelt wurde sie selbst von Panik befallen; nun wußte sie, was das Pferd fühlte und erkannte, daß überhaupt nichts gut war.

5

Am Morgen der Jagd wurden alle Yrariers von einer diffusen Angst befallen, die keiner zeigen und noch viel weniger mit den anderen teilen wollte. Obwohl Marjorie fast kaum geschlafen hatte, stand sie früh auf und ging durch den Verbindungstunnel zur Kapelle. Dort wohnte sie der Frühmesse bei, und als sie Rigo später im Eßzimmer antraf, gestand sie ihm ihre Nervosität. Auch wenn er sich äußerlich gelassen gab, so war er doch so unruhig wie ein Jockey vor dem Rennen; er hatte ein richtig flaues Gefühl im Magen. Als Tony den Raum betrat, begrüßte er seine Eltern mit einem Überschwang, aus dem seine ganze Einsamkeit sprach. Er beugte sich über seine Mutter und umarmte sie so stürmisch, als ob er sich an sie klammern wollte. Dann kam Stella, halb angezogen, mit einem verächtlichen Blick und ohne jedes Anzeichen von Zuneigung, dafür aber voller Ressentiments gegen die friedliche Ruhe auf *Gras*.

»Welch ein Graus«, sagte sie. »Daß wir nicht mitreiten dürfen, meine ich. Am liebsten würde ich überhaupt nicht hingehen. Weshalb haben sie nicht …?«

»Schsch«, sagte ihre Mutter. »Wir haben uns doch gegenseitig versprochen, daß wir keine Fragen mehr stellen wollen. Wir wissen noch nicht genug. Iß dein Frühstück. Wir wollen fertig sein, wenn das Ding kommt.« Das Ding. Das Vehikel. Das Nicht-Pferd, mit dem sie rechneten. Bei den Fahrzeugen auf *Gras* handelte es sich um mechanische Fahrzeuge, von denen keines dem anderen glich: Sie griffen die Formensprache von Räumen, Gärten oder barocken Skulpturen auf. Der Transporter, mit dem die Pferde gebracht worden waren, hatte der flugfähigen Version einer antiken Amphore geähnelt, deren Bauch mit stilisierten Tänzern geschmückt war. Tony hatte gesagt, daß er bei diesem Anblick an sich halten mußte, um nicht in Gelächter auszubrechen; und auch Marjorie, die ungläubig den trägen Sinkflug beobachtet hatte, mußte sich umdrehen, um ihre Belustigung zu verbergen. »Iß dein Frühstück«, wiederholte sie und fragte sich, ob sie Stella ermahnen sollte, sich ein Lachen zu verkneifen. Wenn sie es ihr nämlich sagte, würde Stella auf jeden Fall lachen. Wenn sie jedoch nichts sagte, würde sie es vielleicht bleiben lassen. Seufzend berührte Marjorie das Gebetbuch in der Tasche und legte die Sache in Gottes Hände.

Alle schlangen sie ihr Frühstück hinunter und ließen fast nichts von dem übrig, was auch für doppelt so viele Leute gereicht hätte. Marjorie fuhr mit der Hand am Hüfthalter entlang und stellte fest, daß er sich anscheinend lockerte. Trotz der Mengen, die sie verputzte, schien sie Gewicht zu verlieren.

Das wenig später eintreffende Luftfahrzeug war zwar mit Ornamenten überladen, aber als lächerlich konnte man es eigentlich nicht bezeichnen; es handelte sich um einen luxuriösen Senkrechtstarter. Als sie eingestiegen waren, wobei Obermun bon Haunser als ›Fremdenführer‹ fungierte, ließen sie sich in weiche Sitze sinken, und man servierte ihnen Tassen des hiesigen Heißgetränks – das zwar als Kaffee bezeichnet wurde, aber keinerlei Ähnlichkeit damit aufwies –, während der stumme (und anscheinend non-*bon*) Pilot Kurs auf ein unbekanntes Ziel nahm. Sie flogen in nordöstlicher Richtung, wobei der Obermun sie auf markante Landmarken hinwies. »*Crimson Ridge*«, sagte er und zeigte auf einen langgestreckten Höhenzug, der in einem satten Pink leuchtete. »In ein paar Wochen wird er blutrot sein. Zu Ihrer Rechten liegen die *Sable Hills*.

Ich hoffe, Sie wissen das zu würdigen. Sie gehören nämlich zu der Handvoll Fremder, die außer dem Hafen von *Commoner Town* noch etwas anderes von unserem Planeten zu sehen bekommen.«

»Ich hätte noch eine Frage zu *Commoner Town*«, sagte Rigo. »Auf den Karten wird es als recht großes Gebiet dargestellt, ungefähr achtzig Kilometer lang und drei bis fünf Kilometer breit, vollständig von Wald umgeben. Soweit ich weiß, wird dort ausschließlich Handel und Landwirtschaft betrieben. Bei unserer Ankunft habe ich Straßen innerhalb und außerhalb von *Commoner Town* gesehen; auf dem übrigen Planeten gibt es aber überhaupt keine.«

»Wie ich bereits Ihrer Gemahlin erklärt habe, Botschafter, befindet *Commoner Town* sich nicht im Grasland. Wenn wir von der Stadt sprechen, meinen wir die ganze Gegend, bis hin zum Rand des Sumpfes. Wo es auf *Gras* Sümpfe gibt, gibt es auch Bäume, wie Sie beim Blick nach links sehen. Dort erscheint der Hafen-Wald am Horizont. Es ist ein ganz anderes Bild als der übrige Planet, nicht wahr? Es spielt überhaupt keine Rolle, ob es Straßen gibt in *Commoner Town*, denn es gibt kein Gras, das zerstört werden könnte, und außerdem besteht keine Möglichkeit, die Sümpfe zu überwinden.« Obermun bon Haunser deutete hinunter auf das satte Grün, in dessen Mitte die Stadt gelegen war; bei dieser Äußerung, die unmißverständlich ein Ausdruck der Verachtung gewesen war, bebten seine Nasenflügel unmerklich. So, wie er von den Straßen gesprochen hatte, handelte es sich bei ihnen um etwas Bösartiges, etwas, das sich heimlich ausbreiten wollte, wie in einem Käfig eingesperrte Schlangen.

Stella wollte schon mit einer Bemerkung herausplatzen, unterließ es aber, als ihr Vater mit strengem Blick ein Verbot signalisierte.

»Es ist Ihnen nicht recht, daß sie sich über die Stadt hinaus ausbreiten?« fragte Anthony in präzise kalkuliertem, Desinteresse heuchelnden Ton. »Die Straßen oder die *Commoners?* Weshalb denn nicht?«

Der Obermun errötete. Offensichtlich hatte er sich zu einer spontanen Äußerung hinreißen lassen, die er nun bedauerte. »Die *Commoners* haben nicht das Bedürfnis, die Stadt zu verlassen. Ich meinte die Straßen, mein Junge. Ich erwarte von dir kein Verständnis für die Angst, die wir vor der Zerstörung des Grases haben. Wir haben keine Bedenken, es abzuernten oder es anderweitig zu nutzen, aber es ist uns ein Greuel, es nachhaltig zu entstellen. Es gibt keine Straßen auf *Gras* außer den schmalen Pfaden, welche die Estancias mit ihren Dörfern verbinden, und selbst deren Duldung fällt uns schon schwer genug.«

»Findet der Austausch zwischen den Estancias also nur durch die Luft statt?«

»Der Personen- und Gütertransport, ja. Der Informationsaustausch findet über das *Telly* statt. Die Informationen, die in eurem Knoten auf Opal Hill eingehen, können an bestimmte Empfänger weitergeleitet werden oder zur Korrespondenz mit *andernorts* benutzt werden. Das *Telly* verbindet die Estancias mit *Commoner Town.* Sämtliche Reisen jedoch, die Auslieferung der Importe und der Versand von Exportgütern findet nur durch die Luft statt.«

»Import und Export? Woraus bestehen die denn überwiegend?« Das war Stella, die beschlossen hatte, für den Augenblick ein braves Mädchen zu sein.

»Nun, die Importe bestehen meistens aus Fertigprodukten und Luxusgütern wie Wein und Stoffen«, druckste der Obermun herum. »Woraus die Exporte bestehen, kannst du dir sicher vorstellen: verschiedene Grasprodukte. *Gras* exportiert Getreide und gefärbte Fasern. Von *Commoners,* die sich mit solchen Dingen befassen, habe ich gehört, daß die größeren Gräser für die Fertigung von Möbeln begehrt sind. Die Kaufleute vergleichen sie mit terranischem Bambus. Außerdem wird Saatgut exportiert, sowohl für Getreide als auch für Kulturpflanzen. Wie ich gehört habe, gedeihen einige Gräser auch auf anderen Planeten. Aus einigen, die nur hier wachsen, werden wertvolle pharmazeutische Produkte gewonnen. Manche sind sehr ästhetisch, wie du sicher auch schon gesehen hast. Verschiedene *Commoner*-Firmen züchten diese Pflanzen in Lizenz. Wir *bons* haben weder die Muße noch die Neigung, uns selbst mit diesem Geschäft zu befassen. Ich glaube nicht, daß es sehr lukrativ ist, aber wir und die Stadt können davon leben.«

Rigo, der sich an die großen Lagerhäuser und den lebhaften Betrieb auf dem Hafen erinnerte, enthielt sich eines Kommentars. »Und ist es wahr, daß die Gräser nicht mit terranischen Sorten verwandt sind? Sind sie einheimisch? Keine Importe?«

»Nein. Nicht einmal auf der genetischen Ebene gibt es Gemeinsamkeiten. Fast alle Sorten waren schon hier, als wir ankamen. Die Grünen Brüder haben ein paar Hybride gezüchtet, um bestimmte Farbeffekte zu erzielen. Du hast doch schon von den Grünen Brüdern gehört?« Im Grunde war das überhaupt keine Frage, denn der Mann schaute aus dem Fenster des Fluggeräts, wobei die Konturen des Kiefers und Mundes Unbehagen verrieten. Das ganze bisherige Gespräch war ihm unangenehm gewesen. »Sie sind schon vor langer Zeit hierher geschickt worden, um die Ruinen der Stadt Arbai auszugraben, und das Gärtnern ist eine Art Hobby.«

Marjorie war froh, daß das Thema gewechselt wurde. »Ich wußte gar nicht, daß es eine Arbai-Ruine auf *Gras* gibt.«

»O ja, im Norden. Die Brüder sind schon sehr lange mit den Grabungen zugange. Ich habe gehört, sie sei wie die meisten dieser Städte, flach und weitläufig, was es ziemlich aufwendig macht, sie freizulegen. Ich habe sie selbst noch nicht gesehen.« Sein Desinteresse war mit Händen zu greifen.

Erneut wechselte Marjorie das Thema. »Werden wir heute die Gelegenheit haben, irgendwelchen Mitgliedern Ihrer Familie zu begegnen, Obermun?«

»Meiner?« fragte er überrascht. »Nein, nein. Die Jagd ist noch immer bei den bon Damfels'. Während dieser Periode wird sie auch bei den bon Damfels' bleiben und dann an die bon Maukerdens übergehen.«

»Oh«, sagte Marjorie erstaunt und fragte, ohne nachzudenken: »Ich dachte, Sie hätten gesagt, die bon Damfels' hätten einen Trauerfall.«

»Natürlich«, erwiderte er ungeduldig. »Aber deshalb würden sie doch nicht die Jagd unterbrechen.«

Rigo warf ihr einen warnenden Blick zu, den sie geflissentlich ignorierte; unschuldig erkundigte sie sich: »Werden die bon Damfels' denn von anderen begleitet?«

»Normalerweise jagen zwei oder drei Häuser zusammen. Diesmal werden die bon Damfels' mit den bon Laupmons und den bon Haunsers jagen.«

»Aber nicht mit Ihrer Familie.«

»Nein, nicht mit meiner Frau und den Kindern. Normalerweise nehmen die Frauen und kleineren Kinder nur an der Heimat-Jagd teil.« Er schob das Kinn vor. Sie hatte schon wieder ein heikles Thema angeschnitten.

Marjorie seufzte stumm. Welche Themen waren denn nicht heikel an diesem Ort.

»Gleich werden wir landen!« rief der Obermun.

»Sind wir etwa schon in Klive?«

»O nein; mit diesem Gleiter kämen Sie nicht bis nach Klive, Lady Marjorie. Er ist zu laut. Er würde die Hunde nervös machen. Nein, von hier aus reisen wir mit dem Zeppelin weiter. Zeppeline sind praktisch geräuschlos. Und relativ langsam, so daß Sie alles mitbekommen werden.«

Und in der luxuriösen Kabine eines propellergetriebenen Zeppelins, die an den Seiten und unten über

Fenster verfügte und so plüschig ausgestattet war, daß sie scheinbar ungeeignet war für ihre Funktion, setzten sie den Flug fort und landeten geräuschlos auf einer Wiese am Rande von Klive. Sie wurden von Stavenger begrüßt, dem Obermun bon Damfels und von Rowena, der Obermum bon Damfels, die beide in Schwarz gekleidet waren, mit kleinen purpurnen Umhängen und Schleiern. Offensichtlich Trauerkleidung.

Den Besuchern wurde Wein gereicht. Rowena nippte nur daran. Stavenger trank überhaupt nichts. Die Yrariers erwähnten das schöne Wetter. Marjorie kondolierte murmelnd. Stavenger schien ihre Worte überhaupt nicht zu hören. Rowena, die Ringe um die tief eingesunkenen Augen hatte, schien ganz woanders zu sein, verloren in einer Trauer, die zu schmerzlich war, als daß sie in der Lage gewesen wäre, mit der Außenwelt zu kommunizieren. Oder vielleicht waren verbale Trauerbekundungen hier nicht üblich. Während sie das Verhalten der anderen beobachtete, kam Marjorie allmählich zu dem Schluß, daß diese Interpretation korrekt war. Obwohl die bon Damfels' Trauer trugen, nahm niemand Notiz davon.

Nun wurden die Yrariers anderen Familienmitgliedern vorgestellt – zwei Töchtern, zwei Söhnen, wobei die Namen jedoch nur genuschelt wurden, so daß Marjorie sie nicht richtig verstand. Einer der Söhne musterte sie gründlich, als ob er Maß an ihr nehmen wollte: für ein Kleidungsstück – oder ein Leichentuch, dachte Marjorie mit einem Schauder. Er wirkte sehr bleich und angespannt in der dunklen Montur, was seiner stattlichen Erscheinung aber keinen Abbruch tat. Überhaupt war es eine stattliche Familie. Die anderen Kinder der bon Damfels' wirkten entrückt und antworteten nur auf direkte Fragen, wenn überhaupt.

Stella flirtete unverhohlen, auf eine Art, die ihr jedoch nicht unbedingt schmeichelte. Sie hatte es immer schon für nützlich gehalten, Freundschaften zu schließen, und es war ihr auch immer gelungen, bis heute. Nur ein Sohn der bon Damfels' ließ sich mit wenigen Worten und einem halben Lächeln auf ihre Avancen ein. Alle anderen schienen eingefroren zu sein. Langsam stellte das Mädchen seine Bemühungen ein, verwirrt und verärgert.

Eine Glocke ertönte. Alle bon Damfels', außer Rowena, entschuldigten sich und waren plötzlich wie vom Erdboden verschwunden.

»Sie ziehen sich für die Jagd um. Wenn Sie mir folgen wollen«, sagte sie leise, fast flüsternd, »wir werden vom Balkon aus zusehen, bis die Jagd aufbricht.«

Tony und Marjorie folgten ihr und wechselten dabei fragende Blicke. Nichts war hier vertraut oder vorhersagbar. Weder verbal noch nonverbal kam eine Emotion herüber, die sie zu interpretieren wußten. Rigo und Stella gingen hinter ihnen, wobei sie mit düsteren Blicken die Landschaft einsogen und wieder ausspien. Soviel zu euren Gärten. Soviel zu eurer Gastfreundschaft. Soviel zu eurer Trauer und eurer Jagd, an der ihr uns nicht teilnehmen laßt. Marjorie spürte, wie sie vor Wut kochten, und sie bekam eine Gänsehaut. Das war alles andere als diplomatisch. Mit Feindseligkeit erreichte man gar nichts.

Diese Wut hielt auch dann noch an, als sie sich auf dem Balkon befanden und mit Essen und Trinken bewirtet wurden. Nichts war vertraut, diese Versammlung hatte nicht die geringste Ähnlichkeit mit einer vergleichbaren Veranstaltung zu Hause. Eine Zeitlang blickten sie stumm auf die *Erste Fläche*, nippten an den Getränken und knabberten am Imbiß, wobei sie ihren Zorn zu unterdrücken versuchten und Rowena von der Seite musterten.

Nach einer Weile betraten Mägde in langen weißen Röcken die *Erste Fläche;* sie trugen Tabletts mit winzigen, dampfenden Gläsern. Allmählich trafen die Jäger ein. Auf den ersten Blick wirkte ihre Kleidung vertraut, bis ihnen die unförmigen wattierten, an Pluderhosen erinnernden Beinkleider auffielen, deren Träger O-beinig einherschritten und auf den ersten Blick lächerlich wirkten. Als sie dann jedoch die Gesichter der Jäger sahen, war es schon nicht mehr amüsant. Jeder Jäger nahm sich ein milchiges, dampfendes Glas und trank; nur ein Glas, ein oder zwei Schlucke, nicht mehr. Nur wenige sprachen, und diese wenigen waren jünger als der Durchschnitt. Als das Horn ertönte, wäre Marjorie fast vom Stuhl aufgesprungen, obwohl der Laut nur verhalten gewesen war. Die Jäger hielten auf das Osttor zu, das sich langsam öffnete. Die Hunde erschienen, und Marjories Kehle entrang sich ein Keuchen. Sie drehte sich zu Rowena um, und zu ihrer Überraschung sah sie einen Ausdruck des Hasses auf dem Gesicht der Frau, einen Ausdruck ohnmächtiger Wut. Schnell wandte Marjorie den Blick ab. Diese Gefühlsregung der Gastgeberin war nicht für die Öffentlichkeit bestimmt.

»Mein Gott«, keuchte Rigo erschüttert; all seine Ressentiments waren in diesem Moment des Schocks wie weggeblasen.

Die Hunde waren so groß wie terranische Pferde, stark wie Löwen und hatten breite, dreieckige Köpfe, deren geschürzte Lippen gezackte Leisten aus Knochen oder Zähnen freilegten. Pflanzenfresser, war Rigos erster Gedanke. Aber da waren noch diese Reißzähne. Allesfresser? Sie hatten eine runzlige Haut, eine Zeichnung aus helleren Farben, die amorphe Stellen mit dunklerer Haut einschlossen. Entweder hatten sie überhaupt kein Fell oder nur ein sehr kurzes. Sie gaben keinen Laut von sich. Die Zungen schleiften auf dem Pfad, während sie sich in Zweierreihe vorwärtsbewegten; dann fächerte die Doppelreihe sich auf, um die wartenden Reiter zu umgehen, vereinigte sich wieder und hielt auf ein anderes Tor an der Westseite des Hofes zu.

»Kommen Sie«, sagte Rowena mit tonloser Stimme. »Wir müssen den Korridor hinuntergehen, um den Auszug der Jagd zu beobachten.«

Wortlos folgten sie ihr durch einen langen Korridor zu einem anderen Balkon, von dem aus man einen Blick über den Garten jenseits der Mauer hatte – dort wartete mit offenen Mäulern die Inkarnation des Schreckens, und plötzlich überkam sie ein Anflug von Angst. Schwankend standen sie da und umklammerten das Geländer. Sie trauten ihren Augen nicht. »Hippae«, identifizierte Marjorie sie mit einem Schauder. Wie hatte sie auch nur glauben können, sie würden wie Pferde aussehen? Wie naiv sie gewesen war! Wie dumm *Heiligkeit* gewesen war. Hatte sich überhaupt jemand bei *Heiligkeit* die Mühe gemacht,... Nein. Natürlich hatten sie das nicht. Selbst wenn sie es versucht hätten, wäre die Zeit zu knapp gewesen. Ihre Gedanken drifteten ab, und sie stand kurz davor, die Kontrolle über sich zu verlieren.

»Hippae«, sagte Rigo sich schwitzend und suchte Zuflucht im Zorn. Ein weiteres Minus für Sender O'Neil. Dieser verdammte Narr. Und der Hierarch. Armer Onkel. Armer sterbender, alter Mann, er hatte es schlichtweg nicht gewußt. Rigo hielt sich mit beiden Händen am Geländer fest und nahm sich mit aller Macht zusammen. Er registrierte, daß Stella neben ihm zitterte und sich schwer atmend vorbeugte. Aus dem Augenwinkel sah er, daß Marjorie ihre Hand auf die von Tony legte und sie drückte.

Unter ihnen tänzelten die Ungeheuer lautlos; ihre langen, fast pferdeähnlich geschwungenen Hälse waren mit spitzen, messerscharfen Knochen besetzt, deren Länge vom Kopf bis zu den Schultern stetig abnahm. Die Augen der Reittiere glichen rotglühenden Kugeln. Die Rücken waren mit harter, glänzender Haut gepanzert.

Als Stavenger bon Damfels sich anschickte, aufzusitzen, unterdrückte Marjorie einen Schrei. Das Reittier ging halb in die Knie und streckte das linke Vorderbein aus. Dann setzte Stavenger den linken Fuß auf das Bein und hob gleichzeitig den linken Arm, um einen Ring über den untersten Knochen zu werfen. Er hielt sich an diesem Ring fest und sprang in die Höhe, wobei er das rechte Bein hochriß, um sich auf den breiten Rücken zu schwingen. Er kam direkt hinter den breiten Schultern zu sitzen; dann spreizte er die Hände und brachte schmale Riemen zum Vorschein, mit denen er den Ring am Knochenblatt befestigte. Schließlich drehte Stavenger die Hände und wickelte sich die Riemen um die Finger. ›Zügel‹, spekulierte Marjorie streiflichtartig und korrigierte sich gleich darauf selbst: ›Nein, keine Zügel‹, denn die Riemen dienten offensichtlich nur zum Festhalten, um die Hände irgendwo zu fixieren. Sie wären nicht dazu geeignet gewesen, das riesige Tier zu lenken. Beim Versuch, sich an den rasiermesserscharfen Knochen festzuhalten, hätte man sich die Finger abgetrennt. Man konnte sich auch nicht nach vorne beugen, ohne sich selbst aufzuspießen. Also mußte man sich zurücklehnen, was eine große Belastung für die Wirbelsäule darstellte und schon nach kurzer Zeit starke Schmerzen verursachte. Andernfalls … andernfalls würde man von diesen Knochen gepfählt.

Über den mächtigen Brustkorb des Tieres zog sich eine Reihe von tiefen Pockennarben, in die Stavenger die spitzen Stiefel rammte und sich so zusätzlichen Halt verschaffte. Der Bauch war nur wenige Zentimeter von den Klingen entfernt. Auf seinem Rücken hing etwas, das wie ein schmaler, überlanger Köcher aussah. Als das Reittier sich auf der Hinterhand drehte, musterte Stavenger Marjorie mit eiskaltem Blick. Sein Gesicht war nicht nur ausdruckslos, sondern es wirkte nachgerade wie blankgeputzt. Rein gar nichts. Er traf keine Anstalten, zu dem Tier zu sprechen oder es auf irgendeine Art und Weise anzutreiben. Es ging, wohin es ihm beliebte, und er mußte sich fügen. Dann trat ein anderes Exemplar der Hippae auf einen Reiter zu, worauf dieser gleichfalls aufsaß.

Marjorie hielt noch immer Tonys Hand, drehte sich zu ihm um und schaute ihn mit einem warnenden Blick an. Er war leichenblaß. Stella schwitzte und hatte einen fiebrigen Ausdruck in den Augen. Marjorie schauderte und schüttelte sich, um die Sprache wiederzuerlangen. Sie würde sich nicht einschüchtern lassen von diesen ... diesen Entitäten.

»Entschuldigung«, brach Marjorie das Schweigen und riß Rowena aus ihrer Faszination, »haben Ihre ... haben Ihre Reittiere denn Hufe? Von hier aus sehe ich nämlich nichts.«

»Drei«, murmelte Rowena fast unhörbar. »Ja. Drei«, wiederholte sie dann lauter. »Drei scharfe Hufe an jedem Fuß. Eigentlich sind es aber drei Zehen, jeder mit einem dreieckigen Huf. Und zwei rudimentäre Daumen, die weiter oben am Bein sitzen.«

»Und die Hunde?«

»Sie auch. Nur daß ihre Hufe weicher sind. Mehr wie Pfoten. Sie sind sehr leichtfüßig.«

Mittlerweile waren fast alle Jäger aufgesessen.

»Kommen Sie«, sagte Rowena wieder mit der gleichen tonlosen Stimme, mit der sie sich bisher artikuliert hatte. »Der Transporter wartet auf Sie.« Sie schwebte vor ihnen her, wie auf Kufen, und ihre weiten Röcke bauschten sich über den polierten Dielen wie ein Ballon, der kurz vor dem Platzen stand. Sie würdigte sie keines Blickes und redete sie auch nicht mit Namen an. Anscheinend hatte sie sie überhaupt nicht bewußt wahrgenommen und sah sie auch jetzt nicht. Ihre Augen waren auf eine innere Schreckensvision gerichtet, die so intensiv war, daß Marjorie sie ihr fast von den Augen ablas. Als sie sich dem Fahrzeug näherten, wandte Rowena sich ab und schwebte den Weg wieder zurück.

Neben dem Fahrzeug wartete Eric bon Haunser. »Mein Bruder nimmt an der Jagd teil«, erklärte er. »Weil ich nicht mehr reite, habe ich mich Ihnen als Begleiter zur Verfügung gestellt. Wenn Sie Fragen haben, kann ich sie Ihnen vielleicht beantworten.« Etwas unbeholfen ging er mit den Beinprothesen zur Tür des Zeppelins und bedeutete Marjorie mit einem Kopfnicken, als erste einzusteigen.

Von geräuschlosen Propellern angetrieben, stiegen sie auf und eskortierten die Jagdgesellschaft; Meile um Meile wurde von den Reittieren zurückgelegt, wobei der Weg für die Hunde mit der größeren Auflagefläche ihrer Pfoten noch beschwerlicher war. Aus der Luft wirkten die Tiere wie dicke Kleckse im strukturierten Gras, pulsierende Kleckse, die sich im Rhythmus der Schrittfolge verlängerten und verkürzten, wobei Reittiere und Hunde nur durch die Reiter voneinander zu unterscheiden und die Reiter ihrerseits zu bloßen Auswüchsen reduziert waren, Warzen auf den pulsierenden Linien. Nun tauchten die Jäger in ein Wäldchen ein und entzogen sich der Luftaufklärung. Nach einer Weile tauchten sie wieder auf und verschwanden erneut in einer Baumgruppe. Bald hatten die Yrariers ganz vergessen, wonach sie überhaupt Ausschau hielten. Sie hätten genausogut Ameisen beobachten können. Oder einen Fisch im Fluß. Oder fließendes Wasser und wehenden Wind. Die Bestien bildeten eine amorphe Masse. Von diesen roten Punkten abgesehen, hätten die Tiere ebensogut allein unterwegs sein können. Obwohl vor den Reittieren zuweilen Bewegung im Gras aufkam, sahen die Beobachter nicht, welcher Beute die Jagd nachstellte.

Marjorie versuchte die Geschwindigkeit zu schätzen, mit der die Tiere unter ihr sich bewegten. Vermutlich langsamer als ein Pferd, obwohl ein Pferd wahrscheinlich nicht imstande gewesen wäre, sich nach dem Vorbild dieser Tiere durch das hohe, kräftige Gras zu wühlen. Sie widmete einige Zeit der Überlegung, ob ein Pferd wohl in der Lage wäre, den Hippae zu enteilen – und kam dann zu dem Schluß, daß es im ebenen Gelände wahrscheinlich möglich wäre, jedoch nicht an Steigungen. Und dann fragte sie sich, weshalb sie jetzt überhaupt an Pferde dachte.

Schließlich tauchte die Jagd in ein Wäldchen ein und kam zunächst nicht wieder zum Vorschein. Der Zeppelin schwebte über der Szenerie. Äste gerieten in Bewegung. Hoch oben im Blätterdach des Wäldchens kroch der Fuchs auf eine aus Zweigen bestehende Plattform und schrie seine Wut gen Himmel. Er übertönte sogar das leise Surren der Propeller. Alles, was sie sahen, war eine Explosion aus Pelz oder Schuppen, Reißzähnen oder Klauen, ein heftiger Wirbel im Laub, eine Impression der Wildheit, von etwas Großem und Unbezähmbarem.

»Fuchs«, murmelte Anthony, wobei es ihm fast die Sprache verschlug. »Fuchs. Das Ding ist so groß wie ein halbes Dutzend Tiger.« Mit einer Handbewegung brachte seine Mutter ihn zum Schweigen, obwohl er die Ausführungen in Gedanken fortsetzte. Zähne und Knochen. Mein Gott. Fuchs. Du lieber Himmel, erwartet man etwa von mir, daß ich hinter diesem Ding herreite? Werde ich nicht. Sollen sie doch denken, was sie wollen, ich mach es einfach nicht!

Reiten, sagte Stella sich. Ich könnte auch so reiten, wie sie es tun. Ein Pferd ist nichts dagegen. Überhaupt nichts. Ich frage mich nur, ob ich mitkommen darf …

Reiten, sagte Marjorie sich voller Abscheu. »Das, was sie da praktizieren, ist gar kein Reiten. Vor lauter Ekel und Furcht drehte ihr sich schier der Magen um; sie wußte zwar nicht, was die Leute dort unten trieben, aber die Hohe Schule des Reitens war es bestimmt nicht. Angenommen, sie fordern uns zur Teilnahme an dieser Jagd auf, sagte sie sich. Zumindest einen von uns. Ich nehme an, daß es Ausbilder gibt.

Werden wir das tun müssen, um ihren Respekt zu erwerben?

Reiten, sagte Rigo sich. Auf so etwas reiten! Sie werden mich nicht als Mann respektieren, wenn ich es nicht tue, aber ihr Standesdünkel verlangt, mich auszuschließen. Wie? Sie werden uns wie gewöhnliche Touristen behandeln, nicht wie Repräsentanten von Terra. Das gefällt mir ganz und gar nicht! Verdammtes *Heiligkeit!* Verdammter Onkel Carlos! Verdammter Sender O'Neil. Verdammt.«

»Die gesamte Bevölkerung von *Gras* besteht aus Pferdenarren«, hatte Sender O'Neil gesagt. »Pferdenarren und Standesdünkel. Der Hierarch, Ihr Onkel, hat Sie für diese Mission vorgeschlagen. Sie und Ihre Familie sind die besten Kandidaten, die wir haben.«

»Die besten Kandidaten wofür?« hatte Rigo gefragt. »Und weshalb, zum Teufel, sollte uns das etwas angehen?« Die Erwähnung des alten Onkel Carlos war nicht geeignet, seinen Ärger zu dämpfen, hatte ihn zumindest aber neugierig gemacht.

»Die Kandidaten mit der größten Chance, von den Aristokraten auf *Gras* akzeptiert zu werden. Was ...« Anstatt den Satz zu beenden, hatte der Mann sich nur nervös die Lippen geleckt. Fast wären ihm Worte entschlüpft, die tabu waren, tabu für alle Angehörigen von *Heiligkeit*. Was *Heiligkeit* betraf, so waren diese Worte unaussprechlich. »Die Pest«, hatte er geflüstert.

Roderigo hatte dazu geschwiegen. Der Ministrant hatte ihn nämlich darauf vorbereitet. Er war verärgert, aber nicht überrascht.

Sender hatte den Kopf geschüttelt und versucht, sich gestikulierend des Zorns zu erwehren, den Rigo ausstrahlte. »In Ordnung. *Heiligkeit* dementiert die Existenz der Pest, aber wir haben auch Grund dazu, das vertraulich zu behandeln. Sogar der Hierarch, Ihr Onkel, hat sich damit einverstanden erklärt. Sobald wir die Existenz der Pest nämlich publik machen, wird jede menschliche Sozietät sofort zerfallen.«

»Woher wollen Sie das denn wissen?«

»Die Maschinen sagen es. Jedes Computermodell sagt es. Weil es nämlich keine Hoffnung gibt. Keine Heilung. Keine Hoffnung auf eine Heilung. Keine Möglichkeit der Prophylaxe. Wir haben zwar das Virus isoliert, aber wir können das Immunsystem nicht dazu veranlassen, Antikörper zu bilden. Wir kennen nicht einmal den Ursprung dieses Virus. Wir haben nichts. Die Maschinen sagen, wenn wir die Menschen informieren ... nun, es würde das Ende bedeuten.«

»Das Ende von *Heiligkeit?* Weshalb sollte mich das kümmern?«

»Nicht *Heiligkeit*, Mann! Das Ende der Zivilisation. Die Sterblichkeitsrate beträgt einhundert Prozent! Ihre Familie wird sterben. Meine. Alle. Es geht nicht nur um *Heiligkeit*. Es wäre das Ende der menschlichen Spezies. Es betrifft Sie genauso wie mich!«

»Woher nehmen Sie denn die Gewißheit, daß die Antwort auf *Gras* liegt?« fragte Rigo, dem die ganze Problematik durch die eindringlichen Darlegungen des Mannes erst richtig bewußt geworden war.

»Es ist keine Gewißheit. Vielleicht handelt es sich nur um Gerüchte oder Märchen. Vielleicht nur Wunschdenken. Vielleicht wie die legendären goldenen Städte oder das Einhorn oder der Stein der Weisen ...«

»Aber es könnte etwas dran sein?«

»Möglicherweise. Nach den Meldungen unseres Tempels auf Semling gibt es keine Pest auf *Gras*.«

»Hier auf Terra gibt es doch auch keine!«

»O Gott, Mann, wenn das mal stimmte! Es gibt sie nicht, weil man die Auswirkungen nicht sieht. Aber ich habe sie gesehen.« Erneut wischte der Mann sich übers Gesicht, und plötzlich traten ihm Tränen in die Augen, und er biß die Zähne zusammen, als ob er die

Galle zurückhalten wollte, die ihm in den Hals zu steigen drohte. »Ich habe sie gesehen. Menschen. Tiere. Sie ist überall. Ich zeige es Ihnen, wenn Sie wollen.«

Roderigo war bereits mit den Auswirkungen der Pest konfrontiert worden. Er hatte zwar nicht gewußt, daß sie auch auf Terra grassierte und sogar Tiere befiel, aber er war ebenfalls schon damit in Berührung gekommen. In Gedanken versunken tat er das Angebot mit einer Handbewegung ab. »Aber auf *Gras* ist die Krankheit nicht aufgetreten? Vielleicht wird sie nur verschleiert, so wie hier.«

»Unsere Leute glauben nicht, daß man sie dort verschleiern könnte. Die Bewohner von *Gras* sind anscheinend nicht so organisiert, daß sie in der Lage wären, eine Verschleierungstaktik zu betreiben. Komischer Ort. Aber wenn sie dort nicht auftritt…«

»Sie implizieren also, *Gras* sei der einzige Ort, wo die Seuche nicht grassiert. Und wollen Sie sagen, überall sonst wütet die Pest?«

Der blasse und schwitzende Sender nickte. »Praktisch auf jeder kolonisierten Welt haben wir mindestens einen Tempel«, flüsterte er dann. »Und an den wenigen Orten, an denen es keinen Tempel gibt, haben wir zumindest eine Mission. Wir sind dafür zuständig, die Auswirkungen der Seuche zu verschleiern; also wissen wir auch, wo sie aufgetreten ist. Sie ist überall.«

Plötzlich überzog Rigos Gesicht sich mit Zornesröte. »Weshalb, um Himmels willen, sind dann noch keine Wissenschaftler und Forscher losgeschickt worden? Wieso wenden Sie sich an mich?«

»Die Aristokraten, die dort die Macht ausüben, erteilen Wissenschaftlern und Forschern keine Besuchserlaubnis für den Planeten. Gut, wir könnten unsere Leute zwar in die Hafenstadt schicken. Sie heißt *Commoner Town* und steht Besuchern offen. Aber man darf die Stadt nicht verlassen. Sie bekämen höchstens ein Visum, das bis zum Eintreffen des nächsten Schiffes gültig ist. Wir haben das schon ein paarmal versucht, ohne daß unsere Leute etwas herausgefunden hätten. Nicht auf dem Hafen. Und es besteht auch nicht die geringste Möglichkeit, sich auf *Gras* umzusehen. Völlig ausgeschlossen. *Heiligkeit* hat keinen Einfluß auf diesem Planeten.«

Rigo schaute ungläubig drein. »Ihr habt wirklich keine Mission dort?«

»Der einzige Kontakt, den *Heiligkeit* mit *Gras* hat, besteht über das Arbeitslager in den Ruinen von Arbai. Nicht alle unsere Ministranten arbeiten dort. Es hätte keinen Sinn, sie nach Hause zu schicken, damit sie anderen unwilligen Jungen erklären, wie man den Gottesdienst verweigert. Also schicken wir sie nach *Gras*. Das Lager hatte schon bestanden, als der Planet kolonisiert wurde. Die Grünen Brüder. So genannt wegen der grünen Kutten, die sie tragen. Es muß über tausend von ihnen geben, aber sie haben praktisch keinen Kontakt zu den Aristokraten. Vor über hundert Jahren sind sie vom Hierarchen angewiesen worden, sich irgendwie mit den Bewohnern von *Gras* zu verständigen, aber es hat nicht viel gefruchtet.«

»Er wollte eure Sträflinge wohl zu Missionaren machen«, sagte Rigo mit schnarrender Stimme.

O'Neil fuhr sich über die Stirn. »Oh, ich möchte nicht bestreiten, daß dies durchaus im Sinne des Hüters der Akzeptablen Doktrin gewesen wäre. Sein Name ist Jhamless Zoe, und er dreht bald noch durch, weil wir den Planeten nicht für *Heiligkeit* gewinnen, und sei es mit Gewalt. Und wenn der Hierarch ihm Mäßigung befiehlt oder mit Demission droht, wird er nur noch irrer.« O'Neil wischte sich über die schweißnasse Stirn.

»Was haben die Brüder denn unternommen, um mit den Aristokraten in Kontakt zu treten?«

»Sie widmeten sich dem Gartenbau«, erwiderte O'Neil heiser lachend. »Gartenbau! Darin sind sie mittlerweile Experten. Sie haben sogar Berühmtheit erlangt deswegen. Sie sind so bekannt, daß nicht einmal Jhamless es wagte, der Sache ein Ende zu bereiten. Aber deshalb stehen sie immer noch nicht in regelmäßigem Kontakt mit dem Rest des Planeten; sie erfahren nichts. Und die verdammten Aristos lassen uns nicht rein!«

»Auch nicht, als Sie ihnen gesagt hatten ...«

»Den Bewohnern von *Gras* geht es doch gut. Wir haben durchaus versucht, ihnen die Problematik zu schildern, aber es hat sie anscheinend nicht interessiert. Sie sind Separatisten, denen die Bewahrung ihrer Privilegien mehr am Herzen liegt als das Allgemeinwohl. Landadel. Oder vielleicht auch nur Pseudo-Adel. Überwiegend europäischer Herkunft und unglaublich stolz auf ihr blaues Blut; sie bilden sich jede Menge darauf ein. Deshalb verweigern sie auch die Genehmigung für einen Tempel oder eine Mission. Nach zehn Generationen auf *Gras* sind sie so isolationistisch wie nie zuvor ... und wunderlicher. Als ob sie Eisenplatten vorm Kopf hätten! Sie wollen keinen Kontakt mit Wissenschaftlern. Sie wollen sich nicht bekehren lassen. Sie wollen keinen Besuch! Außer vielleicht von einem wie Ihnen ...«

»*Heiligkeit* hat doch eine Flotte«, konstatierte Rigo. Diese Tatsache mißfiel ihm zwar, aber so war es nun einmal. Die planetarischen Regierungen waren isoliert und engstirnig und kokettierten noch damit. Nachdem einmal ein Ventil für den Bevölkerungsüberschuß geöffnet worden war, hatte *Heiligkeit* alles getan, um eine weitere Expansion zu unterbinden. Das Dogma verbot nämlich eine so weite Verbreitung der Menschheit, daß sie sich der Missionierung und Kontrolle entzog. Die Erforschung des Weltraums war zum Erliegen gekommen, desgleichen die Entwicklung in Wissenschaft und Kultur. Obwohl die Militärtechnik bereits seit mehreren Jahrhunderten stagnierte, unterhielt *Heiligkeit* als einziger Machtfaktor eine interstellare Truppe.

Sender O'Neil stieß einen tiefen Seufzer aus. »Wir haben alles gründlich durchdacht. Wenn wir Truppen hinschicken würden, könnten wir den Grund nicht geheimhalten, jedenfalls nicht für lange. Dann wäre nämlich der Teufel los. Wir dürfen nicht einmal daran denken, bis wir etwas Konkretes in der Hand haben. Bitte. Was Sie auch von uns halten mögen, glauben Sie uns dieses eine Mal! Wir haben für alles Computermodelle erstellt. Unsere besten Leute haben es immer wieder überprüft. Meldungen über die Pest *und* eine militärische Intervention würden eine Katastrophe auslösen! Haben Sie schon von den *Moldies* gehört?«

»Eine Art Weltuntergangs-Sekte, nicht wahr?«

»Eher das Ende des Universums. Aber es stimmt, sie sehnen sich nach dem Ende der Welt, der menschlichen Zivilisation. Sie bezeichnen sich selbst als die Märtyrer der Letzten Tage und glauben, die Zeit sei gekommen, alles menschliche Leben auszulöschen. Sie glauben an ein Leben danach, das aber erst dann beginnt, wenn das jetzige beendet ist, und zwar für alle. Kürzlich haben wir erfahren, daß die *Moldies* die Pest vorsätzlich weiterverbreiten.«

»Mein Gott!«

»Ja. Jeder von ihnen spielt Gott!«

»Was?«

»Sie befördern infizierte Objekte von einem Ort zum anderen. Wie die alten Anarchisten wollen sie alles zerstören, für eine bessere Zukunft.«

»Aber was hat das mit ...«

»Es hat folgendes damit zu tun: alle Ressourcen von *Heiligkeit* werden eingesetzt, die *Moldies* aufzuspüren und zu eliminieren. Sie sind anscheinend überall, tauchen aus dem Nichts auf. Wenn sie wüßten ... wenn sie wüßten, daß eine Chance besteht, auf *Gras* ...«

»Sie würden dort hingehen?«

»Sie würden jede auch noch so kleine Chance zunichte machen. Nein, alle unsere Aktionen müssen geheim bleiben. Nach den Berechnungen der Computer bleiben uns fünf bis sieben Jahre, um etwas zu unternehmen. Dann wird die Pest sich so weit ausgebreitet haben, daß … nun. Die Bewohner von *Gras* haben sich bereit erklärt, einen Botschafter zu akkreditieren.«

»Ich verstehe.« Er hatte tatsächlich verstanden. Die Bewohner von *Gras* betrieben eine Hinhaltetaktik. Damit erreichten sie, daß *Heiligkeit* den Plan eines Militäreinsatzes aufgab und sie selbst weitestgehend ungestört blieben.

»Sie haben gesagt, sie würden reiten?« hatte Rigo sich an Sender O'Neil gewandt, in dem Bestreben, die Visionen des Untergangs und der Zerstörung zu vertreiben. »Reiten sie wirklich? Hatten sie denn Pferde, Hunde und Füchse auf den Planeten mitgebracht?«

»Nein. Sie hatten einheimische Variationen des Themas gefunden.« O'Neil hatte sich die vollen Lippen geleckt und es wiederholt. »Einheimische Varianten.«

Einheimische Varianten, sagte Rigo sich nun, als er auf *Gras* in einem Zeppelin über einem Wäldchen aus großen Bäumen hing und sah, wie das Ding namens Fuchs in Sicht kam. Er nahm ihn nur undeutlich wahr. Er vermied es, seine Familie anzuschauen, obwohl er ihr ihre Anspannung spürte. Er sah nach unten, wobei er für einen Augenblick seinen Gefühlen freien Lauf ließ, und wiederholte O'Neils Spruch. »Einheimische Varianten.« Er sagte es laut, ohne sich dessen bewußt zu sein. Als Eric bon Haunser ihn ungläubig anschaute, platzte er unwillkürlich heraus: »Er hat so gar keine Ähnlichkeit mit den Füchsen bei uns zu Hause.«

Die große, amorphe Kreatur wurde durch das Blätterdach gezogen, und bon Haunser erläuterte den mutmaßlichen Hergang auf dem Waldboden. Er sprach flüssig, wie aus dem Stegreif, wobei er ihre Reaktion auf den Anblick der Entität geflissentlich ignorierte.

Auf halber Strecke zurück nach Klive hatte Rigo sich

soweit erholt, daß er imstande war zu sagen: »Anscheinend sehen Sie das alles sehr nüchtern. Verzeihen Sie, aber Ihr Bruder wirkte... wie soll ich es ausdrücken? Verlegen? Defensiv?«

»Ich reite nicht mehr«, erwiderte Eric errötend. »Meine Beine – ein Jagdunfall. Bei denjenigen von uns, die nicht mehr reiten – zumindest bei einigen – legt die Begeisterung sich mit der Zeit.« Er sagte das schleppend, als ob er sich nicht ganz sicher wäre, und enthielt sich auch einer Erklärung, was denn so eigentümlich an der Jagd war, daß die aktiven Reiter sich weigerten, darüber zu sprechen. Jeder der Yrariers hatte seine beziehungsweise ihre eigene Interpretation, die sie reifen ließen, während sie lautlos über die Prärie dahinflogen und allmählich eine gewisse Gelassenheit erlangten.

Sie trafen noch vor den Reitern auf Klive ein und wurden von Rowena empfangen; begrüßt wäre zuviel gesagt gewesen. Sie geleitete sie in eine große Lobby mit Blick auf die *Erste Fläche*, wo sie einer Gruppe schwangerer Frauen, Kinder und älterer Männer vorgestellt wurden, die an mehreren Tischen aßen, tranken und spielten. Sie forderte die Yrariers auf, der Dienerschaft zu sagen, was sie trinken wollten und sich am üppigen Buffet zu bedienen; dann entschwebte sie wieder. Eric bon Haunser leistete ihnen Gesellschaft. Wenig später ertönte vor dem Westtor ein Horn, und die Jäger ritten ein. Die meisten nahmen sofort ein Bad und wechselten die Kleidung, doch ein paar betraten den Raum, offensichtlich halb verhungert.

»Zwölf Stunden vor Beginn der Jagd haben sie zum letztenmal etwas getrunken, bis auf den Durstlöscher, der vor dem Erscheinen der Hunde serviert wurde. Wenn die Jagd erst einmal im Gang ist, besteht nämlich keine Möglichkeit mehr, sich zu erleichtern.«

»Höchst unkommod«, sinnierte Marjorie und dachte

dabei an die scharfen Grate am Hals der Reittiere. »Ist es das wirklich wert?«

Er schüttelte den Kopf. »Ich bin kein Philosoph, Lady Westriding. Wenn Sie meinen Bruder fragten, würde er mit ›Ja‹ antworten. Wenn Sie mich fragen, sage ich ›Jein‹. Aber schließlich reitet er auch und ich nicht.«

»Ich reite auch«, ertönte eine Stimme hinter ihnen. »Aber ich sage ›Nein‹.«

Marjorie drehte sich zum Sprecher um; er war groß, breitschultrig und nicht viel jünger als sie. Gekleidet war er in eine fleckige Hose und einen roten Mantel; die Jagdmütze hatte er unter dem Arm und ein volles Glas an den Lippen. Sie sah, daß diese Lippen zitterten, wenn auch so unmerklich, daß sie nicht glaubte, jemand anders außer ihr hatte es registriert.

»Verzeihung«, sagte er. »Ich bin ausgesprochen durstig.« Seine Lippen schlossen sich wie Saugnäpfe um den Rand des Glases, so daß es vibrierte. Er war erregt, wodurch seine Worte undeutlich wurden.

»Ich kann mir vorstellen, daß Sie durstig sind«, sagte sie. »Wir sind uns heute morgen schon begegnet, nicht wahr? Sie wirken so anders in Ihrer… in Ihrer Jagdkleidung.«

»Mein Name ist Sylvan bon Damfels«, stellte er sich mit einer leichten Verbeugung vor. »Ja, wir sind uns bereits begegnet. Ich bin der jüngere Sohn von Stavenger und Rowena bon Damfels.«

Stella stand mit Rigo am anderen Ende des Raums. Als sie sah, wie Sylvan sich mit ihrer Mutter unterhielt, veränderte ihr Gesichtsausdruck sich, und sie ging auf die beiden zu, wobei sie die Augen auf Sylvan geheftet hatte. Noch mehr Verbeugungen und gemurmelte Vorstellungen. Dann verabschiedete Eric bon Haunser sich und ließ Marjorie und die Kinder mit Sylvan allein.

»Sie haben ›Nein‹ gesagt«, lieferte Marjorie ihm eine

Vorlage. »Soll das heißen, daß das Reiten es nicht wert sei, obwohl Sie es doch tun?«

»Ich stehe dazu«, sagte er, wobei seine Wangenknochen von einer leichten Röte überzogen wurden und die Augen den Raum nach Zuhörern absuchten. Die Halsmuskeln traten hervor, als ob er versuchte, überhaupt ein Wort herauszubringen. »Das sage ich Ihnen, Madam, und Ihnen, Miss und Sir. Unter der Bedingung, daß Sie mich nicht vor einem Mitglied meiner Familie oder einem anderen *bon* zitieren.« Er keuchte.

»Sicher.« Anthony war noch immer so blaß wie in dem Moment, als er den Fuchs gesehen hatte – oder die Füchse, wie die meisten Leute auf *Gras* die Bestie im Plural nannten, weil sie immer im Zwölferrudel auftrat. »Wie Sie wünschen. Sie haben unser Wort.«

»Ich sage es deshalb, weil Sie vielleicht eingeladen werden, an der Jagd teilzunehmen. Zumindest pro forma. Ich hätte es für unmöglich gehalten, bis ich Ihrem Gatten begegnet bin. Ich halte es noch immer für unwahrscheinlich, aber nicht mehr für ausgeschlossen. Wenn Sie wirklich eine Einladung erhalten, rate ich Ihnen, sie abzulehnen.« Er sah jedem von ihnen tief in die Augen, als ob er ihnen bis auf den Grund der Seele schauen wollte; dann verbeugte er sich wieder und ging, wobei er sich den Hals rieb, als ob er schmerzte.

»Ehrenwort!« stichelte Stella und warf den Kopf zurück.

»In der Tat Ehrenwort«, sagte Marjorie. »Ich glaube, es wäre ebenso unklug wie unanständig, es weiterzuerzählen, Stel.«

»So, wie sie uns bisher behandelt haben!«

»Das war sicher nicht so gemeint.«

»Du und er, ihr fürchtet euch vielleicht vor diesen Reittieren, aber ich fürchte mich nicht vor ihnen! Ich könnte diese Wesen reiten. Ich weiß, daß ich es könnte.«

Marjorie schrie innerlich auf, versuchte aber, gelassen zu bleiben. »Ich weiß, daß du es könntest, Stella. Ich könnte es auch. Bei ausreichender Praxis könnte es wohl jeder von uns. Die Frage ist nur, sollten wir es auch tun? Sollte es überhaupt jemand von uns tun? Ich glaube, wir haben einen Freund in diesem Raum, und dieser Freund hat uns gerade davon abgeraten.«

6

Die Arbai-Ruine auf Gras unterscheidet sich im Grunde nicht von allen anderen Arbai-Ruinen: geheimnisvoll und erst vor kurzem aufgegeben – zumindest nach archäologischen Maßstäben; sie strahlt etwas Mysteriöses aus, das jeden Besucher sofort in ihren Bann zieht. Durch die Arbai-Städte, die auf anderen Planeten gefunden wurden, weht nur der Wind; sie sind von Sand bedeckt und von Arbai-Skeletten bewohnt. Weil in allen anderen Städten nur so wenige Arbai-Überreste gefunden wurden, fragte man sich, weshalb die Städte angesichts der geringen Einwohnerzahl so groß waren. Sie haben zwar eine beachtliche Fläche, sind architektonisch aber eher unspektakulär. Die hervorragenden Straßen schlängeln sich durch die Stadt, vorbei an sanft geschwungenen, verzierten Fassaden. In keiner der Städte hat man jemals ein Fahrzeug gefunden. Diese Leute sind ihren mysteriösen Geschäften zu Fuß nachgegangen, worum auch immer es sich dabei gehandelt haben mag.

Jede Stadt verfügt über eine Bibliothek. In jedem Stadtzentrum befindet sich eine mysteriöse Struktur, die man als eine Skulptur oder Ikone interpretieren könnte. Außerhalb der Städte gibt es weitere rätselhafte Mechanismen, die möglicherweise Müllverbrennungsanlagen oder Krematorien darstellen. Einzelne Stimmen meinen, es handele sich um Transportfahrzeuge; allerdings ist nie ein Schiff gefunden worden. Wiederum andere halten es für eine Kombination aus allen drei Merkmalen. Wenn es Öfen wären, sind die Leichen der Bewohner wahrscheinlich verbrannt worden, was auch die spärlichen Überreste erklären würde. Genauso plausibel ist es indes, daß die Einwohner ihren Standort gewechselt haben. Die Archäologen und Wissenschaftler sind nicht imstande, sich auf eine Variante zu verständigen, obwohl sie schon seit Generationen einen akademischen Disput führen.

In den repräsentativeren Arbai-Städten sind bisher nur ein paar Skelette gefunden worden, jeweils einzeln oder paarweise hinter verschlossenen Türen, als ob die Arbais, die sich dem Exodus nicht angeschlossen hatten, zu wenige gewesen wären, um die Widrigkeiten eines Umzugs auf sich zu nehmen. Nicht so auf *Gras*.

Auf *Gras* liegen die Skelette zu Hunderten in den Häusern, auf den Straßen, in der Bibliothek und auf der Plaza. Überall, wo die Grünen Brüder graben, stoßen sie auf mumifizierte Überreste.

Bisher waren die Ausgrabungen hauptsächlich von kräftigen jungen Männern ausgeführt worden, die sich kaum dafür interessierten, was sie da zutage förderten. Allerdings gab es auch solche, die von den antiken Mauern, den antiken Artefakten und den antiken Leichen fasziniert waren. Einige wenige haben diese Aufgabe zu ihrem Lebensinhalt gemacht und verwenden ihre ganze Energie darauf. Manchmal treten gleich mehrere dieser Fanatiker auf einmal auf.

Zur Zeit konzentriert sich jedoch nur ein Mann auf die Arbai. Wie andere schon vor ihm, hat auch er gelernt, sein Interesse vor den Behörden zu verbergen. Bruder Mainoa, einst Ministrant bei *Heiligkeit*, nun schon seit langem im Exil und im fortgeschrittenen Alter, mit ergrautem Kraushaar und Falten um die Augen, wobei ihm jedoch nicht die Ehrerbietung zuteil wird, die andere Ältere manchmal erfahren; Bruder Mainoa, wie seine Vorgänger ein Amateur, der seine Arbeit liebt, hat inmitten dieser antiken Steine ein Zuhause gefunden. Mittlerweile betrachtet er diese Straßen, die an Schützengräben erinnern, als sein Eigentum, die Häuser und Plätze, die Geschäfte und Bibliotheken, obwohl es dort nichts gibt, womit er etwas anfangen könnte oder was er jemals verstehen würde. Mainoa hat fast schon die Hälfte der Arbai-Leichen ausgegraben. Er hat allen einen Namen gegeben. Er verbringt fast den ganzen Tag bei ihnen. Sie sind seine Freunde geworden, wenngleich auch nicht seine einzigen Freunde.

Abends verließ Bruder Mainoa manchmal die Ausgrabungsstätte und ging zu einem nahegelegenen Wäldchen, wo er sich auf einen Baumstumpf setzte, ein Pfeifchen schmauchte und einen Monolog führte. An diesem Abend lehnte er sich seufzend auf seinem Baumstumpf zurück. Die Knochen taten ihm weh. Das war indes nicht ungewöhnlich. Fast jeden Abend taten ihm die Knochen weh und zuweilen auch morgens. Es half wenig, daß er die Nächte im kaum geheizten Quartier auf einem Strohsack verbrachte, obwohl er sich doch etwas besser fühlte, seit er das Dach repariert hatte. Genüßlich sog er den aromatischen Rauch ein, stieß ihn langsam wieder aus und setzte den Monolog fort.

»Das Purpurgras, nicht das Königsmantel-Kraut, sondern das blassere Purpur mit der blauen Blüte, das paßt gut zur Rose. Die Tests ergeben ein komplettes Protein im Mischungsverhältnis von zwei zu eins, sehr beständig. Mit dem Duft klappt es trotz der täglichen Gebete noch nicht so recht, aber es wird schon noch werden.«

Da ertönte hoch oben im Baum ein Geräusch, wie ein lautes, interessiertes Schnurren.

»Nun, Standard ist natürlich das Gelbgras. Kurz bevor ich das letztemal die Abtei verließ, um die Ausgrabungen fortzusetzen, hatte der Ältere Bruder Laeroa gesagt, er hätte es verbessert. Ich weiß nicht, ob ich es glauben soll oder nicht; es fällt mir jedenfalls schwer. Das Gelbgras ist fast perfekt, so wie es ist; leider kommt es so selten vor. Der kräftige orangefarbene Stengel soll auf der Sonnenseite sein und etwas tiefergesetzt, das Kleingrün und Mittelgrün auf der Schattenseite; die seligen Engel mögen wissen weshalb, aber so ist es eben. Der Ältere Bruder Laeroa sagt, am liebsten würde er es einfach anpflanzen und sehen, wie es sich entwickelt, aber es würde nur herausragen wie ein Stinkefinger …«

Wieder das Schnurren, diesmal mit einer fragenden Klangfarbe.

»Selbstverständlich beobachten sie uns«, seufzte Bruder Mainoa. »Lauscht den jungen Brüdern, den *Himmelsstürmern*, denen, die dort oben auf dem Netz zwischen den Türmen balancieren. Lauscht ihnen allen. Was sie sehen, sind Augen im Gras, welche die Abtei beäugen. Natürlich beobachten sie uns. Das macht es auch so schwierig, etwas herauszufinden.«

Kein Kommentar von oben. Bruder Mainoa riskierte einen Blick in diese Richtung, sah aber nichts außer dem fahlen Himmel, der durch eine Lücke im Blätterdach zu erkennen war; ein Stern funkelte im Zenit, wie eine Paillette, die sich vom Gewand eines Engels gelöst hatte. Ein Stück zur Linken, so hoch, daß es mit einem seidenmatten Glanz die letzten Sonnenstrahlen einfing, erspähte er dicht über dem Horizont ein paar Maschen des zwischen den Türmen der Abtei gespannten Netzes.

»Führst du wieder Selbstgespräche, Bruder?« ertönte eine mißbilligende Stimme. Bruder Mainoa fuhr herum. Die Gestalt verbarg sich im Schatten des Nachbarbaums. Es war die Stimme des Älteren Bruders Noazee Fuasoi, Stellvertretender Leiter des Referats Sicherheit und Akzeptable Doktrin der Abtei; was, bei allen Teufeln der Hölle, hatte er hier bei der Ausgrabungsstätte zu suchen?

»Ich war nur in Gedanken, Älterer Bruder«, murmelte Mainoa, erhob sich und nahm Haltung an; er fragte sich, ob der Mann ihm gefolgt war, und wenn ja, wie lange er schon dort gestanden hatte. »Ich habe mir Gedanken über die Ausgrabungen gemacht.«

»Ich hatte eher den Eindruck, daß es sich um Gartenarbeiten handelte, Bruder.«

»Nun ja. Das auch. Ich habe sozusagen versucht, mir den Effekt auszumalen.«

»Eine schlechte Angewohnheit, Bruder Mainoa. Stört die Kontemplation und Etikette des Ordens. Das Festhalten an solch schlechten Angewohnheiten ist wahrscheinlich auch der Grund dafür, weshalb du noch immer mit dem Freilegen von Ruinen beauftragt bist, anstatt würdigere Pflichten zu übernehmen, die deinem Alter angemessen wären. Wenn du dich ordentlich benehmen würdest, hättest du schon lange einen Bürojob in der Abtei.«

»Ja, Älterer Bruder«, sagte Bruder Mainoa respektvoll, obwohl er den Bürohengsten der Abtei im Grunde nicht den geringsten Respekt entgegenbrachte. »Ich werde mich bemühen, diese Angewohnheit wieder abzulegen.«

»Das solltest du auch. Ich würde dich nämlich nur ungern dem Ältesten Bruder Jhamless Zoe melden. Der Älteste Bruder Jhamless nimmt die Doktrin sehr ernst.«

Das zumindest entsprach der Wahrheit. Jhamless Zoe war nämlich noch nicht lange genug vor Ort, als daß sein Eifer schon nachgelassen hätte. Noch immer hielt er auf *Gras* Ausschau nach möglichen Konvertiten. »Ja, Älterer Bruder«, seufzte Mainoa.

»Ich bin gekommen, um dir zu sagen, daß du zum Begleitdienst eingeteilt bist. Wir erwarten einen renitenten Ministranten von *Heiligkeit*. Bruder Shoethai und ich haben dir ein Fahrzeug der Abtei bereitgestellt, mit dem du ihn morgen früh abholen wirst.«

Bruder Mainoa verneigte sich beflissen und enthielt sich jedweder Äußerung.

Der Ältere Bruder Fuasoi rülpste und rieb sich nachdenklich den Bauch. »Der Junge hatte nicht mal mehr ein Jahr zu dienen und ist ausgerastet. Es heißt, er hätte die Contenance verloren und im Refektorium randaliert. Er reist unter seinem Geburtsnamen. Rillibee Chime. Überleg dir einen Bruderschafts-Namen für ihn.«

»Ja, Älterer Bruder.«

»Das Schiff wird bald eintreffen, also spute dich. Und keine Selbstgespräche mehr.« Erneut strich Bruder Fuasoi sich über den Bauch und ging davon.

Bruder Mainoa verneigte sich demütig hinter dem abtretenden Fuasoi, wobei er ihm wünschte, daß er bald an einem Magengeschwür abkratzte. Scheißkerl, dachte er. Alle Jünger der Akzeptablen Doktrin waren Scheißkerle. Das galt auch für den Älteren Bruder Jhamless Zoe, den irren Missionar, der auf *Gras* versauerte, niemanden zum Missionieren fand und darüber allmählich den Verstand verlor. Sie hatten nichts als Scheiße im Kopf; sonst hätten sie nämlich gewußt, was hier auf *Gras* vorging. Jeder, der nicht völlig verblödet war, wußte das ...

Erneut ertönte das Schnurren von oben, diesmal voller Belustigung.

»Du bringst mich noch in größte Schwierigkeiten«, murmelte Bruder Mainoa. »Dann wird dir das Schnurren schon vergehen.«

Die zweihundertfünfzig Quadratkilometer große Fläche, welche die Aristokraten als *Commoner Town* bezeichneten, wurde von einem bizarren Felsen, der halb im Scherz ›Der einzige Berg von *Gras*‹ oder schlicht EBG genannt wurde, in zwei Sektoren geteilt. Der Berg erstreckte sich als fugenlose Mauer in Ostwest-Richtung, eine glatte Wand, die sich schließlich in den Tiefen des

Sumpfwaldes verlor und somit eine Barrikade zwischen den Ortsansässigen und den Durchreisenden bildete. Handwerker, Bauern, Kaufleute und ihre Familien lebten und arbeiteten nördlich der Barriere in einem Gebiet, das sie *Commons* nannten und welches die eigentliche Stadt darstellte. Im Gebiet südlich der Mauer, hauptsächlich hügeliges Weideland, befanden sich der Raumhafen und alle dazugehörenden Einrichtungen.

Zu diesen Einrichtungen zählten im Osten des Hafens ein Bezirk mit Lagerhäusern, in denen die Importe und Exporte zwischengelagert wurden, Scheunen, in denen Heu für die Winterfütterung des Nutzviehs der *Commons* gelagert wurde, diverse größere Geschäfte und Amüsierbetriebe, die von Einheimischen geführt wurden, das Raumhafenhotel und das Krankenhaus. Diese Zone, einschließlich des Hafens selbst, wurde als Wirtschaftsdistrikt bezeichnet.

Weiterhin gab es einen Bezirk westlich des Hafens, wo die von Bordellen gesäumte Portside Road verlief. Dort hatten die Etablissements rund um die Uhr geöffnet, und die Gäste schritten achtlos über am Boden liegende Körper hinweg. Manche lagen tot oder schwer verwundet in der wimmelnden Menge. Die verwinkelten Gebäude atmeten einen undefinierbaren Brodem aus Drogen, Schmutz und diversen biologischen Ausscheidungen. Diese verrufene Gegend war nach der Straße benannt worden, an der sie lag und hieß schlicht Portside.

Neben dem Wirtschaftsdistrikt und Portside umfaßte das südliche Areal zirka hundert Quadratkilometer öffentliche Heuwiesen und Grasland, das im Osten, Süden und Westen von der auf einem Hochplateau gelegenen Stadt zum Sumpfwald hin abfiel.

Das Hafengelände und *Commons* wurden von einem durch die Mauer getriebenen Tunnel verbunden, der *Grasbergstraße*. Hierbei handelte es sich um eine belebte

Magistrale, die an der Ostseite des Berges verlief, vorbei an der Polizeistation und den großen, massiven Toren, mit denen gelegentlich die Straße für den Verkehr gesperrt wurde. Nicht selten geschah es, daß die Besatzungen von Frachtschiffen, die in den frühen Morgenstunden die Etablissements von Portside verließen, sich den gelungenen Spaß machten, die Normalbürger aus dem Schlaf zu reißen. Um dem vorzubeugen, wurden die Tore geschlossen. Normalerweise verlief der Verkehr auf der *Grasbergstraße* zwischen dem Hafen und *Commons* aber störungsfrei.

Auf dem Hafen herrschte viel Betrieb, weitaus mehr, als der Bevölkerung des Planeten entsprochen hätte. Weil *Gras* jedoch an einer topologischen Kreuzung lag, einem zugänglichen Ort im Quasi-Raum, der mit einem Planeten im Standard-Universum identisch war, hatte der Planet eine große Bedeutung erlangt. Die Aristokraten, auf ihren Estancias isoliert und mit sich selbst beschäftigt, waren sich der vorteilhaften Position von *Gras* nie bewußt geworden. Mit Überraschung hätten sie zur Kenntnis genommen, daß der Reichtum von *Gras* nicht in den Estancias konzentriert war, sondern bei einer beträchtlichen Anzahl von Stadtbewohnern, die ihr Vermögen bei auswärtigen Banken deponiert hatten. Falls überhaupt, kamen nur wenige *bons* nach *Commoner Town*, und dann suchten sie höchstens die Handelskontore auf. Die Bewohner der Stadt, welche die Estancias besuchten, hielten sich bezüglich der wirtschaftlichen Vorgänge in der Stadt bedeckt. Wo die *bons* noch immer die Vorstellungen von ihrer sozialen und ökonomischen Überlegenheit kultivierten, hatten die *Commons* sich schon längst eine pragmatischere Betrachtungsweise zu eigen gemacht. Ohne daß die Aristokraten sich dessen in letzter Konsequenz bewußt geworden wären, hatte der Wirtschaftsdistrikt sich allmählich zu einem bedeutenden Umschlagsplatz mit einer hohen Bettenkapazität für Reisende entwickelt.

Während sie auf das Anschlußschiff warteten, stürzten die Reisenden sich oft in das pralle Leben von *Commons*. Anbieter von aus Gras gewebtem Tuch, Grasbildern und kunstfertig geflochtenen bunten Graskörben in der Form von Vögeln und Fischen machten glänzende Geschäfte. Der Erwerb solcher Waren vermittelte den Reisenden die Illusion, *Gras* authentisch zu erleben. Die Aristokraten hatten es nämlich untersagt, die Savanne vom Flugzeug aus zu besichtigen. Einmal hatte das Hafen-Hotel Ausflüge zum Rand des Sumpfwaldes angeboten, aber nachdem ein Boot voller VIPs nicht mehr zurückgekommen war, wurden diese Exkursionen eingestellt. Mithin war die einzige Sehenswürdigkeit *Commons* selbst, was einen steten Verkehrsfluß auf der Straße zur Folge hatte. Die Städter waren an den Anblick neuer Gesichter gewöhnt.

Als nun eines frühen Morgens Ducky Johns an der Mautstation anhielt, in Begleitung eines schönen Mädchens, dachte der Posten sich also nicht mehr dabei, als daß ein Fremder das Hafen-Hotel verlassen und in fragwürdige Gesellschaft geraten war. Nicht daß Ducky Johns ein schlechter Mensch gewesen wäre. Sie und Saint Teresa waren die Besitzer der zwei größten Häuser von Portside, und oft reisten sie mit ihren Haushälterinnen und Köchen nach *Commons*. Ducky stand normalerweise ganz oben auf der Liste der Spender für wohltätige Zwecke, sofern Saint Teresa seinen Namen nicht schon dorthin gesetzt hatte. Duckys Maschinen waren gut gewartet und fügten den Kunden nur selten mehr als oberflächliche Verletzungen zu, und keines ihrer Mädchen, Jungen oder genetisch modifizierten Androgynen hatten jemals versucht, einen Freier zu töten.

»Was soll das, Ducky?« fragte der Diensthabende, James Jellico. Er war ein stämmiger, muskulöser Mann mittleren Alters und wirkte auf den ersten Blick wie ein harmloses Dickerchen, was ihm auch einen entsprechenden Spitznamen eingebracht hatte. »Sag doch dem guten alten Jelly mal, was du da hast.«

»Ich will verdammt sein, wenn ich es weiß«, erwiderte Ducky und zuckte hilflos die Achseln, wobei der Volant an ihrem Kleid, das die Dimensionen eines Zeltes hatte, synchron mit dem darunter befindlichen Fleischklops erbebte. »Ich habe es auf der Veranda gefunden, unter der Wäscheleine«, flötete sie in Moll. Ihre buschigen Augenbrauen wölbten sich, und die Wimpern der tätowierten Augenlider klappten auf die Wange.

»Du hättest es zum Hotel zurückbringen müssen«, sagte Jelly und schaute das Mädchen grimmig an, worauf sie ihn aus großen Augen unschuldig anblickte.

»Ich habe es versucht«, erwiderte Ducky seufzend, schürzte die Babylippen und wedelte mit einer Babyspeck-Hand; das Handgelenk war mit juwelenbesetzten Armbändern bestückt, zwischen denen sich das Fett wölbte. »Ich bin doch nicht blöd, Jelly. Ich habe mir das gleiche gedacht wie du. Von einem Passagierschiff, sagte ich mir, wollte wohl auf das nächste Schiff warten. Hat den Wirtschaftsdistrikt verlassen und sich verlaufen, sagte ich mir, genau wie du. Ich habe es nach seinem Namen gefragt, aber es brachte keinen Ton heraus.«

»Ob sie eine Macke hat, meinst du? Zugekifft?«

»Keine Spur.«

»Vielleicht ist es eines dieser, wie nennt ihr sie noch gleich, depersonalisierten Dinger, die auf *Sündenpfuhl* verkauft werden.«

»Ich habe nachgeschaut. Es ist nicht von dort. Es ist zwar schon benutzt worden, aber man hat nicht daran herumgepfuscht, wie es dort üblich ist.«

»Und was hat man im Hotel gesagt?«

»Im Hotel haben sie auf den kleinen Tastaturen herumgehackt und blinzelnd auf die kleinen Bildschirme gestarrt, und dann haben sie mir gesagt, ich solle es mitnehmen. Gehört nicht ihnen, haben sie gesagt. So etwas führten sie nicht, und falls doch, so wäre es registriert.«

»Verdammte Scheiße.«

»Ja. Genau das habe ich auch gesagt. Ist nicht aus *Commons*, nicht wahr?«

»Du kennst doch jeden Städter ebensogut wie ich, Ducky. Du kennst jedes Gesicht und jede Statur, und wenn jemand fünf Pfund zunimmt oder seine Schwägerin beleidigt, wissen du und ich das auch.«

»Nun, dann wissen wir beide auch, was höchstens noch in Frage käme. Es kommen nur noch die Estancias in Frage. Viele unbekannte Gesichter dort draußen. Aber das ist schon sehr verwirrend, nicht wahr, mein Lieber? Wenn es von dort gekommen wäre, hätten wir es doch bemerkt.«

Die zwischen *Commoner Town* und den Estancias verkehrenden Flugzeuge durften nur auf dem Landeplatz im Stadtzentrum oder auf dem Hafen landen. Jedes auf dem Hafen oder in der Stadt landende Flugzeug wurde überwacht. Wäre dieses liebliche Wesen mit den seltsamen Augen an einem dieser Orte aufgetaucht, wäre es sicher jemandem aufgefallen.

»Von einem Schiff?« mutmaßte Jellico.

»Du kennst die blöden Bestimmungen doch genausogut wie ich, mein lieber Jelly. Wenn die Passagiere und die Besatzung von Bord sind, wird das Schiff desinfiziert. Das ist auf jedem Hafen so. Wie hätte dieses Wesen denn an Bord bleiben können, während der Kammerjäger im Schiff zugange war? Nein, es kommt nicht von einem leeren Schiff. Und es kommt auch nicht vom Hotel. Und es gehört weder mir noch Saint Teresa und auch sonst keinem von den kleinen Zuhältern bei uns, gehört sie nicht. Ich fürchte, es ist dein Problem, Jelly. Deins ganz allein.« Ducky Johns kicherte, wobei das zeltartige Plissee-Kleid in Wallung geriet und ein Beben durch den fleischigen Körper ging.

Jellico schüttelte den Kopf. »Nein, Ducky, altes Mädchen. Ich werde ein Bild von ihr machen, und dann bringst du sie zurück. Du hast doch genug Platz in deinem Haus. Bring es in einem leerstehenden Zimmer unter und gib ihm etwas zu essen. Der Stasis-Tank ist kein Platz für es. Muß nicht eingefroren werden. Jemand muß sich um es kümmern. Ist bei dir besser aufgehoben.«

»Dein Vertrauen ehrt mich«, erwiderte sie affektiert.

»Oh, auf den Strich schicken wirst du sie aber nicht, Ducky. Wenn sie nicht spricht, kann sie auch keine Einverständniserklärung abgeben, und du kannst dich darauf verlassen, daß ich nach ihr sehen werde, wenn ich das nächstemal nach Portside komme und die Passierscheine kontrolliere. Vorher werde ich mich aber noch umhören. Wenn das nicht die beschissenste Sache ist…«

Er behielt das Mädchen im Auge, während er den Scanner aktivierte, und sie erwiderte seinen Blick mit halb abgewandtem Kopf, so daß er nur ein Auge sah, ein Auge, das bar jeglicher Intelligenz war. Und doch, nachdem er den Scanner ausgeschaltet hatte und Ducky die Hand ausstreckte, ergriff das Mädchen sie, warf den Kopf zurück und schaute ihn noch einmal von der Seite an.

Jelly schauderte. Dieser Blick kam ihm irgendwie bekannt vor. Er hatte fast so fremdartig gewirkt wie der Ort, von dem das Mädchen vermutlich stammte. Durch den Sumpf war sie nicht gekommen, soviel stand fest. Weder mit dem Flugzeug noch per Schiff. Im Hotel wohnte sie auch nicht. Und welche Möglichkeiten blieben jetzt noch?

»Verdammt«, flüsterte Jelly und schaute zu, wie die alte Ducky das Mädchen auf den Soziussitz ihres Trikes setzte und dann in Richtung Portside verschwand. »Verdammt.«

Am Tag nach der bon Damfels-Jagd stand Marjorie schon vor dem Morgengrauen auf. Sie hatte kaum geschlafen, und obendrein noch unruhig. Sie hatte von den Hippae geträumt, und diese Träume waren bedrohlich gewesen. Mitten in der Nacht war sie aufgestanden und durch die Winterquartiere spaziert, sie war in die Kinderzimmer gegangen und hatte den Atemzügen ihrer Sprößlinge gelauscht. Anthony hatte im Schlaf gestöhnt und gezittert, fast wie El Dia Octavo an jenem Tag gezittert hatte, als sie diese Entitäten auf dem Hügelkamm gesehen hatte. Marjorie hatte sich auf die Bettkante gesetzt und war ihm mit der Hand über Schultern und Brust gefahren; sie hatte ihn gestreichelt wie die Pferde und die Angst von ihm genommen, bis er reglos unter ihren Fingern lag. Lieber Tony, kleiner Tony, ihr geliebter Erstgeborener. Er hatte eine solche Ähnlichkeit mit ihr, daß sie selbst die subtilsten Ausprägungen seiner Mimik und Gestik erkannte. Sie wachte über ihn und wünschte sich, sie hätte ihm die bisherigen Enttäuschungen ersparen können. Es würden ohnehin noch genug auf ihn warten. Weil er ihr so ähnlich war, mußten sie einfach kommen, so wie der Tag auf die Nacht folgte.

Im Nebenzimmer schlief Stella tief und fest; ihr Teint wirkte rosig im Dämmerlicht, und sie hatte den Mund leicht geöffnet. Mit jedem Tag wurde sie Rigo ähnlicher – sie hatte seine Leidenschaft, seinen Stolz, und eine verblüffend weibliche Version seines edlen Gesichts. Marjorie beugte sich über sie, ohne sie indes zu berühren. Wenn sie Stella berührt hätte, wäre sie aufgewacht und hätte jede Menge Fragen und Forderungen gestellt – Fragen, die Marjorie nicht beantworten konnte, Forderungen, die sie nicht erfüllen konnte. Wie Rigo, sagte Marjorie sich. Genau wie Rigo. Und wie Rigo verlangte auch Stella von der ganzen Welt Verständnis, nur daß sie alle Bemühungen, sie zu verstehen, schon im Ansatz unterlief.

»Ich habe versucht, Rigo zu verstehen«, flüsterte Marjorie, eine alte Litanei, fast schon eine Entschuldigung, die sie immer wieder vorbrachte; auch gegenüber Vater Sandoval, bevor er das zu retten versuchte, was offensichtlich nicht mehr zu retten war, auch nicht, indem er ihr Buße auferlegte und sie ermahnte, eine gehorsame und treue Ehefrau zu sein. Schließlich hatte sie sich so bedrängt gefühlt, daß sie nicht mehr in der Lage war, um Vergebung zu bitten. Was sie Vater Sandoval gebeichtet hatte, war die Wahrheit. Als sie und Rigo frisch vermählt waren, hatte sie manchmal gewartet, bis er kurz vor dem Einschlafen stand oder sogar schon eingeschlafen war und sich dann fest an ihn gekuschelt; sie wollte seine Haut spüren, die Muskeln, und seinen Körper so kennenlernen, wie sie sein Gesicht kannte. Er hatte immer wild und leidenschaftlich reagiert und sie schier erdrückt. Es gelang ihr einfach nicht, ihm unter Bewahrung ihrer eigenen Identität näher zu kommen. Wenn sie sich von ihm distanzierte, hielt er ihr vor, sie sei abweisend. Wenn sie auf ihn zuging, stülpte er sich ihr über.

»Ich habe versucht, es ihm zu sagen«, flüsterte sie und sah die schlafende Stella an. »Ich habe versucht, es ihm zu sagen, genauso wie ich versucht habe, es dir zu sagen.« Und auch das entsprach der Wahrheit. »Rigo, halte mich einfach«, hatte sie sagen wollen. »Laß mich den Rhythmus deines Blutes und Atems spüren.« Oder: »Stella, sei mal einen Augenblick lang still. Ich möchte dir etwas sagen. Ich möchte, daß wir uns kennenlernen.«

Marjorie erinnerte sich, wie sie im Stall im Stroh gelegen hatte, an ein Fohlen geschmiegt, wobei die Stute leise wieherte und mit der Nase das Fohlen anstupste und auch Marjorie, als sei sie ihr zweites Kind, bis alle drei schließlich denselben Geruch hatten, nach Heu und Stroh. Marjorie hatte gespürt, wie das Blut durch die Adern des Fohlens strömte, den sanften Zug der

Muskeln über den Knochen. Und als sie dann später auf dem Pferd galoppierte, kannte sie seinen Körper und wußte, von welchem Geist es beseelt war. So gut hatte sie auch Rigo kennenlernen wollen, aber er hatte es ihr verwehrt.

Stella war genauso. Immer leidenschaftlich. Immer himmelhoch jauchzend oder zu Tode betrübt. Immer wollte sie nur nehmen und selbst nie Wärme geben, nicht das geringste Anzeichen von Zuneigung. Keine Umarmung. Keinen Scherz, über den sie hätten gemeinsam lachen können. Keinen Frieden. Nicht daß Stella ihrem Vater ein Übermaß an Gefühl entgegengebracht hätte. Nein. Wenn sie überhaupt einer Gefühlsregung fähig war, sparte sie sie sich für ihre Freundin zu Hause auf, die liebreizende Elaine.

Marjorie spürte, wie ihr Herz klopfte und lächelte reumütig. Sie war zu alt für eine solche Eifersucht. Der Schmerz, den sie wegen Stella verspürte, saß nicht im Herzen, sondern im Magen, der sich nun in einer Aufwallung hilfloser Liebe, die sie nicht zeigen konnte, zusammenkrampfte. Stella gegenüber Liebe zu zeigen war wie einem halb verwilderten Hund einen Fleischbrocken hinzuhalten. Stella würde zupacken, es hinunterschlucken und sogar noch die Knochen zernagen. Stella Liebe zu zeigen hieß, sich einem Angriff auszusetzen.

»Du hast mich ja gar nicht lieb. Als ich klein war, hast du mir einen Ausflug nach Westriding versprochen, und dann durfte ich nicht mit!« Diesen Vorwurf erhob die mittlerweile sechzehn Jahre alte Stella nun schon seit acht Jahren.

»Ich habe dir doch schon tausendmal gesagt, daß Großvater krank war. Er war zu krank, um Gesellschaft zu haben. Er ist auch kurz darauf gestorben.«

»Erst hast du es versprochen, und dann hast du beschlossen, daß wir doch nicht gehen. Du versprichst immer irgend etwas und hältst es dann nicht ein. Und nun schleppst du mich zu diesem schrecklichen Ort und zwingst mich, meine Freunde zu verlassen, ohne mich zu fragen, ob ich überhaupt mitkommen will! Warum sind wir keine richtige Familie? Ich wünschte, ich wäre Elaines Schwester. Die Brouers sind nämlich nicht so wie du.«

»Wenn sie mir noch einmal mit den Brouers kommt«, hatte Marjorie zu Rigo gesagt, »erwürge ich sie.«

»Sie sind eben Freundinnen«, hatte Rigo erwidert und sie unergründlich angeschaut. »Sie ist ihre beste Freundin. Weshalb stört dich das?«

»Das stört mich nicht. Mich stört nur, daß sie mir die Brouers als perfekte Familie präsentiert.«

»Alle Kinder glauben, daß es irgendwo eine perfekte Familie gibt«, entgegnete er.

»Ich habe das nie geglaubt.«

»Ja«, sagte er, »aber du bist ja auch wunderlich.«

»Ich bin also wunderlich«, sinnierte sie nun und betrachtete das schlafende Mädchen, wobei sie sich fragte, woran es wohl gelegen hatte, daß Stella die Brouers so bewundert hatte. Welche Qualitäten der Familie Brouer hatten es ihr angetan? Familie? Was verstand Stella überhaupt unter Familie?

»Ich wünschte, die Brouers wären meine Familie«, hatte Stella voller Trotz ein dutzendmal gesagt, ohne zu erklären, weshalb. Das war ein Affront, und sie wußte es auch; sie wollte sie verletzen. »Sie unternehmen wenigstens etwas zusammen. Ich wünschte, ich hätte auch so eine Familie.«

»Nun, auf *Gras* werden wir die Gelegenheit haben, eine Familie zu sein, Stella. Dort gibt es niemanden außer uns.« Nicht daß Stella jemals das tun wollte, was alle anderen auch taten. Nicht daß die Isolierung sie etwa ändern würde.

Stella hatte daraufhin das Kinn vorgeschoben und wütend verkündet, sie würde nicht mitkommen nach

Gras. Die letzten Wochen vor der Abreise hatte Marjorie ständig damit gerechnet, daß Stella mit dem Ansinnen an sie herantreten würde, bei den Brouers zu bleiben.

›Mutter, ich will hier in *Heiligkeit* bei den Brouers bleiben. Sie haben es mir angeboten.‹

Was hätte sie darauf entgegnet? ›Das ist aber schön, Stella. Ich will nämlich auch nicht gehen. Und dein Vater auch nicht. Ich möchte die armen Menschen in St. Magdalen's nicht im Stich lassen. Rigo möchte seine Clubs nicht aufgeben, die Komitees und die Nächte in der Stadt mit Eugenie. Wir gehen, weil wir es für notwendig halten, zum Wohle der ganzen Menschheit. Aber im Grunde ist es nicht erforderlich, daß du auch mitkommst. Bleib hier und stirb an der Pest, Stella. Du und Elaine und ihre ganze perfekte Familie. Es ist mir egal.‹

Und sie hatte ihren Zorn bereut, hatte ihn gebeichtet und – obwohl sie einige andere, schwerwiegendere Sünden verschwiegen hatte – Absolution erteilt bekommen, nur um dieses Gefühl dann erneut zu verspüren. Und nun waren sie auf *Gras*, und Marjorie war noch immer wütend, bereute es noch immer, beichtete noch immer und fragte sich noch immer, was sie nur mit Stella machen sollte, die hier genauso trotzig und rebellisch und lieblos war wie zu Hause.

»Warum, Vater?« hatte sie gefragt. »Weshalb ist sie so? Weshalb ist Rigo so?«

»Du weißt, weshalb alle Menschen… die Kirche lehrt…« Mit sanfter Stimme hatte der alte Mann mechanisch eine seiner einstudierten Weisheiten abgespult.

»Sünde«, war sie ihm ins Wort gefallen. »Sogar Erbsünde. Ich weiß Bescheid. Es heißt, daß ich für die Sünden haften müsse, die die Menschen vor vielen tausend Jahren begangen haben. Die Sünde manifestiert sich in jeder einzelnen Zelle meines Körpers. In der DNA. Sie hat das Herz und die Lunge und das Gehirn infiziert, und nun habe ich meine Tochter angesteckt...«

Er hatte den Kopf gesenkt. »Marjorie, ich habe nie geglaubt, daß die Erbsünde körperlich weitergegeben wird.«

»Woher kommt sie dann? Was gäbe es denn sonst noch? Der Körper ist doch der Sitz der Seele, nicht wahr, Vater? Die Sünde wird durch Sex übertragen, stimmt's? Es ist doch nicht so, daß nur unsere Seelen miteinander ins Bett gingen, oder?«

Heiligkeit würde diese Frage bejahen; nach seinem Credo gingen die Seelen tatsächlich miteinander ins Bett. *Heiligkeit* sagte auch, die Ehe währte ewiglich. Insbesondere im Himmel. Allerdings war dies nicht die Überzeugung der Altkatholiken. Gott sei Dank. Wenigstens mit ihrem Tod hätte es ein Ende.

Dann hatte sie geweint, in dem Glauben, es sei alles ihre Schuld. Vater Sandoval hatte ihr auf die Schulter geklopft, ohne ihr wirklich Trost spenden zu können; entweder war er nicht willens oder nicht imstande, ihre Schuldgefühle zu verringern. Nicht einmal ihre Tätigkeit in St. Magdalen's, die als Buße gedacht war, hatte dazu beigetragen.

Marjorie verließ Stellas Zimmer und schloß leise hinter sich die Tür; ihre Gedanken bewegten sich wieder in den alten, vertrauten Bahnen. Wenn Stella älter war, ungefähr im mittleren Alter, könnten sie vielleicht Freundinnen sein. Stella würde irgendwann heiraten. Sie würde sich räumlich und zeitlich von ihnen distanzieren. Sie würde Kinder haben. Dann könnten sie Freundinnen werden.

Bei diesem Gedanken schnappte sie nach Luft und krümmte sich vor Magenschmerzen. Für all das wäre vielleicht überhaupt keine Zeit. Der ganze Trotz, die Freudlosigkeit – vielleicht hätte sie gar keine Gelegenheit, dem zu entwachsen. Vielleicht hatte Stella keine Zeit mehr. Es gab nämlich keine Gewißheit, daß sie hier auf *Gras* sicher waren. Es war nur eine Vermutung, eine Hoffnung. Und nicht einmal die gab es für die Kinder. Sie durften den wahren Grund für die Mission nämlich nicht erfahren. Zu gefährlich. So sagte *Heiligkeit*, und Marjorie ging mit dieser Einschätzung konform. Tony würde sich womöglich vergessen. Stella würde vielleicht rebellieren. Möglicherweise brüskierten beide die *bons* mit einer undiplomatischen Äußerung und gefährdeten dadurch die Zukunft der Menschheit. Angenommen... Angenommen, es war überhaupt etwas dran an den Gerüchten. Angenommen, *Gras* war wirklich immun gegen die Pest.

Reglos saß sie da und wartete auf den Morgen, wobei sie sich durch das Aufsagen von Gebeten beruhigte.

Als die Sonne über dem Grasland aufging, lief Marjorie hinunter zur Kaverne, die als Pferdestall diente. Sie mußte sie spüren, riechen, sich ihrer Realität versichern, ihrer bedingungslosen Loyalität und Zuneigung. Sie stießen sie nicht zurück, und eine kleine Aufmerksamkeit belohnten sie gleich tausendfach. Sie schritt die Boxen ab, tätschelte und streichelte die Pferde und verteilte Gebäck, das sie für sie aufgehoben hatte. Schließlich erreichte sie die Box von Don Quixote und schaute hinein; unablässig stampfte er auf den Boden, eine nervöse, flehende Geste. Sie legte die Arme um ihn.

»Mein Quixote«, sagte sie. »Gutes Pferd. Wunderbares Pferd.« Sie legte das Gesicht an sein ebenholzfarbenes Maul und spürte den warmen Atem im Ohr; sie vergaß die trotzige Stella und den untreuen Rigo, die Hippae und die Hunde und die Ungeheuer, die sie verfolgten: das eine, das hier Fuchs genannt wurde, und das andere, das woanders Pest genannt wurde. »Komm, wir gehen auf die Weide.«

Sie machte sich nicht die Mühe, ihn zu satteln. An diesem Morgen gab es kein Training. An diesem Morgen gab es nur sie und Quixote, mit dem sie eine größere Zuneigung verband als mit sonst jemandem. Es sollte nichts zwischen ihr und seinem Fell sein. Sie wollte ihm mit jeder Faser ihres Körpers Zuversicht spenden und seine Kraft in sich aufnehmen.

Sie legte sich auf seinen Hals, als sie die Kaverne verließen und den gewundenen Pfad zur Arena einschlugen. Der Pfad schlängelte sich einen Abhang hinunter und stieg dann wieder an.

Als sie sich der Anhöhe näherten, zitterte das Pferd. Es schüttelte sich stumm und enthielt sich sogar eines protestierenden Wieherns, als ob es tief in seinem menschenfreundlichen Herzen wußte, daß sein Überleben davon abhing, keinen Laut von sich zu geben. Das Tier stieß nur die Luft aus, als ob das Leben aus ihm entweichen würde. Marjorie spürte das, wie sie selbst die leiseste Regung noch spürte. Mit einer fließenden Bewegung saß sie ab. Sie mußte nicht die Anhöhe erklimmen, um zu wissen, was sie dort sehen würde. Das Herz schlug ihr bis zum Hals, und sie zitterte, als ob sie halb erfroren wäre. Und doch mußte sie es sehen. Sie mußte Gewißheit haben.

Sie berührte den Hengst an der Schulter. Er war darauf trainiert worden, sich hinzulegen, und nun tat er es, fast freudig, als ob er sich kaum noch auf den Beinen halten könnte. Sie streichelte ihn, um ihn zu beruhigen – oder sich selbst –, und dann robbte sie mit zitternden Gliedern durch das Gras neben dem Pfad, so daß sie etwas sehen konnte, ohne selbst gesehen zu werden.

Und da waren sie. Drei Exemplare. Wie damals, als sie, Tony und Rigo auf drei Pferden hierher geritten waren. Drei Hippae führten Übungen durch, Trab, Trott, Handgalopp und durchmaßen im Wechselschritt in langen Diagonalen die Arena. Sie machten alles, was sie mit Octavo gemacht hatte, mit einer verblüffenden Leichtigkeit. Am Schluß der Übung formierten die

Tiere sich nebeneinander, wobei die Hinterteile auf sie wiesen, und die spitzen Halsknochen zeigten wie eine glitzernde Barrikade auf sie, so bedrohlich wie gezückte Klingen. Dann drehten sie sich um und schauten zu ihrem Versteck hoch, wobei ihre Augen rot im Licht der aufgehenden Sonne glühten. Sie gaben keinen Laut von sich.

Belustigung, war ihr erster Gedanke. Wie Mimen. Diese Hippae hatten die Menschen und deren Pferde gesehen und amüsierten sich nun darüber, was diese kleinen, fremden Biester mit ihren menschlichen Reitern angestellt hatten. Sie hielt den Gedanken einen Augenblick fest, und dann entglitt er ihr wieder, trotz aller Anstrengungen. Sie wußten, daß sie da war. Sie wußten, daß sie beobachtet wurden. Vielleicht hatten sie diese kleine Darbietung extra für sie arrangiert...

Es war keine Belustigung. Nichts in diesen rot glühenden Augen deutete auf Belustigung hin.

Sie war auch nicht daran interessiert, die wahre Befindlichkeit der Hippae zu ermitteln. Sie zog sich von der Anhöhe zurück und rannte schier um ihr Leben, bis zu der Stelle, wo der Hengst wie niedergestreckt dalag. Sie zwang ihn auf die zitternden Beine, und zuerst taumelte er, dann jagte er, wobei sie halb auf seinem Rücken lag, zurück nach Opal Hill, zurück auf menschliches Terrain, um den Horrorkatalog um einen weiteren Punkt zu ergänzen.

Was sie in diesen roten Augen gesehen hatte, war Spott – Spott und eine noch intensivere Emotion, die den Charakter dieser Kreaturen definierte.

Pure Bosheit.

James Jellico ging zum Mittagessen nach Hause, wobei er wußte, daß Jandra, seine Frau, wie immer interessiert auf die Schilderung der Ereignisse des Vormittags wartete. Jellicos Frau hatte keine Beine mehr, und obwohl sie durchaus leichtfüßig auf den eleganten Prothesen wandelte, die er ihr besorgt hatte (mittels einer kleinen Bestechung), klagte sie ständig über Schmerzen beim Gehen. Es gab Implantate gegen die Schmerzen, aber Jandra, die sich oft darüber beschwerte, daß die Leute an ihrem Kopf herumfummelten, zog es in der Regel vor, mit dem bionischen Rollstuhl im Haus umherzufahren, in dem sie schon seit ihrer Kindheit saß. Im Haus und auch im Hühnerhof. Ein Drittel ihres Einkommens erwirtschafteten die Jellys mit echten terranischen Gänsen und Enten, zusammen mit *Szizz*-Vögeln von Semling und dicken, schmackhaften Exemplaren vom Planeten Shafne, die Jandra als *Puggys* bezeichnete.

Er traf seine Frau am Gänsestall an, wo sie die Vögel mit Grünzeug fütterte. Die Gänse schnatterten und rissen sich gegenseitig das Gras aus den Schnäbeln, und sie summte vor sich hin, was sie immer tat, wenn sie sich des Lebens freute. »Ho, Jelly«, begrüßte sie ihn. »Ich habe beschlossen, diese hier zum Abendessen zu schlachten. Sie ist so hochnäsig, daß ihr das nur recht geschieht.«

Der verurteilten Gans gelang es, der anderen den streitigen Futterbatzen zu entreißen; sie schluckte ihn hinunter und legte gleichzeitig den Kopf auf die Seite, um Jelly gründlich zu mustern. Da war etwas in diesem kalten, einäugigen Blick, etwas an den durch Schnabel und Hals definierten Konturen, das ihm erst ein déjà-vu-Erlebnis bescherte und dann die schreckliche Erkenntnis:

»Das Mädchen«, platzte er heraus. »Sie hat mich genauso angesehen.« Dann mußte er ihr vom Mädchen und Ducky Johns erzählen und wie seltsam das alles gewesen war. »Und es hat mich genauso angeschaut, hat den Kopf genauso geneigt, als ob es mich besser mit einem Auge anstatt mit zweien sehen könnte. Wie ein Tier.«

»Vogel«, korrigierte Jandra.

»Vogel oder Tier«, sagte Jelly geduldig. »Auf jeden Fall haben sie keine … wie heißt das gleich noch? Binokulare Sicht. Das können sie nicht. Neigen den Kopf auf die Seite, um besser zu sehen.«

»Wieso sagst du ›es‹, wenn sie doch ein Mädchen ist, Jelly. Weshalb sagst du dann nicht ›sie‹?«

»Muß wohl 'ne Angewohnheit sein. Bei den Gestalten von Portside kann man nie so genau zwischen Männlein und Weiblein unterscheiden. Dort gibt es Männer, die wie Frauen aussehen, und Frauen, die wie Männer aussehen, und Zwitter, bei denen man überhaupt nicht weiß, was nun Sache ist.« Er holte die Diskette mit der Bitmap-Datei aus der Tasche, lud sie in den Computer und zeigte es ihr.

Verblüfft über die Launen der Welt, schüttelte Jandra den Kopf. Sie bekam nie genug davon. Selbst unspektakuläre Dinge erstaunten sie immer wieder, obwohl Horrorbilder hingegen sie nicht schockierten. »Ich muß mal zu Ducky gehen und mir das anschauen«, verkündete sie in einem Ton, der keinen Widerspruch zuließ. Sie schaute auf das Bild und betrachtete die Augen des Wesens. »Es ist nicht richtig, daß so ein hilfloser Mensch dort unten ist. Stimmt mit den Augen des Mädchens etwas nicht?«

»Mir ist nichts aufgefallen. War alles in Ordnung mit ihm – ihr. Hübsch, gut gebaut, glattes Haar und alles. Aber das Gesicht. Sieh es dir mal an.«

»Was ist denn mit ihrem Gesicht, Jelly?«

»Leer«, sagte er, nachdem er es für einen Moment nachdenklich betrachtet hatte. »Es wirkt nur leer, mehr nicht.«

7

In einiger Entfernung von Opal Hill, im Osten, befand sich eine verborgene Kaverne der Hippae, eine von vielen, auf die jeder Bewohner von Gras durchaus hätte stoßen können, wenn er nur die Augen aufgemacht hätte. Tief in den Berg getrieben, wobei die schmalen Zugänge von großen Büscheln aus zinnoberrotem Gras bedeckt wurden, die weich fließenden Vorhängen glichen, wurde die Kaverne einer periodischen Renovierung unterzogen. Die nördlichste Spalte diente als Durchgang für die Arbeitstiere, deren maulwurfartige Körper zum Buddeln wie geschaffen waren und die nun durch das rotbraune Gras ins kürzere, violett kolorierte Gras schlurften, wobei ihre pelzigen Beintaschen voller Erdreich waren, das sie zuvor vom Boden der Hippae-Halle gekratzt hatten.

Die leere, in trübem Licht liegende Halle wurde von Säulen aus Gesteinsbrocken abgestützt, die beim Ausschachten der Kaverne gesammelt worden waren; als ›Mörtel‹ diente ein Gemisch aus Kot und Erde. Phantastische Wesen, diese *Migerer* – Maurer, Mineure, fast schon Baumeister, auf jeden Fall ›Grubeningenieure‹ von hohen Graden, die ähnliche, jedoch kleinere Kavernen auch für sich selbst angelegt hatten, wobei die Höhlen über ein kilometerlanges Tunnelsystem miteinander verbunden waren.

In dieser großen Halle blinzelten die Wesen mit ihren indigofarbenen Pelzen und ihren Schielaugen und verständigten sich mit zirpenden Flötentönen, während sie durch die Kaverne huschten, mit den stumpfen Klauen Bodenunebenheiten ausglichen und das lockere Erdreich mit den harten Zehenballen der Hinterläufe feststampften.

Ein Hippae betrat die Kaverne, schritt auf großen, dreiteiligen Hufen über den planierten Boden, markierte ›Stellplätze‹ in der Höhle und nickte beifällig mit dem monströsen Kopf, wobei das Tier mit einem leisen Knurren die Zähne bleckte; die rasiermesserscharfen Halsknochen schlugen mit einem häßlichen Geräusch aneinander, als die Bestie den Kopf zurückwarf und die Decke anbellte.

Die ›Maulwürfe‹ taten so, als ob sie nichts gehört hätten; vielleicht hatten sie wirklich nichts gehört. Ihr Verhalten war unverändert. Sie wuselten noch immer um die Hufe des tänzelnden Monsters, kratzten, packten, füllten die pelzigen Taschen und stoben dann hinaus ins Gras, um das Ergebnis ihres Fleißes dort zu deponieren. Erst als sie fertig waren, als der Boden so glatt war, wie das aufgrund ihrer instinktiven Begabung nur möglich war, kamen sie zur Ruhe und legten sich hin, wobei sie ihre runden Bäuche und die kräftigen Füßchen putzten, mit den gekrümmten Klauen die Barthaare kämmten und ins durch die Öffnungen fallende Zwielicht blinzelten. Plötzlich ertönte ein Pfiff, ein leises, vom Wind herangetragenes Geräusch, als ob ein Vogel einen Klagelaut ausgestoßen hätte, und weg waren sie, verschwunden im Gras, als ob sie nie existiert hätten. In der Kaverne setzte das Hippae derweil gemächlich die Parade fort und bellte ab und zu, um sich am Echo zu erfreuen; majestätisch begutachtete und würdigte es die Arbeit, die vollbracht worden war.

Ein zweites Ungeheuer erwiderte das Bellen und betrat die Kaverne, um selbst eine Inspektion durchzuführen. Dann kamen ein drittes und ein viertes, und schließlich eine ganze Herde, die in komplexen Schrittfolgen in der Höhle herumtänzelte und sich in allen möglichen Aufstellungen formierte, parallel und überkreuz, wobei aus Zweier-, Vierer- und Sechserreihen

Zwölfer- und Achtzehnerreihen wurden. Die Hufe wurden so präzise in die Spuren gesetzt wie der Meißel eines Bildhauers.

Nicht weit entfernt, im Dorf von Opal Hill, wälzte Dulia Mechanic sich unruhig im Bett, vom unterirdischen Donner aus dem Schlaf gerissen. »Was ... was ist das?« murmelte sie schlaftrunken.

»Die Hippae tanzen«, antwortete ihr junger Ehemann Sebastian Mechanic; er war hellwach, denn er hatte dem rhythmischen Stampfen schon seit über einer Stunde gelauscht, während sie neben ihm geschlummert hatte. »Tanzen«, bekräftigte er, wobei er sich nicht einmal sicher war, ob er es selbst glaubte. Außerdem ging ihm noch etwas anderes im Kopf herum.

»Woher willst du das denn wissen? Das sagt zwar jeder, aber woher weißt du das?« quengelte sie im Halbschlaf.

»Jemand muß sie wohl dabei beobachtet haben«, sagte er und fragte sich nun zum erstenmal, wie dieser Jemand überhaupt gesehen hatte, was er angeblich gesehen hatte. Sebastian würde sich lieber erschießen lassen, als durch das hohe Gras zu robben und den Hippae nachzuspionieren. »Irgend jemand, vor langer Zeit«, murmelte er, ohne die Quelle preiszugeben und beschäftigte sich wieder in Gedanken damit, womit er sich schon lange befaßte: mit denen auf Opal Hill.

Draußen in der Nacht, in der Kaverne, die vor Donnerhall erbebte, wirbelte die Quadrille ihrem Höhepunkt zu.

Plötzlich, ohne eine wahrnehmbare Klimax, war es vorbei. Die Hippae verließen die Kaverne, wie sie sie betreten hatten, in Einer- und Zweierreihen, und hinterließen ein in den Boden getrampeltes Muster, das von seiner Komplexität und Detailfülle einem Teppich ähnelte. Für die, die es erschaffen hatten, besaß es durchaus eine Bedeutung; eine Bedeutung, die sonst nur durch eine lange Abfolge von Körperzuckungen und eine spezielle Blinzeltechnik zu vermitteln gewesen wäre. Die alte Hippae-Sprache aus Mimik, Zittern und fast unmerklicher Bewegung war in diesem besonderen Fall ungeeignet, doch den Hippae war noch eine weitere Sprache geläufig. Jene Sprache, die sie vor langer Zeit von einer anderen Rasse gelernt hatten, stellte ihre Schriftsprache dar – und damit hatten sie einem bestimmten, unaussprechlichen Wort Ausdruck verliehen.

In den Ställen von Opal Hill waren die Pferde wach und lauschten, wie sie das schon viele Nächte, die meisten Nächte, getan hatten, seit sie nach *Gras* gekommen waren. Millefiori wieherte dem Hengst Don Quixote zu, der wiederum seinem Nachbarn Irish Lass, und so lief das Raunen die ganze Boxenfront hinunter und dann wieder zurück, wie ›Stille Post‹. »Hier«, schien jeder zu sagen. »Noch hier. Noch nichts.«

Aber da war doch etwas. Etwas, dessen sie sich mittlerweile mehr als nur vage bewußt waren. Einer dieser Schatten, vor denen man scheut, eine dieser Brücken, über die man nicht geht. Ein solches Ding, von dem eine Drohung ausging, welche die Reiter normalerweise nicht begreifen. Jedenfalls die meisten. Die Frau, sie begriff. Sie begriff immer. Wenn da ein solches Ding war, bedrängte sie sie nie. Niemals. Und das lohnten sie ihr mit absolutem Vertrauen. Wenn sie mit ihnen zum hohen Zaun ritt, dem Zaun, über den man nicht sehen konnte, von dem man nicht wußte, was sich hinter ihm verbarg, wußte jeder von ihnen, daß sie sie sicher auf die andere Seite bringen würde. Sie vertrauten ihr. Sie würde sie nicht verraten, keinen von ihnen.

Nicht daß sie in Wörtern gedacht hätten. Sie kannten keine Wörter. Vielmehr handelte es sich um ein instinktives Verstehen. Die Belohnungen, die Bedrohungen. Dieses Ding dort oben auf dem Hügel an jenem

Tag. Dieses Geräusch in der Nacht, dieses Geräusch, das in ihre Ohren und Köpfe drang und alles andere verdrängte. Das waren die Bedrohungen.

Aber da war noch etwas anderes draußen in der Nacht, und das … das war etwas, das sie weder als Bedrohung noch als Belohnung einordneten. Es kämpfte gegen den schrecklichen Lärm an; es hielt die bösen Gedanken fern. Und doch kam es nicht näher, gab ihnen kein Heu, tätschelte ihnen nicht den Hals. Es war einfach da, wie eine lebendige Wand, ein Ding, das sie nicht verstanden.

Also ging das Wiehern erneut von links nach rechts und lief dann wieder zurück. »Hier. Noch hier. Alles gut. Noch am Leben. Nichts …«

»Noch nichts.«

Jandra Jellico machte ihre Drohung wahr und fuhr im Rollstuhl hinüber nach Portside, um Ducky Johns einen Besuch abzustatten. Sie war Ducky früher schon begegnet und hatte sie auch sympathisch gefunden, trotz des Geschäfts, das sie betrieb und das Jandra überhaupt nicht sympathisch war. Vergnügen war eben Vergnügen, war es schon seit Jahrhunderten gewesen, und die Leute fragten es nach. Manches von dem, was sie nachfragten, war in Jandras Augen jedoch weniger geschmackvoll.

Dennoch ließ sie das nicht durchblicken, als sie in Ducky Johns' Privatgemächern saß, Tee trank und das Mädchen betrachtete, das auf dem Teppich saß und vor sich hinsummte. Das Mädchen erhob sich ein paar Zentimeter, zog den Rock hoch und kratzte sich, wo auch immer es sie juckte. Nicht die geringsten Hemmungen, wie eine Katze, die sich dort leckte, wo es gerade nötig war.

»Meine Güte«, sagte Jandra. »Du kannst sie nicht hierbehalten, Ducky.«

»Wohin sollte sie denn sonst?« schmollte Ducky und

beschrieb mit den winzigen Händen Kreise, um ihre Unschuld zu beteuern. »Schließlich war es Jelly, dein Jelly, der sagte, ich solle sie zu mir nehmen. Sie ist nutzlos für mich, meine Liebe. Kann sie nicht verkaufen. Wer sollte sich wohl für sie interessieren? Muß erst ausgebildet werden, bevor sie überhaupt zu etwas zu gebrauchen ist.«

»Geht sie denn auf die Toilette?« wollte Jandra wissen.

»Wenn sie außer Essen sonst noch etwas tut, dann das. Ja, sie geht auf die Toilette. Sie winselt wie mein kleiner Hund, wenn sie mal muß.«

»Hast du denn nicht versucht …«

»Habe gar nichts versucht. Keine Zeit. Das Geschäft hält mich den ganzen Tag auf Trab. Keine Zeit, mich auch noch damit zu befassen!« Erneut fuchtelte Ducky mit den Händen, faltete sie dann zu einem Klumpen und vergrub sie im Schoß. »Sag mir, daß du sie mitnimmst, Jandra. Bitte sag es. Jeder andere, würde dein Jelly sagen.«

»Ja, ich werde sie mitnehmen«, versprach Jandra. »Das heißt, ich lasse sie holen. Aber es ist wirklich sonderbar. So etwas habe ich noch nie erlebt. Woher kommt sie denn?«

»Möchten wir das nicht alle wissen, meine Liebe?«

Am Nachmittag ließ Jandra das Mädchen abholen. Die darauffolgenden Tage verbrachte sie damit, dem Mädchen abzugewöhnen, den Rock hochzuziehen und lehrte sie, mit den Fingern zu essen, anstatt das Gesicht im Essen zu vergraben, und allein auf die Toilette zu gehen, ohne Laut zu geben. Als sie schließlich hinreichend konditioniert war, kontaktierte Jandra per *Telly* Kinny Few und lud sie zu sich ein. Die beiden tranken Tee und knabberten Kinnys Kornküchlein, während sie zusahen, wie das Mädchen mit einem Ball spielte.

»Ich hatte angenommen, du wüßtest, wer sie ist«, sagte Jandra. »Oder wer sie war. Ich glaube nämlich nicht, daß sie sich schon immer in diesem Zustand befunden hat.«

Kinny dachte angestrengt nach. Die Art, wie das Mädchen den Kopf neigte, erinnerte sie an jemanden, aber sie wußte nicht, wer das gewesen war. Jedenfalls niemand aus *Commons*, das stand fest. »Sie muß mit einem Schiff gekommen sein«, sagte sie, wobei sie jedoch wußte, daß das unmöglich war. »So wird es gewesen sein.«

»Dieser Meinung bin ich auch«, pflichtete Jandra ihr bei. »Aber Jelly ist anderer Ansicht. Sie war einfach da, auf Ducky Johns' Veranda. Als ob sie dort aus dem Ei geschlüpft wäre. Sie ist so unbedarft wie ein Küken.«

»Was wirst du denn jetzt mit ihr machen?« erkundigte Kinny sich.

Jandra zuckte die Achseln. »Mich darum kümmern, daß sie irgendwo unterkommt. Und zwar ziemlich bald. Jelly erträgt ihre Anwesenheit nämlich nicht mehr lange.«

Eigentlich bestand überhaupt nicht die Gefahr, daß Jelly die Geduld verlor. So ergeben er Jandra auch war (zumal Treue für die beiden ein Begriff war), weckte der Körper des Mädchens, lieblich und unberührt wie ein halbwildes Tier, ein quälendes Verlangen in ihm.

»Eine Woche«, hatte er zu Jandra gesagt. »Ich gebe dir eine Woche.« Er hoffte, daß er sich so lange noch beherrschen konnte.

Rigo bestand auf einem diplomatischen Empfang. Darin wurde er von Eugenie bestärkt, die der Gesellschaft auf Opal Hill überdrüssig war, jedoch nicht über den Status verfügte, der es ihr gestattet hätte, woanders hinzugehen. Sie durfte nicht einmal der Jagd beiwohnen. Nach der bon Damfels-Jagd hatten die Yrariers noch als Beobachter an drei weiteren Jagden teilgenommen; zweimal nur die Familie, einmal mit Vater Sandoval und Vater James als Gästen. Spätestens dann wußte Tony, daß eine Jagd der anderen glich. Sie hatten weitere Einladungen abgelehnt und damit die Vorurteile, welche die *bons* ihnen gegenüber hegten, nur noch bestätigt. Darüber konnte Rigo sich jedoch keine Gedanken machen. Roald Few hatte nämlich einen Teil der Ausstattung für die Sommerquartiere geliefert und versprochen, daß die Einrichtung binnen zwei Wochen komplett wäre.

»Vorhänge, Teppiche, Möbel, Bildprojektoren für die Wände – alles. Alles gediegen und von bester Qualität.«

»Rigo möchte einen Empfang für die *bons* geben«, sagte Marjorie.

»Grumpf«, schnaubte Persun Pollut.

»Nun«, sagte Roald despektierlich, »der Botschafter hat ja keine Ahnung. Während der Jagdsaison, Lady Westriding, werden bestenfalls Stellvertreter und untere Chargen kommen. Leute, die nicht reiten. Diejenigen, die reiten, würden nämlich nicht im Traum daran denken, zu kommen; verstehen Sie?«

»Es würde also Eric bon Haunser kommen, aber nicht der Obermun?«

»Das ist richtig. Und von den bon Damfels' würde überhaupt niemand erscheinen außer Figor. Die Obermum geht nur dorthin, wohin auch der Obermun geht. Und die restliche Familie reitet geschlossen.«

Marjorie schaute ihn an und versuchte in dem offenen Gesicht zu lesen. Der Mann machte einen aufrichtigen Eindruck, und bisher hatte er sie immer fair behandelt. »Ich benötige Informationen«, sagte sie schließlich mit leiser Stimme.

Roald schlug einen vertraulichen Ton an. »Ich stehe auf Ihrer Seite, Lady Westriding.«

»Die bon Damfels' waren in Trauer, als wir sie besuchten.«

»Ja.«

»Sie haben eine Tochter verloren, bei einem Jagdunfall. Eric bon Haunser hat die Beine verloren, seinen Angaben zufolge ebenfalls bei einem Jagdunfall. Als ich mich nach der ersten Jagd einmal umgeschaut hatte, habe ich mehr biotische Prothesen zu Gesicht bekommen als bei uns zu Hause in einem ganzen Jahr. Mich würde interessieren, worauf diese Unfälle zurückzuführen sind.«

»Äh … Nun …« Roald tänzelte nervös.

»Es gibt verschiedene Arten von Unfällen«, sprang Persun mit seiner sanften, trockenen Dozentenstimme ein. »Entweder stürzen die Leute vom Reittier. Oder sie werden aufgespießt. Oder sie provozieren die Hunde. Und dann verschwinden manchmal Leute.« Das sagte er fast im Flüsterton, und Roald nickte zustimmend.

»Mehr wissen wir auch nicht, Lady. Die Diener auf den Estancias sind unsere Verwandten. Sie sehen und hören so manches und erzählen es uns dann. Bei uns ergibt zwei und zwei auch vierundvierzig, wenn es sein muß.«

»Sie fallen herunter?« fragte sie. Ständig fielen Reiter vom Pferd. Zum Tode führte das nur selten.

»Und werden totgetrampelt. Wenn ein Reiter stürzt, wird er oder sie ins Gras getreten. Bis nichts mehr übrig ist, wenn Sie verstehen.«

Marjorie nickte. Ihr wurde schlecht.

»Wenn Sie schon eine Jagd gesehen haben, haben Sie vielleicht auch erlebt, wie ein Reiter aufgespießt wurde. Das geschieht nämlich erstaunlich oft. Die Jungen sitzen manchmal tagelang auf dem Simulator und lernen, diesen scharfen Klingen auszuweichen. Aber trotzdem kommt es vor, daß jemand ohnmächtig wird oder ein Reittier abrupt stehenbleibt; dann fällt der Reiter nach vorne.«

Marjorie hatte einen galligen Geschmack im Mund.

»Die Provokation eines Hundes hat in der Regel zur Folge, daß dieser dem Jäger einen Arm, eine Hand, einen Fuß oder auch beide abbeißt, wenn er nach der Jagd absitzt.«

»Provokation …?«

»Uns dürfen Sie nicht fragen, Lady«, entgegnete Persun. »Es gibt keine Hunde in *Commons*. Sie gelangen nicht in die Stadt, und niemand, der noch bei Verstand ist, wird sich hinaus ins Gras wagen, wo mit großer Wahrscheinlichkeit die Hunde umherstreifen. In der Nähe der Dörfer ist man sicher, aber weiter draußen … von denen, die sich dort hinausgewagt haben, ist noch keiner wiedergekommen. Wir wissen wirklich nicht, wie man einen Hund provoziert. Und soweit es uns bekannt ist, wissen die *bons* es auch nicht.«

»Und was hat es mit dem Verschwinden auf sich?«

»Was das Wort eben ausdrückt. Jemand bricht zur Jagd auf und kommt nicht zurück. Das Reittier verschwindet auch. Normalerweise sind nur junge Reiter davon betroffen. In der Regel Mädchen. Selten einmal ein Junge.«

»Jemand von der Nachhut der Jagd?« fragte sie in plötzlicher Erkenntnis. »Damit die anderen es nicht merken?«

»Ja.«

»Was ist mit dem bon Damfels-Mädchen geschehen?«

»Das gleiche, was im letzten Herbst auch Janetta bon Maukerden zugestoßen ist, der großen Liebe von Shevlok von Damfels. Verschwunden. Ich habe es von meinem Bruder Canon erfahren, dessen Frau eine Verwandte hat, Salla, die als Magd bei den bon Damfels' arbeitet. Sie hat Dimity praktisch aufgezogen. Im letzten Herbst glaubte Dimity, ein Hund würde sie beobachten, und sie erzählte Rowena davon. Beim nächstenmal geschah wieder das gleiche. Rowena und Stavenger hatten eine Unterredung, und daraufhin untersagte Rowena dem Mädchen die Teilnahme an allen weiteren Jagden jener Saison. In diesem Frühjahr erlaubte Stavenger dem Mädchen wieder die Teilnahme. Die erste Frühlingsjagd! Und schon war sie verschwunden.«

»Haben Sie Dimity gesagt? Wie alt war sie denn?«

»Diamante bon Damfels. Stavengers und Rowenas jüngste Tochter. Ungefähr siebzehn Terra-Jahre.«

»Die bon Damfels' hatten fünf Kinder?«

»Sie hatten sieben, Lady. Zwei sind schon in jungen Jahren bei Jagdunfällen gestorben. Totgetrampelt, glaube ich. Leider weiß ich nicht mehr, wie sie hießen. Jetzt gibt es nur noch Amethyste, Emeraude, Shevlok und Sylvan.«

»Sylvan«, sagte sie; sie war ihm bei der ersten Jagd begegnet. Bei den anderen Jagden, bei denen sie als Beobachter anwesend waren, hatte er jedoch gefehlt. »Aber er wird nicht am Empfang teilnehmen, weil er reitet.«

Roald nickte.

»Der *Sprung*«, murmelte Persun.

»Den *Sprung* hatte ich ganz vergessen«, entgegnete Roald zerknirscht. »Jetzt bin ich schon zehn *Gras*-Jahre alt und vergesse immer noch den *Sprung*.«

»Sprung?«

»Jedes Frühjahr gibt es eine Zeit, wo die Reittiere und Hunde einfach verschwinden. Niemand weiß, wohin sie gehen. Vielleicht Paarungszeit? Oder vielleicht bekommen sie ihre Jungen. Oder so etwas in der Art. Manchmal hören die Leute ein lautes Bellen und Heulen. Dauert eine Woche oder noch länger.«

»Wann?« fragte sie.

»Wenn es eben soweit ist. Keine exakte Zeit. Manchmal etwas früher im Jahr, manchmal etwas später. Aber immer im Frühjahr.«

»Aber weiß denn nicht jeder auf diesem Planeten, wann es geschieht?«

»Jeder dort draußen im Grasland, Lady. In *Commons* kümmern wir uns nicht darum. Aber dort draußen schon. Jeder weiß es. Und wenn sie an diesem Tag auf die Jagd gehen, ohne daß Reittiere und Hunde erscheinen. Sie wissen es.«

»Wenn wir also eine Einladung schicken würden, mit folgendem Wortlaut: ›Am dritten Abend des *Sprungs* erbitten wir Ihre Anwesenheit bei …‹«

»So etwas ist noch nie vorgekommen«, murmelte Persun. »Falls Ihr Gemahl dazu entschlossen ist, wäre es einen Versuch wert. Ansonsten sollten Sie bis zum Sommer warten, wenn die Jagdsaison beendet ist. Dann können Sie Ihren Empfang zwischen die Sommerbälle legen.«

Rigo wollte indes nicht bis zum Sommer warten. »Bis dahin sind es ja noch über anderthalb Terrajahre«, sagte er. »Wir müssen uns Informationen von den *bons* beschaffen, Marjorie. Wir haben keine Zeit mehr. Wir werden alles vorbereiten und die Einladungen verschicken, sobald die Einrichtung komplett ist. Bon Haunser wird mich sicherlich darauf hinweisen, falls wir gegen die hiesigen Gebräuche verstoßen haben.«

Die Einladungen ergingen per *Telly* an alle Estancias. Erstaunlicherweise, zumindest für Marjorie, erfolgte umgehend und in großer Zahl eine Bestätigung der Einladung. Sie wurde von Lampenfieber gepackt und ging nach oben in die Sommerräume, um ihr Selbstvertrauen wiederzuerlangen.

Die Winterquartiere waren nicht mehr wiederzuerkennen. Obwohl sie noch immer kühl wirkten, glühten sie nun in allen Farben des Spektrums. Vom Gewächshaus des ursprünglich halb verfallenen Dorfes – das auf Geheiß von Rigo wiederaufgebaut worden war – waren große Gebinde mit Blumen von fremden Planeten geliefert worden. Terranische Lilien und *Semelen* von Semling ergaben zusammen mit Büscheln von Silbergras große, duftende Sträuße, die sich endlos in den Doppelspiegeln spiegelten. Marjorie hatte Holo-Aufzeichnungen von Kunstgegenständen bereitgestellt, welche die Yrariers auf Terra zurückgelassen hatten, und nun glühten Duplikate der Originale an den Wänden und auf Sockeln, die inmitten der wertvollen Möbel verteilt waren.

»Das ist aber ein schöner Tisch«, sagte sie und fuhr mit den Fingern über das satinartige, blau schimmernde Holz.

»Danke, Lady«, sagte Persun. »Mein Vater hat ihn gemacht.«

»Woher bekommt er denn das Holz; stammt es von *Gras?*«

»Er importiert das meiste. Obwohl sie immer von Tradition sprechen, möchten die *bons* ab und zu doch einmal etwas Neues. Die Gegenstände für den Eigengebrauch fertigt er aber aus dem Holz des Sumpfwaldes. Dort gibt es einige sehr schöne Hölzer: den sogenannten ›Blauen Schatz‹ und noch eine pastellgrüne und violette Variante des Clume-Baums.«

»Ich kenne niemanden, der sich in den Sumpfwald wagen würde.«

»Oh, wir gehen auch nicht hinein. Der Wald hat eine Länge von hundert Meilen, und diese Bäume wachsen am Waldrand. Wir schlagen aber nicht viel Holz. Für die Täfelung Ihres Arbeitszimmers verwende ich auch ein paar einheimische Hölzer.« Er hatte Stunden damit verbracht, die Hölzer für das Arbeitszimmer auszuwählen. Nun sehnte er sich nach ihrem Lob.

»So, so«, sagte sie versonnen. Draußen, auf der Terrasse, ging eine schlanke Gestalt rastlos auf und ab: Eugenie. Einsam. Kindlich. Mit gesenktem Kopf, wie eine verwelkte Blume. Marjorie berührte das Gebetbuch und rief sich gewisse Tugenden ins Bewußtsein. »Würden Sie mich für einen Augenblick entschuldigen, Persun?«

Er verneigte sich wortlos, und sie verließ ihn, wobei er sich bemühte, ihr nicht hinterherzustarren.

»Eugenie«, begrüßte Marjorie sie mit bemühter

Herzlichkeit. »Wir haben uns seit unserer Ankunft ja kaum gesehen.« Auf Terra hatten sie überhaupt keinen Kontakt gehabt, aber dies hier war eine andere Welt und mit den Verhältnissen zu Hause überhaupt nicht zu vergleichen.

Die andere Frau errötete. Rigo hatte sie nämlich instruiert, sich vom Haupthaus fernzuhalten. »Ich dürfte gar nicht hier sein. Ich dachte nur, vielleicht würde der Kaufmann mich in die Stadt mitnehmen.«

»Brauchen Sie etwas?«

Erneut errötete Eugenie. »Nein. Ich brauche nichts. Ich wollte nur einen Stadtbummel machen, vielleicht auch im Hafenhotel übernachten und mir die Shows ansehen …«

»Es muß hier ziemlich langweilig für Sie sein.«

»Es ist verdammt langweilig«, platzte die Frau spontan heraus. Ihr Gesicht überzog sich mit einer flammenden Röte, und Tränen traten ihr in die Augen.

Nun errötete auch Marjorie. »Das war taktlos von mir, Eugenie. Hören Sie. Ich weiß, daß Sie sich nicht für Pferde und den Reitsport interessieren; weshalb schauen Sie sich in *Commons* nicht mal nach einem Haustier um?«

»Ein Haustier?«

»Ich weiß nicht, was es dort gibt. Vielleicht Hunde. Oder Katzen. Exotische Vögel. Kleine Tiere sind sehr unterhaltsam. Sie vertreiben einem die Zeit.«

»Oh, davon habe ich so viel«, rief Eugenie fast im Zorn.

»Rigo … nun, Rigo hat sehr viel zu tun.« Marjorie schaute über das Geländer der Terrasse zum multiplen Horizont jenes Abschnitts des Grasgartens, der als *Kaleidoskop* bezeichnet wurde. Die Höhenzüge waren versetzt hintereinander gestaffelt, wobei sie mit zunehmender Entfernung immer farbloser wurden, bis der letzte Kamm fast mit dem Himmel verschmolz. Belustigt stellte sie eine Assoziation her: Auf die gleiche Art war ihre anfängliche Abneigung gegen Eugenie verblaßt und einer verhaltenen Akzeptanz gewichen. »Bald werden wir unseren ersten offiziellen Empfang geben. Vielleicht lernen Sie ein paar Leute kennen ...« Ihre Stimme wurde undeutlich und verwaschen, wie der Horizont vor ihr. Mit wem sollte Eugenie überhaupt Kontakt aufnehmen? Die Kinder verachteten sie. Die Dienerschaft hielt sie für einen Witz. Keiner der *bons* würde sich mit ihr abgeben. Oder vielleicht doch?

»Da gibt es einige Leute, deren Bekanntschaft Sie machen sollten«, sagte Marjorie nachdenklich. »Ein Mann namens Eric bon Haunser. Und Shevlok, der älteste Sohn der bon Damfels'.«

»Wollen Sie mich etwa loswerden?« fragte Eugenie mit kindlichem Trotz. »Mich irgendwelchen Männern vorzustellen.«

»Ich wollte nur, daß Sie Gesellschaft haben«, erwiderte Marjorie nachsichtig. »Ich möchte, daß wir alle Gesellschaft haben. Falls einige der Männer von Ihnen fasziniert sein sollten, könnten Sie und Stella und ich – selbstverständlich nur inoffiziell –; nun, vielleicht würden sie öfters mal herkommen. Schließlich sind wir hier, um Nachforschungen anzustellen.«

»Reden Sie nicht so, als ob ich Bescheid wüßte. Ich weiß gar nichts. Rigo hat mich nicht eingeweiht.«

»Oh, meine Liebe«, sagte Marjorie, wobei sie das härter getroffen hatte, als sie sich selbst eingestehen mochte. »Aber er muß es Ihnen gesagt haben! Weshalb hätten Sie denn sonst mitkommen sollen?«

Anstatt zu antworten, starrte Eugenie sie nur groß und fragend an. Diese mit Roderigo Yrarier verheiratete Frau, diese Frau, seine Ehefrau, Mutter seiner Kinder, diese Frau ... sie wußte es nicht? »Weil ich ihn liebe«, sagte sie schließlich, fast flüsternd. »Ich dachte, Sie wüßten es.«

»Natürlich«, erwiderte Marjorie knapp; zumindest glaubte sie, daß sie es wußte. »Trotzdem wäre ich nicht mit nach *Gras* gekommen, ohne den Grund dafür zu kennen.«

Obwohl Eugenie von Marjories Tip mit den Haustieren nicht sonderlich begeistert gewesen war, hatte sie ihn befolgt. Normalerweise hätte sie den Rat schon aus Prinzip ignoriert, weil er nämlich von Rigos Frau kam und Rigo es sicher nicht gern gesehen hätte, wenn seine Mätresse einen Rat von seiner Frau annahm, egal, worum es sich handelte. In diesem Fall konnte Eugenie es sich jedoch nicht leisten, einen Rat zu mißachten, der geeignet war, die bedrückende Langeweile zu lindern, an der sie litt. Zu Hause hatte es Restaurants und Parties und jede Menge Unterhaltung gegeben. Sie hatte sich Kleider gekauft und sich mit dem Friseur unterhalten, getratscht und gelacht. Und über all dem, wie ein goldener Faden, der sich durch den Chiffon ihres Lebens zog, hatte Rigo gestanden. Nicht daß sie sich oft gesehen hätten. Keineswegs. Aber für eine lange Zeit hatte er im Hintergrund gestanden, sie mit allem Notwendigen versorgt und ihr das Gefühl vermittelt, begehrt zu werden und wichtig zu sein. Männer wie er, so hatte Rigo dargelegt, mit all seinen Verpflichtungen in Komitees und Clubs und so weiter, brauchten Frauen wie sie als Ausgleich für die ermüdende, aber wichtige Arbeit, zu der sie bestellt wurden. Das verlieh Frauen wie ihr eine besondere Bedeutung. Daran dachte Eugenie oft. Die Männer hatten sie schon des öfteren mit Komplimenten überhäuft; es hatte ihr aber noch niemand gesagt, daß sie auch wichtig sei. Das war das schönste Kompliment, das man ihr jemals gemacht hatte.

Also war sie hier, zusammen mit Rigo, und so selten, wie sie sich sahen, hätte sie auch gleich auf Terra bleiben können, mit einem anderen Beschützer – den sie bei näherer Betrachtung auch wirklich hätte haben können. Wäre ein anderer Mann sofort verfügbar gewesen, wäre sie wahrscheinlich gar nicht mitgekommen. Nachdem sie jedoch die relative Unbequemlichkeit, einen anderen Mann zu finden und den Umzug sowie den Kälteschlaf gegeneinander abgewogen hatte, war sie zu dem Schluß gekommen, daß es doch schwieriger wäre, einen neuen Mann zu finden. Weniger die Kontaktaufnahme an sich als das eigentliche Kennenlernen. Seine versteckten Macken. Sein Lieblingsgericht, die Lieblingsfarben, die Präferenzen im Bett.

Außerdem war sie zu jenem Zeitpunkt schon in Rigo verliebt gewesen. Was sie zu Marjorie gesagt hatte, war die Wahrheit. Von all den Männern, die sie je geliebt hatte, liebte sie Rigo wahrscheinlich am meisten. Mit ihm hatte sie den meisten Spaß gehabt.

Doch hier war Rigo nicht annähernd so spaßig. Wenn die Liebe keinen Spaß mehr machte, war sie nur noch langweilig und trübe und schmerzlich. Die Menschen mußten einfach Spaß haben. Der Rat, den Marjorie ihr hinsichtlich des Haustiers gegeben hatte, war vielleicht der beste, den sie überhaupt bekommen konnte, selbst wenn er von Rigos Frau stammte.

Roald Few hatte Eugenie nach *Commoner Town* mitgenommen; sie hatte die Reise genossen, wegen all der netten Dinge, die er und die anderen Männer ihr sagten. Es war Roald selbst gewesen, der ihr geraten hatte, sie solle bei Jandra Jellico vorbeischauen. »Wenn Sie etwas Kleines und Kuscheliges suchen, das Ihnen Freude macht, werden sie vielleicht bei Jandra fündig. Oder sie kennt jemanden, der so etwas verkauft. Sie führt fast alles, was einen Pelz, ein Federkleid oder ein schönes Fell trägt; Jandra hat es.« Gleichzeitig wies er sie darauf hin, daß Jandra im Rollstuhl saß, als ob Eugenie die Art von Mensch wäre, der unziemliche Bemerkungen machen oder sie anstarren würde.

Nachdem sie Eugenie eine halbe Stunde kannte, wußte Jandra bereits alles von ihr, genauso wie Roald.

Sie hatte Verständnis für ihre Lage und verspürte sogar etwas Mitleid mit ihr, wobei sie gleichzeitig ihrem Schutzengel dankte, daß Eugenie just in diesem Moment aufgetaucht war, um ihr Problem zu lösen.

»Ich habe genau das Richtige für Sie«, versprach sie. »Ich habe es von Ducky Johns, unten in Portside. Es war nicht richtig, daß Ducky es unter all den Prostituierten und Wüstlingen hielt; also hatte ich ihr gesagt, sie solle es zu mir bringen. Ich halte es im freien Zimmer.«

Sie führte es vor, das schöne, schlanke Wesen mit dem langen Haar, dem schielenden Gänseblick und dem mädchenhaften Äußeren; sie trug einen Rock, den hochzuziehen Jandra ihr mittlerweile abgewöhnt hatte. »Ich nenne sie Gänsemädchen«, sagte sie, ohne das indessen näher zu begründen. Eugenie war kein solches Falkenauge wie Jelly, Jandras Liebster, der erkannte, was sonst niemandem aufgefallen wäre, diesen blöden, vogelartigen Blick, den sie auf alles und jeden richtete, als ob sie die Welt fragen wollte, wovor sie sich dort draußen fürchten mußte; und dabei wußte ihr kleines Vogelhirn bereits, daß es durchaus etwas gab, wovor sie Angst haben mußte.

»Das ist ein Mädchen«, konstatierte Eugenie, ohne den Unterton einer Beschwerde. »Kein Tier.«

»Nun, da kann man unterschiedlicher Ansicht sein«, entgegnete Jandra und kniff sich in die Nasenspitze, wie sie es oft tat, wenn sie den ethischen Kontext einer Situation ermittelte. »Es kennt nicht seinen Namen. Es kann sich nicht allein anziehen. Immerhin ist es stubenrein, wofür ich über die Maßen dankbar bin; wenigstens etwas, das es besser beherrscht als ein Welpe. Welpen habe ich übrigens keine da und wüßte auch niemanden, der welche verkauft. Damit sind Sie aber genauso gut bedient. Es sitzt fast den ganzen Tag nur da und kämmt sich das Haar; außerdem hat es einen gesunden Hunger und kann sogar mit einem Löffel umgehen. Manchmal gibt es auch einen Laut von sich, als ob es etwas sagen wollte. Aber keine Sorge, das kommt nicht oft vor, und es ist selbst ganz erstaunt, wenn es passiert.«

»Sie sollten ›sie‹ sagen«, korrigierte Eugenie. Das hübsche Ding war genauso eine Frau, wie sie eine war, und hatte fast ihre Statur.

»Nun, auch in dieser Hinsicht kann man unterschiedlicher Ansicht sein. Aber ich tendiere dazu, Ihnen zuzustimmen, und im stillen bezeichne ich sie auch als ›sie‹, müssen Sie wissen. Außerdem ist sie ein richtig verspieltes Ding. Sie mag es, einen Ball umherzurollen und mit einem Bommel zu spielen, der an einer Schnur hängt.«

»Wie ein Kätzchen«, schnurrte Eugenie. »Glauben Sie, ich dürfte sie behalten?«

Selbst wenn sie es nicht dürfte, wäre es dann deren Problem, sagte Jandra sich, und nicht mehr das ihre, welches das Gänsemädchen bisher dargestellt hatte, sie beziehungsweise es mit dem schönen Haar, dem grazilen Körper, dem lieben Gesicht und dem Kopf, der keinen klaren Gedanken fassen konnte. Sie hatte gesehen, wie Jelly am Abend zuvor das Mädchen auf diese gewisse Art angeschaut hatte, und am liebsten wäre sie das Mädchen gestern schon losgeworden, Ethik hin oder her. Und dennoch, wenn Eugenie jemand anders gewesen wäre – zum Beispiel Marjorie Westriding –, hätte Jandra Bedenken gehabt, ihr das Gänsemädchen als Haustier zu überlassen. Jemand wie Lady Westriding – Jandra war von Roald Few umfassend informiert worden, wie auch alle anderen mit einem funktionierenden Gehör – würde unter allen Umständen versuchen, die Herkunft des Mädchens zu ermitteln und dem armen Wesen das Leben zur Hölle machen. Und man konnte sie auch nicht einem Mann zur Verwendung überlassen, obwohl ihr das immer noch lieber gewesen wäre, als wenn Jelly dieser Benutzer gewesen wäre.

Also Eugenie. Nun, sie führte kein ausschweifendes Leben und war anscheinend auch nicht der Typ, der herumschnüffelte oder Schuldzuweisungen vornahm. Sie würde das Wesen weder mißbrauchen noch der Frage nachgehen, woher das Mädchen stammte oder was sie nach Portside unter Duckys Wäscheleine verschlagen hatte. Sie würde sie nur als lebensgroße Gliederpuppe betrachten, mit einem schönen Schopf zum Frisieren, die man anziehen und mit der man spielen konnte. In Jandra Jellicos Augen hätte das Gänsemädchen es gar nicht besser antreffen können, und damit hatten ihre noch kürzlich gehegten Befürchtungen sich erledigt.

Einer von Roald Fews Arbeitern brachte Eugenie und ihr neues Haustier zurück nach Opal Hill und setzte sie hinter dem *Kaleidoskop* ab, von wo aus Eugenie ihr kleines Haus erreichte, ohne gesehen zu werden. Eugenie hatte bereits ein Dutzend Pläne für Gänsemädchen. Unter anderem wollte sie ihr auch Tanzunterricht geben, doch absolute Priorität hatte das Schneidern von exquisiten Gewändern sowie die Wahl eines neuen und klangvollen Namens.

Marjorie klopfte an die Tür von Rigos Arbeitszimmer und trat auf seine Aufforderung hin ein. »Bin ich zu früh da?«

»Komm rein«, sagte er mit vor Müdigkeit verwaschener Stimme. »Asmir ist noch nicht hier, aber ich rechne jeden Moment mit ihm.« Er stapelte einige Unterlagen aufeinander, steckte sie in eine Kassette, gab einen Befehl ein und schaltete den Computer aus. In der Ecke des Raums driftete das mit bunten Bändern verzierte *Telly*. »Du siehst so müde aus, wie ich mich fühle.«

Sie lachte gekünstelt. »Mir geht es gut. Stella schmollt mal wieder. Vor einiger Zeit bat ich Persun, sie mit ins Dorf hinunter zu nehmen; ich hatte gehofft, daß sie dort vielleicht einen Spielkameraden findet. Sie ist ein paarmal dort gewesen und will jetzt nicht mehr hin. In ihren Augen leben dort nur Hinterwäldler und strohdumme Ignoranten.«

»Nun, vielleicht stimmt das sogar.«

»Selbst wenn ...«, wollte sie sagen und eine Bemerkung über den Stolz abgeben, bis ihr noch rechtzeitig einfiel, daß Rigo das nicht gern gehört hätte. »Tony sieht das anders. Er findet dort Anschluß.«

»Vielleicht findet Stella auf dem Empfang eine verwandte Seele.«

Marjorie schüttelte den Kopf. »Wir erwarten niemanden in Stellas Alter.«

»Wir haben doch alle Familien eingeladen.«

»Trotzdem kommt niemand in Stellas Alter«, wiederholte sie. »Es hat fast den Anschein, als ob sie keine ... keine Fraternisierung zulassen wollten.«

Zornesröte überzog sein Gesicht. »Verdammte, bornierte ...« Seine Stimme wurde zu einem unartikulierten Grollen, das zum Glück durch ein Klopfen an der Tür unterbrochen wurde.

Ein Diener meldete das Erscheinen von Asmir Tanlig, der seit dem Eintritt in Rigos Dienste allerorten Erkundigungen über die Krankheiten auf *Gras* eingezogen hatte. Wer war gestorben, und woran? Wer war erkrankt, und woran? Wer hatte die Ärzte in *Commons* konsultiert, und weshalb? Nun ließ er seinen kleinen, gedrungenen Körper gegenüber von Roderigo und Marjorie auf einen Stuhl sinken. Mit einem erstaunten Ausdruck auf dem runden Gesicht und geschürzten Lippen schickte er sich an, Bericht zu erstatten, wobei er in den Unterlagen kramte.

»Ich habe nicht viel herausgefunden, Sir, Madam, um die Wahrheit zu sagen. Von den *bons* sind nur Schwangerschaften, Jagdunfälle und Lebertransplantationen zu vermelden, weil sie so übermäßig trinken.« Er fuhr sich mit einem sauberen Taschentuch über den

Mund, beugte sich über Rigos Schreibtisch, der von einer Lampe beleuchtet wurde, und senkte die ohnehin schon vertrauliche Stimme: »Ich habe meiner Familie in *Commons* gesagt, sie solle sich umhören, ob jemand verschwunden ist ...«

»Verschwunden«, murmelte Marjorie. »Wir *wissen*, daß Leute verschwunden sind.«

»Ja, gnädige Frau, von der Jagd abgesehen, handelte es sich bei den Vermißten überwiegend um junge Leute. Der Botschafter hat mir gesagt ...«

»Ich weiß«, murmelte sie. »Ich wollte es mir nur in Erinnerung rufen.«

»Das sollten wir alle tun«, sagte Rigo. »Und was ist mit den non-*bons*, Asmir?«

»Ach, die haben alles mögliche. Unfälle und Allergien, und in Portside geschehen immer wieder ein paar Morde. Per Saldo gibt es aber keine Vermißten bis auf diejenigen, die sich hinaus ins Gras oder in den Sumpfwald gewagt haben.«

»Ach?« fragte Rigo.

»Das ist natürlich nichts Neues«, sagte der Mann in plötzlichem Zweifel. »Ich erinnere mich, daß ständig Leute im Sumpfwald und im Grasland verschollen sind.«

»Wer?« fragte Marjorie. »Wer ist in jüngster Zeit vermißt worden?«

»Der letzte war ein großspuriger Angeber von einem anderen Planeten.« Asmir konsultierte die Aufzeichnungen, die er mit einer säuberlichen Handschrift angefertigt hatte und auf die er je nach Bedarf Bezug nahm. »Bontigor. Hundry Bontigor. Ein Großmaul, hieß es. Angeber. Nur große Sprüche. Jemand hat ihn dazu angestachelt, in den Sumpfwald zu gehen, und er hat es auch getan. Ist nicht zurückgekommen. Er hatte nur ein Visum für eine Woche, war auf der Durchreise. Niemand hat ihn vermißt.«

»Gibt es einen Fall, in dem jemand verschwunden ist

und man... nur *vermutete*, daß die betreffende Person in den Wald gegangen sei?« Marjorie massierte sich die Nasenwurzel und die Stirn und versuchte, den Kopfschmerz zu vertreiben, der sich dort bemerkbar machte.

Erneut kramte Asmir in den Unterlagen. »Die letzten, vor Bontigor, waren Kinder. Niemand hat sie in den Wald gehen sehen, wenn Sie das meinen. Und vor einiger Zeit... nun. Vor einiger Zeit ist eine alte Frau verschwunden. Einfach gegangen, um es so auszudrücken. Weil die Leute sie nicht fanden, dachten sie...«

»Aha«, sagte Marjorie.

»Dann war da noch dieses Pärchen aus dem Maukerden-Dorf. Und der Zimmermann aus Smaerlok. Und hier habe ich noch jemanden aus Laupmon...«

»Im Gras verschollen?«

Er nickte. »In allen Fällen.«

»Wie viele?« fragte Rigo. »Wie viele haben Sie aufgeführt, während der letzten Kollekte? Nein, das wäre ja im Winter gewesen. Sagen wir im letzten Herbst. Wie viele sind im letzten Herbst vermutlich im Sumpfwald oder im Gras verschollen?«

»Fünfzig«, schätzte Asmir. »Fünfzig oder so.«

»Nicht viele«, murmelte Marjorie. »Vielleicht ist es wirklich das, was sie glauben. Oder vielleicht ist es auch eine... Krankheit.«

Rigo seufzte. »Machen Sie weiter, Asmir. Sammeln Sie Informationen. Bringen Sie alles über die Verschwundenen in Erfahrung – die Personalien, das Alter, den Gesundheitszustand vor ihrem Verschwinden, und so weiter. Werden Sie von Sebastian unterstützt?«

»Jawohl, Sir. Ich habe seine und meine Informationen zusammengefaßt.«

»Dann bleiben Sie beide dran.«

»Wenn Sie mir sagen würden…«

»Alles, was ich weiß, hatte ich Ihnen schon beim Einstellungsgespräch gesagt, Asmir.«

»Ich dachte… ich dachte nur, daß Sie mir damals vielleicht noch nicht vertraut hätten.«

»Ich habe Ihnen damals vertraut und vertraue Ihnen auch heute.« Rigo setzte ein seltenes, charmantes Lächeln auf. »Wie ich Ihnen schon sagte, führe ich eine spezielle Volkszählung für *Heiligkeit* durch. Es hat mit der menschlichen Sterblichkeit zu tun. Ich habe Ihnen schon viel über *Heiligkeit* erzählt und wie man dort versucht, die Entwicklung der menschlichen Rasse im Auge zu behalten. Also werden Sie auch verstehen, daß *Heiligkeit* sich dafür interessiert, woran die Menschen gestorben sind. Da die Aristos aber keine Mission von *Heiligkeit* auf *Gras* dulden, haben Marjorie und ich uns bereit erklärt, diese Nachforschungen anzustellen. Und weil wir den *bons* nicht auf die Füße treten möchten, tun wir das in aller Stille. Wir wollen nur wissen, ob hier auf *Gras* mysteriöse Todesfälle aufgetreten sind.«

»Wenn jemand im Sumpfwald umkommt, werden Sie die Todesursache nie ermitteln«, sagte Asmir bestimmt. »Wenn aber jemand nachts im Grasland umkommt, waren es wahrscheinlich die Füchse. Haben Sie schon einmal Füchse gesehen?«

Marjorie nickte. Sie hatte in der Tat schon Füchse gesehen. Zwar waren sie zu weit entfernt gewesen, als daß sie sie hätte beschreiben können, aber näher hätte sie auch nicht herangehen wollen.

»Dann wissen Sie mehr als ich«, sagte er und wechselte in einen informelleren Stil. »Aber ich habe Bilder gesehen.«

»Ich vermute, daß Sie das Grasland nicht betreten?«

»O nein, Sir! Bin ich etwa ein Vögelchen? Ja, tagsüber, ein kleines Stück, für ein Picknick oder einen romantischen Spaziergang. Oder um mal allein zu sein.

Aber dazu sind die Dorfmauern schließlich da, und die Mauern der Estancias auch. Um sie fernzuhalten.«

»Sie?« fragte Marjorie.

Er berichtete, mit Worten, die wie eine Glocke tönten, während er voller Ehrfurcht die bevorstehenden Begräbnisse jedes einzelnen beschrieb: »*Peepers*. Die Wesen, deren Schreie mitten in der Nacht ertönen. Die großen *Grazers*. Hunde. Hippae. Füchse. Alle.«

»Und niemand wagt sich wirklich weit in die Prärie hinaus?«

»Die Leute sagen, die Grünen Brüder täten es. Einige zumindest. Wenn das stimmt, dann sind sie die einzigen, die das wagen. Wie sie das überleben, weiß ich aber nicht.«

»Die Grünen Brüder«, sinnierte Rigo. »O ja. Die Büßer-Mönche von *Heiligkeit*. Sie führen die Ausgrabungen in der Arbai-Stadt durch. Sender O'Neil hat die Grünen Brüder erwähnt. Wir müssen mit ihnen Kontakt aufnehmen.«

Rillibee Chime, in ungewohntes Grün gewandet, hockte mit ungepudertem, tränenüberströmten Gesicht hinter Bruder Mainoa in einem kleinen Gleiter, der sich schlingernd auf Nordkurs befand. »Kannst du mir sagen, wohin wir fliegen?« fragte er, wobei es ihm im Grunde aber egal war. Ihm war übel, und er zweifelte sogar an seiner eigenen Identität, für deren Bewahrung er doch so hart gekämpft hatte.

»Zur Arbai-Stadt, in der ich Ausgrabungen durchgeführt habe«, erwiderte Bruder Mainoa zufrieden. »Nördlich von hier. Wir werden dort ein paar Tage bleiben, damit du dich erholen kannst, und dann bringe ich dich zur Abtei. Ich sollte dich eigentlich sofort dort abliefern, aber ich werde ihnen sagen, du seist krank gewesen. Wenn du in der Abtei bist, werden entweder Jhamless Zoe oder die Kletterer hinter dir her sein, und dann kann ich nichts mehr für dich tun. Also solltest du wenigstens fit sein, wenn wir dort ankommen.«

»Kletterer?« sagte Rillibee, wobei er sich fragte, was es in dieser weiten, flachen Prärie wohl zu erklimmen gab.

»Das wirst du schon noch früh genug erfahren. Ich weiß nicht viel darüber. Sie haben mit diesem Unsinn angefangen, als ich schon zu alt war, um mich daran zu beteiligen. Du wirst dich besser fühlen, wenn du dich hinlegst. Leg dich hin, und wenn wir diese Turbulenzen hinter uns haben, schalte ich auf Autopilot und koche dir ein Süppchen.«

Rillibee tat wie geheißen und lag da wie ein Häufchen Elend. Er schluckte und weinte still. Seitdem er aus dem Kälteschlaf erwacht war, hatte er diese Alpträume, diese schrecklichen Gefühle, diesen unersättlichen Hunger.

»Weshalb hat man dich denn zu uns geschickt?« fragte Bruder Mainoa. »Hast du vielleicht einen der Engel von *Heiligkeit* abgerissen und ihn an den Papst verhökert?«

Rillibee schniefte; irgendwie fand er das sogar lustig. »Nein«, brachte er hervor. »Ganz so schlimm war es nicht.«

»Was dann?«

»Ich habe Fragen gestellt.« Er rief sich den Vorgang in Erinnerung. »Nun, ich habe sogar geschrien. Im Refektorium.«

»Welche Fragen?«

»Welchen Sinn es hätte, uns in den Maschinen zu speichern, wenn wir tot sind. Weshalb das Verlesen unserer Namen in leeren Räumen uns die Unsterblichkeit verleihen sollte. Ob wir nicht alle von der Pest dahingerafft würden. Solche Fragen.« Erneut schluchzte er und erinnerte sich an den Schrecken, die Verwirrung und die Unfähigkeit, seine Handlungen zu kontrollieren.

»Aha.« Bruder Mainoa fummelte an den Kontrollen herum und hieb grunzend auf diverse Knöpfe, die sich dieser Behandlung jedoch widersetzten. »Schrott«, murmelte er. »Verdammte, beschissene Mechanik.« Schließlich reagierten die Kontrollen doch auf diese rüde Behandlung, und der Flug des Gleiters stabilisierte sich. »Suppe«, sagte er mit ruhiger und tröstender Stimme und lächelte Rillibee an. »Du hast dich also nach der Pest erkundigt, nicht wahr?«

Rillibee antwortete nicht.

»Wir müssen uns einen Namen für dich ausdenken«, sagte der ältere Mann nach einer Weile.

»Ich habe schon einen Namen.« Selbst in dieser schweren Depression sträubte er sich gegen die Vorstellung, einen anderen Namen annehmen zu müssen.

»Keinen Ordensnamen, keine Sorge. Ordensnamen werden von bestimmten Eigenschaften abgeleitet.« Bruder Mainoa schlug mit der flachen Hand auf den Kocher und schaute ihn grimmig an. »Zwölf Konsonanten und fünf Vokale, jeder mit einem heiligen Attribut.«

»Was soll der Quatsch«, nuschelte Rillibee und leckte sich die Tränen aus dem Mundwinkel. »Du weißt doch, daß das Unsinn ist. Genau das ist nämlich der Punkt – deshalb habe ich im Refektorium auch die Fragen gestellt. Was soll dieser Schwachsinn?«

»Hast es nicht mehr ausgehalten?«

Rillibee nickte.

»Ich auch nicht«, sagte Bruder Mainoa. »Nur daß ich keine Fragen gestellt habe. Ich habe versucht, wegzulaufen. Du warst sicher auch ein verpflichteter Ministrant, stimmt's? Wie lange ging deine Dienstzeit?«

»Eigentlich wurde ich gar nicht verpflichtet. Sie haben mich einfach eingezogen, als … nun, als ich nicht mehr wußte, wohin ich gehen sollte. Sie sagten, nach zwölf Jahren käme ich wieder frei.«

»Ich wurde für fünf Jahre verpflichtet, aber ich hielt

es nicht aus. Ich schaffte es einfach nicht. Meine Leute hatten mich verpflichtet, als ich fünfzehn wurde. Und mit siebzehn kam ich hierher nach *Gras* und grub Arbai-Knochen aus. Seitdem bin ich hier. Büßer auf Lebenszeit. Na schön. Wenn ich vielleicht etwas älter gewesen wäre...« Er nahm die dampfende Tasse vom Kocher. »Hier, trink das. Es wird dir guttun. Der Ältere Bruder Laeroa hat es mir vor einigen Jahren auch verabreicht, als er mich vom Hafen abgeholt hat; allerdings war er damals noch der Jüngere Bruder Laeroa, und seitdem habe ich schon einem Dutzend Leuten diesen Trank zubereitet. Er hat anscheinend immer geholfen. Du wirst für eine lange Zeit ständig Hunger haben, aber irgendwann läßt es dann nach. Weiß nicht, woran das liegt. Gehört eben zum Leben auf Gras. Erzähl mir ruhig auch etwas von dir. Je besser ich dich kenne, desto eher kann ich dir helfen.«

Rillibee nippte an der Suppe. Er wußte nicht, was er sagen sollte. »Willst du meine Lebensgeschichte hören?«

Mainoa dachte für eine Weile darüber nach, wobei sein Gesicht abwechselnd einen Ausdruck der Zustimmung und Ablehnung annahm, bis er sich schließlich entschied. »Ja, ich möchte sie hören. Von einigen Leuten würde ich sie nämlich nicht hören wollen, mußt du wissen. Aber bei dir ist es etwas anderes.«

»Wieso?«

»Ach, dafür gibt es verschiedene Gründe. Deine Augen. Dein Name. Das ist nämlich ein ungewöhnlicher Name für einen Angehörigen der *Geheiligten*.«

»Ich bin nie einer von ihnen gewesen. Ich habe doch schon gesagt, daß sie mich gezwungen hatten.«

»Erzähl mir mehr, Junge. Sag mir einfach alles.«

Rillibee seufzte und fragte sich, was er überhaupt erzählen sollte; er versuchte, sich zu erinnern, und eine Flut von Erinnerungen spülte ihn fort.

Das Haus in Red Canyon hatte dicke Adobe-Mauern gehabt, Lehmwände, die nachts die Wärme speicherten und am Tag die Hitze abwiesen. Die Mauern wurden von Schnee und Regen erodiert, so daß Miriam, Joshua, Song und Rillibee jeden Sommer fast eine Woche damit verbrachten, die schadhaften Stellen auszubessern, zu glätten und trocknen zu lassen. Die Fußböden des Hauses waren gefliest, wobei die Böden der einzelnen Räume in verschiedenen Farben gehalten waren, grün, blau und mosaikartig. Song hatte ihm beigebracht, wie man auf den Fliesen seines Zimmers *hopscotch* spielte, und vor dem Kamin befand sich eine schachbrettartige Fläche aus dunklen und hellen Fliesen, mit einer Kantenlänge von jeweils zwei Zoll, auf denen Joshua und Miriam Dame spielten. Die Spielsteine bestanden ebenfalls aus Lehm, wobei Blätter in die Oberseite gepreßt worden waren, so daß nach dem Ausbrennen der Blätter ein Relief zurückblieb. Miriam brannte sie im selben Ofen, in dem sie auch die Ziegel herstellte, dem lustigen alten Brennofen hinten im Hof, der noch mit Brennholz beschickt wurde.

Es gab drei Zimmer, jeweils ein kleines Kinderzimmer für Rillibee und Song und ein großes Schlafzimmer für Joshua und Miriam. Manchmal rief Rillibee sie Mom und Dad, und manchmal nannte er sie auch bei ihrem richtigen Namen. Miriam sagte, das wäre schon in Ordnung, denn manchmal wollte er eben mit Mom oder Dad reden und manchmal nur mit Personen namens Miriam oder Joshua.

Die Küche war geräumig, und das Wohnzimmer war noch größer, mit einem Portrait von Miriam über dem Kamin und zwei großen, gemütlichen Sofas. Der Boden war mit alten indianischen Teppichen ausgelegt, und dann gab es noch einen Tisch, an dem sie gemeinsam das Abendessen einnahmen. Das Frühstück fand meistens in der Küche statt.

Joshuas Werkstatt befand sich in einem Anbau; der

Keller verlief zum Teil unter der Werkstatt und zum Teil unter Rillibees Zimmer. Joshua nutzte den Keller als Lager für das Holz, aus dem er Tische, Stühle und Schränke zimmerte, nachdem es abgelagert war. Die Werkstatt war mit Elektrowerkzeugen ausgestattet und Miriams Töpferscheibe. Vom Anbau ging eine große Tür zum Bach, die den ganzen Sommer über offenstand.

Das geduckte, langgestreckte Haus und die Werkstatt befanden sich zwischen dem Red Creek und riesigen alten Cottonwood-Bäumen, deren belaubte Äste die Gebäude beschirmten, grün im Sommer, Herzensbrechergolden im Herbst. Diesen Ausdruck hatte Miriam geprägt: Herzensbrechergolden. So schön, daß einem die Luft wegblieb, wenn die Sonne durchkam, wie eine Berührung der Hand Gottes. Miriam sagte öfter solche Sachen, altmodische Sachen. Selbst ihr Name war altmodisch. Ein wahrhaft antiker Name, aus längst vergangenen Zeiten.

Der Name seines Vaters ebenfalls: Joshua. Das war auch ein antiker Name. Selbst die Dinge, die Joshua und Miriam taten, waren altmodisch, Dinge, die sonst niemand tat – Holzbearbeitung, Töpfern, Gartenarbeit, Handarbeit, Bodenbewirtschaftung.

Wenn sie gerade einmal nichts herstellten oder anbauten, unternahmen sie Exkursionen mit Rillibee und Songbird und zeigten ihnen dieses und jenes, eine Blume, einen Vogel oder einen Fisch. Es gab viele Fische im Bach. Im Canyon gab es Wild. Auf dem Felsplateau gab es Bläßhühner und Truthähne. »Dies ist einer der wenigen Orte auf Erden, den die Menschen noch nicht in eine Müllkippe verwandelt haben«, sagte Joshua zuweilen und zeigte auf den Canyon. »Lebt in ihm. Beobachtet ihn. Kümmert euch um ihn. Geht jedes Frühjahr zum Rand des Canyons und pflanzt etwas, das euch überdauern wird.«

Seit Joshua vor zwanzig Jahren von *Reue* zurückgekehrt war, hatten er und Miriam in jedem Frühling etwas angepflanzt. Dort, wo der Canyon parallel zum Bach verlief, wurde er von alten großen Bäumen gesäumt. Joshuas Großvater hatte sie gepflanzt. Unterhalb des Hauses befand sich ein Obstgarten, mit Apfel-, Kirsch- und Pflaumenbäumen, die viermal so hoch waren wie Joshua und sich im Frühling zu einem Blütenmeer entfalteten. Joshuas Vater hatte die Obstbäume gepflanzt. Dann kamen die Bäumchen, die Joshua selbst gesetzt hatte, junge Koniferen, die mit abnehmender Entfernung zu dem grünen Gürtel, den Joshua und Miriam angelegt hatten, immer kleiner wurden. Jenseits dieses Gürtels erstreckte sich das graue, flache Land: ausgetrockneter Boden, der vereinzelt mit dürren Sträuchern, Disteln und Dornbüschen bedeckt war und von der staubigen Straße durchschnitten wurde. Diese Straße führte zur Stadt und der Schule, eine Stadt von *Heiligkeit* und eine Schule von *Heiligkeit*. Rillibees Leute gehörten zwar nicht zu den *Geheiligten*, aber sie schickten ihn trotzdem auf diese Schule. Sie war am nächsten gelegen, und außer den Dingen, die Joshua und Miriam ihn lehrten, benötigte er auch eine Schulbildung. Die Schule befand sich nur eine Meile entfernt und war die meiste Zeit des Jahres leicht zu erreichen. Es kam zwar vor, daß sie im Winter für eine Woche eingeschneit waren, aber das geschah nur selten. Manchmal brachte Rillibee Schulkameraden mit nach Hause, aber das geschah auch nur selten. Die meisten hielten ihn für einen Sonderling.

Die Eltern der anderen Kinder arbeiteten entweder zu Hause an Telearbeitsplätzen oder in einem der technischen Zentren entlang der Oberflächenroute. Für den Weg zur Arbeit waren überdachte Pfade angelegt worden. Wenn sie weitere Strecken zurücklegen mußten, nahmen sie einen Gleiter. Joshua und Miriam hingegen ritten auf Eseln; man faßte es nicht. Esel. Das hatte zur Folge, daß Rillibees Klassenkameraden sich nicht mehr einkriegten über die Erdfreaks, die selbst angebaute Nahrungsmittel aßen, keine schmutzigen Wörter im Munde führten und keine schrillen Klamotten trugen. Zum erstenmal war Rillibee in der vierten Kategorie mit der Bezeichnung ›Erdfreak‹ konfrontiert worden. Seitdem wollte es schier kein Ende nehmen.

Rillibee nahm sich das mehr zu Herzen als Song. Sie hatte einen Freund, der aus einer anderen Erdfreak-Familie stammte, drüben in Rattlesnake, und die beiden kamen gut miteinander zurecht. Jason war sein Name. Noch so ein antiker Name. Jason führte durchaus schlimme Wörter im Munde, jedoch nie in Gegenwart von Joshua. Das haßte Joshua nämlich wie die Pest: unflätige Bemerkungen, und auch Rillibee hielt sich in seiner Anwesenheit damit zurück.

»Weshalb habt ihr mich denn Rillibee genannt?« beklagte er sich bei seiner Mutter, als er in der Schule einen besonders schlimmen Tag erwischt und jeder ihn wegen seines Namens, der Kleidung und der Familie verspottet hatte. »Wieso Rillibee?«

»Das ist das Murmeln, das vom Wasser des Baches verursacht wird, wenn es über die Steine fließt«, erklärte sie. »Ich hatte es in der Nacht gehört, bevor du geboren wurdest.«

Wie konnte er ihr bei dieser Erklärung noch böse sein? Sie stand nur da und lächelte ihn an, holte heiße Plätzchen aus dem Ofen, häufte sie auf einen Teller und stellte ihm einen Becher Milch hin, die sie zuvor im Bach gekühlt hatte. »Rillibee.«

»Die Kinder in der Schule machen sich darüber lustig«, murmelte er mit vollem Mund.

»Denke ich mir«, sagte sie. »Sie würden sich auch über Miriam lustig machen. Und wie heißen sie heute? Brom. Und Bolt. Und Rym. Und Jolt.«

»Nicht Jolt.«

»Oh. Entschuldigung. Nicht Jolt.« Sie lachte. »Diese Namen klingen wie Waschmaschinengeräusche.«

Er mußte ihr recht geben. Mit ›Bolt‹ assoziierte er das Geräusch eines Waschprogramms, das auch das letzte Eselshaar aus den Socken holte. Bei ›Jolt‹ verstärkte dieser Eindruck sich noch.

Eines Tages hatte Joshua einen Papagei mit nach Hause gebracht. Es war ein kleiner grauer Papagei mit ein paar grünen Federn.

»Was ist das?« hatte Miriam gefragt. »Joshua?«

»Erinnerst du dich noch an diese Schränke, die ich für die Brants gemacht habe?«

»Natürlich erinnere ich mich.«

»Sie haben ihm wirklich gefallen. Er hat mir den Vogel als Bonus gegeben.«

Verärgert schüttelte Miriam den Kopf. Rillibee wußte, daß sie in diesem Moment an die Arbeit dachte, die der Vogel ihr machen würde. »War wohl eher so, daß er ihn loswerden wollte.«

Joshua steckte die Hände in die Taschen und betrachtete den Vogel, der auf einer Stange neben dem Kamin hockte. »Er hat gesagt, der Papagei sei wertvoll.«

Miriam schaute den Vogel an und preßte die Lippen zusammen, als ob sie etwas Unfeines sagen wollte.

»Scheiße«, sagte der Vogel vernehmlich. »Exkrement.« Dann schiß er auf den Boden.

Da war es um Miriams Beherrschung geschehen. Sie krümmte sich vor Lachen.

Joshua lief rot an und brachte kein Wort hervor.

»Nun, zumindest spricht er«, stellte Miriam fest.

»Ich bringe ihn zurück! Gleich nach dem Abendessen.«

»Ach was, Josh. Wir werden ihm eine gepflegtere Ausdrucksweise beibringen. Der Vogel weiß doch gar nicht, was er sagt. Er tut es ja nicht mit Absicht. Er imitiert nur Laute, die er einmal gehört hat.«

»Hier hat er das aber nicht gehört.«

»Anscheinend kennt er es von früher.«

Also behielten sie den Papagei. Sein Vokabular wurde keineswegs kultivierter; wenigstens hielt er sich aber zurück. Doch jedesmal, wenn Miriam sich aufregte und einen Fluch zwischen den Zähnen zerbiß, konnte man Gift darauf nehmen, daß der Vogel weniger Skrupel hatte. Rillibee wußte schon im voraus, was dann kam. Immer, wenn Miriam in Rage geriet, sagte der Papagei mit verträumter Stimme ›Scheiße‹, ›Verdammt‹ und einmal sogar ›Fuck‹. Zum Glück war Joshua nicht anwesend, sonst hätte der Vogel das womöglich nicht überlebt.

Im Alter von elf Jahren rückte Rillibee in die fünfte Kategorie auf und wurde früher als die meisten Gleichaltrigen eine *Fünf-Katze.* Deswegen verbesserte sich das Verhältnis zu ihnen trotzdem nicht. Seine Mentoren waren die alte Frau Balman und der alte Herr Snithers. Balman unterrichtete Informatik und Kommunikationswissenschaft. Bei Snithers erwarb er eine INST-Ausbildung. Die älteren Kinder in der Fünften bezeichneten Balman als Ballsy, weil sie angeblich mehr hatte als Sniffy. Rillibee hatte keine Ahnung, was das bedeuten sollte, bis er schließlich Joshua fragte, der ihm daraufhin einen einstündigen Vortrag über Sexualität als Metapher der Dominanz hielt. In Wirklichkeit führte Snithers sich wie ein altes Weib auf, zerstreut und launisch, während Balman die richtige LMAA-Einstellung vertrat, die bei den Kids so gut ankam. Joshua sagte mehr oder weniger das gleiche, nur in anderen Worten.

An einem gleichermaßen besonderen wie normalen Tag, an dem in der Schule sonst nichts los war, hatte Wurn March sich von ihnen verabschiedet, weil er für fünf Jahre als verpflichteter Ministrant nach *Heiligkeit* ging. Wurn schien das selbst gar nicht zu fassen. Auf die Frage, ob er überhaupt gehen wolle, hätte er fast geweint.

Draußen auf dem Korridor hatte Ballsy zu Sniffy gesagt, daß man in *Heiligkeit* gerade noch auf ihn gewartet hätte, und dann lachten und erröteten sie, als sie merkten, daß Rillibee die Unterhaltung mitbekommen hatte. Er war auf der Toilette gewesen, und sie hatten ihn gleich wieder ins Klassenzimmer geschickt. Rillibee pflichtete Ballsy bei, daß Wurn March von niemandem vermißt werden würde. Wurn war schon länger in der Fünften, als es üblich war. Er war größer als die meisten Jungen, ein Großmaul und schlug mit Vorliebe kleinere Kinder. Außerdem lieh er sich immer Sachen und gab sie dann nicht zurück.

Von dieser Episode abgesehen, war es ein ganz normaler Tag. Damals hatte Rillibee zum erstenmal von zwangsverpflichteten Ministranten gehört, aber ansonsten war es ein Tag wie jeder andere.

Als er nach Hause kam, stand Miriam in der Küche, was sie um diese Zeit eigentlich immer tat. Es duftete lecker, und Rillibee schlang die Arme um sie, wobei er ausnahmsweise mal nichts auf die Meinung der anderen gab. Sie war seine Mom, und wenn er sie drücken wollte, dann tat er das auch.

Sie schnappte jedoch nur nach Luft und entzog sich seiner Umarmung. »Autsch«, rief sie und lächelte, um ihm zu signalisieren, daß es nicht seine Schuld war. »Ich habe eine Wunde am Arm, Rilli. Du bist irgendwie drangekommen.«

Er hatte sich entschuldigt und darauf bestanden, sich die Verletzung anzusehen. Sie sah schlimm aus, verfärbt und angeschwollen. Joshua betrat die Küche und schaute sie sich ebenfalls an.

»Miriam, du solltest zum Arzt gehen. Es scheint eine Infektion zu sein.«

»Ich dachte, es wäre schon wieder besser geworden.«

»Höchstens schlechter. Wahrscheinlich ein Splitter oder so etwas. Der Arzt soll sich das mal ansehen.« Dann küßte Joshua sie, und der Papagei sagte ›Teufel‹, woraufhin alle die Küche verließen.

Als Rillibee am nächsten Tag nach Hause kam, war zwar Songbird da, aber nicht Miriam. Song suchte den Kuchen, den Miriam am Vorabend gebacken und vor ihnen versteckt hatte.

»Wo ist Mom?« wollte er wissen.

»Sie ist zum Arzt gegangen«, erinnerte seine Schwester ihn und durchsuchte die kalten Schränke.

Er nickte. »Wann kommt sie zurück?« Er wollte ihr von Wurn March und den Äußerungen des Lehrers erzählen und sie fragen, was sie von zwangsverpflichteten Ministranten wußte.

»Wenn sie fertig ist, du Eumel«, erwiderte Song. »Du stellst vielleicht blöde Fragen.« Sie öffnete die Seitentür und ging nach draußen, um die Straße zu beobachten.

Rillibee folgte ihr. »Will'ste noch eine blöde Frage hören? Wann wirst du endlich mal erwachsen? Das ist eine blöde Frage, weil die Antwort nämlich ›nie‹ lautet.«

»Rotznase«, sagte sie. »Dumme kleine Rotznase. Lutschst doch immer noch am Daumen.«

»Aufhören«, sagte Joshua, der gerade die Werkstatt verlassen hatte und den Hof überquerte. »Ihr beiden! Song, für solche Reden gibt es keine Entschuldigung. Ich will kein Wort mehr von euch hören. Song, geh rein und deck den Tisch. Rillibee, du räumst den Kram auf, den du gestern abend im ganzen Wohnzimmer verstreut hast. Leg auch den Teppich wieder richtig hin. Ich werde mich um das Abendessen kümmern, damit eure Mutter es nicht tun muß, wenn sie wiederkommt.«

Dann herrschte für einige Stunden Ruhe. Rillibee erinnerte sich, daß diese Ruhe der Auftakt für die späteren Ereignisse war. Viel später sollte diese Ruhe ein Synonym für Tragödie werden, so daß ihm zu viel Stille, zu viel Schweigen unheimlich wurden. Die schräg durch die großen Fenster ins Wohnzimmer einfallenden Strahlen der Abendsonne zeichneten goldene

Kreise auf den aus breiten Dielen gezimmerten Boden und auf das Schloß, das Rillibee am Abend zuvor gebaut hatte. Er zerstörte es, sammelte die Bauklötze auf und richtete den Teppich wieder aus, wobei er sorgfältig mit den Fingern durch die Fransen fuhr, damit sie auch schön parallel lagen. Über ihm rutschte der Papagei auf der Stange herum. Rillibee sah zu ihm hoch, worauf der Vogel flüsterte: ›Oh, verdammt. Verdammt. O Gott. O nein.‹ Er hatte fast den Eindruck, als ob Miriam gesprochen hätte.

Die Zeit verstrich. Schließlich wurde es dunkel, und der Magen forderte unüberhörbar sein Recht. Er ging in die Küche, wo sein Vater und Song noch immer auf Mom warteten.

»Es ist Essenszeit«, beschwerte er sich.

»Gut, dann essen wir«, sagte sein Vater mit betrübter Stimme. »Eure Mutter würde nicht wollen, daß wir auf sie warten. Sie ist sicher aufgehalten worden.«

Sie wollten gerade Platz nehmen, als es klingelte. Jemand kam durch das Tor. Dad stand auf und ging mit einem Lächeln im Gesicht zur Tür. Rillibee entspannte sich. Wahrscheinlich hatte sie noch eingekauft. Manchmal präsentierte sie auch potentiellen Kunden Muster ihrer Töpferware. Das war sicher die Erklärung für ihr langes Fernbleiben.

Aber die Stimme, die nun an der Haustür ertönte, gehörte nicht Mom. Es war ein Mann, der sich mit lauter Stimme nach ihrem Aufenthaltsort erkundigte.

»Miriam ist noch nicht zurück«, sagte Joshua nachdrücklich. »Wir wissen nicht, wo sie ist.« Dann stieß er einen zornigen Ruf aus, als der Mann sich an ihm vorbeischob und das Haus betrat.

»Was glauben Sie, was Sie da tun?«

»Nachsehen«, antwortete der Mann. Er war ein großer Mann. Größer als Dad. In eine weiße Uniform gekleidet, mit einer Maske um den Hals und grünen Schulterstücken. »Laßt euch nicht beim Essen stören,

Kinder«, sagte er. »Es dauert nur einen Augenblick.« Sprach's, durchquerte die Küche und betrat dann die Schlafzimmer. Rillibee hörte, wie er die Schränke öffnete und wieder schloß; dann verließ der Mann das Haus und ging hinüber in die Werkstatt. Sie hörten den Lärm, den er dort veranstaltete. Wie in Zeitlupe legte Rillibee die Gabel hin und schaute seinen Dad an, der plötzlich so blaß geworden war.

Dann verließ der Mann die Werkstatt und verharrte für eine Weile im Hof. Er schaute sich um, ging wieder zur Haustür und sagte Dad, er solle herauskommen. Obwohl er leise sprach, verstand Rillibee einzelne Worte, ›Behörden‹, ›Strafe‹ und ›Gewahrsam‹.

Rillibee verstummte.

Bruder Mainoa wartete eine Weile und sagte dann: »Ja, so reden sie. Leute, die anderen Leuten sagen, was sie zu tun haben. Lauter machtvolle Worte. Manchmal glaube ich sogar, daß sie Worte statt Blut in den Adern haben.«

Rillibee schwieg.

»Fällt dir schwer, darüber zu sprechen?«

Rillibee nickte schluckend. Er bekam keinen Ton heraus.

»Schon gut. Warte, bis du dich besser fühlst. Dann kannst du es mir erzählen.«

Sie flogen weiter, wobei der Gleiter in der Thermik leicht schlingerte. Nach einer Weile setzte Rillibee die Erzählung fort.

Dann war der große Mann verschwunden. Dad ging ins Wohnzimmer und setzte sich wieder an den Tisch. Sein Gesicht war starr und maskenhaft.

»Dad?«

»Nein, Rillibee. Stell jetzt keine Fragen. Der Mann hat nach deiner Mutter gesucht, und sie war nicht hier. Mehr weiß ich im Moment auch nicht.«

»Aber wer war er?«

»Ein Mann vom Gesundheitsamt.«

»Oh, verdammt. O Gott«, kommentierte der Papagei.

Joshua warf einen Suppenlöffel nach dem Vogel. Er hinterließ einen roten Klecks an der Wand und fiel zu Boden. Der Papagei schaute sie nur an. Er rollte die schwarzen Augen, während er etwas vor sich hinflüsterte.

Der Mann kam nicht wieder. Mom kam aber auch nicht nach Hause. Dad lief im Zimmer hin und her, wobei er ab und zu stehenblieb, um über das *Comnet* Leute zu kontaktieren. Bekannte von Mutter. Ihre Schwester in Rattlesnake. Ihre Freunde.

Als die Schlafenszeit nahte, schaute Rillibee aus dem Fenster seines Zimmers und sah den draußen abgestellten Gleiter. Der Mann observierte das Haus. Es dauerte lange, bis Rillibee zu Bett ging. Er versuchte, in der Dunkelheit die Decke zu erkennen, die Wände. Alles, was er sah, war Licht, das durch den Spalt unter der Tür drang. Tränen. Er versuchte, ein Weinen zu unterdrücken, damit die nebenan liegende Song ihn nicht hörte. Endlich schlief er ein.

Er mußte geschlafen haben, denn er wurde durch ein sonderbares Geräusch wach. Ein Kratzen dicht an seinem Kopf. Unter dem Bett. Unter dem Fußboden.

Sein erster Gedanke waren Monster, und er lag reglos da. Erst als dieses Kratzen für eine Weile anhielt, erinnerte er sich wieder an den Keller, in dem Dad das Holz lagerte. Vor langer Zeit war es ein Wurzelkeller gewesen. Joshua hatte ihn erweitert, so daß er sich nun bis unter die Werkstatt erstreckte. Der Eingang zum Keller befand sich in der Werkstatt, hinter dem Holzstapel, aber er war auch durch eine alte Luke unter Rillibees Bett zu erreichen. Jemand war dort unten und kratzte.

Er schlüpfte aus dem Bett und informierte Joshua. Er

lag ruhig da, während Joshua das Bett unmerklich und lautlos verschob. Als er schließlich die Luke öffnete, erblickte er Mom, weiß und blaß, mit verschmiertem Gesicht und zerzaustem Haar. Ihre Kleider waren so dreckig, als ob sie irgendwo herumgekrochen wäre, und sie sagte: »Josh, o Gott, Josh, sie wollten mich fortschicken, sie wollten mich fortschicken, und ich bin aus dem Fenster gesprungen. Ich bin gerannt und gerannt. Ich bin durch den Bach gekrochen und durch die kleine Tür hinter der Werkstatt eingestiegen. Versteck mich, laß es nicht zu, daß sie mich erwischen, Josh.«

»Niemals, Liebling«, sagte er. »Niemals.«

Wieder Schweigen.

»Dein Vater muß sie sehr geliebt haben«, sagte Mainoa.

»Das habe ich nie vergessen«, sprudelte es aus Rillibee heraus. »Nachts denke ich manchmal daran, wenn ich einzuschlafen versuche. Ich höre ihre Stimmen. Ich erinnere mich daran, wie verwirrt ich war. Weshalb wollte man sie festnehmen? Weshalb hatte man sie fortschicken wollen? Was hatte sie getan? Weder sie noch Joshua sagten es mir. Song sagten sie es auch nicht. Sie hatten nur gesagt, niemand durfte wissen, daß sie wieder nach Hause gekommen war. Wir mußten vortäuschen, sie nicht gesehen zu haben ...«

Mom verbrachte die Nacht in ihrem eigenen Bett, zusammen mit Dad. Am nächsten Morgen wurde Rillibee in aller Frühe von einem seltsamen Geräusch geweckt, das von der Straße kam. Er schlich sich zur Ecke des Hauses und sah, wie der Mann hinter der Baumgrenze aus dem Gleiter stieg. Gerade noch rechtzeitig weckte er Dad und Mom. Sie hatte kaum Zeit, sich wieder im Holzkeller zu verstecken, und in letzter Sekunde schoben sie Rillibees Bett wieder über die Luke.

»Leg dich hin und stell dich schlafend«, instruierte sein Vater ihn und beeilte sich, dem Mann zu öffnen, der mit donnernden Schlägen an die Tür klopfte.

Rillibee schob den Kopf unter das Kissen und sagte sich, er würde träumen. Der Mann vom Gesundheitsamt stampfte ins Zimmer und zog das Kissen weg, wobei es Rillibee gelang, schlaftrunken und wütend zu wirken, als ob der Mann ihn aufgeweckt hätte.

Danach schlief Mom nur noch im Keller. Dad stellte dort eine Pritsche auf und eine spezielle Toilette, die er in der Werkstatt zusammengebaut hatte und für die man kein Wasser brauchte. Tagsüber kam sie herauf, falls jemand da war, um den Mann im weißen Gleiter im Auge zu behalten; wenn niemand da war, mußte sie jedoch im Versteck bleiben.

Joshua verband ihre Armwunde. Sie war nur klein. Ungefähr so groß wie ein Pfirsichkern. Am Wochenende aber hatte die Wunde sich vergrößert und bedeckte nun den ganzen Ellbogen. Außerdem schmerzte sie nun. Dann breitete sie sich weiter aus, bis der ganze Arm rot war, wie rohes Fleisch. Der Verbandswechsel verursachte ihr Schmerzen, aber wenn die Bandagen nicht erneuert wurden, fing die Wunde an zu riechen. Sie wechselten die Verbände jeden Abend. Song hielt die Schüssel mit warmem Wasser, mit dem die Wunde ausgewaschen wurde. Rillibee reichte Dad die Verbände. Der Papagei saß derweil auf der Stange und sagte: ›Oh, verdammt, verdammt. O Gott‹, aber niemand schenkte dem Beachtung.

Der Mann kam wieder. Einmal war er sogar in Begleitung von zwei weiteren Männern, die das Haus durchsuchten; die Stelle unter Rillibees Bett fanden sie aber nicht. Mittlerweile hatte Joshua die Luke so präpariert, daß die Fugen im Holz nicht mehr zu sehen waren.

Ab und zu kam sie auch tagsüber nach oben, während Song und Rillibee in der Schule waren. Wenn sie abends dann heraufkam, erzählte sie ihnen, was sie gemacht hatte und wo sie überall gewesen war. »Das Laub verfärbt sich«, sagte sie. »Ist dir das schon aufgefallen, Rillibee? Herzensbrecher-Gold. Mein Gott, wie ist das schön.« Dann besprachen sie, was es am nächsten Tag zum Abendessen geben würde. Sie sagte Joshua, was er einkaufen sollte und in welchen Mengen. Sie sagte Songbird, wie sie das Essen zubereiten mußte und wies Rillibee an, ihr zu helfen. Sie unterhielten sich noch für eine Weile und spielten vielleicht etwas. Schließlich wurde noch einmal der Verband gewechselt, und dann ging sie nach unten.

Dann kam der schlimme Abend, als der Verband gewechselt wurde und Fleischbrocken sich von ihrem Arm lösten. Mom stieß einen Laut aus, als ob sie sich übergeben oder schreien wollte, aber sie bekam nicht genug Luft.

»Hinaus«, sagte Joshua zu den Kindern und wies auf die Tür, wobei sein Gesicht zu einer schrecklichen Fratze verzerrt war, wie eine Kürbis-Laterne; er hatte den Mund aufgerissen und bleckte die Zähne.

Sie liefen in die Küche. Song weinte und knirschte mit den Zähnen, und Rillibee redete sich ein, das sei nur ein Traum, ein böser Traum und daß es überhaupt nicht wahr sei. Er hatte die Knochen in Moms Hand gesehen, wo die beiden Finger sich abgelöst hatten, zwei weiße, runde, glitschige Dinger. Die Wunde blutete nicht, sondern sonderte nur ein Sekret ab, eine gräuliche Flüssigkeit, die aus der Wunde sickerte und die sauberen Bandagen benetzte. Einen solchen Gestank hätte er nie für möglich gehalten. Er hatte einen penetranten Geschmack im Mund.

Danach ließ Dad sie nicht mehr in den Raum, wenn er den Verband wechselte. Bald darauf durften sie überhaupt nicht mehr zu ihrer Mutter ins Zimmer. Aber sie hörten ihre Stimme. Für eine Weile war es auch noch die Stimme von Mom. Einmal hörten sie sie sogar lachen, ein schrilles Lachen der Verzweiflung. Und dann gab es keine Stimme mehr, nur noch dieses Winseln, wie von einem Hund, der von einem Auto angefahren wurde oder wie von einem Kaninchen, das von einem Habicht geschlagen wurde.

Und der Gestank. Jede Nacht stieg er vom Keller zu ihm empor. Ein fürchterlicher Gestank. Schlimmer als auf jeder Toilette.

›O nein‹, sagte der Papagei. ›O Gott. Nein.‹

Dad tauschte mit Rillibee das Zimmer. Die Tage vergingen, ohne daß Rillibee seine Mutter noch einmal gesehen hätte. Nachts lag er in Dads Bett und versuchte sich daran zu erinnern, wie sie ausgesehen hatte. Es gelang ihm nicht. Er wollte sich ihr Bild ansehen, das über dem Kamin hing.

Im Wohnzimmer schaltete er eine Lampe an und betrachtete das Bild. Sie lächelte ihn an, mit in die Stirn fallendem, glänzenden Haar und vollen Lippen.

›Laßt mich sterben‹, flüsterte der Papagei. ›Bitte, bitte, laßt mich sterben.‹

»Sei still!« schrie Rillibee ihn lautlos an, wobei er die Worte wie Erbrochenes herauswürgte. »Sei still! Sei still!«

Er schwor sich, diesen Raum nicht mehr zu betreten. Er wollte diesen Vogel nicht mehr hören. Er aß in der Küche. Er machte seine Schulaufgaben. Er stellte keine Fragen. Er erkundigte sich nicht nach Mom.

»Das muß hart gewesen sein«, sagte Bruder Mainoa. »Oh, muß das hart gewesen sein.«

»Ich mußte immerzu an sie denken. Ihr Gesicht erschien vor meinem geistigen Auge, und dann wurde es an den Seiten grau und kräuselte sich wie ein verbrennendes Bild, und ich erkannte sie nicht mehr und erinnerte mich auch nicht mehr daran, wie sie ausgesehen hatte. Irgendwann hielt ich es dann nicht mehr aus und ging wieder ins Wohnzimmer, um mir ihr Bild anzusehen.

›Töte mich‹, sagte der Papagei. ›Bitte, töte mich.‹

Es war am darauffolgenden Tag, an seinem zwölften Geburtstag, als Rillibee aufwachte und erkannte, daß alles nur ein Traum gewesen war. Die Sonne schien hell durch das Fenster, Herzensbrecher-Gold. Er stand auf, zog sich an und eilte ins Wohnzimmer. Der Papagei schritt auf der Stange auf und ab und sagte: ›Gott sei Dank. Gott sei Dank. Gott sei Dank.‹

Song saß bereits am Tisch. An seinem Platz lag ein in Geschenkpapier eingewickeltes Päckchen. Grinsend setzte er sich, wendete es nach allen Seiten und schüttelte es, um auf den Inhalt zu schließen.

»Herzlichen Glückwunsch, Rillibee«, sagte Dad von der Küchentür aus. »Ich mache Pfannkuchen.« Die Stimme klang seltsam, aber die Worte ergaben einen Sinn.

»Herzlichen Glückwunsch, Rillibee«, sagte Song mechanisch.

Dad kam mit einem Krug Saft ins Zimmer und beugte sich über den Tisch, um einzuschenken.

Da war eine Blessur an Dads Nacken. Klein. So groß wie eine Erdnuß. Wie die Wunde an Moms Arm. Als Dad wieder in die Küche ging, wollte Rillibee Song darauf hinweisen, aber Song saß nur da, starr und stumm. Dann bemerkte er den Verband um ihre Hand und fragte sich, wie lange sie den schon trug, ohne daß es ihm aufgefallen war.

Er stand auf, ohne das Päckchen aufzumachen und ging aus dem Haus, durch den Obstgarten zum Wäldchen, immer weiter, wobei die Bäume immer kümmerlicher wurden, bis er schließlich die Wüste erreichte …

»Hast du sie jemals wiedergesehen?« fragte Bruder Mainoa.

Daraufhin trat ein langes Schweigen ein. Rillibee schaute zum Fenster hinaus, mit leicht geöffnetem Mund und tränenüberströmtem Gesicht. »Ich habe in der Schule die Nerven verloren und irgend etwas geschrien. Als ich an jenem Abend nach Hause kam, war niemand da. Nur der Mann von *Heiligkeit*, der sagte, ich solle mitkommen. Ich würde Ministrant werden, sagte er. Über Miriam, Joshua und Song verloren sie kein Wort. Als ich mich erkundigte, hieß es, meine Leute seien schon vor langer Zeit gestorben; ich hätte es nur vergessen. Sie fragten mich nicht einmal, ob meine Familie zu den *Geheiligten* gehört hätte. Das war auch nicht der Fall. Ich bin heute noch keiner von ihnen.«

Bruder Mainoa nippte an seiner Suppe und hieb gelegentlich auf einen Knopf, der immer wieder herauszuspringen drohte. »Bruder Lourai – wie klingt das?«

»Wie?«

»Nun, der Konsonant *l* steht für Langmut, und das *r* steht für Rigidität. Ich dachte, das charakterisiert dich ganz gut.«

»Und was bedeutet das *m* in Mainoa?« fragte Rillibee müde. »Und das *n?*«

»Resignation«, murmelte der andere.

»Hast du ›Rebellion‹ gesagt?«

»Schweig, Junge. Lourai ist ein guter Name. Du solltest dir nur mal die Zungenbrecher anhören, welche die Akzeptable Doktrin sich manchmal einfallen läßt. Fouyaisoa Sheefua. Und wie würde dir das gefallen? Foh-oo-yah-ee-soh-ah Shee-foo-ah. Oder Thoirae Yoanee. Ich glaube nicht, daß du dir einen solchen Wurm anhängen lassen möchtest. Lourai. Das genügt.«

»Was ist denn die Akzeptable Doktrin?«

»Akzeptable Doktrin?« gab Bruder Mainoa die Frage zurück. Er nahm die leeren Tassen und warf sie in den Recycler. »Nun, wenn du etwas älter gewesen wärst, bevor man dich nach *Heiligkeit* verschleppte, wüßtest du, was es mit dem Büro für Sicherheit und Akzeptable Doktrin auf sich hat. Hierbei handelt es sich um den Klüngel der Erleuchteten, die uns sagen, was wir glauben dürfen und was nicht und die auch dafür sorgen, daß wir ihre Gebote befolgen. Hier auf *Gras* werden sie vom Älteren Bruder Jhamless Zoe geleitet, mit dem Älteren Bruder Noazee Fuasoi als Vize.«

»Wie die Hierophanten«, rief Rillibee. »Um Himmels willen, ich wünschte, ich könnte von hier verschwinden.«

»Das kannst du auch. Tauch einfach im Grasland unter. Laß den Spaten fallen und geh. Niemand wird dich verfolgen. Ich hätte das schon oft tun können, aber ich war immer gespannt auf den nächsten Spatenstich und das nächste Mauerstück; also bin ich geblieben. Alles in allem bin ich ganz zufrieden. Du solltest dich auch mit den Gegebenheiten arrangieren. Verneige dich einfach und sage in beflissenem, demütigem Ton ›Ja, Älterer Bruder‹, und dann werden sie dich schon in Ruhe lassen.«

»Wie kann man das nur mit sich machen lassen?« fragte Rillibee verächtlich. »Das ist doch unwürdig.«

Bruder Mainoa nahm wieder an den Kontrollen Platz und überflog mit skeptischem Blick die Anzeigen und Knöpfe. »Nun gut, Junger Bruder Lourai, ich werde es dir sagen. Falls du mich zitieren solltest, werde ich alles dementieren; also versuch es erst gar nicht. Als erstes mußt du dir bewußt werden, daß die Scheißkerle sich irren. Insbesondere Jhamless und Fuasoi. Und zwar nicht nur ein bißchen, sondern grundlegend. Weder mit Worten noch mit Taten wirst du sie von diesem Irrtum abbringen. Sie sind zu ewigem Irrtum verdammt, weil es Gottes Wille ist. Kannst du mir folgen?«

Rillibee nickte zweifelnd. Was auch immer er erwartet hatte, das jedenfalls nicht.

»Und wenn du dann noch berücksichtigst, daß diese

beklopptten Furzärsche ihre Macht über dich nur aufgrund eines kosmischen Rechenfehlers erlangt haben, gelangst du zwangsläufig nur zu einem Schluß.«

»Und der wäre?«

»Sich zu verneigen und in höflichem, demütigen Ton ›Ja, Älterer Bruder‹ zu sagen und im übrigen deinem Glauben treu zu bleiben. Ansonsten könntest du auch gleich im Grasland untertauchen, wo die Bestien lauern. Dann wird nichts mehr von dir übrigbleiben.«

»Und das ist deine Strategie?«

»Ähem… Es wird auch die deine sein. Sag dem Älteren Bruder Jhamless Zoe nicht, daß deine Familie nicht zu den Geheiligten gehörte. Denn wenn du ihm das sagst, wird er alles daransetzen, dich zu bekehren, zu erretten und zu verpflichten. Also nicke nur höflich und sage ›Ja, Älterer Bruder‹. Dann wird er dich voraussichtlich in Ruhe lassen.«

Dann trat ein langes Schweigen ein. Rillibee – Bruder Lourai – erhob sich vom weichen Boden und nahm im anderen Sitz Platz. Als Bruder Mainoa beharrlich schwieg, fragte er: »Was ist ein Arbai?«

»Ein Arbai, Bruder, war der Bewohner einer Arbai-Stadt. Sie sind schon lange tot. Arbai-Städte sind die einzigen Ruinen, welche die Menschheit auf den Kolonialwelten bisher gefunden hat. Die einzige intelligente Spezies, die wir jemals gefunden haben.«

»Wie sahen sie aus? Diese Arbai?«

»Größer als wir. Über zwei Meter groß. Humanoid wie wir, aber anstatt einer Haut waren sie mit kleinen Plättchen oder Schuppen bedeckt. Wir haben gut erhaltene, mumifizierte Körper gefunden, so daß wir wissen, wie sie ausgesehen haben. Sie waren eine faszinierende Lebensform und glichen uns in mancherlei Hinsicht. Sie haben viele Welten besiedelt, genauso wie wir. Sie hatten auch eine Schrift, die wir aber noch nicht entziffert haben. In anderer Hinsicht unterschieden sie sich jedoch von uns. Anscheinend gab es bei ihnen keine zwei Geschlechter; zumindest haben wir bisher keine entsprechenden Indizien gefunden.«

»Alle tot, nicht wahr?«

»Alle tot. Alle sind sie plötzlich gestorben, als ob ihre Zeit abgelaufen wäre. Außer hier auf *Gras*. Hier sind sie an etwas gestorben, das sie zerrissen hat.«

»Woher weißt du das denn?«

»Man erkennt es an den Funden, Bruder. Hier ein Arm, dort ein Bein. Ein zernagter Knochen.«

»Wonach sucht ihr überhaupt?«

»Vor allem interessiert uns, woran sie gestorben sind.« Bruder Mainoa schaute ihn fragend an. »Aus deinen Erzählungen zu schließen hast du die Pest gesehen, Bruder, stimmt's? Du weißt von ihrer Existenz.«

Rillibee nickte. »Man hat es mir zwar nie gesagt, aber daran ist meine Familie gestorben. Und der Hierarch ist auch daran gestorben. Viele Leute bei *Heiligkeit* sind davon befallen. Vielleicht bin ich auch daran erkrankt, ohne es zu wissen.«

»Nun, manche von uns glauben, daß die Arbai tatsächlich an der Pest gestorben seien. Ich sage dir aber gleich, daß das nicht mit der Akzeptablen Doktrin konform geht; also erwähne es nicht.«

»Hat sie getötet«, keuchte Rillibee. »Wird uns auch töten.«

»Vielleicht, vielleicht auch nicht. Wenn wir etwas herausfinden würden...«

»Meinst du, wir könnten etwas über die Pest in Erfahrung bringen?«

Mainoa wandte sich um, wobei die Fältchen um die Augen durch den schielenden Blick, mit dem der Bruder seinen neuen Familienangehörigen musterte, noch vertieft wurden. »Was ich glaube«, sagte er mit sanfter Stimme, »werden wir dann besprechen, wenn du einmal draußen im Grasland gewesen bist.« Er wies nach unten. Dort, über das Kurzgras im Norden verstreut, waren die freigelegten Mauern der Arbai-Stadt und das komplexe Netzwerk aus Gräben, das von den Brüdern angelegt worden war; über manche Gräben erhoben sich gewölbte Reetdächer. Erneut zeigte Mainoa in Flugrichtung. Fast schon am Horizont hob der ausgedehnte Komplex der Abtei sich dunkel gegen den fahlen Himmel ab. Beim Näherkommen stockte Rillibee/Lourai vor Überraschung der Atem. Über der Abtei hing eine Stadt aus Spinnweben, vernetzten Bögen und skelettartigen Türmen, die in der leichten Brise schwankten, als ob es sich um Lebewesen handelte, die im Boden verwurzelt waren. An einigen der hohen Türme flatterte das Banner von *Heiligkeit;* auch die goldenen Engel fehlten nicht. Bei deren Anblick stieß Rillibee ein verhaltenes Grollen aus.

»Zu Hause«, sagte Bruder Mainoa. »Im Grunde gar kein schlechter Ort. Obwohl die Himmelsstürmer dich in den ersten paar Wochen ziemlich hart rannehmen werden. Leidest du an Höhenangst, Junge?«

»Nun, ich werde es schon überleben.«

»Was sind überhaupt Himmelsstürmer?« Bei dem, was Rillibee damit assoziierte, krampfte ihm sich der Magen zusammen.

»Jungen, die kaum älter sind als du. Wahrscheinlich werden sie dir nicht allzu viel tun. Du wirst es schaffen; das heißt, wenn es dir gelingt, ein gewisses Feingefühl an den Tag zu legen.«

»Ja, Bruder«, sagte Bruder Lourai mit demütig niedergeschlagenem Blick. »Ich will es versuchen.«

8

Bevor Rigo noch die Gelegenheit bekam, die Grünen Brüder zu besuchen, klingelte das *Telly* und verkündete das Neueste vom *Sprung*. Die bon Damfels' hatten sich zur Jagd versammelt, aber kein Hund und kein Reittier hatte sich blicken lassen. Salla, eine von Roald Fews Informanten, hatte *Commons* benachrichtigt, und Roald hatte seinerseits Opal Hill informiert.

Längst ausgearbeitete Pläne wurden in die Praxis umgesetzt. Die Botschaft wimmelte nur so vor Putzfrauen und Köchen, die alle Vorbereitungen für den Empfang trafen, der in drei Tagen stattfinden würde.

Im kleinen Haus biß Eugenie einen Faden durch und sagte ihrem artigen Haustier, es solle eine Vierteldrehung nach links machen. Niemand sonst auf Opal Hill hatte das Mädchen bisher zu Gesicht bekommen. Und niemand hatte Eugenie bisher so zu Gesicht bekommen.

Auf dem Anwesen der bon Damfels' hakte Stavenger die Liste der Teilnehmer ab. Shevlok. Sylvan. Die Jüngeren aber nicht. Niemand von den jüngeren Verwandten. Shevlok würde angewiesen werden, dem *fragras*-Mädchen, Stella, zum Schein den Hof zu machen, und damit wäre dieses Problem gelöst.

In *Commons* stimmten die Musikanten die Instrumente und probten die Stücke, der Weinhändler überprüfte die Bestände, und die zusätzlich eingestellten Köche wickelten die Messer in die Schürzen. Gleiter nahmen Kurs auf Opal Hill.

Auf der Estancia der bon Smaerloks, dem Anwesen

der bon Tanligs sowie auf allen anderen Estancias inspizierten die Frauen ihre Ballkleid-Kollektionen und überlegten sich, welches sie anziehen sollten, während die Töchter schmollten. Keine der jungen Damen würde mitgehen; so war es beschlossen worden. Zu gefährlich. Nur ältere Frauen, Frauen mit gesundem Menschenverstand, Frauen, die bereits auf eine Anzahl von Liaisons zurückblickten. Einigen von ihnen fiel der Part zu, mit dem Sohn der Yrariers zu flirten; es waren gutaussehende, erfahrene Frauen. Welche Folgen auch immer der Empfang in der Botschaft von *Heiligkeit* auf *Gras* haben würde, eine Liaison mit dem jungen Yrarier wäre unzulässig. So hatten die älteren *bons* es bestimmt.

Auf Opal Hill ging Roderigo Yrarier derweil die Gästeliste durch, registrierte das Fernbleiben der jungen Leute und kochte vor Wut wegen des Affronts gegen seine Familie und der Herabwürdigung seines guten Namens.

Obermun bon Haunser hatte sein Versprechen gegenüber Marjorie wahrgemacht und ihr Admit Maukerden als ›Sekretär‹ empfohlen. Während des Vorstellungsgesprächs, das sie mit dem hochgewachsenen, von sich eingenommenen Mann führte, sagte er ihr, daß er die *bons* aller Familien kannte sowie deren Eltern und daß er über alle Liaisons informiert sei. Außerdem wüßte er, zwischen wem Sympathien und Antipathien bestünden. Er hatte ihr zu verstehen gegeben, daß er eine private Suite erwartete sowie ein Salär, bei dem Rigo erstaunt eine Augenbraue hochzog.

»Ich vertraue ihm nicht«, sagte Marjorie zu Rigo.

»Ich auch nicht«, erwiderte Rigo. »Aber stell ihn trotzdem ein. Erteile ihm irgendeinen Auftrag, und dann werden wir ja sehen, was dabei herauskommt.«

Nach kurzer Überlegung wies Marjorie Admit an, eine Datei über sämtliche Gäste des Empfangs anzulegen, mit Angabe von Verwandtschaftsbeziehungen und sonstigen persönlichen Informationen, die es erleichtern würden, bei der Konversation Bekanntschaften zu machen. Für jemanden, der vorgeblich so gut Bescheid wußte, ließ er sich indes reichlich Zeit. Schließlich präsentierte er die Arbeit mit einer schwungvollen Handbewegung.

Marjorie dankte ihm mit einem Lächeln, das nichts außer Unverständnis und Dank ausdrückte. Dann gaben sie und Rigo die Datei an Persun Pollut weiter.

»Oh, mein lahmes linkes Bein«, murmelte Persun. »Dieser Depp ist nicht einmal imstande, eine Nichte von einer Tante oder einen bon Maukerden von einem bon Bindersen zu unterscheiden.«

»Falsch?« fragte sie mit säuselnder Stimme.

»Außer den Obermums und Obermuns stimmen die allerwenigsten Angaben. Da hätte er auch gleich raten können. Wenn Sie sich an dieser Liste orientieren, werden die *bons* Sie auseinandernehmen.«

»Was entweder ein Indiz für unglaubliche Dummheit oder absichtliche Desinformation ist«, sagte Rigo mit einem verkniffenen Grinsen.

»So dumm ist er nicht, daß er sich selbst schaden würde«, erwiderte Marjorie.

»Dann ist er eben angewiesen worden, den Trottel zu spielen«, sagte Rigo. »Mehr noch als nur ein Trottel. Ein Saboteur. Womit wir, wie ich glaube, genug über ihn und noch mehr über die anderen wissen.«

Danach konsultierte Marjorie Admit Maukerden noch ab und zu, natürlich nur zur Tarnung, und Rigo machte sich einen Spaß daraus, den Mann mit falschen Informationen bezüglich das Auftrags der Botschaft zu füttern und wartete dann auf die Resonanz der *bons*, in welcher Form auch immer.

In der Zwischenzeit korrigierte Persun die Gästeliste und ging sie dann mit Rigos vertrauenswürdiger Assistentin, Andrea Chapelside, durch. Dabei wartete Persun mit präzisen Details über die *bons* auf. »Dieser hier ist bedeutender, als er aussieht«, sagte er. »Der da ist bösartig und wird Sie vorsätzlich falsch zitieren.«

Und es war auch Persun, der sich, in eine Livree gekleidet, unter die Gäste mischen und sich umhören sollte. Admit Maukerden, dessen Kostümierung seine angenommene Wichtigkeit unterstreichen sollte, wurde auf einen Posten in der Nähe der *Ersten Fläche* relegiert, wo er die Ankömmlinge mit affektiertem Gehabe melden konnte; dabei befand er sich so weit vom Haus entfernt, daß es ihm nicht möglich war, die Leute zu belauschen. Obwohl Marjorie bezweifelte, daß sie einen besonderen Nutzen aus dem Empfang ziehen würden, war Rigo durchaus davon überzeugt, daß die enorme Investition in Zeit und Aufwand eine entsprechende Rendite erbringen würde.

Der Abend nahte. Gleiter landeten auf dem kiesbedeckten Hof, spien ihre mit Schmuck und Juwelen behängten Passagiere aus und starteten zügig wieder, um den Nachfolgern Platz zu machen. Marjorie und Stella, die so extravagant wie die *bons* gewandet waren – die Kleider waren von einer ganzen Schneider-Familie aus *Commons* genäht worden, die von Roald Few nominiert worden war –, warteten am Absatz der Treppe, welche die *bons* erklimmen mußten; Marjorie hatte sich bei Rigo untergehakt, Stella bei Tony.

Um allen Problemen vorzubeugen, hatte Rigo ein offenes Gespräch mit den Kindern geführt. »Es wird niemand in eurem Alter kommen. Dennoch werden sie nicht so undiplomatisch oder unhöflich sein, euch zu ignorieren. Stellt euch schon mal auf charmantes Getue und Schmeicheleien ein. Bei Stella von einem oder mehreren Männern. Bei Tony von einer oder mehreren Frauen. Zeigt euch ebenfalls charmant. Gebt euch geschmeichelt. Aber laßt euch nicht zum Narren halten! Verliert nicht den Kopf.«

Als sie sah, daß Tony blaß wurde und Stella die Zornesröte ins Gesicht stieg, hatte Marjorie zustimmend genickt und beruhigend auf sie eingewirkt. Sie war schon von Persun Pollut gewarnt worden, der es von einem Dörfler gehört hatte, der seinerseits von einem Verwandten bei den bon Maukerdens informiert worden war. »Eigentlich sind sie gar nicht an einem Kontakt interessiert, Lady. Sie wollen nichts mit Ihnen zu tun haben. Sie haben einigen Familienangehörigen gesagt, sie sollen Ihnen schöntun, aber sie tun das nur zu Ihrer Selbstbestätigung.«

»Weshalb?« fragte sie. »Was haben sie denn gegen uns?«

»Einige haben überhaupt nichts gegen Sie. Sie hätten sogar ganz gern Kontakt mit Ihnen. Leute wie Eric bon Haunser und Figor bon Damfels. Aber die Obermuns, die Jäger, weigern sich. Sie sagen, sie wären nach *Gras* gekommen, um Ruhe vor Fremden zu haben. Sie nennen Sie *fragras*. So reden sie zwar, aber ich glaube, im Grunde fürchten sie sich nur. Und wenn Sie wissen wollen, was Angst ist, dann sehen Sie sich die Jäger an.«

Auf die Frage, wovor die *bons* sich wohl fürchten sollten, wußte er indes keine Antwort. Es sei nur so eine Ahnung, entgegnete er, die er nicht näher begründen könne.

»Weshalb fürchten sie uns?« hatte sie Rigo gefragt.

»Uns fürchten? Unsinn«, erwiderte er ärgerlich. »Es ist nur ihr Stolz, der Stolz auf ihre legendären Vorfahren – legendär im wahrsten Sinne des Wortes, denn ihr Adel ist eher Fiktion als Faktum. Sender O'Neil hat mir von ihrer Herkunft berichtet. Der Narr hatte vielleicht nicht viel Ahnung von *Gras* selbst, aber zumindest kannte er die Abstammung der *bons*. Ihre Vorfahren gehörten bestenfalls zum niederen Adel, wenn überhaupt. Was soll diese Wichtigtuerei, wenn sie jeder Grundlage entbehrt? Sie hatten jede Menge Fußvolk mitgebracht, das sie beherrschen konnten, und seitdem wird die Legende von der hohen Herkunft von einer Generation an die nächste weitergegeben.«

Marjorie, der bei den Aristokraten gewisse unbewußte Zuckungen, degoutantes Blinzeln und geschürzte Lippen aufgefallen waren, war geneigt, Persun zuzustimmen. Was die *bons* verspürten, war Angst, wenngleich sie vielleicht gar nicht wußten, wovor sie sich überhaupt fürchteten.

Dennoch war es letztlich einerlei, ob es nun Stolz oder Angst war, das ihr Verhalten bestimmte. Sie erschienen in der von Persun vorhergesagten Ordnung, die unteren Ränge zuerst: Unterführer mit ihren Frauen und Verwandten, ältliche Jungfern, welche die Stufen emportänzelten, als ob sie über Herdplatten schritten, Hagestolze wie alte Bullen, die den Kopf herumwarfen, um sich die Hörner abzustoßen. Während Admit Maukerden mit bellender Stimme die Namen bekanntgab, überprüfte die in einem Alkoven versteckte Andrea jeden einzelnen und gab per Mikrofon Anmerkungen durch. »Die hier ist eine Verwandte der Laupmons, vierunddreißig Terra-Jahre. Sie hat keine Kinder und reitet noch immer. Die nächste ist eine Tante des Obermuns. Zweiundfünfzig Terra-Jahre. Sie reitet nicht mehr.«

Souffliert von Andrea, deren Stimme wie ein Insekt in ihren Ohren summte, begrüßten die Yrariers einen jeden ihrer Gäste, wobei sie in Abhängigkeit von der Attitüde, mit der der jeweilige Gast ihnen entgegentrat, Charme spielen ließen, sich formell gaben oder sogar eiskalt reagierten. »Sehr erfreut über Ihr Kommen«, murmelten sie, wobei sie jedes Detail der Kleidung und der Mimik registrierten und eine Verknüpfung mit dem ins Ohr gesummten Namen herstellten. Damit wußten sie, vor wem sie sich im weiteren Verlauf des Abends in acht nehmen mußten.

»Guten Abend. Wir sind sehr erfreut über Ihr Erscheinen.«

Auf dem Balkon über dem größten Empfangsraum spielte eine Band. Ein Dutzend hastig angelernter und in Livrees gesteckter Dörfler ging mit Gläsern durch die Menge, wobei sie sich betont affektiert und arrogant gaben, wie Stella es ihnen nahegelegt hatte. »Ihr müßt rüberbringen«, hatte sie kichernd gesagt, »daß es besser ist, auf Opal Hill zum Fußvolk zu gehören als woanders Obermun zu sein.«

»Stella!« hatte Rigo sich entrüstet.

»Schon gut, Sir«, hatte Asmir Tanlig gesagt. »Wir haben die junge Dame schon verstanden. Sie möchte nur, daß wir die *bons* beschämen.«

Also beherzigten sie das bis zum letzten Mann und verneigten sich mit Grandezza, während sie den Gästen Getränke und einen Imbiß reichten und mit sonorer Stimme Auskunft darüber gaben, wo die Toiletten sich befanden, am Balkon in der Nähe der Kapelle. Manche Gäste standen herum, andere saßen einfach nur da und wieder andere schlenderten umher und begutachteten das Interieur, wobei manche Anzeichen von Unzufriedenheit zeigten. Leider gab es viel zu wenig, was zu beanstanden gewesen wäre, es sei denn, sie hätten bei sich selbst nach Fehlern gesucht. Die Einrichtung glich der auf allen Estancias. Auch die Blumengebinde waren ähnlich arrangiert. Vergleichbare Bilder an den Wänden. Nicht ganz so exquisit vielleicht, aber ähnlich. Zu ähnlich, um darüber zu lästern, obwohl doch einige entsprechende Bemerkungen fielen. »Wie ordinär«, sagte jemand. »Wie banal. Aber was will man auch mehr erwarten von Leuten, die von *Heiligkeit* kommen ...« Als ob sie nicht auf alles herabgeschaut hätten, was von *Heiligkeit* kam.

»Guten Abend. Wir sind sehr erfreut, Sie kennenzulernen.«

Nun trafen die Gäste aus dem zweiten und dritten Glied ein. Eric bon Haunser mit Semeles bon Haunser am Arm. »*Eine Verwandte*«, ertönte Andreas Stimme. »*Sie soll einmal Erics Geliebte gewesen sein. Sie wird versuchen, Tony zu verführen, und wenn ihr das nicht gelingt, wird sie es beim Botschafter versuchen.*«

Schwang da nicht ein Zittern in Andreas Stimme mit, bei der Vorstellung, daß jemand den Botschafter verführte? War es etwa Belustigung? Die grauhaarige Andrea, die Rigo so gut kannte wie einen jüngeren Bruder. Und die alles über Eugenie wußte. Amüsiert? Tony errötete, als er sich vor Semeles bon Haunser verneigte. Stella schnaubte, und Marjorie lächelte und unterdrückte ein Kichern, als Figor ihre Hand ergriff und sie sich vor ihm verneigte.

»*Figor bon Damfels, der jüngere Bruder des Obermun. Er ist instruiert worden, mit Lady Westriding zu flirten. Shevlok bon Damfels. Er wird Stella den Hof machen, wenn auch nur widerwillig; er trauert nämlich noch immer um Janetta bon Maukerden. Sylvan bon Damfels. Man weiß nie, was ihm alles einfallen wird.*«

Mit angenehmem Timbre wandte Marjorie sich an die bon Damfels-Söhne: »Guten Abend. Schön, Sie beide wiederzusehen.«

»Guten Abend, Lady Westriding«, sagte Sylvan und verbeugte sich. »Wir freuen uns über diese Lustbarkeit, die Sie für uns arrangiert haben. Seit Tagen haben wir kaum von etwas anderem gesprochen.« Er lächelte Marjorie und Stella an, schlug Tom jovial auf die Schulter und verneigte sich leicht vor Rigo. Sein ganzer Charme. Shevlok hingegen war ein vergleichsweise unbegnadeter Schauspieler, dem es nur gelang, ein Kompliment zu murmeln und sie von der Seite anzuschauen, eher ängstlich als verführerisch. Nicht sehr überzeugend, sagte Marjorie sich. Verdammt lausig, dachte Stella wütend. Armer Shevlok.

»Obermun Stavenger bon Damfels. Obermum Rowena bon Damfels.«

Nun traf die Creme ein, und Andrea stellte die Kommentierung ein. Die Yrariers wußten bereits alles über die Obermuns und Obermums.

»Obermun Kahrl bon Bindersen. Obermum Lisian bon Bindersen. Obermun Dimoth bon Maukerden. Obermum Geraldria bon Maukerden.«

»Guten Abend. Es ist uns eine Ehre, Sie willkommen zu heißen.«

»Obermun Gustave bon Smaerlok. Obermum Berta bon Smaerlok. Obermun Jerril bon Haunser. Obermum Felitia bon Haunser.«

»Guten Abend. Guten Abend.«

»Obermun Lancel bon Laupmon.«

»Alleinstehend«, flüsterte Andrea. *»Seit kurzem Witwer.«*

Schließlich trafen ein alter Mann und eine uralte Frau in einem mechanischen Rollstuhl ein. »Obermun Zoric bon Tanlig. Obermum Alideanne bon Tanlig.«

»Sie ist die Mutter des Obermuns und die Älteste der Oberführer«, flüsterte Andrea. *»Sie kommt immer als letzte.«*

Nun folgten die Yrariers der Musik und den Wohlgerüchen der Speisen, ein Zwischengeschoß unterhalb der langen, kühlen Halle. Marjorie führte die Gäste in den Ballsaal und wurde sofort von Rigo übers Parkett gewirbelt. Stella und Tony folgten ihrem Beispiel. Sie hatten diese antiken Schritte unter dem kritischen Blick eines Tanzlehrers aus *Commons* einstudiert, und nun schwebten sie über die Tanzfläche, als ob sie ihr ganzes Leben lang nichts anderes getan hätten, als engumschlungen zu tanzen. Der Tanz hieß Walzer. Nun betraten auch die ersten Gäste die Tanzfläche, nicht so viele, daß richtig Stimmung aufkam, aber auch nicht so wenige, daß es unhöflich wirkte.

»Sie verweisen uns auf die Plätze«, stellte Marjorie fest und lächelte Rigo dabei an.

»Nur, wenn wir uns das anmerken lassen.« Er erwiderte ihr Lächeln, wobei seine Wangen vor Zornesröte flammten.

Dann tauschten sie die Tanzpartner. Rigo vermied es von vornherein, sich in eine kompromittierende Situation zu manövrieren. Obwohl er allen *bons* mit der gleichen Verbindlichkeit begegnete, forderte er nur die Frauen auf, die auf ihn ›angesetzt‹ waren. Dank Persun wußte er, um wen es sich dabei handelte. Tony folgte seinem Beispiel.

»Stell dir einfach vor, du würdest an einer Olympiade teilnehmen«, hatte Marjorie ihrem widerstrebenden Sohn die Sache schmackhaft zu machen versucht. »Wenn du es richtig machst, bekommst du eine Medaille. Behandle deine Partnerin wie ein Pferd, mit sanftem Druck. Schließlich ist es nur ein Sport.«

Also tanzte Tony, lächelte und flirtete, obwohl er völlig unerfahren war in dieser Hinsicht. Stella hingegen war viel besser als er, wobei der Zorn sie nur noch anspornte.

Marjorie trank Fruchtsaft, der ihr diskret von Asmir Tanlig gereicht wurde und führte einen stummen Monolog, was sie immer tat, wenn sie in Erfüllung ihrer Pflicht Dinge tun mußte, die ihr widerstrebten. ›Verneig dich, lächle, laß dich zum Tanzen auffordern. Lächle, flirte, rede belangloses Zeug. Flirte, sei charmant, laß dich zu deinem Stuhl zurückgeleiten. Sei charmant, verneig dich, fang von vorne an.‹ Die Partner kamen und gingen, wie beim Staffellauf. Allmählich sehnte sie sich nach einem richtigen Drink und einer richtigen Unterhaltung.

»Möchten Sie mit mir tanzen, Lady Westriding?« sagte da Sylvan, der plötzlich aufgetaucht war.

Fast hätte sie erleichtert geseufzt. Vor Sylvan brauchte sie sich nicht vorzusehen. Sie suchte Zuflucht in seinen Armen; es war keine richtige Flucht, aber sie hielt sich auch nicht mehr richtig aufrecht. Er führte sie behutsam und gewöhnte sie an seinen Rhythmus, bis ihre Bewegungen fast miteinander verschmolzen. Streiflichtartig dachte sie an den Rat, den sie Tony erteilt hatte, und lächelte still. Sie wurden von den anderen Paaren umkreist, und es wurde ruhiger, während die *bons* miteinander flüsterten. Sylvan war immer für eine Überraschung gut. Schaut – Sylvan! Sylvan bon Damfels …

Vielleicht war es gerade die Stille, die Rigos Aufmerksamkeit erregte. Er stand auf dem Balkon, am Eingang zur Herrentoilette, und erblickte die in Sylvans Armen kreisende Marjorie. Er spürte, daß die Lippen sich zu einem Knurren verzogen. Sie tanzte mit dem jungen bon Damfels, als ob er ein alter und guter Freund wäre. Oder ein Liebhaber.

Er versuchte, seine Gesichtszüge am Entgleisen zu hindern. Er durfte jetzt nicht knurren oder fluchen, wie er es manchmal tat, wenn er sie so zufrieden sah, beim Dressurreiten oder bei einem schlichten Spaziergang im Garten. Zuweilen erschien ein gewisser Ausdruck auf ihrem Gesicht, ein Ausdruck unbewußter Freude, der einem Teil von ihr entsprang, den er immer begehrt hatte, ein anderes Wesen, das sich ihm jedoch nie offenbarte, wenn er mit ihr zusammen war. Dieses Wesen hatte er in der Arena oder auf der Jagd gesehen, während sie durch die grünen Wiesen auf die hohen Zäune zuritt und das Wasser übersprang, der Gefahr ins Auge sehend, wie ein Vogel, der sich trällernd in die Lüfte schwang. Er wollte diesen Vogel festhalten.

Er hatte Marjorie umworben und Marjorie gewonnen, aber er hatte nie das bekommen, was er wirklich wollte. Er hatte ihre Seele gesucht und nur den Körper gefunden, eine Leere, die er nicht erwartet hatte, eine verlassene Zitadelle, die er immer und wieder erstürmen konnte, ohne etwas zu erreichen. Im Bett verwandelte sie sich in eine andere Person, die weiße Nachthemden mit Blümchendessin trug, die man eher an kleinen Mädchen vermutet hätte, mit einem zerbrechlichen Körper, wobei sie den Blick in die Ferne gerichtet hatte, auf etwas, das zu sehen ihm verwehrt blieb. Er hatte alles versucht bei ihr und sich manches nur für sie einfallen lassen, aber noch nie war sie mit dem Gesichtsausdruck aus dem Bett gestiegen, den sie nun beim Tanz mit Sylvan bon Damfels hatte, verzückt im Rhythmus sich wiegend, mit halb geschlossenen Augen und diesem bezaubernden Lächeln, das, wie er einst geglaubt hatte, ihm allein gehören würde.

Andreas Stimme ertönte in seinem Ohr, konspirativ wie ein Maulwurf: *»Persun sagt, man registriert Ihre Abwesenheit.«*

Er lächelte und verließ den Balkon, wobei er nach Frauen mit schönen Gesichtern Ausschau hielt, mit Körpern, denen er bewundernde Blicke schenken konnte, die alles versprachen und nichts hielten. Es war ein Spiel, nur ein Spiel.

Nun verließ Sylvan Marjorie und nahm mit berechnendem Charme Stella aufs Korn. Marjorie nahm sich noch ein Glas Fruchtsaft und ging zu Geraldria bon Maukerden, um gemeinsam mit ihr in heuchlerischer Bewunderung die Kleider der Frauen zu bestaunen, mit den phantastischen Stickereien und dem Perlenbesatz. Auch das war ein für *Gras* typisches Spiel, mit eigenen Regeln und eigener Etikette. Persun hatte sich kundig gemacht und sie dann instruiert.

Rigo schwebte auf der Tanzfläche an ihr vorbei und lächelte sie über die Schulter seiner Partnerin hinweg strahlend an.

Über ihnen, an der Terrassentür, sah Marjorie Eugenie. War auch ein Tanzpartner für Eugenie vorgesehen? Welcher bon? War es überhaupt ein bon? Vielleicht würde sie Sylvan bitten müssen, mit der Mätresse ihres Mannes zu tanzen. Obwohl es durchaus möglich war, daß Shevlok dazu gar nicht erst aufgefordert werden mußte. Er befand sich nämlich in der Nähe der Tür und schaute auf Eugenie, die dort mit irgendeiner anderen Person stand.

Mit einem Mädchen? Aber es waren doch weder

Mädchen noch junge Frauen anwesend. Außer Stella, und die tanzte gerade mit Sylvan. Marjorie, die Verdruß witterte, setzte das Glas ab.

Eugenie und ihre Freundin kamen durch die Terrassentür. Eugenie war ganz in Rosé gewandet, wobei das Kleid sich wie eine Wolke in der Abenddämmerung bauschte, und die andere trug ein ähnliches Kleid in Violett. Das Haar hatte sie hochgesteckt. Sie folgte Eugenie, wobei sie deren elegischen Gang imitierte; den Kopf hatte sie zur Seite gedreht, so daß sie den Raum mit einem seltsamen, schielenden Blick aus einem Auge überflog…

Schweigen legte sich über die Gesellschaft. Zuerst schaute nur einer hin und verstummte. Dann sah jemand anders in diese Richtung. Ein Paar hörte auf zu tanzen. Die Musik spielte weiter, aber die Leute wurden langsamer, wie Aufziehpuppen, deren Energie verbraucht war.

Eugenie hatte den Raum schon zur Hälfte durchquert und kam auf Marjorie zu. Sie würde sich hüten, in aller Öffentlichkeit die Nähe von Rigo zu suchen, so klug war sie schon. Sie wußte, daß ihre Rolle nur die eines Gastes der Botschaft war, der an dieser Lustbarkeit teilnehmen durfte. Sie lächelte und streckte die Hand aus, während ihre Begleiterin am Mann neben der Tür vorbeiging…

Und Shevlok schrie auf, als ob man ihm das Herz herausgerissen hätte.

»Janetta!«

Eugenie schaute sich unsicher um; als sie sah, daß die Begleiterin ihr noch immer folgte, wandte sie sich wieder zu Marjorie um, wobei ein Ausdruck des Zweifels auf ihrem Gesicht erschien.

»Janetta!« Nun rief auch die Frau neben Marjorie, Geraldria bon Maukerden, diesen Namen.

Dann entstand ein Tumult. Geraldria ließ das Glas fallen. Klirrend zersplitterte es auf dem Boden. Die

Musik hörte auf zu spielen. Shevlok und Geraldria bewegten sich wie Schlafwandler auf das Mädchen zu, das seltsame Mädchen.

Dimoth bon Maukerden rief etwas, dann Vince, sein Bruder, und schließlich stimmten auch die anderen ein. Das sonderbare Mädchen wurde eingekreist und gepackt; sie reagierte nicht. Sie wurde von einem zum anderen weitergereicht, wie eine Puppe, wobei sie den Blick unverwandt auf Eugenie gerichtet hatte, als ob ihr ganzes Bewußtsein in der anderen Frau gespeichert wäre. Schließlich schloß Shevlok sie in die Arme.

»Was haben Sie mit ihr gemacht?« fragte der neben Marjorie stehende Sylvan. »Was haben Sie ihr getan?«

»Eugenie?«

»Janetta. Dem Mädchen.«

»Bis zu diesem Augenblick habe ich sie noch nie gesehen!«

»Diese Frau, die sie hat. Was hat *sie* getan?« Und als Marjorie nur hilflos den Kopf schüttelte, fuhr er fort: »Finden Sie es heraus, schnell, oder wir werden uns gegenseitig mit toten Fledermäusen bewerfen.«

Marjorie kam nicht dazu, ihn nach der Bedeutung dieses Ausspruchs zu fragen. Und dann erschien Rigo und nahm sich Eugenie vor, die bloß weinte und jegliche Schuld bestritt und nur wirres Zeug redete, aus dem niemand der immer wütender werdenden Umstehenden schlau wurde.

»Du Dreckstück. Du *fragras!*« trompetete Gustave bon Smaerlok. »Was hast du mit Janetta gemacht?«

»Ruhe!« brüllte Rigo, dessen Stimme alle anderen übertönte. »Ruhe!«

Die nun eintretende Stille wurde von Eugenies dünner Stimme durchbrochen. »Ich habe sie aus *Commoner Town* mitgebracht«, wimmerte sie. »Ich habe sie von Jandra Jellico. Ich habe ihr nur ein Kleid genäht und das Haar frisiert. Sie war schon so, als ich sie bekommen hatte …«

Einige der versammelten Aristokraten spürten, daß sie die Wahrheit sagte, soweit sie ihr bekannt war. Eugenie war so offen wie ein Kind; sie weinte und konnte sich diesen Tumult nicht erklären. Mit ihrem Haustier hatte sie die Gesellschaft überraschen wollen. Sie hatte geglaubt, es würde lustig werden.

»Ich hab euch doch gesagt, wir sollten uns von diesem Gesindel fernhalten«, blökte Gustave, der rot vor Zorn war und dem der Geifer aus den Mundwinkeln quoll.

Rigo baute sich vor ihm auf. Das durfte er ihm nicht durchgehen lassen. »Gesindel?« grollte er. »Welches Gesindel läßt es wohl zu, daß seine Tochter derart herunterkommt und von anderen Leuten gerettet, eingekleidet und ernährt werden muß?«

»Rigo!« rief Marjorie und schob sich zwischen die beiden wütenden Männer. »Obermun bon Smaerlok, es hat doch keinen Sinn, wenn wir uns gegenseitig beleidigen. Sie sind alle sehr aufgeregt. Wir sind es aber auch.«

»Aufgeregt?« schrie Dimoth. »Meine Tochter!«

»Hört zu!« rief Rigo mit donnernder Stimme. »Wann habt ihr sie zum letztenmal gesehen?«

Daraufhin trat Schweigen ein, wobei jeder nach einer Antwort auf diese Frage suchte. Es war – es war im letzten Herbst gewesen. Im letzten Frühherbst. Sie war im letzten Herbst verschwunden. Niemand wollte zugeben, daß es schon so lange her war.

»Wir haben von ihrem Verschwinden gehört«, sagte Marjorie. »Es ist lange geschehen, bevor wir auch nur von Terra aufgebrochen waren. Bevor Sie uns die Genehmigung erteilt hatten, hierher zu kommen.«

Die Worte standen im Raum, unwiderlegbar. Janetta war lange verschwunden, bevor diese Leute gekommen waren. Janetta, die nun im Mittelpunkt eines kleinen Kreises stand, selbstvergessen tanzte und summte, lieblich wie ein Porzellanpüppchen und mit genauso wenig Persönlichkeit. Weder ihre Mimik noch der Ausdruck in den Augen deuteten darauf hin, daß ihr eine innewohnte. Neben ihr im Kreis stand Shevlok bon Damfels. Er hatte sich von ihr gelöst.

»Das ist nicht Janetta«, schluchzte er.

»Natürlich ist sie es.«

»Quatsch nicht, Mann!«

»Das ist meine Tochter.«

»Nicht Janetta«, wiederholte er. »Nein. Nein. Diese Person ist älter.«

»Natürlich«, rief Geraldria. »Natürlich ist sie älter geworden, Shevlok.«

»Und sie ist nicht mehr dieselbe. Nicht mehr dieselbe.«

Wer hätte da widersprechen wollen? Dieses Geschöpf hatte überhaupt keine Ähnlichkeit mit einem Menschen. Es drehte sich um und musterte sie reihum mit seinem merkwürdigen Gänse-Blick, als ob es schauen wollte, ob jemand etwas Interessantes hatte, ein paar Körner vielleicht oder ein Stück Brot. Es öffnete den feuchten, rosigen Mund. »Hnnngah«, rief es, wie ein Kätzchen. »Hnnngah.«

Nun meldeten sich besonnenere Leute zu Wort und fragten Eugenie noch einmal, wo sie das Mädchen gefunden hatte und wie lang sie es schon hatte. Nun gerieten die bon Maukerdens in Wallung, der Obermun und die Obermum, Schwestern und Nichten, Brüder und Neffen.

Vince bon Maukerden baute sich erzürnt vor Rigo auf. »Ganz egal, wann sie verschwunden ist: Sie ist hier, in diesem Zustand! Woher sollen wir denn wissen, daß Sie es nicht waren, die sie so zugerichtet haben?«

»Sie«, zischte Gustave, »die nicht einmal den Mut haben, mit uns auszureiten. Eine solche Handlungsweise ist typisch für einen *fragras*.«

»Weshalb hätten wir das denn tun sollen?« fragte

Marjorie mit lauter, nachsichtiger Stimme. »Die Wahrheit ist doch ganz leicht zu ermitteln. Fragen Sie die Leute von *Commoner Town*.«

»Gemeine!« spottete Gustave. »Sie haben keine Ehre. Sie würden lügen!«

Und dann geriet die Menge erneut in Bewegung, als man das seltsame Mädchen fortbrachte.

Die ersten Gäste gingen. Shevlok. Die bon Maukerdens. Gustave und seine Obermum. Andere indes blieben. Und die bon Damfels' blieben am längsten und gingen immer wieder Eugenies Geschichte durch. Es war vor allem Sylvan, der immer wieder die gleiche Frage stellte: »Hat sie etwas gesagt, Madame Le Fevre? Irgendein Wort? Sind Sie sicher?« Worauf Eugenie nichts anderes blieb, als energisch den Kopf zu schütteln. Ihr Haustier hatte nicht das geringste gesagt.

Erst später wurde Marjorie bewußt, weshalb Sylvan so beharrlich gewesen war. Dimity bon Damfels war ebenso wie Janetta bon Maukerden bei der Jagd verschollen. Wenn Janetta in diesem Zustand wieder aufgetaucht war, wäre es dann nicht möglich, daß auch Dimity lebendig aufgefunden wurde, irgendwo, irgendwann?

Bei den *bons* selbst gab es keine Ärzte, dafür gab es aber in *Commons* einige Praxen. Keiner der Aristos hatte sich bisher dazu herabgelassen, diesen Beruf zu ergreifen, aber den Einwohnern von *Commons* war dieser Dünkel fremd. Manchmal ging ein Städter für ein paar Jahre nach Semling und kehrte mit einer qualifizierten Ausbildung zurück. Ebensowenig gab es Architekten oder Ingenieure unter den *bons*, wiewohl auch diese Sparten in *Commons* vertreten waren. Also war es eine ›Gemeine‹, Lees Bergrem, die Janetta bon Maukerden untersuchte – Dr. Lees Bergrem, Chefarzt des Krankenhauses.

Eine Magd, die Zeugin des Vorgangs wurde, erzählte es ihrem Bruder, der es jemand anders weitererzählte, und der wiederum meldete es Roald Few.

Und Roald berichtete es Marjorie. »Dr. Bergrem hat irgendein Ding an ihren Kopf gehalten, um zu sehen, was mit ihrem Gehirn los ist. Und da war nichts, überhaupt nichts.«

»Wird sie sich wieder erholen?«

»Dr. Bergrem weiß es nicht, Lady. Aber es hat den Anschein, denn Miss Eugenie hat ihr doch das Tanzen beigebracht, wissen Sie? Und ein Lied, das sie jetzt vor sich hinsummt. Anscheinend ist sie doch lernfähig. Dr. Bergrem wollte sie ins Krankenhaus einweisen, aber Geraldria bon Maukerden war nicht damit einverstanden. Dumm, diese Frau. Dr. Bergrem hat auf Semling studiert, ja, das hat sie. Und auch auf *Reue*. Sie hat Bücher über ihre Untersuchungen hier auf *Gras* geschrieben. Es gibt Leute, die sagen, sie wäre besser als die meisten Ärzte, sogar besser als die terranischen.«

Marjorie, eingedenk ihrer Verpflichtung, so viel wie möglich über Gras zu lernen, forderte die Bücher von Dr. Bergrem per Fax-Modem von Semling Prime an.

Pausenlos klingelten die *Tellys* wegen dieser Sache. Janetta bon Maukerden war wieder da. Von allen Vermißten war sie die einzige, die wohlbehalten wieder aufgetaucht war. Die erste und einzige, aber welche Hoffnung wurde dadurch bei manchen aristokratischen Eltern, Ehepartnern und Freunden geweckt.

Dann stattete Rowena bon Damfels den Yrariers einen Besuch ab. Sie kam allein.

»Sagen Sie Stavenger aber nicht, daß ich hier war«, flüsterte sie, wobei ihr Gesicht vor Furcht und Trauer aufgedunsen war. »Er und Gustave haben sich stundenlang am *Telly* angeschrien. Er hat mir verboten zu Ihnen zu gehen.«

»Ich wäre doch zu Ihnen gekommen«, rief Marjorie. »Sie hätten nur etwas sagen müssen.«

»Er hätte Sie wieder fortgeschickt. Wir befinden uns

noch immer im *Sprung*, und daher findet keine Jagd statt. Er hätte Sie gesehen.«

Eigentlich war es aber Eugenie, deretwegen Rowena gekommen war; sie wollte Eugenie befragen, weil sie nicht nach *Commoner Town* reisen konnte, ohne daß Stavenger es herausgefunden hätte. Marjorie begleitete sie, und sie unterbreitete dann auch den folgenden Vorschlag: »Rowena, ich werde den Mann und die Frau bitten, herzukommen. Den Mann und die Frau, bei denen sie in *Commons* gewohnt hat. Ich werde sie bitten herzukommen, wenn sie schon nicht Ihre Estancia aufsuchen dürfen. Und dann können Sie herkommen und selbst mit ihnen sprechen.«

Ein zartes Band. Ein Keim des Vertrauens. Nachdem Rowena gegangen war, schüttelte Marjorie seufzend den Kopf und schickte nach Persun Pollut.

»Versuchen Sie den Polizeibeamten und seine Frau dazu zu bewegen, uns morgen zu besuchen. Die Jellicos. Sagen Sie ihnen, die Obermum möchte sich privat mit ihnen unterhalten. Diskretion, Persun.«

Er legte die Hand an die Lippen und vor die Augen und versicherte ihr, daß er nichts gesehen und gehört hätte; dann verschwand er. Später kam er mit der Meldung wieder, sie hätten sich einverstanden erklärt und würden morgen kommen. Daraufhin schickte Marjorie eine verschlüsselte Meldung über das *Telly*, mit der nur Rowena etwas anzufangen wußte. Wo Persun schon einmal da war, richtete sie eine Frage an ihn:

»Auf dem Empfang hatte Sylvan gesagt, wir würden uns gegenseitig mit toten Fledermäusen bewerfen, Persun. Was hat er damit gemeint?«

»Das ist eine Verhaltensweise der Hippae«, erklärte er. »Zumindest habe ich das gehört. Manchmal tun sie es auf der Jagd. Sie kicken sich tote Fledermäuse zu.«

»Tote Fledermäuse?«

»Sie sind überall, Lady. Viele tote Fledermäuse.«

Daraus wurde Marjorie nicht schlau. Sie machte

sich eine Notiz, um später wieder auf dieses Thema zurückzukommen. Im Moment hatte sie keine Zeit dafür. »Rowena möchte mit mir sprechen«, sagte Marjorie zu Rigo. »Ich glaube, wir haben eine Tür aufgestoßen.«

»Nur solange sie sich in diesem Zustand befindet. Wenn sie sich beruhigt hat, wird sie uns wieder die kalte Schulter zeigen.«

»Du weißt, daß das nicht stimmt.«

»Ich glaube schon«, erwiderte er verkrampft. Diese Verkrampfung im Umgang mit Marjorie bestand seit dem Empfang, seit er diesen Ausdruck auf ihrem Gesicht gesehen hatte, als sie mit Sylvan tanzte. Sie interpretierte seinen Verdruß als unterschwelligen Zorn, bezog ihn aber auf Eugenies Verhalten. Vor langer Zeit schon hatte sie beschlossen, das Verhältnis zwischen Rigo und Eugenie zu ignorieren, also nahm sie anscheinend auch jetzt keine Notiz davon. Weil sie nicht auf seinen offensichtlichen Mißmut reagierte, nahm er an, daß es ihr egal wäre und daß sie vielleicht an etwas anderes dachte. Also wurde er nur noch wütender und sie noch stiller; sie tanzten, ein Menuett mit verbundenen Augen.

Und doch schloß sie aus seinem Verhalten, daß er eine Entscheidung getroffen hatte.

»Rigo, du willst doch nicht ...«

»Doch«, sagte er nachdrücklich. »Ich habe einen Rittmeister eingestellt.«

»Gustave hat doch nur ...«

»Er hat nur das ausgedrückt, was alle denken. Daß wir ihrer Aufmerksamkeit nicht würdig seien, weil wir nicht reiten.«

»Das ist kein Reiten«, widersprach sie angewidert. »Was auch immer es ist, was die da machen, es hat mit Reiten nichts zu tun. Es ist abscheulich.«

»Was auch immer es ist, was sie machen«, grollte er, »ich werde genauso gut sein wie sie!«

»Du erwartest doch nicht, daß ich… oder die Kinder…«

»Nein«, platzte er schockiert heraus. »Natürlich nicht! Wofür hältst du mich denn?«

Ja, wofür hielt sie ihn denn, fragte er sich. Der Grund für diese Malaise war Eugenie, aber Marjorie hatte ihm noch nie Vorhaltungen gemacht, weil er sie mitgenommen hatte, an einen Ort, an den Eugenie mit Sicherheit nicht gehörte. Infolgedessen fühlte er sich schuldig, und dieses Gefühl nagte an ihm. Er hatte den Eindruck, sie schlecht behandelt zu haben, obwohl sie keine entsprechenden Reaktionen zeigte; weder damals noch heute. Nie hatte sie sich feindselig ihm gegenüber verhalten, wenn er mit Eugenie zusammen war, nie war sie wütend gewesen wegen seiner Beziehung zu dieser anderen Frau. Sie hatte sich nie beklagt oder eine Drohung ausgesprochen. Sie war immer da, stets korrekt und treusorgend, immer ausgeglichen und handelte in allen Situationen angemessen, auch in solchen, in denen er sie, wie sie wußte, in Versuchung führen wollte. Manchmal hätte er seine Seele dafür gegeben, wenn sie geweint oder geschrien, sich auf ihn gestürzt oder von ihm abgewandt hätte, aber sie tat nichts dergleichen.

Er fragte sich, ob sie Vater Sandoval Zorn oder Eifersucht beichtete. Offenbarte sie ihm ihre Gefühle? Weinte sie sich bei ihm aus?

Vor langer Zeit hatte er sich gesagt, daß Marjorie ihn wohl nie so lieben würde, wie er es sich erträumt hatte, denn sie hatte all ihre Liebe den Pferden gewidmet. Er haßte es sogar, daß Marjorie ausritt, weil sie dabei den Pferden das gab, was sie ihm vorenthielt – ihre Leidenschaft. Pferde. Mehr noch als Mutterschaft und ihr karitatives Engagement.

Doch nun fragte er sich, ob das tatsächlich stimmte. Waren es wirklich die Pferde, an die sie ihr Herz verloren hatte? Oder hatte sie nur auf einen anderen gewartet? Zum Beispiel auf jemanden wie Sylvan bon Damfels?

Wofür hielt sie ihn?

Er mußte es wissen. »Marjorie, hat Sylvan bon Damfels etwas gesagt, während ihr getanzt habt?«

»Was soll er denn gesagt haben?« Sie schaute ihn verwundert an, wobei sie sich noch immer wegen seiner Absicht grämte, mit den *bons* auszureiten, ohne Rücksicht auf Verluste. »Sylvan? Was denn, Rigo? Soviel ich weiß, hat er nichts Besonderes gesagt. Er hat mir und Stella Komplimente wegen der Kleider gemacht. Er ist ein guter Tänzer. Weil Pollut uns nicht vor ihm gewarnt hatte, habe ich mich entspannt und den Tanz genossen. Wieso? Weshalb fragst du überhaupt?«

»War nur so eine Frage.« Er fragte sich, was sie wohl verbergen mochte.

»Was hat Sylvan mit ...«

Was hatte Sylvan womit zu tun? Mit den Gefühlen, die Rigo beim Anblick seiner Frau in Sylvans Armen verspürt hatte. Mit der Tatsache, daß Sylvan ritt und er, Rigo, nicht. Er verfolgte die Frage nicht, was diese beiden Dinge miteinander zu tun hatten. Er würde sich gar nicht erst damit befassen. »Überhaupt nichts. Ich erwarte nicht, daß du und die Kinder an der Jagd der Aristos teilnehmen.«

»Aber weshalb mußt du denn mitreiten?!«

»Weil sie mir nur dann etwas sagen werden, wenn sie mir vertrauen, und sie werden mir erst dann vertrauen, wenn ich an ihren ... ihren Ritualen teilnehme!«

Sie schwieg, wobei sie trotz ihres Kummers keine Miene verzog. Hier auf *Gras* herrschte ein Klima der Feindseligkeit, Feindseligkeit, die gegen sie gerichtet war, gegen die Fremden. Wenn Rigo mit ihnen ausritt, würde er in sein Verderben reiten. »Du wirst deine Meinung nicht ändern.« Das war keine Frage, sondern eine Feststellung, und er begriff nicht, mit welcher Hoffnungslosigkeit sie es sagte; die ganze Liebe, die sie ihm schuldig zu sein glaubte, legte sie in diesen Satz: »Du wirst deine Meinung nicht ändern, Rigo.«

»Nein.« Der Ton, in dem er das sagte, ließ keine weiteren Diskussionen zu. »Nein.«

Eine primitive Maschine, der Reitsimulator. Primitiv und klobig, doch kaum massiger als der Rittmeister, Hector Paine, mit seinem düsteren und undurchdringlichen Gesichtsausdruck. Ganz in Schwarz war er gekleidet, als ob er trauern würde um all jene, die er zum Sterben ausgebildet hatte.

Rigo hatte ein leerstehendes Zimmer im Winterquartier zum Trainingsraum umfunktioniert, und hier übte er nun in Gesellschaft von Stella, die sich ganz als Papas kleines Mädchen gab. Ungläubig hatte Rigo vernommen, sein anfängliches Tagespensum würde vier Stunden betragen. Stella schien es nicht gehört zu haben und vermittelte überhaupt einen ziemlich unbeteiligten Eindruck. Sie tätschelte den Reitsimulator, summte vor sich hin und registrierte ansonsten scheinbar nichts.

»Morgens eine Stunde Training, dann eine Stunde reiten. Später am Tag das gleiche noch mal. Bis zum Wochenende schaffen wir vielleicht drei Stunden, dann vier. Wir werden solange trainieren, bis wir zwölf Stunden am Stück schaffen«, verkündete der schwarzgewandete Meister.

»Mein Gott, Mann!«

Stella berührte die entschärften Widerhaken am Nacken des schimmernden Simulacrums und fuhr mit dem Finger am Zügel entlang, der an der untersten Spitze befestigt war.

»Glauben Sie denn, das wäre so einfach, Sir? Eine Jagd dauert manchmal zehn, elf Stunden. Manchmal sogar noch länger.«

»Da bleibt ja kaum noch Zeit für andere Dinge!«

»Für die Jäger gibt es nichts anderes, Eure Exzellenz.

Ich dachte, das wüßten Sie schon.« Obwohl der Mann das ganz sachlich gesagt hatte, sah Rigo ihn mißbilligend an. Stella hatte sich in eine Ecke verzogen und hinter einem Stapel Möbel versteckt. Dort störte sie nicht und bekam trotzdem alles mit.

»Wie kommt es dann, daß Sie so kurzfristig verfügbar waren?« knurrte Rigo.

»Das liegt daran, daß Gustave bon Smaerlok mir gesagt hat, ich solle Sie trainieren.«

»Er hofft wohl, ich würde es nicht schaffen, was?«

»Ich glaube, er wäre dankbar, wenn Sie sich der Ausbildung nicht gewachsen zeigten. Das ist aber nur mein Eindruck; er selbst hat sich nämlich nicht dazu geäußert.«

»Und werden Sie ihm Bericht erstatten?«

»Nur wenn ich glaube, daß Sie in der Lage sind, an einer Jagd teilzunehmen. Das möchte ich Ihnen noch sagen, Eure Exzellenz: Normalerweise beginnen wir im Alter von zwei Jahren mit der Ausbildung – was wäre das in Terra-Jahren? Zehn oder elf Jahre? Die Kinder trainieren jeden Tag, jede Woche, jede Periode, in allen Jahreszeiten, ungefähr für ein ganzes Jahr. Ein *Gras*-Jahr. Über sechs Terra-Jahre.«

Rigo sagte nichts. Zum erstenmal wurde ihm bewußt, daß ihm vielleicht nicht genug Zeit bleiben würde, an einer Treibjagd teilzunehmen. Nicht wenn er so lange brauchte wie die Kinder ...

Nun, dann mußte er es eben schneller schaffen. Mit voller Konzentration lauschte er den Ausführungen des Rittmeisters.

In der Ecke, verschanzt hinter einer Barrikade aus Sesseln und Sofas, lauschte auch Stella mit höchster Konzentration den Worten des Meisters.

Sie hatte mit Sylvan bon Damfels getanzt.

Auch wenn das Vergnügen nur von kurzer Dauer gewesen war, so hatte die Zeit doch ausgereicht, um sie wissen zu lassen, daß alles, was sie wollte, in diesem Körper war, hinter diesen Augen, in dieser Stimme, in der Berührung dieser Hände.

Als sie nach *Gras* gekommen war, hatte sie geglaubt, sie würde Elaine niemals vergessen können, die Freundin, die sie zurückgelassen hatte. Nun gab es nicht einmal mehr in ihrer Erinnerung Platz für irgend jemanden außer für Sylvan. Als er sie auf der Tanzfläche angelächelt hatte, war ihr bewußt geworden, daß sie an ihn gedacht hatte, seit sie ihn zum erstenmal gesehen hatte, auf der bon Damfels-Jagd. Damals hatte sie Sylvan in Jagdbekleidung gesehen, wie er das Reittier bestieg und wie er losritt. Als sie engumschlungen miteinander tanzten, erinnerte sie sich an alle Gelegenheiten, bei denen sie ihn gesehen und mit ihm gesprochen hatte, und ihr leidenschaftliches Herz verlangte, wie immer, nach mehr. Sie würde mit Sylvan bon Damfels reiten, wie sie mit Sylvan bon Damfels getanzt hatte – oh, und sie stellte sich auch noch andere Dinge vor, die sie mit Sylvan bon Damfels tun würde.

Er hatte ihr in die Augen geschaut.

Er hatte ihr gesagt, wie schön sie wäre.

Hinter den Möbeln freute sie sich zum erstenmal über ihren Aufenthalt hier auf *Gras*. Mit gespitzten Ohren, damit ihr ja kein Wort von dem entging, was der Rittmeister ihrem Vater erzählte, sog sie die Informationen ein und speicherte sie alle. Sie war auch entschlossen, es zu lernen. Schnell. Schneller, als es bisher jemand gelernt hatte.

Derselbe Gleiter, der den Rittmeister nach Opal Hill gebracht hatte, flog auch James und Jandra Jellico ein. In Marjories Arbeitszimmer warteten sie auf die Ankunft von Rowena.

Als Rowena schließlich eintraf, befand Sylvan sich in ihrer Begleitung.

»Erzählen Sie uns alles, was Sie wissen«, forderte Sylvan die Jellicos mit sanfter Stimme auf. »Ich weiß, daß keiner von Ihnen etwas Verwerfliches getan hat; also sagen Sie uns alles, was Sie wissen.«

Marjorie und Tony saßen abseits und hörten zu. Niemand erhob Einwände gegen ihre Anwesenheit. Für den Fall, daß doch solche Einwände laut geworden wären, hatte Marjorie schon beschlossen, an der Tür zu lauschen.

Obwohl im Grunde so wenig zu berichten war, zog die Unterhaltung sich doch über eine ganze Stunde hin; jedes Detail wurde zehnmal durchgekaut.

»Eines sollten Sie noch bedenken«, sagte Jelly zu Sylvan. »Nur weil Ducky Johns ein derartiges Geschäft betreibt, muß das noch lange nicht heißen, daß sie nicht ehrlich sei. Sie ist genauso ehrlich wie sonst jemand. Und wenn sie sagt, sie hätte diese Janetta auf der Veranda unter der Wäscheleine gefunden, dann glaube ich ihr das.«

»Aber wie?« rief Rowena nun schon zum zehnten Mal.

Jelly holte tief Luft. Er hatte genug von den Ausflüchten, den Euphemismen und dem Eingehen auf das allseits bekannte, exzentrische Verhalten der *bons*. Er beschloß, die harten Fakten zu präsentieren und zu sehen, wie diese *bon*-Frau darauf reagierte. »Gnädige Frau, als sie zuletzt gesehen wurde, ritt sie auf einer dieser Bestien. Nun wird jeder glauben, diese Bestie hätte sie selbst dorthin gebracht oder geschickt. Und das glaube ich auch.«

Nun war es heraus. Sie hatten seine Laute im Ohr und die Erscheinung vor Augen, ein bösartiges Ungeheuer mit Widerhaken, ein Hippae: Schließlich war der Bann gebrochen und der Name gefallen, den die *bons* nie ausgesprochen hatten und den auszusprechen sie auch anderen verboten hatten. Das Hippae. Jenes Hippae, oder ein anderes, hatte das Mädchen entführt; jeder wußte das. *Sie*, die Hippae, hatten ihr das angetan; wer wollte es bezweifeln? *Sie* hatten sie versteckt.

Sie hatten sie festgehalten. Und dann war sie wieder aufgetaucht. Weshalb? Obwohl ihr jede Menge Fragen auf der Zunge lagen, schwieg Marjorie; sie legte nur die Hand auf die von Tony und spürte, wie auch er vor Anspannung zitterte. Die *bons* hatten die Yrariers beschuldigt, nicht die Hippae. Nicht einmal jetzt äußerte Rowena sich dazu. Weshalb?

Die Jellicos verabschiedeten sich und gingen. Rowena weinte und klammerte sich an Sylvan. Der ernste Gesichtsausdruck, mit dem er Marjorie ansah, befahl ihr zu schweigen. Sie schlug die Augen nieder, wobei sie seinen Willen spürte, als ob er sie berührt hätte.

»Mama, möchtest du dich für einen Moment hinlegen?« fragte er Rowena.

Sie nickte mit tränenüberströmtem Gesicht.

»Tony, würdest du sie bitte begleiten?« fragte Marjorie; sie wollte, daß er die Frau hinausbrachte, um mit Sylvan allein zu sein. Sie wollte ihn fragen …

»Einen Moment«, sagte Rowena.

Marjorie nickte.

»Lady Westriding … Marjorie. Vielleicht wird einmal die Zeit kommen, wo ich Ihnen Ihre Hilfe vergelten kann. Und wenn ich mein Leben dafür einsetzen muß, werde ich Ihnen helfen.« Sie legte die Hand auf die von Marjorie und ging mit Tony hinaus. Sylvan blieb zurück.

»Nein«, sagte er, als er ihren fragenden Blick sah. »Ich weiß nichts.«

Sie konnte nicht mehr an sich halten. »Aber Sie leben doch hier! Sie kennen diese Bestien.«

»Schsch«, machte er, blickte über die Schulter und faßte sich an den Kragen, als ob er ihm plötzlich zu eng geworden wäre. »Sagen Sie nicht Bestien. Sagen Sie auch nicht Tiere. Sagen Sie das niemals. Denken Sie es nicht einmal.« Er faßte sich an den Hals, als ob ihm etwas im Schlund steckte.

»Wie sagen Sie denn?«

»Hippae. Reittiere«, erwiderte er gurgelnd. »Und nicht einmal *das*, wenn sie in Hörweite sind. Sie dürfen gar nichts hören.« Er stockte und schnappte nach Luft.

Sie starrte ihn an und sah die Schweißperlen auf seiner Stirn, sah, wie er sich bemühte, die Contenance zu wahren. »Was haben Sie denn?«

Er hyperventilierte und war nicht mehr in der Lage, ihr zu antworten.

»Schsch«, sagte sie und ergriff seine Hände. »Sagen Sie nichts. Denken Sie nur nach. Tun sie Ihnen ... tun sie Ihnen etwas an?«

Ein fast unmerkliches Kopfnicken.

»Etwas mit ... mit Ihrem Gehirn? Mit Ihrem Verstand?«

Ein leichtes Zucken des Augenlids. Wenn sie nicht gelernt hätte, auf solche fast unmerklichen Regungen zu achten, wäre sie ihr entgangen.

»Es ist ...« Emotionslos rief sie sich ins Gedächtnis, was sie auf der bon Damfels-Estancia gesehen hatte. »Ist es eine Art Gedächtnisverlust?«

Er blinzelte keuchend.

»Ein Zwang?«

Mit einem Seufzer entspannte er sich und senkte den Kopf.

»Ein Zwang zu reiten, begleitet von der Unfähigkeit, darüber nachzudenken und darüber zu sprechen.« Sie sagte das mehr zu sich als zu ihm, im Bewußtsein, daß es die Wahrheit war. Er schaute sie aus glänzenden Augen an. Tränen?

»Und je öfter man reitet«, fuhr sie fort, den Blick unverwandt auf ihn gerichtet, »desto intensiver wird dieser Zwang.« Sie wußte, daß sie recht hatte. »Einmal hatten Sie aber gleich nach der Jagd mit uns gesprochen ...«

»Da waren sie auch schon weg«, sagte er gurgelnd und keuchte. »Nach einer langen Jagd verschwinden sie sofort. Heute sind sie aber alle hier, in der Nähe von Opal Hill!«

»Im Winter läßt dieser Zwang nach?« fragte sie. »Und auch im Sommer? Aber im Frühling und Herbst sind Sie davon besessen? Diejenigen von Ihnen, die reiten?«

Er schaute sie nur an; einer Bestätigung hätte es gar nicht mehr bedurft.

»Und was tun sie, wenn der Winter zu Ende geht? Um Sie unter Kuratel zu stellen? Versammeln sie sich um Ihre Estancias? Zu Dutzenden? Zu Hunderten?« Er bestritt es nicht. »Sie rotten sich zusammen und setzen Sie unter Druck; sie bestehen auf der Jagd. Also müssen sie auch Druck auf die Kinder ausüben, damit sie reiten. Auch mit Zwang?«

»Dimity«, sagte er seufzend.

»Ihre kleine Schwester.«

»Meine kleine Schwester.«

»Ihr Vater ...«

»Reitet schon viele Jahre, ist seit einigen Jahren Jägermeister, wie Gustave ...«

»Aha«, sagte sie. Sie mußte auf jeden Fall Rigo davon unterrichten.

»Ich bringe Mama nach Hause«, flüsterte er. Langsam bekam er sich wieder in die Gewalt.

»Haben Sie ihnen widerstanden?« fragte sie, wobei sie genauso leise sprach wie er. »Warum haben sie Ihnen keinen Arm oder Bein abgebissen? Tun sie das denn nicht, wenn jemand sich ihnen widersetzt?«

Er antwortete nicht. Das brauchte er auch nicht. Sie wußte die Antwort bereits selbst. Nicht daß er ihnen unterwegs Widerstand geleistet hätte. In diesem Fall wäre er nämlich verschwunden oder bestraft worden. O nein, unterwegs hatte er sich schön angepaßt, wie alle anderen auch. Das Geheimnis bestand vielmehr darin, daß er sich nach dem Ritt schnell wieder erholte. Schnell genug, um etwas zu sagen und Andeutungen zu machen.

»Sie hatten uns gewarnt«, sagte sie und berührte ihn. »Ich weiß, wie schwer das für Sie gewesen sein muß.«

Er nahm ihre Hand und legte sie sich auf die Wange. Mehr nicht. Aber so sah Rigo sie.

Sylvan entschuldigte und verneigte sich. Dann ging er, um Rowena zu suchen.

»Ein nettes tête-à-tête.« Rigo lächelte grimmig.

Sie war noch zu aufgewühlt, um dieses Lächeln richtig zu interpretieren.

»Rigo, du darfst nicht reiten.«

»Ach, und weshalb nicht?«

»Sylvan sagt...«

»Es interessiert mich eigentlich herzlich wenig, was Sylvan sagt.«

Sie sah ihn unsicher an. »Es sollte dich aber interessieren. Rigo, die Hippae sind keine bloßen Tiere. Sie... sie beeinflussen ihre Reiter. Das Gehirn.«

»Da hat Sylvan sich aber ein schönes Märchen ausgedacht.«

»Glaubst du etwa, er hätte das erfunden? Sei nicht albern. Es ist offensichtlich. Es war mir schon klar, seit wir die erste Jagd beobachtet hatten, Rigo.«

»Ach?«

»Und gestern abend ist es bestätigt worden. Um Gottes willen, Rigo. Hat es dich denn nicht auch gewundert, daß niemand die Hippae verantwortlich gemacht hat? Da verschwindet während der Jagd ein Mädchen, und niemand verdächtigt das Hippae, auf dem es geritten ist?«

»Wenn du auf der Jagd verschwinden und später irgendwo als Haremsdame auftauchen würdest, meine Liebe, sollte ich dann etwa dein Pferd dafür verantwortlich machen?« Er musterte sie mit einem frostigen Blick und ließ sie einfach stehen. Sie sah ihm nach und fragte sich verzweifelt, was sie wohl falsch gemacht hatte.

9

Die Nächte in der Abtei der Grünen Brüder waren ruhig. Der durchdringende Schrei, der nachts die südlichen Breiten lähmte, war hier nur selten zu vernehmen, obwohl ganze Chöre von larvenartigen *Peepers* in der Dunkelheit ihr Lied anstimmten. Am Tage arbeiteten die Mönche, nachts schliefen sie. Wie es hieß, hatten die Brüder früher die Zeit mit Studien verbracht, aber hier gab es nicht viel zu studieren. Alle Fragen waren auf die Doktrin reduziert worden, und die Doktrin war auf einen simplen Katechismus reduziert worden. Was hätten die Büßer im übrigen auch mit mehr Wissen anfangen sollen? Sie hätten es gar nicht anwenden können.

Die Abtei war in der Kurzgras-Prärie errichtet worden, nicht allzu weit vom hohen Gras entfernt. Jedes Jahr im Spätsommer, zogen die Brüder aus und schnitten kräftige Rohre, die eine Höhe von sieben oder acht hochgewachsenen Männern erreichten. Andere Brüder arbeiteten in der Abtei und gruben in paralleler Anordnung tiefe und schmale Gräben, die den Grundriß für die neuen Hallen markierten, die im Verlauf des *Gras*-Jahres erbaut werden würden. Trotz der Sterberate nahm die Anzahl der Brüder stetig zu. Anscheinend wurde die Belastung für die Ministranten von *Heiligkeit* immer unerträglicher.

Nachdem die großen Gräser abgesägt und zu Bündeln verpackt worden waren, wurden sie zur Abtei geschleppt und senkrecht in die Gräben gestellt. Dann wurden die Bündel jeweils zum Nachbargraben hin gebogen und miteinander verbunden, so daß der dazwischenliegende Bereich schließlich von einer kuppelartigen Halle überwölbt wurde. Sie wurde von einem Reetdach gekrönt, und die Öffnungen wurden mit Vorhängen aus geflochtenem Gras verhängt. Diese weitläufigen Hallen wurden dann von den Brüdern je nach Bedarf eingerichtet: als Kapelle, Küche oder Zellen.

Dieser Bauweise, so sagten die Historiker des Ordens, hatten sich schon Menschen befleißigt, die vor langer Zeit auf einer anderen Graswelt gelebt hatten. Allerdings sagten die Historiker nicht, wie jene Menschen den Winter überstanden hatten. Im Winter zogen die Brüder sich in ein unterirdisches Kloster zurück, wo sie eng zusammenrücken mußten und sich bald gehörig auf die Nerven gingen. In jedem Winter verloren mehr als nur ein paar von ihnen den Verstand. Die Brüder standen permanent an der Schwelle zum Nervenzusammenbruch, wobei die jüngeren gefährdeter waren als die älteren. Die Alten hatten ohnehin längst jede Hoffnung begraben, doch die Jungen hegten durchaus noch Hoffnungen und kämpften ständig gegen die Frustration an, woraus seltsame und gefährliche Verhaltensweisen resultierten.

Im Sommer hatten die Brüder dann Gelegenheit, sich ein Ventil für diese Frustrationen zu schaffen. Die schmalen Hallen waren kreuz und quer über das kurze Gras verteilt, wobei manche in der Art eines Kreuzgangs einen Garten umschlossen und andere Türen hatten, die Zugang zu einem großen Gemüsegarten boten. Wieder andere hatten einen regelrechten Bauernhof, wo Hühner scharrten und Schweine zufrieden im Stall grunzten. Wären da nicht die Türme gewesen, hätte die Abtei einem großen Maulwurfshügel geglichen, der die Farbgebung des umliegenden Geländes angenommen hatte.

Aber es gab Türme – überall. Vor lauter Langeweile errichteten die jungen Brüder diese Gras-Gebilde nun schon seit mehreren Jahrzehnten. Anfangs waren es nur spitze Masten gewesen, vielleicht dreißig Meter hoch, die von flockigen Samenköpfen der Kreuzblume gekrönt wurden. Später waren dann kompliziertere Gebilde auf drei oder fünf Stelzen in den wolkigen Himmel gewachsen, bis sie schließlich eine solche Höhe erreichten, daß die Leute auf der Erde es nicht mehr für möglich hielten – und es kamen immer mehr Türme hinzu.

Die weitläufigen Höfe wurden von filigranen Nadeln überragt, deren Spitzen mit starken Tauen aus Drahtgras gesichert waren. Überall, wo die reetgedeckten Hallen aneinanderstießen, stachen spinnenartige Türme durch die Wolken. Filigrane Masten überragten die Küchen und Gärten. Außerhalb des Geländes der Abtei ragten stachelige Wälder wie Myriaden gotischer Türme in den Himmel von *Gras*. Es gab keinen Ort innerhalb oder außerhalb der Abtei, an dem man ihrer nicht ansichtig geworden wäre, der gleichermaßen phantastisch hohen und lächerlich fragilen Türme der *Himmelsstürmer*.

An diesen Strukturen waren junge Brüder, die auf diese Entfernung wie Spinnen wirkten, hinauf in die Wolken geturnt und hatten alle Türme mit Seilbrücken verbunden, die scheinbar gerade fingerbreit und kaum belastbarer waren als ein Haar. Über Strickleitern, so zart wie Webseide, erklommen sie die hohen Plattformen und hielten Ausschau. Anfangs nach Hunden und *Grazers*. Dann hatten sie nach güldenen Engeln Ausschau gehalten, wie jene auf den Türmen von *Heiligkeit*, so sagten manche, desillusioniert durch das ereignislose Warten. In der letzten Zeit hatten sie einen Sport daraus gemacht, Phantasiegebilde zu erfinden, und der Ältere Bruder Laeroa beugte die Doktrin, um sie nicht gegen sie anwenden zu müssen. Jhamless Zoe hätte mit Vergnügen disziplinarische Maßnahmen verfügt oder gar ein Verfahren wegen Häresie eingeleitet.

Die Mitarbeiter des Büros für Akzeptable Doktrin litten nämlich genauso an Langeweile wie alle anderen auch.

Im Laufe der Jahrzehnte waren die Türme zunächst von Amateuren erklettert worden und schließlich von Profis, die einen eigenen Kult mit Hierarchen und Ministranten ins Leben gerufen hatten, mit Tauf- und Beerdigungsritualen und kultischen Geheimnissen. Jeder Ministrant legte wenige Tage nach seiner Ankunft eine Aufnahmeprüfung ab. Als Bruder Mainoa Bruder Lourai darauf hingewiesen hatte, daß die *Himmelsstürmer* sich seiner annehmen würden, hatte er nur zu recht gehabt.

Sie ließen nicht lange auf sich warten.

Bruder Lourai, vormals Rillibee Chime, saß im Refektorium, wie Generationen vor ihm schon dort gesessen hatten. Mit der Kutte polierte er die Tischkante, während er auf den Gong wartete, der ihm erlauben würde, sich vom Tisch zu erheben, das Tablett wegzubringen und ins Waschhaus zu gehen, um seine abendlichen Verrichtungen zu erledigen. Plötzlich wurde er von einem Flüstern im Rücken überrascht. Hinter ihm war aber nichts außer der kahlen Wand der Halle.

»Du, Lourai«, sagte die Stimme. »Hör zu.«

Er hob den Kopf und schaute sich um, wobei er das so langsam tat, daß niemand auf ihn aufmerksam wurde. Die nächsten Nachbarn saßen ein Stück weit entfernt, kleine Funktionäre, die unlängst als Verstärkung für das Büro für Akzeptable Doktrin nach *Gras* geschickt worden waren; je unauffälliger er sich verhielt, desto besser.

Er sah nichts außer den geflochtenen Matten, mit denen die Rückseite der Halle behängt war. »Du«, ertönte die Stimme erneut. »Heute nach Feierabend. Zeit für deine Initiation.«

Das nachfolgende Geräusch erinnerte ihn an ein Kichern, ein bösartiges Kichern, fast schon ein Keckern. Rillibee schloß die Augen und flehte Gott um Hilfe an. Die einzige Antwort war das Geschrei der alten Männer weit vorne auf dem Podium. Nach einiger Zeit schlug Rillibee wieder die Augen auf und fragte sich, ob er im Großen Refektorium etwas finden würde, was ihm von Nutzen wäre.

Das Refektorium bestand aus vier gewölbeartigen Hallen, die wie Finger von einer Zentralkuppel ausgingen. Unter der Kuppel befand sich das Podium, auf dem die Ältesten Brüder thronten: Jhamless, Fuasoi und Laeroa sowie ein halbes Dutzend anderer. In den Hallen waren die aus geflochtenem Gras bestehenden Tische der Büßer aufgestellt, nach der Rangordnung gruppiert. Rillibee fand die Tische wundervoll.

Grashalme waren zu Mustern geflochten worden, die Zweige, Blätter und Blüten darstellten. Die Tischplatten wurden von geschwungenen Schürzen begrenzt, die ihrerseits in Beine ausliefen, welche die Formensprache des Rokoko aufgriffen. Rillibees Mutter hätte das als Korbgeflecht bezeichnet und auf die Ähnlichkeit mit dem alten braunen Schaukelstuhl am Kamin hingewiesen. Hier handelte es sich nur um Flechtwerk aus Gras, aber dieses Gras wies hundert Farbschattierungen auf.

Ganze Generationen von Brüdern hatten die Arme auf die verzierten Lehnen dieser Stühle gelegt, mit dem Hinterteil die Sitzflächen poliert und sich in den geschwungenen Seitenschürzen der Tische gespiegelt. Der Platz von Bruder Rillibee/Lourai befand sich am Ende der Tischreihe, die so lang war, daß im Vergleich hierzu die Distanz zur Kuppel fast auf Null reduziert wurde. Das machte die Mahlzeiten für die jüngsten Brüder zu einer einsamen Angelegenheit, förderte andererseits jedoch die Kontemplation.

Und es machte das Leben an sich zu einer einsamen Angelegenheit. Die Stühle zu beiden Seiten waren leer.

Es gab niemanden, den er um Hilfe hätte bitten können. Und selbst wenn er gefragt hätte, vielleicht hätte man ihm gar nicht geholfen. Und überhaupt wäre dafür auch gar keine Zeit mehr geblieben, denn das Läuten der Pausenglocke übertönte alle anderen Geräusche. Synchron mit hundert anderen Gestalten erhob er sich, stellte mit schlurfenden Schritten das Tablett weg und trat hinaus in den Abend.

Er verließ den Hof und betrat einen Pfad, der am Refektorium entlang zum Waschhaus führte. Dort stellte er sich an eine Pumpe und wartete auf das Eintreffen seines Kollegen. Dieser anonyme Bruder in mittleren Jahren setzte sich auf den anderen Schwengel, und dann betätigten die beiden in monotonem Rhythmus die Pumpe, die aus einer tiefen Quelle heißes Wasser förderte. Von der Pumpe lief das Wasser in die Kessel. Wenn die Kessel voll waren, floß das Wasser in die Spülbecken. Und wenn die sich gefüllt hatten, waren die Kessel auch schon wieder leer.

»Primitives Scheiß-Teil«, murmelte Bruder Lourai beim Gedanken an die Solarzellen und Windkraftgeneratoren, mit denen überall sonst in der Abtei Wasser gepumpt sowie der Fischteich und der große Trinkwassertank gefüllt wurden.

»Psst«, sagte der ältere Mann mit strengem Blick. Das Pumpen war Strafdienst. Ob die Arbeit leicht oder sinnvoll war, besaß in diesem Fall keine Relevanz.

Rillibee verstummte erschrocken. Es hatte keinen Zweck, sich zu wünschen, daß es schon vorbei wäre. Heute abend würde es ihm am meisten frommen, wenn es so lange wie möglich dauerte. Er dachte an das Gespräch, das er tags zuvor mit dem Älteren Bruder Jhamless Zoe geführt hatte.

»Man sagt, Junge…«, hatte der Ältere Bruder verkündet, »man sagt, du habest dich im Refektorium schlecht benommen und wüste Beschuldigungen ausgestoßen.«

Rillibee hatte schon zu einer geharnischten Gegenrede ansetzen wollen, bis er sich an Mainoas Rat erinnerte. Dann hatte er sich auf ein »Ja, Älterer Bruder« beschränkt.

»Hattest nur noch zwei Jahre abzuleisten«, fuhr der Ältere Bruder fort. Der Mann hatte ein Gesicht wie aus Kork, mit einem makellosen Teint, als ob er eine Maske tragen würde. Die Gesichtszüge waren normal, bis auf die Nase. Es war eine winzige Nase, als ob man ihm den abgebrochenen Korken einer Weinflasche ins Gesicht gesteckt hätte; die Nasenlöcher waren zu bloßen Schlitzen reduziert. Verglichen mit dieser Nase waren die übrigen Merkmale des Gesichts überproportioniert. »Nur noch zwei Jahre, und du mußtest renitent werden. Nun, das dulden wir hier nicht, verstanden?«

»Ja, Älterer Bruder.«

»Schaun wir mal, was dir aus dem Katechismus noch geläufig ist. Nun, worin liegt zum Beispiel die Bestimmung der Menschheit?«

»In der Kolonisierung der Galaxis zum Lobe Gottes.«

»Äh, und was ist die Pflicht der Frauen?«

»Kinder für die Kolonisierung der Galaxis zu gebären.«

»Und wie soll diese Kolonisierung vonstatten gehen?«

»Durch die Wiederauferstehung aller Menschen, die jemals gelebt haben, bis zurück zu Adam und Eva.«

»Und wer soll uns führen?«

»Der wiederauferstandene Sohn Gottes und alle Heiligen, die uns als die Heiligen der Letzten Tage anleiten werden, *Heiligkeit, Einigkeit* und *Unsterblichkeit* zu vollenden.«

»Hmm«, machte der Ältere Bruder Jhamless Zoe. »Du kennst deine Doktrin recht gut. Was, zum Teufel, ist mit dir los?«

»Die Auferstehung, Älterer Bruder, wird sie von den

Maschinen ausgeführt?« fragte er unter völliger Mißachtung von Mainoas Ratschlag.

»Was meinst du damit, Junge?!«

»Dann wird es nämlich keine Menschen mehr geben. Die Pest wird uns alle dahingerafft haben. Werden die Maschinen die Wiederauferstehung durchführen?«

»Das gibt zehn Hiebe wegen Impertinenz«, erwiderte der Ältere Bruder. »Und noch einmal zehn für das Ablegen von falschem Zeugnis. Es gibt keine Pest, Bruder Lourai. Es gibt keine.«

»Ich habe meine Mutter daran sterben sehen«, sagte Rillibee Chime. »Und mein Vater und meine Schwester hatten diese Krankheit auch. Man sagt, daß sie manchmal erst nach Jahren ausbrechen würde …«

»Hinaus!« hatte der Ältere Bruder daraufhin gebrüllt. »Hinaus! Hinaus!« Er war so blaß im Gesicht geworden, daß Bruder Lourai sich fragte, ob der Ältere Bruder jemals einem Opfer der Pest begegnet war.

Bruder Lourai war der Anordnung nachgekommen. Seitdem rechnete er ständig mit einer Vorladung zum Empfang der zwanzig Hiebe, die der Ältere Bruder Jhamless ihm auferlegt hatte. Bisher war das aber nicht eingetreten. Die einzige Vorladung hatte er im Refektorium erhalten, und der wollte er nicht Folge leisten. Er betrieb nun eine Verzögerungstaktik und pumpte weiter Wasser für die Spülbecken.

Doch irgendwann war der Auftrag ausgeführt. Die Kessel wurden in einen Graben entleert, der zur Senkgrube führte, die Spülbecken in einen Graben, der zu den Gärten führte, und der seifige Dampf zog durch die geöffnete Tür ab, während die Brüder sich wortlos zerstreuten. Rillibees Kollege am anderen Ende des Pumpenschwengels raffte die Kutte und verschwand. Für eine Weile ließ Rillibee die Stille auf sich wirken und folgte ihnen dann.

Er spielte mit dem Gedanken, sich im Waschhaus zu verstecken. Eine Zeitlang prüfte er diese Option ernsthaft und erkannte schließlich, wie unsinnig sie war. Er zögerte jedoch, sie völlig zu verwerfen. Wo würden sie wohl auf ihn warten? Draußen auf dem Hof, oder vielleicht auf dem Pfad, der zu seinem Wohnheim führte?

»Komm schon«, ertönte da eine ungeduldige Stimme. »Bring's hinter dich.«

Es war ihm zu anstrengend, dieser Stimme zu antworten. Noch anstrengender wäre es aber gewesen, sie zu verdrängen. Widerstrebend folgte er dem Ruf, ging durch das Hoftor und betrat den Pfad, wo drei Figuren ihn packten, durch eine Tür schoben und durch einen Gang in einen Raum brachten, in dem er noch nie zuvor gewesen war. Sie trugen nur Unterwäsche. Im Licht der Laterne zeichnete sich ein sadistischer Ausdruck auf ihren Gesichtern ab. Zweifellos handelte es sich bei ihnen um die *Himmelsstürmer*, von denen Mainoa gesprochen hatte. Er hatte ihn nicht gewarnt. Weshalb hätte er ihn aber auch vor dem Unausweichlichen warnen sollen? Aber zumindest hätte er ihm einen entsprechenden Hinweis geben können. Nicht daß Rillibees Lage dadurch entscheidend verbessert worden wäre.

Sie schubsten ihn zu einer Bank, und er setzte sich hin, um das Zittern der Knie zu kaschieren. Es war keine Angst. Es war etwas anderes, etwas, das diese Leute vielleicht verstanden hätten, wenn Zeit zum Reden gewesen wäre. Dazu war aber keine Zeit mehr.

Die Gestalt, die ihm am nächsten stand – zwischenzeitlich war die Gruppe auf ein gutes Dutzend Leute angewachsen – warf sich in Positur und verkündete: »Nenn mich Highbones!« Er war ein schlaksiger Mann mit einem glatten, jungenhaften Gesicht, obwohl die Falten um die Augen davon kündeten, daß er kein Junge mehr war. Eine Locke fiel ihm in die Stirn, die er mit einer einstudierten Geste zurückschob. Die Haarfarbe war nicht zu bestimmen. Die Brauen waren zusammengewachsen. Die Augen waren von einem sehr hellen Blau, fast schon weiß. Alles an ihm wirkte künstlich: Körperhaltung, Gestik, Verhaltensweise, Stimme. Ein Kunstgeschöpf; woraus mochte es bestehen?

All das registrierte Rillibee und nickte, um ihm zu verstehen zu geben, daß er ihn verstanden hatte. Eine Erwiderung wäre zwecklos gewesen. Was man nicht sagte, konnte auch nicht gegen einen verwendet werden, wie der Leiter der Ministranten nicht müde wurde zu behaupten.

»Was dich betrifft, so haben wir dich schon seit einigen Tagen observiert und erklären dich hiermit zu einem *Peeper*. Widerspruch gegen diese Entscheidung ist nicht zulässig.« Erneut dieses Keckern, als ob das eben eine schlimme Beleidigung gewesen wäre.

Rillibee nickte bloß.

»Es wird von dir erwartet, daß du diese Feststellung bestätigst. Sag, du seist ein *Peeper*.« Der andere sagte es in einer Art Singsang, bar jeglicher Emotion. Wie das Summen der Mücken in *Heiligkeit*.

»Ich bin ein *Peeper*«, gestand Rillibee emotionslos.

»Der Punkt ist nämlich der«, führte Highbones aus, wobei er sich nun in eine andere Pose warf, »daß wir *Himmelsstürmer* die *Peeper* als niedrigste Lebensform überhaupt betrachten. Hab ich nicht recht, Jungs?«

Die Versammlung gab ihm recht. Ja. *Peeper* waren das Allerletzte.

Rillibee hatte Bruder Shoethai schon gesehen, einen Krüppel von unbestimmtem Alter, über den jeder Witze riß – allerdings nur hinter vorgehaltener Hand, denn Bruder Shoethai arbeitete für das Büro für Akzeptable Doktrin. Highbones räumte Rillibee jedoch wenig Zeit ein, diesen Gedanken weiterzuverfolgen.

»Natürlich wissen wir, daß es Leute wie den alten Shoethai gibt, die von ihrer Konstitution her nicht in der Lage sind, zu klettern, und jeder von ihnen wird sowieso als *Peeper* enden. Trotzdem geben wir dir eine

Chance. Jeder bekommt eine Chance. Das ist nur fair, meinst du nicht auch?«

Leichtsinnigerweise riskierte Rillibee einen Kommentar: »Ich möchte aber ein *Peeper* sein.«

Das löste einen Tumult unter den versammelten Männern aus, die man allesamt für Verwandte von Highbones hätte halten können, so weißhäutig und schlank wie sie waren. Mit den langen Armen wiesen sie eine fatale Ähnlichkeit mit terranischen Menschenaffen auf.

Highbones schüttelte den Kopf. »O nein, das willst du nicht, *Peeper*. Du weißt ja nicht, was du sagst. Vielleicht liegt es an deiner Dummheit. *Peeper* werden nämlich an den Türmen aufgehängt, und zwar an den Füßen. *Peeper* werden von jedem herumgeschubst. Ihr Leben ist ein einziges Elend, dem niemand sich freiwillig aussetzen würde. Da wäre es doch viel besser, sich dem Test zu unterziehen und zu versuchen, das Beste daraus zu machen, meinst du nicht? Und wenn du einfach nicht zum Klettern geeignet bist, nun, dann werden wir vielleicht Gnade walten lassen. Aber du mußt es auf jeden Fall versuchen. So sind nun einmal die Regeln.« Highbones lächelte. Es war ein künstliches, aufgesetztes Lächeln; aus seinen Augen sprach purer Sadismus.

Rillibee registrierte diesen Blick, und der Magen krampfte sich ihm zusammen. Den gleichen Blick hatte damals auch Wurn gehabt, der große, böse Wurn, wenn er sich von Rillibee Schulsachen ausleihen wollte und dabei hoffte, Rillibee würde es ihm verweigern, damit er einen Grund zum Zuschlagen hatte. Es wäre nur eine Frage der Zeit gewesen, bis Wurn jemanden umgebracht hätte. Und es war auch nur eine Frage der Zeit, bis Highbones jemanden umbrachte, falls das nicht bereits geschehen war. In Anbetracht seines Alters war es durchaus möglich, daß er schon jemanden getötet hatte. Wahrscheinlich würde er es wieder tun.

Möglicherweise schon an diesem Abend. Highbones kannte keine Skrupel. Vielleicht tötete er seine Opfer nicht vorsätzlich, aber auf jeden Fall nahm er ihren Tod in Kauf, solange er nur seinen Spaß hatte. Aber vielleicht wollte er sich auch gar nicht amüsieren. Vielleicht hatte er ein ganz anderes Motiv.

»Ein *Peeper* erlebt die Hölle auf Erden, junger Mann«, sagte er. »Du machst dir keine Vorstellung davon. Frag ruhig den alten Shoethai, wenn du uns nicht glaubst.«

»Hast du schon mal jemanden an der Pest sterben sehen?« fragte Rillibee, ohne daß er sich die Worte vorher überlegt hätte. Noch im selben Augenblick wünschte er sich, er hätte geschwiegen, aber die Gruppe reagierte ohnehin nicht so, wie er es eigentlich erwartet hatte.

»Pest?« lachte Highbones. »Was soll der Quatsch, *Peeper?* Verschone uns mit deinen Geschichten. Jetzt wird geklettert.«

»Wo soll ich überhaupt klettern?« fragte Rillibee. Er bemühte sich, die Ruhe zu bewahren. Dieses Dutzend und die anderen, die vielleicht noch irgendwo lauerten, waren ein wildes Rudel. Damit hatte Rillibee schon seit seiner Kindheit Erfahrung. Cojoten. Verwilderte Hunde. Joshua hatte ihn über Rudel aufgeklärt. Wenn einer anfing zu heulen, fiel der Rest mit ein. So auch in diesem Fall, als Rillibee einen Schrei ausstieß. Als sie ihn von der Bank zerrten und fortschleppten, stimmten bereits zwanzig bis dreißig andere in das Gejaule ein. Ein Rudel. Wenn man nicht mit dem Rudel konform ging, mußte man das Leittier manipulieren.

»Bist du hier der einzige mit einem Namen?« wandte er sich in einem Ablenkungsmanöver an Highbones.

Das half, zumindest für den Moment. Hardflight wurde ihm vorgestellt, Topclinger, Mastmaster und Steeplehands. Roperunner, Long Bridge und Little

Bridge. Schmale Gesichter, schlanke Körper, und die meisten hatten diese langen Arme und großen Hände. Geringes Gewicht war offensichtlich von Vorteil. Rillibee ließ die Hände in den Ärmeln der Kutte verschwinden und betastete die muskulösen Arme. Die vielen Jahre körperlicher Ertüchtigung in *Heiligkeit*, während derer er die Türme hinauf- und hinabgeklettert war.

Topclinger sah Highbones an, mit unbewegtem Gesichtsausdruck und unergründlichem Blick. Er war jemand, der nicht blindlings dem Rudel folgte. Mit ihm konnte man vielleicht reden.

Aber dazu war nun keine Zeit mehr.

»Die Zeit läuft«, rief Highbones. »Es wird dunkel. Zeit zu klettern!«

Die Menge nahm Rillibee in die Mitte und lief durch einen Korridor zu einem Lagerhaus, dann eine Treppe hoch und durch eine Luke auf das Dach der Halle. Neben ihm ragte die Stelze eines Turms empor, wobei eine Leiter bis zur ersten Querstrebe hinaufführte. Darüber gab es weitere Stelzen und weitere Leitern. Die Spitzen der Türme verschwanden in den Wolken. Durch die Wolken schickte die Sonne die letzten Strahlen zum Erdboden. Die lange Nacht von *Gras* brach an.

»Der wird klettern, wird er«, flüsterte Topclinger und packte Rillibee fest an der Schulter.

»Oh, darauf wette ich, Tops«, knurrte Highbones.

Trotz der akustischen Kulisse vernahm Rillibee ihre Worte. All die Jahre, in denen er dem mückenartigen Summen in *Heiligkeit* gelauscht und gelernt hatte, Informationen aus jenem Hintergrundrauschen zu filtern, ermöglichten es ihm nun, sie zu verstehen, obwohl ihre Worte nicht für seine Ohren bestimmt waren.

»Die Wette gilt«, erwiderte Topclinger. »Eine ganze Schicht Küchendienst.«

»Einverstanden«, sagte Highbones kichernd. »Er ist schon so gut wie tot.«

Bei diesem Kichern lief es Rillibee kalt den Rücken hinunter.

»O Gott«, sagte der Papagei in seiner Erinnerung.

»Halt's Maul!« sagte Rillibee in Gedanken.

»Sagtest du etwas, *Peeper?*«

Rillibee schüttelte den Kopf. Highbones war nicht der Typ, der eine Wette dem Zufall überließ. Er würde nachhelfen, irgendwo dort oben.

Aber kam es darauf überhaupt noch an? Sollte er doch seinen Willen haben.

»Laß mich sterben«, flehte der Papagei.

Das dreckige Dutzend umzingelte Rillibee, wobei alle wie ein Mann nach oben zeigten, auf die untergehende Sonne.

»Wird er klettern?« wollten sie wissen und rückten dichter auf, während sie die Regeln darlegten. Sie würden ihm einen Vorsprung von drei Minuten geben und dann die Verfolgung aufnehmen. Wenn es ihm gelang, die nächste Leiter zu erreichen und vor ihnen wieder unten zu sein, wäre er ein *Himmelsstürmer*. Wenn sie ihn erwischten, wäre er ein *Peeper*, aber sie würden ihn schon nicht allzu schlimm zurichten, wenn er ihnen eine ordentliche Hatz bescherte. Und wenn er runterfiel, wäre er ein *Deader*, je nach Absturzstelle. Vielleicht würde er gar keine Verletzung davontragen. Aber wenn er sich weigerte zu klettern, würden sie ihn gleich hier an Ort und Stelle erledigen. Sie würden sein Gesicht in Kot drücken und ihn solange in den Magen schlagen, bis er sich wünschte, er wäre dort oben gestorben anstatt hier unten. Wenn er nicht kletterte, fuhr Highbones fort, würden einige vielleicht noch andere Möglichkeiten finden, sich mit Bruder Lourais Anatomie zu vergnügen, bevor sie ihn töteten. Die anderen pflichteten ihm mit breitem Grinsen und fiebrigen Blicken bei.

»Hinauf!« riefen sie im Chor. »Hinauf, Lourai! Die Initiation ruft. Klettern!« »Klettern!« ertönte es aus einem halben Hundert Kehlen, wobei andere Leute, durch den Aufruhr angelockt, sich dem Dutzend anschlossen, das ihn ausgelöst hatte. An Seilen, die von oben herabgelassen wurden, kletterten sie an der Halle empor und versammelten sich auf dem Dach. »Klettere, Lourai! Klettere!« brüllten die Brüder von *Heiligkeit*, die Grünen Brüder, Nuazoi, Flumzee und wie sie alle hießen. Mordlust spiegelte sich in ihren Gesichtern.

Langeweile, hatte Bruder Mainoa gesagt. Fast wahnsinnig vor Langeweile. Und Bruder Lourai würde lernen müssen, mit ihnen auszukommen.

Ihre Drohungen beeindruckten Rillibee nicht. In den letzten Jahren hatte er dem Tod schon oft ins Auge geschaut. Er hatte keinen Sinn mehr im Leben gesehen, wo Joshua und Songbird und Miriam tot waren. Der Tod wäre keine schlechte Alternative gewesen, obwohl das Erreichen dieses Zustandes sich problematischer gestaltete, als ihm lieb gewesen wäre. Das Sterben war das Problem. Wenn er sich hier und jetzt diesem Rudel auslieferte, würde er schmerz- und schmachvoll sterben, wovon er keinesfalls begeistert war. Wenn er schon sterben sollte, dann wenigstens in Frieden und nicht durch irgendwelche affenartigen Barbaren wie Highbones.

Was ihn wirklich zur ersten Leiter trieb, war der Lärm, den sie veranstalteten, der Hohn und Spott, mit dem sie ihn überschütteten, die Gewißheit, daß sie ihn nicht in Ruhe lassen würden, solange er nicht handelte.

Vor der Leiter selbst hatte er keine Angst. All die Jahre war er die Türme von *Heiligkeit* hinauf- und hinabgeklettert, die zehnmal höher waren als diese hier. Er war ein versierter und routinierter Kletterer. Also kletterte er die Leiter hinauf, zuerst langsam, dann schneller, mit nach oben gerichtetem Blick. Er hatte etwas erspäht, das die Gruppe auf dem Dach entweder nicht gesehen oder nicht beachtet hatte.

Nebel hüllte die Abtei ein. Die Turmspitzen verschwanden in den Wolken, und die Hängebrücken wurden mit Nebelschwaden drapiert. Vielleicht würden die Leute auf dem Dach es erst dann erkennen, wenn sein Vorsprung schon groß genug war.

Er erreichte die erste Querverstrebung des Turms. Um die nächste Leiter zu erreichen, mußte er ein gekrümmtes Grasbündel von der Dicke seines Beins überwinden. Im Gegensatz zu den rechteckigen Trägern von *Heiligkeit* war dieser Ausleger zwar rund, dafür aber auch breiter als die Träger, die er in den Fallschächten bewältigt hatte. Ohne sich dessen überhaupt bewußt zu werden, rannte Rillibee über den Querträger und nahm die zweite Leiter in Angriff, wobei er den weiteren Streckenverlauf überflog. Da waren die Leitern und die Brücken. Und wo war die nächste Wolke?

Seine Aktion wurde mit einem Geheul der Gruppe quittiert. Neulinge liefen nicht über die Streben! Obwohl die ihm gewährte Zeit noch nicht abgelaufen war, nahm Highbones nun die Verfolgung auf. Er begab sich an den Aufstieg, obwohl einige die Kühnheit besaßen, »Zeit. Zeit. Unfair!« zu rufen.

Wut kam in Rillibee Chime auf. Highbones hatte gegen seine eigenen Regeln verstoßen. Mit welchem Recht tat er das?

Highbones ignorierte die Rufe. Nun folgten auch die anderen, wobei Hardflight und Steeplehands die Führung vor Long Bridge übernahmen. Topclinger blieb indes zurück und rief: »Du hast ihm nicht den versprochenen Vorsprung gegeben, Bones. Du hast ihm zuwenig Zeit gegeben.« Rillibee hörte das. Er hörte auch die zustimmenden Rufe von vielleicht einem Dutzend Leuten. Topclinger hatte durchaus seine Hausmacht.

Rillibee hörte auch Highbones unter sich, hörte die Drohungen, das Keckern, mit dem sie ihn nervös machen und zu Fall bringen wollten. Statt dessen fachte das seinen Zorn nur noch an und steigerte seine Sicherheit und Schnelligkeit. Es befanden sich noch drei Leitern zwischen ihm und der Wolke, die zu ihm herabsank. Die Position der darüberliegenden Leitern und Brücken hatte er sich bereits gemerkt. Er hatte etwas gesehen, das ihm von Nutzen sein konnte, falls er sich für das Leben entschied, und gleich mehrere Dinge, falls er sich für den Tod entschied. Nun hetzte er mit wirbelnden Händen und Füßen aufwärts, angetrieben von Zorn und von widersprüchlichen Gefühlen besessen, teils Furcht, teils Haß. Das Heulen der Kletterer unter ihm schwoll an, als sie vorzeitig zu den Türmen liefen.

»Ich krieg dich, *Peeper*«, rief Highbones zuversichtlich von unten. »Ich krieg dich.«

Rillibee riskierte einen schnellen Blick. Er hatte bereits eine beträchtliche Höhe erreicht. Die Plattform unter ihm wimmelte vor Kletterern. Er schnellte sich nach oben. Er hatte noch zwei Läufe über Querträger vor sich, die mit zunehmender Höhe immer schmaler wurden, und dann noch die Leiter, die in den Nebel hinaufführte.

Vor Wut verspannte er sich und schnappte nach Luft. Die Arme schmerzten. Es war aber nicht so schlimm, daß die Gefahr eines Absturzes bestanden hätte. Noch nicht. Aber er mußte damit rechnen. Irgendwann. Wann? Der feuchte Nebel legte sich ihm auf die Wangen und kühlte sie. Er kletterte weiter.

Plötzlich tauchte er in den Nebel ein, der ihn wie ein Tuch umhüllte und gleichsam in Watte packte. Die Verfolger verloren ihn aus den Augen, genauso wie er sie nun auch nicht mehr sah. Er war allein in der Wolke, wobei nur der schwankende Turm ihm die Richtung vorgab und die Position der anderen anzeigte. Er verlangsamte das Tempo, schaute sich um und versuchte mit den Augen den sich verdichtenden Nebel zu durchdringen. Nun zeichneten die Konturen des Dings, nach dem er gesucht hatte, sich als Verlängerung des Turms ab. Es verlor sich im grauen Nebel, nur ein paar Meter entfernt.

Rillibee löste den Knoten der Schärpe, zog die Kutte aus, rollte sie zusammen und band die Schärpe darum. Nur noch mit Unterwäsche bekleidet, erklomm er die Spitze, wobei er das Seil um den Hals gewickelt hatte und die zusammengerollte Kutte vor der Brust baumelte. Dieser Fortsatz stammte offensichtlich noch aus der Zeit, als der Turm errichtet wurde; es handelte sich um einen Kran, mit dem Material hochbefördert worden war. Er ruhte auf einer Reihe diagonaler Stützen. Hinter ihm verschwanden die spinnenartigen Stelzen des Turms in der grauen, feuchten Wolke. An der letzten Stütze setzte er sich auf, eingehüllt in eine schallschluckende dunstige Blase.

Etwa drei Meter über dem Sporn befand sich eine Brücke aus drei Tauen, die zwischen diesem und einem nicht weit entfernten Turm gespannt war. Ein Tau diente als Lauffläche und die beiden anderen als Geländer, wobei die Konstruktion noch durch dünnere Seile fixiert wurde. Im Moment sah Rillibee die Brücke zwar nicht, aber er wußte, daß sie da war. Er hatte sie schon von unten gesehen und sich ihre Lage gemerkt. Er hoffte, daß sie sich in Reichweite der Schärpe befand.

Er preßte sich an den Sporn und hakte die Füße in die Verstrebung. Dann wirbelte er die zusammengerollte Kutte wie ein Pendel herum und ließ mit jedem Schwung mehr Leine. Schließlich spürte er, daß die Kutte sich oben in der Brücke verfangen hatte. Eigentlich hatte er geplant, die Schärpe zu einer Schlinge zu verknoten, um sich unter der Brücke einen festen Halt zu verschaffen. Niemand wäre auf die Idee gekommen, dort im Nebel nach ihm zu suchen. Betrübt zerrte er an der Schärpe. Sie hatte sich in der Brücke verfangen. Nach einigen vergeblichen Bemühungen erkannte er, daß er umdisponieren mußte. Die Hängebrücke wäre unter seinem Gewicht nämlich durchgehängt. Die Verfolger, die diese Tour jeden Abend durchführten, hätten sofort erkannt, daß dort etwas war. Und wenn sie ihn nicht auf der Brücke gefunden hätten, hätten sie eben an der Unterseite nachgeschaut.

Was nun. Er atmete tief durch und klammerte sich weiterhin an den Sporn. Das Ende der Schärpe hatte er noch immer in der Hand. Ein paar Armlängen unter ihm grunzte und brabbelte jemand auf dem Turm vor sich hin. »Dort oben!« ertönte da Highbones Stimme, wobei er vor Wonne fast überschnappte. »Er ist dort oben.« Andere Stimmen meldeten sich, nicht viel weiter entfernt.

Rillibee wartete ab. Wenn sie versuchten, den Sporn zu erklimmen, würde er springen. Ein Sturz aus dieser Höhe war mit Sicherheit tödlich. Er hoffte, daß er sich über dem Erdboden befand und nicht über einem Reetdach, das den Aufprall dämpfen würde. Er atmete flach und verhielt sich mucksmäuschenstill.

Jemand bestieg die Plattform, ein zweiter folgte. Aufgrund einer plötzlichen Eingebung zog er an der Schärpe und spürte, wie der Impuls zur Hängebrücke übertragen wurde.

»Er ist auf der Brücke«, rief Highbones mit schriller Stimme. »Ich spüre ihn. Auf der Brücke.«

Vom Turm, zu dem die Brücke führte, drang ein Belfern durch den Nebel.

Der Schärpenzipfel in Rillibees Hand übertrug die Schwingungen der Brücke, auf die die Kletterer nun traten. Er ließ die Schärpe los und kletterte wieder auf den Turm hinunter. Die Geräusche der in Gegenrichtung kletternden Leute drangen an sein Ohr, während er sich im Schutz des Nebels vorsichtig an den Abstieg begab. Er wich den kletternden Schatten und rufenden Gespenstern aus, wobei er ab und zu auf den nassen

Sprossen ausrutschte. Er bewegte sich unsichtbar durch den Nebel, von der Wolke eingehüllt, eins mit dem Himmel. Über ihm ertönte ein vielstimmiges Geschrei, wobei irreführende Hinweise wie ›Hier ist er!‹ mit Fragen wie ›Wo ist er?‹ zu Chaos und Konfusion führten.

Die Basis des Turms war unbewacht. Das Dach war verlassen. Der Nebel hatte fast schon den Dachfirst erreicht, und unter der offenen Luke war die Treppe zu sehen. Von weit oben ertönten Rufe wie ›Hier, hier!‹, und noch die unterste Leiter übertrug die Vibrationen, die durch die hin und her laufenden Leute verursacht wurden. Er ging die Treppe hinunter, durchquerte die leere Halle und schlug dann den Weg zum Wohnheim ein, das erst halb fertig und fast noch unbewohnt war. In dem Moment, als er das Haus betrat, hörte er einen Schrei, als ob jemand aus großer Höhe abgestürzt wäre.

In seiner Zelle angekommen, kroch er unter die Decke und preßte sich atemlos an die Wand. Zweimal in dieser Nacht öffnete jemand die Tür und leuchtete den Raum aus.

Noch vor Morgengrauen stand er auf und kletterte wieder auf den Turm. Er arbeitete sich durch den Dunst bis zur Brücke vor, in der die Kutte sich verfangen hatte; die Schärpe hing noch immer herunter. Ein Ärmel der Kutte lugte aus der Rolle hervor und hatte sich um das Fußtau der Brücke gewickelt, gerade so viel, daß das Bündel nicht herunterfiel. Rillibee barg die Kutte und zog sie wieder an; dann setzte er sich auf einen Querträger und betrachtete für eine lange Zeit die Abtei und die umliegende Prärie.

»Laß mich sterben«, sagte der Papagei in seinem Kopf.

»Das wollte ich auch«, erwiderte er. »Heute morgen.«

Aber nun schob er es noch etwas auf. Er hatte an

diesem Morgen wirklich sterben wollen, aber nun genoß er erst einmal den Ausblick. Das Gras wogte wie ein endloses Meer und erstreckte sich nach allen Seiten bis zum Horizont. Er erkannte Bewegung im Gras. Große Tiere mit Widerhaken an den Hälsen paradierten auf dem Kamm: Hippae. Wurmartige weiße Kriechtiere wanden sich um die Wurzeln: *Peeper*. Weit im Süden bewegte sich eine Front großer *Grazer* gemächlich nach Westen. Er ließ alles auf sich wirken, die Vogelschwärme über dem Grasland, die Wellen, die hier und da von unsichtbaren, geheimnisvollen Kreaturen geschlagen wurden. Er wünschte sich, es gäbe Bäume. Wenn es doch nur Bäume gegeben hätte... das warme Licht beschien ihn wie ein Segen, wie eine Verheißung besserer Zeiten.

Als die Sonne aufging, wurde er hungrig. Er kletterte den Turm hinunter und ging frühstücken.

Zweimal wurde er beim Essen unterbrochen.

Einmal von Highbones, der an der langen Tischreihe entlangspazierte und ihm zuzischte: »Niemand macht mich ungestraft zum Trottel, Lourai. Sieh dich vor; ich erwisch dich noch.«

Dann von einem Mann, der sich als Ropeknots vorstellte; er kam in Begleitung zweier Leute, die sich anscheinend mehr auf ihn konzentrierten als auf Rillibee. »Topclinger ist gestern abend getötet worden, *Peeper*«, sagte er mit zornigem Blick. »Ein paar von uns waren seine Freunde, und wir glauben, daß du ihn beim Abstieg runtergeschmissen hast.«

»Ich bin hinaufgeklettert«, entgegnete Rillibee, wobei er nicht Ropeknots ansah – der in seiner Wut ohnehin keinem Argument zugänglich war –, sondern die beiden anderen. »Ich habe mich im Nebel versteckt und die anderen vorbeigelassen. Dann bin ich dieselbe Leiter wieder hinabgeklettert. Ich habe niemanden hinuntergestoßen, und nach euren eigenen Regeln bin ich nun auch kein *Peeper* mehr.«

Die beiden, die einen ziemlich besonnenen Eindruck machten, wechselten Blicke. »Ich hatte die Tür bewacht«, knurrte Ropeknots. »Du bist nicht an mir vorbeigekommen. Du hast Topclinger umgebracht und dann einen anderen Abstieg genommen.«

»Ich bin durch dieselbe Tür wieder zurück. Sie war nicht bewacht«, widersprach Rillibee, dem es allmählich zu bunt wurde. »Es war weit und breit keine Wache zu sehen.«

»Ich war sehr wohl da«, behauptete der andere, wobei er ob dieser Lüge errötete. Von der Seite warf er seinen Kollegen einen drohenden Blick zu. »Highbones hatte mich angewiesen, unten zu bleiben und die Tür zu bewachen, und das habe ich auch getan.«

Damit wandte er sich um und ging. Rillibee schaute ihm nach. Kurz darauf setzten sich auch die Begleiter in Bewegung. Rillibee fragte sich, ob sie diese Lüge genauso durchschaut hatten wie er. Der Mann hatte sicher den Befehl erhalten, Wache zu stehen, aber er hatte seinen Posten verlassen. Und bestritt es nun. Das kam Highbones nur zupaß, denn dadurch geriet nun Rillibee in den Verdacht, für den Tod von Topclinger verantwortlich zu sein. Wenn jemand Topclinger getötet hatte, dann war es Highbones selbst gewesen.

Also eine pflichtvergessene Wache und ein verräterischer Anführer. Schöne Feinde waren das. Rillibee seufzte und wünschte sich, er hätte sich von der Turmspitze gestürzt, als er die Gelegenheit dazu gehabt hatte. Oder im Morgengrauen, wie er es eigentlich vorgehabt hatte. Er trug sich schon mit dem Gedanken, zu diesem Zweck noch einmal den Turm zu erklimmen, als er wieder gestört wurde. Diesmal handelte es sich um ein halbes Dutzend junger Brüder, die ihm lachend den Kopf tätschelten und ihn wegen seiner Leistung lobten. Umgehend tauften sie ihn auf den Namen ›Kletter-Willy‹, denn er war ein besserer Kletterer als alle anderen *Peeper* ihrer Generation. Sie rechneten es ihm hoch an, daß er den ihnen verhaßten Highbones an der Nase herumgeführt und ihnen eine gute Show geliefert hatte. Sofort wurde er einer der ihren, ein Führer, wobei einige Leute ihm versprachen, ihm den Rücken freizuhalten und ihn vor Ropeknots zu beschützen, denn der war ein Scheißkerl. Diese Garantie bezog sich auch auf Highbones, der anderen vorwarf, die Regeln zu verletzen und sie dabei selbst laufend brach.

Diese neue Freundschaft bewog Rillibee dazu, die Selbstmordgedanken für eine Weile zurückzustellen. In der Gesellschaft dieser Kameraden bestieg er allabendlich einen Turm, saß stundenlang in der Dämmerung und rief seinen Namen, während die anderen sich auf zwei Türme verteilten und Tauziehen spielten. Dabei wurde er von nichts gestört außer von den großen Nachtfaltern, die ihn mit einem patschenden Geräusch rammten, und den *Peepers*, die an den Graswurzeln ihr Lied anstimmten. Jeden Abend legte er den Bruder Lourai ab und wurde wieder zu Rillibee Chime. Wenn die Nacht hereinbrach, saß er in Wolken eingehüllt und erinnerte sich an seine Leute, den Ort seiner Kindheit und rezitierte unaufhörlich Rillibee Chime, Songbird Chime, Joshua Chime, Miriam Chime. Er reagierte jedoch auch auf den Namen ›Kletter-Willy‹, den seine Freunde ihm gegeben hatten. Im Rudel war er Kletter-Willy. Bald würde er wohl eine multiple Persönlichkeit entwickeln: Rillibee, Lourai, Willy. Als ob er wie eine Papierfigur ausgefaltet worden wäre, zog sich die Kette seiner Identitäten von seinem Herkunftsplaneten bis zu diesen wolkenverhangenen Türmen, wo er sich bald das Leben nehmen würde, wenn er wieder von Langeweile und Depressionen befallen wurde.

In den Amtsräumen vom Leiter des Büros für Sicherheit und Akzeptable Doktrin packte Jhamless Zoe, Vorsteher der Abtei, nun schon zum wiederholten Male ein Paket aus, das bereits vor einiger Zeit eingetroffen war. Es enthielt einen Stapel Blätter mit dem Briefkopf ›Lieber Bruder in *Heiligkeit*‹, was indes typisch war für sämtliche Mitteilungen des Hierarchen – wobei man jedoch nie wußte, ob sie auch wirklich vom Hierarchen deroselbst stammten. Gleichermaßen stereotyp ging es auch weiter, blablabla. Seitenweise Computerausdrucke, belangloser Müll. Das eigentlich Wichtige befand sich in der Mitte des Manuskripts; es handelte sich um zwei Seiten, die in einer vertrauten Handschrift abgefaßt waren:

Mein lieber, alter Freund Nods. Wenn Du dies liest, bin ich bereits der neue Hierarch von Heiligkeit.

Das war allerdings interessant. Cory hatte nämlich immer schon gesagt, daß er eines Tages Hierarch werden würde. Diesen Berufswunsch hatte er bereits geäußert, als sie noch zusammen im Priesterseminar gesessen hatten. Jhamless nickte. Das war nur ein weiterer Beleg für Corys Skrupellosigkeit.

Er las weiter:

Der letzte Hierarch, ein gewisser Carlos Yrarier, hat aus irgendeinem esoterischen Grund seinen Neffen Roderigo damit beauftragt, nach Gras *zu gehen und herauszufinden, ob dort die Pest grassiert und ob es auf Deiner Welt ein Gegenmittel dafür gibt. Sei vorsichtig, alter Freund. Obwohl es noch immer unserer Politik entspricht, es zu dementieren, ist die Pest auch hier aufgetreten, wie an allen anderen Orten auch. Wenn die Yrariers keinen Erfolg haben auf* Gras, *sind wir bei der Wiederauferstehung auf die Maschinen angewiesen, sobald die Gefahr vorüber ist. Jedenfalls einige von uns. Du und ich, alter Freund. Wie du weißt, hat es nie in der Absicht von* Heiligkeit *gelegen, die Wiederauferstehung in großem Maßstab durchzuführen. Weshalb sollte man diesen Pöbel auch wieder zum Leben erwecken, wenn er schon im ersten Leben so nutzlos gewesen ist?*

Jhamless nickte erneut. Das war eine vernünftige Doktrin, wenn auch nicht die, welche man den Massen suggeriert hatte. Wenn die Maschinen sie jemals wieder zum Leben erweckten, würde es sich um einen ausgesprochen selektiven Vorgang handeln. Jhamless' Zellprobe befand sich in Maschine ›A‹, zusammen mit einigen hunderttausend anderen. Die übrigen Milliarden konnten im Bedarfsfall auch wiedererweckt werden, nur war die Wahrscheinlichkeit dieses Ereignisses eher gering zu veranschlagen.

Weiter im Text:

Weil dennoch die Möglichkeit besteht, daß Deine Welt nicht von der Pest betroffen ist, beabsichtige ich, selbst nach Gras *zu kommen. Ich werde Experten und die Ausrüstung mitbringen, die erforderlich ist, um in kürzester Zeit ein Gegenmittel zu finden. Aber wir dürfen dabei kein Aufsehen erregen.* Es liegt nicht in unserem Interesse, daß Informationen über die Pest und ein eventuelles Gegenmittel weitere Verbreitung finden. *Unter den Älteren gibt es solche, die in dieser Pest die Hand Gottes erkennen, welche die Welten für eine alleinige Kolonisierung durch* Heiligkeit *säubert. Beschleunige diesen Vorgang etwas. Wenn ich auch nicht unbedingt die Hand Gottes am Werke sehe, so bin ich dennoch geneigt, diese Gelegenheit am Schopf zu packen.*

Heiligkeit *hatte ursprünglich die Information erhalten, daß eine oder mehrere Personen mit dieser Krankheit auf* Gras *eintrafen und geheilt wieder abgereist sind. In der aufrichtigen Hoffnung, daß dies der Wahrheit entspricht, werde ich sehr bald nach* Gras *kommen. Ein übereiltes Vorgehen würde unserer Sache nur schaden, und deshalb darf ich nicht so schnell handeln, wie ich eigentlich möchte. Dennoch werde ich nicht viel später als Yrarier eintreffen, wobei ich zuvor mehrere rituelle Zwischenstops eingelegt habe – der offizielle Anlaß meiner Reise. Im Bedarfsfall werden einige dieser zeremoniellen Besuche verkürzt. Beim ersten Anschein, daß Yrarier etwas gefunden hat, und sei es noch so unbedeutend, wirst du mich sofort informieren. Wo ich jeweils zu erreichen bin, entnimmst du der beiliegenden Routenplanung.*

Jhamless entfaltete besagten Routenplaner und beendete die Lektüre des Briefs.

Es bedarf keiner Erwähnung, daß wir keine unnötige Publizität wünschen. Die Sache hängt am seidenen Faden, und der ist schnell gerissen. Während ich diesen Brief verfasse, stirbt der alte Hierarch gerade an der Pest. Dein alter Freund und Verwandter ist indessen gesund und wird mit dem Wunsch nach Gras *kommen, von keiner anderen Hand als der der Freundschaft berührt zu werden. Halte mich auf dem laufenden!*

Unterzeichnet war das Schreiben von Cory Strange, Nods ältestem Freund, aus der Zeit, als er noch Nods Noddingdale gewesen war, viele Jahrzehnte, bevor er den Namen Jhamless Zoe angenommen hatte.

Nun, Botschafter Yrarier war erst seit kurzem hier. Bisher war Jhamless Zoe noch kein Pestfall auf *Gras* zu Ohren gekommen. Er hielt es auch für unwahrscheinlich. Dennoch würde er seinen Vize, Noazee Fuasoi, instruieren, ihn über alle Gerüchte zu informieren. Das müßte eigentlich reichen.

Mit diesen Überlegungen verpackte Jhamless Zoe ein weiteres Mal die Loseblattsammlung, den Brief sowie die Reisebeschreibung und versteckte das Paket im Schreibtisch.

Die darauffolgenden Tage verbrachte Rillibee mit Beten, morgendlichen und abendlichen liturgischen

Gesängen sowie gelegentlichen Sonderdiensten. Den Routineaufgaben kam er zwischendurch nach. Es fiel Gartenarbeit an im Sommer, Frühling und Herbst, wenn das Korn dank des ergiebigen Landregens gut stand. Obwohl der lange, elliptische Orbit des Planeten ihn im Hochsommer sehr dicht an die Sonne heranführte, war die Hitze im hohen Norden noch erträglich. Es wurden Schweinezucht und Hühnerhaltung betrieben, wobei die Tiere geschlachtet und für den Winter zu Pökelfleisch verarbeitet wurden. Es würde ihm schon nicht langweilig werden, hatte man ihm versichert. Bald würde er eine feste Aufgabe zugewiesen bekommen.

Als es schließlich soweit war, machte Rillibee, als Bruder Lourai verkleidet, mit Bruder Mainoa einen Ausflug ins Grasland, um seine Zukunft zu erörtern. Erst an diesem Morgen hatte er seinen Selbstmord erneut aufgeschoben, aber diese Entscheidung vertrug sich nicht mit der Langfrist-Planung der Abtei.

»Sie wollen wissen, wie ich mir meine Zukunft vorstelle«, sagte Rillibee bedrückt. »Ich muß ihnen heute nachmittag Bescheid geben.«

»Das ist schon in Ordnung«, erwiderte Bruder Mainoa. »Wo du dich jetzt eingelebt hast und nicht mehr befürchten mußt, daß die Kletteraffen dich töten – und wo nun jeder weiß, daß Bruder Flumzee, der sich selbst Highbones nennt, ein paar Leute umgebracht hat, obwohl er und seine Freunde es als Unfall deklarieren –, müssen unsere Vorgesetzten darüber befinden, was mit dir zu geschehen hat.«

»Ich weiß nicht, wie du auf die Idee kommst, die Kletterer wollten mich nicht mehr töten«, sagte Rillibee. »Manche von ihnen verfolgen dieses Ziel noch immer. Highbones will mich umbringen, weil ich ihn angeblich zum Narren gemacht habe. Er hatte nämlich eine Wette auf meinen Absturz abgeschlossen. Und Topclingers Freunde wollen ihn rächen. Er sagte, er hätte die Wette mit Topclinger abgeschlossen, und wo der nun tot ist, gilt die Wette nicht mehr. Aber sie stacheln ihn weiterhin auf, und das steigert seinen Haß auf mich. Ropeknots will mich aus dem Weg räumen, weil ich ihn als Lügner bloßgestellt habe. Je länger ich ihnen aus dem Weg gehe, desto mehr sind sie bestrebt, mich zu erledigen.«

»Nun, dann solltest du ihnen geben, was sie wollen, Bruder. Ich bemühe mich jedenfalls immer, das zu tun. Wenn mir jemand etwas Böses will, versuche ich, ihm diesen Wunsch zu erfüllen. Sie wollen, daß du verschwindest; also verschwinde. Ich halte es für das beste, wenn du mir bei den Ausgrabungen hilfst; wir müssen das aber regeln, bevor der Ältere Bruder Jhamless sich wieder an diese zwanzig Hiebe erinnert, die er dir versprochen hat. Ich weiß nicht mehr, von wem ich es erfahren habe. Wenn du aber sagst, du *möchtest* mir bei den Ausgrabungen helfen, wird der Ältere Bruder dich überallhin abkommandieren, nur nicht dorthin.« Bruder Mainoa sog an dem Grashalm, den er im Mund hatte und ließ sich die Angelegenheit durch den Kopf gehen.

»Du solltest folgendes tun, Lourai: Mach einen deprimierten Eindruck und frage sie, was es für dich zu tun gäbe. Sie werden dir ein halbes Dutzend Vorschläge machen, einschließlich der Ausgrabungen. Sie werden die Gärten vorschlagen, den Hühnerhof, die Schweineställe, die Schreinerei, die Weberei und die Ausgrabungsstätte. Und wenn sie nicht von selbst darauf zu sprechen kommen, tu du es. Sag, du hättest die Ausgrabungsstätte gesehen, als Bruder Mainoa dich zur Abtei brachte. Thematisiere diesen Punkt. Und wenn sie ihn dann aufgreifen, mußt du Desinteresse heucheln.«

»Weshalb sollte ich mich überhaupt mit dem Älteren Bruder Jhamless herumschlagen? Du hast doch gesagt, mit dem Älteren Bruder Laeroa könne man vernünftig reden.«

»Ja, das stimmt auch. Bruder Laeroa ist engagiert. Er kümmert sich um die Ausgrabungen und die Gärten. Er ist auch ein guter Botaniker. Aber es ist nicht Laeroas Aufgabe, dir einen Job zu geben. Das obliegt dem Assistenten des Büros für Religiöse Korrektheit. Dem Älteren Arschloch Noazee Fuasoi. Er ist ein Menschenfeind. Es verschafft ihm höchste Befriedigung, die Menschen zu Dingen zu zwingen, die sie nicht tun wollen. Das Arschloch Fuasoi ist für Personalangelegenheiten zuständig. Er und sein Assistent, Shoethai. Nur daß Shoethai völlig inkompetent ist. Den kannst du getrost vergessen.«

»Wie sollte man wohl jemanden vergessen, der so aussieht wie er?«

»Er hat nur ein schiefes Gesicht.«

»Sein Gesicht ist ein Alptraum. Genauso wie der restliche Kerl. Als ich ihn zum erstenmal sah, wußte ich nicht, ob ich nun kotzen oder ihn umbringen sollte. Er sieht aus wie ein Monster, das jemand in die Mangel genommen hat.«

»Das muß auch jemand getan haben. Sein Vater, wenn man den Gerüchten glauben will. Als er Shoethai zum erstenmal zu Gesicht bekam, wollte er ihn umbringen, schaffte es aber nicht ganz. Man hat die Zellen des Mannes aus dem Archiv geholt und ihn zum Tode verurteilt. Dann brachte man Shoethai nach *Heiligkeit*. Er wuchs dort auf. Fuasoi hat sich wohl an sein Aussehen gewöhnt. Auf jeden Fall soweit, daß er ihn nach *Gras* mitgenommen hat. Was die anderen beiden Assistenten der Doktrin betrifft, Yavi und Fumo, so erinnern sie mich irgendwie an *Peepers*. Gedrungen und aufgedunsen, wobei man ihr Gesicht eigentlich gar nicht als solches bezeichnen kann. Jhamless Zoe und Noazee Fuasoi«, rief er nun, »Yavi, Fumo und Shooothai. Fuasoi und Shoethai sind merkwürdige Gestalten. Irgendwie irre!«

»Und dann soll ich ihm sagen …«

Bruder Mainoa summte vor sich hin. »Tu einfach, was ich dir sage. Mach einen betrübten Eindruck und sag ihm, daß du sicher keinen Spaß an den Ausgrabungen hättest.«

»Wirklich?«

»Wirklich was?«

»Hätte ich überhaupt Spaß daran?«

»Auf jeden Fall wird es dir besser gefallen, als die nächsten vier oder fünf Terra-Jahre hier in der Abtei zu verbringen, obwohl du dich in den letzten Wochen durchaus zu einem guten *Himmelsstürmer* entwickelt hast. Jetzt ist es noch aufregend, aber irgendwann wird es langweilig, falls du überhaupt solange lebst. Wenn du den Himmel einmal gesehen hast, genügt das doch, oder? Die Wolken und der Nebel sind immer gleich, und die Nachtfalter sind sich auch ziemlich ähnlich. Irgendwann wird die Aufmerksamkeit deiner Leibwächter einmal nachlassen, und dann stößt Highbones oder einer seiner Gefolgsleute dich vom Turm. Draußen in den Ruinen trachtet dir aber niemand nach dem Leben. Wir machen ständig neue und interessante Funde. Hier mußt du fünfmal am Tag beten und zwischendurch noch Bußgänge antreten. Und du darfst keine Kritik an der Doktrin üben, denn wenn Fuasoi selbst nicht lauscht, einer seiner kleinen Freunde tut es bestimmt. Yavi, Fumo oder Shoethai werden dich ans Messer liefern.«

Bruder Lourai grunzte zustimmend, stand auf und begab sich mit mürrischem Blick auf den Rückweg zur Abtei. Der deprimierte Eindruck, den er nun machte, war nicht einmal gespielt. Zwischen den Phasen der Hochstimmung war ihm allmählich bewußt geworden, daß er, wenn er auch seine Identität wiedergefunden hatte, den Rest seines Lebens an einem fremden Ort verbringen würde. Seitdem er mit zwölf Jahren den Canyon verlassen mußte, hatte er nie die Hoffnung aufgegeben, eines Tages zurückzukehren und die

Bäume wiederzusehen. Manchmal hatte er sogar von den Bäumen geträumt. Nun schwand die Hoffnung, jemals wieder einen Baum zu sehen.

Seufzend sah Bruder Mainoa der sich entfernenden Gestalt nach. »Er hat Heimweh«, sagte er sich. »Genauso wie ich damals.«

Im Gras ertönte ein fragendes Schnurren.

Bruder Mainoa reagierte schon gar nicht mehr darauf. Er schloß die Augen und konzentrierte sich. Wie definierte man Heimweh? Sehnsucht, überlegte er, nach einem vertrauten Ort. Einem Ort, an dem man glücklich war. Nachdem er es in Worte gefaßt hatte, versuchte er es sich bildlich vorzustellen. Man kam abends nach Hause, und das Licht an der Haustür brannte. Man öffnete die Tür. Eine Umarmung …

Tränen liefen ihm übers Gesicht, und er wischte sie mit einem Anflug von Zorn fort. Wie schon so oft, waren seine Emotionen aufgefangen und verstärkt zurückgeworfen worden. »Verdammte Kreaturen«, sagte er.

Das Knurren nahm eine betrübte Klangfarbe an.

»Das letztemal hatte ich euch unten in der Nähe der Ausgrabungsstätte gesehen. Was habt ihr überhaupt hier oben zu suchen?«

Das Bild eines Wäldchens in der Nähe der Ruinenstadt drängte sich ihm ins Bewußtsein. Im Mittelpunkt war eine Leerstelle. Amorphe Schemen, amethyst- und pinkfarben koloriert, strichen heulend um die Leere.

»Ihr habt mich vermißt?«

Ein Schnurren.

»Ich werde in ein paar Tagen zurück sein. Vorher versuche ich, Bruder Lourai zum Mitkommen zu bewegen, falls man es ihm erlaubt. Mit einem jungen Mann, der noch alle Sinne beisammen hat, ist mehr anzufangen als mit einer alten Matschbirne. ›Ja, Bruder. Nein, Bruder.‹ Erst reden sie mir nach dem Mund, und dann denunzieren sie mich bei der erstbesten Gelegenheit bei der Doktrin. Und zeigt euch Bruder Lourai erst dann, wenn ich es euch sage. Er würde sich zu Tode erschrecken. Er ist noch nicht einmal ausgewachsen. Armer Kerl. Er ist mit den Nerven am Ende. Dieses Jahr wäre seine Dienstzeit beendet gewesen, aber er hat es nicht mehr ausgehalten.«

Das Bild der sich öffnenden Tür, die Umarmung. Bruder Mainoa nickte und drückte mit einem krummen Finger die Pfeife aus. »So ist es.« Er schüttelte den Tabaksbeutel, in dem er das Gras aufbewahrte, das er nach all den Jahren noch immer als Tabak bezeichnete. Er seufzte.

»Mir geht dieses purpurne Gras mit dem guten Aroma aus. Ich habe aber gehört, daß es da noch eine andere Sorte gibt…«

Diesmal ertönte kein Schnurren. Er hörte nichts außer einem gleichmäßigen Atmen. Langsam manifestierte sich ein Bild in Bruder Mainoas Bewußtsein. Es waren die Gebäude von Opal Hill. Bruder Mainoa kannte sie gut. Er hatte geholfen, die Gärten dort anzulegen.

»Opal Hill«, sagte er.

Nun erfolgte eine Ausschnittsvergrößerung, und Details wurden erkennbar. Da waren eine Frau, ein Mann und zwei jüngere Leute. Der Kleidung nach zu urteilen stammten sie nicht von *Gras*. Und Pferde! Gott im Himmel, wozu brauchten sie hier nur Pferde?

»Das sind Pferde«, sagte er atemlos. »Von Terra. Mein Gott, als ich zuletzt ein Pferd gesehen hatte, war ich fünf oder sechs Jahre alt.« Er spürte einen Druck im Kopf und verstummte.

»Erzähl mir alles über die Leute auf Opal Hill«, verlangten die Bilder in seinem Bewußtsein.

Bruder Mainoa schüttelte den Kopf. »Ich kann nicht. Ich weiß nicht das geringste.«

Das Bild eines Pferdes, das seltsam klein wirkte im Vergleich zu seinem Reiter, der Anflug eines Verhörs.

»Pferde sind terranische Tiere. Die Menschen reiten auf ihnen. Sie gehören zu dem Dutzend domestizierter Arten, die in der Obhut des Menschen genauso glücklich sind wie in freier Wildbahn …«

Zweifel.

»Doch, es stimmt.« Wobei er sich fragte, ob das wirklich stimmte.

Bruder Mainoa fing ein starkes Gefühl der Unzufriedenheit auf. Der Befrager war mit den bisherigen Auskünften nicht zufrieden.

»Ich werde versuchen, es herauszufinden«, versprach Bruder Mainoa. »Es gibt sicher jemanden, den ich fragen kann …«

Plötzlich brach die Verbindung ab. Bruder Mainoa wußte, daß eine Inspektion des Grases sinnlos gewesen wäre. Seine bisherigen Bemühungen hatten immer nur ein Ergebnis erbracht: nämlich keines. Was auch immer da zu ihm sprach (wobei Mainoa einen bestimmten Verdacht hinsichtlich der Identität seines Gesprächspartners hegte), es scheute die Öffentlichkeit.

Bruder Lourai kam den Pfad entlang. »Main-oh-ah.« Bruder Mainoa stand auf und orientierte sich an der Stimme. Gemächlich und desinteressiert schlenderte er auf dem Pfad in Richtung Abtei. Keuchend hetzte Bruder Lourai hinter ihm her.

»Der Ältere Bruder Laeroa will dich sprechen.«

»Was ist denn jetzt schon wieder?«

»Nichts. Jedenfalls nichts Besonderes. Der Ältere Bruder Laeroa hatte mich abgefangen, als ich gerade ins Büro des Älteren Bruders Fuasoi gehen wollte. Es geht um die Leute von Opal Hill. Sie wünschen eine Führung durch die Ruinen von Arbai. Der Ältere Bruder Laeroa sagt, weil du sowieso als Fremdenführer fungierst, kannst du mich mitnehmen und gleich dabehalten.«

Interessant. Insbesondere deshalb, weil Mainoas Befrager sich soeben nach Opal Hill erkundigt hatte.

»Hm. Hast du dem Älteren Arschloch denn gesagt, daß du nicht wüßtest, ob die Ausgrabungen das Richtige für dich seien?«

Bruder Lourai nickte, wobei er ein Grinsen kaum unterdrücken konnte. »Ich hielt es für das beste, zumal ich schon in seinem Büro war. Er hat Laeroa kurz angeschaut und mich dann zu deinem Assistenten bestimmt. Es würde mich Demut lehren, meinte er.«

»Nun«, sagte Bruder Mainoa seufzend. »Es wird dich – und ohne Zweifel auch mich – so manches lehren, aber sicherlich keine Demut.«

10

Als Rillibee und Bruder Mainoa an der Ausgrabungsstätte ankamen und durch die Gräben spazierten, die einst Straßen gewesen waren, informierte Mainoa seinen Kollegen über den aktuellen Kenntnisstand bezüglich Arbai. Die Straßen waren von Häusern mit kunstvollen Steinmetzarbeiten gesäumt, Ranken, Früchten und humorvollen Karikaturen der Arbai selbst.

»Diese Darstellungen zeigen aber nicht die Arbai hier auf *Gras*«, stellte Rillibee fest. »Hier gibt es nämlich keine solchen Ranken.«

Mainoa schüttelte den Kopf. »Hier draußen in der Prärie nicht, das ist richtig. Aber im Sumpfwald gibt es solche Ranken mit Blättern und Früchten; sie winden sich um die Bäume und werden von den Vögeln als Nistplätze und Stege benutzt. Fast alles, was auf diesen Reliefs dargestellt ist, existiert irgendwo auf *Gras*. Es gibt Darstellungen von Hippae, Hunden, *Peepers* und Füchsen. Außerdem von Kolibris und verschiedenen Bäumen, die so detailliert sind, daß man sie sogar bestimmen kann.«

»Wo gibt es denn diese Bäume?« fragte Bruder Lourai.

»Im Sumpfwald, Junge. Und in vereinzelten Wäldchen. Ich werde dir eins zeigen, eine halbe Meile von hier.«

»Bäume«, sagte Bruder Lourai atemlos.

»Die Arbai haben sich mit Tausenden von Reliefs selbst ein Denkmal gesetzt«, fuhr Bruder Mainoa fort. »Sie zeigen alltägliche Verrichtungen an den Fassaden und rituelle Handlungen an den Türen. So interpretieren wir es jedenfalls. An den Fassaden scheinen sie nämlich zu lächeln, und an den Türen nicht.«

»Das soll ein Lächeln sein?« fragte Bruder Lourai zweifelnd, wobei er die Darstellung eines zähnefletschenden Gesichts betrachtete.

»Nun, in Anbetracht ihrer Reißzähne glauben wir es zumindest. Die Forscher hatten die Archive nach Abbildungen von Tieren durchsucht, und zwar in solchen Situationen, mit denen man Zufriedenheit oder Freude assoziieren konnte. Dann haben sie den jeweiligen Gesichtsausdruck miteinander verglichen. Die Forscher halten es für ein Lächeln. Aber die Schnitzereien an den Türen sind es nicht. Die Darstellungen an den Türen zeigen ernsthafte Wesen, die einer ernsthaften Beschäftigung nachgehen.«

Bruder Lourai untersuchte einen gut erhaltenen Teil der Tür. Die Gesichter wirkten sehr feierlich. Selbst er war in der Lage, das zu erkennen. Die Schnitzerei zeigte eine Prozession der Arbai, die wie alle diese Darstellungen von stilisierten Ranken eingerahmt war. »Aber es gibt keine Beschriftung. Keine Worte.«

»Wir haben zwar viele Bücher gefunden, aber keines davon bezog sich auf die Reliefs und Schnitzereien.«

Bruder Lourai seufzte. Zu gern hätte er die Sprache dieser Arbai studiert und herausgefunden, in welchen Kategorien sie dachten; ob sie wohl die gleiche Mentalität wie die Menschen gehabt hatten? Plötzlich ertönte ein Geräusch am Himmel, im Südwesten, und er schaute nach oben zu den Wolken – wobei er den Geruch dieses Geräuschs einsog, wie Joshua es immer tat, wenn er in den Wäldern etwas gehört hatte, einen Bären oder sonst ein Tier. »Ich höre einen Gleiter.«

»Er muß von Opal Hill kommen«, sagte Bruder Mainoa. »Ich frage mich nur, was sie überhaupt hier wollen.«

Diese Frage stellte sich auch Marjorie, die sich an

Bord des Gleiters befand. Es war Rigos Wunsch gewesen, den Grünen Brüdern einen Besuch abzustatten, in der Erwartung, sich nützliche Informationen zu beschaffen. Nun hatte Rigo jedoch keine Zeit mehr, um dieses Vorhaben zu verwirklichen. Dieser Tage hatte Rigo für gar nichts mehr Zeit außer für das Reiten.

Marjorie hatte sich erboten, einen Erkundungsflug zu den Brüdern zu unternehmen, doch der unersetzliche Persun Pollut hatte ihr empfohlen, außerhalb der Abtei nach Informationen zu suchen.

»Sie haben ein Komitee dort«, hatte er gesagt, »ein Büro mit der Bezeichnung Akzeptable Doktrin. Die Mitglieder dieses Komitees betreiben Gesinnungsschnüffelei unter den Leuten. Außerdem verwalten sie auch die Abtei; lassen Sie sich nur nicht weismachen, sie täten es nicht. Die Wahrheit interessiert sie nicht. Wenn sie etwas zur Doktrin erheben, ignorieren sie alle gegenteiligen Sachverhalte und lügen Ihnen frech ins Gesicht. Passen Sie auf, daß Sie diesen Typen nicht auf den Leim gehen. Sie sollten ihnen überhaupt keine Fragen stellen, sondern lieber mit vernünftigen Leuten sprechen. Ich kenne Bruder Mainoa von seinen Besuchen in der Stadt. Er ist genauso bodenständig wie einer von uns aus *Commons*. Wenn die Brüder irgendwelche gesundheitlichen Probleme haben, wird er es Ihnen sagen.«

»Und wie arrangiere ich ein Treffen mit Bruder Mainoa, ohne das … das Komitee zu bemühen?« fragte Marjorie.

»Bitten Sie einfach um eine Führung durch die Arbai-Ruinen«, riet Persun. »Er hält sich normalerweise dort auf, und mit größter Wahrscheinlichkeit wird man Ihnen Bruder Mainoa als Führer zuweisen. Vor allem deshalb, weil niemand sonst sich damit belasten will.«

»Gut, dann werde ich sie wohl um eine Führung durch die Ruinen bitten«, sagte sie; nach kurzer Überlegung war sie zu dem Schluß gekommen, daß es zum einen sinnvoll und obendrein vielleicht noch unterhaltsam wäre. Bisher hatte der Aufenthalt auf *Gras* sich nämlich für keinen Yrarier sehr unterhaltsam gestaltet.

Begierig nach familiärem Beisammensein und Abwechslung, bereitete sie ein großes Picknick vor und fragte die Kinder, ob sie sich nicht einmal die Ruinen anschauen wollten. Tony hatte Interesse. Stella hatte kein Interesse; angeblich wäre sie müde, obwohl Marjorie sich nicht vorstellen konnte, wovon. Obwohl sie glaubte, jede Gefühlsregung des Mädchens zu spüren, hatte Marjorie nicht die geringste Ahnung, daß Stella sich jede Nacht auf die Hippae-Maschine setzte und im Simulator über die endlose Prärie von Gras ritt, in die Morgendämmerung hinein. Stella hatte durchaus die Wahrheit gesagt, als sie meinte, sie sei müde. Nur der Spannkraft der Jugend hatte sie es zu verdanken, daß sie sich überhaupt noch auf den Beinen hielt.

Also waren Tony und Marjorie allein aufgebrochen. In letzter Minute indes hatten Vater Sandoval und Vater James noch gefragt, ob sie mitkommen dürften; und nun waren die vier in dem barocken Gleiter unterwegs, der von Tony mit beachtlicher Professionalität gesteuert wurde, wenn man bedachte, daß er die Mühle gerade ein Dutzend Mal geflogen hatte. Als sie sich den Ruinen näherten, setzte ein Nieselregen ein, bei dem das Farbenspektrum der Landschaft auf ein einheitliches Grau reduziert wurde. Nach der Landung wurden sie von zwei Brüdern in grünen Kutten empfangen, einem alten Dickwanst mit neugierigem Gesichtsausdruck und einem jungen Schlaks mit einer braunen Kappe, gelocktem Haar und deprimiertem Gesichtsausdruck. Beim Anblick von Vater Sandoval zwinkerte der Alte ihm zu … weshalb? Weil er ein Kollege war? Ein Altersgenosse? Ein Verbündeter? Oder etwa ein Gegner?

»Religiös?« fragte Bruder Mainoa. »Sind Sie religiös,

Sir?« Er griff nach dem Kragen des Priesters und begutachtete ihn. »Sie und der andere Gentleman?«

»Wir sind Altkatholiken«, erklärte Vater Sandoval. »Das ist Vater James. Ich bin Vater Sandoval.«

»Sieh sie dir an, Bruder Lourai!« sagte Bruder Mainoa. »Altkatholiken. Sie haben sich ihr Dasein selbst ausgesucht. Im Gegensatz zu uns.« Er blinzelte dem älteren Priester zu und imitierte dessen Kopfhaltung. »Bruder Lourai und ich, wir wurden verpflichtet, Vater. Uns wurde der Zölibat auferlegt. Das Schweigen. Die Langeweile. Wir mußten es einfach so hinnehmen. Und als wir uns gegen unser Schicksal auflehnten, wurden wir zur Strafe hierher verbannt.«

»Ich habe schon davon gehört«, sagte Vater Sandoval, mit einem Unterton von Sympathie. »Seine Exzellenz der Botschafter hat mir so etwas gesagt.«

»Ich möchte Sie bitten, das nicht zu vergessen, Vater. Auf Ihrer Tour ...« Er wackelte mit dem Kopf, lachte glucksend und ging dann davon. Der Regen hatte aufgehört. Der samtige Boden war mit Wassertröpfchen bedeckt wie mit Juwelen. Mainoa zog eine dunkle Spur durch diese funkelnde Fläche.

Fragend schaute Vater Sandoval Marjorie an. Sie zuckte nur die Achseln. Woher hätte sie auch wissen sollen, was der alte Mann damit hatte sagen wollen. Er schien von der Vorstellung angetan, zur Strafe eine Arbai-Stadt auszugraben. Nur Vater Sandoval hatte sich vorgestellt, aber darauf kam es wohl auch nicht an. Vielleicht waren die Führer über ihre und Tonys Identität bereits informiert. Von diesen wußte sie soviel, daß der Alte Mainoa hieß und der andere Bruder Lourai. Das genügte für den Anfang. Sie ließ den Priester vorangehen und folgte ihm. Tony lief hinter ihr her, wobei er den Kopf in alle Richtungen drehte, damit ihm nur nichts entging.

Die Ruinenstadt lag in einem Gebiet mit violettem Gras, das den Boden wie ein weicher Pelz überzog.

Durch diesen Boden zog sich ein Grabensystem, das man über eine Treppe aus Ebenholz-Gras erreichte. Die dicken Bündel waren oben abgeflacht, und die unter ihrem Gewicht aneinanderschabenden Halme gaben ein Geräusch von sich, das wie ein Verweis klang.

›Zieht die Schuhe aus‹, schienen sie zu sagen. ›Das ist geheiligter Boden. Zeigt Respekt.‹

Es war, als ob die Besucher diese Worte gehört hätten. Sofort bückte Tony sich und zog die Schuhe aus. Als er spürte, wie die Treppe sich unter ihm durchbog, überzog Schamröte sein Gesicht. Vater Sandoval bekreuzigte sich mit einem Ausdruck wachsamer Überraschung und Verärgerung. Vater James streckte die Arme aus, als ob er das Gleichgewicht bewahren wollte. Marjorie wirkte verwirrt und nachdenklich. Sie hatten Stimmen gehört!

Bruder Mainoa schaute sie an und lachte glucksend. »Haben Sie das gehört? Ich habe es auch gehört, und Bruder Lourai ebenfalls. Der Ältere Bruder Fuasoi hört es nicht oder behauptet es zumindest. Sie sind zornig, Vater? Halten Sie das vielleicht für einen Trick? Ich habe diese Grasbündel selbst geschnitten, Vater. Keine Tricks. Ich bin nur in die Prärie hinausgegangen, bis ich geeignetes Gras fand. Dann habe ich es geschnitten, gebündelt und umwickelt. Und seitdem höre ich Stimmen, wenn Leute darübergehen, und Sie hören diese Stimmen auch, aber niemand sonst. Sie sollten einmal darüber nachdenken, Väter, gnädige Frau, junger Herr.«

Die niedrige Treppe führte auf eine gepflasterte Straße. Wo in der unendlichen Prärie hatten die Erbauer nur Steine gefunden? Aber es war unverkennbar Stein, der im Nieselregen glitzerte und nach all den Jahrhunderten noch immer poliert war. In regelmäßigen Abständen wurde die Straßendecke durch Bordsteine und Lücken unterbrochen.

»Hier hatten Bäume gestanden«, sagte Bruder Mainoa und zeigte nach oben. Sie schauten in die angegebene Richtung, spürten den Schatten der Äste und hörten das Rauschen des Laubs. Marjories Augen weiteten sich. Da waren doch gar keine Bäume. Nur freie Flächen. Und doch hatte sie sie gesehen, hatte das Rascheln der Blätter gehört…

»Welche?« fragte sie. »Welche Bäume?«

Der junge, dürre Bruder antwortete, begierig, das von Mainoa erworbene Wissen anzuwenden. »Bäume, die es nur im Sumpfwald gibt, gnädige Frau. Ein Teil des Holzes war noch da, als die Stadt ausgegraben wurde. Es war konserviert. Man hat die Überreste untersucht und ist zu dem Schluß gekommen, daß es keiner von den Bäumen war, die hier draußen wachsen. Man glaubt, es war ein Obstbaum.«

Die schmale Straße wurde von reliefgeschmückten Fassaden mit Holztüren gesäumt, wobei Bruder Mainoa sie darauf hinwies, daß die Schnitzereien an den Türen Szenen aus dem religiösen Leben der Arbai darstellten.

»Religiös?« fragte Vater Sandoval. Er war so taktvoll, um keinen Spott zu zeigen, aber seine Zweifel waren dennoch unverkennbar.

Bruder Mainoa zuckte die Achseln. Die Szenen waren mysteriös, wahrscheinlich mystisch. Welchen Zweck erfüllten diese Schnitzereien? Das würde man wohl nie erfahren. Was hatten diese Figuren, die sich kleine Kisten oder Würfel reichten, und diese Prozession zu bedeuten? Was bedeuteten diese knienden Wesen, die mit anscheinend ehrfürchtigem Blick einen *Graspeeper* betrachteten? Der unbekannte Künstler hatte dem *Peeper* einen fast sphärischen Körper verliehen und ihn mit zwei Hunden flankiert, deren Köpfe nach oben gerichtet waren. Das ganze Kunstwerk wurde von Ranken und Blättern eingerahmt. In Bruder Mainoas Augen wiesen die Schnitzereien einen religiösen Bezug auf. Er lächelte Vater Sandoval an, wobei er ihm gleichzeitig zu verstehen gab, sich bloß eines Widerspruchs zu enthalten.

Vater Sandoval erwiderte das Lächeln und behielt seine Meinung für sich. Vater James schaute nur betreten in die Runde.

An einer anderen Tür hatten zwei Hippae sich das Hinterteil zugewandt und kickten sich Erdbrocken zu. Oder vielleicht nahmen sie auch die merkwürdige Struktur dazwischen aufs Korn. Aber war es überhaupt eine Skulptur? Oder vielmehr eine Maschine? Die Arbai standen daneben und schauten mit feierlichem Gesichtsausdruck zu. Was hatte das zu bedeuten? Es war indes möglich, daß Details zerstört wurden, als die Türen zerfielen.

Denn zerfallen waren sie. Zersplittert. Die Reste der nach innen gedrückten Türen hingen noch an den Angeln. Im Innern der freigelegten, schlicht eingerichteten Räume lagen Knochen herum, Häute und Schuppen. Die Fußböden waren mit den gleichen Steinen ausgelegt, mit denen auch die Straßen gepflastert waren. Die Wände waren mit einer Substanz beschichtet, die Bruder Mainoa als polymerisierte Erde identifizierte. Und es gab Mumien der Wesen, die einst hier gelebt hatten. Arbai. Sie waren von humanoider Gestalt, so daß sie in den Menschen, die sie im konservierten Todeskampf sahen, ein Gefühl des Mitleids auslösten.

Die Münder waren zu einem Schrei geöffnet. Leere Augenhöhlen schauten angsterfüllt. Hier ein Arm und dort der Körper, wobei die andere dreifingrige, mit zwei Daumen bestückte Hand nach der abgetrennten Extremität griff, um sie wieder an den Körper anzufügen, damit das Wesen wenigstens unversehrt starb – ein letztes Aufbegehren gegen den Horror, der über es hereingebrochen war.

Junge Arbai, oder zumindest kleine, waren in der Mitte zerrissen worden; die Erwachsenen hatten die

Überreste an die Brust gedrückt. Die Körper waren im Lauf der Zeit zerfallen, so daß jetzt nur noch Stapel von Knochen und Haufen von glitzernden Schuppen übrig waren, die ihre Häute bedeckt hatten. Überall das gleiche Bild, in jeder Straße, in jedem Haus.

Marjorie schloß die Augen; sie hörte Stimmen auf der Straße. Eine fließende Sprache, mit vielen Zischlauten, aber durchsetzt von sehr menschlichem Lachen.

»Arbeiten noch weitere Brüder hier?« fragte sie.

»Heute nicht.« Bruder Mainoa lächelte und sah sie neugierig an. »Sie meinen wegen der Stimmen? Vielleicht sind es nur die Geräusche der Stadt. Oder ist es vielleicht nur der Wind? Wie oft habe ich mich das schon gefragt. ›Mainoa‹, sage ich. ›Ist es nur der Wind?‹ Oder sind es die Gespräche dieser Leute, Lady Westriding?«

Also hatte er ihren Namen schon gewußt.

Tony sagte: »Ich habe den Eindruck, daß dieser Ort… nun, absichtlich fremd ist. Für diese Welt, meine ich.«

Bruder Mainoa nickte ihm zu. »Diesen Eindruck habe ich auch, junger Herr. Vielleicht hatten diese armen Wesen versucht, ein wenig Heimatambiente zu schaffen?«

»Es ist vieles sonderbar auf *Gras*«, sagte Marjorie, wobei sie sich von einem schreienden Gesicht abwandte. »Dr. Bergrem, die in der Stadt lebt, hat über die Dinge geschrieben, die den Planeten einzigartig machen. Eine Substanz, auf die unsere Zellen angewiesen sind, kommt hier auf *Gras* in einzigartiger Form vor. Sie hat es untersucht.«

»Auf jeder anderen Welt würde die Ärztin sich großer Berühmtheit erfreuen«, sagte Bruder Mainoa. »Ihr Ruf ist besser, als die Leute hier ahnen.«

»Sie könnte diese Laute vielleicht erklären«, entgegnete Marjorie, wobei sie sich dagegen wehrte, von Angst und Verzweiflung überwältigt zu werden und die gemurmelte Konversation in einer fremden Sprache verdrängte, mit ihrer gurgelnden, fließenden Tonalität. »Haben Sie sie schon einmal gefragt?«

»Ich habe die Phänomene gemeldet«, sagte Bruder Mainoa. »Ich glaube, die Behörden halten es für Einbildung. Bisher hat sich aber noch niemand davon überzeugt.«

Vater Sandoval, der Marjories Betrübnis bemerkt hatte, beschloß, sie auf etwas hinzuweisen. »An Orten wie diesem überkommen einen manchmal abergläubische Anwandlungen. Wir müssen uns dagegen wehren, Marjorie. Es waren ganz normale Lebewesen, die nun tot sind. Hier muß sich ein Marktplatz oder eine Lagerzone befunden haben. Die Häuser machen einen ländlichen Eindruck. Sie wirken nicht wie Stadthäuser.«

»Das ist charakteristisch für alle Arbai-Städte«, sagte Bruder Mainoa. »Wir wissen, daß sie durch den Weltraum gereist sind – vielleicht mit Schiffen, obwohl wir keine gefunden haben, oder auf irgendeine andere Art –, aber wir wissen auch, daß sie nicht in großen Verbänden zusammengelebt haben, wie wir Menschen das oft tun. Keine der Städte, die wir bisher gefunden haben, bot mehr als ein paar tausend Einwohnern Platz. Auf den meisten Welten gibt es ein paar Städte dieser Größenordnung, aber nicht viele.«

»Und hier?« fragte Marjorie.

»Diese ist die einzige, die wir auf *Gras* gefunden haben.«

Vater Sandoval runzelte die Stirn. »Davon verstehe ich nicht viel. Weiß man denn, von welcher Welt sie ursprünglich stammen?«

Bruder Mainoa schüttelte den Kopf. »Manche glauben, sie wären von *Reue* gekommen, weil es dort mehrere solcher Städte gibt. Aber sicher weiß man es auch nicht.«

»Vielleicht leben irgendwo noch Arbai?« sinnierte Vater James und trat gegen einen Stein.

Der Bruder zuckte die Achseln. »Manche glauben, daß diese toten Städte nur Außenposten waren und daß die eigentlichen Städte noch der Entdeckung harren. Ich weiß es nicht. Sie haben die Frage nach einem Geschäftsviertel oder Marktplatz in dieser Stadt gestellt. Wir vermuten, daß der Marktplatz sich Richtung Stadtmitte zur Linken dieser Straße befindet. Auf jeden Fall vermitteln die Strukturen dort nicht den Anschein von Wohnhäusern.«

»Geschäfte?« fragte Vater Sandoval. »Lagerräume?«

Mainoa hob die Schultern. »Es gibt hier einen offenen Platz, eine Plaza. Mit dreiseitigen Strukturen, die vielleicht Marktstände gewesen sind. Außerdem gibt es noch ein Gebäude voller Krüge in allen Größen und Formen und einen zentralen Punkt auf der Plaza, auf dem sich etwas befindet, das einer Maschine oder einer Skulptur ähnelt, möglicherweise eine Art ›Schwarzes Brett‹. Vielleicht handelte es sich um einen Altar, ein Podest für einen Herald oder ein Observatorium. Oder sogar eine Schaubühne? Wer weiß? Ein Gebäude ist angefüllt mit Büchern, die stark an unsere Bücher erinnern, ein Jahrhundert, bevor es Computer und Scanner gab.«

»Gebunden?« fragte Marjorie.

»Ja. Ich habe eine Gruppe Büßer damit beauftragt, jede Seite zu scannen. Zumindest tun sie das gelegentlich. Wenn es sonst nichts für sie zu tun gibt. In der Regel arbeite ich allein, und nur manchmal werde ich von ein paar Mitarbeitern unterstützt. Das Kopieren der Bücher ist eine dröge und einsame Arbeit, aber notwendig. Irgendwann wird *Heiligkeit* und einigen größeren Universitäten wie Semling Prime je eine komplette Sammlung zur Verfügung gestellt.«

»Aber keine Übersetzung.« Marjorie schaute durch eine offene Tür auf die massakrierten Leiber und wünschte sich, sie würden noch leben.

»Nein. Es handelt sich um eine sehr komplexe

Schrift. Wenn es hier so etwas wie eine Kirche gäbe, würden wir nach einer ständig wiederkehrenden Sequenz suchen und hoffen, daß sie ›Gott‹ bedeutet. Wenn es einen Thron gäbe, würden wir nach dem Wort ›König‹ suchen. Und wenn es Text zu den Türschnitzereien gäbe, könnten wir den Kontext in den Computer eingeben. Die Bücher sind nicht einmal bebildert ... ich werde Ihnen einige Bücher zeigen, bevor Sie gehen.«

»Artefakte?« fragte Vater James.

»Körbe. Teller. Schüsseln. Wir glauben nicht, daß sie Kleidung trugen, aber es gibt Gürtel; eigentlich sind es Schärpen. Geflochtene Grasbänder, etwa sechs Zoll breit und einige Yards lang. Mit schönen Farben und Mustern. Die Experten haben mir gesagt, das Gewebe hätte große Ähnlichkeit mit Leinen. Die Arbai haben nur wenige Artefakte hinterlassen. Es hat den Anschein, als ob sie die Dinge, die sie benutzten, mit Bedacht ausgewählt hatten. Hinsichtlich Form und Farbe entsprechen die meisten Artefakte unserem ästhetischen Empfinden, wenn auch nicht alle – insbesondere die Töpfe. Vielleicht sollte ich sagen, meinem Empfinden. Ihnen würden Sie vielleicht gefallen. Jedes einzelne Teil ist von Hand gefertigt, aber ohne Inschriften, die wir als ›Hergestellt von John Brown‹ entziffern könnten. Wir werden uns die Artefakte später anschauen, Lady Westriding. Maschinen haben wir bisher nicht gefunden und auch keine maschinell gefertigten Produkte. Dann gibt es da noch die sogenannten Krematorien und das Ding im Stadtzentrum. Vielleicht handelt es sich dabei um Maschinen. Vielleicht auch nicht. Aber die Arbai sind doch gereist. Also müssen sie Maschinen gehabt haben. Sie müssen auch Schiffe gehabt haben, nur daß wir bisher keins gefunden haben.«

»Sehen alle Städte so aus?« Tony fuhr über die Schnitzerei und legte die Hände auf das verwitterte Gesicht eines Aliens.

»Wo das Erdreich zutage tritt, haben sie Erde als Baustoff verwendet und polymerisierte Wände errichtet, Kuppeln und Dächer. Wo es Wälder gab, haben sie mit Holz gebaut. Und wo es Steine gab, haben sie aus Stein gebaut. Hier auf *Gras* stammen die Steine aus einem nicht weit entfernten Steinbruch. Er ist zwar vom Gras überwachsen, aber die Spuren der Arbeit der Arbai sind noch zu erkennen. Jede Stadt ist anders, in Abhängigkeit von den verwendeten Baustoffen. Auf einem Planeten hat man sogar Baumhäuser errichtet.«

»Und wo?«

Er schaute sie an, als ob er ganz vergessen hätte, wer sie war. Intensives Nachdenken spiegelte sich in seinem Gesicht.

»Ich ... ich erinnere mich nicht. Aber ich weiß es ...«

»Wie viele Städte haben Sie schon gesehen?« fragte Marjorie.

Erneut stieß Bruder Mainoa ein glucksendes Lachen aus. »Diese hier, Lady. Nur diese. Aber ich habe Bilder von allen gesehen. Und Kopien von Berichten, die denjenigen von uns zugänglich gemacht wurden, die hier arbeiten; in der Hoffnung, daß ein hier erfolgter Fund vielleicht einen Fund an einem anderen Ort erklärt. Vergebliche Hoffnung. Und dennoch machen wir weiter.«

»Überall das gleiche. Und alle Bewohner sind tot«, sagte Tony.

»Vielleicht. Oder sie sind woanders hingegangen.«

Sie liefen über etwas, das vielleicht ein Marktplatz, ein Versammlungsplatz oder gar ein Spielplatz gewesen war. Im Zentrum befand sich das von Bruder Mainoa erwähnte Podium. Auf einem Sockel aus exotischem Material krümmte sich eine Struktur und lief in sich selbst zurück, wobei das ganze eine Möbiusschleife ergab, durch die selbst ein hochgewachsener Mensch spazieren konnte. Tony klopfte mit dem Knöchel dagegen und hörte einen vibrierenden Klang.

Metall. Aber es sah nicht aus wie Metall. Die Kanten waren zerklüftet, als ob irgendwelche Klauen einen Abdruck in dem Material hinterlassen hätten. Das gleiche Design schmückte auch die Kanten des Podiums. Auf der offenen Fläche markierten Wimpel die Stellen, an denen man Leichen gefunden hatte, unter freiem Himmel niedergemetzelt. Die Körper waren nun abgedeckt, um sie später zu untersuchen. Ein Wimpel befand sich innerhalb der schleifenförmigen Struktur, einige andere neben dem Podium, als ob eine Versammlung unterbrochen worden wäre. »Woran sind diese Leute gestorben?« fragte Tony.

»Füchse, sagen manche. Ich glaube es aber nicht.«

»Weshalb nicht?« fragte Vater James neugierig; die Fremdartigkeit dieses Ortes hatte ihn aus seiner gewohnten Schweigsamkeit gerissen.

Bruder Mainoa sah sich um, wobei er Bruder Lourai aber ignorierte. Er hielt Ausschau nach anderen, die sich vielleicht in Hörweite befanden. Heute waren zwar keine Arbeiter zugange, aber ab und zu kam ein Bruder vorbei, um ihn mit Lebensmitteln zu versorgen und die aktuellen Kopien der Arbai-Bücher abzuliefern. Manche von ihnen waren unzweifelhaft Spione der Doktrin.

Als er sich davon überzeugt hatte, daß niemand lauschte, sagte Mainoa: »Wir Grünen Brüder leben schon seit vielen Jahren hier, junger Herr. Viele Jahre. Viele *Gras*-Jahre. Wir haben hier überwintert, zusammengepfercht wie Ölsardinen in der Büchse. In dieser ganzen Zeit ist noch niemand von uns von den Füchsen angegriffen worden.« In seiner Stimme schwang mehr als nur Überzeugung mit. Es war Gewißheit.

»Aha«, sagte Marjorie. »So ist das also.«

Der Bruder nickte und schaute ihr in die Augen. »Ja, Lady Westriding. So ist das.«

»Sie meinen doch wohl nicht die Hippae?« fragte Tony voller Abscheu.

»Tony!« rief Marjorie. »Laß ihn ausreden.«

»Ich habe nichts mehr zu sagen.« Bruder Mainoa schüttelte den Kopf. »Nicht das geringste. Ich möchte Sie nicht erschrecken, junger Herr.«

»Mich dürfen Sie ruhig erschrecken«, sagte Marjorie.

Der Blick, den er Tony zuwarf, sprach Bände. Dann wandte er sich an Marjorie. Der Junge errötete.

»Gut, Madam, dann sage ich Ihnen folgendes: Betrachten Sie diese armen Wesen, die nun schon so lange tot sind. Schauen Sie sich ihre Wunden an. Und dann schauen Sie sich die Aristokraten an, die nicht mehr auf die Jagd gehen. Betrachten Sie ihre Prothesen. Und dann sagen Sie mir, ob die Entitäten, die das eine getan haben, nicht auch das andere getan haben.«

»Aber die Hippae sind doch Pflanzenfresser«, wandte Tony ein und dachte dabei an seinen Vater. »Große Pflanzenfresser. Weshalb sollten sie …«

»Wer weiß denn, was die Hippae wirklich sind und was sie treiben?« fragte Bruder Mainoa. »Sie kommen nur in unsere Nähe, um uns zu beobachten. Und wenn sie uns beobachten …«

»… sehen wir Verachtung«, sagte Marjorie so leise, daß Tony nicht wußte, ob er richtig gehört hatte. »Wir sehen Bosheit.«

»Bosheit«, bestätigte Bruder Mainoa. »Und das ist noch das wenigste.«

»Oh, kommen Sie«, sagte Vater Sandoval zweifelnd, fast ärgerlich. »Bosheit, Marjorie?«

»Ich habe es gesehen«, sagte sie und legte den Arm um Tonys schmale Schultern. »Ich habe es gesehen, Vater. Ein Irrtum ist ausgeschlossen.« Sie beantwortete seinen grimmigen Blick ebenfalls mit einem düsteren Gesichtsausdruck. Vater Sandoval hatte immer die spirituelle Überlegenheit des Menschen vertreten. Die Vorstellung einer anderen Intelligenz paßte ihm nicht ins Konzept.

»Bosheit? Bei einem Tier?« fragte Vater James.

»Weshalb sagen Sie ›Tier‹, Vater James?« gab Bruder Mainoa die Frage zurück. »Warum sagen Sie das, Vater?«

»Weil … weil sie das schließlich sind.«

»Woher wollen Sie das wissen?«

Vater James blieb ihm die Antwort schuldig. Statt dessen reichte er Vater Sandoval eine helfende Hand, der sich verärgert über die Stirn fuhr und sich nach einer Sitzgelegenheit umschaute.

»Dort drüben, Väter«, sagte Bruder Lourai und winkte ihnen. »Wir haben uns in diesem Arbai-Haus eingerichtet. Ich habe auch etwas zu trinken da.«

Dankbar für die Erfrischung und die Sitzgelegenheit nahmen sie auf Stühlen Platz, deren Proportionen sie allerdings etwas irritierten. Die Arbai waren eine langbeinige Rasse gewesen. Ihre Stühle waren nicht für Menschen konzipiert. Zumindest nicht für solche Menschen. Sie saßen wie auf einem Hocker.

Vater James griff das Thema wieder auf. »Sie fragten, weshalb ich die Hippae als Tiere bezeichnete? Nun, ich habe sie gesehen. Sie verhalten sich eindeutig wie Tiere, nicht wahr?«

»Welche Indizien für Intelligenz würden Sie denn akzeptieren?« fragte Bruder Mainoa. »Werkzeugherstellung? Beerdigung der Toten? Verbale Kommunikation?«

»Ich weiß nicht. Ich habe noch nicht darüber nachgedacht. Solange wir hier sind, habe ich noch niemanden sagen hören, die Hippae, die Hunde und … und sonst ein Tier auf *Gras* seien mehr als eben ein Tier.«

Bruder Mainoa zuckte die Achseln. »Denken Sie einmal darüber nach, Vater. Gnädige Frau. Ich tue es jedenfalls. Es ist eine interessante Übung und führt zu faszinierenden Weiterungen.«

Sie aßen zu Mittag, wobei sie sich die Rationen der Brüder und das Paket teilten, das Marjorie mitgebracht hatte. Dann setzten sie die Exkursion fort, gingen andere Straßen entlang und schauten in andere Räume. Sie sahen Artefakte. Sie sahen Bücher, unzählige Bücher, deren Seiten mit kurvenförmigen Zeilen bedruckt waren. Dann kamen sie wieder an dem Ding auf dem Podest vorbei, der mutmaßlichen Maschine, deren Darstellung mindestens eine Tür zierte, und betrachteten andere Objekte, die vielleicht Maschinen waren oder auch nicht.

Mittlerweile fiel das Licht schon schräg in die Gräben, so daß sie Schatten warfen. »Bruder, würden Sie vielleicht nach Opal Hill kommen, um sich einmal mit meinem Mann zu unterhalten?« fragte Marjorie mit einem Schauder. »Er ist Roderigo Yrarier, der Botschafter von *Heiligkeit*.«

Plötzlich kam Leben in Bruder Lourai. »Ich kenne ihn doch!« rief er aus. »Er ist nach *Heiligkeit* gekommen. Der Hierarch war sein Onkel. Wir haben über die Pest gesprochen. Der Hierarch sagte, er müsse gehen – das heißt, hierher kommen –, wegen der Pferde.«

Tony drehte sich mit offenem Mund um. Er traute seinen Ohren nicht.

Bruder Mainoa richtete den Blick auf Marjorie und streckte den Arm nach ihr aus. »Mein junger Kollege war indiskret. Die Akzeptable Doktrin leugnet nämlich die Existenz der Pest.«

»Mutter?«

»Moment, Tony.« Sie bekam sich wieder in die Gewalt. Da wußte er also nun Bescheid. Besser er als Stella. Sie wandte sich der ihr am nächsten stehenden Person zu, Rillibee. »Bruder, was wissen Sie über die Pest?«

Rillibee schauderte; er brachte kein Wort heraus. »Laß mich sterben«, schrie der Papagei von einer eingestürzten Mauer und schlug mit den grauen Schwingen.

»Der Junge hat seine ganze Familie an der Pest sterben sehen«, erklärte Mainoa hastig. »Fragen Sie ihn nicht. Verfolgen Sie lieber diesen Gedanken weiter: überall sonst sind die Arbai eines langsamen Todes gestorben. Hier sind sie meines Wissens schnell gestorben. Ich weiß, daß überall Menschen sterben, ohne Aussicht auf Heilung. Und daß *Heiligkeit* alles dementiert.«

Ihr Unterkiefer klappte herunter. Wollte er damit sagen, daß die Pest früher schon aufgetreten war? »Ist die Pest auch hier auf *Gras* aufgetreten?«

»In der Abtei ist bisher niemand daran erkrankt. Was möchten Sie sonst noch wissen?«

»Wie viele Menschen sind auf *Gras* schon daran gestorben?«

Er hob die Schultern. »Die Dunkelziffer ist schwer zu bestimmen. *Heiligkeit sagt*, es gäbe keine Pest. Nicht mehr. Und weil sie alles bestreiten, teilen sie uns auch keine Todesfälle mit. Und weil es jetzt angeblich keine Pest gibt, hält *Heiligkeit* es für angebracht, auch gleich die ganze Historie dieser Seuche zu bestreiten. Die Akzeptable Doktrin lehrt, daß die Arbai an Degeneration gestorben seien. Oder an einer Umweltkrankheit. Aber nicht an der Pest. ›Nicht daß es nur heute keine Teufel gibt, es gab niemals welche‹, sagt die Doktrin. Trotzdem wissen diejenigen von uns, die von anderen Planeten kamen, daß es die Pest früher gab. Und auch die Teufel.«

»Glauben Sie wirklich an die Existenz von Teufeln?« fragte sie mit einem Seitenblick auf Vater Sandoval, der vor Abscheu das Gesicht verzogen hatte. »Glauben Sie gar, daß es sie schon immer gegeben hat, und daß sie nur darauf gewartet hätten, daß intelligente Wesen die Raumfahrt entdeckten? Daß sie nur darauf gewartet hätten, sie in die Schranken zu weisen, wegen Hybris vielleicht?«

»Vielleicht.«

»Sie haben meine Frage noch nicht beantwortet. Werden Sie sich mit meinem Mann unterhalten?«

Erneut neigte er den Kopf und betrachtete über ihre Schulter hinweg etwas, das nur er sah. »Wenn Sie mir einen Gleiter schicken, gnädige Frau, werde ich natürlich kommen, denn ansonsten wäre es eine Unhöflichkeit. Falls Sie auch Fragen wegen der Gärten von Opal Hill haben sollten, ich war daran beteiligt, sie anzulegen. Das wäre auch eine plausible Begründung für mein Kommen. Ansonsten würden meine Vorgesetzten es sicher nicht genehmigen.«

Sie schwieg für einen Moment und dachte nach. »Wie ist es um Ihre Loyalität gegenüber Ihren Vorgesetzten bestellt, Bruder Mainoa?«

Rillibee/Lourai stieß ein leises Schnauben aus, was Bruder Mainoa mit einem verweisenden Blick quittierte.

»Ich wurde von *Heiligkeit* verpflichtet, gnädige Frau. Ich hatte kein Mitspracherecht in dieser Angelegenheit. Für Bruder Lourai gilt dasselbe. Und dann wurden wir gegen unseren Willen hierher gebracht, auch ohne Mitspracherecht. Ich erinnere mich nicht einmal, daß man mich nach meiner Loyalität gefragt hätte.«

Vater Sandoval räusperte sich und sagte mit fester Stimme: »Danke, daß Sie uns Ihre Zeit gewidmet haben, Brüder.«

»Wir haben zu danken, Vater.«

»Ich werde einen Gleiter vorbeischicken«, versprach Marjorie. »In den nächsten Tagen. Werden Sie hier sein?«

»Wo wir nun einmal hier sind, bleiben wir solange, bis wir zurückgerufen werden, Lady Westriding.«

»Wie kommt es, Bruder, daß Sie meinen Namen wußten, obwohl wir uns noch nie zuvor begegnet waren?«

»Ach so. Ein Freund von mir interessiert sich für Opal Hill. In diesem Zusammenhang ist dann auch Ihr Name gefallen.« Er lächelte schwach. »Im Verlauf unseres Gesprächs.«

Die Brüder verfolgten den Abflug des Gleiters und kehrten dann in ihr Quartier zurück, wo Bruder Mainoa sein Tagebuch aus dem Versteck holte und die Ereignisse des Tages kommentierte.

»Tust du das immer?« fragte Rillibee/Lourai.

»Immer«, sagte der alte Mann seufzend. »Wenn ich sterben sollte, Lourai, findest du in diesem Buch mein ganzes Wissen und alle Überlegungen.«

»Wenn du stirbst...« Er lächelte.

Mainoa erwiderte das Lächeln nicht. »Wenn ich sterbe. Und wenn ich sterbe, versteck dieses Buch, Lourai. Sie werden sonst töten, wenn sie es bei dir finden.«

Das Wort ›Pest‹ traf Tony wie ein Donnerschlag. Es hallte in seinem Bewußtsein und regte auch andere Gedanken zum Schwingen an. Pest. Natürlich hatte er schon davon gehört. Flüsterpropaganda. *Heiligkeit* bestritt schlichtweg die Existenz der Seuche. Zum erstenmal stellte er sich die Frage, weshalb *Heiligkeit* etwas dementieren mußte, das überhaupt nicht existierte. Weshalb war sein Vater nach *Heiligkeit* gegangen und hatte mit dem Hierarchen über die Pest gesprochen?

Pest. Hier hatte er keine Anzeichen für diese Krankheit erkannt. Man sprach nicht einmal darüber. Tony verbrachte viel Zeit mit Sebastian Mechanic unten im Dorf, machte sich mit den örtlichen Sitten und Gebräuchen vertraut, lernte Leute kennen, aber niemand hatte je die Pest erwähnt. Sicher, es traten Krankheiten auf. Gicht und Rheumatismus. Herzinfarkte. Aber Lungenkrankheiten waren sehr selten. Die Luft war sauber und frei von Schadstoffen. Wenn überhaupt Infektionskrankheiten auftraten, dann nur vereinzelt. Sie waren in dieser kleinen Population ausgemerzt worden, und die Quarantänebestimmungen auf dem Hafen hielten *Commons* sauber.

Aber die Pest?

»Mutter«, fragte er, wobei er an die Menschen dachte, die sie zurückgelassen hatte und an den Menschen, den er zurückgelassen hatte, »ist zu Hause die Pest ausgebrochen?«

Schockiert drehte sie sich zu ihm um und wollte ihn schon belügen, wozu sie sich verpflichtet glaubte. »Ja«, bestätigte sie, als sie seinen offenen, erwartungsvollen Blick sah. Sie spürte, wie die Worte ihr nachgerade entströmten. »Ja, zu Hause wütet die Pest. Und auch auf jeder anderen besiedelten Welt.«

»Und hier?«

»Hier nicht. Vielleicht. Wir glauben es zumindest. Man hat es uns gesagt.«

»Ihr seid hier, um es herauszufinden?«

Sie nickte.

»Warum habt ihr uns nichts gesagt?«

»Stella ...«, murmelte Marjorie. »Du kennst doch Stella.«

»Aber ich, Mutter. Was ist mit mir?«

»Wir dachten, du wärst noch zu jung. Wir befürchteten, du würdest es vielleicht nicht verkraften.«

»Ein Geheimnis? Weshalb?«

»Wegen ...«, sagte Vater Sandoval, wobei er sich nach vorne beugte und den Arm des jungen Mannes ergriff, »wegen der *Moldies*, den Nihilisten. Sie hätten sonst nämlich versucht, die Pest auch nach *Gras* zu tragen. Und weil es den Bewohnern von *Gras* egal ist, ob alle anderen Welten ausgelöscht werden. Sie wollen nur ihre Ruhe haben.«

»Aber ... aber das ist doch unmenschlich!«

»Daß es ihnen egal ist, stimmt auch nicht ganz«, murmelte Marjorie. »Es ist eher so, daß sie es nicht wahrnehmen. Die bisherigen Versuche, sie dafür zu sensibilisieren, haben sie nur echauffiert. Vater Sandoval hat recht, sie wollen ihre Ruhe haben; aber das ist nicht die ganze Wahrheit. Es gibt noch einen psychologischen oder vielmehr pathologischen Aspekt. Es handelt sich um einen Fall von Verdrängung. Aus diesem Grund mußten wir ihnen falsche Tatsachen vorspiegeln, Tony, sowohl was die Funktion des Botschafters betrifft als auch unsere Familienverhältnisse. Der eigentliche Grund unseres Aufenthalts auf *Gras* besteht darin, herauszufinden, ob auch hier die Pest umgeht. Wenn das nicht der Fall ist, müssen wir irgendwie eine Aufenthaltserlaubnis für Wissenschaftler erwirken.«

»Was habt ihr bisher herausgefunden?«

»Sehr wenig. Es scheint hier keine Pest zu geben, aber wir sind uns nicht sicher. Asmir Tanlig erkundigt sich in den Dörfern und bei Bediensteten der Estancias nach unerklärlichen Todesfällen und Erkrankungen. Sebastian Mechanic kennt viele Hafenarbeiter und hört sich dort um. Die beiden kennen nicht den wahren Grund für diese Fragen. Wir haben ihnen gesagt, daß wir im Auftrag von *Heiligkeit* eine Gesundheitsstatistik anfertigen. Wir benötigen auch Informationen von den *bons*, aber es gelingt uns nicht, mehr als nur formellen Kontakt zu ihnen zu bekommen. Wir haben schon versucht, uns mit ihnen anzufreunden.«

»Deshalb auch der Empfang.«

»Ja.«

»Daß Eugenie mit diesem Mädchen aufgekreuzt ist, war wohl nicht sehr hilfreich.«

»Nein, Tony. Das war es nicht.«

»Eugenie ist noch dümmer als ein *Wurzelpeeper*«, konstatierte er und fuchtelte mit der Hand, als ob er Eugenie verscheuchen wollte. Weder er noch Stella verstanden, weshalb ihr Vater so vernarrt war in Eugenie. »Strohdumm.«

»Leider dürfte das der Wahrheit recht nahe kommen.« Sie sah, daß Vater James sie anschaute und errötete. Als Rigos Neffe schuldete er ihm wahrscheinlich Loyalität. Sie hätte Rigo nicht vor ihm kritisieren dürfen. Sie sollte es auch nicht vor Tony tun, es sei denn, daß Tony bereits ... über alles informiert war.

»Ich hatte mich schon gefragt, was dich wohl zum Mitkommen bewogen hat«, sagte Tony und schüttelte den Kopf. »Daß du die Arbeit in *Breedertown* so plötzlich aufgegeben hast. Aber sicher verlassen sie sich nicht nur auf uns. Was unternimmt *Heiligkeit* denn sonst noch?«

»Rigo sagt, sie täten alles, was in ihren Kräften steht. Es gelingt ihnen weder bei Tieren noch bei Menschen, einen Antikörper gegen das Virus zu entwickeln. Sie können das Virus zwar abtöten, aber nicht in einem lebenden Organismus. Falls sich herausstellen sollte, daß die Bewohner von *Gras* wirklich immun sind gegen die Pest, werden wir Gewebeproben nach *Heiligkeit* schikken.«

»Gewebeproben? Werden die *bons* das überhaupt zulassen?«

»Sie haben selbst keine Ärzte, Tony. Wenn sie sich eine Verletzung zuziehen, müssen sie einen Arzt aus *Commons* rufen. Ich glaube, wir können jede benötigte Probe kaufen.«

»Aber bisher hat *Heiligkeit* doch gar nichts gefunden.«

»Nichts. In keiner der getesteten Gewebeproben haben sich Antikörper gegen das Virus gebildet.«

Die vier steckten die Köpfe zusammen wie Verschwörer. »Tony, du darfst nicht …«

»Ich darf Stella nichts sagen. Ich weiß. Sie würde den Mund nicht halten, nur um zu beweisen, daß sie sich von uns keine Vorschriften machen läßt.«

Vater Sandoval nickte zustimmend. »Das ist sicher ratsam.« Er kannte Stella schon seit ihrer Kindheit. Sie hatte ihm eine Reihe von Sünden gebeichtet – in der Regel höchst dramatisch inszeniert, wobei sie aber diejenigen, die wirklich schwer wogen, unterschlug. Meistens handelte es sich um Wut. Wut auf Marjorie, weil sie ihr nicht dieses Dingsda gegeben hatte, was Stella schon immer haben wollte. Nach langer Überlegung und Meditation war Vater Sandoval schließlich zu der Erkenntnis gelangt, daß es sich vielleicht um das gleiche handelte, was auch Rigo sich wünschte – Nähe. Obwohl keiner von beiden sich genügend darum bemühte. Sie wollten eine richtige Familie sein, aber sie wollten es auf ›Knopfdruck‹, wie einen Wasserhahn, den man je nach Bedarf auf- und zudrehte. »Hilf mir *jetzt*, gib mir *jetzt*, tröste mich *jetzt*. Und wenn du mir dann entsprochen hast, hau ab!«

Erneut seufzte Vater Sandoval, wobei er sich wünschte, daß er über die Jahre Stella und ihren Vater besser kennengelernt hätte. Stella würde natürlich irgendwann heiraten und dann zu Gehorsam gegenüber ihrem Mann verpflichtet werden, wie sie nun ihren Eltern Gehorsam schuldete. Aber was sollte mit Rigo werden? Sowohl er als auch Stella waren zu ungeduldig für beharrliches Werben. Entweder wollten sie es sofort oder überhaupt nicht. Sie würden um nichts bitten. Sie würden es sich einfach nehmen. Auch Dinge, die sie eigentlich gar nicht hätten anrühren dürfen.

Ohne etwas von Vater Sandovals Überlegungen zu ahnen, befand sich Stella bereits über fünf Stunden en bloc im Simulator: mit glänzenden Augen und kerzengerader Haltung; die Trance, in der sie sich befand, schaltete jegliches Gefühl von Hunger und Durst aus. Ihr Vater hatte das Training auf der Maschine schon vor mehreren Stunden beendet. Hector Paine war auch gegangen. Sie war völlig ungestört im Winterquartier. Sie hatte den Mechanismus auf sieben Stunden eingestellt, zwei Stunden länger als ihre bisherigen Übungen, und sich auf die Maschine geschwungen. Es gab keine Möglichkeit, die Maschine anzuhalten, wenn sie erst einmal lief; man konnte sich höchstens vom Bock fallen lassen.

Auf den sie umgebenden Bildschirmen huschte das Grasland vorbei. Geräte zu ihrer Seite simulierten die

Bewegungen der Knochenblätter, die Hut und Mantel touchierten. Die Maschine ruckte und bockte, immer leicht aus dem Rhythmus, so daß sie sich nicht entspannen konnte. Der Körper blieb wachsam, aber das Gehirn stellte seine Tätigkeit bald ein und ging in den ›Leerlauf‹. Stella befand sich nun in einem Zustand der Trance und träumte von Sylvan bon Damfels.

Beim Empfang auf Opal Hill hatte sie ihn beobachtet, während er mit Marjorie tanzte und ihn mit ihren Blicken verschlungen. Als sie mit ihm getanzt hatte, hatte sie ihn durch die Haut in sich aufgesogen und sein Bild in sich aufgenommen, so daß es nun unauslöschlich in ihr verankert war, das Paradigma eines wahren Mannes. Und seitdem hatte sie ihn immer wieder ausgezogen und von ihm Besitz ergriffen und all die Dinge mit ihm angestellt, die sie bisher nicht praktiziert hatte; nicht etwa, weil sie moralische Bedenken gehabt hätte, sondern weil sie noch niemanden gefunden hatte, der ihrer würdig schien. Nun hatte sie ihn gefunden. Sylvan war ihrer würdig. Sylvan war edel. Sylvan war ein Mann, dessen Gefährtin sie sein wollte. Nein! Dessen Gefährtin sie sein würde. Bald würde es soweit sein. Wenn sie zum erstenmal zusammen ausritten, Seite an Seite.

Sie verdrängte, was er bezüglich des Reitens zu Marjorie gesagt hatte, verdrängte seinen Rat an die Yrariers. Es fügte sich nicht in das Bild, das sie sich von ihm gemacht hatte; also wischte sie die störenden Aspekte einfach beiseite und formte ihn neu nach ihren Vorstellungen – der Gospel des heiligen Sylvan, nach Stella, seiner Schöpferin.

Die Maschine galoppierte weiter, tauchte in den Federn ein und wurde von den Hebeln wieder nach oben gerissen, das Donnern der Hufe drang gedämpft aus den Lautsprechern, das bunte Grasland zog sich endlos zu beiden Seiten hin, leise zischend schlugen die Klingen nach ihr.

In einem entfernten Winkel ihres Bewußtseins berichtete sie Elaine Brouer alles über Sylvan, über ihre Begegnung, wie ihre Blicke sich getroffen hatten. ›Seit diesem Augenblick liebte er mich. Seit diesem Augenblick liebte er mich so, wie er noch niemanden geliebt hatte.‹

Sylvan sagte sich ungefähr das gleiche, während er einen gewundenen Pfad tief in den legendären Grasgärten von Klive entlangging. »In diesem Augenblick habe ich mich in sie verliebt. In dem Moment, da ich sie sah, habe ich mich in sie verliebt. Als ich sie in den Arm genommen habe. Noch nie habe ich jemanden so geliebt.«

Die Dame seines Herzens war indes nicht Stella. Es war Marjorie.

11

»Vergib mir, Vater, denn ich habe gesündigt.« Marjorie kniete im Beichtstuhl an der Seite der Kapelle, wobei ihr Gesicht von der Abendsonne beschienen wurde. In der Kapelle herrschte ein düsteres Zwielicht, das vom Licht auf dem Altar wie von einem glühenden Auge durchdrungen wurde. »Ich habe meiner Tochter gezürnt. Und meinem Ehemann…«

Sie und Vater James waren allein in der Kapelle. Rigo befand sich mit Hector Paine in den Winterquartieren. Stella und Tony waren zusammen mit Vater Sandoval hinunter ins Dorf geritten, um Sebastian Mechanic und dessen Frau Dulia einen Besuch abzustatten, die nach Aussage von Sebastian die beste Köchin des Universums war. Seit dem Empfang hatte Eugenie kaum noch die Nase aus dem Haus gesteckt; und dort befand sie sich auch in diesem Moment. Als Marjorie durch die Gärten zur Kapelle gegangen war, hatte sie Eugenie singen gehört, ein leicht angesäuselter Klagegesang, aus dem der Grund ihrer Trübsal jedoch nicht hervorging. Der Blues, so hatte Marjorie irgendwo einmal gelesen, bedurfte keines konkreten Anlasses. Eine generelle Mißstimmung genügte schon. Nun hatte Marjorie das alte Lied, obwohl es nicht einmal besonders melodisch war, ständig im Ohr. Mit Bedauern sah sie die Sonne untergehen.

»Ich habe die Geduld mit Stella verloren«, sagte sie. Eine Erklärung hierfür war nicht nötig. Dafür kannte Vater James sie alle viel zu gut. »Ich habe mich mit Rigo gestritten…«

Streit wegen der Jagd, weil er seinen Hals riskierte und noch mehr als das. »Ich habe an Gott gezweifelt …«

Nun wurde Vater James hellhörig. »Wie haben Sie gezweifelt?«

Wenn es einen Gott gäbe, würden Rigo und ich uns lieben, und Rigo würde mich nicht so behandeln, wie er es tut. Wenn es einen Gott gäbe, würde Vater Sandoval mich nicht wie ein bloßes Anhängsel meines Mannes betrachten und mir jedesmal Gehorsam auferlegen, wenn ich unglücklich bin. Ich habe nichts getan, aber ich werde bestraft, und das ist nicht gerecht. Sie sehnte sich nach Gerechtigkeit. Anstatt darauf zu sprechen zu kommen, biß sie sich jedoch auf die Lippe und lenkte das Gespräch in eine andere Richtung. »Wenn Gott wirklich mächtig wäre, würde er der Pest ein Ende bereiten.«

Dann herrschte Schweigen im Beichtstuhl, und zwar so lange, daß Marjorie sich schon fragte, ob Vater James vielleicht eingeschlafen sei. Nicht daß sie es ihm zum Vorwurf gemacht hätte. Ihre Sünden waren wirklich langweilig, zumal es nicht die erste Beichte dieser Art war. Sie alle hatten schon so viele schwere Sünden begangen, daß es genügte, sie der ewigen Verdammnis anheimfallen zu lassen. Rigos Makel war Überheblichkeit. Eugenies Markenzeichen war Trägheit. Stellas Schwäche war Neid. Und sie, Marjorie, verspürte eine unbändige Wut auf sie alle. Und auf sich selbst, die sie immer alle Schuld weit von sich gewiesen hatte!

»Marjorie«, meldete Vater James sich zurück. »Vor einigen Tagen habe ich mir die Hand an einem Grashalm aufgeschnitten; es war eine schlimme Verletzung. Sie hat sehr geschmerzt. Wunden, die von *Gras* geschlagen wurden, heilen anscheinend auch nur sehr langsam.«

»Das ist wahr«, murmelte sie. Die Erfahrung war ihr nicht neu, und sie fragte sich, worauf er hinauswollte.

»Als ich blutend dastand, überkam mich plötzlich

die Erkenntnis, daß ich die Wunde an der Hand zwar sah, aber nicht imstande war, sie zu heilen. Ich beobachtete sie wohl, aber ich konnte sie nicht behandeln, so sehr ich es mir auch gewünscht hätte. Ich konnte den Zellen an den Rändern der Wunde nicht befehlen, sie zu verschließen. Ich war und bin nicht in der Lage, ihr Wirken zu beeinflussen. Und ich bin zu groß, in meine Zellen einzudringen und ihre Funktionsweise zu untersuchen. Das gilt auch für Sie und überhaupt für alle Menschen.

Aber nehmen Sie einmal an, rein hypothetisch, daß es Ihnen gelänge, ein ... äh ... Virus zu erschaffen, das über Intelligenz verfügt! Angenommen, Sie würden es in Ihren Körper einschleusen und ihm befehlen, sich zu vermehren, jeden Krankheitserreger aufzuspüren und zu vernichten. Angenommen, Sie würden diese Wesen mit dem Auftrag zur Wunde schicken, sie zu nähen. Mit dem bloßen Auge würden Sie sie nicht sehen. Sie wüßten auch nicht, wie viele von ihnen im Einsatz wären. Sie könnten weder ihre Position noch ihre Tätigkeit ermitteln und wüßten auch nicht, welche Anstrengungen sie unternähmen und wer den Kampf erschöpft oder entmutigt aufgegeben hätte. Sie wüßten nur, daß Sie einen Stamm von Kriegern erschaffen und in den Kampf geschickt hätten. Ob sie diesen Kampf gewonnen hätten, wüßten Sie erst, wenn Sie geheilt oder tot wären.«

»Ich verstehe nicht, Vater.«

»Manchmal frage ich mich, ob es das ist, was Gott mit uns gemacht hat.«

Marjorie versuchte, denn Sinn seiner Worte zu ergründen. »Aber würde das denn nicht Gottes Allmacht einschränken?«

»Wahrscheinlich nicht. Vielleicht wäre es sogar ein Ausdruck dieser Allmacht. Im Mikrokosmos braucht Er womöglich Helfer – oder hält es zumindest für zweckmäßig. Vielleicht hat Er sich Helfer erschaffen.

Vielleicht hat Er uns als das biologische Äquivalent von Mikroskopen und Antibiotika erschaffen.«

»Wollen Sie damit sagen, daß es Gott nicht möglich sei, etwas gegen die Pest zu unternehmen?«

Die unsichtbare Person hinter dem Gitter seufzte. »Ich will damit sagen, daß Gottes Intervention womöglich darin besteht, daß er uns erschaffen hat. Vielleicht verlangt Er von uns, daß wir das tun, worum wir Ihn in unseren Gebeten bitten. Er hat uns für eine bestimmte Aufgabe erschaffen und in den Kampf geschickt. Und weil wir uns nicht unbedingt für diesen Kampf begeistern, bitten wir Ihn, uns zu entlasten. Das ficht Ihn aber nicht an, denn Er kümmert sich nicht um individuelle Schicksale. Er kennt weder unsere Position im Körper noch unsere Zahl. Er betreibt keine Erfolgskontrolle. Erst wenn der Körper – das Universum – geheilt ist, wird er wissen, daß wir unseren Auftrag ausgeführt haben!« Der junge Priester hustete. Marjorie begriff nicht sofort, daß er lachte. Lachte er nun über sie oder über sich selbst? »Haben Sie schon einmal von der Unschärferelation gehört, Marjorie?«

»Ich besitze schließlich eine Hochschulausbildung«, erwiderte sie wutschnaubend.

»Dann wissen Sie also, daß wir nicht imstande sind, bei *Sehr Kleinen Entitäten* zugleich ihre Position und ihren Zustand zu bestimmen. Allein durch die Beobachtung verändert sich auch ihr Zustand. Vielleicht widmet Gott den Einzelschicksalen deshalb keine Aufmerksamkeit, weil er uns dadurch bei der Arbeit stören und unseren freien Willen beeinflussen würde…«

»Ist das Ihre Doktrin, Vater?« sagte sie verärgert und voller Zweifel und fragte sich, was wohl über ihn gekommen sei.

Ein weiterer Seufzer. »Nein, Marjorie. Das sind nur die Spekulationen eines Priesters mit Heimweh. Natürlich ist es keine Doktrin. So gut müßten Sie den Katechismus doch kennen.« Er kratzte sich am Kopf; zum

Glück fiel diese Unterhaltung unter das Beichtgeheimnis. Auch wenn Marjorie sich wirklich etwas zu wichtig nahm, hätte Vater Sandoval seine letzten Worte sicher nicht gebilligt …

»Wenn wir alle an der Pest sterben, dann wegen unserer Sünden«, sagte sie störrisch. »Und nicht, weil wir sie nicht entschieden genug bekämpft hätten. Aber unsere Seelen sind unsterblich.«

»So sagen *Heiligkeit* und die *Moldies*«, murmelte er. »Sie sagen, wir müßten alle sterben, damit unsere Seelen leben, in der Neuen Schöpfung.«

»Ich will damit nicht sagen, daß wir nun von der Pflicht entbunden seien, die Pest zu bekämpfen«, wandte sie ein. »Aber wir haben sie unseren Sünden zu verdanken.«

»Unseren Sünden? Ihre und meine, Marjorie?«

»Die Erbsünde«, murmelte sie. »Wegen der Sünde unserer Ureltern.« Ureltern wie Rigo und Stella, die ihren Leidenschaften freien Lauf ließen, ohne die Folgen zu bedenken. Und wenn sie dann den Untergang der Welt herbeiführten, würden sie womöglich noch dabei lachen. Nie verhielten sie sich so überlegt und rücksichtsvoll, wie sie es eigentlich tun sollten. Nie waren sie friedlich. Sie seufzte.

»Erbsünde?« fragte der junge Priester verwundert. Früher hatte er vorbehaltlos daran geglaubt, aber mittlerweile war dieser Glaube ins Wanken geraten. Außerdem gab es da noch einige andere Aspekte des Katechismus, bei denen er sich auch nicht mehr so sicher war. Die Zweifel an der Doktrin hätten ihm eigentlich eine Glaubenskrise signalisieren müssen, aber sein Glaube war so fest wie eh und je, nur daß die Akzeptanz gewisser Details schwand. »Sie glauben also an die Erbsünde?«

»Vater! Das ist doch Doktrin!«

»Und was ist mit Kollektivschuld? Glauben Sie auch daran?«

»Wie soll ich das verstehen?«

»Tragen die *bons* eine Kollektivschuld für das, was Janetta bon Maukerden zugestoßen ist?«

»Ist das eine doktrinäre Frage?« fragte sie zweifelnd.

»Was ist mit den *Geheiligten?*« setzte er die Befragung fort. »Tragen sie eine Kollektivschuld, weil sie ihre Söhne in die Gefangenschaft schicken? Betrachten wir zum Beispiel den jungen Rillibee. Ist der Grund für seine Knechtschaft Kollektivschuld oder Erbsünde?«

»Ich bin Altkatholikin. Ich habe nicht über die Fehlentwicklungen von *Heiligkeit* zu befinden!«

Er mußte ein Lachen unterdrücken. Oh, wenn Marjorie doch nur mehr Sinn für Humor hätte. Wenn Rigo mehr Geduld hätte. Wenn Stella eine höhere emotionale Kompetenz hätte. Wenn Tony mehr Selbstvertrauen hätte. Und wenn Eugenie eine höhere Intelligenz besäße. Ihre Sünden konnte man vergessen, wenn nur ihre Defizite ausgeglichen würden.

Er seufzte und massierte sich die Schläfen, um den dumpfen Schmerz zu vertreiben; dann erteilte er ihr Absolution und erlegte ihr eine angemessene Buße auf. Sie sollte akzeptieren, daß Rigo an der Jagd teilnahm und nicht zu hart über ihn urteilen. Vater Sandoval hatte Marjorie schon seit Jahren dazu angehalten, ihrem Mann liebevoll zur Seite zu stehen. Marjorie war zwar reumütig, befürchtete aber auch, erneut zu liebevoller Unterstützung vergattert zu werden; deshalb kam diese Buße so überraschend, daß sie sie akzeptierte. Sie würde Rigo zwar nicht verurteilen, aber sie müßte ihn auch nicht unterstützen. Erst später, am Abend, erinnerte sie sich wieder daran, was Vater James über intelligente Viren und Schuld und Sühne gesagt hatte. Als sie seine Fragen noch einmal Revue passieren ließ, mußte sie ständig daran denken.

Zwischenzeitlich hatte Vater James sich in der Kapelle niedergekniet, um für sich selbst um Vergebung zu bitten. Es war frevelhaft von ihm gewesen, Marjories Glauben auf die Probe zu stellen, um sich selbst in seinem Glauben zu bestätigen. Er war sich nämlich überhaupt nicht sicher, ob Indifferenz gegenüber Rigo das Beste für Marjorie wäre. Wenn die Handlungsweise der *bons* wirklich sündig war, dann durfte Rigo ihrem Beispiel nicht folgen. Rigo hatte sich eingeredet, er würde sich dem zwanghaften Treiben der *bons* aus Pflichtgefühl anschließen. Vater James hingegen suchte die Gründe eher in Rigos Ego, und Vater Sandoval dachte nur in Schablonen, so daß seine einzige Handreichung in Klischees bestand. Vater James wünschte sich, mit Bruder Mainoa zu sprechen. Oder mit dem jüngeren, Lourai. Er hatte das Gefühl, daß sie außer ihrem Alter noch vieles gemeinsam hatten.

In der Nacht ertönte ein rhythmisches Donnern.

Marjorie wachte auf und ging durch die Hallen der Residenz, bis sie auf Persun Pollut stieß, der seinerseits nervös in der Gegend umherlief, sich an den langen Ohren zupfte und den Bart zwirbelte.

»Was ist das?« flüsterte sie. »Ich habe es früher schon gehört, aber noch nie so nahe wie jetzt.«

»Man sagt, es seien die Hippae«, murmelte er. »So sagt man im Dorf. Im Frühjahr hört man diese Geräusche oft, während des *Sprungs*. Ich bin davon wach geworden und zum Haupthaus gegangen, um nach Ihnen zu sehen.«

Sie legte ihm die Hand auf den Arm und spürte die Gänsehaut durch das Gewebe. »Uns geht es gut. Was machen sie denn, die Hippae?«

Er schüttelte den Kopf. »Das weiß wohl niemand genau. Angeblich tanzen sie. Sebastian sagt, er wüßte, wo. Jemand hat es ihm gesagt, aber er spricht nicht gern darüber.«

»Aha.« Sie standen beisammen, schauten aus den großen Fenstern über die Terrasse und spürten die Vibrationen unter den Füßen. Ein Mysterium. Wie überhaupt alles auf *Gras* ein Mysterium war. Und sie, Marjorie, trug nichts zu seiner Aufklärung bei.

In Gedanken war sie noch immer bei den Viren und fragte sich, was ein intelligentes Virus wohl tun würde, das nicht von Gott beobachtet oder befehligt wurde, sondern einfach seiner Bestimmung gerecht werden durfte.

»Würden Sie Sebastian bitte ausrichten, daß ich ihn sprechen möchte, Persun?«

»Morgen«, versprach er. »Wenn es hell wird.«

Weit entfernt, jenseits des Hafens und *Commons*, jenseits des Sumpfwaldes, dröhnte dasselbe Donnern in den Ohren der Belegschaft von Klive. Die bon Damfels-Familie war wach und lauschte. Manche waren noch mehr als einfach nur wach.

An der Peripherie des weitläufigen Anwesens zerrte Stavenger bon Damfels seine sich sträubende Obermum durch einen langen, staubigen Korridor. Eine Hand hatte er in ihr Haar gekrallt, mit der anderen umklammerte er den Kragen ihres Nachthemds, wobei er sie halb erdrosselte. Blut tropfte ihr von der Stirn auf den Boden.

»Stavenger.« Sie schnappte nach Luft und klammerte sich an seine Beine. »Hör mir zu, Stavenger.«

Er schien sie nicht zu hören; überhaupt ignorierte er ihre Worte. Seine Augen waren blutunterlaufen und der Mund zu einem schmalen Schlitz zusammengepreßt. Er bewegte sich wie ein Roboter, mit staksigem Gang, und zerrte mit beiden Händen an ihr wie an einem Sack.

»Stavenger! Bei allem, was mir heilig ist, Stavenger! Ich habe es für Dimity getan!«

Die beiden wurden von Amethyste und Emeraude verfolgt, die sich hinter Ecken und halb geöffneten Türen versteckten. Seit sie gesehen hatten, wie Stavenger Rowena in den Gärten niedergeschlagen hatte –

entweder hatte er seine hinter einer Grasfontäne verborgenen Töchter nicht entdeckt oder es hatte ihn nicht gekümmert –, waren sie ihm und ihrer Mutter gefolgt. Der Korridor, in dem sie sich nun befanden, war alt, mit Schutt übersät und verlassen. Der fünfstöckige Flügel, in dem er sich befand, war schon seit mindestens einer Generation unbewohnt. Die Decke hing durch und warf Blasen, die durch das Wasser verursacht wurden, welches durch das verrottete Reetdach sikkerte und bereits durch die drei oberen Stockwerke gedrungen war. Die Bilder an den Wänden wiesen Schimmelflecken auf, und die Treppe, die sie hinaufgestiegen waren, war auch schon angegammelt.

»Er weiß nicht mehr, was er tut«, flüsterte Amy, wobei ihr Tränen übers Gesicht und in die Mundwinkel liefen. Sie leckte sie ab und wiederholte: »Er ist verrückt geworden. Er weiß nicht mehr, was er tut!«

»Weiß er doch«, widersprach Emmy und deutete auf die Lampe, die sie bei sich hatte. »Es hat hier schon kein Licht mehr gegeben, als wir noch nicht geboren waren, aber nun ist der ganze Gang beleuchtet. Er hat die Lampen aus der Garage geholt, wie ich auch. Er hat sie hier aufgestellt. Er hat es geplant.«

Beim Blick auf die trüben Windlichter, die hier und da auf wackligen Tischen standen oder an Türknäufen hingen, nickte Amy widerstrebend. »Warum! Warum tut er ihr das an?«

»Psst«, machte ihre Schwester und zog sie zurück in den Schatten. Stavenger war am Ende des Korridors stehengeblieben, stieß Rowena in ein leeres Zimmer und verschloß die Tür. Mit einem endgültigen, rostigen Knirschen drehte der Schlüssel sich im Schloß. Er steckte ihn in die Tasche und verharrte dann lauschend.

»Rowena.« Eine metallische Stimme – rauh und gemein.

Keine Antwort.

»Du wirst nie wieder dorthin gehen! Nie wieder nach Opal Hill. Du wirst dich nie wieder mit *fragras* einlassen! Du wirst mich nie wieder verraten!«

Schweigen.

Er drehte sich um, ergriff die nächste Lampe und kam durch den Gang auf sie zu, wobei er die übrigen Lampen aufsammelte. Mit ausdruckslosem Gesicht trottete er heran, passierte die Tür, hinter der seine Töchter zitterten und verließ den nun dunklen Korridor. Als ob er nie wiederkommen wollte.

Sie warteten, bis sie schließlich hörten, wie er zwei Etagen unter ihnen die schwere Tür zuschlug.

Hinter der Tür am Ende des Korridors hob nun das Wehklagen einer Frau an, das Kummer ausdrückte, Schmerz und das Gefühl, verraten worden zu sein.

Mit zitternden Fingern schaltete Emeraude die Lampe an, und die beiden rannten zur Tür, wobei sie Staubwolken aufwirbelten und fast über verzogene Dielen gestolpert wären.

Die Tür war massiv, gefertigt aus dem Holz eines Sumpfwald-Baums und hing an großen Metallscharnieren in einem soliden Rahmen. Nur wenige Türen in der Estancia waren derart massiv ausgeführt. Die Haupttür des Wohnhauses. Die Tür von Stavengers Büro. Die Tür des Tresorraums. Welchem Zweck mochte dieser Raum einst gedient haben, daß er mit einer solchen Tür gesichert wurde?

Sie klopften, riefen, klopften erneut. Das Wehklagen nahm kein Ende.

»Such Sylvan!« flüsterte Emeraude ihrer Schwester hektisch zu. »Er ist der einzige, der helfen kann, Amy.«

Amethyste schaute sie nur verstört an und sagte: »Vielleicht sollte ich Shevlok fragen …«

Emmy schüttelte sie. »Shevlok ist jetzt keine Hilfe. Seit Janetta auf dieser Party erschienen ist, hat er nur getrunken. Die meiste Zeit ist er überhaupt nicht bei Besinnung.«

»Wenn der *Sprung* schon vorbei wäre …«

»Wenn der *Sprung* schon vorbei wäre, würde er tagsüber auf die Jagd gehen und sich abends betrinken. Such Sylvan!«

»Emmy …«

»Ich weiß! Du fürchtest dich vor Papa. Ich auch. Er ist … er ist wie ein Hippae, mit glühenden Augen und scharfen Klingen, denen man nicht zu nahe kommen darf. Ich glaube, er wird mich niederschlagen und tottrampeln, wenn ich den Mund aufmache. Aber ich werde Mama nicht im Stich lassen, wo sie hier eingesperrt ist, verletzt, ohne Essen und Trinken. Ich werde sie nicht hier sterben lassen, aber du weißt, daß Papa sie sterben läßt, wenn wir nichts unternehmen.«

»Weshalb hat Papa …«

»Du weißt doch ganz genau, weshalb. Mama ist nach Opal Hill gegangen und hat mit den Leuten gesprochen, die Janetta gefunden haben. Sie hat sich gedacht, daß … daß …« Emeraude rang nach Worten; sie blieben ihr im Halse stecken, und die Augen traten ihr aus den Höhlen, als sie das zu sagen versuchte, was sie nicht sagen durfte.

»Schon gut«, sagte ihre Schwester und schüttelte sie. »Ich weiß Bescheid. Ich werde Sylvan suchen. Du bleibst hier und sagst ihm, was geschehen ist, falls ich keine Gelegenheit habe, es ihm zu erklären.«

»Nimm die Lampe mit. Ich warte hier.«

Amy hetzte die Stufen hinunter, wobei das Geländer unter ihrer Hand knirschend nachgab. Diese Ruine war über die alten Gesindequartiere und den Gleiterhangar mit dem Haupthaus verbunden. Die Verbindungstür war von ihrem Vater verschlossen worden, als sie ihm hierher gefolgt waren, als er Rowena mit diesem wilden, irren Blick hinter sich hergezerrt hatte, als ob sie ein Sack Kartoffeln wäre. Beim Verlassen dieses Flügels hatte er die Tür wieder abgeschlossen, aber da war ein zerbrochenes Fenster in der Nähe, das auf den Platz zum Wäschetrocknen und die Sommerküchen ging. Durch dieses Fenster waren die Mädchen auch eingestiegen. Es ging bereits auf Mitternacht. Die Dienerschaft war schon lange zu Bett gegangen. Selbst wenn ein paar von ihnen sich noch in der Küche aufhielten, würden sie eher mit Rowena als mit Stavenger sympathisieren.

In diesem Augenblick befand Stavenger sich im Hauptkorridor und schrie Figor unartikuliert an, tobte und wütete, daß das ganze Haus aufgeweckt wurde. Figor war so klug, sich jeder Stellungnahme zu enthalten und das Abflauen des Sturms abzuwarten. Andere Familienmitglieder, die durch den Tumult wach geworden waren, ließen sich erst gar nicht blicken. Überall in dem großen Gebäude waren Gemurmel und das Öffnen und Schließen von Türen zu hören, und doch war alles ruhig, bis auf die belfernde Stimme.

Amy ignorierte den Aufruhr. Um diese Stunde würde Sylvan sich entweder auf seinem Zimmer befinden, in der Bibliothek oder im Fitneßraum zwei Stockwerke tiefer. Die Bibliothek war am nächsten gelegen, und dort fand sie ihn auch in einer stillen Ecke, in ein Buch vertieft und die Finger in die Ohren gesteckt. Sie kniete sich neben ihm hin und zog ihm die Finger aus den Ohren.

»Sylvan, Papa hat Mama geschlagen und sie im alten Flügel eingesperrt. Emmy wartet dort. Mama hat weder etwas zu essen noch zu trinken. Emmy und ich glauben, daß er sie für immer dort lassen will ...«

Sie redete mit dem Stuhl. Sylvan war bereits auf und davon.

In der Morgendämmerung kam Sebastian Mechanic zur Estancia, wo er Marjorie bei einem sehr frühen Frühstück antraf. In Beantwortung ihrer Frage wies er, wenn auch widerstrebend, in eine bestimmte Richtung und sagte ihr, daß es keine gute Idee von ihr sei, allein hinaus ins Grasland zu gehen. Ihr Aussehen gefiel ihm nicht. Sie hatte einen gehetzten Blick und wirkte abgemagert. Irgendeine Müdigkeit schien auf ihr zu lasten. Trotz des Anscheins von Müdigkeit oder Krankheit hatte sie noch so viel Verstand, um ihm beizupflichten, daß es verrückt wäre, sich ins Grasland hinauszuwagen. Sie sagte ihm, sie sei nur neugierig gewesen, und dann befragte sie ihn nach seiner Frau und der Familie und betrieb mit entwaffnendem Charme und Ausdauer Smalltalk.

Nachdem er mit der Versicherung, sie sei bloß neugierig gewesen, wieder an die Arbeit gegangen war, ging Marjorie zu den Ställen und sattelte Don Quixote. Sie hatte nicht vor, jemanden über das Ziel ihres Ausflugs zu informieren, hinterließ jedoch eine Nachricht für die Bediensteten.

›Wenn ich bis Anbruch der Dunkelheit nicht zurück bin‹, hieß es dort, ›aber erst dann, sagen Sie meinem Mann oder meinem Sohn, daß sie mit dem Gleiter nach mir suchen sollen. Ich trage einen Sender bei mir, so daß ich leicht zu finden bin.‹ Den Sender befestigte sie am Bein unter der Hose. Eine heftige Erschütterung würde ihn aktivieren. Wenn sie zum Beispiel vom Pferd fiel. Oder wenn sie mit der Faust draufschlug. Außerdem hatte sie ein Aufzeichnungsgerät von der Art bei sich, wie die Kartographen es benutzten; es würde als zusätzlicher Peilsender dienen. Weiterhin war sie mit einem Lasermesser ausgerüstet, um sich im Bedarfsfall einen Weg durch hohes Gras zu bahnen. Sie zeigte dem Stallburschen die Ausrüstung und erklärte ihm, wozu sie diente. Sie vermied es, den Eindruck zu erwecken, als ob sie nicht zurückkommen wollte. Sie ging ein Risiko ein, mehr nicht. Und wenn ihr tatsächlich etwas zustoßen sollte, dann löste das Rigos Problem. Und das von Stella. Und ihr eigenes. Den Gedanken an Tony verdrängte sie in diesem Augenblick.

Quixote tänzelte, wobei ein Zittern durch den Körper lief. Es waren nicht die Nerven. Es ging tiefer. Es war eine Aufwallung, die Marjorie bisher fremd gewesen war, und sie stand lange da, streichelte ihm die Beine, sprach zu ihm und fragte sich, was ihn wohl in diesen Zustand versetzt hatte. Er neigte sich zu ihr hin, als ob er sich anlehnen wollte, doch als sie ihn bestieg, trabte er ins Grasland hinaus, als ob es ein ganz gewöhnlicher Ritt sei. Damit signalisierte er ihr, daß er ihr vertraute. Obwohl es ihn vielleicht das Leben kostete, vertraute er ihr. Es gelang ihm indes nicht, das nervöse Zittern zu unterdrücken, und nachdem sie schon ein Stück zurückgelegt hatten, kam die Botschaft schließlich bei ihr an. Schamröte schoß ihr ins Gesicht; sie hatte etwas von ihm verlangt, wogegen er sich mit jeder Faser seines Seins sträubte. Sie streichelte ihn und sprach sich selbst Mut zu. »Vater James sagt, Gott hätte uns als Viren erschaffen, aber ich glaube dennoch, daß ein Virus einen anderen lieben oder zum Freund haben kann. Ich lasse dich nicht in eine Falle laufen, mein Freund. Darauf kannst du dich verlassen.« Und was ist mit mir, fragte sie sich. Soll ich mich etwa in Gefahr begeben?

Selbstmord war verpönt, aber einem Märtyrer winkte großer Ruhm. Wenn sie sich selbst umbrachte, würde Gott überhaupt Notiz davon nehmen? Wenn das, was Vater James gesagt hatte, der Wahrheit entsprach, dann wußte Gott vermutlich nicht einmal, welche Viren daran beteiligt waren, Seine Arbeit zu tun. Für Gott war sie nur eine namenlose Entität. Sie besaß keine Individualität. Wenn sie sich selbst tötete, würde Er es überhaupt erfahren? War es denn wichtig, ob Er es wußte? Als Er sie erschaffen hatte, hatte Er da auch einen Mechanismus erschaffen, um ihre Seele zu retten? Hatten Viren überhaupt eine Seele?

Man hatte sie gelehrt, daß es falsch sei, sich selbst das Leben zu nehmen. Sie hatte kein gutes Gefühl dabei, vorsätzlich in den Tod zu gehen. Dennoch konnte sie ein kalkuliertes Risiko eingehen. Wenn sie wirklich sterben sollte, dann war es ein Unfall, und Don Quixote würde überleben. Er war schnell wie der Wind. Ohne einen Reiter auf dem Rücken würde er selbst dem Teufel davonlaufen. Das waren ihre Überlegungen, bis sie schließlich fast ihre ganze Energie darauf verwandte, diese Gedanken zu verdrängen. Unwillkürlich fragte sie sich, wie Rigo wohl reagieren würde, wenn sie nicht zurückkehrte. ›Diese Närrin‹, würde er sagen. ›Diese dumme Frau, die mich nie so geliebt hat, wie es ihre Pflicht gewesen wäre.‹

Dabei liebte sie ihn doch. Zumindest bemühte sie sich. Sie wollte ihn und Stella lieben, mit einer schmerzlichen Sehnsucht, die aus ihr hinausströmte, bis sie schließlich völlig erschöpft war. Sie hatte zu Hause schon von Eugenie gewußt, und auch von der anderen vor Eugenie, aber wenigstens waren sie nicht in der Nähe gewesen. Zu Hause hatte Stella ihre Freunde und ihr Vergnügen. Hier schlugen Stella und Eugenie nach ihr wie große, gefangene Vögel und pickten an ihr. Ihre Frustration traf sie wie Hammerschläge. Sie hatte nicht damit gerechnet, sich einmal so schwach und erschöpft zu fühlen, daß sie ständig den Hauch des Todes spürte. Mit jedem Tag auf *Gras* waren ihre Kräfte ein Stück geschwunden. In letzter Zeit hatte sie gar keine Hoffnung mehr, sie, die früher jede Enttäuschung mit einem kindlichen Optimismus bewältigt hatte, an den sie sich nun kaum noch erinnerte.

Sie ritt an der kleinen Arena vorbei, wo die Pferde ausgebildet wurden; der Ort befand sich direkt an der Grenze von Opal Hill, obwohl er aufgrund der Topographie weiter entfernt schien. Nun überschritt Marjorie zum erstenmal die Grenzen des kleinen Gebiets, das von jenen, welche die Definitionsmacht besaßen, als ›Estancia‹ bezeichnet wurde. Die Wege, die von den Gärten überschaut wurden, lagen hinter ihr. Sie betrat nun das Grasland, den eigentlichen Planeten, zu dem die Menschen, ihre Technik und ihre Tiere keinen Zutritt hatten. Sie ritt mit nach vorne gerichtetem Blick weiter; falls sie die Hippae hier draußen fand, würde sie entweder etwas über sie in Erfahrung bringen oder von ihnen getötet werden. Sie war jedoch so unglücklich, daß es ihr im Moment gleich war, welche Option sich verwirklichte.

Als das Heulen einsetzte, lief ein Zittern durch Don Quixote. Er stellte die Ohren auf und ging keinen Schritt weiter. Marjorie saß reglos im Sattel und atmete flach; sie erkannte, daß das Heulen von hinten gekommen war. In diesem Augenblick erinnerte sie sich an Janetta bon Maukerden und begriff, daß die Hippae, falls sie sie aufspürten, vielleicht noch etwas anderes mit ihr machten, als sie ›nur‹ zu töten. Den Tod hatte sie einkalkuliert. Allerdings nicht die Alternativen, die möglicherweise aus ihrem Verhalten resultierten, und plötzlich empfand sie gleichermaßen Scham wie Schrecken.

Sie waren einer Art Spur gefolgt, einem gewundenen Kurzgras-Pfad, der sich durch höhere Gräser zog. Nun dirigierte sie Don Quixote von diesem leichten Pfad ins hohe Gras und saß ab, um ihre Spur mit Gräsern zu tarnen.

»Sie werden dich riechen«, sagte sie zu sich selbst und versuchte, durch langsame und bedächtige Bewegungen die Ruhe zu bewahren. Der Wind trug das Heulen zu ihr. Dieses Hippae würde jedenfalls keine Witterung von ihr aufnehmen. Aber vielleicht ein anderes. Sie sollte am besten umkehren. Überwältigt von der Dummheit ihrer Handlungsweise erkannte sie, daß eine Umkehr das einzig Sinnvolle wäre.

Sie öffnete das Aufzeichnungsgerät und behielt es im Auge, während sie den Hengst in einer engen Kurve herumnahm und den Rückweg zur Botschaft einschlug. Sie hielt sich noch immer im hohen Gras verborgen und ritt nun auf den Verursacher des

Geräuschs zu. Das Pferd legte nur eine kurze Strecke zurück und blieb dann stehen. Erneut ertönte das Geheul zwischen ihnen und der Botschaft. Es war ziemlich nahe.

Das Pferd machte kehrt und trabte auf seiner eigenen Spur zurück. Als Marjorie den Hengst führen wollte, ignorierte er sie. Nach einem kurzen Anflug von Panik beruhigte sie sich und überließ es ihm, den Rückweg zu finden. Er mußte etwas wissen, das sie nicht wußte. Er roch etwas, das sie nicht roch. Fühlte etwas, das sie nicht fühlte. Sie saß ruhig im Sattel, um ihn nicht nervös zu machen, und wollte ein Gebet sprechen, wobei ihr die Worte jedoch nicht mehr einfielen, die sie als Kind gelernt hatte. Überhaupt wären diese Worte jetzt auch unpassend gewesen. Wie konnte sie sich grämen, gegen Gottes Gebote verstoßen zu haben, wo sie doch getreulich nach seinem Willen handelte!

Der Hengst bewältigte Hügel um Hügel, hielt sich auf den Kämmen, immer im Trab, nie im Galopp, mit gespitzten Ohren, als ob jemand seinen Namen flüsterte. Als er dann das Tempo verringerte, war das anscheinend eine Reaktion auf andere Geräusche vor ihnen. Schließlich blieb er stehen und legte sich hin, ohne von Marjorie dazu aufgefordert worden zu sein. Sie zog das Bein unter seinem Körper hervor, stand auf und starrte ihn an. Er preßte sich flach auf den Boden, mit gespitzten Ohren, und betrachtete sie.

»In Ordnung«, flüsterte sie. »Und was nun?«

Er gab keinen Laut von sich, aber er zitterte, als ob er von Mücken attackiert würde. Gefahr. Sie waren umzingelt.

Marjorie spürte es, erkannte es an den Reaktionen des Pferdes, roch es. Der Recorder meldete, daß sie die von Sebastian angegebene grobe Richtung eingeschlagen hatten. Als dann eine Lautfolge ertönte, nicht laut, aber anhaltend, drehte Don Quixote den Kopf und suchte nach dem Ursprung dieser Geräusche. Es war nicht das wuchtige Donnern der letzten Nacht, sondern eher eine modulierte Serie von Stöhnlauten und Schreien. Quixote verengte die Nüstern und zuckte zusammen, als ob er einen heftigen Juckreiz verspürt hätte. Der auffrischende Wind trug die Geräusche laut und deutlich zu ihnen herüber – und einen Geruch … einen völlig fremdartigen Geruch. Es war kein Gestank. Auch kein Wohlgeruch. Eine neutrale Duftnote. Marjorie zückte das Lasermesser, schnitt einige Büschel Gras und tarnte damit Don Quixote. Vielleicht überlagerten sie auch seine Ausdünstungen. Dann robbte sie durch das hohe Gras in Richtung der Laute, die vom Wind herangetragen wurden, über einen langen Grat im Süden. Als sie den Kamm erreicht hatte, blieb sie reglos liegen und lugte durch die Grashalme.

Sie sog den Geruch ein.

Der Himmel verdüsterte sich, und sie fiel zugleich nach oben und nach unten und wurde dabei zerschmettert.

Der Arm unter dem Kinn wurde flach wie ein Blatt Papier.

Etwas trat auf ihren Kopf und zerquetschte ihn. Sie verspürte keine Schmerzen.

Ihr Körper löste sich auf. Sie versuchte, einen Finger zu krümmen. Vergeblich.

Hunde. Eine flache, grasbewachsene Senke voller Hunde, sitzende Hunde, geduckte Hunde, grau, grün und violett; sie hatten die Köpfe zurückgelegt und entblößten ein Gebiß mit langen Reißzähnen und einer doppelten Zahnreihe im Ober- und Unterkiefer. Auf diese Art kam das rhythmische Grunzen zustande. Ihre Körper bebten und beulten sich an verschiedenen Stellen aus, als ob sie Lebewesen verschluckt hätten, die wieder nach draußen strebten. Leere weiße Augen starrten gen Himmel, dem weiten, herabstürzenden Himmel.

Der Geruch. Die flache Senke war mit dem Geruch angefüllt. Und sie lag am Rand dieser Mulde. Sie hatte die Zunge herausgestreckt und sabberte.

Dort, jenseits der Senke, erhob sich eine schroffe Wand, die in regelmäßigen Abständen von großen Öffnungen durchbrochen wurde, hinter denen sich im Licht der Morgensonne eine Höhle abzeichnete. Dort bewegten sich Hippae, einzeln oder in Paaren, in komplexen Mustern, tänzelten mit zurückgeworfenen Köpfen und aneinanderschlagenden Knochenplatten.

Inmitten der Hunde befanden sich Haufen perlartiger Kugeln, die ungefähr die Größe ihrer Köpfe hatten. *Migerer* rollten die Kugeln umher, so daß sie gleichmäßig von der Sonne beschienen wurden. Sie wendeten sie, nahmen sie in die klauenbewehrten Pfoten und hielten sie ans Ohr. Worum handelte es sich bei diesen Objekten? Eier?

In der Senke vor der Kaverne befanden sich außerdem einige Dutzend der wurmartigen *Peeper*, wobei sie nur durch die wellenförmige Bewegung ihrer Körper als Lebewesen zu identifizieren waren.

Der Geruch preßte sie auf den Boden. Sie kam sich zweidimensional vor, wie eine Luftmatratze, aus der die Luft entwichen war.

Die Hunde waren groß, schier riesig. So groß wie Zugpferde, wenn auch nicht mit ganz so langen Beinen. Die *Peeper* waren große Exemplare, doppelt so groß wie üblich. In der Kaverne tanzten unzählige Gestalten in der Luft, dunkle fledermausartige Kreaturen mit Krallen. Eines dieser Wesen landete auf dem Nakken eines Hundes und krallte sich dort fest. Nach einer Weile löste es sich wieder und setzte seinen erratischen Flug fort.

Einer der Hunde schnappte nach Luft und stieß ein Geheul aus, das schließlich in ein Winseln überging. Dann schnappte er erneut nach Luft. Auf dem sonnenbeschienen Erdboden ballten die *Peeper* sich zu Kugeln zusammen. Die Hautfalten waren wie glattgebügelt. Dieser Anblick kam ihr bekannt vor. Sie hatte es schon einmal gesehen. Irgendwo. Irgendwann.

Allmählich verebbten die Geräusche. Die Kreaturen schienen mitten in ihrer Bewegung erstarrt zu sein. Das Zucken in den Körpern der Hunde hörte auf. Es trat eine tiefe, lang anhaltende Stille ein.

Ein Hippae trat aus der Kaverne, im Paßgang, wobei es bei jedem Schritt die Hufe weit hochzog. Die Nüstern bebten, und mit gefletschten Zähnen stieß es ein keuchendes Bellen aus, Warnlaute. Nach einiger Zeit schlossen andere Hippae sich dem ersten Tier an und stimmten mit geschwollenen Hälsen, zurückgelegtem Kopf und rollenden Augen in den bedrohlichen Chor ein.

Sie lösten sich voneinander und senkten die Köpfe, wobei die bösartigen Knochenklingen seitlich abstanden; der Abstand zwischen ihnen wurde immer größer. Dann attackierten sie sich gegenseitig mit den Knochenblättern, wobei sie sich schwere Verletzungen zufügten. Blutige Wunden klafften an den Flanken, und sie stampften mit rasiermesserscharfen Hufen auf den Boden, bevor sie den Angriff wieder aufnahmen. Wieder hieben sie mit den Klingen aufeinander ein, bis das Blut in Strömen floß. Entsetzt verfolgte Marjorie, wie sie mit blitzenden Hufen auf der Hinterhand aufstiegen.

Bis schließlich ein Hippae in den Vorderbeinen einbrach und nur langsam wieder hochkam.

Das andere Tier zog sich bis zur Höhle zurück und tobte dort weiter. Es wandte dem Gegner den Rücken zu, trat nach hinten aus und beschoß ihn mit schwarzen Objekten. Womit traktierte es den unterlegenen Gegner? Irgend etwas Schwarzes. Pulvrige schwarze Objekte, die beim Aufprall zerplatzten. Wie Boviste, die zu einer schwarzen Wolke zerstoben. Sie bewarfen sich mit toten Fledermäusen, wie Sylvan gesagt hatte...

Stille. Ein Spiel. Das Spiel. Stille.

Das siegreiche Hippae warf den Kopf zurück, schnappte in den Eingängen der Kaverne nach neuen Wurfgeschossen, breitete sie draußen aus und setzte den Beschuß fort. Eines der Objekte traf das kniende Tier am Kopf und hüllte es in eine schwarze Wolke. Der Unterlegene senkte den Kopf, erhob sich mühsam und verschwand in der Mulde.

Der ganze Vorgang erinnerte an ein Ritual. Ein ritueller Kampf. Nun war er vorbei.

Der Wind trug ein Geräusch zu ihr. Einer der angeschwollenen *Peepers* platzte auf. Und zum Vorschein kam der dreieckige, mit Reißzähnen bewehrte Kopf eines Hundes. Die Haut des *Peepers* riß weiter auf. Die Vorderläufe eines Hundes erschienen, und schließlich das komplette Tier.

Es wirkte klein und zerbrechlich, als es torkelnd auf die Füße kam und durch eine der Öffnungen in der Höhle verschwand, wobei es darauf achtete, nicht auf die aufgehäuften Eier zu treten. Marjorie vernahm ein schlabberndes Geräusch in der Kaverne. Nach einer Weile kam die Kreatur mit triefenden Lefzen wieder zum Vorschein. Nun war sie schon sicherer auf den Beinen und machte einen kräftigeren Eindruck. Der Körper wirkte aufgeschwemmt. Das Hippae stand an der Kante der Senke und stieß einen Pfiff aus. Der junge Hund stieg zu ihm hinauf, wobei er an den kurzen blauen Gräsern knabberte, die dort gediehen. Wie im Zeitraffer sah Marjorie, daß die Bestie an Größe und Kraft gewann. Nach einiger Zeit verschwand der Hund wieder, langsam, aber sicheren Schritts. Der Wind frischte auf.

Wieder vernahm sie ein reißendes Geräusch und richtete den Blick in die Mulde. So, wie zuvor ein Hund aus dem aufgeplatzten Leib eines *Peepers* gekrochen war, erschien nun ein Hippae im aufgerissenen Körper eines Hundes. Metamorphose. Die Haut eines großen Hundes wurde von einer Reihe von Widerhaken perforiert, winzige Klingen, welche die Haut aufschlitzten und es dem Hippae ermöglichten, den Kopf hinauszustrecken. Schließlich war der Kopf draußen, mit geschlossenen Augen. Kein Laut war zu hören.

Was wollte sie überhaupt hier? Der Wind wehte nun in Böen und trieb den Geruch fort. Was machte sie hier? Herumliegen? Flach auf dem Boden? Nur ihre Augen waren dreidimensional. Nur die Augen.

Sie schmerzten. Sie blinzelte und spürte, daß die Augen ausgetrocknet waren. Sie hatte schon lange nicht mehr geblinzelt. Sie spürte einen Juckreiz im Nacken, als ob etwas sie beobachtete. Sie drehte sich um und spähte durch das dichte Gras. Da war etwas. Sie sah und hörte es nicht, aber sie wußte, daß es da war. Sie robbte wieder den Abhang hinunter. Quixote befand sich noch dort, wo sie ihn zurückgelassen hatte, mit erhobenem Kopf, aufgestellten Ohren und zuckenden Nüstern. Die Sonne versank bereits am Horizont. Die großen, farnartigen Gräser warfen lange, unheimliche Schatten in den Senken. Sie veranlaßte ihn zum Aufstehen und saß auf. Sie überließ es ihm, den Rückweg zu suchen, falls sie überhaupt wieder zu Hause ankommen würden.

Die Route, die der Hengst einschlug, war kürzer als der Weg am Morgen; noch immer schien er einem lautlosen Ruf zu folgen. Er wußte genausogut wie sie, daß bald die Dunkelheit einsetzen würde, und der Gefahr, die im Gras lauerte, war er sich noch bewußter als sie. Quixote hatte einen besseren Geruchssinn als sie. Hippae, viele Hippae, nicht weit entfernt. Während der letzten Stunde waren sie näher gekommen, kreuz und quer durchs Gelände gestreift, als ob sie etwas suchten. Quixote beschleunigte und fraß die Prärie förmlich mit den Hufen; er hielt in einer weiten Kurve auf Opal Hill zu, die ihn in größtmöglichem Abstand an den anrückenden Hippae vorbeiführte; allmählich vergrößerte er die Distanz zu ihnen. Von irgendwo dort draußen wurde ihm Lob zuteil. Etwas sagte ihm, er sei ein gutes Pferd.

Sie erreichten die Stallungen mit dem Einbruch der Dämmerung. Der Stallbursche, dem sie die Nachricht anvertraut hatte, erwartete sie bereits; er hatte die Augen auf den Horizont gerichtet, als ob er klären wollte, ob sie bei Sonnenuntergang zurückgekehrt war oder nicht. »Eine Nachricht für Sie, Lady«, empfing er sie. »Ihr Sohn sucht Sie. Es liegt eine vertrauliche Mitteilung für Sie vor. Vermutlich von der bon Damfels-Estancia.«

Sie stand zitternd neben dem Pferd und brachte kein Wort heraus.

»Lady? Sind Sie in Ordnung?«

»Nur ... nur müde«, nuschelte sie. Sie fühlte sich wie benebelt und wußte nicht, ob das, was sie eben erlebt hatte, Realität gewesen war. Es war wie ein Traum. War sie wirklich allein ausgeritten? Allein ins Grasland? Als sie dem Pferd in die Augen schaute, erkannte sie dort eine pferdeuntypische Intelligenz, was sie aus unerfindlichen Gründen aber nicht überraschte. »Guter Quixote«, sagte sie und fuhr mit der Hand an seinem Hals entlang. »Gutes Pferd.«

Sie gab ihm noch einen Klaps und eilte dann mit noch immer unsicherem Gang den Pfad hinauf. Tony beobachtete sie von der Terrasse aus. »Wo bist du denn gewesen? Erst versprichst du mir, nicht allein ins Grasland zu gehen, und dann verschwindest du gleich für einen ganzen Tag. Wirklich, Mutter! Du siehst fürchterlich aus!«

Darauf ging sie nicht weiter ein. Egal, wie sie aussah, sie fühlte sich ... besser. Sie hatte den Eindruck, etwas geleistet zu haben. Zum erstenmal seit der Ankunft an diesem Ort hatte sie den Eindruck, etwas geleistet zu haben. »Der Stallbursche hat etwas von einer Nachricht gesagt!«

»Ich glaube, sie ist von Sylvan. Er ist nämlich der einzige, der dich mit ›Die ehrenwerte Lady Marjorie Westriding‹ anredet. Die Botschaft trägt deinen Code. Ich konnte sie nicht lesen.«

»Was in aller Welt …?«

»Was auf *Gras*, müßte es wohl eher heißen. Komm mit.«

»Wo ist dein Vater?«

»Noch immer auf dieser verdammten Maschine.« Ein Anflug von Besorgnis oder Ärger schwang in seiner Stimme mit.

»Tony. Du kannst es nun mal nicht ändern.«

»Ich dachte, ich müßte …«

»Unsinn. *Er* müßte mit diesem Unfug aufhören. Wenn du dich auch noch daran beteiligst, würde alles nur noch schlimmer werden.«

»Nun, er ist ohnehin frühestens in einer Stunde ansprechbar.«

Sie nahm vor dem *Telly* Platz und aktivierte es. Die Nachricht erschien auf dem Monitor: PRIVAT. NUR FÜR DEN EMPFÄNGER BESTIMMT.

»Tony, dreh dich um.«

»Mutter!«

»Dreh dich um. Wenn es etwas Persönliches ist, möchte ich nicht, daß du es siehst«, sagte sie, wobei sie sich gleichzeitig fragte, weshalb Sylvan ihr überhaupt eine persönliche Botschaft zukommen lassen sollte.

Sie drückte die Eingabetaste und hatte nun die ganze Nachricht vor Augen. BITTE HELFEN SIE UNS. BRAUCHE TRANSPORT FÜR MICH, MUTTER UND ZWEI WEITERE FRAUEN NACH *COMMONER TOWN*. KÖNNEN SIE GLEITER ZUM BON DAMFELS-DORF SCHICKEN? SIGNAL PRIVAT.

»Du kannst dich wieder umdrehen, Tony.«

Der Junge las den Text, schaute verständnislos drein und las ihn ein zweites Mal. »Was ist denn da los?«

»Offensichtlich muß Sylvan Rowena von Klive fortbringen, ist aber auf Unterstützung angewiesen. Er muß es heimlich tun. Daraus folgt, daß jemand es nicht erfahren darf, wahrscheinlich Stavenger.«

»Glaubst du, Stavenger ist dahintergekommen, daß Rowena uns besucht hat, um sich nach Janetta zu erkundigen?«

»Möglich. Oder vielleicht hat sie eine Auseinandersetzung mit Stavenger gehabt und hat nun Angst. Im Grunde ist alles denkbar.«

»Ich komme schon ganz gut mit dem Gleiter zurecht.«

»Persun Pollut auch. Du mußt hierbleiben und deinem Vater sagen, wo ich bin, obwohl er wahrscheinlich gar nicht danach fragen wird.« Die Bitternis in ihrer Stimme war unüberhörbar.

Er errötete und wollte ihr helfen, ohne indes zu wissen wie. »Weshalb darf ich sie denn nicht abholen? Und Persun könnte auch allein fliegen.«

»Ich muß mit Sylvan sprechen. Ich habe heute etwas gesehen …« Hektisch flüsternd beschrieb sie die Kaverne und ihre Bewohner. Er hörte nur zu und stellte keine Fragen. »Metamorphose, Tony! Wie ein Schmetterling aus der Raupe. Bei den Eiern muß es sich um Hippae-Eier handeln. Daraus schlüpfen die *Peeper*. Das habe ich zwar nicht gesehen, aber nur so ergibt es einen Sinn. Die *Peeper* verwandeln sich dann in Hunde, und die Hunde in Hippae. Eine Drei-Phasen-Metamorphose. Ich glaube nicht, daß die Bewohner von *Gras* es schon wissen«, schloß sie. »Niemand hat davon gesprochen, daß die *Peeper* sich in Hunde verwandeln und die Hunde in Hippae. Nicht einmal Persun hat es erwähnt.«

»Sie leben schon seit Generationen hier und wissen es immer noch nicht?«

Sie wollte es ihm schon erklären: ›Weil die Hippae jeden töten, der sie ausspioniert.‹ Dessen war sie sich sicher, denn sie war diesem Schicksal nur durch Zufall entronnen. Sie erinnerte sich daran, daß Don Quixote sich bewegt hatte, als ob er ferngesteuert worden wäre, Aber sie wollte mit ihrer Dummheit nicht hausieren gehen. »Die Tabus verbieten es ihnen, Tony. Es ist tabu, das Gras mit Fahrzeugen zu schänden. Sie haben keine gutmütigen Reittiere wie unsere Pferde; sie müßten die Expedition also zu Fuß durchführen. Vielleicht unterliegt selbst das einem Tabu. Dieses Verhalten hat tief verwurzelte psychologische Ursachen. Es handelt sich nicht bloß um eine Tradition. Möglicherweise halten sie es dafür, aber es steckt mehr dahinter. Sie glauben vielleicht, daß sie einen freien Willen besäßen, aber dem ist nicht so.«

»Du meinst, sie glauben nur, daß sie sich entschieden hätten, das Grasland in jungfräulichem Zustand zu belassen, aber in Wirklichkeit ...«

»Richtig, sie hatten keine Wahl. Genau das will ich damit sagen. Ich glaube, sie stehen schon wer weiß wie lang unter der Kontrolle der Hippae. Ich vermute, daß jeder, der sich zu Fuß ins Grasland wagt, getötet wird. Als ich heute dort draußen war, hatte ich so ein komisches Gefühl. Don Quixote spürte es auch. Er hatte schreckliche Angst und lief wie auf Eiern. Außerdem wissen wir von Asmir, daß viele Leute vermißt werden.«

»Und dann bist du allein im Grasland gewesen!« Er schüttelte den Kopf. »Verdammt, Mutter. Was hast du dir denn nur dabei gedacht? Um Gottes willen!« fügte er hinzu, als er die Scham in ihren Augen sah.

»Tony, ich habe einen Fehler gemacht. Du darfst deinem Vater nicht sagen, daß du über die Pest Bescheid weißt und daß ich heute ausgeritten bin. In seiner momentanen Verfassung würde er wahrscheinlich explodieren. Das würde ich nicht mehr aushalten. Und dann würde Stella es auch erfahren.«

»Ich weiß.«

»Falls er fragt, wo ich bin, sag ihm, daß ich Rowena nach *Commons* gebracht hätte. Von Sylvan erzählst du ihm vorerst nichts. Rigo verhält sich sehr seltsam, wenn Sylvans Name erwähnt wird. Ich weiß nicht weshalb.«

Tony erkannte, daß seine Mutter in der Tat keine Ahnung hatte, obwohl er selbst durchaus wußte, was Rigo Yrarier umtrieb. Als Marjorie auf dem Empfang mit Sylvan getanzt hatte, hatte Tony oben auf dem Balkon neben seinem Vater gestanden und sein Gesicht gesehen.

Es war schon dunkel, als Persun Pollut den Gleiter von Opal Hill am Rande des bon Damfels-Dorfes so lautlos wie ein fallendes Blatt landete. Sylvan wartete mit Rowena und zwei Frauen aus dem Dorf. Rowenas Gesicht war bandagiert, und ein Arm steckte in einer Schlinge. Die beiden Frauen mußten sie halb an Bord heben. Marjorie verschwendete keine Zeit mit Fragen oder sonstigen Bemerkungen, sondern bat Persun, unverzüglich zu starten und sie schnellstmöglich zur Stadt zu bringen. Rowena bon Damfels bedurfte offensichtlich medizinischer Behandlung.

»Ich weiß nicht, wie ich Ihnen danken soll, Lady Westriding«, sagte Sylvan in formellem Ton, der in seltsamem Kontrast zu seinem derangierten Äußeren stand. »Ich hätte nur unter größten Schwierigkeiten einen Gleiter unserer Estancia nehmen können. Ich muß mich für meinen Auftritt entschuldigen. Es war heute abend erforderlich, ein paar Türen aufzubrechen, und ich hatte seitdem keine Gelegenheit, mich frisch zu machen.«

»Ihr Vater hat sie eingesperrt?«

»Nur einer von mehreren barbarischen Akten. Ich bezweifle aber, daß er sich überhaupt noch daran erinnert. Mein Vater geht nämlich voll und ganz in der Jagd auf.«

»Wohin bringen Sie sie, Sylvan?«

»Ich glaube nicht, daß Vater annimmt, sie hätte die

Estancia verlassen. Wenn er sie vermißt und sich daran erinnert, was er getan hat, wird er vermutlich glauben, sie wäre geflohen und hätte sich in den Gärten versteckt. Vielleicht wird er auch nach ihr suchen, obwohl ich es eigentlich nicht glaube. Diese Frauen haben Verwandte in *Commoner Town*, bei denen sie in Sicherheit ist.«

»Und sind Ihre Schwestern auch in Sicherheit?«

»Im Moment ja. Beide haben einen Freund, und ich habe ihnen geraten, so schnell wie möglich schwanger zu werden. Schwangere Frauen müssen nicht mit auf die Jagd gehen.« Seine Stimme war tonlos, ohne Emotionen. »Wenn eine Möglichkeit bestünde, würde ich sie auch nach *Commoner Town* bringen. Allerdings würden sie es nicht lange in einem Versteck aushalten, aber das wäre nun einmal die einzige Möglichkeit, wenn sie nicht wieder zurückgeschickt werden wollen.«

»Sie wären auf Opal Hill willkommen, Sylvan.«

»Das würde das Ende für Opal Hill bedeuten, Marjorie.« Er streckte die Hand nach ihr aus und berührte ihren Arm. Angesichts ihrer Besorgnis vergaß er für einen Augenblick seine eigenen Sorgen. »Sie werden hier nur als Staffage geduldet, um *Heiligkeit* an einer Intervention zu hindern. Unsere ... unsere Herren wollen Sie nicht auf *Gras*. Sie wollen überhaupt keine Fremden auf *Gras*.«

»Aber sie dulden doch auch *Commons*! Und den Hafen!«

»*Commons* und der Hafen befinden sich außerhalb ihrer Reichweite. Nur diesem Umstand verdankt die Stadt bisher ihre Unversehrtheit. Ich weiß es nicht. Ich weiß nicht, was ich tun soll. Die *bons* sind wie ... wie hypnotisiert. Einige der Jüngeren, wie ich, die schon seit ein paar Jahren nicht mehr auf der Jagd waren, können frei reden; aber sobald wir uns den ...« Die Worte blieben ihm im Hals stecken. »In *Commoner Town* ist es besser«, sagte er, als er sich wieder gefaßt hatte. »Bei jedem Besuch dort hat mich die Klarheit der Verhältnisse überwältigt. Meine Gedanken sind frei, und ich unterliege keinem Zwang. Dort kann ich über alles reden.«

»Werden Sie in der Stadt bleiben?«

»Das geht nicht. Dadurch würde ich Vater nur auf Mutters Spur bringen. Er würde sie suchen und eine Auseinandersetzung zwischen den Estancias und der Stadt provozieren. Und das würde ... nun, Verluste an Menschenleben zur Folge haben. Es würde zu einer Tragödie kommen.« Er fiel in ein düsteres Schweigen, den Blick auf das bandagierte Gesicht seiner Mutter gerichtet. »Weshalb sind Sie und Ihre Familie wirklich hierher gekommen?«

»Hat *Heiligkeit* Sie denn nicht über die ... die Krankheit informiert?«

»Eure Pest, ja«, erwiderte er ungeduldig. »Wir wissen Bescheid.« Seinem Gesichtsausdruck nach zu urteilen hielt er die Angelegenheit eher für eine Marginalie. Marjorie musterte ihn und fragte sich, was er wußte und was er glauben durfte.

»Es ist nicht ›unsere‹ Pest, Sylvan, ebensowenig wie es eure Pest ist. Die gesamte Menschheit ist davon betroffen. Wenn sie noch ein paar Jahrzehnte weiterwütet, wird sie alles menschliche Leben auslöschen.«

Er starrte sie ungläubig an. »Sie übertreiben.«

Sie schüttelte den Kopf. »Tue ich nicht. Nur noch eine Generation, Sylvan, und die Bewohner von *Gras* werden die einzigen Menschen im Universum sein. Die übrigen werden das Schicksal der Arbai teilen. Aussterben.«

»Aber wir ... wir wissen nicht ...«

»Hier scheint es keine Pest zu geben. Oder die Bevölkerung ist aus irgendeinem Grund immun. Ihr gestattet uns nicht, Wissenschaftler und Forscher hierher zu schicken, aber gegen eine Botschaft hattet ihr nichts einzuwenden. Diese Idioten von *Heiligkeit* dachten, ihr würdet uns wegen der Pferde akzeptieren; also sind Rigo und ich hergekommen, um vernünftig mit euch zu reden, falls das überhaupt möglich ist.«

»Das ist nicht möglich. Ich hätte es wissen müssen. Deshalb haben die Jägermeister die Leute, die an Ihrem Empfang teilnahmen, auch so sorgfältig ausgewählt. Niemand von ihnen wäre vom rechten Glauben abgewichen. Alles alte Reiter. Außer mir. Allerdings wissen sie es nicht.«

»Wir nähern uns dem Sumpfwald«, meldete Persun. »Wo soll ich landen?«

Marjorie schaute Sylvan an, und der die beiden Frauen. Sie besprachen sich leise und sagten dann, der Gleiter solle auf dem Hafen landen.

Sylvan war einverstanden. »Das Krankenhaus befindet sich beim Hafen-Hotel. Außerdem fallen wir um diese Zeit weniger auf.«

Sie landeten, ließen die Frauen von Bord gehen und nahmen wieder Kurs auf Klive.

Als sie sich der Estancia näherten, beugte Marjorie sich nach vorne und legte die Hand auf Sylvans Arm. »Sylvan. Bevor Sie gehen, muß ich Ihnen noch etwas sagen. Das war auch der Grund, weshalb ich mitgekommen bin.«

Dann erzählte sie ihm, was sie an diesem Tag erlebt hatte, und sah, daß er sich unbehaglich wand und nervös am Kragen herumfummelte. Sie fragte sich, ob der Inhalt ihres Berichts mit seinem Credo kompatibel war oder ob er gegenteilig konditioniert worden war.

»Aus den *Peepers* werden Hunde«, sagte er schließlich mit erstickter Stimme. »Und aus den Hunden Hippae. Das ist wirklich interessant. Es würde auch erklären, weshalb sie die Füchse so sehr hassen. Füchse fressen nämlich *Peepers*.«

»Woher wissen Sie das?«

»Früher war ich ein rebellisches Kind und fand heraus, daß die Hippae keinen Einfluß auf mich ausübten, wenn ich alle Gedanken aus dem Bewußtsein verdrängte. Anscheinend verfüge ich über eine Begabung, oder hatte sie zumindest, die außer mir niemand besitzt. Manchmal bin ich stundenlang durchs Grasland gestreift. Nicht sehr weit, wohlgemerkt, aber doch weiter als alle anderen. Wenn ich eine Baumgruppe erreichte, kletterte ich auf einen Baum und observierte mit einem Fernglas die Gegend. Ich habe gesehen, wie Füchse *Peepers* fraßen. *Peepers* sind eine leichte Beute. Im Grunde bestehen sie nur aus einem Magen mit etwas Fleisch drum herum und rudimentären Beinen. Ich würde gern einmal sehen, wie die Metamorphose abläuft.«

»Wenn es Ihnen möglich ist, nach Opal Hill zu kommen, bevor der *Sprung* vorüber ist, kann ich Ihnen die Kaverne zeigen.«

»Nach Opal Hill zu kommen«, sagte er mit erstickter Stimme, »wäre noch das geringste Problem, Marjorie. Der Ausflug ins Grasland wäre schlimmer. Viel schlimmer sogar. Ich bin kein Kind mehr. Ich bin nicht mehr so gut wie damals. Wenn ich in die Nähe eines Hippae käme, wüßte ich nicht, ob ich mich seinem Einfluß entziehen könnte.«

Der Gleiter setzte zur Landung an. Sylvan ergriff ihre Hand und drückte sie. Dann bedankte er sich bei Persun Pollut und verschwand in der Dunkelheit.

Der Gleiter flog nach Opal Hill zurück und landete auf dem Kiesbett; Marjorie wünschte Persun eine gute Nacht und ging auf den Nebeneingang zu, von dem sie auf kürzestem Weg in ihr Quartier kam. Plötzlich setzte wieder das Donnern ein, draußen im Grasland, wobei das Geräusch um so unheimlicher wirkte, weil es völlig unmotiviert erzeugt wurde. Es transportierte eine Drohung, ohne daß die Möglichkeit einer Erwiderung bestanden hätte.

»Darf ich fragen, wo du gewesen bist?« ertönte

Rigos grimmige Stimme hinter ihr. Fast hätte sie einen Schrei ausgestoßen.

»Ich habe Rowena bon Damfels mit Persun Polluts Hilfe nach *Commons* gebracht, Rigo. Sie braucht ärztliche Hilfe. Ihr Sohn und zwei Mägde waren auch dabei. Wir haben ihn im bon Damfels-Dorf abgesetzt und sind dann sofort hergeflogen.«

Beim Blick in ihre großen Augen erkannte er, daß sie nichts als die Wahrheit sagte, und nun brachte er es nicht mehr über sich, einen spöttischen, verletzenden Kommentar abzugeben. »Rowena?«

»Stavenger hat sie geschlagen – ziemlich schlimm, fürchte ich.«

»Weshalb denn?« fragte er erstaunt. Wer eine Frau schlug, hatte nach Rigos Selbstverständnis seine Ehre verwirkt.

»Weil sie uns besucht und sich nach Janetta erkundigt hat«, erwiderte sie. »Rowena und Sylvan waren hergekommen, um etwas über Janetta in Erfahrung zu bringen. Sie hatten die Hoffnung … die Hoffnung, daß Dimity vielleicht auch noch am Leben ist. Dimity. Rowenas jüngste Tochter. Sylvans Schwester. Das Mädchen, das verschwunden ist. Deshalb waren sie hier.«

»*Rowena* hatte ich nicht gesehen«, sagte er, wobei sie durch die Art, wie er ihren Namen betonte, daran erinnert wurde, daß er Sylvan gesehen hatte.

»Rowena ist in Tränen ausgebrochen. Deshalb hat sie den Raum kurz verlassen. Tony hat sie auf mein Zimmer gebracht.«

»Und dich mit ihrem Sohn allein gelassen. Worüber habt ihr euch denn unterhalten?« Er spürte, wie es in ihm brodelte. Worüber hatten sie sich unterhalten, Sylvan und Marjorie? Was hatte sie mit ihm geteilt, das sie mit ihrem Ehemann nicht teilte?

Sie seufzte und rieb sich die Augen, was ihn nur noch mehr erzürnte. »Ich hatte versucht, es dir zu sagen, Rigo, aber du wolltest ja nichts von den Hippae hören. Du wolltest nicht zuhören.«

Für einen Moment schaute er sie kalt an und versuchte das zu unterdrücken, was ihm schließlich doch entfuhr: »Richtig. Ich will Sylvans Märchen über die Hippae nicht hören.«

Sie schluckte und versuchte, sich ihre Frustration nicht anmerken zu lassen. »Wärst du denn daran interessiert, was Bruder Mainoa von den Grünen Brüdern zu diesem Thema zu sagen hat?«

Er wollte sie so verletzen, daß sie in Tränen ausbrach. Er hatte sie selten weinen sehen.

»Bruder Mainoa?« fragte er spöttisch. »Hast du mit dem etwa auch ein Verhältnis?«

Sie starrte ihn ungläubig an, sah sein rotes Gesicht, die glühenden Augen; genau wie Stella. Er sagte die Dinge, die Stella auch mit Vorliebe von sich gab; er wollte sie verletzen, obwohl er wußte, daß seine Vorwürfe haltlos waren.

Bevor er gesprochen hatte, hätte sie fast geweint, und wenn es vor lauter Erschöpfung gewesen wäre, aber nach seinen Worten ging eine Veränderung mit ihr vor. Flammende Röte überzog ihr Gesicht. Es war ein unbekanntes Gefühl, ein Zorn von solcher Intensität, daß jedes Schuldgefühl verflog. Sie stieß die Worte aus wie Pfeile, ohne zu überlegen, ohne überlegen zu müssen.

»Bruder Mainoa könnte mein Vater sein«, sagte sie in einer klaren, kalten Stimme, die kaum das Feuer übertönte, das in ihrem Kopf loderte. »Er ist ein alter Mann, der kaum noch laufen kann. Er lebt schon viele Jahre hier. Er könnte uns vielleicht bei der Lösung der Aufgabe helfen, deretwegen wir hier sind. Aber zerbrich dir nicht den Kopf wegen Bruder Mainoa …

Wenn du an der Jagd teilgenommen und deine Männlichkeit unter Beweis gestellt hast, was dir ja ein ständiges Bedürfnis zu sein scheint – und falls du zurückkehrst –, können wir den Grund unseres Hierseins besprechen.«

Er wollte sie unterbrechen, aber sie hob nur die Hand, mit einem Gesicht wie in Flammen stehendes Eis. »Zwischenzeitlich darf ich dir versichern, daß ich mit niemandem ein ›Verhältnis‹ hatte. Bisher, Rigo, war Ehebruch ausschließlich deine Domäne.«

Solche Worte hatte er noch nie aus ihrem Munde vernommen. Er hatte es nicht für möglich gehalten, daß sie dazu überhaupt in der Lage war. An diesem Abend hatte er eigentlich nur ihre Selbstbeherrschung zertrümmern wollen, die, wie er glaubte, als Barriere zwischen ihnen stand. Er wollte, daß das immer dicker werdende Eis im Zorn schmolz, so daß sie wieder zu ihm kam, wie sie es immer tat, sich entschuldigte und ihn um Vergebung bat …

Statt dessen hatte er eine Wut entfacht, die außer Kontrolle geraten war. Sie wandte sich ab und ließ ihn stehen; er schaute ihr nach und hatte dabei das Gefühl, sie zum letztenmal gesehen zu haben.

Nicht nur auf Opal Hill und in Klive schlugen an diesem Abend des *Sprungs* die Emotionen hoch. In weiter Entfernung von beiden Estancias, im Küchenhof von Stane, der Estancia der bon Maukerdens, fiel durch eine geöffnete Tür Licht auf den Hof und zeichnete sich als heller Keil auf dem Boden ab. Die Obermum Geraldria warf einen Schatten in diesem Licht. Die kräftige Frau mit dem über die Schultern fallenden Haar weinte hemmungslos in ein Handtuch. Nach einer Weile hob sie den Kopf und schaute mit verweinten Augen in die Nacht, wobei sie wegen der Dunkelheit und den Tränen, die ihr in den Augen standen, nichts sah. Am entgegengesetzten Ende des Küchenhofs befand sich ein Tor, hinter dem der Pfad zum Maukerden-Dorf verlief. Mit schweren Schritten ging sie zum Tor, öffnete es und winkte dann in Richtung der offenen Tür.

Zögernd erschienen zwei Gestalten. Die eine war Geraldrias Haushälterin, Clima. Die andere war das Gänsemädchen, Janetta bon Maukerden, die sich unter einem weiten Mantel im Rhythmus einer Musik wiegte, die sie allein hörte; ihr Gesicht zeigte keine Regung im gelben Licht. Clima weinte, Geraldria weinte, aber dem Gänsemädchen war nicht anzusehen, ob sie die Trauer der Frauen auch nur wahrnahm oder davon berührt war.

Die Obermum hielt Clima das Tor auf. »Bring sie ins Dorf, Clima. Und bring sie so bald wie möglich nach *Commoner Town*. Vielleicht kann Dr. Bergrem … vielleicht kann Lees Bergrem ihr helfen. Ich hätte sie schon früher dorthin schicken sollen, aber ich dachte, sie würde sich allmählich wieder an uns erinnern.« Erneut drückte Geraldria das durchnäßte Handtuch ans Gesicht und stieß unartikulierte Laute aus. Als sie sich wieder beruhigt hatte, holte sie eine Kreditkarte aus der Tasche. »Damit kannst du alle Ausgaben bestreiten. Wenn du noch mehr brauchst, laß es mich wissen. Sag Dr. Bergrem … sag dem Doktor, sie soll sie auf einen anderen Planeten bringen, falls das etwas hilft.«

Clima steckte die Karte ein. »Vielleicht könnte der Doktor auch herkommen, gnädige Frau. Vielleicht würde sie herkommen.« Sie packte das Gänsemädchen am Arm, um sie am Forttänzeln zu hindern, bugsierte sie durch das Tor und auf den Pfad.

»Der Doktor hat gesagt, er bräuchte die Geräte im Krankenhaus. Außerdem wäre der Obermun damit nicht einverstanden. Er will es nicht sehen. Will sie nicht sehen.«

»Aber es ist doch nicht ihre Schuld …« Die restlichen Worte gingen in Tränen unter.

»Dimoth glaubt es aber«, sagte Geraldria weinend.

»Er sagt, es sei Janettas Schuld. Sonst wäre es angeblich nicht geschehen. Und Vince ist auch seiner Meinung.«

»Das ist nicht wahr!« sagte Clima erbost. »Nicht meine Janetta.«

»Psst. Nimm sie mit.« Dunkelheit legte sich über den Pfad, als sie das Tor schloß und den beiden nachschaute. »Bring sie fort, Clima. Ich halte es nicht mehr aus, daß der Obermun solche Sachen sagt.« Sie stürmte auf das Haus zu und schloß die Tür hinter sich.

Clima nahm das Mädchen an der Hand und dirigierte sie den Pfad entlang, wobei das Licht der Taschenlampe einen Kreis auf den Weg zeichnete, der Clima genauso vertraut war wie die Zimmer ihres Hauses. Sie waren gerade so weit gekommen, daß das Gras sie vom Haus abschirmte, als jemand sich von hinten an sie heranschlich, ihr einen Sack überstülpte und sie dabei zu Boden warf. Sie krümmte sich hilflos und tastete hektisch nach der Schnur, mit der der Angreifer ihr die Beine gefesselt hatte. Vor lauter Überraschung hatte sie nicht einmal geschrien.

Sie brachte sich in eine aufrechte Position und versuchte den Knoten aufzudröseln. Dann hörte sie neben dem Pfad das Geräusch eines startenden Gleiters; an dieser Stelle parkte normalerweise kein Gleiter. Endlich hatte sie den Knoten gelöst, entledigte sich des Sacks und suchte das Gelände mit der Taschenlampe ab.

Sie rief den Namen des Mädchens, streifte durch das Gras und holte sogar Verstärkung aus dem Dorf, aber das Mädchen blieb verschwunden.

Von einem Augenblick auf den anderen war der *Sprung* vorüber. Die Jagdsaison begann von neuem. Rigo verbrachte die Zeit nur noch im Simulator. Und wenn die anderen schliefen, trainierte Stella. Weil sie aufgrund ihrer bisherigen Reitpraxis bereits über eine ausgezeichnete Kondition verfügten, machten Rigo und Stella bessere Fortschritte, als die *bons* es vermutet hätten. Dann kam der Tag, als Rigo verkündete, er würde an der in zwei Tagen stattfindenden Jagd der bon Damfels-Estancia teilnehmen.

»Ich erwarte, daß ihr alle kommt«, sprach er düster zu seiner Familie. »Du, Marjorie. Tony. Stella.«

Marjorie reagierte überhaupt nicht. Tony nickte bloß. Allein Stella konnte vor Begeisterung kaum an sich halten. »Natürlich, Daddy. Um nichts in der Welt möchte ich das versäumen.«

»Ich habe einen Zeppelin angefordert, von dem aus ihr die Jagd beobachten könnt.«

»Das ist wirklich umsichtig von dir«, sagte Marjorie. »Ich bin sicher, daß wir es sehr genießen werden.«

Stella schaute sie von der Seite an; der Tonfall ihrer Mutter hatte ihr nicht gefallen. Die Worte, die Diktion – alles war ganz normal gewesen, und dennoch hatte eine kühle Gleichgültigkeit in ihrer Stimme mitgeschwungen. Sie schauderte und wandte den Blick ab; ihr wurde bewußt, daß jetzt kein passender Zeitpunkt war, ihre Mutter mit der Jagd aufzuziehen. Außerdem gab es noch so viel zu tun. Wenn ihr Vater ritt, dann wollte Stella auch reiten, aber die Beschaffung der Reitkluft war ein Problem gewesen. Sie hatte unter dem Namen von Hector Paine Bestellungen aufgegeben, nach *Commons* geschickt und die Lieferungen dann abgefangen. Nun hatte sie alles Notwendige, die wattierte Hose und die Spezialstiefel, die vorne spitz zuliefen, um sie zwischen den Rippen des Reittiers zu arretieren. Mantel, Halstuch, Handschuhe und Mütze hatte sie selbst. Die Ausrüstung mußte nur noch in den Gleiter geschmuggelt und zur bon Damfels-Estancia geschafft werden. Es handelte sich um eine der letzten Jagden auf Klive. In wenigen Tagen würde die Jagd an die bon Laupmons übergehen.

Weil der *Sprung* nun vorbei war, vermutete Marjorie, daß die Kaverne der Hippae nicht mehr bewacht wurde. Früh am nächsten Morgen, als die übrige Familie noch schlief, nahm sie das Aufzeichnungsgerät vom letzten Ausritt und folgte mit Quixote der hügeligen Route, die sie zuvor schon genommen hatte. Sie fand den Grat, die flache Mulde und die Kaverne. Kein Laut war zu hören. Vielleicht hatte der Donner ihre Kopulation begleitet. Falls Hippae überhaupt kopulierten. Vielleicht hatte es sich auch nur um ein sinnloses Toben gehandelt, wie Fische, die instinktiv das Wasser peitschten.

In der Senke befand sich nichts mehr außer trockenen, spröden Eierschalen. Die Eier waren ausgebrütet worden. Die Kaverne war leer, bis auf Stapel mit pulvrigen Brocken in der Nähe des Eingangs. Bei näherer Betrachtung erwiesen sie sich als tote Fledermäuse, wie Marjorie sie schon zuvor in der Kaverne gesehen hatte. Damit hatte das siegreiche Hippae das unterlegene beworfen. Sie trat über die staubigen Körper und inspizierte die Kaverne, wobei ihr die Ähnlichkeit zur Höhle bei Opal Hill auffiel. Beide hatten die gleichen Steinsäulen, die gleichen großen Öffnungen, die gleiche Quelle an einer Seite.

Und doch gab es einen deutlichen Unterschied. Diese Kaverne wies ein Muster auf, das die Hippae mit den Hufen in den Erdboden gestanzt hatten; es war so komplex wie die Zeichnungen, die sie als Kind an prähistorischen keltischen Monumenten gesehen hatte. Aufgrund eines unerklärlichen Impulses holte Marjorie das Aufzeichnungsgerät hervor, schritt das Muster von einem Ende zum anderen ab und erfaßte jedes Detail. Die komplette Darstellung wurde auf dem Monitor des Geräts abgebildet. Es hatte keinen Sinn, Rigo nach der Bedeutung des Musters zu fragen. Vielleicht würde sie sich aber bei Bruder Mainoa erkundigen, wenn sie ihn das nächstemal wieder sah. Nachdem sie alles inspiziert und aufgezeichnet hatte, ritt sie nach Opal Hill zurück, ohne daß unterwegs besondere Vorkommnisse zu verzeichnen gewesen wären. Dabei glaubte sie, eine virustypische Zufriedenheit zu verspüren.

Der Tag von Rigos Jagdpremiere rückte näher, und Marjorie bereitete sich seelisch-moralisch auf die Beobachtung der Jagd vor. Sie trug die Landestracht, ein fließendes, gestuftes Gewand aus Seide; der Überzieher war aus Brokat und reichte bis zu den Ellbogen und Knien, so daß er die extravagant mit Rüschen besetzten Säume und Bündchen der Unterkleider zeigte. Das Gewand ähnelte den Kleidern, die sie an schwangeren Frauen und Matronen gesehen hatte, die nicht mehr ausritten. Das seidige Haar trug sie offen anstatt es wie üblich hochzustecken. Sie trug außergewöhnlich viel Make-up auf, vor allem um die Augen. Sie fragte sich erst gar nicht, weshalb sie das tat; als sie dann durch die Halle zum Kiesbett ging, wo Rigo wartete, sah sie aus wie eine Frau, die ein Rendezvous mit ihrem Liebhaber hatte – oder die sich mit anderen Frauen traf, die sich vielleicht fragten, ob ihr Mann sie noch begehrte. Als Rigo sie sah, schauderte er. Das war nicht mehr Marjorie. Sie war eine Fremde. Er biß sich auf die Lippe und trat von einem Bein aufs andere; er befand sich in einem Zwiespalt: Einerseits spürte er das Bedürfnis, sie zu berühren, andererseits war er entschlossen, sie zu ignorieren.

Schließlich brachte Persun den Gleiter. Atemlos lief Tony aus dem Haus und richtete seine Kleidung. Dann erschien Stella in einem Kleid, das dem ihrer Mutter glich, nur daß es nicht so komplex gestuft war. Sie hatte gesehen, was ihre Mutter anziehen würde und sie imitiert. Die einzelnen Lagen waren locker und leicht zu entfernen. Das war günstig, denn ihr würde nicht viel Zeit zum Umziehen bleiben.

Es wurde nicht viel gesprochen. Marjorie setzte sich neben Persun, und die beiden pflegten zur Übung eine gestelzte Konversation auf *Grassan*. »Wo befindet sich der Jägermeister?« – »Der Jägermeister reitet den Pfad entlang.« – »Haben die Jäger einen Fuchs erlegt?« – »Ja, die Jäger haben heute einen Fuchs erlegt.«

»Das klingt wie das Schlucken von Schildkröten«, bemerkte Stella naserümpfend. »Wie kann man nur eine so häßliche Sprache erfinden?«

Marjorie antwortete nicht. Im Geiste befand sie sich so weit entfernt, daß sie sie nicht einmal hörte. Sie war in Nebel gehüllt, die nur durch Willenskraft zu durchdringen waren. Sie hatte sich von ihnen distanziert. »Was reicht die Obermum heute zum Mittagessen?« fragte sie mit einer Schulmädchenstimme.

»Die Obermum serviert gebratene Gans«, kam die Antwort.

Eine Gans, sagte Persun sich und schaute in die Runde. O ja, heute gibt es Gans.

Auf Klive betätigten Amethyste und Emeraude sich als Hostessen; sie verzogen keine Miene und sprachen kein Wort. Ihre Kleidung ähnelte der von Marjorie. »Die Obermum bedauert, daß sie Sie nicht persönlich begrüßen kann. Wir sollen Ihnen Grüße von ihr bestellen. Wollen Sie uns bitte in die Halle folgen?«

Irgendwie fügte es sich, daß Marjorie und Tony eine Richtung einschlugen und Rigo und Stella eine andere. Zunächst vermißte Marjorie Stella nicht. Sie trank ein heißes, würziges Getränk und lächelte den *bons* freundlich zu, wobei alle sich so verteilten, daß sie die *Erste Fläche* überblickten. Dort fanden sich die Reiter ein, mit den ausdruckslosen Gesichtern und dem leerem Blick, den Marjorie bei den Reitern bereits voraussetzte. Sylvan betrat den Raum; er trug keine Jagdmontur.

»Gehen Sie heute denn nicht auf die Jagd, Sir?« fragte Tony unschuldig, wobei er zwei und zwei zusammenzählte, aber nicht wußte, wie er das Ergebnis bewerten sollte.

»Eine leichte Magenverstimmung«, erwiderte Sylvan. »Heute lastet die Verantwortung auf Shevlok und Vater.«

»Ihre Schwestern nehmen auch nicht an der Jagd teil«, murmelte Marjorie.

»Sie haben Vater gesagt, sie seien schwanger«, murmelte er eine Antwort, fast schon flüsternd. »Was Emeraude betrifft, so trifft es vielleicht auch zu. Bei Frauen ihres Alters erwartet man nicht, daß sie so oft an der Jagd teilnehmen wie die Männer. Vater trägt dem Rechnung.«

»Hat er …«

»Nein. Nein, es hat nicht den Anschein … es hat nicht den Anschein, daß er die Obermum vermißt. Er scheint nicht einmal zu wissen, daß sie verschwunden ist.«

»Haben Sie schon etwas von ihr gehört?«

»Sie erholt sich wieder.« Er wandte sich ab und schaute auf die bogenförmige Öffnung, hinter der sich der samtige Rasen erstreckte. Der Unterkiefer klappte ihm herunter, und die Augen weiteten sich vor Schreck. »Bei allen Hunden, Marjorie. Ist das etwa Rigo?«

»Ja, das ist Rigo. Er glaubt es tun zu müssen«, sagte sie.

»Ich habe Sie alle gewarnt!« sagte er mit krächzender Stimme. »Mein Gott. Ich habe ihn gewarnt.«

Marjorie nickte, wobei sie versuchte, die Fassade aus kühler Gleichgültigkeit aufrechtzuerhalten. »Rigo hört nicht auf Warnungen. Ich weiß nicht, ob er überhaupt auf irgend etwas hört.« Sie nahm sich eine Tasse heißen Tee vom Tablett, das einer der Diener ihr reichte und wollte das Thema wechseln. »Haben Sie Stella gesehen?«

Sylvan schaute sich um und schüttelte den Kopf. Weil der Raum ziemlich belebt war, entschuldigte er sich bei Marjorie und suchte die Peripherie ab.

»Wenn du das Mädchen suchst«, murmelte Emeraude, »sie ist zum Gleiter zurückgegangen.«

Sylvan meldete das Marjorie, die vermutete, daß Stella etwas vergessen hatte und es nun holte. Die Glocke ertönte. Die Mägde in ihren Reifröcken huschten ins Haus. Das Hundetor öffnete sich. Die Hunde marschierten in Zweierreihen ein und musterten die Reiter mit roten Augen.

Marjorie atmete tief durch. Rigo war der ›Linksaußen‹ der Gruppe. Als die Reiter kehrtmachten und den Hunden durch das Tor folgten, bildete er die Nachhut.

Zusammen mit einem Nachzügler, der um die Hausecke auf die *Erste Fläche* rannte, wobei er es vermied, nach oben zu schauen, und Rigo durch das Hundetor folgte.

Ein Mädchen, stellte Marjorie fest und fragte sich im selben Atemzug, weshalb Stella nicht wiedergekommen war.

Ein Mädchen!

Da war etwas im Gang, der Körperhaltung. Die Kleidung, der Schnitt des Mantels …

Nein, das war unmöglich.

»War das nicht Ihre Tochter?« fragte Emeraude und warf Marjorie einen seltsamen, wilden Blick zu. »War das nicht Ihre Tochter?«

Hinter dem Tor ertönte Hufgetrappel.

Als Sylvan nach einem Sprint das Tor erreichte, war niemand mehr da. Die Reiter waren aufgesessen und losgeritten.

Stella hatte eigentlich erwartet, Sylvan unter den Reitern zu finden. Obwohl sie das Prozedere der Jagd sowohl vom Hörensagen als auch aus eigener Anschauung kannte, hatte sie außerdem erwartet, er würde eine Möglichkeit finden, daß sie nebeneinander ritten. Doch diese Überlegungen waren in dem Moment vergessen, als sie sich auf den Rücken des Reittiers schwang, das vor ihr auftauchte. Vor der Ankunft bei den bon Damfels' hatte sie noch befürchtet, daß kein Reittier mehr für sie übrig sei. Daß eins auf sie warten würde, hätte sie indes nicht gedacht. Nach dem, was man ihr während der Beobachtung der Jagd erzählt hatte, deutete nämlich alles darauf hin, daß auf jeden Jäger genau ein Reittier kam. Wenn jemand sich im letzten Augenblick entschied, doch nicht mitzureiten, erschien auch kein Reittier vor dem Tor. Weil es zu ihrem Plan gehörte, erst dann den Garten zu betreten, wenn die Hunde das Defilee beendet hatten, konnte sie auch von niemandem abgefangen werden. Sie erreichte das Tor in dem Moment, als ihr Vater gerade aufsaß, und dann, wobei sie es mehr spürte als sah, erschien ein Reittier vor ihr und streckte ein massives Bein aus. Im Simulator hatte sie den Bewegungsablauf so oft trainiert, daß er nun automatisch ablief.

Bis zu diesem Augenblick war alles viel zu schnell geschehen, als daß sie die Sache überdenken und ihre Meinung vielleicht noch hätte ändern können. Dann sah sie auf einmal die rasiermesserscharfen Widerhaken vor sich, nur wenige Zentimeter von der Brust entfernt. Als sie sie wie hypnotisiert anstarrte und zum erstenmal Furcht verspürte, drehte das Reittier den Kopf und schürzte die Lippen wie zu einem Lächeln; dieses Lächeln war so menschlich, daß sie darin Belustigung, Verachtung, aber auch Ermutigung erkannte. Dann galoppierte das Tier den anderen hinterher, und keuchend bot sie ihre gesamte Konzentration auf, um nicht in die Knochenblätter zu stürzen.

Erst nachdem sie schon eine gewisse Strecke zurückgelegt hatten, kam sie auf die Idee, nach Sylvan Ausschau zu halten. Von hinten sahen alle Reiter gleich aus. Sie wußte nicht, ob er dabei war oder nicht. Der Reiter unmittelbar vor ihr war jedenfalls ihr Vater. Sie erkannte ihn am Schnitt des Mantels, der sich von den anderen unterschied.

Dann wollte sie Sylvan suchen. Alle Reiter sahen

gleich aus. Außer ihrem Vater. Sein Mantel unterschied sich von den anderen…

Ihr Vater ritt immer geradeaus… geradeaus…

Es war ein guter Tag für die Jagd. Obwohl der Sommer bereits vorbei war, waren die Wiesen durch die jüngsten Regenfälle immer noch grün. Die Farmer hatten einen Teil der Drahtzäune beseitigt, und die übriggebliebenen waren leicht auszumachen. Sie sah, wie die vornweg laufenden Hunde in vollem Lauf ein silberbeiges Stoppelfeld durchquerten und dann hinter der Anhöhe zu ihrer Linken verschwanden. Die leichte Brise trug das Kläffen der Hunde und den Klang des Jagdhorns heran. Dunkle Gestalten säumten den Hügelkamm und beschirmten die Augen mit den Händen vor der Sonne. Einer von ihnen wedelte mit dem Hut und gab die Richtung an, in welcher der Fuchs verschwunden war. Sie lenkte das Pferd nach links, umrundete ein Gehölz und ritt dann den Hügel hinauf. Vom Hügelkamm sah sie den Fuchs über die Wiese rennen, die Nase am Boden und die Rute aufgestellt, während er unter einem Zaun hindurchschlüpfte, dann auf einen hohen Baum kletterte und in *Fullers Wäldchen* untertauchte. Sie sprang über den Zaun. Es war ein sauberer Sprung, der ihr den Anschluß an einige Jäger verschaffte, die sich bereits vor dem Wäldchen versammelt hatten. Dann ertönte das Hufgetrappel der anderen. Der Jägermeister wies sie mit Gesten an, die Baumgruppe einzukreisen, und sie postierte sich in der Nähe eines Grabens, durch den der Fuchs vielleicht zu fliehen versuchen würde.

Sie hörte die Hunde im Wäldchen. Der Jäger befand sich bei ihnen; mit lauter Stimme rief er die Hunde beim Namen und trieb sie an: »Bounder, komm raus hier. Dapple, hoch mit dir, Mädchen…«

Dann ertönte ein Schrei, und die wilde Jagd ging weiter; der Bläser stieß ins Horn, und die Hunde gaben Laut…

Sylvan.

Jemand sollte heute mit ihnen reiten. Ein Gast? Jedenfalls kein reguläres Mitglied dieser Jagd.

Sylvan. Hier war er. Neben ihr. Er drehte sich im Sattel um und schaute sie bewundernd an. Sie spürte, wie flammende Röte ihr ins Gesicht schoß und straffte sich stolz.

Einige der Reiter waren zurückgefallen. Sie waren seit dem Morgen unterwegs, und nun war es schon Mittag; die Sonne stand im Zenit und brannte ihr auf die Mütze. Der Fuchs hatte sich in *Brents Wald* geflüchtet, und der Jäger und die Treiber befanden sich nun zwischen den Bäumen. Seltsamerweise war der Jägermeister auch dabei. Er stand auf dem Pferd wie ein Zirkusakrobat und warf mit irgendwelchen Gegenständen um sich.

Und dann … verspürte sie eine Aufwallung, ein Gefühl purer Lust in der Lendengegend. Ein Orgasmus, der schier nicht enden wollte.

Sylvan verspürte es auch. Alle verspürten es. Es stand ihnen in den Gesichtern geschrieben. Körper zuckten konvulsivisch, Köpfe wurden zurückgerissen, Unterkiefer klappten herunter.

Schließlich gab der Jäger das Signal ›Fuchs tot‹. Er erschien mit der Fuchsmaske, und die Reittiere machten sich auf den Rückweg zur Estancia. Nun hatte sie die Sonne im Rücken. Es würde ein langer Ritt werden. Selbst wenn sie nur die kurze Route nahmen, vorbei an *Magna Spinney* und dann auf der Schotterstraße an der Alten Farm vorbei, war es ein langer Ritt zurück.

Sie war todmüde, als sie auf Klive ankamen. Ihr Vater kam zu ihr herüber und packte sie so fest am Arm, daß es schmerzte. Dann gingen sie zusammen mit den anderen durch das Tor.

»Was, in Gottes Namen, hast du nur getan?« fragte

er, wobei er den Mund dicht an ihr Ohr führte. »Stella, du kleine Närrin!«

Sie schaute ihn mit offenem Mund an. »Ich bin geritten«, erwiderte sie verständnislos. »Ich bin geritten, Daddy.«

Sie folgte dem Blick ihres Vaters und schaute zur Terrasse hoch. Dort stand Mutter mit einem Glas in der Hand. Sie war leichenblaß und wunderschön. Sylvan stand neben ihr. Er hatte den Arm um Marjorie gelegt und deutete zu ihnen hinunter. Wie war es möglich, daß er dort oben stand und nicht einmal mehr den Jagdanzug trug, wo er doch eben noch geritten war?

Stella spürte, wie sie errötete. Sylvan hatte gar nicht an der Jagd teilgenommen. Das war unmöglich. Ihr Vater ließ sie zurück und eilte die flache Treppe hinauf. Mutter umklammerte die Balustrade mit beiden Händen, so daß die Knöchel weiß hervortraten. Sylvan stützte sie und beorderte mit einem Fingerschnicken einen Diener herbei. Dann erschien Vater und drängte ihn beiseite.

»Marjorie!«

Seine Frau schaute ihn ausdruckslos an, als ob sie ihn nicht wiedererkennen würde. »Stella«, sagte sie und wies nach unten. »Ihr Gesicht ...«

Rigo drehte sich um und betrachtete seine Tochter, die unten an der Treppe stand. Er hatte zu spät reagiert und nicht mehr das gesehen, was Marjorie gesehen hatte, den gleichen kalten, leeren Blick, den auch das Gänsemädchen gehabt hatte, als sie auf Opal Hill erschienen war.

Stella stampfte mit dem Fuß auf und zitterte vor Wut und Enttäuschung angesichts der Erkenntnis, daß Sylvan ihre Reitkünste nicht bewundert hatte und daß sie sich fast nicht mehr an die Ereignisse des heutigen Tages erinnerte. Sie erinnerte sich wohl an Pferde und Hunde und einen Fuchs, aber das waren echte Pferde und echte Hunde gewesen, in einer anderen Zeit, vor vielen Jahren. Sie erinnerte sich an dieses Gefühl, von dem sie überwältigt worden war, und Schamröte stieg ihr ins Gesicht, aber sie wußte nicht, weshalb sie es verspürt hatte. Sie schaute nach oben und sah, daß Sylvan besorgt dreinblickte, Vater wütend und Mutter ängstlich; nun überkam sie die Erkenntnis, daß Dinge um sie herum vorgingen, bedrohliche, bedeutende Dinge, denen sie bisher keine Beachtung geschenkt hatte.

12

Shoethai, Assistent beim Büro für Akzeptable Doktrin, saß in der Kantine des Raumhafens und wartete darauf, daß ein Schiff entladen wurde. Der Ältere Bruder Noazee Fuasoi hatte verkündet, das Schiff sei mit einer sehr wichtigen Fracht bestückt, und dann hatte er Shoethai losgeschickt, um die Ladung in Empfang zu nehmen.

›Warum gerade ich?‹ lautete Shoethais unausgesprochene Frage. Auch jetzt vermied er es, sein Spiegelbild im Fenster zu betrachten, das wie ein schwebender, häßlicher Geist auf besagtes Schiff projiziert wurde. Sein Gesicht war so verunstaltet, daß mehrere Angehörige des Hafenpersonals so taten, als ob sie ihn nicht gesehen hätten, einschließlich zweier Kellner in der Kantine. Shoethai hatte sich im Lauf der Zeit an sein Äußeres und die Reaktionen der Leute gewöhnt, so daß er den Schmerz und den Zorn, den er deshalb empfand, nicht mehr zeigte; aber diese Emotionen schwelten unter der Oberfläche weiter und wurden mit jedem Tag intensiver. Der Ältere Fuasoi hätte wirklich jemand anders schicken können. Yavi oder Fumo. Sie sahen zwar auch nicht gerade aus wie ein Adonis, aber auch nicht wie ein Monster. Es war die ewige Frage: ›Warum ich?‹

Damals, in *Heiligkeit,* hatte irgendein wohlmeinender Idiot Shoethai zuweilen mit folgenden Worten zu trösten versucht: »Immerhin kannst du dich doch deines Lebens freuen. Ist doch immer noch besser, als tot zu sein, oder?« Was nur ein neuer Beweis für ihre Dummheit und Gefühllosigkeit war, ihn mit solchen Klischees zu bedenken. Nein, er freute sich nicht seines Lebens. Nein, er wäre doch lieber tot, nur daß er sich vor dem Tod fürchtete. Am besten wäre es gewesen, sein Vater hätte ihn gleich nach der Geburt getötet. Vater hatte sich wenigstens um ihn gesorgt und nur das Beste für ihn gewollt. Und das hätte eben darin bestanden, daß er entweder gar nicht geboren worden wäre oder, da das anscheinend unvermeidlich gewesen war, innerhalb der ersten paar Wochen getötet worden wäre, solange er noch nichts von der Grausamkeit der Welt wußte. Das Allerbeste wäre jedoch gewesen, wenn er sein Gesicht nie gesehen hätte.

Und dennoch hatte der Ältere Bruder weder Fumo noch Yavi geschickt. Der Ältere Bruder hatte Shoethai geschickt, und das hatte etwas zu bedeuten. Es bedeutete, daß weder Fumo noch Yavi etwas von der Lieferung erfahren durften. Wenn diese beiden es nicht wissen sollten, dann wußte der Ältere Bruder Jhamless Zoe es auch nicht, genausowenig wie *Heiligkeit*. Was wiederum bedeutete, daß nur Shoethai und Fuasoi von dieser Sache wußten, nur diese beiden.

»Weißt du, was *Moldies* sind?« hatte der Ältere Bruder ihn eines Tages unvermittelt gefragt, während Shoethai das Büro des Älteren Bruders aufräumte.

»Es sind irgendwelche Märtyrer«, hatte Shoethai erwidert.

»Märtyrer der Letzten Tage«, hatte der Ältere Bruder präzisiert. »Eine Gruppe von Männern, die danach streben, das Ende herbeizuführen. Kennst du das *Buch der Vollendung?*«

Shoethai stand mit offenem Mund da und schüttelte nur den Kopf. Natürlich hatte er dieses Buch noch nicht gelesen. Wenn *Heiligkeit* einen bei der Lektüre von *Moldy*-Büchern ertappte, wurde das mit der Exekution geahndet.

Der Ältere Bruder mußte seine Gedanken gelesen haben. »Schon klar. Das Buch steht auf dem Index.

Dennoch glaube ich, daß es dich interessieren würde. Ich werde dir eine Sondergenehmigung erteilen. Nimm das Buch mit, wenn du gehst, aber laß es niemanden sehen. Und ganz besonders mußt du darauf achten, daß Jhamless Zoe es nicht zu Gesicht bekommt.«

Statt der erwarteten CD-ROM erhielt er ein echtes altertümliches gebundenes Buch. Der Ältere Bruder Fuasoi legte es auf den Schreibtisch, einen alten braunen Band mit dem Titel *Buch der Vollendung*, der in goldenen Lettern auf dem Einband prangte. Shoethai hatte das Buch in einer tiefen Tasche seiner Kutte versenkt und nur darin gelesen, wenn er allein war – was überwiegend der Fall war. Mittlerweile kannte er es fast auswendig und zitierte im Geiste immer wieder Abschnitte daraus.

»In Licht gewandet, werden wir im Hause des Lichts wohnen«, rezitierte er nun still, während er den Tee durch die Zahnlücken sog. Nach dem Ende der Menschheit würde die Neue Schöpfung erfolgen. In der Neuen Schöpfung müßte er sich nicht mehr mit diesem Gesicht und dem Körper herumquälen. In der Neuen Schöpfung wäre er kein Krüppel mehr. Er würde sich pfeilschnell bewegen, gekleidet allein in Strahlung, schön wie ein Engel. Auf diesen Aspekt hatte der Ältere Bruder Fuasoi ihn ausdrücklich hingewiesen, den entsprechenden Abschnitt vorgelesen und ihm die Illustrationen gezeigt, doch Shoethai hatte es schon in dem Moment geglaubt, da er es selbst gelesen hatte. Als ob es allein für ihn verfaßt worden wäre. Das war auch nur fair. Wenn die Menschen in diesem Leben schon kein gutes Blatt hatten, dann hatten sie wenigstens im nächsten die Hand voller Trümpfe.

»Warte die Veränderungen ab«, flüsterte er und nahm einen Schluck Tee. »Warte darauf, daß die Neue Schöpfung sich manifestiert.« Nach einer im Flüsterton erfolgten Auseinandersetzung mit dem Personal hatte der Geschäftsführer ihm den Tee selbst serviert. Shoethai betete still dafür, daß die Kellner als erste und unter Höllenqualen ausgelöscht würden. Selbstverständlich würde es qualvoll werden. Das hatte der Ältere Bruder Fuasoi ihm bereits mitgeteilt. Der Ältere Bruder Fuasoi hatte die Pest gesehen. Der Ältere Bruder Fuasoi hatte sogar ein ganzes Jahr in einem Pest-Lager verbracht. Der Ältere Bruder Fuasoi war ein *Moldy*. Er sagte, vor der Pest gäbe es kein Entrinnen.

Nachdem der Ältere Bruder Fuasoi sich erst einmal als *Moldy* zu erkennen gegeben hatte, hatte Shoethai sich ihm nur zu gern angeschlossen, obwohl sie die beiden einzigen *Moldies* auf *Gras* waren und Jhamless Zoe ihre Liquidierung angeordnet hätte, wenn er ihnen auf die Schliche gekommen wäre. Für das, was die *Moldies* vorhatten, genügten aber zwei Leute. Zwei, so hatte der Ältere Bruder Fuasoi ihm gesagt, seien im Grunde schon mehr als genug.

»Segne mich, o Schöpfer«, sagte Shoethai unhörbar, während er durch sein Spiegelbild auf die Gestalten schaute, die um das Schiff herumwuselten, »denn ich werde Dein Haus von der Häßlichkeit befreien.« Häßlichkeit an sich war eine Sünde wider die Schöpfung. Der Ältere Bruder hatte sogar suggeriert, daß der Schöpfer Shoethai bewußt mit diesem Gesicht ausgestattet hätte, um ihm ein bestimmtes Wissen zu offenbaren, das Wissen um die absolute Verworfenheit und Wertlosigkeit der Menschheit; und diese Botschaft hatte er in Shoetais Gesicht eingebrannt, auf daß jeder sie sehen möge. Der Ältere Bruder Fuasoi sagte, Shoethais äußerliche Häßlichkeit entspräche lediglich dem Charakter der Menschheit. Er hielt den Menschen bloß den Spiegel vor. Sie waren mißgestaltet und deformiert. Irrläufer der Schöpfung. Intelligenz sollte nicht in solch einer stinkenden, vergänglichen fleischlichen Hülle residieren. Körperliche Existenz war etwas für Tiere, aber nicht für intelligente Wesen, und die Menschheit war ein mißlungenes Experiment. Den wenigen indes, die sich an ihrer Entsorgung beteiligten, winkte eine göttliche Belohnung. Und auf den Rest wartete letztlich das Ende, nach dem ein gesäubertes und gereinigtes Universum für den Neuanfang bereitstand.

Er sah Bodenfahrzeuge, die vom Schiff in Richtung Hafengebäude fuhren. In einem dieser Fahrzeuge würde sich die Lieferung befinden. Bruder Shoethai beschloß, noch für eine Weile an seiner Position zu verharren. Wenn die Menge sich dann zerstreut hatte, würde er zum Frachtbüro hinübergehen. Er hatte Zeit. Wenn der Ältere Bruder Fuasoi erst einmal im Besitz der Lieferung war, würde alles menschliche Leben auf dem Planeten vernichtet werden, aber das dauerte seine Zeit. Die Inkubationszeit währte manchmal recht lange. Es bestand kein Grund zur Eile. Auf eine Stunde mehr oder weniger kam es nicht an. Kichernd nippte Shoethai am Tee. Als er dann sah, wie das Kichern sich auf das Spiegelbild im Fenster auswirkte, hörte er damit auf und drehte den Kopf weg, um sich nicht mehr sehen zu müssen.

Der Ältere Bruder Noazee Fuazoi hing in seinem Büro in der Abtei über dem Schreibtisch und versuchte, die Bauchschmerzen zu unterdrücken. Die zweite Magen-Darm-Transplantation war nicht erfolgreicher gewesen als die erste, obwohl das Büro die Büßer auf maximale Gewebeverträglichkeit untersucht hatte. Mehr hatten die Ärzte hier auf *Gras* nicht tun können, zumal sie beanstandeten, daß der Spender keine Genehmigung für die Verwertung seines Körpers erteilt hatte, bevor er an einer Kopfverletzung gestorben war, die er sich durch den Sturz von einem Turm zugezogen hatte (diese Version hatte der Ältere Bruder Fuasoi zumindest verbreitet). Es gab keine Gentechnik-Labors auf *Gras*, und während der Ältere Bruder Noazee Fuasoi nach *Heiligkeit* zurückgekehrt war, um darauf zu warten, daß man ihm einen Magen klonte, hatte Jorny Shales, der *Moldy*, das als zu zeitraubend betrachtet.

»Man sollte eigentlich glauben…«, betete er mit schnarrender Stimme eine Litanei herunter, die er immer wiederholte, wenn er Magenschmerzen hatte, »man sollte eigentlich glauben, daß der Schöpfer denen, die Seine Arbeit tun, solchen Verdruß erspart.«

»Wie meinen, Eure Eminenz?« fragte Yavi Foosh von seinem Schreibtisch am Fenster aus. »Wie meinen?«

»Nichts«, sagte der Ältere Bruder schnarrend. »Ich habe nur Magenschmerzen, mehr nicht. Vielleicht habe ich etwas Falsches gegessen.«

Dabei hatte er sich den Magen überhaupt nicht verdorben. Es war der Körper. Vergängliches Fleisch. Gestank und Schmerzen und Fäulnis. Schwach und dumm, mit unzüchtigen Begierden und ekligen Ausscheidungen. Es würde keine Körper mehr geben in der nächsten Schöpfung, jedenfalls nicht für diejenigen, die hier aufgeräumt hatten. Schwitzend packte der Ältere Bruder Fuasoi die Schreibtischkante und dachte an frühere Zeiten und andere Orte, während er das Ende des Krampfes abwartete.

Erst nach der Ankunft im Lager hatte er den Schmerz wirklich zur Kenntnis genommen. Damals war sein Name Jorny gewesen, ein fünfzehnjähriger Junge, der zusammen mit seinem Onkel Shales in das Lager verschleppt worden war. Früher hatte er mit Onkel Shales in dem Fischerdorf gelebt, war zur Schule gegangen, hatte an der Pier geangelt, war bei gutem Wetter mit dem Boot hinaus aufs Meer gefahren und hatte Gerandra Andraws Liebesbriefe geschrieben, der netten kleinen Gerry mit dem knackigen Hintern, wobei er sich fragte, ob er schon alt genug war, es ihr zu besorgen. Tags darauf hatte er sich im Lager wiedergefunden, mit fünfzehn anderen Männern und Jungen in einen Raum gepfercht, ohne Mädchen, Fischen und Onkel Shales.

Die Lagerinsassen waren entweder selbst von der Krankheit befallen oder enge Familienangehörige von Infizierten. Man sagte ihm, daß Onkel Shales im Sterben lag. Jorny mußte solange im Lager bleiben, bis man wußte, ob er auch sterben würde.

Er wollte Onkel Shales besuchen, aber man ließ ihn nicht zu ihm. Also kundschaftete er die Unterkunft und das Bett seines Onkels aus, und dann schlich er sich nächtens an die Rückwand der Baracke. Onkel Shales öffnete das Fenster ein Stück, und dann unterhielten sie sich miteinander. Onkel Shales sagte Jorny, er solle keine Angst haben. Am Ende würde alles gut werden. Jorny hockte unter dem Fenster, wobei ihm die Tränen übers Gesicht liefen; er wollte nicht, daß der Onkel ihn weinen hörte. Eines Nachts antwortete sein Onkel nicht mehr, und das Fenster blieb auch zu; Jorny wartete, bis alle schliefen, und dann schlich er sich ins Gebäude. Er fand den Onkel nicht. Im Bett, wo er gelegen hatte, befand sich nun dieses Ding, dieses Ungeheuer, zum Teil bandagiert; ein Auge schaute hervor, und wo eigentlich der Mund sein sollte, klaffte ein rundes Loch. Der Körper sonderte ein stinkendes Sekret ab.

Als er sich später nach seinem Onkel erkundigte, hieß es, er sei gestorben. Wenn er nun auf Entlassung gehofft hatte, so wurde er enttäuscht. Er wurde am ganzen Körper nach Wunden untersucht, wie die meisten Leute im Lager sie hatten.

Eines Tages predigte ein *Moldy* im Lager. Er verkündete, das Ende der Menschheit sei nahe. Es sei an der Zeit, daß die Menschen ausgelöscht würden, denn sie seien nur verwestes Fleisch und zerbröselnde Knochen. Es sei an der Zeit, das Universum für die nächste Generation zu säubern. Und jene, die nun starben, würden in der Neuen Schöpfung auferstehen, mit einem Körper aus Licht, schön wie der junge Tag.

Nun wußte Jorny, was mit Onkel Shales geschehen war. Er hatte seinen Körper abgelegt und würde als Lichtgestalt zurückkehren, wie ein Engel. Nun brach Jorny zum erstenmal in seinem Leben in Tränen aus, auf der staubigen Straße des Lagers, in der Deckung eines kümmerlichen Baums. Als der *Moldy* den Sermon beendet hatte, war er zu ihm gegangen und hatte sich vorgestellt. Er sagte ihm, daß sein Onkel gestorben sei und er das Lager verlassen wolle. Der Mann hatte ihm auf die Schulter geklopft und ihm versprochen, er würde ihn rausholen und zu einem *Moldy* machen; er müßte sich vorher nicht einmal die Zähne putzen. Zusammen mit dem Mann stieg er in einen Lkw, und man suchte ihn am ganzen Körper nach wunden Stellen ab. Nachdem das Resultat negativ ausgefallen war, versteckten sie ihn unter einer Plane und brachten ihn an einen Ort mit vielen Erwachsenen und Kindern, von denen niemand solche Wunden am Körper hatte. Im Grunde hatten sie ihn gar nicht aus dem Lager schmuggeln müssen. Der *Moldy* sagte, sie hätten den Lagerkommandanten bestochen. Außerdem hatte er ein Honorar dafür erhalten, daß der *Moldy* predigen und den Sterbenden Trost spenden durfte.

In dieser Nacht schlief Jorny ein. Immer wenn die Gedanken zum Onkel abschweiften, unterdrückte er sie. Zuerst spielte er noch mit dem Gedanken, sich von seinen Freunden und Bekannten zu verabschieden, aber dann sagte er sich, sie seien ohnehin fast alle tot und ließ es bleiben. Sie waren alle tot und würden bald wiedergeboren werden. Die *Moldies* sagten, manche Leute seien bereits transformiert worden. Vor Sonnenuntergang erschienen sie manchmal, stachen als Strahlen aus güldenem Licht durch die Wolken. Später wurde Jorny sich dann bewußt, daß das bloß Geschichten waren; es handelte sich nur um Sonnenstrahlen. Aber das tat der Sache keinen Abbruch. Später wurde ihm auch klar, wer dieses Monster auf dem Bett gewesen war, aber da wußte er ohnehin schon über alles Bescheid.

Mit siebzehn hatten die *Moldies* ihn als Ministranten nach *Heiligkeit* geschickt, mit dem Auftrag, fleißig zu lernen und Karriere zu machen. Er war Mitglied des Büros für Akzeptable Doktrin geworden. Es waren die *Moldies*, die mit Bestechung dafür sorgten, daß *Heiligkeit* ihn nach *Gras* schickte. Nach Ansicht der *Moldies* war es an der Zeit, *Gras* in das Kollektiv der von Menschen besiedelten Welten einzugliedern. Es war an der Zeit, daß *Gras* gesäubert wurde.

Und nun war er hier und schickte sich an, die Pest zu verbreiten, an der alle gestorben waren, die ihm etwas bedeutet hatten. Wenn Onkel Shales die Pest verdient hatte, dann hatten alle anderen sie auch verdient. Wenn Onkel Shales gestorben war, mußten auch alle anderen sterben.

Er schlug die Augen auf und stellte überrascht fest, daß sie feucht waren. Die Magenkrämpfe reduzierten sich auf den üblichen dumpfen Schmerz. Vor dem Schreibtisch stand sein Vorgesetzter bei *Heiligkeit*, der Ältere Bruder Jhamless Zoe.

»Du siehst nicht gut aus, Fuasoi.«

»Es geht schon, Älterer Bruder. Nur ein leichter Schmerz.«

»Wann bist du zuletzt beim Arzt gewesen?«

»Vor einigen Wochen, Älterer Bruder.«

»Und was hat er gesagt?«

»Mein Körper stößt die transplantierten Organe ab.«

»Vielleicht solltest du nach Heiligkeit zurückfliegen.«

»Auf keinen Fall, Älterer Bruder. Viel zuviel Arbeit hier.«

Der Ältere Bruder Jhamless runzelte die Stirn, kratzte sich an der rudimentären Nase und wippte auf den Zehenspitzen. »Fuasoi ...«

»Ja, Älterer Bruder?«

»Hast du vielleicht etwas von einer … Krankheit auf *Gras* gehört?«

Fuasoi starrte ihn ungläubig an. Krankheit? War der Mann verrückt? Natürlich gab es hier Krankheiten. »Worauf bezieht der Ältere Bruder sich?«

»Oh, auf schwere Erkrankungen jeder Art. Jede … äh … nun … äh … die Pest?«

»*Heiligkeit* lehrt uns, daß es die Pest nicht gibt«, sagte Bruder Fuasoi mit fester Stimme. »Der Ältere Bruder stellt doch nicht die Lehre von *Heiligkeit* in Frage?«

»Mitnichten. Ich dachte eher an etwas … etwas Ansteckendes, weißt du, das vielleicht die Abtei gefährdet. Aber es ist gut zu wissen, daß keine Gefahr besteht. Nicht die geringste. Paß auf dich auf, Fuasoi. Laß es mich wissen, wenn du zurückkehren möchtest …« Dann verließ er den Raum und eilte den Korridor hinunter.

Na so was, sagte Fuasoi sich. Ich frage mich, was das sollte.

»Shoethai kommt«, störte Yavi ihn bei seinen Überlegungen. »Ich höre ihn auf dem Gang.« Er erhob sich und ging zur Tür, öffnete sie einen Spaltweit und schaute seinen Vorgesetzten fragend an.

»Er soll reinkommen«, wies Fuasoi ihn mit einem Kopfnicken an. Die Bauchschmerzen hatten sich gelegt. Der andere Schmerz, der ihn nachts aus dem Schlaf riß, bei dem er schwitzte und weinte, würde erst dann verschwinden, wenn alles vorbei war. Er wischte sich die Stirn mit einem Papiertaschentuch ab und schaute zur Tür. »Ich möchte mich unter vier Augen mit ihm unterhalten.«

Achselzuckend verließ Yavi den Raum, als Shoethai gerade hereinkam.

»Eure Eminenz.« Shoethai fiel auf die Knie.

»Steh auf!« befahl Fuasoi ungeduldig. »Hast du es mitgebracht?«

Shoethai nickte, erhob sich und stellte das Päckchen

auf den Schreibtisch. »Es mußte erst herausgesucht werden. Es hat eine Weile gedauert, bis jemand sich um mich gekümmert hat.«

Mit einem Fingerzeig bedeutete der Ältere Bruder ihm, das Päckchen herüberzureichen. Er öffnete es sorgfältig und stieß auf ein faustgroßes Gebinde.

»Ist es das?« fragte Shoethai, begierig zu erfahren, ob er den Auftrag auch korrekt ausgeführt hatte.

»Das ist es.« Sein Vorgesetzter lächelte zufrieden. Die Arbeit konnte nun weitergehen, und seine Schmerzen würden ein Ende finden. »Pestviren. Extra für *Gras* abgepackt.«

Die Brüder Mainoa und Lourai trafen gerade rechtzeitig auf Opal Hill ein, um eine Auseinandersetzung zu beenden. Als Persun Pollut die Ankunft eines Gleiters mit den Grünen Brüdern an Bord meldete, verfiel Marjorie für einen Moment in Passivität. Sie hatte ganz vergessen, aus welchem Anlaß die beiden überhaupt hier erschienen. Als sie sich gesammelt hatte, ging sie nach draußen und begrüßte die Brüder, in der Hoffnung, daß ihre Ankunft dem Zwist mit Rigo und Stella zumindest ein vorläufiges Ende setzen würde.

Rigo ignorierte die Ankunft der beiden Fremden und schrie Stella weiter an. Er war wütend, weil sie ihm die Absicht verheimlicht hatte, zu reiten und weil sie überhaupt ohne seine Erlaubnis ausgeritten war. Obwohl auch Tony und Marjorie zornig waren, weil die beiden ihr Leben aufs Spiel gesetzt hatten, waren sie der Ansicht, daß es nun genug war. Marjorie unterbrach die Auseinandersetzung, indem sie die Brüder ihrem Mann und ihrer Tochter vorstellte.

Als Rigo sich mit noch immer zornrotem Gesicht umdrehte und Bruder Mainoa die Hand geben wollte, erinnerte er sich plötzlich an die Bemerkung, die er bezüglich dieses Mannes gegenüber Marjorie gemacht hatte. Der Bruder war kurzsichtig, ältlich, mollig und hatte eine Halbglatze. Schlagartig wurde Rigo sich bewußt, daß er sich mit jener Anschuldigung lächerlich gemacht hatte und momentan auch nicht besonders vorteilhaft wirkte. Immerhin verstand er sich zu einer Entschuldigung und zog sich dann zurück, wobei Stella ihm wie ein kleines, bissiges Tier folgte. Nun durften Marjorie und Tony Schadensbegrenzung betreiben.

Mit einer Handbewegung gab Bruder Mainoa ihr zu verstehen, daß er eine Entschuldigung für überflüssig hielt. »In jeder Familie gibt es einmal Streit, Lady Westriding. Wie ich höre, haben Ihr Mann und Ihre Tochter gestern an der Treibjagd teilgenommen?«

»Woher wissen Sie das denn?«

»Diese Information hat sich wie ein Lauffeuer auf *Gras* herumgesprochen, kaum daß die Jagdgesellschaft von Klive aufgebrochen war«, erwiderte der Bruder. »Ein Diener hat per *Telly* einen Freund benachrichtigt. Dieser Freund hat dann jemand anders verständigt, und der wiederum hat drei andere angerufen. Schließlich ist ein Bruder in die Arbai-Straße gekommen, in der wir gerade arbeiten, und hat es Bruder Lourai und mir erzählt. O ja, Lady Westriding, jeder weiß es.«

»Die beiden haben sich deswegen gestritten«, merkte sie unnötigerweise an. »Tony und ich machen uns Sorgen wegen ihnen.«

»Das sollten Sie auch«, sagte der Bruder.

Seit dem Abgang von Stella schaute Rillibee in die Richtung, in der sie verschwunden war; er hatte einen Ausdruck des Staunens im Gesicht. Nun setzte er sich unvermittelt hin. »Sie ist entschlossen, auch weiterhin zu reiten?« fragte er.

»Rigo ist dazu entschlossen. Stella nicht minder, wenn auch nicht aus Rigos Motiven. Mein Mann will nicht, daß sie reitet. Die Begründung ist die gleiche, mit der ich ihn vom Reiten abhalten will. Er meint aber, in seinem Fall sei es etwas anderes.« Sie seufzte und warf die Hände in die Luft.

»Es ist eine ziemlich üble und ermüdende Geschichte«, sagte Tony in dem Bestreben, die Ursachen für die heftige Auseinandersetzung darzulegen. »Ständig werden die gleichen Argumente gebracht, aber niemand hört zu.«

»Ich habe auch gehört, daß Rowena, Obermum bon Damfels, sich in *Commons* befindet«, sagte Bruder Mainoa. »Und Obermun bon Damfels weiß anscheinend nicht, daß sie weg ist.«

»Ihnen entgeht aber auch nichts«, konstatierte Marjorie zerknirscht. »Wissen Sie sonst noch etwas?«

»Nicht mehr als Sie, Lady Westriding. Nicht mehr als Sie.«

»Nennen Sie mich Marjorie, Bruder. Bitte. Vater James möchte sich auch noch mit Ihnen unterhalten. Er hat ausdrücklich darum gebeten.«

Bruder Mainoa nickte lächelnd. Es war ihm nämlich auch ein Bedürfnis, mit einem von den Vätern zu sprechen.

Er unterhielt sich mit dem jungen, ruhigen Priester, Vater James – Marjorie hatte ihnen gesagt, er sei Rigos Neffe –, mit Vater Sandoval und auch mit Tony und Marjorie. Das Mittagessen wurde auf der Terrasse in der linden Frühlingsluft serviert. Weder Rigo noch Stella schlossen sich ihnen an. Sie waren unauffindbar.

»Ich hatte insbesondere Sie sprechen wollen, Väter«, gestand Bruder Mainoa mit sonorer Stimme, »denn ich habe eine philosophische Frage, bei der ich Sie um Rat bitten möchte.«

»Ach?« meinte Vater Sandoval in väterlichem Ton. »Sie möchten eine religiös fundierte Antwort?«

»Jawohl«, erwiderte der Bruder. »Die Frage betrifft nichtmenschliche Wesen. Sie mögen sie vielleicht für hypothetisch halten, aber dennoch ist sie wichtig.«

Vater Sandoval neigte den Kopf auf die Seite. »Sie meinen im doktrinären Sinn?«

»Exakt. Ohne praktische Relevanz, aber wichtig im doktrinären Sinn. Bevor ich die Frage stelle, muß ich Sie jedoch erst darum bitten, den Füchsen auf *Gras* den Rang von fühlenden Wesen zuzugestehen und ihnen auch ein Gewissen zu konzedieren.«

Tony lachte. Marjorie lächelte. Vater Sandoval hingegen war weniger belustigt. »Das kann ich als Basis für eine Ethik-Diskussion akzeptieren.«

Bruder Mainoa nickte zufrieden. »Es handelt sich um die Erbsünde.«

»Erbsünde?« Nun wirkte Vater Sandoval doch belustigt. »Bei den Füchsen?« Er schaute Marjorie lächelnd an, als ob er sich an ihre kürzliche Unterhaltung über dasselbe Thema erinnerte. Sie blickte auf den Teller. Die Dinge, die er gesagt hatte, beschäftigten sie noch immer, und sie wußte nicht, ob die Angelegenheit wirklich so zum Lachen war.

Bruder Mainoa registrierte wohl die Veränderung, die mit ihr vorging, ignorierte sie aber geflissentlich. »Vergessen Sie nicht, daß wir übereingekommen sind, sie als denkende Wesen zu akzeptieren, Väter. Halten Sie sich daran. Betrachten Sie sie als intelligent. So intelligent, wie Sie es sind. Wo wir das nun geklärt haben – lachen Sie nicht, Sir«, rügte er Tony –, »unterstellen wir jetzt, daß die Füchse unter der Vorstellung der Erbsünde leiden. Sie sind Fleischfresser. Ihre Körper sind auf Fleisch angewiesen. Also fressen sie Fleisch. Sie fressen die *Peepers*, die Larven der Hippae.«

»Sie wissen es doch!« rief Marjorie. »Sie kennen doch das Geheimnis der *Peepers*.«

»Ich kenne es, Madam. Nicht viele wissen Bescheid, aber ich schon. Und nehmen wir an, die Füchse wissen es auch. Sie fressen sie.«

»Und die Füchse betrachten das als Sünde?« fragte Tony.

»Nun, junger Herr, das ist ein interessanter Aspekt. Wenn es sich bei den Füchsen und *Peepers* um Menschen handelte, würden Sie es auch für eine Sünde halten. Wenn jemand ein ungeborenes Kind tötet, dann gilt das nach Ihrem Glauben und der Lehre von *Heiligkeit* als Mord, nicht wahr? Die Larven der Hippae sind keine denkenden Wesen. Sie haben so wenig Intelligenz wie tote Materie. Doch wenn sie groß, fett und bewegungsunfähig werden, durchlaufen sie ihre erste Metamorphose und verwandeln sich in Hunde.«

»Aha.« Über diesen Sachverhalt war Vater Sandoval bereits von Marjorie aufgeklärt worden; er wußte also, worauf Bruder Mainoa hinauswollte.

»Manche sagen, die Hunde seien denkende Wesen. Sicher trifft das bis zu einem gewissen Grad auch zu. Ich glaube, daß sie zumindest über ein Bewußtsein verfügen. Ob sie nun im eigentlichen Sinn intelligent sind oder nicht, sie durchlaufen eine zweite Metamorphose und verwandeln sich in etwas anderes ...«

»Reittiere.« Marjorie nickte. »Ich habe sie schon gesehen.«

»Natürlich. Lady Westriding weiß in der Tiefe ihres Herzens, und wir alle wissen in der Tiefe unseres Herzens, daß die Hippae intelligente Wesen sind. Wir haben das zuvor schon diskutiert, nicht wahr? Wenn die Füchse die *Peepers* fressen, fressen sie also den Nachwuchs einer intelligenten Rasse.«

»Aber wenn sie das wissen, weshalb ...«

»Wen sollten sie denn sonst fressen? Etwa die Reittiere? Die Hippae selbst? Es gibt nur wenige andere Tierarten, und die sind entweder zu schnell oder zu klein, als daß sie ihren Nahrungsbedarf decken würden. Und die *Grazers* wiederum sind zu groß. Nein, die Füchse fressen die *Peepers*, weil sie leicht zu fangen und in großer Zahl verfügbar sind. Wenn alle *Peepers* die Metamorphose durchlaufen würden, käme es auf dieser Welt zu einer Überpopulation an Hippae, und die Geschichte von Terra lehrt uns, welche schrecklichen Folgen eine religiös motivierte, schrankenlose Vermehrung zeitigt. Das ist aber auch gar nicht der Punkt. Der Punkt ist, daß die Füchse mit Genuß *Peepers* fressen, aber wir müssen auch berücksichtigen, daß die Füchse in den vergangenen Jahren, seit sie mit der Ethik der Menschen konfrontiert wurden, ein Gewissen entwickelt haben. Sie haben gelernt, Schuldgefühle zu empfinden.«

»Die entwickelten sie erst, als die Menschen hier eintrafen?«

»Das nehme ich zumindest an. Vermutlich waren sie auch vorher schon intelligent, hatten aber keine Ethik. Die haben sie von den Menschen erworben.«

»Dann haben sie das aber von den *Commoners* abgeschaut«, sagte Tony sarkastisch. »Bei den *bons* habe ich nämlich noch nicht allzu viel davon gesehen.«

Bruder Mainoa lachte. »Von den *Commoners*. Sicher. Einigen wir uns also darauf, daß sie die Ethik von den *Commoners* erworben haben.«

»Ihre Glaubensbrüder«, sagte Marjorie stirnrunzelnd, »sind anscheinend der Ansicht, die Erbsünde der Menschheit hätte ... äh ... mit Liebe zu tun gehabt.«

»Und die Füchse, die diese Doktrin von irgend jemandem aufgegriffen haben – der Himmel weiß von wem –, haben sie nun in den kulinarischen Bereich verschoben. Angenommen, sie hätten sich in dieser Sache an mich gewandt. ›Bruder Mainoa‹, hätten sie gesagt, ›wir würden gern wissen, ob wir von der Erbsünde betroffen sind.‹

Darauf hätte ich ihnen geantwortet, daß ich die Doktrin der Erbsünde überhaupt nicht kenne, weil es keine von Heiligkeit vertretene Doktrin ist. ›Aber ich kenne jemanden, der Bescheid weiß‹, hätte ich ihnen gesagt. ›Vater Sandoval, ein Altkatholik, müßte sich damit auskennen‹; und dann wollten sie die Angelegenheit erörtern.«

»Die Angelegenheit erörtern?«

»Nun, in einer Art Sprache. Postulieren wir, sie hätten eine Möglichkeit gefunden, zu kommunizieren.«

Vater Sandoval zog eine Augenbraue hoch und lehnte sich auf dem Stuhl zurück; er hatte die Finger zu einer Art Käfig zusammengeführt und betrachtete sie, als ob seine Gedanken darin eingesperrt wären. »Ich würde ihnen sagen«, verkündete er nach einer längeren Pause, »daß ihr Schuldgefühl rein gar nichts mit der Erbsünde zu tun hat. Es sind ihre eigenen Eltern, die eine Sünde begangen haben, *falls* es überhaupt eine Sünde ist; mit den Menschen hat es jedenfalls nichts zu tun.«

»Ist das denn ein Unterschied?«

»Aber ja. Eine Sünde, die sie selbst begangen haben, falls es denn eine Sünde ist, kann durch Buße geheilt und von Gott vergeben werden. Wenn sie Buße tun. Und wenn sie an Gott glauben.«

Wenn Gott an sie glaubt, ergänzte Marjorie in Gedanken. Wenn Gott nicht einmal die Namen seiner menschlichen Viren kannte, weshalb sollte er sich dann mit Füchsen abgeben?

Bruder Mainoa spielte mit den vor ihm liegenden Utensilien und sagte mit nachdenklich gerunzelter Stirn: »Aber nehmen wir einmal an, es handelt sich um eine Sünde ihrer … ihrer Vorfahren?«

»Im Grunde geht es überhaupt nicht darum, wer die Sünde nun begangen hat, ob diese Wesen selbst es waren, ihre Vorfahren oder ob sie es mit der stillschweigenden Duldung oder Billigung ihrer Kameraden getan haben. Die Frage müßte vielmehr lauten, wie Gott die ganze Sache sieht. Um festzustellen, ob in diesem Fall ein Äquivalent der Erbsünde vorliegt, müßte man ermitteln, ob die Füchse überhaupt jemals im Zustand göttlicher Unschuld existiert haben. Gab es eine Zeit, da sie ohne Sünde waren? Haben sie ihre Unschuld verloren, wie der Religion zufolge Adam und Eva?«

Bruder Mainoa nickte. »Ich glaube, das können wir verneinen. Nehmen wir an, es wäre immer schon so gewesen, so weit die Erinnerung reicht.«

»Keine Legenden? Keine schriftlichen Aufzeichnungen?«

»Keine.«

Vater Sandoval verzog das Gesicht, schürzte die Oberlippe und tippte mit dem Daumennagel gegen die Zähne. »Dann ist es durchaus möglich, daß es keine Sünde gibt.«

»Auch nicht, wenn diese intelligenten Tiere wegen etwas, das sie schon immer getan haben, heute Gewissensbisse haben?«

Vater Sandoval zuckte lächelnd die Achseln und hob die Hände gen Himmel. »Bruder ... angenommen, wir halten sie der Erbsünde für schuldig. Zunächst müssen wir ermitteln, ob eine Erlösung möglich ist – das heißt, ob irgendein göttlicher Mechanismus existiert, der ihnen vergibt und das Schuldgefühl von ihnen nimmt. Schließlich können sie nicht für etwas büßen, das sie nicht zu verantworten haben, und deshalb wäre es sinnlos, ihnen Buße aufzuerlegen. Sie müssen sich darauf verlassen, daß eine übernatürliche Macht sie von einer Sünde erlöst, sie sie oder jemand anders vor langer Zeit begangen haben. Für die Altkatholiken ist unser Erlöser maßgeblich. Wir erlangen die Unsterblichkeit durch Ihn. Für die Erlösung der *Geheiligten* ist die Organisation zuständig. Sie garantiert Ihnen die Unsterblichkeit.«

»Die *Geheiligten* glauben auch an den Erlöser«, bemerkte Bruder Mainoa. »Einst nannten sie sich Seine Heiligen.«

»Kann sein. Wenn es wirklich stimmt, dann handelt es sich jedenfalls nicht mehr um ein signifikantes Element der Doktrin von *Heiligkeit;* aber darüber will ich mich auch gar nicht mit Ihnen streiten. Es geht jetzt nicht um eine Diskussion der Varianten der Unsterblichkeit und unserer diesbezüglichen Erwartungen. Meine Kirche lehrt, daß die frommen Männer und Frauen, welche vor dem irdischen Dasein und dem Opfer des Erlösers gelebt haben, auch durch dieses Opfer erlöst wurden, selbst wenn sie lange vorher gelebt hatten. Also könnte man annehmen, daß diese Füchse ebenfalls durch dieses Opfer erlöst wurden, obwohl sie auf einer anderen Welt existiert hatten. Darüber kann ich jedoch nicht vor Ort entscheiden. Über diesen Punkt müßte von den höchsten Autoritäten der Kirche befunden werden. Die Beantwortung einer solchen Frage obliegt nicht einem einfachen Priester.«

»Ach so.« Bruder Mainoa setzte ein breites Grinsen auf und schüttelte den Kopf, um seiner Belustigung Ausdruck zu verleihen. »Das ist in der Tat ein interessanter Aspekt. Mit ebensolchen Überlegungen vertreibe ich mir auch bei den Ausgrabungen und der Katalogisierung die Zeit.«

Als Marjorie den leicht verärgerten Ausdruck in Vater Sandovals Gesicht sah, wandte sie sich aus taktischen Erwägungen an den Jüngeren Bruder. »Und Sie, Bruder Lourai? Beschäftigen Sie sich gleichfalls mit solchen philosophischen und ethischen Fragestellungen?«

Rillibee Chime schaute von seinem Salat auf und blickte Vater Sandoval tief in die Augen, wobei er dort mehr erkannte, als dem alten Priester vielleicht recht war.

»Nein«, sagte er. »Meine Leute haben gegen niemanden gesündigt, und ich selbst bin nie in Versuchung geführt worden. Ich befasse mich mit anderen Dingen. Ich denke an Bäume. Ich erinnere mich an meine Eltern und wie sie gestorben sind. Ich denke an den Namen, den sie mir gegeben haben. Ich frage mich, weshalb ich überhaupt hier bin.«

»Ist das alles?« Sie lächelte.

»Nein«, erwiderte er sowohl zu ihrem als auch seinem eigenen Erstaunen. »Ich frage mich, was der

Name Ihrer Tochter bedeutet und ob ich sie wiedersehen werde.«

»Nun«, fiel Mainoa dem jüngeren Kollegen ins Wort und tätschelte ihm den Arm. »Er ist noch jung. Vor langer Zeit hatte ich auch an solche Dinge gedacht.«

Dann herrschte verlegenes Schweigen. Marjorie bemühte sich, ein unverfänglicheres Thema anzuschneiden. »Bruder Mainoa, ist Ihnen hier auf *Gras* ein Tier bekannt, das wie eine Fledermaus aussieht?« Sie beschrieb ihm die Kreatur, die sie in der Kaverne gesehen hatte, wobei sie insbesondere ihr prägnantestes Merkmal, die Zahnreihe, erwähnte.

»Ich kenne es nicht nur«, erwiderte der Bruder, »es hat mich auch schon gebissen. Die meisten Leute sind bereits mindestens einmal gebissen worden. Es ist ein Blutsauger. Es kommt plötzlich aus der Dunkelheit, beißt hier zu ...« – er faßte sich mit einer Hand an den Nacken, genau an der Schädelbasis – »... und versucht, einem die Zähne ins Fleisch zu schlagen. Weil aber der Schädelknochen im Weg ist, werden sie den Menschen nicht gefährlich. Offensichtlich haben die Tiere auf Gras eine Einkerbung im Hinterkopf. Häßliche Viecher, nicht wahr?«

Marjorie nickte.

»Wo haben Sie sie denn gesehen?«

Nun erzählte sie noch einmal die Geschichte von der Kaverne. Rillibee und Vater James lauschten interessiert, aber Bruder Mainoa wirkte eher gelassen.

»Dann haben Sie zweifellos Kadaver gesehen. Die Körper liegen in den Hippae-Kavernen herum wie Blätter in einem terranischen Wald im Herbst. Ich habe sie auch schon gesehen. Ich gehöre nämlich zu den wenigen, die in eine Kaverne eingedrungen sind und es überlebt haben.« So, wie er sie ansah, mußte ihm bewußt sein, daß das nicht der einzige Grund für ihren Ausflug ins Grasland gewesen war. Das gefiel ihr gar nicht.

»Überlebt?« fragte sie mit schwacher Stimme.

»Ich würde sagen, das ist die absolute Ausnahme, Lady Westriding. Wenn sie einen nämlich wittern oder erspähen, ist der Mai vorbei«, sagte er in der für ihn typischen flapsigen, onkelhaften Manier.

»Ich bin geritten. Auf einem Pferd.«

»Dennoch finde ich es erstaunlich. Nun, wenn Sie ein schnelles Pferd reiten, haben Sie sie vermutlich abgehängt. Oder der Wind stand günstig, und sie haben Sie einfach nicht bemerkt. Oder der Geruch des Pferdes hat sie irritiert. Ihr Leben hat auf des Messers Schneide gestanden, Lady.« Er musterte sie intensiv. »Ich würde Ihnen nicht raten, es noch einmal zu versuchen. Und schon gar nicht während des *Sprungs*.«

»Ich... ich hatte das aber schon geplant.« Sie schlug die Augen nieder; Tonys Blick, der Zustimmung für Mainoa ausdrückte, hatte sie verlegen gemacht. Konnte der Mann etwa ihre Gedanken lesen?

»Sie wollen nicht, daß man ihnen nachspürt?« fragte Tony.

»Nein, das dulden sie nicht. Deshalb weiß man auch so wenig über sie. Und aus diesem Grund kehren auch die wenigsten Leute zurück, die einen Ausflug ins Grasland machen. Ich weiß aber trotzdem Bescheid. Im Winter oder Anfang Frühjahr legen die Hippae Eier. Am Ende des Frühjahrs habe ich die Eier hinten in den Kavernen liegen sehen, wo sie im Herbst noch nicht gelegen hatten. Wenn die Höhlen von der Sonne aufgeheizt werden, bewegen die *Migerers* die Eier ins Freie und rollen sie so lange umher, bis sie von der Sonne ausgebrütet werden. Ungefähr zur gleichen Zeit kommen die ausgewachsenen *Peepers* und Hunde zu den Kavernen zurück, wobei eine Verwandlung bei ihnen stattfindet. Die Hippae bewachen sie dabei. Das ist auch der Grund für den *Sprung*.«

»Die *bons* wissen das nicht«, sagte Marjorie, wobei es sich eher um eine Feststellung als um eine Frage handelte.

»Richtig, sie wissen es nicht. Sie wissen es nicht und wollen es auch nicht wissen. Sie verschließen die Augen vor diesem Umstand. Es ist für sie tabu.«

»Ich weiß etwas, das Sie vielleicht noch nicht wissen«, sagte Marjorie und erhob sich, um das Aufzeichnungsgerät zu holen. Dann las sie das Muster aus, das sie in der Kaverne eingescannt hatte. »Ich habe in Erfahrung gebracht, daß das donnernde Geräusch, das wir manchmal hören, von tanzenden Hippae stammt. Und dies ist anscheinend das Ergebnis des Tanzes.«

Bruder Mainoa schaute es sich an, zunächst verwirrt, dann ungläubig.

Marjorie lächelte. Gut. Trotz seines umfangreichen Wissens war er nicht allwissend.

Es war Rillibee, der fast beiläufig sagte: »Das sieht aus wie die Wörter in den Arbai-Büchern, nicht wahr, Bruder?«

»Die sphärischen *Peepers!*« rief Marjorie aus; plötzlich erinnerte sie sich, wo sie die rundlichen *Peepers* und heraldischen Hunde schon einmal gesehen hatte: sie waren in die Fassaden der Arbai-Häuser gemeißelt. Das gewundene Design hatte in der Tat Ähnlichkeit mit den Wörtern in den Arbai-Büchern – oder mit den Ranken an den Häuserfassaden. Nachdem sie diese Feststellung publik gemacht hatte, fielen alle in ein nachdenkliches Schweigen.

Obwohl sie dann das Thema wechselten und sich unter anderem auch mit der Frage befaßten, ob unerklärliche Todesfälle auf *Gras* aufgetreten seien (denn Marjorie und Tony waren sich ihres eigentlichen Auftrags durchaus bewußt), ging das Muster in Marjories Aufzeichnungsgerät niemandem aus dem Kopf. Beim Abschied sagte Bruder Mainoa, er wollte es einem

Freund zeigen, und Marjorie lieh ihm das Gerät aus, wobei sie unterstellte, daß es sich bei diesem Freund auch um einen Grünen Bruder handelte.

Erst nachdem Bruder Mainoa schon gegangen war, fragte sie sich, weshalb er ihr verschwiegen hatte, daß er die Kavernen der Hippae auch schon gesehen hatte.

Als Rigo am nächsten Tag wieder zur Jagd aufbrach, zur letzten Jagd, die von Klive ausgerichtet wurde, wollte Stella, die oft an Sylvan gedacht hatte, sich ihm anschließen.

»Du hast doch gesagt, du wolltest das Leben der Kinder nicht gefährden«, erinnerte Marjorie ihn. »Rigo, du hast es versprochen.« Sie weinte nicht. Sie schrie ihn auch nicht an. Sie erinnerte ihn nur daran. Und doch standen ihr Tränen in den Augen.

Ihm war nicht mehr daran gelegen, sie zum Weinen zu bringen, und Tränen der Kinder wegen hätten ihm ohnehin keine Befriedigung verschafft. »Das stimmt auch«, sagte er mit ruhiger Stimme. »Ich hätte euch nie befohlen, mit auf die Jagd zu gehen. Aber sie will es doch. Das ist ein Unterschied.«

»Sie könnte dabei umkommen, Rigo.«

»Das könnte jedem von uns passieren«, erwiderte er nüchtern, wobei er mit seiner Gestik ein feindliches Universum beschwor, das sie alle zum Tode verurteilt hatte. »Aber Stella wird es schaffen. Stavenger bon Damfels hat gesagt, sie sei eine brillante Reiterin.« Seinem Tonfall nach zu urteilen, war er sehr stolz auf dieses Kompliment. »Stavenger hat gesagt, ich solle sie das nächstemal wieder mitbringen.«

»Stavenger«, sagte Marjorie, wobei der Name ihr auf der Zunge brannte. »Der Mann hat Rowena halb totgeschlagen und wollte sie verhungern lassen. Und er weiß noch nicht einmal, daß sie schon längst fort ist. Ein Prachtkerl, dieser Stavenger. Weshalb riskierst du Stellas Leben nur auf seine Aussage hin?«

»Oh, Mutter«, sagte Stella genauso stur wie ihr Vater. »Hör auf damit! Ich werde gehen, basta!«

Von den Stufen, die zur Terrasse führten, sah Marjorie ihnen nach, bis der Gleiter nur noch als ein Punkt am Himmel stand und schließlich ganz verschwand. Als sie gerade gehen wollte, erschien Persun Pollut hinter ihr.

»Lady …«

»Ja, Persun?«

»Auf dem *Telly* ist eine Nachricht für Sie eingegangen. Sylvan bon Damfels hat gefragt, ob Sie auch an der Jagd teilnehmen würden. Ich habe ihm gesagt, daß Sie nicht mitkämen. Daraufhin hat er gesagt, daß er Ihnen heute nachmittag einen Besuch abstatten würde.«

»Vielleicht bringt er Neuigkeiten von Rowena«, sagte Marjorie betrübt, wobei sie noch immer in den leeren Himmel schaute. »Wenn er kommt, führen Sie ihn in mein Arbeitszimmer.«

Er brachte wirklich Neuigkeiten von Rowena. Zu Marjories Beruhigung sagte er ihr, daß Rowenas körperliche Wunden heilten. Die seelischen Verletzungen gingen jedoch tiefer. Der Wunsch, Dimity zu finden, war zu einer fixen Idee geworden. Sie wollte nicht akzeptieren, daß das Mädchen für immer verloren war; und falls sie doch wieder auftauchen sollte, dann womöglich in einem solchen Zustand, daß der Tod die gnädigere Alternative gewesen wäre.

Aber um das zu erörtern, war Sylvan eigentlich gar nicht gekommen. Bald ließ er das schmerzliche Thema Rowena und Dimity ruhen und kam auf etwas anderes zu sprechen. Es war schon so lange her, daß Marjorie das Objekt romantischer Begierde gewesen war, daß sie erst begriff, was er wollte, als er sein Anliegen schon fast vollständig vorgetragen hatte, zumal er fast nur Anspielungen gemacht und sein Begehren zudem poetisch verbrämt hatte.

»Sylvan«, sagte sie erschrocken. »Nein.«

»Ich kann nicht anders«, flüsterte er. »Ich liebe dich. Ich liebe dich, seit ich dich zum erstenmal gesehen habe. Seit dem Augenblick, wo ich dich beim Tanzen in den Arm genommen habe. Du mußt es gewußt haben. Du mußt es doch gespürt haben …«

Mit einem Kopfschütteln brachte sie ihn zum Schweigen. »Wenn Sie nicht still sind, Sylvan, muß ich Sie auffordern, dieses Haus zu verlassen. Ich darf mir das nicht anhören. Schließlich habe ich eine Familie.«

»Ja? Und welchen Unterschied macht das?«

»Für Sie vielleicht keinen. Für mich könnte es aber keinen größeren geben.«

»Befiehlt Ihnen das etwa die Religion? Die Priester, die bei Ihnen sind? Beschützen sie Sie in Rigos Auftrag?«

»Vater Sandoval? Vater James? Natürlich nicht, Sylvan. Sie helfen mir dabei, mich selbst zu beschützen!« Empört wandte sie sich von ihm ab. »Wie soll ich es Ihnen nur erklären? Wir haben nichts miteinander gemein. Und Sie sind noch so jung. Es wäre eine Sünde!«

»Weil ich noch so jung bin?«

»Nein. Das ist nicht der Grund. Weil ich mit einem anderen Mann verheiratet bin, deshalb wäre es eine Sünde.«

Er schaute verwirrt drein. »Nicht auf *Gras*.«

»Haben Sie denn kein Sakrament der Ehe auf *Gras?*«

Er zuckte die Achseln. »Bei den *bons* genießt die Ehe keinen besonders hohen Stellenwert, aber Kinder. Eigene Kinder natürlich, obwohl man oft nicht so genau weiß, ob es wirklich die eigenen sind. In den Adern manch eines *bons* fließt *Commoner*-Blut, auch wenn die Obermuns das bestreiten. Sie sind doch selbst ein gutes Beispiel dafür! Weshalb sollte Rowena den ganzen Frühling und Herbst allein im Bett liegen, während Stavenger auf der Jagd ist, sich von der Jagd erholt oder mit den Gedanken bei der Jagd ist? Daß Shevlok

Stavengers Sohn ist, bezweifle ich nicht, aber was mich betrifft, bin ich mir nicht so sicher.«

»Gibt es denn keine Sünden auf *Gras?* Nichts, das in euren Augen falsch ist?«

Er musterte sie intensiv, als ob er in ihrem Innern nach dem Mysterium suchte, mit dem sie ihn konfrontierte. »Wenn ein *bon* einen anderen tötet, glaube ich. Wenn man eine Frau vergewaltigt oder ein Kind mißhandelt. Oder wenn man etwas von einer anderen Estancia stiehlt. Aber niemand würde an einem Seitensprung Anstoß nehmen.«

Sie schaute ihn fast ängstlich an. Seine Augen glühten vor Begierde, und er streckte die Hände nach ihr aus. Plötzlich war sie versucht, diese Hände zu ergreifen, und Panik überkam sie. So hatte sie einst auch Rigos Hände ergreifen wollen. Wie sollte sie ihm sagen, sie hätten nichts miteinander gemein, wenn sie es im tiefsten Innern selbst wollte? »Sie sagen, Sie lieben mich, Sylvan?«

»Das tue ich.«

»Und ich nehme an, daß dieses Gefühl über die körperliche Lust hinausgeht? Sie wollen also nicht nur meinen Körper?« Sie errötete; so etwas hatte sie noch nie gesagt, nicht einmal zu Rigo. Dabei konnte sie ihm nicht in die Augen sehen; sie ging zum Fenster und schaute hinaus.

»Natürlich nicht«, sagte er konsterniert.

»Wenn Sie mich wirklich lieben«, sagte sie, »dürfen Sie sich nicht mehr zu diesem Thema äußern. Sie müssen das akzeptieren, was ich Ihnen sage. Ich bin mit Rigo verheiratet. Dabei spielt es keine Rolle, ob die Ehe glücklich ist oder nicht. Es spielt auch keine Rolle, ob Sie und ich zusammen glücklicher wären als mit einem anderen Partner. Nichts von alledem spielt eine Rolle, und Sie dürfen es nie mehr erwähnen! Meine Ehe ist ein Bestandteil meiner Religion, und diese Tatsache ist unumstößlich. Ich bin Ihre Freundin. Mehr nicht. Wenn

Sie religiöse Erläuterungen wünschen, dann wenden Sie sich an Vater Sandoval. Es wäre schon eine Sünde, wenn ich nur mit Ihnen darüber sprechen würde.«

»Was kann ich tun?« fragte er flehend. »Was kann ich tun?«

»Nichts. Gehen Sie nach Hause. Vergessen Sie diesen Besuch. Und vergessen Sie alles, was Sie gesagt haben. Ich werde es nach Möglichkeit auch tun.«

Zögernd erhob er sich; seine Leidenschaft war durch ihre Zurückweisung weitaus heftiger entflammt, als wenn sie seinem Begehren entsprochen hätte. Er konnte von ihr nicht lassen. »Ich bin Ihr Freund«, sagte er weinend. »Und Sie müssen meine Freundin sein. Und wir dürfen die Pest nicht vergessen. Sie sind dabei auf meine Hilfe angewiesen!«

Nun wandte sie sich wieder zu ihm um, mit schützend vor der Brust verschränkten Armen. »Ja, wir brauchen Sie, Sylvan. Wenn Sie uns helfen wollen. Aber nicht, wenn sie wieder von dieser anderen Sache sprechen.« Ihre Kehle war trocken. Am liebsten hätte sie ihn in seinem Kummer getröstet, aber sie wagte es nicht, ihn zu berühren oder auch nur anzulächeln.

»Na schön. Ich werde nicht mehr von dieser anderen Sache reden.« Mit beiden Händen vollführte er eine ausladende Geste, als ob er aufgeben würde; dabei dachte er überhaupt nicht daran. Wenn er ihr Herz nicht mit Liebesschwüren gewinnen konnte, dann würde er eben einen anderen Weg finden. Jedenfalls würde er ihr weiterhin den Hof machen. Er wußte zwar nichts von Marjories Religion, aber er würde sich damit beschäftigen. Offensichtlich wurden viele Dinge geduldet, die eigentlich verboten waren. Wie sonst hätte dieser stolze, harte Mann, ihr Gemahl, sich eine Mätresse in unmittelbarer Nähe seiner Frau halten können?

Er blieb noch für eine Weile, wobei er in angemessener Entfernung von ihr Platz nahm, und beantwortete ihre Fragen. Er versprach ihr, sich zu erkundigen, ob eine unbekannte Krankheit auf *Gras* aufgetreten sei. Er unterließ alles, wodurch sie sich hätte bedrängt fühlen können und pflegte statt dessen eine charmante Konversation. Allmählich entspannte sie sich, gab die Abwehrhaltung auf und verwandelte sich wieder in die Frau, mit der er damals getanzt hatte. Beim Abschied spürte er, daß ihm Tränen in die Augen traten, und er fragte sich, was sie wohl jetzt von ihm denken würde, wobei er sich gleichzeitig wunderte, daß er sich überhaupt darüber Gedanken machte. Er war doch kein Schuljunge mehr, der sich um die Gedanken einer Frau scherte! Und doch … und doch war es ihm nicht egal.

Sie schaute ihm hinterher. Sie war so aufgewühlt wie schon seit Jahren nicht mehr und wünschte sich von ganzem Herzen, daß er nie gekommen wäre, nie mit ihr gesprochen hätte und – daß sie ihm begegnet wäre, bevor sie Rigo Yrarier getroffen hatte.

Das war ein verwerflicher Gedanke. Sie ging zum Beten in die Kapelle. Im Lauf der Jahre hatte sie Trost im Gebet gefunden. Nun stellte dieser Trost sich indes nicht ein, obwohl sie fast eine Stunde lang niederkniete und um Seelenfrieden betete. Das Licht auf dem Alter glühte rot. Früher hatte sie es als ein heiliges Auge interpretiert, das sie beobachtete, aber diese Assoziation bestand nun nicht mehr. Sie war einmal Gottes Kind gewesen. Jetzt war sie nur noch ein intelligentes Virus, ein Ding, das von unerlaubten Sehnsüchten geplagt wurde, ohne daß der Schmerz gelindert wurde. »Wann habe ich zum letzenmal über etwas gelacht?« fragte sie sich. »Wann hatten wir als Familie zum letztenmal Spaß?« Es lag schon sehr lange zurück, zu lange; damals war Stella noch ein Kind gewesen, und Rigo hatte noch nicht mit Eugenie angebandelt.

Sie ging nach draußen. Es war ein kühler Nachmittag. Von Nordosten ertönte das Brummen eines Gleiters. Sie eilte zum Kiesbett, wo er landen würde und schaute schlotternd zum Himmel empor. Sie brauchte Rigo, brauchte Stella, brauchte ihre Familie; sie wollte zu jemandem gehören und von jemandem gehalten werden. Sie würde sie dazu bringen, auf sie zuzugehen und ihr Zuneigung zu schenken. Sie würde nicht nur darum bitten, sondern sie einfordern!

Der Gleiter kam langsam näher und vergrößerte sich von einem Punkt zu einer Kugel. Dann wurden die extravaganten, im Stil des Rokoko gehaltenen Verzierungen der Kugel sichtbar, wie eine Weihnachtsbaumkugel.

Schließlich landete der Gleiter. Die Tür wurde geöffnet, und der Diener, der als Pilot fungiert hatte, kam heraus und ging davon, ohne sie anzusehen. Dann erschien Rigo, betrachtete den Gleiter und drehte sich langsam um, bis er sie erblickte. Mit ausdruckslosem Gesicht verharrte er. Zunächst geschah überhaupt nichts. Die anfängliche schreckliche Ahnung verdichtete sich zur Gewißheit.

»Stella!« schrie sie, wobei das Wort vom Wind verweht wurde.

Rigo machte eine resignierende Geste, sagte aber nichts. Er kam nicht auf sie zu. Sie wußte, daß er sich schier in Grund und Boden schämte und nichts zu sagen hatte, was ihr irgendwie weitergeholfen hätte.

»Bruder Mainoa«, rief sie und hieb mit der Faust auf den Küchentisch, an dem Vater James und ihr Sohn gerade ein Abendessen einnahmen. »Bruder Mainoa weiß etwas! Er ist draußen im Grasland gewesen. Er hat etwas gesehen. Wenn die Hippae Stella entführt haben, ist er wahrscheinlich der einzige, der uns helfen kann.«

»Wo ist denn Ihr Mann?« fragte der Priester. »Marjorie, wo ist Onkel Rigo?«

»Ich weiß es nicht«, sagte sie und schaute ihn mit flammenden Augen an. »Er ist ins Haus gekommen.«

»Was genau hat er gesagt?«

»Daß sie verschwunden sei. Sie ist nicht zurückgekehrt. Wie Janetta. Wie das bon Damfels-Mädchen. Einfach weg.« Sie holte tief Luft, als ob sie an Atemnot litte. »Er ist keine Hilfe. Er ist wie sie. Wie Stavenger und der Obermun bon Haunser. Ich habe mir ein paar Fragen überlegt. Nicht an die *bons*. Sie legen nur die Hände in den Schoß, wenn ihre Kinder entführt werden; für mein Kind würden sie schon gar keinen Finger rühren. Die Leute von *Commons* können mir auch nicht weiterhelfen. Sie wissen nichts. Und die Dorfbewohner genausowenig. Sie haben eine Todesangst vor dem Grasland. Ihr hättet das Gesicht von Sebastian Mechanic sehen müssen, als er mir von dem nächtlichen Donnern erzählte. Aber jemand hat es *ihm* erzählt! Und ratet mal, wer es war? Ich habe ihn gefragt. Es war Bruder Mainoa. Immer wieder taucht sein Name auf!«

»Wollen Sie jetzt zu ihm gehen?«

»Ja. Jetzt gleich.«

»Wissen Sie überhaupt, ob er auch da ist?«

»Nein.« Sie schluchzte hilflos. »Er muß einfach da sein.«

Der Priester nickte Tony zu und dann in Richtung des *Telly*-Anschlusses in der Küchenecke. Dann stand er auf und schloß Marjorie in die Arme. Er war genauso groß wie sie und noch dazu schlanker, aber immerhin brachte er die Kraft auf, sie auf einen Stuhl zu setzen, damit sie sich beruhigte. In der Ecke murmelte Tony etwas. Dann unterbrach er die Verbindung und kam zu ihnen zurück.

»Er ist dort. Er und der andere. Ich habe ihm erzählt, was vorgefallen ist. Er sagt, er würde gerne kommen, hat aber keinen Gleiter. Du kannst entweder zu ihm kommen, oder ich hole ihn ab.«

»Ich werde hinfliegen.« Wild entschlossen sprang sie auf. »Ich habe gesündigt, Vater James. Ich habe ihr gezürnt. Gott hat sie mir genommen, weil ...«

»Marjorie!« rief er und schüttelte sie. »Hören Sie auf damit! Ist Gott denn so ungerecht, daß er Ihre Tochter für etwas bestrafen würde, das Sie zu verantworten haben? Sie helfen ihr nicht, wenn Sie sich selbst Vorwürfe machen! Lassen Sie das sein.«

Sie schluckte und rang sichtlich um Fassung. »Ja. O ja, natürlich. Es tut mir leid. Sie haben recht. Tony, schau, ob du etwas Eßbares findest. Vater James und du seid sicher hungrig. Ich hole meinen Mantel.«

Sie rannte aus der Küche. Sie hörten ihre Schritte auf dem Korridor; erst unsicher, wurde der Rhythmus in dem Maße, wie sie die Fassung wiedererlangte, steter und schneller. Kurz darauf kam sie zurück. Auch während des Fluges bewahrte sie die Contenance.

Nach der Ankunft in der Arbai-Stadt führte Bruder Lourai sie in das Haus, das er zusammen mit Mainoa bewohnte; es handelte sich um eines der freigelegten Häuser, das wetterfest gemacht worden war. Es war mit ein paar Möbelstücken eingerichtet, die auch für Menschen geeignet waren, und in der Ecke stand ein Ofen. Während Bruder Mainoa sie zum Haus führte, ging ein Wolkenbruch nieder, und bevor Bruder Mainoa Marjorie zu Wort kommen ließ, bestand er darauf, daß sie den nassen Mantel ablegte und servierte ihr eine Tasse heißen Tee. Dann konnte sie nicht länger an sich halten und platzte mit der Geschichte von Stellas Verschwinden heraus.

»Und weshalb sind Sie zu mir gekommen?« fragte er.

»Das wissen Sie doch«, erwiderte sie herausfordernd. »Die anderen glauben vielleicht, Sie wollten ihnen mit Ihren theoretischen Erörterungen und Postulaten hinsichtlich der Gefühle der Füchse einen Bären aufbinden, aber ich glaube, daß es wahr ist, jedenfalls zum Teil. Was die Hippae und die Füchse betrifft. Und die Vorgänge draußen im Grasland.«

»Sie suchen Ihre Tochter.«

»Natürlich suche ich meine Tochter.«

»Auch wenn sie nun so ist wie das andere Mädchen? Wenn Ihre Tochter nun so ist wie Janetta bon Maukerden?«

»Verdammt«, ging Tony verärgert dazwischen. »Mußten Sie das unbedingt erwähnen?«

Bruder Mainoa musterte ihn gründlich. »Natürlich mußte das sein, junger Mann. Ich weiß nicht, wo Ihre Schwester ist. Ich gehe davon aus, daß die Hippae sie mitgenommen haben. Ich war zwar nicht auf Ihrem Empfang, aber ich habe trotzdem erfahren, daß Janetta bon Maukerden dort aufgetaucht ist. Jandra Jellico hat es mir per *Telly* mitgeteilt. Ich weiß, was geschieht, wenn die Hippae junge Frauen entführen, und Sie haben es sogar mit eigenen Augen gesehen. Bevor wir alle unser Leben in einer höllisch gefährlichen Aktion riskieren, sollten wir uns erst einmal über das weitere Vorgehen im klaren sein, meinen Sie nicht auch?«

»Nur mit der Ruhe, Tony«, beschwichtigte Vater James den zornigen Jungen. »Der Mann hat recht.«

Rillibee/Lourai erhob sich von seinem Platz an der Wand und schenkte ihnen Tee nach. »Sie hatten Janetta für eine lange Zeit in ihrer Gewalt. Stella ist erst seit heute verschwunden.« Er klang besorgter, als Marjorie aufgrund Bruder Mainoas Bemerkungen erwartet hätte.

Bruder Mainoa nickte. »Mein Kollege hat recht. Es besteht durchaus die Hoffnung, daß, falls wir Stella finden – das müßte allerdings bald geschehen –, ihr Zustand nicht ... wesentlich von dem abweicht, in dem sie sich vor ihrem Verschwinden befunden hat.«

»Das spielt überhaupt keine Rolle«, sagte Vater James müde. »Selbst wenn wir wüßten, daß sie wie das andere Mädchen ist, müssen wir sie suchen, solange noch die geringste Aussicht auf Erfolg besteht. Natürlich nicht, wenn dadurch ihr Leben gefährdet würde. Das werde ich nicht zulassen, Marjorie, also schlagen

Sie sich das aus dem Kopf. Es muß schon eine gewisse Erfolgsaussicht bestehen.«

»Sie sind schon dort draußen gewesen, nicht wahr?« wiederholte Marjorie die Frage an Bruder Mainoa. »Sie haben etwas gesehen, und die Hippae haben Sie nicht getötet.«

»Ich hatte Schutz«, erwiderte Bruder Mainoa. »Ich war in der Lage, allein hinaus ins Grasland auf Erkundung zu gehen. Ich weiß aber nicht, ob dieser Schutz sich auch auf *uns* erstrecken würde, wenn wir eine Suchaktion im Grasland starten. Es wäre vielleicht besser, wenn ich es allein versuchte.«

Sie schüttelte den Kopf. Nein. Nicht allein. Sie würde mitkommen. »Jetzt gleich!«

»Nein. Nicht jetzt gleich«, fiel er ihr ins Wort. »Bald, aber nicht sofort. Seit unserer Rückkehr von Opal Hill versuchen Bruder Lourai und ich, dieses Muster zu enträtseln, das Sie uns gezeigt haben. Viele Arbai-Bücher sind schon per Fax-Modem in die Computer von *Commons* geladen worden. Sie stehen mit dem Netz von Semling in Verbindung, und ich habe die Darstellungen an den Türen und den Häusern an sie weitergeleitet. In einigen Stunden erhalten wir vielleicht einen ... einen Hinweis, daß Korrelationen existieren.«

»Ist das etwa wichtiger als Stellas Leben?« fragte Marjorie ungläubig.

»Das ist vielleicht der Schlüssel zu Stellas Leben«, sagte er geduldig. »Wenn das Muster in der Hippae-Kaverne nämlich eine Bedeutung aufweist und sie diese Bedeutung verstehen, eröffnet sich uns vielleicht die Möglichkeit, mit ihnen in Kontakt zu treten. Warten Sie hier. Es wird sicher nicht lange dauern.«

Nach nicht einmal einer Stunde lag der Bericht bereits vor; das *Telly* übermittelte ihn an einen Palmtop, der von Bruder Lourai aktiviert wurde. Nachdem alle Informationen überspielt worden waren, steckte Bruder Mainoa das Gerät in die Tasche und erhob sich, wobei er auch den anderen bedeutete, aufzustehen. »Ich habe es überflogen. Wir haben jetzt keine Zeit, es auszuwerten. Bedenken Sie, daß wir aus der Luft nichts erkennen. Wir müssen zu Fuß gehen. Und wir müssen dort mit der Suche anfangen, von wo aus Stella aufgebrochen ist. Bei der bon Damfels-Estancia.« Er ließ die restlichen Unterlagen auf dem Tisch liegen und ging zur Tür.

»Nicht zu Fuß«, widersprach Marjorie und legte sich den noch klammen Mantel um. »Nein, Bruder Mainoa. Ich habe eine bessere Idee. Wir nehmen die Pferde.«

Nachdem Rigo das Haus betreten hatte, genehmigte er sich erst einmal einen Drink. Nach einigen Gläsern des exzellenten Brandys, den Roald Few mitgebracht hatte, machte Rigo sich auf die Suche nach seiner Familie und stellte fest, daß Marjorie und Tony verschwunden waren. Nicht einmal Vater James war in der Priester-Klause. Vater Sandoval sagte ihm, sie seien weggegangen.

»Ich glaube, Vater James sagte, sie wollten zur Arbai-Ausgrabungsstätte. Marjorie glaubt, dort könne man ihr vielleicht helfen.«

»Helfen wobei?« fragte Rigo knurrend; er war wütend wegen der Mißachtung seiner Person.

»Bei der Suche nach Stella«, entgegnete der alte Priester. »Wobei denn sonst?«

»Glaubt sie etwa, ich wollte meine Tochter nicht wiederhaben?« fragte Rigo. »Meint sie vielleicht, es wäre mir egal?«

Vater Sandoval versuchte Rigo zu besänftigen. »Ich habe gar nicht mit Marjorie gesprochen, Rigo. Ich weiß nur, was Vater James mir gesagt hat.«

Erneut stieß Rigo ein Knurren aus, verließ den Priester und wanderte ziellos im Garten umher, wobei er sich selbst verfluchte. Ohne sein willentliches Zutun lenkte er den Schritt zu Eugenies Haus. Er trat ein, wobei er sich vornahm, nur für kurze Zeit zu bleiben. Bei Marjories Rückkehr wollte er wieder in seinem Zimmer sein. Weil Marjorie aber ziemlich weit entfernt war, bestand kein Grund zur Eile. Er schüttete Eugenie sein Herz aus, wobei diese nur mitfühlend murmelte, ohne indes richtig zuzuhören.

Sie schenkte ihm mehrmals nach. Zunächst wurde Rigo noch zorniger, doch dann schlug seine Stimmung in Niedergeschlagenheit und Sentimentalität um. Er weinte, und sie tröstete ihn. Dann gingen sie ins Sommer-Schlafzimmer. Als der Gleiter mitten in der Nacht zurückkam, hörte es keiner von beiden.

Vater James, der in seiner Jugend auch geritten war, sattelte Millefiori, die temperamentvollste Stute, während Marjorie, die bereits Don Quixote für sich selbst und El Dia Octavo für Tony gesattelt hatte, die Brüder Mainoa und Lourai bat, ihr bei Her Majesty und Blue Star zu helfen. Bei diesen Pferden handelte es sich um elegante und gutmütige Stuten. »Sie reiten diese beiden, Brüder. Sie müssen sich nur im Sattel halten und entspannen. Die Pferde erledigen dann den Rest.«

Die Brüder Mainoa und Lourai sahen sich peinlich berührt an. Rillibee war in seiner Kindheit ein paarmal geritten, wobei das Pferd oder der Esel, oder was immer es gewesen war, von jemandem geführt wurde. Bruder Mainoa hingegen hatte noch nie auf einem Reittier gesessen. Marjorie hatte keine Zeit, sie einzuweisen. Sie stand auf einer Trittleiter und sattelte das große Zugpferd, Irish Lass.

»Und wer soll darauf reiten?« fragte Rillibee/Lourai.

»Irish Lass ist unser Packpferd. Und wenn wir Stella finden, wird sie es reiten.«

Wenn wir sie finden, sagte Vater James sich. Wenn. Wenn wir sie finden. Er war nicht zum Haus zurückgegangen, das er mit Vater Sandoval bewohnte. Er hatte dem alten Priester nicht gesagt, daß er an diesem waghalsigen Abenteuer teilnehmen würde. Es wäre leichter, später um Vergebung zu bitten, als jetzt eine Erlaubnis einzuholen, die er ohnehin nicht bekommen würde.

»Bevor wir aufbrechen, muß ich für eine Weile allein ins Grasland hinausgehen«, sagte Bruder Mainoa. »Damit die Aktion auch erfolgreich verläuft.«

Marjorie schaute ihn an. Sie wollte endlich aufbrechen, auch wenn sie um die Gefahren dort draußen wußte. »Tut das wirklich not?«

»Wenn wir die Estancia der bon Damfels' in einem Stück erreichen wollen, dann ja.«

Sie machte eine Geste und biß sich auf die Lippe. »Beeilen Sie sich.« Dann verschwand er in der Dunkelheit, und sie sah ihm nach, wobei sie sich fragte, was er wohl vorhatte.

Tony kam mit einem Stapel diverser Gegenstände in den Stall, die er auf den Boden legte und sagte: »Das muß alles aussortiert werden. Es sind Lebensmittel und Ausrüstungsgegenstände dabei. Ich muß noch einmal weg.«

»Vater James?« Marjorie deutete auf den Stapel. »Brauchen wir noch etwas, das Tony nicht mitgebracht hat?« Müde lehnte sie sich gegen die Flanke des großen Pferdes und fragte Tony: »Hast du deinem Vater gesagt, wo wir hingehen?«

»Ich habe Vater gar nicht gefunden«, meldete Tony. »Ich habe im ganzen Haus nach ihm gesucht.«

»Hinterlaß ihm eine Nachricht auf dem *Telly*«, sagte Marjorie erleichtert darüber, daß Rigo sie nicht anschrie und ihnen den Ausflug verbot. Wahrscheinlich war er bei Eugenie, aber dort hätte Tony schwerlich vorsprechen können. »Hinterlaß ihm eine Nachricht, Tony. Sag ihm, wir würden Stella suchen und hätten dazu die Pferde genommen.«

»Habe ich schon«, erwiderte der Junge. »Das ist schon erledigt.«

»Wasserflaschen«, sagte der Priester. »Erste-Hilfe-Koffer.«

»Wird besorgt.«

Der Junge drehte sich um und ging, worauf der Priester ihm nachrief: »Reservekleidung in einer wasserdichten Verpackung.«

»Haben Sie alles, was Sie brauchen?« fragte Marjorie Bruder Lourai.

Er zuckte nur die Achseln; wer wußte schon, was wirklich gebraucht wurde, schien er damit ausdrükken zu wollen. »Wir haben Kleidung zum Wechseln und ein zweites Paar Stiefel dabei. Bruder Mainoa hat alle Lebensmittel mitgebracht, die aufzutreiben waren. Wir könnten aber noch einen Kocher gebrauchen.«

»Da.« Sie wies auf einen Miniaturkocher im Stapel. »Und dort drüben sind Satteltaschen. Bevor Rigo und ich nach *Gras* kamen, hatten wir erwogen, weite Ausritte zu unternehmen. Zu diesem Zweck haben wir eine Campingausrüstung mitgebracht, die wir auch zu Hause verwenden.«

»Zu Hause. Wo war Ihr Zuhause?«

»In Nieder-Britannien. Und dann in Alt-Spanien. Nachdem Rigo und ich geheiratet hatten.«

»Alt-Spanien?« fragte Rillibee.

»Die südwestliche Provinz von Westeuropa.«

»Gibt es dort viele Altkatholiken?«

»Viele. Mehr als an anderen Orten. In Spanien sind die Missionierungsversuche von *Heiligkeit* ziemlich erfolglos gewesen.«

»Wo ich gelebt hatte, gab es nur Altkatholiken.«

»Und wo war das?«

»In Neu-Spanien, einer der Mittelamerikanischen Provinzen. Joshua, mein Vater, sagte, daß unsere Provinz früher Mexiko genannt wurde.«

»Dein Vater war Altkatholik? Aber du gehörst doch zu den *Geheiligten*.«

Er schüttelte den Kopf. »Ich bin das, was Joshua war. Aber ich weiß nicht, was er war. Jedenfalls war der kein Altkatholik.« Er lehnte sich gegen das Pferd, das sie ihm zugewiesen hatte, imitierte ihre Haltung und streichelte das Tier, wobei er das dicke, glänzende Haar unter den Fingern spürte. »Er liebte Bäume. Miriam liebte auch Bäume.« Tränen traten ihm in die Augen, und er zerdrückte sie mit den Augenlidern. Auf Gras hatte er noch keine Bäume gesehen, bis auf das Wäldchen in der Nähe der Ausgrabungsstätte. In *Heiligkeit* hatte es auch keine Bäume gegeben. Manchmal glaubte er, die Einsamkeit wäre leichter zu ertragen, wenn er nur Bäume sehen würde.

Tony und Vater James kehrten mit weiteren Vorräten zurück. Bruder Mainoa wirkte angespannt. Er half ihnen, den Proviant auf die Satteltaschen zu verteilen, einschließlich der beiden großen Körbe, die Irish Lass tragen sollte. Als sie fertig waren, schauten sie sich unschlüssig an; sie schienen zu zögern, den nächsten, unausweichlichen Schritt zu tun. Schließlich brach Bruder Mainoa das Schweigen.

»Wenn Sie gestatten, werde ich Sie führen, Lady Westriding. Das erste Stück. Dann dürfte es nicht mehr erforderlich sein. Wenn Sie mir zeigen würden, wie ich das Pferd lenken soll?«

Marjorie unterwies ihn im Umgang mit den Zügeln und in der Beinarbeit, und dann ritt sie zur Veranschaulichung neben ihm her. Bald hatten sie den Gartenpfad verlassen und ritten durch hohes Gras, wobei sie sich fast aus den Augen verloren. Bevor sie noch Unmut wegen der schwierigen Passage verspürten, erreichten sie ein Kurzgras-Gebiet und schlugen eine nordöstliche Richtung ein. Der Ritt verlief schweigend und wurde nur von Bruder Mainoas gelegentlichem Quengeln unterbrochen: »Was muß ich denn tun, um nach rechts zu lenken?« Nachdem Marjorie es ihm ein paarmal gesagt hatte, fragte er nicht mehr. Nun wurde der Ritt nur noch vom gedämpften Trappeln der Hufe und dem Rauschen des Grases untermalt.

Marjorie, die neben Bruder Mainoa ritt, glaubte, er hätte etwas gesagt und lehnte sich zu ihm hinüber. »Was haben Sie gesagt, Bruder?« flüsterte sie. Erneut hörte sie das Geräusch. Ein Schnarchen. Er war eingeschlafen, und Blue Star trabte zielstrebig über im Sternenlicht liegende Hügel und schattige Täler, als ob sie auf dem Heimweg wäre. Die Ohren hatte sie gespitzt, als ob jemand ihren Namen riefe.

Rigo erwachte mit verschlafenem Blick und einem schalen Geschmack im Mund. Im ersten Moment wußte er nicht, wo er war; dann sah er einen Kolibri an den großen Fenstern vorbeifliegen und hörte die Rufe eines Gras-Peepers aus dem Garten. Er war auf *Gras*. Die hauchzarten roséfarbenen Vorhänge, die sich im Morgenwind bauschten, sagten ihm, daß er in Eugenies Schlafgemach war und nicht in seinem eigenen, das sich neben dem von Marjorie befand. Das Bett neben ihm war leer.

Eugenie schwebte herein wie der Kopf eines kleinen Kometen, wobei das wallende Haar und das Seidennachthemd einen turbulenten Schweif bildeten. Sie trug ein Tablett. »Das Mädchen kommt erst später, Rigo. Also habe ich Kaffee gekocht.« Sie schüttelte sein Kissen auf, setzte sich neben ihm aufs Bett und beugte sich grazil nach vorne, um ihm einzuschenken. Die Tassen waren pink und wie Blütenkelche geschwungen. Die Sahne dampfte.

»Wo hast du denn die Sahne her?« fragte er. »Ich habe keine mehr gehabt, seit wir hier sind.«

»Das spielt keine Rolle.« Sie zog einen Schmollmund und errötete. Sie freute sich, daß er ihre Bemühungen zu schätzen wußte. »Ich habe so meine Beziehungen.«

»Nein, im Ernst, Eugenie. Wo hast du sie her?«

»Sebastian hat sie mir gebracht. Seine Frau hat eine Kuh.«

»Du hast nie ein Wort gesagt ...«

»Du hast mich auch nicht gefragt.« Sie rührte den Kaffee um und reichte ihm die Tasse.

»Du hast mit ihm geflirtet.«

Sie bestritt es nicht einmal, sondern lächelte ihn nur unter langen Wimpern an und nippte am Kaffee.

Er wollte etwas über das Flirten sagen, über Stellas Flirten, und dann überkam ihn die Erinnerung. Die Tasse entglitt seiner Hand und kullerte über den flauschigen Teppich. Er wickelte sich aus der Bettdecke.

»Rigo!« protestierte sie.

»Ich habe Stella ganz vergessen«, rief er. »Ich hatte gar nicht mehr an sie gedacht!«

»Du hast sie nicht vergessen«, sagte sie. »Du hast mir gestern abend von ihr erzählt.«

»Ach, verdammt, Eugenie. Das meine ich doch nicht.« Er ging ins Bad. Sie hörte das Wasser laufen und starrte in die Tasse, ohne sie auszutrinken. Wenn er bloß nicht daran gedacht hätte. Wenigstens nicht sofort.

Er ging geradewegs in die Küche, dann in Marjories Zimmer und schließlich in das von Tony. Nachdem er festgestellt hatte, daß niemand da war, fiel ihm das *Telly* ein. Dort fand er auch eine kurze, aber aussagekräftige Nachricht: Tony und seine Mutter waren fort. Sie hatten die Pferde genommen. Sie waren auf der Suche nach Stella. Rigo stieß ein halb zorniges, halb schmerzliches Heulen aus, daß die Kristallverzierungen klirrten. Wohin mochte Marjorie gegangen sein? Das hatte Tony nicht gesagt, aber es gab nur einen logischen Ausgangspunkt für eine Suche. Die bon Damfels-Estancia.

Er errötete bei der Erinnerung, wie er am Vortag die Estancia der bon Damfels' verlassen hatte; er hatte sie angefleht, ihm bei der Suche nach seiner Tochter zu helfen, während Stavenger, anfangs eiskalt, dann wutentbrannt, ihm Disziplinlosigkeit und unwaidmännisches Verhalten vorgeworfen hatte. Stavenger, Dimoth und Gustave hatten ihm nahegelegt, nach Hause zu gehen und dort um Stella zu trauern; auf jeden Fall sollte er aber mit dem Geschrei aufhören. Währenddessen hatten bon Haunser sowie die Tanten und Nichten der bon Damfels' verächtlich mit dem Finger auf ihn gezeigt. Dennoch würde er heute wieder nach Klive gehen, auch wenn die ganze Familie anwesend war.

Er ging in den Hangar und sah, daß beide Gleiter zum Teil zerlegt waren; Sebastian beugte sich gerade über einen neuen Teilesatz.

»Was um Himmels willen ...«

»Ihr Pilot hat gesagt, daß er gestern Probleme mit dem Stabilisator hatte«, erklärte Sebastian erschrocken. »Beide sind defekt, und weil heute keine Jagd stattfindet ...«

Rigo unterdrückte ein zorniges Brüllen. »Ist noch ein anderes Fahrzeug einsatzbereit. Oder gibt es im Dorf eins?«

»Nein, Sir. Diesen Gleiter habe ich in ein paar Stunden fertig. Wenn Sie schon früher weg müssen, könnte vielleicht jemand aus *Commons* ...«

Persun Pollut rief seinen Vater an, aber Hime Pollut befand sich nicht in der Werkstatt. Niemand wußte, wann er wiederkommen würde. Roald Few war auch nicht abkömmlich. Drei andere Leute, die Persun anrief, waren gerade auf dem Raumhafen – eine lange erwartete Lieferung war eingetroffen. Persun zog in übertriebener Manier die Augenbrauen hoch, womit er seinem Bedauern Ausdruck verleihen wollte.

Die Stunden vergingen, und Rigo war kaum noch imstande, an sich zu halten; unaufhaltsam näherte Marjorie sich einem Ort, den er vielleicht nie finden würde.

13

Als Marjorie und die anderen auf Klive eintrafen, ritt sie direkt zum Hundetor. Von dort aus gelangte sie auf kürzestem Weg zur *Ersten Fläche*, einem der zwei Zugänge zum Haupthaus. Oberhalb der Ersten Fläche befand sich die Terrasse, und dahinter die Empfangsräume. Sie hatte die Terrasse schon halb durchmessen, als sie von jemandem erspäht und abgefangen wurde. Sylvan.

»Marjorie!« rief er mit erstickter Stimme. »Was tun Sie denn hier?«

»Ich bin auf der Suche nach Stella«, sagte sie halb zornig, halb flehend und verschränkte die Arme.

Er faßte sie am Arm und zog sie vom Fenster weg. »Ihr Yrariers sucht geradezu die Gefahr. Kommen Sie um Himmels willen von der Tür weg. Gehen wir in den Garten.« Er drehte sich um und zog sie mit. Sie folgte ihm widerstrebend, aber es war zu spät. Mit Schrecken vernahmen beide die brüllende Stentorstimme. Stavenger war erschienen und baute sich mit zornrotem Kopf am Treppenabsatz auf.

»Was tun Sie hier? *Fragras!* Ich rede mit Ihnen!«

Er ballte die Fäuste, als ob er sie schlagen wollte. Plötzlich prallten ihre Frustration und sein Zorn aufeinander. Sie straffte sich und deutete mit dem Finger auf ihn.

»Sie«, schrie sie. »Sie unheiliges Ungeheuer!« Die Worte materialisierten fast in dem Raum.

Schaudernd zog er sich zurück; keine andere Reaktion hätte ihn so überrascht wie ihre Attacke. Er war es nicht gewohnt, daß man sich ihm widersetzte oder

Vorwürfe machte, und er war so außer sich gewesen, daß es eine Weile dauerte, bis ihm bewußt wurde, daß er sie hatte schlagen wollen.

»Sie Kinderschänder!« schrie sie. »Sie Barbar! Wo habe ich meine Tochter wohl zum letztenmal gesehen?« Sie kam auf ihn zu und wedelte mit dem Finger wie mit einem Schwert.

»Ich habe sie überhaupt nicht gesehen«, knurrte er. »Ich habe mich nicht um sie gekümmert.«

»Wie kann ein Jägermeister nur seine Jagdgesellschaft vernachlässigen?« schrie sie. »Sind Sie denn ein solcher Sklave Ihrer Reittiere, daß Sie alles andere um sich herum vergessen?«

Sein Gesicht wurde noch dunkler, die Adern am Hals schwollen an und die Augen traten schier aus den Höhlen, als er ein unartikuliertes Geheul ausstieß und wie von Sinnen auf sie zustürmte. Sylvan trat hinter sie und zog sie weg.

»Bewegen Sie sich«, zischte er. »Sonst wird er Sie noch umbringen.«

Er zog sie die Stufen hinunter, den Hundepfad entlang und durch das Hundetor. Dann schloß er die schwere Pforte hinter ihr. Selbst in dieser Entfernung hörten sie noch Stavengers wütendes Brüllen.

Mit blassem Gesicht lehnte Sylvan sich gegen das Tor. »Ich wußte, daß Sie es wissen wollten. Ich habe Shevlok und die anderen gefragt. Offen gesagt, auf der Jagd sind sie nie sehr präsent, aber es geschah bei *Darrenfelds Wäldchen*, wo auch Dimity und Janetta verschwunden sind. Dort wurde sie zuletzt gesehen.«

»Bringen Sie mich hin!« verlangte sie und schwang sich in den Sattel. »Sofort!«

»Marjorie …«

»*Sofort!* Sie können auf Irish Lass reiten. Sie ist kleiner als diese Monster, auf denen Sie früher geritten sind.« Als sie sah, daß er das große Pferd mit leerem Blick anstarrte, sagte sie: »Stellen Sie den linken Fuß in den Steigbügel und ziehen Sie sich hoch; sie wird nicht das Bein für Sie ausstrecken. Jetzt nehmen Sie die Zügel, so wie ich sie habe. Sie brauchen Sie nur zu halten. Das Pferd wird uns folgen. Und nun bringen Sie mich hin!«

Er wies nach links, und sie ritten in die angegebene Richtung. Sie hatten erst ein kurzes Stück zurückgelegt, als das Tor mit einem Knall geöffnet wurde und Stavenger ihnen hinterherbrüllte. Die Reiter schauten unbeirrt geradeaus und tauchten ins hohe Gras ein, das sie seinen Blicken entzog.

Sylvan saß reglos auf dem Pferd und tastete nur gelegentlich mit den Füßen nach den Kerben, wie er sie von den Hippae her kannte.

»Setzen Sie sich richtig hin«, wies Marjorie ihn barsch an. »Sie hat keine Widerhaken, mit denen sie Sie aufspießen könnte. Beugen Sie sich nach vorn. Das mag sie.«

Zögerlich, fast ängstlich folgte er ihrer Aufforderung und entspannte sich allmählich.

»Mal was anderes, was?« meinte Bruder Mainoa. »Das ist zwar eine ungewohnte Haltung, und ich bin schon ganz wundgeritten, aber ich habe keine Angst.«

»Nein«, sagte Sylvan abwesend. »Nein. Aber als ich auf der Jagd war, hatte ich eigentlich auch keine Angst.« Er schaute sich um, als ob er nach Landmarken suchte. »Dort.« Er wies in ihre Bewegungsrichtung, etwas zur Rechten. »Das ist der Ozeangarten. Normalerweise reiten wir an der anderen Seite entlang, aber diesen Weg können wir auch nehmen.« Er zeigte Marjorie den Weg, und sie übernahm die Führung, wobei er ihr eventuelle Richtungsänderungen zurief.

»Worüber hat Ihr Vater sich so aufgeregt?« fragte Tony.

»Über *Ihren* Vater. Als sie gestern abend von der Jagd zurückkamen, verlangte Roderigo, daß er ihn bei der

Suche nach Ihrer Schwester unterstützte. Das tun wir aber nicht. Wenn jemand verschwindet, tut jeder so, als ob er es nicht gesehen hätte. Niemand sucht nach den Vermißten. Und man bittet die anderen auch nicht um Hilfe. Vater – mein Vater – hat die Beherrschung verloren. Er hat schon seit gestern schlechte Laune, und als Ihre Mutter ihm dann noch Vorhaltungen machte…« Sylvan riß die Augen auf und fuhr sich über die Kehle. »Wie soll ich…«

»Kein Hippae zu sehen«, murmelte Bruder Mainoa. »Wir werden auch keins zu sehen bekommen. Ich glaube, unsere… nun, unsere Führer haben sie abgeschreckt. Oder vielleicht holen sie auch Verstärkung.«

»Führer?«

»Sprechen Sie nicht davon. Vielleicht werden wir uns später darüber unterhalten, aber jetzt ist nicht die Zeit dazu. Man soll keine schlafenden Hunde wekken.«

Sylvan massierte sich wieder den Hals und schaute sich ungläubig um. Erst nachdem sie einige Meilen durch das Grasland zurückgelegt hatten, beruhigte er sich, obwohl er Marjorie gelegentlich dadurch irritierte, daß er sich wie ein Akrobat in den Sattel stellte. »Sonst sehe ich nichts«, erklärte er und dirigierte sie in Richtung einer Gegend, die den anderen verborgen blieb. »Der Hügelkamm dort drüben führt zum Wäldchen.«

Sie schlugen die angegebene Richtung ein, erreichten den Fuß des Hügels und begaben sich an den langwierigen Aufstieg. Von oben schauten sie in ein mit Baumgruppen bestandenes Tal. Sylvan zeigte auf das größte Wäldchen. *»Darenfeld«*, sagte er.

»Weshalb *Darenfeld?«* fragte Rillibee/Lourai. »Es gibt keine *bon*-Familie mit diesem Namen.«

»Früher gab es sie aber«, erwiderte Sylvan. »Ursprünglich waren es elf Familien. Die Familie Darenfeld ist vor einigen Generationen bei einem Steppenbrand in ihrer Estancia umgekommen. Sie sind nicht die einzigen, denen so etwas widerfahren ist.«

»Ein Steppenbrand?« fragte Marjorie. »Seitdem wir hier sind, haben wir noch kein Feuer gesehen.«

»Sie haben auch noch keinen Sommer hier erlebt.« Er schaute zum Horizont. »Im Sommer fällt fast kein Regen, aber dafür gibt es Gewitter. Das Feuer breitet sich in Wellen aus, verbrennt das Gras und läßt große Rauchwolken aufsteigen. Manchmal brechen auch im Frühjahr Feuer aus, aber sie sind nur klein, weil das Gras noch feucht und saftig ist…«

»Und die Darenfeld-Estancia ist von einem Sommerfeuer vernichtet worden?«

»Es geschah, bevor die Grasgärten angelegt wurden«, bemerkte Bruder Mainoa. »Die Abtei hat die Gärten als Bollwerk gegen das Feuer angelegt. Es gibt Bereiche mit Kurzgras, die nicht brennen, sondern nur schwelen. Sie dienen als Brandschneise, so daß das Feuer sich nur seitlich ausbreitet. Auf die gleiche Art haben wir auch die Abtei, Opal Hill und die anderen Estancias gesichert. Die großen Gärten von Klive wurden nicht nur der Ästhetik wegen angelegt.«

»Stimmt.« Sylvan nickte. »Kein *bon* hätte nur der Schönheit wegen die ganzen Umstände auf sich genommen.«

Marjorie dirigierte Don Quixote auf das vor ihnen liegende Wäldchen zu. Es erhob sich düster und unheimlich aus dem pastellfarbenen Gras, wobei dieser Eindruck sich mit abnehmender Entfernung noch verstärkte. Schmatzende Geräusche ertönten, als die Pferde durch kleine Tümpel schritten. Große Stämme, die von knorrigen Wurzeln gestützt wurden, verschwanden in der Dunkelheit; allein die unteren Äste waren schon so stark wie normale Bäume.

Rillibee beugte sich vor, als ob das Wäldchen seine Geliebte sei.

»Was nun?« fragte Tony.

»Hier war der Endpunkt der Jagd. Irgendwo muß sich ein von den Hippae geschaffener Trampelpfad befinden. Von dem müßte dann die Spur eines einzelnen Hippae abzweigen.«

»Falls es einen solchen Abzweig gibt«, sagte Bruder Mainoa. »Es wird zwar als Baumgruppe bezeichnet, aber in Wirklichkeit ist es ein kleiner Wald. Was meinen Sie, Sylvan? Wie groß ist er? Eine halbe Meile oder mehr?«

Sylvan schüttelte den Kopf. »Wir sind keine Geometer. Auf der Jagd ist das auch nicht notwendig. Wir messen die Jagd in Stunden und nicht in Meilen, Kilometern oder Stadien wie auf *Reue*.«

»Von oben hat es wie eine halbe Meile ausgesehen«, bestätigte Vater James. »Genug Platz für ein ganzes Rudel Hippae.«

»Wenn keine Spur herausführt«, sagte Marjorie entschlossen, »werden wir eben zwischen den Bäumen suchen.« Sie versuchte, die Zustimmung jedes einzelnen einzuholen. Bruder Mainoa saß reglos auf dem Pferd. Sein Gesichtsausdruck war wachsam, als ob er etwas hörte, das ihr entging. »Bruder Mainoa?« fragte sie. »Bruder?«

Er wölbte die Augenbrauen und lächelte sie an. »Natürlich. Natürlich. Suchen wir zuerst nach einer Spur.«

Die Spuren, welche die Jagd auf dem Hin- und Rückweg hinterlassen hatten, waren leicht zu finden. Das niedergetrampelte Gras deutete darauf hin, daß in letzter Zeit mehr als nur eine Jagd hier vorbeigekommen war. Einige Halme waren völlig vertrocknet, andere wiesen frische Bruchstellen auf und verloren noch Flüssigkeit. Bruder Mainoa folgte dieser breiten Spur; plötzlich zügelte er Blue Star und wies nach links. Deutlich zeichnete sich eine schmale Spur im Gras ab. Vater James hob einen abgerissenen Grashalm auf und gab ihn Marjorie. Er war noch feucht.

»Aha«, sagte sie. »Aha.«

»Wenn sie sich in der Gewalt eines Hippae befindet«, fragte Tony, wobei er sich betont sachlich gab, »wie sollen wir sie dann befreien?«

»Wir verstecken uns«, sagte sie. »Wir warten ab, bis es sie allein läßt. Und dann holen wir sie uns.«

»Ich wünschte, wir hätten Waffen«, sagte Vater James.

»Ich auch«, sagte sie. »Aber wir haben keine.«

Fast unmerklich schüttelte er den Kopf. »Hoffen wir, daß wir es nur mit einer Bestie zu tun haben.«

Wutschnaubend verbrachte Rigo den Morgen und wartete, daß Sebastian den Gleiter wieder zusammenbaute; dieser Vorgang gestaltete sich langsamer, als die Prognose gelautet hatte. Die neuen Teile waren zwar richtig numeriert, hatten aber eine schlechte Paßform. Sebastian brachte sie in seine Werkstatt im Dorf, um sie nachzubearbeiten.

Am Nachmittag war der erste Gleiter fertig und erprobt. Mit Sebastian am Volant und Persun zur besonderen Verwendung, brach Rigo nach Klive auf. Der Flug dauerte knapp über eine Stunde und führte sie über die Südspitze des Sumpfwalds hinweg, wobei die verstreuten Gebäude von *Commons* zu ihrer Linken lagen. Sie landeten auf dem Kiesbett vor der *Ersten Fläche* und überquerten sie auf dem Weg zur Terrasse.

»Eure Exzellenz«, ertönte plötzlich ein Stimmchen von der Balustrade. »Eure Exzellenz!«

Rigo wandte sich um und sah, daß eine der Damfels-Töchter ihm zuwinkte. Ungeduldig ging er auf sie zu; er wollte wissen, ob Marjorie noch auf Klive war.

»Sie sind schon fort«, sagte das Mädchen. »Roderigo Yrarier, Ihre Frau, Ihr Sohn und die Grünen Brüder sind fortgegangen.«

»Und wohin?« platzte er heraus.

Sie schüttelte den Kopf, und plötzlich liefen ihr Tränen über die Wangen. »Sie dürfen nicht nach oben gehen. Vater, der Obermun, ist sehr wütend. Er wird Sie töten. Er hat Emmy schon fast umgebracht. Ihre Frau ist zu uns gekommen und hat sich erkundigt, wo Ihre Tochter verschwunden sei. Sylvan hat es ihr gesagt. Er hat es von Shevlok erfahren und es dann Ihrer Frau gesagt. Sylvan ist mit ihnen gegangen. Seitdem schreit Vater nur noch herum. Als Emmy ihn beruhigen wollte, hat er sie geschlagen ...«

Ein Brüllen drang aus dem Haus, worauf das Mädchen am Haus entlang davonrannte. Rigo blieb stehen und stellte den Fuß auf die unterste Stufe. Dann wurde er weggezogen. Sebastian und Persun packten ihn jeweils an einem Arm, und sie schienen entschlossen, ihn von Klive zu entfernen, wenn es sein mußte mit Gewalt.

»Gehen Sie nicht dort hinauf, Sir. Mit ihm kann man nicht vernünftig reden. Er tobt wie ein Stier.«

»Pollut hat recht, Sir. Er wird Ihnen nicht helfen, nicht in diesem Zustand. Sie müssen abwarten. Warten Sie, bis er sich beruhigt hat. Warten Sie, bis Sie mit jemand anderem sprechen können.«

»Auf der Jagd«, empfahl Sebastian. »Morgen. Auf der Jagd der bon Laupmons.« Sie zerrten Rigo fort; er sträubte sich zwar, protestierte aber nicht, als ob er wüßte, daß sie recht hatten, auch wenn sein Körper sich gegen diese Erkenntnis wehrte.

Die Pferde folgten der Spur in Einerreihe, wobei die Reiter anfangs angespannt auf jedes Geräusch achteten, mit der Zeit jedoch abschlafften und unaufmerksam wurden. Mainoa und Lourai litten an Schmerzen in den Gelenken und im Hinterteil. Marjorie dachte an Rigo und Sylvan an Marjorie. Vater James betete, daß er nicht falsch gehandelt hatte, und Tony dachte an ein Mädchen, das er sehr lange nicht mehr gesehen hatte. Die Art, wie die Grashalme ihre Körper peitschten, wirkte hypnotisierend. Selbst Marjorie, die sonst ein Gespür für die subtilsten Regungen der Pferde hatte, bemerkte nicht, daß die Tiere sich nun genauso verhielten wie Don Quixote, als sie von der Hippae-Kaverne zurückgeritten war. Sie hatten die Ohren gespitzt und erweckten den Anschein, daß sie sich auf dem Heimweg befanden. Als ob jemand zu ihnen sprechen würde. Mit der Sonne im Rücken, ritten sie schweigend weiter; die einzigen Geräusche wurden von den Hufen der Pferde verursacht.

Die Sonne stieg zum Zenit empor und sank dann wieder. Nun schien sie ihnen ins Gesicht. Sie hatten ein paar Pausen eingelegt, um etwas zu trinken und sich zu erleichtern, aber die Spur, die sich vor ihnen dahinschlängelte, war derart geheimnisvoll, daß sie die Pausen kurz hielten. Plötzlich ertönte hinter ihnen ein Heulen, weit zur Rechten.

Marjorie versteifte sich. Sie hatte diesen Laut schon einmal vernommen; er verhieß Schreckliches.

»Hippae«, sagte Sylvan deprimiert. »Wissen sie, daß wir hier sind?«

»Noch nicht«, erwiderte Bruder Mainoa.

»Woher wollen Sie das denn wissen?« fragte Marjorie.

»Sie haben mich um Hilfe gebeten, Lady Westriding, und ich helfe Ihnen. Mehr kann ich Ihnen im Moment nicht sagen. Ich versichere Ihnen, die Hippae wissen noch nicht, wo wir sind. Sie werden es bald wissen, aber jetzt noch nicht. Ich würde vorschlagen, daß wir schneller reiten.«

Tony setzte sich gerade hin und spornte El Dia Octavo zu einem Trab an. Die Brüder Mainoa und Lourai hingen in den Sätteln und grunzten angestrengt. »Lassen Sie die Füße baumeln«, rief Marjorie. »Sitzen Sie aufrecht. Wie in einem Schaukelstuhl.«

Bruder Mainoa tat wie geheißen. Bald wurde der Rhythmus stetiger, und er paßte sich ihm an. Rillibee/Lourai war schneller. Er genoß die Bewegung sogar. Das Gras peitschte ihm ins Gesicht, und er grinste breit, wobei er Grannen zwischen den Zähnen hatte.

Das Geheul verstärkte sich; nun kam es sowohl von rechts als auch von links.

»Wissen Sie überhaupt, wohin wir reiten?« fragte Marjorie über die Schulter.

»Richtung Sumpfwald«, sagte Mainoa grunzend. »Immer geradeaus.«

Kaum hatte er das gesagt, brachen sie durch die letzten hohen Gräser und sahen den Wald, der sich in beträchtlicher Entfernung vor ihnen bis zum Horizont erstreckte. Die Spur, der sie bisher gefolgt waren, zog sich schnurgerade zum Wald hin, zu einem felsigen Knubbel, der sich über das Niveau der entfernten Bäume erhob. Das Gras reichte den Pferden bis knapp über den Rumpf.

»Können die Pferde noch schneller laufen?« fragte Mainoa besorgt. »Wenn ja, dann sollten wir sie antreiben.«

Im selben Augenblick trafen auch Don Quixote und El Dia Octavo diese Entscheidung – oder sie waren entsprechend instruiert worden. Ohne auf ein Signal der Reiter zu warten, galoppierten sie den Abhang hinunter, mit flatterndem Schweif und angelegten Ohren. Die Stuten jagten hinterher, wobei Irish Lass die Nachhut bildete. Mainoa erschien das ganze wie ein Alptraum. Obwohl er wußte, daß er vom Pferd fallen würde, fiel er nicht. Obwohl er wußte, daß er sich nicht im Sattel halten würde, hielt er sich doch. Das Pferd schien bestrebt, ihn im Sattel zu halten, und trotz seiner Panik spürte er das auch; von der Anhöhe, die sie gerade verlassen hatten, ertönte ein konzertiertes Geheul. Er wollte keinen Blick zurück riskieren, um zu sehen, wie nahe die Hippae schon waren.

Sylvan hingegen schon. Das Trommeln der Hufe

wurde von den wilden Schreien vom Hügel übertönt. Er drehte sich auf dem breiten Rücken um und hielt sich an einem der Packstücke fest, die Irish Lass transportierte. Ein Dutzend riesiger Bestien tänzelte auf der Höhe. Ein großes Rudel Hunde sprang kläffend zwischen ihren Beinen umher. Als ob sie auf ein Signal reagiert hätten, das Sylvan nicht bemerkt hatte, nahm die wilde Jagd die Verfolgung der Pferde auf. Nicht lautlos wie bei einer Fuchsjagd, sondern mit einem schrillen Tohuwabohu.

Er drehte sich wieder um. Die anderen Pferde waren weit vor ihm. Dieses große Tier war nicht so schnell wie die anderen. »Gib dein Bestes, Mädchen. Sonst werden sie uns fressen.« Erneut schaute er sich nach den Verfolgern um. Ein großes, violett gesprenkeltes Hippae führte die Meute an, mit offenem Maul und bebenden Nüstern. Es schien ein paarmal zu stolpern. Schließlich stürzte es mit rollenden Augen. Das Gras schlug Wellen.

Die anderen blieben hinter dem gefallenen Monster stehen und tänzelten unsicher. »Lauf«, spornte Sylvan das Pferd an. »Gib alles, Mädchen.«

Irish Lass verstand. Die Entfernung zwischen ihr und den anderen Pferden hatte sich vergrößert. Sie bemühte sich, die Distanz zu verringern, aber sie nahm weiter zu.

Dann nahmen die Hippae die Verfolgung wieder auf. Neuerlich stolperte der Anführer und stürzte. Von neuem schlug das Gras Wellen.

El Dia Octavo hatte mittlerweile den Wald erreicht. Don Quixote war ihm auf den Fersen, gefolgt von Millefiori. Dann kamen Blue Star und Her Majesty. Die Reiter waren abgesessen und warteten auf Sylvan.

Ein Hund hatte sich auf gleiche Höhe mit Irish Lass gesetzt; er stob zähnefletschend durch das Gras und schnappte nach den Beinen des Pferdes. Vor dem Hund wogte das Gras, und er wurde von glitzernden

Widerhaken weggerissen. Sylvan hatte nicht gesehen, was das gewesen war, aber er hörte den Hund aufjaulen. Der Rest des Rudels stimmte mit ein. Sie fielen zurück. Das große Pferd grunzte vor Anstrengung, und sein Fell troff vor Schweiß. Schaumflocken stoben ihm um das Maul. »Gute Lass«, flüsterte er. »Gute Lass.«

Endlich erreichten sie die anderen. Er drehte sich noch einmal um und sah, daß das Gras wie ein Meer wogte. Dort bewegte sich etwas. Die Meute aus Hippae und Hunden hielt sich in respektvollem Abstand und heulte trotzig.

Irish Lass hatte den Kopf gesenkt. »Ach, Lass, Lass«, sagte Marjorie. »Armes Mädchen. Du bist kein Rennpferd, nicht wahr, Lass, aber so tapfer! Ein wundervolles Mädchen.« Dabei führte sie die Stute in einem engen Kreis. Allmählich erholte Lass sich wieder.

»Was nun?« fragte Tony. »Wir werden doch wohl nicht in den Wald reiten.« Er zeigte auf die Bäume, zwischen deren dunklem Laub Wasser glitzerte.

»Doch«, sagte Bruder Mainoa. »Werden wir. Folgen Sie mir.«

»Sind Sie schon einmal im Wald gewesen?«

»Nein.«

»Nun, dann ...«

»Ich bin auch noch nicht auf einem Pferd durchs Grasland geritten. Aber wir haben es bis hierher geschafft. Die unmittelbare Gefahr ist vorüber. Wir werden geführt. Beschützt.«

»Von wem?«

»Das sage ich Ihnen erst, wenn dieses Wissen uns nicht mehr gefährden kann. Diese Wesen« – er deutete in Richtung der Hippae – »können *Ihre* Gedanken lesen. Wir müssen in den Wald gehen. Die Barriere zwischen ihnen und uns ist eher imaginär als real. Wenn wir nicht bald verschwinden, werden die Hippae das auch merken.«

Tony schaute seine Mutter an, als ob er sie um Erlaubnis fragen wollte. Vater James saß bereits auf. Seufzend wuchtete Bruder Mainoa sich auf sein Pferd und versuchte, das Bein hinüberzuschwingen. Bruder Lourai half ihm. Sylvan saß noch immer auf Irish Lass.

»Hüh«, sagte Marjorie.

Blue Star bewegte sich in das seichte Wasser und bahnte sich zwischen hoch aufragenden Bäumen und schilfähnlichem Dickicht einen Weg. Die anderen folgten. Die Stute folgte einem gewundenen Pfad und vollführte zuweilen eine abrupte Richtungsänderung. »Bleiben Sie dicht hinter ihr«, sagte Bruder Mainoa mit rauher Stimme. »Sie folgt einer sicheren Route.« Also trabten sie im Gänsemarsch durch das Wasser, wobei Blue Star einem unsichtbaren Lotsen folgte.

Als sie so weit in den Sumpf vorgedrungen waren, daß sie die Prärie nicht mehr sahen, wich Blue Star vom gewundenen Pfad ab und führte sie mehrere Meilen durch einen seichten Kanal, der zu beiden Seiten von undurchdringlichen Baumreihen gesäumt wurde. Schließlich tat sich in der endlosen Allee eine Lücke auf, und die Stute führte sie über ein flaches Ufer auf festen Boden.

»Eine Insel?« fragte Marjorie.

»Sicherheit«, erwiderte Bruder Mainoa seufzend. Dann rutschte er vom Pferd und blieb einfach liegen.

»Wie? Sicherheit?«

»Weder die Hippae noch die Hunde werden uns hierher folgen«, sagte er und schaute zu den Bäumen empor, durch deren Blätterdach das Sonnenlicht fiel. Wie Sterne. Wie Juwelen. Die Augen fielen ihm zu.

»Eins ist aber doch in den Wald gelaufen«, widersprach sie. »Wir haben doch seine Spur gesehen.«

»Nur bis zum Sumpf«, bestätigte er. »Und dann ist es wohl seitlich an …« Er stieß ein leises Geräusch aus. Ein Schnarchen.

»Er ist ein alter Mann«, sagte Rillibee trotzig, als ob

sie Mainoa einen Vorwurf gemacht hätten. »Er schläft öfters mal ein.«

Sylvan war abgesessen. »Was soll ich mit ihr machen?« fragte er Marjorie und streichelte die Stute.

»Reiben Sie sie mit irgend etwas ab«, erwiderte sie. »Mit einem Grasbüschel, Blättern oder sonst etwas. Wenn wir länger hierbleiben, nehmen sie ihr den Sattel ab.«

»Wir müssen solange warten, bis er ausgeschlafen hat«, sagte Tony und wies auf den auf dem Rücken liegenden Bruder Mainoa.

»Die Pferde brauchen auch etwas Ruhe«, sagte Marjorie seufzend. »Das war eine ganz schöne Strapaze für sie. Einen Tag und eine halbe Nacht unterwegs und dann noch eine höllische Jagd. Sie soll nicht so viel saufen«, instruierte sie Sylvan. »Führen Sie sie herum, bis sie sich abgekühlt hat. Dann darf sie saufen.«

»Was würde sonst passieren?« fragte Sylvan. »Würde sie sterben?«

»Sie würde krank werden«, entgegnete Tony und schaute nach oben wie Mainoa, bevor er eingeschlafen war. Sterne aus Sonnenlicht. Und noch etwas anderes war dort oben. Es blendete die Sonne aus. »Was ist dort oben?« fragte Tony und wies mit dem Finger in die angegebene Richtung.

Sylvan schaute ebenfalls nach oben. »Wo?«

»In der Krone dieses Baums; es verläuft zu dem daneben ...«

»Die Insel ist ziemlich groß«, meldete Vater James und trat zwischen den Bäumen hervor. »Hinter diesen Bäumen gibt es eine grasbestandene Lichtung. Dort können die Tiere weiden.«

Rillibee/Lourai sattelte Blue Star und Her Majesty ab und lehnte die Sättel gegen eine Baumwurzel. »Die Sonne steht schon tief. Bald wird es dunkel. Heute kommen wir nicht mehr weiter.«

»Wie lange wird Bruder Mainoa schlafen?«

Lourai hob die Schultern. »Bis er eben aufwacht. Er hat seit Mitternacht nicht mehr geschlafen und noch dazu fast die ganze Zeit auf einem Pferd gesessen. Wie ich schon sagte, er ist ein alter Mann.«

Marjorie nickte. »In Ordnung. Wenn er Pause macht, tun wir das auch. Tony?«

Der Junge deutete nach oben. »Wir haben uns gerade ...«

»Such lieber Feuerholz, solange es noch hell ist. Sylvan, helfen Sie ihm bitte. Wir brauchen so viel Holz, daß es für die ganze Nacht reicht. Vater, wenn Sie diesen Eimer mit sauberem Wasser füllen würden ...«

»Und was ist mit mir?« fragte Bruder Lourai.

»Sie und ich sind die Chefköche«, sagte sie und kramte in den großen Körben, die Irish Lass getragen hatte. »Nach dem Essen werden wir das weitere Vorgehen besprechen.«

Tony und Sylvan gingen zum nächsten Dickicht, und Tony zog das Lasermesser. »Was ist das?« rief Sylvan, als er ein paar Zweige absägte.

Tony reichte ihm das Messer und erklärte ihm die Funktion.

»Ist das eine Neuerscheinung?« fragte Sylvan.

»Natürlich nicht. Die gibt es schon ewig.«

»Ich habe noch nie eins gesehen«, sagte Sylvan. »Das wundert mich aber.«

»Wahrscheinlich deshalb, weil Sie es nicht sehen sollten«, spekulierte Tony. »Es ist nämlich eine handliche Waffe.«

»Stimmt«, sagte Sylvan und betrachtete das Messer aus allen Blickwinkeln. Seufzend gab er es Tony zurück und konzentrierte sich auf das Holzsammeln. Aber das Messer ging ihm nicht aus dem Sinn. Weshalb wußte er nichts von solchen Dingen?

Bruder Mainoa erwachte rechtzeitig zum Essen und langte mit gutem Appetit zu. Als sie fertig waren, wurde das Geschirr gespült und wieder verpackt. Dann versammelten sie sich um das Feuer.

»Also, Bruder Mainoa«, sagte Marjorie. »Da wären wir nun.«

Er nickte.

»Haben wir die Entfernung zu Stella verkürzt?«

»Die Spur führte am Sumpfwald entlang«, sagte er. »Aber da durften wir nicht bleiben.«

»Morgen?«

»Vielleicht. Falls die Hippae weg sind. Heute erkennen wir sowieso nichts mehr.«

Sie seufzte.

»Mutter, es ist schon gut«, sagte Tony. »Die Pferde waren sowieso fast am Ende.«

Marjorie hatte noch immer den Blick auf Bruder Mainoa gerichtet. »Sie wissen etwas«, behauptete sie. »Offensichtlich wissen Sie viel mehr, als Sie uns bisher gesagt haben.«

Er zuckte die Achseln. »Was ich weiß oder zu wissen glaube, kann ich Ihnen noch nicht sagen. Morgen vielleicht.«

»Werden Sie das entscheiden?« fragte sie, wobei sie die Antwort bereits kannte.

»Nein«, erwiderte er. »Das steht nicht in meinem Ermessen.«

»Was will es – sie? Uns überwachen?«

Er nickte.

»Wovon sprecht ihr beiden überhaupt?« fragte Tony.

»Ja, Marjorie. Worüber …?« fragte nun auch Sylvan.

Vater James warf Marjorie einen verstehenden Blick zu und sagte: »Laßt es gut sein, Sylvan, Tony. Vielleicht hat Bruder Mainoa schon die Hilfe seiner Bekannten … nun, dieser Macht in Anspruch genommen.«

Mainoa lächelte. »So kann man es auch ausdrücken, Vater. Ich würde vorschlagen, Lady Westriding, daß wir hier Rast machen. Sie sollten versuchen zu schlafen. Hier sind wir sicher.«

Um Sicherheit ging es Marjorie aber gar nicht. Wenn sie in Lebensgefahr gewesen wäre, hätte sie wenigstens das Gefühl gehabt, etwas zu tun. Zu schlafen hieß nämlich, daß sie untätig war, während Stella sich in Gefahr befand; aber es hatte keinen Zweck, sich zu streiten. Es war schon zu dunkel, um die Fährte zu verfolgen. Sie verließ den Platz am Feuer und ging durch den Wald zu der Lichtung, wo die Pferde grasten. Bei ihnen suchte sie den Trost, den sie in der Gruppe nicht fand. Erst als sie sich an Quixotes Flanke lehnte, merkte sie, wie müde sie war.

Die anderen bereiteten sich in der Nähe des Feuers ein Lager. Tony stellte das Feldbett seiner Mutter hinter einem Gebüsch auf, um ihr eine gewisse Privatsphäre zu schaffen. Als sie zurückkam, wies er ihr die Richtung, und dankbar für seine Hilfe ging sie dorthin. Dann trat Stille ein, die nur durch Mainoas leises, schnurrendes Schnarchen, die entfernten Rufe der *Peepers* in der Prärie und die Laute der unbekannten Sumpfbewohner unterbrochen wurde.

Marjorie hatte zwar geglaubt, sie würde keinen Schlaf finden, aber sie wurde sofort von einer bleiernen Müdigkeit überwältigt. Sie fiel in einen tiefen, traumlosen Schlaf. Die Zeit verstrich, ohne daß sie sich dessen bewußt geworden wäre. Irgendwann wurde sie wachgerüttelt.

»Ma'am«, sagte Rillibee. »Ich habe etwas gehört.«

Sie setzte sich auf. »Wie spät ist es?«

»Gegen Mitternacht. Hören Sie, Lady. Ich bin durch Geräusche geweckt worden. Vielleicht sind es Menschen?«

Sie hielt die Luft an. Dann hörte sie es auch – sie –, Stimmen, die von einer leichten Brise, die in der Nacht aufgekommen war, zu ihr herübergeweht wurden. Eine Unterhaltung. Zwar in einer fremden Sprache, aber es handelte sich eindeutig um Menschen.

»Wo?« fragte sie atemlos.

Er legte ihr die Hand auf die Wange und drehte ihren Kopf in die entsprechende Richtung. Nun hörte sie die Stimmen deutlicher. »Licht«, flüsterte sie.

Er hielt bereits eine Taschenlampe in der Hand, die einen trüben Lichtkegel abstrahlte. Er reichte ihr auch eine, und dann gingen sie zwischen den Bäumen hindurch, über die Lichtung, wo die Pferde grasten und drangen erneut in den Wald ein. Rillibee zeigte nach oben. Tatsächlich. Die Laute kamen von oben.

Sie war sich nicht mehr sicher, ob es sich wirklich um Menschen handelte. Die Sprache war zu guttural für ein menschliches Idiom. Und doch ...

»Wie die Geräusche im Arbai-Dorf«, sagte sie.

Er nickte und schaute nach oben. »Ich klettere hinauf«, sagte er.

Sie hielt ihn zurück. »Sie sehen doch überhaupt nichts.«

Er schüttelte den Kopf. »Dann werde ich mich eben vorwärtstasten. Warten Sie nicht auf mich. Gehen Sie wieder zu den anderen.«

»Sie werden herunterfallen!«

Er lachte. »Ich? Lady, in der Abtei nennt man mich ›Kletter-Willi‹. Ich habe Finger wie ein Baumfrosch und Zehen wie eine Eidechse. Ich habe Kleber an den Knien und die Trittsicherheit einer Bergziege. Ich werde genausowenig fallen wie ein Affe, der sich von einer Liane zur anderen schwingt. Gehen Sie zu den anderen zurück, Lady.« Und weg war er; er hatte sich die Taschenlampe um den Hals gehängt und erklomm mit affenartiger Gewandtheit den Baum. Bald war das Licht verschwunden.

Sie ging den Weg, den sie gekommen waren, zurück, wobei sie sicher war, daß sie jetzt bestimmt nicht mehr einschlafen würde. Und doch wurde sie wieder vom Schlaf überwältigt, kaum daß sie sich hingelegt hatte. Sie fand nur noch die Zeit, sich zu fragen, was Bruder Lourai wohl zwischen den Ästen finden würde.

In der Abtei saß der Ältere Bruder Fuasoi noch zu später Stunde am Schreibtisch und blätterte verärgert in einem Buch. Yavi Foosh saß gähnend auf einem Stuhl und hielt sich krampfhaft wach.

»Noch keine Nachricht von Mainoa und Lourai?« fragte Fuasoi vielleicht schon zum zehnten Mal.

»Nein, Älterer Bruder.«

»Und sie haben auch nicht gesagt, wohin sie gehen?«

»Wem hätten sie es denn sagen sollen, Älterer Bruder? Mainoa und Lourai waren doch allein in den Ruinen. Und die Bibliothek hatte vor drei Tagen Schichtwechsel. Shoethai und ich wollten Mainoa heute abend Verstärkung schicken, aber er war nicht da. Und Lourai auch nicht. Wir haben alles abgesucht, Älterer Bruder.« Er seufzte enerviert. Er hatte die Geschichte nun schon zum vierten Mal erzählt.

»Und wo hast du dieses Buch gefunden?«

»Shoethai hat es gefunden, Älterer Bruder. Auf Bruder Mainoas Arbeitstisch. Weil sie weg waren, dachte er, sie hätten vielleicht eine Nachricht hinterlassen. Andere Aufzeichnungen als das Buch hat Shoethai nicht gefunden. Er hat es gleich zu Ihnen gebracht.«

Fuasoi starrte auf das Buch. Offensichtlich war es neu; nur ein paar Seiten waren beschrieben. Aber diese handschriftlich von Bruder Mainoa verfaßten Seiten hatten es in sich. Mutmaßungen bezüglich der Pest. Die Frage, ob *Gras* nicht auch schon infiziert war. Spekulationen hinsichtlich der *Moldies* und einer eventuellen Infiltration von *Gras*. Falls ja, welche Pläne sie verfolgten. Ein Dossier über die Leute auf Opal Hill und ihre Tätigkeit, die darin bestand, die Bestrebungen der *Moldies* zu vereiteln. Sie waren von *Heiligkeit* damit beauftragt worden, eine weitere Ausbreitung der Pest zu verhindern und zu ermitteln, weshalb sie auf *Gras* noch nicht ausgebrochen war.

Fluchend klappte er das Buch zu. Es war bloßer Zufall, daß *Gras* bisher nicht von der Pest betroffen war!

Bloßer Zufall. Das Virus hatte den Planeten nur deshalb noch nicht erreicht, weil… weil er so abgelegen war. Das Virus war einfach noch nicht angekommen. Es gab nichts auf *Gras*, was es hätte aufhalten können.

»Älterer Bruder?« murmelte Yavi.

»Ja?« knurrte er.

»Dürfte ich mich jetzt entschuldigen? Ich bin schon sehr lange hier.«

»Geh«, knurrte er. »Geh, um Himmels willen, und schick mir Shoethai.«

»Shoethai, Älterer Bruder?« Shoethai hatte schon seit einer Stunde Feierabend.

»Bist du taub? Ich sagte Shoethai.« Nicht daß Fuasoi ihn wirklich gebraucht hätte, aber zumindest hätte er dann einen Zuhörer.

Shoethai überraschte seinen *Moldy*-Kameraden mit einer Idee.

»Sie sollten Highbones auf sie ansetzen«, schlug der Quasimodo vor. »Highbones, Ropeknots, Steeplehands und die beiden Bridges.«

»Wovon, zum Teufel, sprichst du überhaupt?« echauffierte Fuasoi sich.

Shoethai errötete. »Die Kletterer. Diese Namen haben sie sich selbst gegeben. Highbones richtiger Name lautet Bruder Flumzee.«

»Und weshalb sollte ich Kletterer losschicken?«

»Weil sie Bruder Lourai hassen. Er ist nämlich ein besserer Kletterer als sie alle. Obendrein haben ein paar Jüngere Brüder ihm den Namen ›Kletter-Willi‹ gegeben.«

»Kletter-Willi?«

»So nennen sie ihn. Der Name hat einen noch besseren Klang als Highbones. Als sie ihn auf die Türme geschickt haben, hat er sie alle abgehängt. Und weil Highbones gewettet hatte, daß er auf den Türmen umkommen würde, haßt er ihn nun.«

»Das käme darauf an, nicht wahr?«

»Worauf, Älterer Bruder?«

»Wo Mainoa sich befindet.«

Shoethai zuckte die Achseln, wobei sein fratzenhaftes Gesicht sich zu einem fiesen Grinsen verzog. »Das ist egal, solange er sich nur bei Bruder Lourai befindet. Wenn er in *Commons* ist, würde Highbones ihn dort erledigen. Und wenn er auf einer der Estancias ist, würde Highbones ihn auch dort erledigen. Wenn er draußen im Grasland ist…«

Highbones war einer von denen, die Shoethai am meisten gepiesackt hatten. Shoethai fand Gefallen an der Vorstellung, daß Highbones sich draußen im Grasland befand, bei den Hippae und den Hunden.

Der Ältere Bruder Fuasoi legte das Buch in die Schreibtischschublade und nuschelte: »Falls Mainoa wirklich im Grasland ist, brauchen wir uns keine Gedanken um ihn zu machen. Nein, nein. Zunächst müssen wir herausfinden, wohin er gegangen ist. Und der wahrscheinlichste Ort ist Opal Hill. Dort werde ich zuerst suchen.«

Der Ältere Bruder Fuasoi kontaktierte Persun Pollut. Mit der ihm eigenen Vorsicht sagte Pollut, daß die Brüder Mainoa und Lourai möglicherweise mit Lady Westriding aufgebrochen seien, aber er wüßte nicht wohin.

»Die Tochter dieses Hauses ist gestern auf der Jagd verschwunden«, nuschelte Shoethai. »Jeder spricht davon. Sie ist in der Nähe der bon Damfels-Estancia verschwunden. Vielleicht sind sie dorthin gegangen.«

Verwundert beäugte der Ältere Bruder Fuasoi seinen Assistenten und aktivierte erneut das *Telly*. Wer hätte gedacht, daß Shoethai sich für den Klatsch auf *Gras* interessierte? Auf Klive erreichte er ein subalternes Familienmitglied, das bestätigte, ›einige Leute von Opal Hill‹ seien nach Klive gekommen und dann wieder gegangen. »Hinaus ins Grasland«, sagte der Sprecher und lachte verkniffen, als ob er gleich einen hysterischen Anfall bekommen würde. »Ins Grasland, zu *Darenfelds Wäldchen.*«

»Wenn sie ins Grasland gegangen sind«, nuschelte Shoethai, »wird es eine Spur geben.« Er seufzte zufrieden. »Setzen Sie Highbones und die anderen auf ihre Fährte.«

»Zu Fuß?«

»Nein, nein«, sagte Shoethai nachdenklich. »Mit einem Gleiter. Sie sollen die Spur aus der Luft verfolgen.« Es dürfte kein Problem sein, sagte er sich, einen Gleiter so zu manipulieren, daß er eine beträchtliche Strecke zurücklegte und dann plötzlich abstürzte. »Ich werde einen klarmachen.«

»Welche Namen hast du genannt?«

»Bruder Flumzee. Bruder Niayop. Bruder Sushlee. Die Brüder Thissayim und Lillamool. Highbones, Steeplehands, Ropeknots, Long Bridge und Little Bridge.«

Bones, Ropes, Steep, Long und Little – diese Fünf hatten Shoethai schon so oft gequält, daß sie bestraft werden mußten. In ihrem Fall mußte man nicht erst die Pest abwarten, denn sie waren der Neuen Schöpfung ohnehin nicht würdig.

»Haben sie dich verletzt?« fragte der Ältere Bruder, dem plötzlich das Blitzen in Shoethais intaktem Auge auffiel.

Shoethai runzelte die Stirn und kratzte an einer verschorften Wunde an der Wange; genüßlich leckte er das Blut vom Finger. »O nein, Älterer Bruder. Nur deshalb, weil sie immer damit prahlen, wen sie als nächstes fertigmachen wollen.« Den Gleiter erwähnte er nicht mehr. Vielleicht sollte er dem Älteren Bruder nicht verraten, was er vorhatte. Wenn Bones und die anderen dann nicht zurückkamen, würde der Verdacht auch nicht auf ihn fallen.

Nachdem Yavi Foosh das Büro des Älteren Bruders Fuasoi verlassen hatte, meldete er sich sofort im Büro des Älteren Bruders Jhamless Zoe. Er wartete eine halbe Stunde auf seinen Vorgesetzten.

»Was hat Fuasoi jetzt vor?« wollte Jhamless wissen.

»Shoethai hat ein Buch gefunden, das Bruder Mainoa geschrieben hat, und er hat es Fuasoi gegeben. Und Fuasoi regt sich nun darüber auf.«

»Was steht in dem Buch?«

»Ich weiß nicht, Älterer Bruder. Shoethai hat es mir nicht gezeigt.«

»Er hätte es mir bringen müssen!«

»Natürlich hätte er das tun müssen, Älterer Bruder, aber er hat es nicht getan. Ich habe ihm sogar gesagt, er müßte es bei Ihnen abliefern. Weil der Ältere Bruder Fuasoi aber sein Intimfreund ist, hat er es ihm gegeben.«

»Ich werde selbst einmal nachsehen, was dort vorgeht.« Der Ältere Bruder Jhamless erhob sich vom Stuhl und ging durch die Halle. Yavi Foosh hielt sich in gebührendem Abstand. Er wollte nicht als Jhamless' Informant enttarnt werden, so wie Shoethai als Fuasois Informant aufgeflogen war. Wenn das erst einmal passiert war, hatte man keine Ruhe mehr.

Die Bürotür stand offen. Der Raum selbst war leer. Nach einer Weile trat Jhamless ein und öffnete die Schreibtischschublade. »Ist es das?« fragte er und winkte Yavi mit dem Buch herbei.

Yavi nickte. »Das muß es sein.«

»Du wirst über diesen Vorgang Stillschweigen bewahren?«

Yavi nickte. Natürlich würde er schweigen. Selbst wenn Jhamless Zoe alle Bücher der Welt an sich genommen hätte, würde Yavi kein Wort sagen.

Rillibee kletterte einen mächtigen Baum empor, wobei er eine holzige Ranke als ›Wendeltreppe‹ nutzte, die sich um einen Stamm nach oben wand bis zu einer Astgabel. Er hangelte sich von einem Ast zum anderen, von einer Ranke zur anderen, bis er auf die Baumrinde stieß. Er jonglierte beim Klettern mit der Taschenlampe und hängte sie in den Mund, wenn er beide Hände benötigte. Als er die unterste Lage des Blätterdachs erreichte, bekam er einen Überblick über den ganzen Wald. Die Blätter glühten, oder waren es irgendwelche fluoreszierenden Kreaturen? Dort, wo die Äste aus den Stämmen wuchsen, standen grüne Pfützen; gelbe Linien markierten Zweige, und blaue Punkte stachen leuchtend aus indigofarbenen Massen hervor. Die Äste hoben sich als Silhouetten von diesem glühenden Nebel ab, und er kletterte über dunkle Strukturen, die von leuchtenden Schemen überlagert wurden.

Eine leichte Brise rauschte durch die Blätter und trug eine Wolke aus geflügelten pinkfarbenen Blüten heran. Als der Wind sich legte, ballten sie sich zusammen und verwandelten einen Schößling in eine Flamme. Größere Flügler, mit der Farbe und dem Geruch von Melonen, schwebten langsam von Ast zu Ast, wobei die dort ruhenden Wesen die Gestalt von Bechern annahmen, in denen ein goldenes Licht pulsierte, um weitere Flügler anzulocken. Sie kamen in Violett und einem hellen Blau, das fast schon weiß war.

»Joshua«, flüsterte Rillibee. »Das hätte dir gefallen. Miriam, dir … dir hätte das auch gefallen.«

»Himmel«, sagte der Papagei von einem Baumwipfel. »Gestorben. Jetzt im Himmel.«

Blätter streiften sein Gesicht und sonderten ein süßes Harz ab. Er stieß mit dem Arm gegen eine harte Frucht. Er pflückte sie, roch daran und biß hinein. Sie war knackig, und der süßsaure Saft rann ihm in den Mund; er spürte ein Prickeln, als ob die Frucht kohlensäurehaltig gewesen wäre.

Die Geräusche, die er auf dem Boden gehört hatte, umgaben ihn nun von allen Seiten. Stimmen. Einer lachte. Ein anderer schien einem aufmerksamen Publikum eine lange Geschichte vorzutragen, wobei er immer wieder glucksende Laute ausstieß. »Ihr werdet es nicht glauben, aber…« – »Und was glaubt ihr, ist dann passiert?« Rillibee schloß die Augen und sah den Sprecher förmlich vor sich, wie er sich in einer Taverne über den Tisch beugte und eine Geschichte erzählte.

Er schob sich durch die Äste. Die Stimmen brachen hinter ihm ab. Er drehte um und bewegte sich wieder auf die Geräuschquelle zu, wobei er sanft über die Äste hinwegglitt. Die Stimmen waren irgendwo aus den glühenden Bäumen gekommen. Er würde sie schon noch finden.

Außerdem mußte er noch etwas anderes finden. Das Mädchen. Stella. Er hatte ihren Namen in seine Litanei aufgenommen. Sie gehörte zu ihm, zu Rillibee Chime. Obwohl sie einer wohlhabenden und bedeutenden Familie entstammte, gehörte sie zu ihm. Obwohl sie ihn vielleicht verabscheuen würde…

»Himmel«, flüsterte der Papagei über ihm.

Er kletterte weiter durch die Dunkelheit. In der Morgendämmerung fand er endlich die Wesen, deren Stimmen er gehört hatte, als die ersten Sonnenstrahlen durch die Blätter aus ›Herzensbrecher-Gold‹ in ihre Stadt drangen.

Marjorie wurde durch Vogelgezwitscher und das Plätschern von Wasser geweckt. Es dauerte einige Augenblicke, bis sie sich orientiert hatte und noch etwas länger, bis ihr der nächtliche Ausflug wieder einfiel. Sie sah sich nach Bruder Lourai um, fand ihn aber nicht; statt dessen schaute sie in Mainoas Augen.

»Er ist nicht zurückgekommen«, sagte der alte Mann.

»Sie wußten, daß er weggegangen ist…«

»Ich habe gesehen, daß er Sie geweckt hat und daß Sie dann zusammen weggegangen sind. Aber Sie sind allein zurückgekommen.«

»Er ist dort hinauf.« Sie deutete auf das hohe Blätterdach, durch das glitzerndes Sonnenlicht fiel. »Er sagte mir, sein Name sei ›Kletter-Willi‹, und ich brauche mir keine Sorgen um ihn zu machen.«

Mainoa nickte. »Ja. Wir brauchen uns wirklich keine Sorgen um ihn zu machen. Er ist wie Sie. Wenn er in eine schwierige Situation gerät, spielt er manchmal mit dem Gedanken, sich das Leben zu nehmen, aber dann gewinnt die Neugier doch wieder die Oberhand.«

Sie errötete; woher wußte er nur so viel über sie? Es stimmte. Bei ihr siegte auch immer die Neugier. Als ob etwas auf sie warten würde. Irgendeine Gelegenheit …

Vater James kam mit einem Eimer Wasser vom Teich zurück, wobei er einen agilen und frischen Eindruck machte. »So gut habe ich schon seit Wochen nicht mehr geschlafen«, sagte er. »Ich hatte wirklich merkwürdige Träume.«

»Ja«, bestätigte Bruder Mainoa. »Das gilt wohl für uns alle. Irgend etwas hat diese Träume verursacht.«

Marjorie erhob sich. Plötzlich wirkte sie besorgt.

»Nein, nein.« Der alte Mann stand im Zeitlupentempo auf, wobei er sich an den knubbeligen Auswüchsen eines Baums hochzog. »Keine Sorge, Marjorie. Sie sind auch bloß neugierig.«

»Sie?«

»Wir werden ihnen heute noch begegnen. Wenn Bruder Lourai wieder zurück ist.«

»Hat er auch noch einen anderen Namen?« fragte Tony.

»Bruder Lourai? Sicher. Als Junge hieß er Rillibee. Rillibee Chime. Macht er auf Sie nicht den Eindruck eines Bruders?«

»Tony findet, er sieht nicht aus wie die *Geheiligten*, die wir kennen«, erklärte Marjorie. »Er hat zu große Augen. Und ein zu schmales Gesicht. Er ist viel zu sensibel und intelligent. Ich habe mir die Geheiligten immer als beleibte Fanatiker mit schlichtem Gemüt vorgestellt, die ständig inquisitorische Fragen stellen.

Den Altkatholiken hingegen sagt man eine schlanke Statur und ein asketisches Gesicht mit großen Augen nach. Sie gelten als Philosophen. Das sind natürlich nur Stereotypen, und zuweilen schäme ich mich auch deswegen, aber ich werde sie einfach nicht los, nicht einmal, wenn ich in den Spiegel schaue. Sie sehen auch nicht wie ein *Geheiligter* aus, Bruder. Aber ich vermute, Sie verwenden den Namen Mainoa schon zu lange, als daß Sie ihn noch ablegen wollten.« Sie wandte sich ab, um Vater James' amüsiertem und fragendem Blick auszuweichen.

»Schon viel zu lange«, bestätigte Mainoa lachend. »Aber nennen Sie Bruder Lourai nur bei seinem richtigen Namen. Das bedeutet ihm viel. Er wird es zu schätzen wissen.«

»Wir werden heute versuchen, die Spur weiterzuverfolgen«, sagte Marjorie.

»Damit werden wir vielleicht noch ein paar Tage warten müssen«, entgegnete Mainoa.

Empört und frustriert wegen der Verzögerung drehte sie sich zu ihm um und wollte ihn schon anschreien. Vater James legte ihr die Hand auf den Arm.

»Gedulden Sie sich, Marjorie. Bewahren Sie einen kühlen Kopf. Nur nichts überstürzen.«

»Ich weiß, Vater. Aber ich muß immer daran denken, was ihr vielleicht zustößt.«

Das hatte Vater James sich auch schon gefragt. Er dachte nur zu oft an gewisse Monstrositäten, die er bei der Beichte gehört hatte, an bestimmte Perversionen und schreckliche Dinge, von denen er gelesen hatte und die ihm völlig wesensfremd waren. Er wußte zwar nicht, weshalb er diese Erinnerungen mit den Hippae assoziierte, aber so war es nun einmal. Er verdrängte diese Gedanken. »Wir werden sie finden, Marjorie. Vertrauen Sie Bruder Mainoa.«

Sie beschloß, Bruder Mainoa zu vertrauen, denn eine andere Wahl hatte sie nicht.

Sie aßen Kaltverpflegung. Dann wuschen sie sich in einem der idyllischen Teiche, von denen die Insel gesäumt war. Marjorie und Tony sahen nach den Pferden und inspizierten Hufe und Beine. Trotz der wilden Jagd am Vortag schienen die Tiere unverletzt zu sein. Obwohl sie sich zur Ruhe zwang, wäre Marjorie fast vor Ungeduld explodiert. Dann hörten sie von oben einen Ruf.

Wie ein Affe hangelte Rillibee sich an einer Ranke herab. »Ich bin umgekehrt«, sagte er. »Bei Tag wirken die Bäume anders, und deshalb habe ich nicht gleich zurückgefunden.«

»Haben Sie sie gefunden?« fragte sie. »Die Leute, die sich unterhalten hatten?«

»Ich habe ihre Stadt gefunden«, erwiderte Rillibee. »Das müssen Sie sich einmal ansehen.«

»Wir müssen in die andere Richtung« – sie zeigte mit dem Finger –, »um die Fährte zu verfolgen …«

»Nach oben«, sagte er. »Ich glaube, wir sollten es tun.«

»Nach oben«, stimmte Bruder Mainoa zu. »Wenn wir es schaffen.«

»Unter anderem hat es deshalb so lange gedauert, weil ich einen Pfad für die Pferde gesucht habe«, erklärte Rillibee. »Diese Richtung.« Er wies tiefer in den Sumpf. »Dann werden wir klettern.«

»Weshalb denn?« rief Marjorie. »Dort ist Stella doch gar nicht …«

»Die Spur verläuft zwar draußen im Gras, Marjorie«, sagte Bruder Mainoa. »Aber das muß nichts besagen. Als Sie noch geschlafen haben, sind Tony und ich zum Waldrand gegangen. Die Hippae sind noch da. Im Moment sind wir hier gefangen.«

»Aber weshalb?« Sie deutete nach oben; fast wäre sie in Tränen ausgebrochen. »Ich will keine Besichtigung unternehmen, um Gottes willen.«

»Vielleicht ist es gerade Gottes Wille, daß wir das

tun«, sagte Vater James. »Wissen Sie, was uns dort oben erwartet, Bruder Mainoa?«

»Ich glaube schon«, erwiderte er. »Ich glaube zu wissen, was dort oben ist. Seit ich den Bericht von Semling erhalten habe.«

»Und was?«

»Ich glaube, es ist die letzte Stadt der Arbai«, sagte er. »Die allerletzte.«

Dabei ließ er es bewenden. Er sagte, mehr wüßte er nicht. Als sie Rillibee fragten, sagte er nur, sie würden es bald selbst sehen. Er führte sie durch flache Tümpel und durch Alleen. Manchmal hielt er an und betrachtete nur die Bäume, während die anderen warteten. Einmal saß er sogar ab, berührte einen Baum und lehnte sich dagegen, als ob es sich um einen guten Freund handelte. Sylvan wollte schon eine Bemerkung machen, aber Bruder Mainoa legte ihm die Hand auf die Schulter und bedeutete ihm zu schweigen. Sie überquerten mehrere kleine Inseln und erreichten schließlich eine große Insel, in deren Mitte sich ein Hügel erhob.

Auf einem flachen Podest aus Stein stand ein bizarres Monument, das eine große Ähnlichkeit mit der Skulptur auf der Plaza der Arbai-Stadt aufwies.

»Arbai?« flüsterte Marjorie und starrte die Skulptur ungläubig an. Trotz der Hinweise von Bruder Mainoa hatte sie es nicht glauben wollen.

Rillibee deutete auf eine Flanke des Hügels, wo eine Spur sich bis zu einem Steilhang zog.

»Diesen Weg bin ich gekommen«, sagte er. »Wir gehen jetzt zu Fuß weiter. Den Pferden wird nichts geschehen.«

Sie saßen ab, wobei sie sich so leise wie möglich verhielten, um die Gespräche über ihnen nicht zu stören. Die Leute unterhielten sich und sangen. Die Geschichten wurden von gedämpftem Gelächter begleitet. Rillibee führte sie die Fährte entlang. Vom Steilhang aus führte eine auf phantastischen Pfeilern ruhende Brücke zu den Bäumen – eine Brücke aus Gras, Ranken und Holz, die so kunstvoll geflochten war wie ein Korb. Das Geländer war in Darstellungen von Blättern und Früchten verwoben. Der Boden war mit bunten Wirbeln verziert und so solide wie Beton. Zweihundert Fuß über dem Boden folgten sie Rillibee in den schattigen Wald.

Dort gab es Behausungen – ›Bienenkörbe‹ und Kuppeln, Zelte und konische Türme, geflochtene Wände und Gitterfenster –, die wie Früchte an den Ästen der Bäume hingen. Verbunden wurden sie durch Stege aus Flechtwerk und Hängebrücken. Über ihnen hingen Pergolas, schattige Lauben und verzierte Pavillons, die über Leitern zu erreichen waren. Filigrane Häuser hingen wie Nester in den Baumkronen.

Die Bewohner riefen aus den Fenstern, unterhielten sich in den Zimmern und auf den Straßen, wobei die Geräuschkulisse in Intervallen an- und abschwoll. Schemenhafte Gestalten versammelten sich auf den Brücken. Eine ganze Gruppe kam aus einem Hauseingang ins Sonnenlicht geeilt, wobei die Blätter zu applaudieren schienen. Es waren grazile Wesen, die nur entfernt an Reptilien erinnerten. Lachend und mit ausgestreckter Hand begrüßten sie sich.

Aber da war niemand.

Ein Liebespaar lehnte händchenhaltend am Brückengeländer. Rillibee ging mitten durch sie hindurch, wobei ihre Körper wie Glas zersplitterten. Hinter ihm manifestierten sie sich wieder und schauten sich verliebt in die Augen.

»Gespenster«, sagte Tony atemlos. »Mutter …«

»Nein«, sagte sie, wobei ihr beim Anblick des Liebespaars Tränen über die Wangen liefen. »Holos, Tony. Sie haben sie hier zurückgelassen. Die Projektoren müssen irgendwo in den Bäumen sein.«

»Sie haben sie aufgestellt«, erklärte Mainoa. »Als es

zu Ende ging. Als sie immer weniger wurden. Damit die letzten Überlebenden Gesellschaft hatten.«

»Woher wissen Sie das?«

»Man hat es mir gesagt«, erwiderte er. »Gerade eben. Und es paßt auch zu den anderen Dingen, die ich seit unserem Essen auf Opal Hill erfahren habe.«

»Die Sprache ...«, sagte Marjorie mit großen Augen.

»Ja, die Sprache.«

»Ich war so in Sorge um Stella, daß ich ganz vergessen habe, zu fragen ...«

»Die großen Maschinen auf Semling haben sich mit dem Problem befaßt und schließlich ein Ergebnis geliefert. Die Maschinen sind in der Lage, die Bücher der Arbai zu übersetzen. Einige. Zumindest halbwegs. Die eine Hälfte lesen sie, die andere erraten sie. Der Schlüssel lag in den Ranken an den Türen. Auf diese Idee sind wir überhaupt nicht gekommen.«

»Und die Schnitzereien selbst?«

»Die haben sie auch enträtselt.«

»Was besagen sie?«

Bruder Mainoa schüttelte den Kopf. Das Lachen blieb ihm im Halse stecken; statt dessen krümmte er sich unter einem Hustenanfall. »Sie besagen, daß die Arbai so gestorben seien, wie sie gelebt hätten, gemäß ihrer Philosophie.«

»Hier?«

»Draußen in der Ebene sind sie schnell gestorben. Hier in den Bäumen sind sie langsam gestorben. Ihre Philosophie hat es ihnen untersagt, ein Lebewesen zu töten. Die Hippae hatten ihre Verwandten in der Stadt abgeschlachtet. Die Einwohner dieser Sommerstadt wären in der Ebene nicht mehr sicher gewesen. Sie wollten nicht sterben. Deshalb haben sie den ganzen Sommer hier verbracht, und als der Winter kam, sind sie einer nach dem anderen gestorben, im Bewußtsein, daß sie die letzten ihrer Art im ganzen Universum waren.«

»Wie lange ist das her?«

»Jahrhunderte. *Gras*-Jahrhunderte.«

Sie betrachtete die Häuser aus Flechtwerk und schüttelte den Kopf. »Unmöglich. Diese Strukturen hätten nicht so lange überdauert. Die Bäume müßten schon abgestorben sein. Und die Hängebrücken wären längst verrottet.«

»Nicht wenn sie ständig erneuert würden. Nicht wenn sie instandgehalten würden.«

»Und von wem?«

»Ja, Marjorie, von wem? Diese Frage stellen wir uns alle, nicht wahr? Ja. Ich glaube, wir werden ihnen sehr bald begegnen.«

Rillibee führte sie die geflochtenen Straßen entlang, bis der Weg sich verbreiterte und in einer breiten Plattform mündete, mit einem Rokoko-Geländer und einem Dach, das an einen Zauberhut erinnerte und auf gedrechselten Pfosten ruhte.

Das Gemeindezentrum, sagte Marjorie sich. Der Stadtpark. Die Versammlungshalle, durch die der Wind strich und in der man die Vögel zwitschern hörte. Überall flanierten schemenhafte Gestalten, tanzten und begrüßten sich; die Schatten waren so manifest, daß die Menschen die mächtige Gestalt, die über die Plattform auf sie zuwatschelte, zunächst auch für einen Schatten hielten. Als sie schließlich ihren Irrtum erkannten, griff Tony nach dem Messer.

»Nein«, sagte Bruder Mainoa und legte dem Jungen die Hand auf den Arm. »Nein.« Er ging auf die Gestalt zu, die er schon so lange mit dem Auge anstatt im Geiste sehen wollte. »Nein. Er wird uns nichts tun.«

Die Sicht des Wesens wurde durch einen zitternden Hautlappen vor den Augen behindert. Es hatte bläulich schimmernde Reißzähne wie aus Elfenbein, falls es denn Reißzähne waren. Behaarte Schwingen wuchsen ihm aus dem Körper, der in eine zweifache violette Aurora gehüllt war, aus der elektrostatische Blitze zuckten.

»Man erweist uns die Ehre«, sagte Bruder Mainoa mit gesenktem Kopf, als ob er einem Hierarchen gegenüberstünde.

Das Wesen duckte sich; es hatte den Anschein, als ob es nickte. Die Pfoten – nein, Hände krümmten sich auf dem verzierten Steg. Virtuelle Hände mit drei Fingern und pelzbedeckten Daumen. Hinter den Schultern tauchte streiflichtartig ein Panzer aus gefleckter Haut und schwieligen Platten auf. Die Impressionen waren zu flüchtig, um sie zu beschreiben. Sie wußten nur so viel, daß sie ein derartiges Wesen noch nie gesehen hatten, weder auf der Erde noch auf *Gras*. Die Proportionen waren völlig verzerrt. Die Beine entsprachen auch nicht dem, was man sich normalerweise unter Beinen vorstellte.

Bruder Mainoa begegnete dieser Vision mit einem Ausdruck aus Interesse und Ehrfurcht; sie blinzelten, um den Blick zu klären. »Ich sehe dich nun zum erstenmal und frage mich, welchen verschlungenen Pfad die Evolution bei der Erschaffung eines derart wilden Wesens beschritten hat«, murmelte er mit gesenktem Blick.

Die großen Augen schienen sich zu weiten. Eine lange, gekrümmte Klaue stach aus dem halb pelzigen, halb schuppigen Finger und wies auf Bruder Mainoas Kehle.

Der Bruder lächelte, als ob er einen Witz gemacht hätte. »Das ist doch nicht dein Ernst. Ich stelle keine Gefahr für dich dar. Auch die Menschheit wird dir nicht gefährlich; es sei denn, sie setzte schwere Waffen gegen dich ein, und dann würde der Panzer dir auch nichts mehr nützen. Wenn die Menschen etwas können, dann töten.«

Die Augen schienen sich zu verengen, und Bruder Mainoa nahm den Kopf in beide Hände. Die anderen fielen auf die Knie und hielten sich ebenfalls den Kopf, bis auf Sylvan, der tollkühn vortrat, zornig und ängstlich zugleich.

»Whoa. Whoa.« Mainoa richtete sich auf und rang nach Atem. »Ich wünschte, sie würden das nicht tun.« Nun wußte er, weshalb die Evolution einen solchen Panzer kreiert hatte. Dieses Wesen hatte einst einen Feind gehabt, einen großen, unerbittlichen Feind. Es hatte Bruder Mainoa ein gestochen scharfes Bild von einem Wesen übermittelt, das umherstreifte und Hippae und Hunde fraß. Er hatte Kopfschmerzen von der Wucht der Darstellung.

»Ausgerottet?« fragte er, worauf er ein zustimmendes Echo spürte. »Hast du sie getötet?«

Sie verspürten Verblüffung, dann Gewißheit. Nein. Die Arbai hatten sie getötet. Die gepanzerten Ungeheuer hatten keine Intelligenz besessen. Sie waren nur wandelnde Mägen gewesen. Die Arbai hatten sie ausgelöscht, um die Hippae zu beschützen. Und seitdem hatten die Hippae sich ungestört vermehrt.

Erschöpft setzte Bruder Mainoa sich auf den Steg. »Dieses Wesen ist mein Freund«, erklärte er den anderen Menschen. »Wir stehen schon seit einiger Zeit in Verbindung.« Nun, da er das Wesen mehr oder weniger deutlich gesehen hatte, bekam er noch im nachhinein weiche Knie, wenn er an die bisherigen Gespräche dachte. Wenn er es damals schon gesehen hätte, was hätte er wohl gesagt? Gar nichts. In diesem Fall hätte es ihm schlicht die Sprache verschlagen. Man konnte nur solange zu Göttern und Engeln sprechen, wie sie nicht wie Götter und Engel aussahen, sagte er sich. Um Kontakt mit ihnen aufzunehmen, mußte man sie sich auch als Menschen vorstellen, was bei den Füchsen jedoch ein Ding der Unmöglichkeit war ...

»Füchse«, sagte Tony atemlos. Er kniete noch immer, genauso wie die anderen.

»Füchse«, bestätigte Mainoa. »Ihm oder ihnen ist es gelungen, uns die Hippae so lange vom Hals zu halten, bis wir hier ankamen. Er und seine Freunde wollten, daß wir herkommen, um uns in Augenschein zu nehmen.«

»Weiß er vielleicht, wo Stella …?« fragte Marjorie.

Sie hatte die Impression eines großen Kopfes, der sich auf sie richtete.

»Ich verstehe. Natürlich. Ja«, sagte sie schaudernd.

»Marjorie?« fragte Sylvan.

»Ich verstehe ihn«, rief sie. »Sylvan, ich verstehe ihn. Sie auch?«

Er schüttelte den Kopf und warf einen verstohlenen Blick auf den Ort, wo er die Füchse vermutete. »Nein. Ich höre nichts.«

»Sie sind schon zu lange Jäger«, sagte Mainoa. »Die Hippae haben Sie desensibilisiert.«

»Spricht er etwa?« fragte Sylvan.

Rillibee nickte. »Es ist eine Art Sprache. Bilder. Einige Wörter.« Er stand auf; er wunderte sich über gar nichts mehr. Die Bäume waren schon wundersam genug für einen Menschen. Sein Bedarf an Wundern war gedeckt. Er wollte auch nicht über die Füchse sprechen. Er wollte nur Stella finden, genau wie Marjorie.

»Was sagt er über Ihre Tochter?« fragte Sylvan.

»Daß andere seiner Art nach ihr suchen«, erwiderte Marjorie. »Sie werden uns benachrichtigen, wenn sie sie gefunden haben.«

»Es gibt noch vieles, worüber sie mit uns sprechen und was sie uns fragen wollen«, sagte Bruder Mainoa müde; einerseits sehnte er sich nach einer solchen Unterhaltung, andererseits fürchtete er sich vor ihr.

»Ich gehe zurück und sattle die Pferde«, erbot Rillibee sich. Wenn sie schon nicht nach Stella suchten, wollte er wenigstens allein sein, sich an einen großen Baum klammern und den Duft in sich aufnehmen. In der Dunkelheit hatten die Bäume wie die Geister von Bäumen ausgesehen. Nun waren es ganz normale Bäume. Joshua hätte seine Seele geopfert für solche

Bäume. Auf ganz Terra gab es nicht solche Bäume. Er war von Bäumen umgeben, ein wahrer Segen. Er ging den Weg zurück, den sie gekommen waren.

Sylvan folgte ihm. »Ich helfe Ihnen«, sagte er. »Hier kann ich eh nichts bewirken.«

Rillibee nickte wenig begeistert. Die anderen schienen ihr Verschwinden nicht einmal zu bemerken.

In seiner Suite in einem der oberen Stockwerke der bon Damfels-Estancia lehnte Shevlok bon Damfels sich auf einem am Fenster stehenden Stuhl zurück und nippte an einem halbvollen Weinglas. Bald würde die Dämmerung einsetzen. Durch das offene Fenster sah er die geduckten Häuser des Dorfes, aus deren Kaminen Rauch in den Himmel stieg. Totenstille. Es war die Ruhe vor dem anbrechenden Tag. Sogar die *Peepers* schwiegen um diese Stunde.

Neben ihm stand eine Batterie Flaschen, die Hälfte davon leer. Im zerwühlten Bett schlief das Gänsemädchen. Sie hatte das Bett schon seit Tagen nicht verlassen. Manchmal hatte sie geschlafen. Manchmal hatte sie auch nur reglos unter ihm gelegen, während er sie flüsternd gestreichelt und immer wieder bestiegen hatte. Ihr Körper hatte auf seine Bemühungen reagiert. Die Haut hatte sich gerötet, die Brustwarzen hatten sich versteift und die Vagina war einladend feucht geworden. Darüber hinaus hatte sie aber keine Regung gezeigt. Sie hatte einen Punkt im Raum fixiert und etwas betrachtet, das Shevlok nicht sah.

Einmal indes, mitten im Liebesspiel, glaubte er, ein Blitzen in ihren Augen gesehen zu haben, einen winzigen Funken Intelligenz. Nun schlief sie und Shevlok trank. Er trank schon, seit er sie hergebracht hatte.

Sie hätte seine Obermum werden sollen. Sie hätte nach Stavengers Tod zusammen mit ihm die Führung der Familie übernehmen sollen. Sie war die Richtige.

Mehr als das, er hatte sie leidenschaftlich geliebt. Janetta war sein ein und alles gewesen.

Aber das Ding auf dem Bett war nicht mehr Janetta.

Er versuchte eine Entscheidung zu treffen, ob er sie behalten sollte oder nicht.

Es klopfte an der Tür, und jemand trat ein, ohne dazu aufgefordert worden zu sein.

»Du hast es getan!« Es war Amethyste. Sie schaute durch den düsteren Raum auf das im Bett liegende Mädchen. »Shevlok, was hast du dir nur dabei gedacht?«

»Dachte, sie würde mich wiedererkennen«, nuschelte Shevlok, wobei die Artikulation unter dem Weinkonsum litt. »Hat sie aber nicht. Hat mich nicht erkannt.«

»Wie lange ...?«

Er schüttelte den Kopf. »Eine Weile.«

»Was hast du jetzt mit ihr vor.«

»Weiß nicht.«

»Es heißt, sie sei entführt worden. Als sie in Begleitung der Magd ihrer Mutter war. Warst du das?«

Shevlok gestikulierte herum, wobei er ihr zu verstehen gab, daß er es wohl gewesen sei.

»Dann bring sie lieber zurück. Bring sie zum Maukerden-Dorf zurück und gib ihnen Bescheid.«

»Besser tot«, sagte Shevlok erstaunlich artikuliert. »Sie wäre besser tot.«

»Nein«, rief Amy. »Nein, Shevlok! Und wenn es nun Dimity wäre? Stell dir vor, es wäre Dimity.«

»Besser tot«, beharrte Shevlok auf seinem Standpunkt. »Wenn es Dimity wäre, wäre sie besser auch tot.«

»Wie kannst du so was nur sagen!«

Er stand auf, packte seine Schwester ruppig am Arm und zerrte sie zum Bett. »Sieh sie dir an, Amy! Sieh sie dir an.« Er schlug die Bettdecke zurück und zeigte ihr das nackte, auf dem Rücken liegende Mädchen. Dann zog er das Augenlid des Mädchens hoch. »Janettas Augen waren wie Wasser auf einem Stein. Die Sonne spiegelte sich in ihnen. Und nun schau dir das an! Diese Augen sind wie die Pfützen im Keller, die im Frühling durch das Schmelzwasser gebildet werden. Keine Sonne. Kein Leben. Nichts Gutes.«

Amy entriß ihm den Arm. »Ich weiß nicht, was du damit sagen willst.«

»Wenn ich in diese Augen schaue, sehe ich nur in einen dunklen Abgrund, auf dessen Boden ein verstümmeltes Ungeheuer herumkriecht. Sie hat einen Kurzschluß. Sie haben etwas mit ihr gemacht. Sie hat keine Gefühle mehr. Sie erkennt niemanden mehr.«

»Bring sie zurück, Shevlok. Ich weiß, daß nichts mehr in ihr ist…«

»Oh, es ist durchaus noch etwas in ihr. Etwas Schreckliches und Abartiges. Etwas, das ihnen von Nutzen sein könnte…« Er keuchte, vom Schmerz überwältigt. »Sie sollen verdammt sein.«

Seine Schwester lachte bitter und rieb sich den schmerzenden Arm. »Wer soll verdammt sein, Shevlok? *Sie*? Du bist doch auch einer von ihnen. Du hast mitgemacht. Du und Vater und Onkel Figor, ihr alle wußtet, was die Hippae mit Mädchen machen, und trotzdem mußte ich mitreiten, ich, Emmy und Dimity.«

Er schüttelte den Kopf wie ein gereizter Stier. »Ich wußte eben nicht, was die Hippae taten.«

»Mein Gott, Shevlok, was dachtest du dir denn dabei, als die Mädchen verschwanden? Als sie vermißt wurden? Wie hast du dir das erklärt?«

»Ich hätte es nie für möglich gehalten, daß sie das taten«, sagte er. »Das hätte ich nie für möglich gehalten.«

»Hättest du nie für möglich gehalten!« schrie sie. »Richtig! Hättest du nie gedacht. Schließlich warst du auch nicht davon betroffen. Oh, verdammt, Shevlok. Gib den Hippae nicht die Schuld für ihren Zustand.

Du bist schuld daran. Du und Vater und Figor und alle verdammten Reiter …«

»Nicht … nicht meine Schuld.«

»Wenn das nicht passiert wäre, hättest du Janetta geheiratet und eure Kinder auch auf die Jagd geschickt«, hielt sie ihm vor. »Deine Töchter wären verschwunden und deinen Söhnen wären die Arme und Beine abgebissen worden, aber du hättest sie weiter reiten lassen!«

»Ich weiß nicht. Vielleicht. Ich weiß nicht.«

»Wirst du heute an der Jagd der bon Laupmons teilnehmen?«

Er zuckte die Achseln. »Wahrscheinlich.«

»Siehst du! Du kennst die Gefahr, reitest aber trotzdem. Und wenn ein Mädchen der Laupmons oder Haunsers verschwindet, kümmert dich das nicht, weil du ja nicht in sie verliebt bist.« Sie wischte sich die Tränen aus dem Gesicht und deutete auf das schlafende Mädchen. »Was soll nun mit ihr werden?«

»Eine Frau aus dem Dorf wird sie füttern, waschen und mit ihr spielen.«

»Wenn du und Vater auf die Jagd geht …«

Er schüttelte sich und schaute ihr zum erstenmal in die Augen. Er versuchte ein Lächeln. Er liebte sie und Emeraude. Daran versuchte er sich immer zu erinnern. Er liebte sie, Emeraude, Sylvan und seine Mutter. »Ich habe von Emmy gehört. Du brauchst einen Gleiter, nicht wahr? Um Emmy nach *Commons* zu bringen. Wie geht es ihr denn?«

»Vater hat sie übel zugerichtet, bevor er von ihr abgelassen hat. Aber sie wird nicht sterben, falls du das meinst. Nicht, wenn ich sie von hier fortbringe.«

»Dann bring sie weg.«

»Vater hat den Bediensteten gesagt, sie sollen keine Anweisungen von mir entgegennehmen. Aber das gilt nicht für dich.«

»Ich werde dem alten Murfon Bescheid sagen. Sobald Vater zu den Laupmons unterwegs ist, wird Murfon dich abholen. Ich sage ihm, du würdest im Dorf auf ihn warten. Paß aber auf, daß niemand dich sieht.«

»Soll ich sie auch mitnehmen?« Amy wies auf das Mädchen auf dem zerwühlten Bett.

Taumelnd erhob Shevlok sich, ging zum Bett und betrachtete die schlafende Gestalt. Er schluchzte, wobei das eher aus Zorn als aus Kummer geschah. »Wäre wohl das beste. Wenn sie hierbleibt, bringe ich sie vielleicht noch um.«

14

Rigo bat Sebastian Mechanic, ihn zum Anwesen der bon Laupmons zu begleiten. Außerdem engagierte er Persun Pollut und Asmir, wobei er sich wünschte, daß die Männer stärker wären, Waffen trügen und vor allem keine Gemeine, sondern *bons* wären, damit man sie ernst nehmen würde. Diese Überlegungen änderten jedoch nichts an den Tatsachen. Sie waren nun einmal Gemeine, und Waffen gab es auch nicht auf *Gras;* er hatte jedenfalls noch keine zu Gesicht bekommen. Außer den Harpunen der Jäger, aber diese Geräte waren so lang und unhandlich, daß sie für Verteidigungszwecke unbrauchbar waren. Er fühlte sich einsam und verlassen und schämte sich gleichzeitig dafür.

Er kleidete sich an; er haßte die Schlaghosen und die albernen, vorne spitz zulaufenden Stiefel. Schließlich reichte der Kammerdiener ihm Hut und Handschuhe, und er betrachtete sich im Spiegel. Zumindest von der Hüfte aufwärts wirkte er wie ein echter Gentleman. Als ob es darauf angekommen wäre. Als ob es überhaupt noch auf etwas angekommen wäre!

Er würde sich nicht dafür entschuldigen, Persun, Sebastian und Asmir mitgebracht zu haben. Es war sicher nicht verboten, Diener auf die Jagd mitzunehmen. Andere taten das schließlich auch. Wenn ein bon Haunser von einer bon Damfels-Jagd zurückkehrte und die Gästequartiere der bon Damfels' aufsuchte, waren es seine eigenen Diener, die es hergerichtet, ein Bad eingelassen und frische Kleidung bereitgelegt hatten. Als Rigo zum erstenmal ausgeritten war, hatte er das noch nicht gewußt. Niemand hatte es ihm gesagt. Er und Stella hatten erst nach der Ankunft auf Opal Hill ein Bad genommen.

Bei seinem zweiten Jagdausflug hatte er wohl einen Diener mitgenommen, aber das Bad war nach wie vor kein Thema gewesen. Stella war verschwunden, und er hatte an nichts anderes mehr gedacht. Er, Rigo, hatte einen Adjutanten gehabt. Stella auch einen zur Seite zu stellen, hatte er aber ganz vergessen. Er verdrängte diese unangenehme Überlegung.

»Rigo?« ertönte eine leise Stimme an der Tür.

Nun projizierte er seinen Selbsthaß auf sie. »Eugenie! Was tust du denn hier?« Lächerlich; im ersten Augenblick hatte er geglaubt, es sei Marjorie.

»Ich dachte, ich könnte dir vielleicht helfen. Wo Marjorie doch weg ist…«

»Ich habe einen Kammerdiener, Eugenie.« Besagter Mann verließ diskret den Raum. »Marjorie hilft mir nicht beim Anziehen.«

Nervös wedelte sie mit den Händen und wechselte das Thema. »Hast du schon etwas von Stella gehört?«

»Ich habe bisher von niemandem etwas gehört. Und du hast auch nichts in meinem Schlafzimmer verloren. Das weißt du doch.«

»Ich weiß.« Eine Träne kullerte über ihre Wange. »Ich habe das Gefühl, nirgendwo hinzugehören.«

»Geh nach *Commons*«, sagte er. »Nimm dir ein Zimmer im Hafen-Hotel. Amüsier dich. Um Gottes willen, Eugenie, ich habe jetzt keine Zeit, mich um dich zu kümmern.«

Ihr stockte der Atem. Sie wurde blaß und wandte sich ab. Diese Bewegung, der Schwung des Halses. Wie Marjorie. Nun hatte er sie beide vor den Kopf gestoßen! Was war er nur für ein Mensch?

Er ekelte sich vor sich selbst; er ging hinaus zum Kiesbett, wo der Gleiter wartete und wartete ungeduldig darauf, daß Sebastian mit dem anderen Gleiter erschien, um Eugenie nach *Commons* zu bringen, falls sie das überhaupt wollte. Frauen. Verdammte Frauen. Weil kein anderer Pilot verfügbar war, würde Asmir Eugenie in die Stadt bringen müssen.

»*Gras* ist ein langweiliger Ort für Frauen«, bemerkte Persun Pollut. »Meine Mutter sagt das öfter.« Persun hatte die Arme auf dem Rücken verschränkt und betrachtete den Garten. Ein kummervoller Ausdruck stand in seinem Pferdegesicht.

»Ihren Schilderungen nach zu urteilen, ist Ihre Mutter aber sehr beschäftigt«, erwiderte Rigo in feindseligem Ton.

»Oh, das sollte auch nicht heißen, daß das Leben in *Commons* langweilig sei, Eure Exzellenz. Ich meine hier draußen. Hier draußen langweilen die Frauen sich zu Tode. Wenn die Männer auf der Jagd sind. Und überhaupt…«

Rigo wollte sich jetzt nicht mit Frauen befassen. Anscheinend verstand er auch nichts von Frauen. Er hatte kein Gespür für sie. Das galt auch für Marjorie. Mit ihr kam er auch nicht zurecht. Wer hätte gedacht, daß sie die Initiative ergreifen, sich mit den Grünen Brüdern in Verbindung setzen und noch dazu Tony und Vater Sandoval einspannen würde. Das war er gar nicht von ihr gewohnt. Auf Terra begnügte sie sich mit ihrer Rolle als Mutter und Reiterin. Und die übrige Zeit hatte sie karitativen Aktionen gewidmet, Lady Spendabel, die Illegalen Kleiderspenden zukommen ließ. Sie war nicht wie Eugenie, die den halben Tag im Schönheitssalon verbrachte. Oder wie Espinozas Frau, die von der Bevölkerungs-Polizei verhaftet wurde, weil sie illegale Abtreibungen vorgenommen hatte, um dumme kleine Schlampen vor der Exekution zu bewahren. Daraufhin hatte der arme ›Spino‹ seinen Freunden nicht mehr in die Augen schauen können. Nein, was auch immer Marjorie auf Terra getan hatte, sie hatte es diskret getan und Rigo nicht ins Handwerk gepfuscht…

Wenn er diesen Gedanken weiterverfolgte, würde er sich noch selbst ein Bein stellen. Deshalb knüpfte er wieder an die früheren Überlegungen bezüglich der Waffen an. Weshalb gab es keine Waffen auf *Gras*? Sicherlich waren die Ordnungskräfte in *Commons* mit Schlagstöcken und Paralysatoren ausgerüstet. Solche Utensilien brauchte man einfach auf dem Hafen und in den Tavernen, um Randalierer zur Räson zu bringen. Weshalb waren die Leute auf den Estancias unbewaffnet? Anstatt sich bei Persun zu erkundigen, der es sicher gewußt hätte, verharrte Rigo lieber im Zustand der Ignoranz; das war wieder mal typisch für ihn.

Sebastian meldete Bereitschaft, und Rigo bestieg den Gleiter. Der Flug verlief schweigend. Die bon Laupmon-Estancia befand sich etwa eine Stunde entfernt, noch weiter östlich als das Anwesen der bon Damfels'. Rigo fragte sich, wie er dem Obermun Lancel bon Laupmon gegenübertreten solle. Was er Eric bon Haunser und dem Obermun Jerril bon Haunser sagen solle. Beide hatten sich bei der Ankunft der Yrariers auf Gras kooperativ und diplomatisch verhalten. Aber sie waren auch Jäger, und Jäger handelten nun mal irrational.

Ein Gespräch mit Gerold bon Laupmon, Lancels Bruder, hatte keinen Zweck. Persun zufolge war der Horizont des Mannes außerordentlich begrenzt. Lancel war Witwer. Es gab einen Sohn, Taronce, der irgendwie mit den bon Damfels' verwandt war, aber Rigo war ihm bisher noch nicht begegnet. Vielleicht hatte es noch mehr Kinder gegeben. Vielleicht waren sie verschwunden, und bon Laupmon hatte diese Tatsache verdrängt, wie Stavenger es auch getan hatte. Und wie er es weiterhin tat.

Rigo knirschte mit den Zähnen. Es hatte auf Terra eine Zeit gegeben, da Kinder geopfert wurden. Moloch. Poseidon. Sogar Gott. Vor langer Zeit hatte man barbarische Riten auf Terra gepflegt. Wildgewordene

Mänaden hatten Kinder totgebissen. Geheimbünde hatten ihr blutiges Treiben unter dem Deckmantel absoluter Verschwiegenheit praktiziert. Dennoch war ihm keine terranische Epoche bekannt, in der die Menschen ihre Kinder verloren und das verdrängt hätten. Niemals. Und heute gab es das überhaupt nicht mehr. Nur hier, auf *Gras*.

Er schauderte und atmete tief durch. Er war verwirrt. Weshalb nahm er überhaupt an dieser Jagd teil? Wollte er wirklich wieder ausreiten? Obwohl er nun Bescheid wußte?

Weshalb wollte er mitreiten?

Natürlich, weil er Unterstützung bei der Suche nach Stella brauchte.

Aber von wem sollte die kommen? Er ging die Liste aller *bons* durch, die er kannte, sortierte sie nach Familien, hakte sie ab und kontrollierte die Liste erneut.

»Pollut«, sagte er schließlich. Er schämte sich. »Wird mir jemand helfen, meine Tochter zu suchen?«

Persun Pollut sah ihn nachdenklich an. Um die Augen sah Seine Exzellenz aus wie eine alte Holzfigur, abgeschliffen und schartig. Im ersten Moment wollte Persun ihm schon eine ausweichende Antwort geben, besann sich dann aber eines anderen. Er war es Lady Westriding schuldig, ihm die Wahrheit zu sagen.

»Nein«, beschied er ihn. »Niemand wird Ihnen helfen.«

»Marjorie hat mich gewarnt«, flüsterte Rigo.

Dennoch hörte Persun ihn. »Viele von uns haben Sie gewarnt, Sir. Lady Westriding hat einen klaren Verstand. Diese Hippae haben sie nicht in ihren Bann gezogen.«

»Glauben Sie, es stimmt, daß sie das Bewußtsein der Menschen beeinflussen?«

Persun mußte an sich halten, um nicht spöttisch zu klingen, als er erwiderte: »Hat der Botschafter eine andere Erklärung?«

»Landeanflug!« meldete Sebastian. »Eine beträchtliche Menge hat sich im Hof versammelt, Sir. Es hat den Anschein, als ob sie uns erwarten.«

Mit einem flauen Gefühl im Bauch schaute Rigo nach unten. Er blickte in viele bleiche Gesichter. Und die ersten Hippae waren bereits eingetroffen! Es hatte wirklich den Anschein, als ob sie erwartet würden. Er verspürte den Impuls, Sebastian anzuweisen, auf Gegenkurs zu gehen und zurückzufliegen. Aber das wäre Feigheit hoch drei gewesen! Lieber tot als ehrlos, sagte er sich sarkastisch. Natürlich.

»Gehen Sie runter«, sagte er.

Als er die Luke öffnete, wurde er von Obermun Jerril bon Haunser erwartet. Das Gesicht des Mannes war ausdruckslos.

»Eure Exzellenz«, begrüßte er ihn. »Ich habe die Ehre, Ihnen die Herausforderung von Obermun Stavenger bon Damfels zu überbringen. Er hat mich gebeten, Ihnen zu sagen, die Hure, Ihre Frau, habe seinen Sohn Sylvan entführt. Wenn Sie die Herausforderung nicht annähmen, würden Sie totgetrampelt.« Er deutete zur Mauer der Estancia, wo ein Dutzend Hippae herumtänzelte und trotz der Männer und Frauen, die mit leerem Blick auf ihrem Rücken saßen, die Widerhaken aneinanderschlugen.

Rigo überkam es siedendheiß. Daß Jerril bon Haunser im Grunde nur das gesagt hatte, was er, Rigo, gegenüber Marjorie selbst schon angedeutet hatte, entfachte seine Wut nur noch mehr. »Wie können Sie es wagen?« knurrte er und steigerte sich in Rage. »Eine Mutter sucht nach ihrer Tochter, und ihr nennt sie eine Hure? Eure Frauen sind Huren. Eure Frauen und Töchter! Sie haben sich ihnen hingegeben!« Er zeigte auf die Formation der Hippae an der Mauer. »Eure Frauen und Töchter machen die Beine breit für Liebhaber, die nicht einmal menschlich sind!«

Die aufgesessenen Männer zeigten keine Regung.

Obermun bon Haunser verzog keine Miene. Er hätte ebensogut taub und blind sein können. Er schien Rigos Beleidigungen überhaupt nicht gehört zu haben. Er verneigte sich nur, lächelte mechanisch und wies auf ein näher kommendes Hippae. »Euer Reittier«, sagte er.

Rigo spürte den Griff von Persuns Hand. »Ich werde nicht davonlaufen«, knurrte er mit vor Zorn verschleiertem Blick. »Nicht vor ihnen.«

»Dann nehmen Sie um Gottes willen das hier«, sagte Persun und steckte ihm von hinten etwas in die Tasche. »Ein Lasermesser, Eure Exzellenz«, erklärte er. »Eines meiner Werkzeuge. Lady Marjorie würde es mir nie verzeihen, wenn ich Sie in den Tod gehen ließe.«

Die Botschaft drang zwar zu Rigo durch, aber er war noch immer so wütend, daß es ihm die Sprache verschlug. Er verließ den Gleiter und wartete auf das Hippae. Es grinste ihn mit leuchtenden Augen an und bleckte die Zähne. Pure Dreistigkeit, Bosheit und Arroganz sprach aus diesem Blick. Panik wallte in Rigo auf, als ihm bewußt wurde, daß Stavenger bon Damfels die Herausforderung nicht persönlich überbracht hatte. Das Duell war von den Hippae arrangiert worden! Diese Wesen hatten die Sache in die Wege geleitet und würden auch die Aufsicht führen; sie hatten diesen Aufzug von Mensch und Tier choreographiert. Jerril bon Haunser war nur Vollstrecker ihres Willens; er selbst hatte gar keinen.

Rigo warf einen Blick nach oben, zur Estancia. Die Leute hatten sich auf den Terrassen versammelt und betrachteten mit offenen Mündern die Szene, die einen erstaunt, andere verzückt und wieder andere ängstlich. Das war also kein alltäglicher Vorgang. Wie hatten die Bestien das arrangiert? Wie hatten sie die Reiter aus der Estancia gelockt? Wie hatten sie diese Jagd anberaumt?

Für die Beschäftigung mit diesen Fragen war indes

keine Zeit mehr. Das Hippae vor ihm streckte ein blau gesprenkeltes, muskulöses Bein aus. Rigo griff nach dem Zügelring und warf ihn linkisch über den untersten Widerhaken. Der Zügel straffte sich, als er sich auf das Tier schwang. Die Zehen fanden die Vertiefungen. Er hatte sich kaum in den Sattel geschwungen, als die Bestie auf der Hinterhand aufstieg. Er schaute in den Himmel, wobei er nur durch die Zügel und die Zehenlöcher Halt fand; er spannte Rücken- und Beinmuskeln an, um sich im Sattel zu halten. Das Hippae trippelte auf den Hinterbeinen umher und stieß ein fast menschliches Lachen aus; auf zwei Beinen bewegte es sich anscheinend genauso sicher wie auf allen vieren. Es kam Rigo wie eine Ewigkeit vor, bis es endlich wieder Grundstellung einnahm.

Dann tauchte eine zweite Bestie neben ihm auf, ein grünes Hippae, und formierte sich mit dem Blauen wie zu einer Parade. Stavenger saß auf dem Grünen, die leeren Augen nach vorne gerichtet. Er existierte nur noch rein physisch. Als das grüne Hippae mit den Widerhaken klapperte, schrie Stavenger auf. Es fielen keine Worte; es existierte nur blinde Wut. Er öffnete den Mund und errötete. Dann stieß er ein Heulen aus. Schließlich schloß er den Mund und saß wieder reglos da.

Nun klapperte auch die blaue Bestie mit den Widerhaken, und Rigo hätte ebenfalls fast aufgeschrien. Er unterdrückte den Schrei jedoch und schluckte ihn hinunter. Zorn wallte in ihm auf und verdrängte das Hippae aus dem Bewußtsein. Die Monster tanzten Seite an Seite, wie eine Quadrille. Sie fielen in einen Galopp und dann in einen Trott. Anschließend wiederholten sie das ganze. Der Reiter in Rigo wurde zusehends zorniger. Das hatten sie nämlich von Don Quixote und El Dia Octavo abgeschaut. Es war eine Verhöhnung und Demütigung. Mit der linken Hand packte er die Zügel und tastete dann in der Tasche nach dem Lasermesser.

Ein einfaches Werkzeug, mit dem Persun Holz bearbeitete und Grashalme schnitt, und das er vielleicht auch bei der Bearbeitung der Täfelung von Marjories Arbeitszimmer benutzt hatte. Ein simples Werkzeug.

Und doch ... war es auch eine Waffe. Er starrte auf die klappernden Widerhaken. Sie wirkten wie Horn. Oder wie Zähne. Wenn sie wirklich aus einem dieser Materialien bestanden, würde die Bestie es vielleicht gar nicht merken, wenn er sie abtrennte. Länge und Energie der Klinge konnten stufenlos variiert werden. Bei höherer Leistung würde die Klinge die Widerhaken am Ansatz abtrennen. Während das Hippae tanzte. Rigo streckte den Arm aus, aktivierte per Daumendruck das Messer und berührte die Spitze des zweiten Widerhakens. Das Messer ritzte eine Kerbe hinein, wie eine heiße Klinge, die in Wachs schnitt. Das Hippae reagierte nicht. Verstohlen schaute Rigo sich um. Niemand hatte die Aktion mitbekommen. Es schaute nämlich niemand zu. Diese Tanzvorführung war gar nicht für die Zombies an der Mauer gedacht, nicht einmal für Jerril, Eric oder Stavenger. Die Hippae betrieben es als Selbstzweck. Sie waren die einzigen, die sich daran erfreuten, und gingen derart in ihrer arroganten Machtdemonstration auf, daß sie sich nicht um die Reiter kümmerten. Rigo schliff den untersten Widerhaken ab und modellierte ihn zu einem Griff. Dann steckte er das Messer wieder in die Tasche und harrte der Dinge, die da kommen würden.

Der nächste Akt bestand in einer Herausforderung. Sie bellten sich an. Sie drehten sich die Hinterteile zu und kickten sich Brocken zu. Brocken? Etwas Schwarzes und Pulvriges, das sie mühevoll zusammengetragen hatten. Er wurde von schwarzem Staub bestäubt. Dann drehten die Hippae sich wieder um und stiegen auf die Hinterhand. Sie klapperten mit den Widerhaken, stießen die Luft zwischen den Zähnen aus und zogen sich tänzelnd zurück, bis sich eine beträchtliche

Lücke zwischen ihnen auftat. Hundert Yards. Zweihundert Yards. Rigo riskierte einen Blick zur Mauer und den Berittenen. Nichts. Keine aufgeregten Schreie. Nur diese Totenstille. Zähneknirschend hielt er sich fest. Dann senkte das grüne Monster den Kopf und griff an. Rigos Tier folgte seinem Beispiel.

Der Grüne griff von rechts an, wobei er den Kopf so gedreht hatte, daß die Zacken nach außen wiesen. Rigos Tier hatte die gleiche Position eingenommen. Sie glichen zwei Schlachtrössern, die mit donnernden Hufen aufeinander zustoben. Keine der Bestien sah, wohin sie lief. Stavenger saß mit leerem Blick da, wie ein Dummy. Unmittelbar vor dem Zusammenstoß zog Rigo den rechten Stiefel aus dem Loch und verlagerte das Gewicht auf den linken Fuß; das rechte Bein riß er hoch und bog es zurück. Halt verschaffte er sich, indem er die linke Hand um den abgeschliffenen Widerhaken klammerte.

Die Widerhaken von Stavengers Bestie verhakten sich in denen von Rigos Tier und schnitten durch die Luft, wo sich eben noch Rigos rechtes Bein befunden hatte, einen Fingerbreit am Körper des blauen Hippae vorbei. Aus seiner Position sah Rigo, daß Stavengers rechter Stiefel aufgeschlitzt war. Blut sprudelte aus dem Bein und strömte in den Staub. Die Tiere hatten überhaupt nicht vor, sich zu verletzen. Die Widerhaken waren auf die Beine der Reiter gerichtet.

Rigo setzte sich auf die Schultern der Kreatur, zückte das Messer und sägte die vier direkt vor ihm befindlichen Widerhaken ab. Er klopfte dagegen, und sie klappten nach einer Seite weg. Durch diese Amputation bestand zumindest nicht mehr die Gefahr, daß er aufgespießt wurde. Mittlerweile hatten die Hippae gewendet und setzten zur nächsten Attacke an. Sie mußten wie Raketen zielen; sobald sie den Kopf gesenkt hatten, sahen sie nicht mehr, wohin sie liefen. Aufgrund eines Instinkts oder langer Praxis verfügten sie jedoch über ein untrügliches Gespür für die Position des Gegners. Diesmal kamen sie von links, mit wirbelnden Widerhaken, und stürzten sich schreiend aufeinander; wieder riß Rigo das Bein hoch und balancierte auf der anderen Seite des Tiers, wobei er gleichermaßen durch Wut und Angst motiviert in dieser Stellung verharrte.

Diesmal wurde Stavengers linker Stiefel aufgeschlitzt, und das Blut strömte auch aus diesem Bein. Sein Gesicht war nach wie vor ausdruckslos. Die Hippae würden das Spiel fortsetzen, selbst wenn Stavenger dabei umkam. Die Hippae würden erst dann aufhören, wenn Rigo tot war. Es hatte überhaupt keinen Sinn, Stavenger zu töten. Genausogut hätte man eine Fliege am Hals eines angreifenden Hundes töten können. Nein. Um den Kampf zu beenden, mußten die Hippae selbst gestoppt werden.

Der nächste Angriff erfolgte wieder von rechts. Rigo wickelte die Zügel um den Arm, packte mit der linken Hand den entschärften Widerhaken und warf sich über sein Tier, als das andere vorbeistürmte. Er zog ihm die voll ausgefahrene Klinge über die Hinterbeine. Summend schnitt das Messer durch das Fleisch.

Die grüne Bestie schrie auf, versuchte noch, mit dem in der Mitte tranchierten Bein weiterzulaufen und stürzte dann schwer zu Boden. Rigos Tier tänzelte heulend und hieb mit Widerhaken nach ihm, die nicht mehr da waren. Rigo beugte sich seitlich hinab, wiederholte die Prozedur und sprang ab, während die Bestie stürzte.

Die zwei Bestien stießen ein Geheul aus. Taumelnd kam er auf die Füße und behielt sie im Auge. Sie versuchten, zu ihm hinzukriechen und sich auf drei Beine zu erheben. Erneut fuhr er die Klinge voll aus, trat vor und stach zu. Er trennte den Hippae die Köpfe ab; die versengten Torsi zuckten noch ein paarmal und lagen dann reglos da.

Dann entstand ein Tumult. Er drehte sich gerade noch rechtzeitig um, um zu sehen, daß die vorher an der Mauer gruppierten Hippae zum Angriff ansetzten. Zum Weglaufen war es zu spät. Er ging hinter den Kadavern der verendenden Hippae in Deckung und holte gegen die Beine und Mäuler aus, die ihn von oben bedrängten. Blut regnete auf ihn herab und blendete ihn.

Dann bekam er einen Schlag auf den Kopf. Betäubt sackte er zusammen. Er hörte Geräusche, Gebrüll, Geschrei und Stimmengewirr. Kreischend wichen die Hippae zurück. Es wurde dunkel um ihn herum.

»Kommen Sie hoch, Sir«, ertönte plötzlich Persun Polluts Stimme. »Kommen Sie, wir können sie nicht mehr lange zurückhalten.«

Dann spürte er Vibrationen; sie wurden immer schwächer, bis er schließlich in Dunkelheit fiel.

Es war Figor bon Damfels, der Stavenger als erster erreichte, nachdem er abgewartet hatte, bis die Hippae das Gemetzel beendet hatten und verschwunden waren. Roderigos Diener hatten die Hippae mit dem Gleiter verscheucht, waren dann herausgesprungen und hatten ihn geborgen. Das wunderte Figor. Keiner der Diener der bon Damfels und der bon Laupmons hatte Anstalten gemacht, ihre Herren zu retten. Die zwölf Reiter hatten die ganze Wut der Hippae zu spüren bekommen. Alle zwölf waren tot, wobei die bon Laupmons die meisten Opfer zu beklagen hatten. Stavenger bon Damfels und Obermun bon Haunser waren ebenfalls unter den Toten. Stavenger wies keine äußerlichen Verletzungen auf, aber er war bleich und kalt. Seine Stiefel hingen in Fetzen. Als Figor den Knoten des Riemens löste, der die Stiefel fixierte und sie dann abzog, lösten die Füße sich mit ab. Nur ein schmaler Lederstreifen im Innern hatte die Stiefel noch zusammengehalten. Sie waren bis zum Schaft mit Blut gefüllt. Stavenger war verblutet.

Außerdem hatte es vier Hippae erwischt, die beiden, die das ›Turnier‹ durchgeführt hatten und zwei weitere, deren Beine wie mit einer Sense abgehackt worden waren. Die anderen hatten den Tod ihrer Artgenossen rächen wollen.

Vermutlich war es aber eher Yrariers Flucht gewesen, die sie so erzürnt hatte. Sie hatten getanzt, geheult und versucht, die Zähne in den aufsteigenden Gleiter zu schlagen. Der Vorgang war Figor überhaupt nicht bewußt geworden; zum einen war alles so schnell gegangen, zum anderen wäre er auch gar nicht in der Lage gewesen, einen klaren Gedanken zu fassen. Sie spürten bloß blinde Wut und Erstaunen. Nach dem Abzug der Hippae setzte jedoch der Verstand wieder ein. Nun reflektierten sie die Eindrücke, zu deren Interpretation sie vorher nicht fähig gewesen waren.

»Figor«, sagte sein Neffe, Taronce bon Laupmon, »das habe ich an der Stelle gefunden, wo der *fragras* war.«

Figor ergriff es. Eine Art Werkzeug. Er betätigte den Schalter. Die Klinge vibrierte und summte mit tödlicher Energie. Er schaltete das Messer wieder aus. »Bei unseren Vorfahren! Taronce!« flüsterte er schockiert.

»Das muß er gegen die Reittiere eingesetzt haben«, flüsterte Taronce und rieb sich den Ansatz der Armprothese. »Hat ihnen die Beine abgetrennt. Und den Kopf. So, wie sie uns verstümmeln. Wie sie mich verstümmelt haben.« Mit einem Gefühl der Schuld schaute er sich um. »Schaff das fort, bevor es noch jemand sieht.«

»Was sagt Obermun bon Laupmon dazu? Lancel?«

»Er ist tot. Gerold ist aber am Leben. Er war nicht mit dabei.«

»Wie hat das alles...« Er machte eine ausladende Geste. »Ich bin erst später gekommen.«

»Die Hippae haben heute morgen auf dem Kiesbett

auf die Reiter gewartet. Wie immer. Stavenger und bon Haunser sind gleich nach ihrer Ankunft aufgesessen.«

»Für mich war aber kein Reittier da.«

»Natürlich nicht. Es waren nämlich nur zwölf Reiter, einschließlich Stavenger und Jerril bon Haunser. Und nun sind sie alle tot.«

»Und vier Reittiere«, flüsterte Figor. »Ich habe das Ding fortschaffen lassen. Sie sollen nicht wissen, daß wir es haben.«

»Du würdest es benutzen, nicht wahr?«

»Würdest du es denn benutzen?«

»Ich glaube schon. Ja, ich würde es wohl benutzen. Es ist so klein und handlich. Es paßt in jede Tasche. Sie würden nicht wissen, daß man es am Leib hat. Und wenn dann eins käme …«

»Wenn Yrarier eins hatte, sind sie wahrscheinlich leicht zu beschaffen. Vielleicht in *Commons*.«

»Weshalb erfahren wir das erst jetzt?«

»Man hat es uns verschwiegen. Oder vielleicht haben wir es auch nicht zur Kenntnis genommen.«

Als Persun und Sebastian Mechanic auf Opal Hill eintrafen, ließen sie Rigo im Gleiter zurück und teilten Persuns Vater per *Telly* mit, daß sie die Estancia evakuieren wollten. Rigo war bewußtlos. Sie konnten nichts für ihn tun; er mußte sofort ins Krankenhaus von *Commons* eingeliefert werden. Das war aber nicht der einzige Punkt.

»Das Dorf evakuieren?« fragte Hime Pollut. »Du machst wohl Witze, Pers.«

»Vater, hör zu! Rigo Yrarier hat mindestens zwei Hippae getötet. Ich weiß nicht, wie viele Menschen in dem Chaos umgekommen sind, aber es dürften einige sein. Ich muß dabei an die Geschichten über die Darenfels-Estancia denken. Sie wurde niedergebrannt, nachdem jemand ein Hippae verwundet hatte. Und die Dorfbewohner sind alle ums Leben gekommen. Die

Leute im Dorf von Opal Hill und die Diener im großen Haus gehören zu uns, Vater. Es sind Gemeine.«

»Wie viele leben auf Opal Hill?«

»Etwas über hundert. Wenn du Roald Few mit ein paar Lastwagen herschickst ...«

»Sind die Leute bereit?«

»Sebastian ist schon zum Dorf unterwegs. Wenn du die Lastwagen schickst, mit denen wir immer zu den Winterquartieren fahren, können wir auch die Tiere mitnehmen. Sie sind nämlich auf die Tiere angewiesen ...«

Schweigen am anderen Ende der Leitung. »Und was ist mit den Fremden auf der Estancia?«

»Seine Exzellenz mit Sekretärin und deren Schwester. Und der alte Priester. Das wären alle.«

»Wo ist seine Frau? Die Kinder? Der andere Priester? Und Yrariers Freundin?«

»Asmir Tanlig hat Eugenie heute morgen nach *Commons* geflogen. Die anderen sind nicht hier, aber ich habe jetzt keine Zeit, es dir zu erklären.« Er unterbrach die Verbindung und rannte durchs Haus, wobei er alle Diener abfing, denen er begegnete. Sie stammten alle aus dem Dorf. Einige wurden mit der Suche nach Vater Sandoval sowie Andrea Chapelside und ihrer Schwester beauftragt, wobei er ihnen sagte, sie hätten nur eine Stunde zum Packen. Selbst das brachte Rigo vielleicht schon in Lebensgefahr, aber er konnte nicht einfach mit den Frauen losfliegen, ohne daß sie ihre Sachen gepackt hatten. Die benötigten sie nämlich. Ohne ihre Utensilien war eine Frau aufgeschmissen.

Marjorie. Sie würde auch ein paar Sachen brauchen. Er versammelte drei Mägde und sagte ihnen, sie sollten einen Koffer für Marjorie packen. »Die Kleider«, sagte er. »Und die persönlichen Dinge.«

Und was war mit Stella? Würde man Stella jemals finden? Welche Vorlieben hatte sie überhaupt?

»Wieviel Zeit haben wir, Persun? Was sollen wir einpacken?«

»Irgendwas«, sagte er frustriert. »Robuste Kleidung für Marjorie und Stella und ihren Schmuck. Das reicht.«

Vielleicht handelte es sich aber auch nur um Einbildung, Paranoia nachgerade. Vielleicht würden die Hippae Opal Hill gar nicht angreifen. Vielleicht bestand auch keine Gefahr für das Dorf.

Vielleicht traf aber auch das Gegenteil zu. Panisch ging er zum *Telly* zurück.

»Roald Few hat sich vier Transporter vom Hafen geliehen«, sagte sein Vater. »Sie sind schon unterwegs. Er meint auch, daß die Nutztiere wichtig seien.«

Also machte nicht nur er sich Sorgen. Oder er hatte Panik ausgelöst. Er eilte in Marjories Arbeitszimmer, um alles zusammenzusuchen, was ihr vielleicht am Herzen lag. Er verharrte vor der geschnitzten Täfelung, die er für sie angefertigt hatte; das Motiv zeigte eine Dame, die durch ein Wäldchen streifte, manchmal deutlich sichtbar, manchmal nur schemenhaft, wobei sie das liebliche Gesicht etwas zur Seite gedreht hatte. Zum Greifen nahe, aber doch nur ein Traum. Vögel flatterten zwischen den Bäumen umher. Er strich mit der Hand über das Schnitzwerk und fragte sich, ob die Zeit noch reichen würde, die Täfelung abzumontieren und in Sicherheit zu bringen. Natürlich war keine Zeit mehr.

Als er soviel aufgesammelt hatte, wie er tragen konnte, rief er Sebastian und die anderen zusammen und flog mit dem Gleiter zum Krankenhaus in der Nähe des Raumhafenhotels. Die Ärzte brachten Rigo fort; dann gingen Andrea, ihre Schwester und Vater Sandoval zum Hotel.

Dort wurden sie schon von Asmir erwartet. »Wo ist Eugenie?« fragte Persun.

»Ich weiß nicht. War sie denn nicht bei Ihnen?« gab Asmir die Frage zurück.

»Sie wollte heute morgen nach *Commons* kommen.«

»Mir sagte sie, sie hätte es sich anders überlegt. Ich bin nur gekommen, um ein paar Vorräte zu besorgen.«

Persun zählte seine Passagiere an den Fingern ab und fragte sie, wo Eugenie steckte. Niemand wußte es. Er flog nach Opal Hill zurück; er stand unter Zeitdruck, denn es würde bald dunkel werden. Im Dorf wurden bereits die Lastengleiter beladen: mit Menschen, Nutzvieh und Ausrüstung. Dann traf ein weiterer Gleiter ein, der von Sebastian geflogen wurde.

»Ich finde Eugenie nicht!« rief Persun ihm zu.

»Die Freundin Seiner Exzellenz? Ist sie denn nicht in *Commons*? Ich dachte, Asmir hätte sie hingebracht.«

»Sie ist nicht dort, Sebastian. Sie hat es sich anders überlegt.«

»Frag Linea. Sie hatte sich um Eugenie gekümmert.«

Persun ging zu besagter Frau und erkundigte sich nach Eugenie. Linea wußte auch nicht, wo sie war. Sie hatte sie seit diesem Morgen nicht mehr gesehen. Sie vermutete, daß Eugenie in ihrem Haus oder im Garten war.

Keuchend rannte Persun den Pfad zur Estancia zurück, zu Eugenies Haus. Er fluchte. Dort war sie auch nicht. Die schleierartigen, pinkfarbenen Vorhänge bauschten sich im Wind. Das Haus roch nach Blumen, die Persun unbekannt waren. Die Frau war nicht da. Er ging in den Grasgarten hinaus und suchte sie dort, wobei er alle möglichen Pfade abschritt. Die laue Frühlingsluft umfächelte ihn, und er sog den Duft der Gräser ein wie eine Droge.

»Eugenie!« rief er. Es schien ihm zwar ziemlich unangemessen, im Garten umherzulaufen und ihren Vornamen zu rufen, aber wie hätte er sie sonst nennen sollen. Jeder rief sie bei diesem Namen. »Eugenie!«

Mit tosenden Triebwerken starteten die Gleiter. Er ging wieder zum Dorf zurück. Es waren nur noch wenige Leute dort, zusammen mit ein paar Schweinen, Hühnern und einer einsamen Kuh, die in den Himmel schaute. Die im Westen untergehende Sonne blendete ihn.

»Kommen sie noch einmal zurück?« fragte er. »Die Lastengleiter?«

»Du glaubst doch wohl nicht, daß wir hier zurückbleiben, wo alle anderen fort sind?« fragte eine alte Frau in ruppigem Ton. »Ich weiß nur, daß die Hippae uns abschlachten wollen.«

Ohne weiter darauf einzugehen, lief Persun noch einmal zum Haupthaus zurück. Ein letzter Versuch. Er durchsuchte jeden Raum. Sie war nicht da. Auch nicht in ihrem Haus.

An die Kapelle dachte er indessen nicht. Das war auch nicht weiter verwunderlich. Kapellen waren für die Bewohner von *Commons* kein Begriff. Manche von ihnen bezeichneten sich zwar als religiös, aber sie kannten keine religiösen Bauten.

Dann lief er wieder zum Gleiter, half der alten Frau beim Einsteigen, verstaute die Kiste mit ihren Hühnern an Bord und startete. Im Tiefflug flog er über die Gärten und hielt Ausschau nach Eugenie. In *Commons* angekommen, setzte er die Suche nach ihr fort; vielleicht hatte sie sich in einem der Lastengleiter befunden.

Die Dunkelheit brach herein. »Ich muß noch einmal zurück«, rief er Sebastian zu, der gerade seinen letzten Flug beendet hatte. »Sie muß noch dort draußen sein.«

»Ich komme mit dir«, sagte der. »Die Gleiter sind alle ausgeladen. Die Leute richten sich in den Winterquartieren ein.«

»Hast du etwas von Seiner Exzellenz gehört?«

Sebastian schüttelte den Kopf. »Ich hatte keine Zeit, mich nach ihm zu erkundigen. Wie schwer ist er überhaupt verletzt?«

»Seine Beine wurden zerschmettert. Und er hat einen Schlag auf den Kopf bekommen. Er hat zwar noch geatmet, aber er konnte die Beine nicht mehr bewegen. Ich glaube, er ist gelähmt.«

»Solche Verletzungen sind heilbar.«

»Zum Teil.« Sie starteten den Gleiter und nahmen erneut Kurs auf Opal Hill. Sie waren noch nicht allzu weit geflogen, als sie die Feuerwand sahen, die sich über das Grasland wälzte und über der Estancia zusammenschlug.

»Also«, murmelte Persun, »war ich doch nicht hysterisch. Vater hatte mir das nämlich unterstellt.«

»Freust du dich denn darüber?« fragte Sebastian und ging in eine langgestreckte Kurve, um die Feuersbrunst aus der Luft zu überschauen. »Aber es wäre doch wohl besser, man würde dich als Hysteriker bezeichnen und Opal Hill wäre unversehrt?! Ich habe die Täfelung mit der Schnitzerei gesehen, die du für das Arbeitszimmer der Lady angefertigt hast. So etwas Schönes hatte ich lange nicht mehr gesehen. Nein, so etwas Schönes hatte ich überhaupt noch nicht gesehen.«

»Die Hände sind ja noch dran«, überzeugte Persun sich und drehte sie, wobei er sich fragte, ob das auch zuträfe, wenn er nicht so vorsichtig gewesen wäre. »Ich kann eine neue Schnitzerei anfertigen.« Wenn Marjorie in Sicherheit war, würde er eine neue Täfelung schnitzen. Aber nur für sie.

»Ich dachte, die Gärten hätten die Funktion von Brandschneisen.«

»Stimmt auch. Solange keine brennenden Grasbüschel durch die Gärten geschleift und in die Gebäude getragen werden. In diesem Fall ist das aber geschehen, Sebastian.« Er betrachtete die Ruinen und verkniff sich einen erstaunten Ausruf. »Schau! Sebastian. Sieh dir die Spur an!«

Von Opal Hill in Richtung Sumpfwald zog sich eine schnurgerade Spur durchs Gelände. Das Gras war auf breiter Front niedergetrampelt worden, als ob eine

Kolonne von zehntausend Hippae durchgezogen wäre. Die beiden schauten sich konsterniert an.

»Glaubst du, daß sie noch dort unten ist?« flüsterte Sebastian.

Persun nickte. »Ja. Ist sie. Vielmehr war sie es. Irgendwo.«

»Sollen wir…«

»Nein. Schau mal ins Feuer. Hippae. Es müssen Hunderte sein. Einige tanzen in der Nähe der Flammen. Andere folgen dieser breiten Spur. Wie viele müssen es wohl gewesen sein, um eine solche Spur zu hinterlassen? Hunde waren auch dabei. Alle Hunde von *Gras* müssen dort unten sein. Sie bewegen sich auf *Commons* zu. Nein, wir können jetzt nicht runtergehen. Wir werden morgen wiederkommen. Wenn das Feuer niedergebrannt ist, suchen wir nach ihr. Vielleicht hat sie es bis zu den Winterquartieren geschafft. Hoffentlich übersteht sie es.«

Den Flammen war Eugenie jedenfalls nicht zum Opfer gefallen. Die Hunde, die vor den Brandstiftern als Vorhut ausgeschwärmt waren, hatten schon dafür gesorgt.

Commons befand sich in Aufruhr. Es kursierten wilde Spekulationen, und die Gerüchteküche kam nicht zur Ruhe. Die Unterbringung von hundert Leuten war kein Problem. Die Winterquartiere waren so groß, daß sie Platz für die gesamte Bevölkerung von *Commons* und die Dörfler boten; nur die Jüngsten fühlten sich anfangs in den unterirdischen Hallen und Räumen unbehaglich. Die Kavernen hatten schon vor der Ankunft der ersten Menschen existiert, waren dann aber erweitert und bezugsfertig gemacht worden. Jeder, der älter war als ein *Gras*-Jahr, kannte sie. Die Tiere wurden in den Winterställen untergebracht. Obwohl die diesjährige Heuernte noch nicht eingebracht war, reichten die Reserven an Heu und Futtergetreide aus. Die Versorgung der Menschen gestaltete sich auch nicht allzu problematisch. Routiniert wurden die Winterküchen in Betrieb genommen.

Trotz der reibungslosen Organisation herrschte Unruhe und Besorgnis sowohl unter den Ankömmlingen als auch unter den Einheimischen. Daß eine Estancia niederbrannte, war kein alltäglicher Vorgang. Es war zwar schon vorgekommen, aber vor langer Zeit, in der Großeltern-Generation. Dieses Ereignis mußte erst einmal bewältigt werden. Und die Nervosität steigerte sich noch, als Persun Pollut die Kunde von der breiten Spur brachte, die in Richtung des Sumpfwalds wies. Es war allgemein bekannt, daß die Hippae den Wald nicht durchdringen konnten; und doch... und doch hatten die Leute Zweifel. Sie verspürten Unbehagen und fragten sich, ob dieses Ereignis ein schlechtes Omen war.

Selbst in Portside, im Rotlichtviertel, machte sich Unruhe breit. Saint Teresa und Ducky Johns hatten auch keine Nerven wie Drahtseile. Sie trafen sich am Ende der *Sündigen Meile* und gingen die Portside Road entlang. Nervös und zittrig watschelte Ducky Johns in ihrem goldenen, zeltartigen Kleid die Straße entlang, und Saint Teresa stakste wie ein Reiher neben ihr her, wobei er mit den langen Beinen und der spitzen Nase wie eine Karikatur dieses Vogels wirkte. Er trug seine obligatorische Kluft: purpurne Pluderhosen und einen Frack aus schuppigem *Jermot*-Leder, der von Semling importiert worden war. Irgendeine Kreatur auf einem Wüstenplaneten im hintersten Winkel des Universums hatte für diese Kutte ihr Leben gegeben. Sein Kahlkopf schimmerte wie Stahl im blauen Licht des Hafens, und sein Vortrag wurde von einer ausgeprägten Gestik begleitet.

»Was... was hat das also zu bedeuten?« fragte er. »Das Feuer auf Opal Hill. Es war niemand dort...« Mit den Händen beschrieb er einen Kreis, um die Suche aus der Luft zu veranschaulichen. Dann winkte er resignierend ab.

»Eine Person«, korrigierte Ducky Johns ihn. »Die Freundin des Botschafters wird vermißt.«

»Na gut, eine Person. Aber die Hippae haben brennende Grasbüschel durch die Gärten geschleift und alles angezündet. Alles steht in Flammen.« Mit den Fingern imitierte er das Züngeln der Flammen.

Ducky Johns nickte; die Bewegung setzte sich wellenförmig von den Ohren durch den ganzen Fleischklops fort und kam erst an den Knöcheln zum Stillstand. »Deshalb wollte ich auch mit dir sprechen, Teresa. Die Hippae toben vor Wut. Sie sind völlig außer Kontrolle. Weißt du schon, daß der Botschafter ein paar von ihnen getötet hat?«

»Ich habe davon gehört. Soweit ich weiß, ist das noch nie vorgekommen.«

»Richtig. Vor vielen Jahren hat Darenfeld ein Hippae verwundet, und daraufhin brannte auch seine Estancia.«

»Und ich dachte, es wäre ein Sommerfeuer gewesen. Blitzschlag.«

»Das ist die Lesart der *bons;* man hört aber auch anderes. Die *bons* behaupten, der Blitz hätte dort eingeschlagen; daraufhin legten sie Grasgärten um ihre Anwesen an. Roald Few sagt jedoch, daß der *Commons Chronicle* die Sache beim Namen nennt. Es waren amoklaufende Hippae.«

Sein Mund wurde zu einem schmalen Strich; er war besorgter, als er es nach außen hin zeigte. »Nun gut! Mit den *bons* haben wir nichts zu schaffen. Wenn sie morgen alle geröstet würden, täte das der Sache auch keinen Abbruch, Ducky. Sie halten sich wohl für die Krone der Schöpfung, aber wir wissen es besser.«

»Oh, es geht nicht nur um die *bons*. Auch um die Pest. Man hört immer öfter davon.«

»Hier gibt es keine Pest.«

»Das ist ja gerade das Sonderbare. Mir ist schon so

einiges zu Ohren gekommen. Asmir Tanlig treibt sich in der Gegend herum und stellt Fragen; das gleiche gilt auch für Sebastian Mechanic. Sie ziehen Erkundigungen ein. Wer letzthin erkrankt ist. Wer gestorben ist. Beide arbeiten sie für den Botschafter. Er versucht also etwas in Erfahrung zu bringen. Ich habe mit Roald darüber gesprochen, und er hat sich seinerseits mit einigen Leuten unterhalten. Auch mit Einwohnern von Portside, die mit Fremden in Kontakt kommen. Es hat den Anschein, als ob überall die Pest wütete, nur hier nicht. Allerdings nur inoffiziell. *Heiligkeit* versucht zwar den Deckel draufzuhalten, aber es spricht sich trotzdem herum.«

»Und was willst du damit sagen, Ducky?«

»Ich will damit sagen, wenn dort draußen niemand mehr lebt, machen wir hier keine Geschäfte mehr, du Vogel. Das meine ich damit. Wovon sollen wir dann leben, du und ich? Ganz davon abgesehen, daß es hier dann verdammt einsam wird, wenn der Rest der Menschheit vernichtet ist und die Hippae draußen Amok laufen.«

»Der Wald ist undurchdringlich für sie.«

»Das erzählt man uns zumindest. Und selbst wenn es stimmen sollte – überleg doch mal: die ganze Menschheit wäre auf der Fläche von Commons eingeschlossen. Da bekomme ich Platzangst, Teresa, aber wirklich.«

Sie hatten nun das südliche Ende der Portside Road erreicht, wo sie sich als Feldweg im Weideland verlor. Wie auf Kommando machten sie kehrt und gingen denselben Weg wieder zurück – nur daß es diesmal länger dauerte, weil Ducky selten solche langen Märsche machte.

Blaue Lampen warfen lumineszierende Lichtbalken auf die glasierte Oberfläche des Raumhafens. Es standen nur zwei Schiffe dort, eine elegante Yacht im Schlagschatten eines Lagerhauses und die *Star-Lily*, ein großer Frachter von Semling, der gedrungen in einem saphirfarbenen Lichtkegel hockte. Der Frachtraum klaffte wie ein aufgerissenes Maul. Im Lichtkegel bewegte sich etwas, und Ducky legte die Hand auf den Arm ihres Begleiters. »Dort«, sagte sie. »Teresa, hast du das gesehen?«

Er hatte es auch gesehen. »Um diese Zeit arbeitet niemand mehr.«

»Sieh mal nach, Teresa. Bitte. Ich bin zu langsam.«

Die letzten Worte waren überflüssig gewesen, denn der storchenbeinige Saint Teresa bewegte sich bereits mit raumgreifenden Schritten über den glitzernden Belag des Raumhafens. Er ähnelte einem großen Raubvogel, der eine Beute erspäht hatte. Ducky hechelte hinter ihm her, wobei ihr Körper so wabbelte, als ob er ein System aus tausend kleinen, interaktiven Federn wäre. Ihr Begleiter war im Schatten verschwunden. Sie sah ihn nicht mehr. Dann tauchte er wieder auf. Eine Hand schoß vor, und der Kopf zuckte wie ein Speer nach vorne. Als er die Hand wieder zurückzog, zappelte etwas Fahles und Fischiges darin. Er drehte sich um und kam mit dem Ding zu ihr.

Als er nahe genug war, schrie sie erstaunt auf. So etwas hatte sie doch schon einmal gesehen. Ein nacktes Mädchen mit ausdruckslosem Gesicht, das sich wie ein Fisch an der Angel wand. Es sprach kein Wort.

»Na«, sagte er. »Was sagst du dazu?«

»Was hält sie da in der Hand?« fragte Ducky. »Was hat sie da, und was wollte sie hier?«

»An Bord gehen«, erklärte Saint Teresa und klemmte sich das Mädchen unter den Arm. Dann wand er ihr den Gegenstand aus den steifen Fingern. Er hielt das Objekt am ausgestreckten Arm, und Ducky sah es sich an.

»Das ist eine tote Fledermaus«, sagte sie. »Völlig vertrocknet. Was wollte sie denn damit?«

Sie musterten erst das Mädchen und schauten sich

dann fragend an. »Du weißt, wer das ist«, sagte Ducky. »Es ist Diamante bon Damfels. Das Mädchen, das sie Dimity genannt hatten. Sie ist in diesem Frühling verschwunden. Sie muß es sein.«

Er widersprach nicht. »Und was nun?« fragte er schließlich.

»Wir bringen sie zu Roald Few«, sagte Ducky. »Das hätte ich mit der anderen auch schon tun sollen. Nimm sie und sag Jelly und Jandra, sie möchten herkommen. Und auch sonst jeder, der halbwegs bei Verstand ist. Ich weiß zwar nicht, was hier los ist, alter Storch, aber es gefällt mir nicht.«

Die Nacht war wie ein diskreter Besucher über die Baumstadt der Arbai gekommen; sie hatte sich lange vorher angekündigt, war langsam über die Brücken vorgerückt, hatte die ätherischen Einwohner umfangen und die Böden in den Häusern mit einem Teppich aus Schatten ausgelegt. Dennoch war es nicht dunkel. Die Stege wurden von leuchtenden Sphären gesäumt, die auch an jeder Decke hingen. Sie glühten trübe; zu dunkel, um in ihrem Licht zu arbeiten, aber ausreichend, um sich in der Stadt zu orientieren, die Gesichter der Leute und die Geister zu erkennen, die ständig ein- und ausgingen.

Die Häuser auf der oberen Plattform wurden weniger stark von Phantomen frequentiert. In einem dieser Gebäude hatten Tony und Marjorie sich ein Lager bereitet und die Ausrüstung deponiert. Die zwei Brüder, der Priester und Sylvan hatten ein anderes bezogen. Nachdem sie sich eingerichtet hatten, versammelten sie sich auf der Plattform und verzehrten den Proviant, der durch exotische Früchte angereichert wurde, die Rillibee von den Bäumen in der Nähe gepflückt hatte. Für kurze Zeit waren Füchse in der Nähe gewesen. Die Menschen hatten Schatten gesehen und Laute gehört, die sie an den Großen Schrei erinnerten. Sie hatten versucht, Antworten auf Fragen zu finden, die aus dem tiefsten Innern emporstiegen. Schließlich waren die Erscheinungen verschwunden. Nun waren die Menschen allein.

»Ich verstehe vieles nicht«, sagte Tony und drückte damit nur aus, was alle empfanden. Es hatte zwar eine Kommunikation stattgefunden, aber sie hatte mehr Fragen aufgeworfen, als sie beantwortet hatte.

»Vieles habe ich nie verstanden«, sagte Bruder Mainoa. Er sah müde und alt aus.

»Diese Füchse sind die Kinder der Hippae?« fragte Vater James. »Sie haben es oft erwähnt.«

»Keine Kinder«, sagte Bruder Mainoa. »Genausowenig, wie der Schmetterling ein Kind der Raupe ist.«

»Metamorphose«, erklärte Marjorie. »Die Hippae verwandeln sich in Füchse.«

»Das gilt für manche«, sagte er. »Aber nicht für alle.«

»Früher galt es doch für alle«, widersprach sie. Sie war sich ihrer Sache sicher. Sie wußte es einfach, obwohl sie nicht wußte, woher sie dieses Wissen bezog. Sie wußte es einfach. »Früher hatten alle Hippae sich in Füchse verwandelt, vor langer Zeit.«

»Das stimmt«, sagte er. »Und damals waren es die Füchse, die Eier legten.«

Marjorie massierte sich die Schläfe und versuchte sich an das zu erinnern, was sie vor langer Zeit in der Schule gelernt hatte. »Es muß eine Mutation stattgefunden haben«, sagte sie. »Einige Hippae sind mutiert und haben sich vermehrt, während sie sich noch im Hippae-Stadium befanden. Solche Tiere gibt es auch auf Terra. Die sich als Larven reproduzieren, meine ich. Aber diese Mutation konnte nur Bestand haben, wenn ein evolutionärer Vorteil daraus resultierte …«

»Im Hippae-Stadium benutzen sie die Kavernen. Vielleicht haben die Hippae bessere Brutpflege betrieben«, spekulierte Vater James. »Vielleicht sind aus den

Hippae-Eiern mehr Nachkommen geschlüpft als aus denen der Füchse.«

»Schließlich dominierten die Hippae die Reproduktion. Und nur noch wenige Hippae durchliefen die Metamorphose zu diesen Kreaturen, den Füchsen. Wie viele Füchse existieren denn?«

»Planetenweit?« Bruder Mainoa schüttelte den Kopf. »Wer weiß? Immer wenn der Große Schrei ertönt, wissen die Füchse, daß sie Nachwuchs bekommen haben. Dann schwärmen sie zu Dutzenden aus und suchen nach dem Neuling – und wenn sie ihn dann gefunden haben, bringen sie ihn in den Wald in Sicherheit. Aber wenn die Hippae ihn zuerst finden, bringen sie ihn sofort um. Und wenn er in einem Wäldchen Zuflucht sucht, ›engagieren‹ sie Menschen, die ihn für sie zur Strecke bringen.«

»Wissen die Hippae denn nicht, daß sie selbst ...?« fragte Vater James kopfschüttelnd.

Bruder Mainoa lachte freudlos. »Sie glauben es nicht. Sie glauben nicht, daß sie sich in Füchse verwandeln. Sie weigern sich, es zur Kenntnis zu nehmen. Sie glauben, sie würden sich bis zu ihrem Tod nicht mehr verändern. Viele von ihnen sterben. Erinnern Sie sich noch an die Zeit, als Sie ein Junge waren, Vater? Hätten Sie es damals für möglich gehalten, einmal alt zu werden?«

Sylvan lief unruhig auf dem Steg auf und ab und schaute in den nächtlichen Wald. »Sie müssen uns hassen«, sagte er. »Die ganze Zeit, während sie sich mit Ihnen unterhielten, sagte ich mir, daß sie uns *bons* hassen müssen.«

»Weil ihr Jagd auf sie macht?« fragte Tony.

»Ja. Weil wir *bons* Jagd auf sie machen. Weil wir den Hippae bei der Jagd helfen.«

»Ich glaube nicht, daß sie euch das zum Vorwurf machen«, sagte Bruder Mainoa. »Sie machen sich selbst Vorwürfe.« Er dachte kurz darüber nach und relativierte seine Aussage: »Jedenfalls trifft das auf den zu, mit dem ich kommuniziert habe. Ob das für die anderen auch gilt, weiß ich natürlich nicht.«

»Wie nennen Sie ihn denn?« fragte Marjorie. »Mir will partout kein Name für ihn einfallen. Für sie.«

»*Erster*«, erwiderte Bruder Mainoa. »Ich nenne ihn *Erster*. Oder *Ihn*, als ob Er Gott wäre.« Er lachte gequält.

»Mit ihnen hatten Sie sich also unterhalten, als wir auf Opal Hill zusammen zu Mittag gegessen haben«, sagte Vater James. »Mit den Füchsen! Beschäftigen sie sich mit der Frage der Erbsünde?«

Bruder Mainoa seufzte. »Ja. Allerdings habe ich ihnen nicht den eigentlichen Grund genannt. Sie vereinbaren es durchaus mit ihrem Gewissen, die *Peepers* zu fressen. Das haben sie immer schon gemacht. Wenn alle *Peepers* die Metamorphose durchliefen, würden sie die Welt überschwemmen, und die Füchse wissen das. Sie fressen sie, so wie große Fische kleine Fische fressen, unbelastet von verwandtschaftlichen Beziehungen. Nein, was sie quält, ist der Genozid an den Arbai. Einige haben von uns das Paradigma von Schuld und Sühne übernommen und wissen nun nichts mit diesem Konzept anzufangen. Das bedrückt sie. Zumindest diejenigen, die sich Gedanken darüber machen. Aber das gilt nicht für alle. Wie bei uns gibt es auch bei ihnen solche und solche. Und wie bei uns gibt es bei ihnen auch Auseinandersetzungen, die manchmal ziemlich heftig sind.«

»Sie fühlen sich schuldig wegen des Gemetzels in der Arbai-Stadt?« fragte Vater James neugierig.

»Nein. Nicht nur wegen dieses Gemetzels. Ich meine den Genozid an den Arbai«, wiederholte Mainoa. »An allen Arbai. Überall. Ich weiß zwar nicht, wie das möglich war, aber die Hippae haben sie alle getötet.«

»Überall?« fragte Marjorie ungläubig. »Auch auf den anderen Welten? Wirklich überall?«

»Wie wir nun überall an der Pest sterben«, überkam Vater James plötzlich die Erkenntnis. »Ich glaube, aus diesem Grund hat Bruder Mainoa uns hierher geführt.«

»Aus diesem Grund«, sagte Bruder Mainoa seufzend. »Weil die Füchse, zumindest einige Füchse, nicht wollen, daß so etwas wieder geschieht. Sie dachten, sie hätten gegen einen solchen Fall vorgesorgt. Fragt mich nicht, wie. Ich weiß es nicht. Irgendwie haben sie geschludert und nicht richtig aufgepaßt. Obwohl es Dinge gibt, die sie mir nicht gesagt haben und vermutlich auch nicht sagen werden, weiß ich zumindest so viel, daß es vielleicht schon zu spät ist.«

»Nein«, sagte Marjorie. »Nein. Es ist nicht zu spät. Damit werde ich mich nicht abfinden.«

Bruder Mainoa zuckte die Achseln. Er wirkte todmüde. Vater James stützte ihn.

»Nein«, wiederholte sie mit fester Stimme. Sie dachte an Stella, die irgendwo dort draußen war, an Tony und an alle, die ihr etwas bedeutet hatten. Ob sie nun ein unbedeutendes, namenloses Virus war oder nicht, sie würde sich nicht damit abfinden. »Wenn ich an etwas glaube, dann daran, daß es nicht zu spät ist.«

15

Während in der Abtei ein Gleiter bereitgestellt und mit einer Spezialausrüstung bestückt wurde (für ein Mordkommando, sagte der Ältere Bruder Fuasoi sich und grinste über diesen Scherz), schwitzte eben dieser Fuasoi in seinem Büro Blut und Wasser bei dem Gedanken, daß die Pläne der *Moldies* vielleicht schon aufgeflogen waren. Oder daß die Enttarnung kurz bevorstand. Vielleicht wußte man bei *Heiligkeit* bereits über ihn Bescheid und hatte eine Spezialeinheit losgeschickt. Vielleicht war das Gesundheitsamt auf Semling schon über die Verschwörung der *Moldies* informiert. Vielleicht hatte Mainoa geplaudert; vielleicht wußte der Botschafter es schon.

Er öffnete die Schreibtischschublade nun schon zum zehnten Mal und suchte nach dem nicht vorhandenen Buch. Mainoas Buch. Wer hatte es entwendet? Dieser vertrottelte *Geheiligte*? War er es gewesen? Wenn ja, würde Jhamless *Heiligkeit* informieren. Und von dort Weisungen erhalten. Zum Beispiel eine Botschaft vom Hierarchen, die ihn anwies, das geheime Arsenal zu öffnen und den Planeten für *Heiligkeit* in Besitz zu nehmen. Eine solche Botschaft.

Nicht daß er von einem geheimen Arsenal in der Abtei gewußt hätte. Es ging zwar das Gerücht um, aber es konnte genausogut falsch sein. Angenommen, die Grünen Brüder rissen die Herrschaft über den Planeten an sich und eliminierten die *bons*, die Hippae und die Hunde; was wollten sie dann noch mit *Gras* anfangen?

Sie würden ein Gegenmittel finden, jawohl. Mainoa glaubte anscheinend, daß es hier ein Gegenmittel gab. Sie würden es finden. Es würde nicht mehr lange dauern …

Bisher war Fuasoi der Überzeugung gewesen, er hätte reichlich Zeit, das Virus zu verbreiten. Deshalb hatte er sich auch Zeit gelassen. Nun hatte Jhamless ihn vielleicht schon im Visier, und Hektik überkam ihn. Ja, die Brüder Flumzee, Niayop, Sushlee, Thissayim und Lillamool würden diesen verdammten Mainoa finden und töten – sie würden Mainoa und Lourai töten und alle, die bei ihnen waren. Ja, das würde geschehen. Auf einen Streich. Aber noch etwas mußte umgehend erledigt werden: Die Verbreitung des Virus. Und zwar in *Commons*. Dort würde es seine Wirkung trefflich entfalten. Dort war die Bevölkerungsdichte nämlich am höchsten. Er hatte Zeit vertrödelt und schlampig gearbeitet. Onkel Shales wäre nicht stolz auf ihn gewesen.

Er nahm eine kleine Tasche vom Schrank, plazierte den Behälter mit den Viren auf der Wäsche und bedeckte ihn mit einer Robe, die für Shoethai bestimmt war. Dann verließ er das Büro und ging durch nach Heu duftende Korridore zum Kiesbett, wo er auf Shoethai stieß, der gerade eine Triebwerksverkleidung montierte.

»Fertig?« fragte der Ältere Bruder. Er trat zurück und musterte den Gleiter mißbilligend. Es handelte sich um die größere Ausführung mit zwei Kabinen; eine große im Bug und eine Privatkabine im Heck, die jeweils über eine separate Luke verfügten. Ein kleinerer Gleiter hätte es auch getan, zumal er schneller gewesen wäre. Aber nun mußte er eben mit diesem vorliebnehmen. »Fertig?« wiederholte er die Frage.

Shoethai schnitt eine Grimasse und gab grinsend eine Klarmeldung. Er wirkte richtig aufgekratzt, was der Ältere Bruder auf die bevorstehende Liquidierung von Mainoa zurückführte. Das war auch richtig so. Die *Moldies* hatten generell ein Faible für Liquidationen. Je mehr weg waren, desto weniger blieben übrig, so lautete die Devise der *Moldies*.

»Wo steckt Flumzee?«

Shoethai wies auf einen Pfad, auf dem Highbones in diesem Augenblick erschien, gefolgt von vier seiner Spießgesellen. Beim Anblick des Älteren Bruders blieben sie konsterniert stehen. Im letzten Moment fiel ihnen ein, sich zu verneigen.

»Ich werde mitkommen«, verkündete der Ältere Bruder.

Shoethai heulte auf – nur kurz, aber immerhin lange genug, daß sechs Augenpaare sich auf ihn richteten. Er machte einen Kratzfuß und zog den Kopf ein, so daß seine Stimme zwischen den Knien nach oben stieg, wie Blasen in blubberndem Schlick. »Älterer Bruder, Sie sollten Ihr Leben nicht aufs Spiel setzen. Sie haben doch wichtige Arbeit ...«

»Die ich auch erledigen werde«, fiel Fuasoi ihm ins Wort. »Nachdem Flumzee und die anderen ihren Auftrag ausgeführt haben, werden du und ich uns anderen dringlichen Aufgaben widmen.«

»Ich?« quiekte Shoethai. »Ich?«

»Du. Was soll mit dir sein? Ich habe dir eine Kutte zum Wechseln mitgebracht. Geh wieder rein.« Er wandte sich an Bruder Flumzee. »Ich hoffe doch, daß du dieses Ding fliegen kannst.«

Highbones unterdrückte den Drang, einen Jubelruf auszustoßen und setzte einen gleichmütigen Gesichtsausdruck auf. »Sicher, Älterer Bruder. Ich bin ein ausgezeichneter Pilot.«

»Du kennst das Ziel?«

»Shoethai sagte, es wäre ein Ort namens *Darenfelds Hain*, im Nordosten von Klive. Ich habe eine Karte. Wir sollen eine Spur verfolgen, die von dort abzweigt.«

Fuasoi grunzte zustimmend. »Shoethai und ich setzen uns in die Heckkabine.« Weil Shoethai anscheinend wieder einen seiner Anfälle hatte, stützte Fuasoi ihn, hievte ihn in den Gleiter, stieg dann selbst ein und schlug die Kabinentür zu.

Die anderen warfen sich Blicke zu und versammelten sich in der Bugkabine, wo Highbones mit der Gelassenheit des Routiniers an den Kontrollen saß. Entweder wurde nun ein lang gehegter Traum wahr, oder er verfügte wirklich über einschlägige Praxis. Seit seiner Ankunft auf *Gras* hatte er gelegentlich Gleiter geflogen; in seiner Jugend sogar öfter. Und dann lagen die Türme der Abtei schon tief unter ihnen, und sie gingen auf Südkurs.

»Können sie uns von dort hinten hören?« fragte Bruder Niayop alias Steeplehands leise.

Highbones lachte. »Die Triebwerksgeräusche sind doch viel zu laut, Bruder.«

»Gibt es dort keinen Lautsprecher?«

Wortlos deutete Highbones auf die Konsole. Der Schalter befand sich in der AUS-Stellung. Highbones versuchte, möglichst gelassen zu wirken. Seine Spießgesellen stießen Begeisterungsrufe aus, aber in seiner Eigenschaft als Anführer befleißigte er sich einer würdevolleren Haltung; zumindest so lange, bis es ans Töten ging. Dann würden sie ihre gellenden Schreie ausstoßen, wie sie es immer taten. Sie hatten noch nie einen alten Menschen getötet. Sie hatten überhaupt noch keinen Menschen getötet, jedenfalls nicht mit bloßen Händen. Jemanden vom Turm stoßen – das war in ihren Augen kein Mord. Eher ein Spiel. Er war sich nicht ganz sicher, ob er es fertigbringen würde, eine Frau umzubringen; allerdings wußte er, daß er die anderen auf jeden Fall dazu bewegen konnte. Vielleicht würde es ihm ja auch leicht von der Hand gehen. Der Ältere Bruder Fuasoi hatte Shoethai bereits darauf hingewiesen, daß sich womöglich auch Frauen in der Gruppe befänden. Shoethai hatte es

Highbones gesagt, worauf Highbones und seine Kumpel die ganze Nacht über dieses Thema diskutiert hatten.

Beim Gedanken an Frauen saß Highbones reglos da; er genoß das Kribbeln in den Lenden, das sich in die Beine ausbreitete und ihm eine Gänsehaut verursachte. Er hatte eine Frau gehabt, bevor man ihn nach *Heiligkeit* geschickt hatte. Damals war er fünfzehn gewesen. Seither hatte er keine Frau mehr gehabt, aber er hatte es nicht vergessen.

Ihr Name war Lisian gewesen. Lisian Fentrees. Sie hatte weiße Haut gehabt. Ihr Gesicht war von goldenen Locken eingerahmt gewesen. Sie hatte weiche Brüste mit kleinen rosigen Spitzen gehabt, die sich aufrichteten, wenn er an ihnen saugte.

Sie waren immer zusammen gewesen, wenn sie nicht gerade in der Schule waren oder von den Eltern und dem Gottesdienst in Anspruch genommen wurden.

Sie hatte gesagt, daß sie ihn liebte. Er wußte nicht mehr, was er darauf erwidert hatte, aber manchmal mußte er ihr auch gesagt haben, daß er sie liebte. Weshalb hätte sie es sonst sagen sollen?

Eines Morgens hatte er beim Aufwachen eine Hand auf der Schulter gespürt. Durch halb geschlossene Augen hatte er eine Gestalt gesehen und sie im ersten Moment für Lisian gehalten. Sie hatte die gleiche weiße Haut, das gleiche goldene Haar und die gleichen Gesichtskonturen. Nur der Geruch stimmte nicht. Es war nicht Lisian, sondern seine Mutter. »Steh auf, Junge«, sagte sie. »Du machst heute einen Ausflug.« Sie hatte es ganz nüchtern gesagt, auch nicht geweint. Als ob es ihr völlig egal gewesen wäre.

Sie hatten zehn Jahre gesagt. Die nächsten zehn Jahre seines Lebens war er bei *Heiligkeit* zwangsverpflichtet, ohne daß man ihm auch nur ein Wort gesagt hätte. Erst an jenem Tag. *Wollten nicht, daß wir uns Sor-*

gen machen. Wollten nicht, daß wir ständig daran denken. Wollten Dad nicht aufregen.

Und er hatte nicht einmal die Gelegenheit gehabt, sich von Lisian zu verabschieden. Lisian mit ihren weichen … ahhh.

Die Erinnerungen verdichteten sich zur Realität, und die Erregung steigerte sich zu einem unkontrollierbaren Krampf. Der Gleiter schmierte ab. »Ey, guckt mal, Highbones holt sich einen runter. Du Wichser, Highbones. Mach's noch mal, wir wollen was sehen.«

Knurrend schlug er Little Bridge vom Sitz. Er kämpfte gegen die Tränen an. »Haltet's Maul! Ich habe mir keinen runtergeholt. Ich habe … ich habe nur daran gedacht, was der alte Fuasoi uns über Frauen erzählt hat.«

Sie schwiegen. Highbones hatte gesagt, er hätte früher ein Mädchen gehabt, aber Einzelheiten verriet er nicht. Steeplehands hatte angeblich auch Frauen gehabt. Sonst noch keiner. Die beiden Bridges waren noch sehr jung gewesen, als sie zu *Heiligkeit* kamen, zehn oder elf. Und Ropeknots stand auf Jungen. Nun, verdammt, sie alle standen auf Jungen. Schließlich hatten sie keine Frauen zur Verfügung.

»Erzähl uns etwas von Frauen«, verlangte Long Bridge. »Mach schon, Bones. Erzähl uns von deiner Freundin.«

»Steep soll dir von seiner Freundin erzählen«, knurrte er und wischte sich verstohlen eine Träne aus dem Gesicht. »Ich bin beschäftigt.« Sie standen bereits über *Darenfelds Hain*, und die Fährte hatte er auch schon ausgemacht. Sie war aber nicht leicht zu verfolgen. Weil sie zum Teil im Schatten lag, wurde sogar die Luftaufklärung erschwert. Die sichtbaren Abschnitte verliefen über grasbewachsene Hügel und durch Baumgruppen; generell führte die Spur nach Westen. Weit vor ihnen, am Horizont, zog der Sumpfwald sich als dunkler Saum in Nord-Süd-Richtung.

Hinter ihm beschrieb Steeplehands Frauen bis ins kleinste Detail und dozierte über Körperöffnungen und die entsprechenden ›Schmierstoffe‹. Highbones versuchte, nicht hinzuhören. Das war es nicht. Steep brachte es nicht auf den Punkt. Da war noch etwas anderes an Frauen. Er wußte nicht mehr, was es war, aber er versuchte sich zu erinnern.

Unterdessen kam der Sumpfwald immer näher. Bei seinen Bemühungen, sich zu erinnern, tauchten alte Bilder und halbvergessene Namen in Highbones Bewußtsein auf. Da war etwas. Fast hätte er es gehabt!

Die Triebwerke stotterten. Highbones runzelte die Stirn und tauchte mit einem Anflug von Panik wieder in die Realität ein. Er überflog die Instrumente. Der Gleiter war vor dem Abflug noch bei der Inspektion gewesen. Dieses Monster Shoethai hatte sich darum gekümmert. Fuasoi auch.

Die Triebwerke stotterten erneut und heulten auf. »Haltet euch fest«, rief Highbones. »Wir haben einen Triebwerksausfall.«

Er ging in einen steilen Sinkflug, wobei er die Maschine fast überzog, aber er wollte auf Bodenhöhe sein, in der Nähe der Spur, wenn die Triebwerke ganz versagten. Sie sackten um hundert Fuß ab, und Long jaulte auf. »Ich hab mir in die Zunge gebissen ...«

»Es wird noch schlimmer kommen, wenn du dich nicht festhältst.«

Der Gleiter geriet ins Trudeln; Bones stabilisierte ihn wieder und leitete einen Gleitflug ein, wobei die Maschine durch das Gras pflügte. Sie kam zum Stillstand, und die Crew wurde gegen die Kabinentür geschleudert; sie gab nach, und die Jungen flogen ins Freie.

»O Gott«, wimmerte Steep. »O Gott.«

»Halt's Maul!« schrie Highbones. »Oder willst du uns die Hippae auf den Hals hetzen?« Er stand auf und überzeugte sich davon, daß er unverletzt war. Er hatte sich nichts gebrochen, und er blutete auch nicht.

Bis auf eine Schürfwunde am Kinn war er unversehrt. »Rope, ist bei dir alles klar? Long? Little?«

»Ich glaub schon.«

»Das abgefuckte Ding hat mich voll an der Nase getroffen ...«

»Ich glaub, ich hab mir was gebrochen.«

Highbones verpaßte ihm eine Ohrfeige. »Gar nichts ist gebrochen«, knurrte er. »Leg dich hin, damit das Nasenbluten aufhört.« Nachdem er seine Truppe inspiziert hatte, ging er zum Gleiter zurück und wollte die Tür der Heckkabine öffnen. Entweder war sie verzogen oder von innen verriegelt. Er hämmerte dagegen, wobei er versuchte, die Aufmerksamkeit der Insassen zu erregen, nicht jedoch die der Fauna von Gras. »Älterer Bruder!«

Nichts. Keine Reaktion.

Er stieg in die Bugkabine und kramte die Rucksäcke hervor, die sie mitgenommen hatten.

»Hört mal«, sagte Little Bridge und betrachtete furchtsam die Sonne, die bereits tief im Westen stand. »Wir sollten im Gleiter übernachten. Wenn die Hippae uns finden, sind wir dort sicher.«

»Der Sumpfwald ist gleich dort vorne«, sagte Highbones. »Wir gehen hin.«

»Der Sumpfwald! Bist du verrückt?«

»Ich sagte, wir gehen hin. Wer hierbleiben will, soll das ruhig tun. Du kannst ja versuchen, den Gleiter zu reparieren. Ich gehe jedenfalls in den Wald. Die Hippae halten sich nämlich vom Wald fern.«

»Die Menschen auch«, murmelte Steeplehands. »Und wenn sie doch hineingehen, kommen sie dabei um.« Allerdings sagte er das nur leise.

Highbones schwieg. Er befand sich bereits auf halber Strecke zur Spur, die sie vom Gleiter aus verfolgt hatten. Als er sie erreicht hatte, verhielt er den Schritt und untersuchte sie. Die Schneise, die durch das hohe, harte Gras geschlagen worden war, ermöglichte ein bequemes Fortkommen. Er sah sich nicht um, hörte aber nach kurzer Zeit, daß die anderen ihm folgten. Er hoffte, daß sie ihre Rucksäcke dabei hatten; er würde nämlich nicht zurückgehen und sie holen.

In der Heckkabine erlangte Shoethai wieder das Bewußtsein. Er und der Ältere Bruder waren gegen die Tür geschleudert worden beziehungsweise gegen den Verschlußmechanismus. Er schaute zum Fenster hinaus. Es wurde dunkel.

»Älterer Bruder!«

Fuasoi stützte sich mit den Händen ab und setzte sich gerade hin. »Was ist passiert?«

»Wir ... der Gleiter ... er ist abgestürzt.«

»Du hast doch die Inspektion durchgeführt!«

»Wir ... ich ... ich wußte nicht, daß wir auch mitfliegen würden!«

»Du warst das?«

Shoethai schwieg und nahm eine embryonale Körperhaltung ein. Fuasoi war sich der Ironie des Vorgangs durchaus bewußt. Er stieß ein bellendes Gelächter aus. »Hast wohl einen Haß auf sie, was?« fragte er, ohne indes mit einer Antwort zu rechnen. »Dachtest, du könntest zwei Fliegen mit einer Klappe schlagen – oder noch mehr?« Statt einer Antwort ertönte nur ein Schniefen. »Verschwinden wir von hier. Du weißt, daß du soeben vielleicht die Chance auf die Neue Welt verspielt hast, Shoethai. Ich weiß nicht, ob der Schöpfer dich noch mit Wohlgefallen betrachten wird.«

Shoethai stieß einen Wutschrei aus und stürzte sich auf Fuasoi. Die Tür entriegelte sich selbsttätig, und sie fielen aus dem Gleiter. Shoethai schrie noch immer.

Fuasoi versetzte dem Angreifer einen Faustschlag und erhob sich. Shoethai hockte im Gras, wobei er abwechselnd schluchzte und brüllte. Die Tasche war ebenfalls aus der Maschine gefallen. Fuasoi öffnete sie und nahm den Behälter heraus. Die Viren. Na schön.

Eigentlich hatte er sie persönlich über *Commons* verteilen wollen, aber nun würden sie eben vom Winde verweht werden. Er griff nach dem Messer und schlitzte die Verpackung auf.

Plötzlich hielt er inne. Ein Hund tauchte im Gras auf. Ein großer Hund. Er grinste Fuasoi an.

Dieser handelte reflexartig. Er schleuderte das Päckchen gegen den Hund und versuchte, wieder in den Gleiter zu klettern. Das Päckchen zerbarst und nebelte die heranstürmende Bestie mit schwarzem Pulver ein. Shoethai heulte ein letztesmal auf.

Währenddessen standen Highbones und die anderen auf dem Kamm eines langgestreckten Hügels; in dem Moment, als der Waldrand in Sicht kam, hörten sie hinter sich ein Geheul. Es klang fast freudig. Die Kreaturen, die dieses Geheul ausgestoßen hatten, kamen zunächst nicht näher. Highbones und seine Truppe indes nahmen die Beine in die Hand. Nun nahmen die Bestien die Verfolgung auf. Highbones hätte nicht gedacht, daß er so schnell rennen könnte. Steeplehands und Long Bridge hetzten keuchend hinter ihm her. Die beiden anderen waren zurückgefallen. Sie hatten kürzere Beine. Little Bridge war fast noch ein Kind.

»Wartet!« schrie Ropeknots. »Wartet auf uns!«

»Wir treffen uns in der Hölle wieder«, keuchte Steeplehands und beschleunigte.

Das Geheul kam immer näher. Ihre Füße wirbelten über den Boden. Dann ertönte ein Schrei, ein zweiter. Was auch immer sie verfolgte, hatte die Jagd für einen Augenblick unterbrochen. Highbones und die zwei hinter ihm blieben nicht stehen, um die Identität ihrer Jäger zu ermitteln.

Dann setzte das Geheul wieder ein. Die Verfolger kamen zwar schnell näher, aber dennoch schafften sie es bis zu den Ausläufern des Sumpfes am Waldrand.

Erst als sie die tieferen Stellen erreicht hatten, die im Zwielicht ölig schimmerten, blieben sie stehen.

»Was nun?« fragte Long Bridge. »Willst du etwa durch den Sumpf?«

»Natürlich nicht«, erwiderte Highbones. Er musterte die mit Ranken behangenen Bäume, die aus dem Sumpf wuchsen. »Natürlich nicht.« Er berührte eine Liane und fragte: »Wird er klettern?« Dann schwang er sich an einer Ranke auf den ersten Ast. »Wird er klettern?«

Auf halber Höhe hielten sie inne und überflogen den Weg, den sie gekommen waren. Das Gras wogte unheimlich, aber nichts war zu sehen. Auch von Little Bridge und Ropeknots war nichts zu sehen. »Es hat sie erwischt«, sagte Steeplehands, nachdem sie eine Weile gewartet hatten. »Sie sind tot, Bones. Als ob sie vom Turm gefallen wären. Genau dasselbe.«

Die drei wechselten Blicke und schwangen sich dann routiniert in die Höhe.

In seinem Privatquartier in der Abtei suchte Administrator Jhamless Zoe nach dem Paket, das ihm sein alter Freund Cory Strange von *Heiligkeit* geschickt hatte. Er hatte es versiegelt und vor neugierigen Blikken versteckt. Nun, da er Mainoas Buch gelesen hatte, mußte er sich den Brief noch einmal durchlesen.

Das Paket war mit einem Zahlencode gesichert, und wenn Jhamless verhindern wollte, daß das Paket in seinen Händen hochging und ihm den Kopf abriß, mußte er gleich beim erstenmal die korrekte Zahlenfolge eingeben. So ein Unsinn. Nun, irgendwie mußte das Büro für Sicherheit und Akzeptable Doktrin auf Terra seine Existenz schließlich rechtfertigen, und sei es mit derart schwachsinnigen Übungen. Codierte Umschläge. Briefbomben.

Nachdem er die Ladung entschärft hatte, blätterte Jhamless den Stapel durch, wobei er sich daran erinnerte, daß er seinem Freund jedes Vorkommnis auf *Gras* melden sollte. Frustriert studierte Jhamless den beigefügten Routenplaner. Auch wenn ihm sehr daran gelegen war, die Freundschaft mit dem Hierarchen zu festigen, hatte es keinen Sinn, ihm die Sache mit Mainoa zu melden. Der Planet, auf dem der Hierarch das nächstemal Station machen würde, war nämlich *Gras*.

Jhamless faltete den Brief zusammen und steckte ihn in die Tasche. Er wußte nun Bescheid. Er würde ihn später vernichten. Der Rest der Sendung – zwölf Seiten mit klerikalem Gelaber und der Routenplanung des Hierarchen – konnte ruhig von jedem eingesehen werden.

Ob er nun vorab Meldung machte oder nicht, bei seiner Ankunft würde der Hierarch von seinem Freund Nods einen umfassenden Rapport erwarten. So, wie Mainoa sich in seinem Buch geäußert hatte, wußten entweder die Leute auf Opal Hill etwas oder Mainoa selbst. Die zentrale Frage lautete: Gab es ein Gegenmittel? Darauf verlangte der Hierarch eine Antwort! Bruder Mainoa war verschwunden und stand somit nicht für eine Befragung zur Verfügung. Also gab es nur noch einen, der vielleicht informiert war. Roderigo Yrarier. Er war nicht einmal ein *Geheiligter!* Ein häretischer Altkatholik, nicht besser als ein Heide!

Der Ältere Bruder Jhamless zitierte Yavi Foosh in sein Büro. »Stell fest, wo Botschafter Roderigo Yrarier sich zur Zeit befindet. Arrangiere ein Treffen zwischen uns.«

Yavi scharrte mit den Füßen und senkte den Blick.

»Nun?«

»Älterer Bruder, es wäre möglich, daß er tot ist.«

»Tot!«

»Bei den bon Laupmons hat es einen Zwischenfall gegeben. Mit vielen Toten. Es sind auch Hippae getötet worden. Und dieser Botschafter war der Auslöser für diesen Vorfall. Ich weiß nur, daß seine Bediensteten ihn ins Hafenkrankenhaus gebracht haben, aber vielleicht ist er auch schon tot.«

»Tot.« Der Ältere Bruder Jhamless runzelte die Stirn und setzte sich an den Schreibtisch. Ihm war übel, und er spürte einen Anflug von Panik. Von einer solchen Meldung wäre Cory gar nicht angetan. »Nun, wenn er nicht tot ist, muß ich ihn sprechen. Such ihn.«

Yavi schlurfte aus dem Raum, um den Auftrag auszuführen; derweil fragte Jhamless sich düster, wie der neue Hierarch wohl auf folgende Meldung reagieren würde: ›Lieber Bruder in *Heiligkeit*. Die beiden einzigen Menschen, die uns vielleicht hätten weiterhelfen können, sind vermutlich tot.‹ Über dieser höchst unerfreulichen Überlegung vergaß Jhamless, den Brief des Hierarchen zu verbrennen.

Als Rigo wieder zu sich kam, war er von wispernden Maschinen umgeben. Er versuchte, sich zu bewegen, was ihm jedoch nicht gelang. Die Arme waren in klobigen Mechanismen arretiert, die zu beiden Seiten des schmalen, harten Betts standen, in dem er lag. Medo-Robots, sagte er sich und kämpfte die Panik nieder. Die Beine steckten ebenfalls in einem Medo-Robot. Er wollte sprechen, was ihm auch nicht gelang. Eine Maske war auf dem Gesicht befestigt.

Dann betrat jemand den Raum und schaute ihm mit zufriedenem Gesichtsausdruck in die Augen. Nach einer Weile nahm derselbe Jemand ihm die Maske ab und fragte: »Wissen Sie, wo Sie sind?«

»Nicht genau«, erwiderte Rigo mit undeutlicher, gurgelnder Stimme. »Im Krankenhaus, glaube ich. Im Hafen. Ich glaube, ich wurde niedergetrampelt.«

»Sehr gut.« Die Gestalt wandte sich ab und überflog die Meßgeräte und Bildschirme an den Maschinen. Eine Frau. Keine Augenweide, aber definitiv eine Frau. »Gut«, sagte die Frau.

»Wer?« fragte Rigo. »Wer hat mich hergebracht?«

»Ihr Diener«, antwortete die Frau. »Kann aber auch sein, daß es mehrere waren.«

»Ist er hier?«

»Nein. Gütiger Himmel, nein. Er mußte zurück und Ihr Haus evakuieren. Die Leute in Sicherheit bringen. Er hatte gesagt, die Hippae würden Rache nehmen.«

»Marjorie!« Rigo versuchte sich aufzusetzen.

»Nur mit der Ruhe.« Sie drückte Rigo in die Kissen. »Sie brauchen sich keine Sorgen zu machen. Sie haben alle rausgeholt.«

Sie hatten Marjorie überhaupt nicht evakuiert. Sie war nämlich gar nicht da gewesen. Sowohl Marjorie als auch Tony und Vater Sandoval. Aus Tonys Nachricht ging hervor, daß die beiden Brüder aus der Arbai-Stadt auch verschwunden waren. Sie waren zusammen fortgegangen. Einschließlich Sylvan. Nachdem bon Haunser die Hippae herausgefordert hatte, waren sie mit Sylvan fortgegangen.

Rigo stöhnte auf und kramte in der Erinnerung. Das letzte, woran er sich erinnerte, war, daß dieser verdammte bon Haunser Marjorie und Sylvan erwähnt hatte. Sie war mit Sylvan durchgebrannt.

Und mit Tony, sagte er sich, und mit einem Priester und zwei Brüdern. Kaum ein tête-à-tête. Nein, Marjorie hatte noch nie ein tête-à-tête gehabt. Marjorie war ihm nie untreu gewesen. Die Anschuldigungen, die er gegen Marjorie erhoben hatte, waren völlig aus der Luft gegriffen. Sie hatte ihn nie zurückgewiesen. Er hatte immer zu ihr kommen dürfen, wenn er wollte. Und nun war Marjorie – ja, wo war sie?

»Gibt es etwas Neues von meiner Frau?« fragte er, nachdem der lichte Moment einem bedrohlichen Schmerz gewichen war, der nur von einem fragilen Damm zurückgehalten wurde, in dem sich bereits ein Bruch abzeichnete.

»Psst«, machte die Frau. »Sie dürfen jetzt nicht sprechen.« Sie hantierte mit einem Instrument und beugte sich über sein Gesicht. Erneut schlief Rigo ein, und in seinen Träumen war Marjorie mit Sylvan allein.

Marjorie war wirklich mit Sylvan allein.

Bruder Mainoa und Rillibee Chime schliefen. Rillibee war auf einen Baum geklettert und hatte ihnen dann mitgeteilt, daß es keinen Weg durch den Sumpfwald nach *Commons* gäbe. Jedenfalls nicht auf dem Boden. Wenn er sich von Ast zu Ast schwang, würde es zwar ziemlich lange dauern, aber er würde es schaffen, falls es überhaupt einen Grund für diese Aktion gäbe. Dann hatte er sich neben Bruder Mainoa hingelegt und war in einen tiefen Schlaf gefallen. Hin und wieder hörte Marjorie, daß er unartikulierte Laute ausstieß, als ob er sich über irgend etwas wunderte oder beschwerte. Wahrscheinlich beides.

Es waren keine Füchse in der Nähe. Früher hatten die Menschen sich ängstlich in den Häusern verkrochen, während die Füchse interne Angelegenheiten erörterten. Diese Diskussionen schlugen wie eine Feuerwand über ihnen zusammen, bis sie irgendwann spürten, daß die Füchse auf sie aufmerksam wurden. Dann hatten sie das Gefühl, daß sie sich entfernten. Als ob einer von ihnen gesagt hätte: ›Oh, wir bringen die Menschlein ja um. Wir sollten uns besser zurückziehen.‹ Bruder Mainoa wirkte erschöpft, als ob eine schwere Bürde auf ihm lasten würde.

»Sie sagen es mir nicht«, rief er. »Sie wissen es, aber sie sagen es mir nicht.«

Marjorie konnte sich denken, was sie ihm verschwiegen. Die Füchse wußten über die Pest Bescheid, dessen war sie sich sicher. Sie wußten es, aber sie schwiegen. Und der arme, alte Mainoa war so müde und deprimiert, daß sie ihn nicht mehr bitten wollte, es noch einmal zu versuchen.

Tony und Vater James erforschten die Baumstadt. Marjorie hatte angenommen, daß Sylvan sie begleitet hätte. Erst als die anderen schon lange weg waren und nicht mehr eingeholt werden konnten, überzeugte sie sich vom Gegenteil.

Sylvan hatte das so arrangiert. Nun, da Marjorie fern von ihrer Familie und ihrem Mann war, für den sie, wenn man ihr zuhörte, anscheinend nichts mehr empfand – da sie also fern von alledem war, wollte er wieder von Liebe sprechen. Sie würde ihn wahrscheinlich wegschicken. Darauf würde er erwidern, er wüßte nicht, wohin er gehen sollte und seinen ganzen Charme spielen lassen. So stellte er sich das vor. So hatte er es sich ausgemalt.

Um so erstaunter war er, daß sie ihn überhaupt nicht fortschickte. Statt dessen schaute sie ihn so entrückt an, daß ihm fast unheimlich wurde. »Ich finde Sie sehr attraktiv, Sylvan. Rigo habe ich vor unserer Hochzeit auch attraktiv gefunden. Erst danach habe ich erkannt, daß wir gar nicht zusammenpassen. Ich frage mich, ob es mit Ihnen genauso wäre.«

Was sollte er darauf erwidern? »Ich weiß nicht«, sagte er. »Ich weiß es wirklich nicht.«

»Er hat sich mir nie geöffnet«, sagte sie mit einem wehmütigen Lächeln. »Er setzt sich überhaupt nicht mit meiner Persönlichkeit auseinander, sondern kritisiert mich nur. Das scheint ihm richtig Spaß zu machen. Eugenie schneidet im Vergleich zu mir viel besser ab. Vielleicht liegt es auch nur daran, daß er im Grunde keine Anforderungen an sie stellt. Außerdem kann er sie nach Belieben formen. Sie ist wie Wachs in seinen Händen und gibt ihre Persönlichkeit völlig für ihn auf.« Nachdenklich runzelte sie die Stirn. »Anfangs habe ich es auch versucht. Es hat aber nicht funktioniert. Ich kann mich nicht selbst verleugnen. Ich hätte etwas anderes sein können, eine Freundin vielleicht, aber das entsprach nicht seiner Vorstellung von der Rolle einer Ehefrau; also waren wir keine guten Freunde, Rigo und ich.« Sie drehte sich zu Sylvan um und musterte ihn mit festem Blick. »Ich werde nie jemanden lieben, der nicht zuvor mein Freund war, Sylvan. Ich frage mich, ob wir Freunde sein könnten.«

»Natürlich!«

»Gut, dann verbleiben wir so.« Sie lächelte ihn an, doch das Lächeln erlosch sofort. »Zuerst muß ich mein Kind finden. Ich habe keine andere Wahl, selbst wenn ich dabei umkomme. Sie können mir dabei helfen. Und wenn wir das geschafft haben, wartet eine andere Aufgabe auf uns. Überall sterben die Menschen. Wir müssen etwas dagegen unternehmen. Wenn Sie mich wirklich lieben, dann sprechen wir darüber, was zu tun ist, aber nicht über uns. Wir dürfen uns jetzt nicht zu nahe kommen. Mit der Zeit, wenn wir Erfolg haben und überleben, werden wir zusammenwachsen und Verständnis füreinander entwickeln. Vielleicht werden wir Freunde.«

»Aber … aber …«

Sie schüttelte warnend den Kopf. »Wenn Sie dazu nicht bereit sind, sollten Sie mir Ihre Liebe zeigen, indem Sie mich in Ruhe lassen. Ich bitte um Entschuldigung, daß ich Sie für meine Zwecke eingespannt habe, aber ich brauchte Sie als Führer. Mehr als eine Entschuldigung habe ich nicht für Sie. Solange wir Stella nicht gefunden haben, habe ich für nichts anderes Zeit, auch nicht für einen Streit.«

Sie beugte sich über das Geländer, wobei ihr das Haar wie ein goldener Schleier über das Gesicht fiel. Auch wenn sie Stella manchmal vergaß, so kehrte die Erinnerung nach wenigen Augenblicken zurück. Wie die Umkehrung einer Geburt. Als ob sie das Kind wieder in ihren Körper einschließen wollte, wo sie sicher und geborgen war. Trotz des Schmerzes, den sie verspürte, wußte sie jedoch, daß das gleichermaßen obszön wie unmöglich war. Sie wußte auch, daß es sinnlos gewesen wäre, die Beherrschung zu verlieren und in Depressionen zu verfallen. Genauso zwecklos wäre es, sich mit Sylvan abzulenken, obwohl der Gedanke ihr schon gekommen war. Sie hatte sich gefragt, ob er wohl auch so wäre wie Rigo. Ob alle Männer so wären wie Rigo. Schrecklich, diese Ungewißheit! Nein, sie würde es nicht tun. Zumindest müßte sie sich später keine Vorwürfe deswegen machen. »Stella«, sagte sie laut. Die Erinnerung überkam sie wieder.

Sylvan ärgerte sich über sich selbst. Wenn Stella tot wäre, hätte er von vornherein nicht erwartet, daß Marjorie Lust auf Sex hatte. Wie war er nur auf die Idee gekommen, sie wäre dazu bereit, wenn Stella verschwunden war?

Sie zogen sich in ihre eigene kleine Welt zurück, ohne daß eine Verständigung möglich gewesen wäre. Plötzlich ertönte Tonys Stimme im Gehölz. Als er näher kam, spürten sie, daß er und Vater James vom *Ersten* begleitet wurden, von Ihm. Der Name drängte sich in Marjories Bewußtsein. »Es ist Bruder Mainoas Freund«, sagte sie zu Sylvan, der keine telepathischen Botschaften empfing.

»Ich weiß«, erwiderte er patzig. Er sah die Wesen nur schemenhaft, und hören konnte er sie überhaupt nicht. Nicht einmal für eine Stunde durfte er mit Marjorie allein sein. Es hatte den Anschein, daß überhaupt nichts von dem eintraf, was er sich wünschte.

»Ich glaube, er will mir sagen, daß er Stella gefunden hat«, rief Tony. »Ich bin mir aber nicht sicher. Wo ist Bruder Mainoa?«

»Hier.« Der alte Mann lehnte an der Tür eines Nachbarhauses. »Hier, Tony. Ah …« Er verstummte, wobei er den Arm zu den Füchsen ausstreckte, als ob er ihre Mitteilungen per Antenne empfangen wollte. »Ja«, bestätigte er. »Ihre Tochter. Sie haben sie gefunden.«

»O Gott«, rief sie. »Ist sie …?«

»Sie lebt«, bestätigte er. »Lebendig, aber sie schläft entweder oder ist bewußtlos.«

»Sollen wir die Pferde holen?«

»Sie schlagen vor, daß sie Sie führen, wenn es Ihnen recht ist.«

Selbst in dieser extremen Situation dachte sie an die Pferde. »Werden wir hierher zurückkommen?«

Nach einer Weile machte Bruder Mainoa eine Geste. »Ja.« Er griff sich an die Hüfte, als ob er Schmerzen hätte und schüttelte den Kopf. »Ich werde hierbleiben, wenn Sie nichts dagegen haben. Dafür brauchen Sie mich nicht.«

Vater James sah Mainoa besorgt an und beschloß, bei ihm zu bleiben. Die anderen stiegen mit einem Gefühl des Unbehagens auf die Füchse und ritten durch den Wald, über Stege, Pfade und durch Tümpel. Die Baumstadt verschwand in der Dunkelheit. Schließlich erreichten sie den Waldrand und sahen die Sterne. Die Fuchsrücken waren breiter als Pferderücken – und sie hatten einen anderen Muskeltonus. Sie wirkten entgrenzt. Man hatte weniger das Gefühl, auf ihnen zu reiten, als getragen zu werden wie ein Kind. Die Botschaft war klar. ›Wir lassen euch nicht fallen.‹ Nach einer Weile entspannten sie sich und paßten sich dem Rhythmus der Bewegungen an.

Sie spürten, daß sie am Waldrand von anderen Füchsen erwartet und am Sumpf entlanggeführt wurden. In Luftlinie gemessen wäre die Entfernung gering gewesen, aber sie brauchten dennoch recht lange, weil sie Sumpfarme und Baumgruppen umgehen mußten. Schließlich kamen sie zu einer Senke, die von einem Fluß durchzogen wurde; es war das erste fließende Gewässer, das sie auf *Gras* zu Gesicht bekamen. Schließlich mündete der Fluß in einen See. In einem Grasnest am Ufer lag Stella, in Embryonalhaltung, barfuß und halbnackt. Sie hatte den Daumen in den Mund gesteckt.

Als Marjorie sich neben Stella hinkniete und sie berührte, wachte das Mädchen auf und schlug schreiend um sich. Dann wiederholte sie ständig ihren

Namen: *»Stella, ich heiße Stella, Stella«* und wälzte sich so vehement herum, daß Marjorie weggestoßen wurde. Rillibee packte das Mädchen und nahm es in die Arme. Schließlich beruhigte es sich und hörte auf zu schreien. Rillibee redete mit leiser Stimme auf Stella ein. Tony berührte sie. Sie zuckte zusammen und öffnete den Mund, als ob sie wieder schreien wollte. Tony zog sich zurück; sie zitterte zwar noch, schrie aber nicht mehr. Sie ließ nicht einmal zu, daß Sylvan sie berührte, und jedesmal, wenn Marjorie ihr zu nahe kam, bekam sie einen Schreikrampf, wobei ihr Gesicht sich vor Schuld, Schmerz und Scham verzerrte.

Rillibee, der schließlich ein Fremder für sie war, durfte sie halten; anscheinend ertrug sie jedoch nicht die Nähe von Personen, die ihr bekannt waren. Marjorie wandte sich ab; sie spürte Schmerz wegen der Zurückweisung und war gleichzeitig schier in Ekstase, weil sie sie endlich gefunden hatte. Immerhin zeigte Stella Reaktionen. Zumindest wußte sie ihren Namen. Wenigstens war sie noch imstande, zwischen Bekannten und Fremden zu unterscheiden. Zum Glück war sie nicht wie Janetta.

»Marjorie«, sagte Sylvan und legte ihr sanft die Hand auf die Schulter.

Sie straffte sich, nickte und meldete sich nach kurzer Überlegung zu Wort. Es hatte keinen Sinn, sich vor Kummer zu verzehren. »Falls die Füchse euch tragen, möchte ich, daß ihr sie durch den Wald nach *Commons* bringt. Sie braucht einen Arzt, und am schnellsten geht es, wenn die Füchse sie durch den Wald tragen. Rillibee, Sie gehen mit, denn Ihnen vertraut sie anscheinend. Tony, du bereitest alles vor. Ich gehe zu Bruder Mainoa und Vater James zurück.«

»Ich begleite Sie«, sagte Sylvan hoffnungsfroh.

»Nein«, lehnte sie ab und sah ihm ernst in die Augen. »Ich möchte, daß Sie mit den anderen gehen, Sylvan. Wie ich Ihnen schon sagte, bin ich aus einem besonderen Grund nach *Gras* gekommen. Aus einem ganz besonderen Grund. Und je mehr ich herausfinde, desto dringlicher wird die Sache. Aber ich werde nur abgelenkt – von Ihnen, von Rigo, von Stella, vom Verschwinden diverser Leute und anderen Hiobsbotschaften. Sie lenken mich nur ab und gehen mir auf die Nerven.«

»Mutter«, sagte Tony. »Du kannst doch nicht allein…«

»Geh, Tony. Stella ist am Leben. Das freut mich, aber wir müssen auch an all die anderen denken. Die Pest geht um, und Menschen sterben daran. Die Füchse wissen etwas. Jemand muß in Erfahrung bringen, was sie wissen. Bruder Mainoa ist alt und müde, und Vater James braucht vielleicht meine Hilfe. Ich werde bleiben und versuchen, etwas herauszufinden.«

»Wenn Stella versorgt ist, komme ich zurück«, versicherte Tony.

»Ja. Du oder Rillibee. Und sag deinem Vater Bescheid, wenn die Gelegenheit sich ergibt.«

Dann drehte sie sich um und streckte den Arm in Richtung der Füchse aus, wobei sie an das jenseits des Waldes gelegene *Commons* dachte. Sie stellte sich vor, wie Tony, Stella, Sylvan und Rillibee durch den Wald nach *Commons* gingen. Das Bild manifestierte sich in ihrem Bewußtsein und wurde so real, als ob sie den Vorgang tatsächlich vor Augen hätte. Plötzlich bekam sie Kopfschmerzen. Ein Schnurren drang aus dem Gras. Die Füchse näherten sich. Erneut wurden die Menschen auf die breiten Rücken gezogen, wobei Rillibee Stellas schlaffen Körper zu sich auf den Fuchs nahm. Sie wimmerte dabei wie ein verwundetes Tier.

Eine unbestimmte Anzahl Füchse verschwand im Wald. Nun hörte auch Marjorie den Ruf und schwang sich mit gemischten Gefühlen erneut auf Seinen Rücken: Erleichterung, Kummer und Zorn verwoben sich zu einem emotionalen Chaos. Sie stellte sich vor, gestreichelt zu werden und gleichzeitig hatte sie auch das Gefühl, gestreichelt zu werden. Sie beugte sich auf dem endlosen Rücken nach vorne und weinte, während sie liebkost wurde. Nach einer Weile verwandelten die Streicheleinheiten sich jedoch in ein herzhaftes Patschen, und sie hatte das Gefühl, daß jemand ihr sagte, sie solle sich gerade hinsetzen und sich zusammennehmen. Marjorie hatte den Eindruck, daß sie ›Ja, Mutter‹, sagte.

Gelächter. Zumindest Belustigung.

›Ja, Vater‹, fügte sie hinzu, was sie trotz ihrer Niedergeschlagenheit lustig fand.

Seine Schultern bewegten sich rhythmisch. Männlich. Unbestreitbar männlich. Kraftvoll. Ein männlicher Gang. Auch die Bewegung des Kopfes. Männlich. Er zog die Krallen ein und berührte sie mit Samtpfoten. Männlich. Sie sah ein ganzes Kaleidoskop von Formen, diffus, die meisten männlich. Die Männchen waren violett, pflaumenblau, mauve und bordeauxfarben. Die Weibchen waren kleiner und pastellblau, aber auch diese sah sie nur schemenhaft. Männchen, sagte er. Ich. ›*Erster*‹. Männlich.

Ja, sagte sie. Er war männlich. ›*Erster*‹ hatte er in Anführungszeichen gesetzt. Dann war das also nicht sein richtiger Name. Mainoa hatte ihn so getauft. Er selbst assoziierte seinen Namen mit Bewegung und Farbe – eine purpurne Wildnis, erleuchtet von scharlachroten Blitzen, die durch graublaue Wolken zuckten. Seine Identität.

Bilder zogen vor ihrem geistigen Auge vorbei. Sie sah, wie der stämmige Mainoa in seiner grünen Kutte furchtlos inmitten der Füchse umherspazierte. Er war von einer Aura umgeben, die schwach vom dunklen Boden reflektiert wurde. Das Licht wurde schwächer. Dennoch ging er unerschrocken vor ihr her, wobei seine Füße einen Kontrapunkt zu der Bewegung unter ihr setzten.

Mainoa, dachte sie. Ihn mag ich auch.

Eine neue Vision. Marjorie inmitten des Fuchsrudels. Nicht sie selbst, sondern eine idealisierte Marjorie, die im kurzen Gras zusammen mit einer Gruppe Füchse tanzte, diffuse Wesen, die aber ohne jeden Zweifel existierten. Sie tanzten mit ihren Schatten, bei Sonnenaufgang und Sonnenuntergang, wobei die langen Schatten sich fast bis zum Horizont zu erstrecken schienen. Geschmeidige Schatten, sinnliche Schatten. Sie, Marjorie, unter geschmeidigen, sinnlichen Schatten, tanzte mit den Füchsen.

Sie tanzten in Paaren, Männchen und Weibchen, wobei die Schatten sich berührten und miteinander verschmolzen. Schatten und Seelen verschmolzen miteinander. Die anderen tanzten paarweise. Marjorie tanzte mit dem *Ersten*. Zuerst bauschten sich die Ärmel ihrer Bluse, entfalteten sich zu Schwingen, flatterten wie ein Schweif, und das Haar öffnete sich zu einer seidigen Mähne. Ein Weibchen. Sie tanzte. Noch immer sah sie nicht Seine Vision Seiner selbst, aber wenigstens sah sie Seine Vision von ihr.

Du. Marjorie. Weiblich. Gang. Bewegung. Farbe. Geruch.

Gefahr, flüsterte sie im Geiste. *Zuviel Gefahr*.

Unter ihr bewegten die Muskeln sich wie Finger und berührten sie. Gefährlich. Ja. Sehr gefährlich. Ja. Wundervoll. Schrecklich. Kraftvoll. Sein Fell kommunizierte mit ihr, wie das Fell der Pferde immer mit ihr kommuniziert hatte, und vermittelte ihr Emotionen und Intentionen. Sie legte sich vertrauensvoll auf seinen Rücken, wie sie sich auf Quixotes Rücken gelegt hatte… Streiflichtartig wurde das Bild scharf, und schockiert zog sie sich zurück. Sie weigerte sich, das eben Gesehene zur Kenntnis zu nehmen.

Er spürte ihre Verweigerungshaltung. Beim Tanzen stieg er auf die Hinterläufe und verwandelte sich in einen Satyr, mit Mähne und Schweif, kein Mann, aber wie ein Mann. Sein Haar verwob sich mit ihrem, als er sie an sich zog. Die anderen Füchse tanzten paarweise.

Freude. Ein Freudentanz. Die Paare berührten sich. Wie die Elemente einer Äolsharfe berührten sie sich im Rhythmus des Tanzes, wobei jeder Tänzer einen leisen Ton von sich gab und ihre Seelen sich berührten; ein gedämpftes Trommeln wie von riesigen Pfoten, ein *concerto adagio* mit Glocken und Hörnern.

Kein Wort. Sie hörte nur Schnurren, Gebrüll und Knurren aus aufgerissenen Rachen, deren Reißzähne aus Elfenbein sich in ihre Emotionalität bohrten. Gewaltige Kiefer schlossen sich um sie und umklammerten sie sanft. Sie hatte sich dem Tanz nicht aus freien Stücken angeschlossen. Sie tat es, weil Er es so wollte. Sie sah Ihn nicht. Aber Er sah sie.

Ihr Bewußtsein war ausgeschaltet. Sie ließ die Szenerie auf sich wirken und trieb wie ein Boot dahin, dessen Segel von einer Windbö gebläht wird. Keine Verpflichtungen. Nur Wahrnehmung. Es zählte nur das Hier und Jetzt.

Gefahr, erinnerte er sie lachend. Große Gefahr.

Eine Wesenheit schwebte über ihr, bereit zum Zustoßen, fähig zum Zustoßen. Und sie war die Beute. Sie trieb in einer warmen Flüssigkeit, die sich plötzlich in Luft verwandelte. Sie spürte ihn. Das sinnliche Ausfahren der Klauen. Die muskulösen Beine. Die starken Schultern, das Pulsieren des Leibes, das donnernde Pochen des Herzens. Blitze zuckten die Nervenstränge entlang wie goldenes Feuer.

Die Klauen berührten sie sanft und fuhren wie Fingernägel an ihrem nackten Körper entlang. Ein Schauder durchfuhr sie.

Gefahr. Gefahr.

Seine Zunge berührte ihr Bein und wand sich wie eine feurige Schlange nach oben.

Ein flammendes Symbol aus zwei Hälften, die mit

quälender Langsamkeit zu einem Ganzen verschmolzen.

Mein Name, sagte Er. Dein Name. Wir.

Die Schlange hob sie auf und brachte sie weit weg. Sie kam zu einer Tür aus Feuer, und er sagte, sie solle hindurchgehen, aber sie hatte Angst und sträubte sich…

Als sie zurückkehrte, lag sie im kurzen Gras an seiner Brust, zwischen den Vorderbeinen und kuschelte sich in seinen weichen Pelz. Sein Atem rauschte wie der Wind in ihrem Ohr. Ihr Gesicht war feucht, aber sie erinnerte sich nicht, daß sie geweint hätte. Das Haar trug sie offen; es hüllte sie wie Seide ein.

Er stand auf und ließ sie zurück. Sie erhob sich in der Dunkelheit; sie war froh, daß es dunkel war, denn so sah Er ihr Gesicht nicht. Bis sie plötzlich die Erkenntnis überkam, daß auch die Dunkelheit sie nicht vor Seinen Blicken verbarg. Das war ihr peinlich. Sie suchte ihre Kleidung zusammen und zog sich an. Als sie fertig war, wurde ihr bewußt, daß sie darunter nach wie vor nackt war. Ihr Bewußtsein. Es war eine Veränderung eingetreten. Etwas, das zuvor noch dagewesen war, fehlte nun…

Nach kurzer Zeit kam Er zurück. Sie bestieg Ihn, und Er trug sie, so vorsichtig wie ein rohes Ei. Die Erinnerung an den Tanz verblaßte. Etwas Schaurig-Schönes. Etwas, das nicht ganz zu Ende gebracht worden war.

Mänaden, sagte sie sich. Die mit dem Gott tanzten…

Er sprach zu ihr. Gab Erklärungen. Er nannte *Namen*, aber sie sah bloß ein paar Weibchen, die offensichtlich in der Unterzahl waren. Nur ein paar von ihnen waren fruchtbar. Die übrigen hatten sich damit abgefunden. Sie verströmten Melancholie. Resignation. Hoffnungslosigkeit. Die Zukunft entfaltete sich wie eine sterile Blume, deren Blütenkelch fehlte.

Woher kannten die Füchse Blumen? Es gab überhaupt keine Blumen auf *Gras*.

Von dir, sagte Er. Dein Bewußtsein. Es ist alles dort. Ich habe es durchforscht…

Es war wie ein Wunder. Er kannte sie tatsächlich.

Wir sind schuldig, sagte Er. Vielleicht wäre es am besten, wenn alle sterben, sinnierte Er. Schuld und Sühne. Vielleicht keine Erbsünde, aber dennoch *Sünde*. Das Wort dröhnte in ihrem Ohr. Der Klang des Wortes *böse*. Kollektivschuld. (Sie erinnerte sich an die Unterhaltung mit Vater Sandoval. Offensichtlich hatte Vater Sandoval auch diese Diagnose gestellt.) Die Füchse hatten es geschehen lassen. Nicht sie, aber andere ihrer Art, vor langer Zeit. Sie sah die Bilder: Füchse überall, während die Hippae die Arbai niedermetzelten. Schreie und Blut; dann allenthalben Fassungslosigkeit. Sie hatte es klar vor Augen. Als ob es gestern gewesen wäre. Sie waren schuldig, alle Füchse.

Postkoitale Depression? Ein Teil von ihr kicherte hysterisch und wurde von einem anderen zurechtgewiesen. Nein. Echte Traurigkeit.

Es war nicht eure Schuld, sagte sie. *Nicht eure Schuld*. Sie fröstelte beim Anblick der Bilder. So viel Tod und Leid.

Weshalb hatte sie das gesagt?

Weil es die Wahrheit ist, sagte sie sich. *Verdammt richtig. Nicht eure Schuld*.

Aber angenommen, einige von uns wären daran beteiligt gewesen. Als wir noch Hippae waren. Einige von *uns*.

Es ist nicht eure Schuld, bekräftigte sie. *Als ihr Hippae wart, wußtet ihr es nicht besser. Hippae kennen keine Moral. Für Hippae gibt es keine Sünde. Sie sind wie kleine Kinder, die mit Streichhölzern spielen und dabei das Haus anzünden*.

Weitere Bilder erschienen. Aus vergangenen Zeiten. Seinerzeit waren die Hippae kultivierter gewesen. Vor der Mutation. Damals hatten sie nicht getötet. Als die Füchse noch die Eier legten. Das Bild eines Fuchses erschien, der voller Gram den Kopf zwischen die Vorderläufe steckte und einen Buckel machte.

Reue.

Sie versuchte, das Haar zu ordnen. *Dann müßt ihr zurückgehen*, sagte sie. *Und die alten Verhältnisse wiederherstellen. Einige von euch sind noch fruchtbar.*

Wenige. Sehr wenige.

Das ist egal. Vergeudet eure Zeit nicht mit Schuldgefühlen. Löst lieber das Problem! Sie hatte recht. Sie wußte, daß sie recht hatte. Sie hätte es vor Jahren schon wissen müssen, damals in *Breedertown.*

Nur hatte sie damals noch nicht den Durchblick gehabt.

Sie stellte sich die knienden Wesen vor, die gramgebeugten Füchse, während die Hippae tanzten und bellten. Dann verdrängte sie dieses Bild und ersetzte es durch aufrechte Gestalten, mit Klauen wie Säbel, Füchse auf der Pirsch, Füchse, die Eier legten. *Besser. Viel besser.*

Diese Radikaltherapie indes lief ins Leere. Darauf sprachen die Füchse nicht mehr an. Sie hatten bereits beschlossen, den Rückzug in die Innerweltlichkeit anzutreten. Sie fühlten sich verantwortlich, ohne sich der Verantwortung jedoch stellen zu wollen.

Sie weinte, weil sie nicht wußte, ob Er sie nicht gehört oder ihre Ausführungen einfach als unerheblich abgetan hatte. Nach der Veränderung, die mit ihr vorgegangen war, wußte sie, sie hätte sich Gehör verschaffen müssen, aber es waren andere Füchse in der Nähe, und Seine Gedanken schweiften ab.

Ohne daß sie es bemerkt hätte, war die Nacht hereingebrochen. Sie bewegten sich auf die glühenden Arbai-Leuchtkörper zu. Dann hörte sie das zufriedene Wiehern der Pferde, die auf der Insel weideten. Sie war so müde, daß sie sich nicht mehr auf dem Fuchs halten konnte. Er ging in die Knie, rollte sie ab und verschwand.

»Marjorie?« Sie schaute in Vater James' besorgtes Gesicht. »Ist Stella ...«

»Sie lebt«, sagte sie und leckte sich die Lippen. Das Sprechen fiel ihr schwer, als ob sie gewisse Organe für unziemliche Zwecke einsetzen würde. »Sie weiß noch, wie sie heißt. Ich glaube, sie hat uns erkannt. Die anderen sind mit ihr nach *Commons* gegangen.«

»Die Füchse haben sie mitgenommen?«

Sie nickte. »Ein paar. Die anderen sind dann verschwunden, bis auf ... bis auf Ihn.«

»Der *Erste?*«

Das war nicht sein richtiger Name. Vergib mir, Vater, denn ich habe gesündigt. Ich habe Ehebruch begangen. Sodomie? Nein. Weder Mensch noch Tier. Was? Mit wem habe ich mich denn da eingelassen?

»Sie sind sehr lange weggewesen«, sagte er. »Es ist schon nach Mitternacht.«

»Ich dachte, mit diesem ganzen Gerede über die Sünde wollte Bruder Mainoa sich nur wichtig machen«, platzte sie heraus, wobei sie jedoch das verschwieg, was sie wirklich bedrückte. »Aber das stimmte nicht. Die Füchse sind davon besessen. Entweder wollen sie ihre vermeintliche Schuld durch kollektiven Selbstmord sühnen, oder sie haben schon damit angefangen.« Obwohl es im Grunde kein Selbstmord war, wenn man sich einfach nicht mehr vermehrte. Oder doch?

Er nickte, half ihr auf und brachte sie in ihr Haus. Dort plumpste sie auf das Bett. »Sie wissen es von ihnen, nicht wahr? Mainoa sagt nämlich das gleiche. Es besteht kein Zweifel, daß die Hippae die Arbai ausgelöscht haben. Und es besteht kaum ein Zweifel, daß die Hippae auch die Menschheit ausrotten wollen. Ich weiß zwar nicht, wie sie das anstellen wollen. Die Füchse verschweigen es uns. Als ob sie nicht wüßten, ob wir es wert seien ...«

»Es ist eine Scharade. Wie das Lösen eines Bilderrätsels. Sie zeigen uns Bilder und vermitteln uns die entsprechenden Emotionen. Ab und zu verraten sie uns auch ein Wort. Obwohl die Kommunikation mit uns schwierig ist, funktioniert sie anscheinend besser als mit den Hippae. Sie und die Hippae senden und empfangen wohl auf unterschiedlichen Frequenzen.«

In Marjories Augen handelte es sich jedoch nicht mehr nur um Scharaden oder Bilderrätsel. Im Grunde war es eine Sprache. Wenn sie am Ball geblieben wäre und sich nicht im letzten Moment zurückgezogen hätte, wäre es ihr vielleicht geglückt, sie zu decodieren. Wie sollte sie dem Vater das erklären? Vielleicht würde sie mit Mainoa darüber reden. Und nur mit ihm. Morgen vielleicht. »Sie haben sicher recht, Vater. Seit der Mutation haben sie nicht mehr mit den Hippae kommuniziert; ich habe allerdings den Eindruck, daß sie früher, als die Füchse noch die Eier legten, ihre Jungen intensiv angeleitet hatten.«

»Wann mag das wohl gewesen sein?« fragte er sich.

»Vor langer Zeit. Noch vor den Arbai. Wann das war? Vor Jahrhunderten? Jahrtausenden?«

»Jedenfalls zu lange, als daß sie sich noch daran erinnern dürften, und dennoch tun sie es.«

»Wie würden Sie das bezeichnen, Vater? Emphatische Erinnerung? Kollektivgedächtnis? Telepathische Erinnerung?« Sie fuhr sich mit den Fingern durchs Haar. »Mein Gott, bin ich müde.«

»Schlafen Sie. Werden die anderen zurückkommen?«

»Wenn sie es schaffen. Morgen vielleicht. Die Antworten existieren; wir müssen sie nur abrufen. Morgen – morgen werden wir Licht ins Dunkel bringen.«

Er nickte; er war ebenso müde wie sie. »Morgen werden wir uns damit befassen, Marjorie. Auf jeden Fall.«

Er wußte indes überhaupt nicht, in welches Dunkel sie Licht bringen wollte. Zumal er auch nicht wußte, was sie fast getan hätte. Oder im Grunde schon getan hatte. Worum es sich dabei wohl gehandelt hatte? War sie noch rein? Oder hatte sie etwas getan, wofür sie keine Worte fand?

Sie wußte, daß sie es auch morgen niemandem sagen würde. Vielleicht würde es für immer ihr Geheimnis bleiben.

Am frühen Morgen, als die Sonne sich gerade über den Horizont erhob, wurden Tony und seine Mitreisenden unterhalb des Hafens am Rand des Sumpfwalds abgesetzt. Die Füchse verschwanden zwischen den Bäumen und ließen die Reiter mit der Frage zurück, wie sie ausgesehen und sich angefühlt hatten. »Werdet ihr auf uns warten?« rief Tony und stellte sich vor, wie die Füchse, ein Dutzend vielleicht, hoch oben in den Bäumen warteten.

Plötzlich krümmte er sich unter Schmerzen. Vor seinem geistigen Auge erschien das Bild eines Fuchses, der dort stand, wo sie sich gerade befanden; die Sonne zog langsam über sie hinweg. Rillibee kniff die Augen zusammen, faßte sich mit einer Hand an den Kopf und hielt Stella im anderen Arm.

»Ihr wartet hier auf uns«, sagte Tony, wobei er den Blick auf den Wald gerichtet hatte. Die Aufforderung wurde mit einem mentalen Kopfnicken quittiert.

»Tony, was ist los?« fragte Sylvan.

»Wenn du sie hören könntest, würdest du nicht fragen«, sagte Rillibee. »Sie halten uns für taub. Deshalb schreien sie.«

»Weshalb schreien sie dann nicht so laut, daß ich sie auch höre?« fragte Sylvan.

»Dann würde dem Rest von uns die Sicherungen durchbrennen«, erwiderte Tony patzig. Während er mit Rillibee sofort warmgeworden war, war er sich noch nicht sicher, ob er Sylvan leiden konnte; der hatte nämlich die Angewohnheit, andere herumzukommandieren. ›Wir gehen dort hinüber.‹ ›Wir machen jetzt eine Rast.‹

»Im Hafen besorgen wir uns ein Fahrzeug und fahren damit zur *Grasbergstraße*«, sagte Sylvan nun. »Wir werden uns an den Ordnungsdienst wenden.« Dann marschierte er auf den Hafen zu.

Eigentlich hatte Tony schon eine Replik auf der Zunge gelegen, aber es war ihm der Mühe nicht wert. Das Wichtigste war jetzt, Stella schnell zu einem Arzt zu bringen. »Die Arztpraxen befinden sich am anderen Ende der Stadt?« fragte er.

Errötend blieb Sylvan stehen. »Nein. Nein, das Krankenhaus ist gleich dort oben, in der Nähe des Hafenhotels.«

»Worauf warten wir dann noch?« sagte Rillibee, hob Stella auf die Arme und stapfte den Abhang zum Krankenhaus hinauf.

»Soll ich Ihnen beim Tragen helfen?« erbot Tony sich.

Stella war in einen tiefen Schlaf gefallen, und Rillibee bezweifelte, daß sie überhaupt spürte, wer sie trug. Trotzdem schüttelte er den Kopf. Er wollte seine Last niemand anderem anvertrauen, obwohl er schon ziemlich ermattet war. Auch wenn sie ihm wie ein Kind vorkam, war sie kein kleines Mädchen. Er hatte sie schon auf dem Fuchs stundenlang gehalten. Sie war die Dame seines Herzens, ohne daß er sich gefragt hätte, weshalb das so war.

»Ich schaffe das schon«, erwiderte er. »Es ist nicht mehr weit.«

Der Abhang war recht steil; für Leute, die ohnehin schon erschöpft waren, bedeutete es eine anstrengende Kletterpartie. Sie näherten sich dem Hospital von der Rückseite und gingen auf eine Tür zu, die in eine fensterlose Wand eingelassen war. Eine weißgekleidete Gestalt steckte den Kopf heraus und zog sich wieder zurück, als er sie gesehen hatte. Dann kam Personal mit einer fahrbaren Trage zum Vorschein. Mit letzter

Kraft übergab Rillibee ihnen das Mädchen und wurde von einem Pfleger ins Haus geführt.

»Wer ist das?« fragte ihn jemand.

»Stella Yrarier«, entgegnete Tony. »Meine Schwester.«

»Aha!« sagte der andere erstaunt. »Ihr Vater ist auch hier.«

»Vater! Was ist denn passiert?«

»Fragen Sie den Doktor. Doktor Bergrem. Sie sitzt in diesem Büro.«

Binnen weniger Minuten schaute Tony auf das Gesicht seines schlafenden Vaters.

»Was fehlt ihm denn?« fragte er die Ärztin.

»Zum Glück ist es nicht allzu schlimm. Wir haben keine BioTech-Ausrüstung und sind deshalb nicht imstande, gentechnische und bionische Eingriffe vorzunehmen.«

Cloning! Bionik! Die Sterblichkeitsrate bei derartigen Eingriffen war hoch. Zumal bionische Prothesen und Implantate für Altkatholiken tabu waren, obwohl es immer wieder Leute gab, die sich über dieses Verbot hinwegsetzten und es später dann beichteten.

Die Ärztin schaute ihn stirnrunzelnd an. »Nur keine Panik, Junge. Ich sagte, es sei nicht allzu schlimm. Schnittwunden und eine leichte Gehirnquetschung. Wir kümmern uns darum. Die Beinnerven sind etwas in Mitleidenschaft gezogen. Das heilt wieder aus. Alles, was er jetzt braucht, ist ein paar Tage Ruhe.« Die zierliche, stupsnäsige Frau beugte sich über die Geräte und justierte sie nach. Das volle Haar hatte sie straff zurückgekämmt und zu einem Knoten gebunden; in dem weiten Kittel wirkte sie fast geschlechtslos.

»Sie haben ihn sediert«, bemerkte Tony.

»Maschinenschlaf. Er ist zu nervös, als daß er für längere Zeit bei Bewußtsein sein dürfte. Er scheint sich zu grämen.«

So konnte man es auch ausdrücken, sagte Tony sich,

wobei er ironisch grinste. Roderigo Yrarier grämt sich. Oder er kocht vor Wut. Oder er schreit herum.

»Bei Ihrer Schwester«, fuhr die Ärztin fort, »sieht es allerdings etwas anders aus. Ohne Zweifel liegt eine Manipulation des Bewußtseins vor. Die Hippae sind dafür verantwortlich.«

»Sie wissen davon?!«

»Das ergibt sich zwangsläufig, wenn die *bons* mit Knochenbrüchen oder abgerissenen Gliedmaßen zu mir kommen. Weil man auf normalem Weg nichts aus ihnen herausbekommt, erzähle ich ihnen, ich würde ihre Reflexe testen und mache in Wirklichkeit ein EEG. In der Regel stelle ich Anomalien fest, darf sie aber nicht behandeln. Nicht die *bons*. Sie kokettieren geradezu mit ihren Macken.«

»Wir wollen aber, daß Stella wieder richtig gesund wird!«

»Daran habe ich auch keinen Augenblick gezweifelt. Ich muß Sie jedoch darauf hinweisen, daß wir bei der Ausrüstung, die uns hier zur Verfügung steht, keine vollständige Wiederherstellung garantieren können.«

»Wäre es dann nicht besser, sie zu verlegen?«

»Nun, junger Mann, im Augenblick ist sie hier am besten aufgehoben, auch wenn sie geistig nicht präsent ist. Sie wissen, was ich meine, nicht wahr?«

»Nein. Was meinen Sie?«

»Die Pest«, sagte sie. »Auf allen anderen Planeten muß der Teufel los sein.«

»Wissen Sie Näheres darüber? Wodurch die Krankheit verursacht wird? Wissen Sie, ob sie hier auch schon aufgetreten ist?«

»Bisher ist hier kein solcher Fall bekannt. Da bin ich mir ziemlich sicher. Weshalb haben Sie uns nicht schon früher gefragt? Dachten Sie vielleicht, wir könnten nichts dagegen tun? Nehmen Sie zum Beispiel mich. Ich habe an der Universität von Semling Prime einen Abschluß in Molekularbiologie und Virologie gemacht.

Und auf *Reue* habe ich Immunologie studiert. Ich hätte daran gearbeitet, wenn ich es gewußt hätte.« Sie schaute ihm ins Gesicht. »Es heißt, ihr betreibt geheime Nachforschungen?«

»So war es zumindest geplant«, flüsterte er. »Die *Moldies* sollten es nicht erfahren. Falls doch …«

Schließlich fiel bei ihr der Groschen. Sie wurde blaß. »Sie würden *Gras* infizieren? Vorsätzlich?«

»Wenn sie es herausfinden, ja.«

»Mein Gott, Junge.« Sie lachte bitter. »Alle wissen es.«

16

Alle wüßten es, hatte die Ärztin gesagt, und anscheinend hatte sie auch die Wahrheit gesagt. Jeder wußte von der Pest. Und jeder wußte auch, daß Gras vielleicht schon von *Moldies* infiltriert war. Es war allgemein bekannt, daß eine Spur mit einer Breite von einer halben Meile sich durch das Grasland zog und am Sumpfwald endete. Aufgrund dieses Umstands reduzierte er sich plötzlich von der scheinbar undurchdringlichen Barriere zu einem dünnen und durchlässigen Vorhang. Die Gerüchte und Spekulationen nahmen überhand und versetzten die Bewohner der Stadt schließlich in Hysterie.

Unter anderem suchte man auch nach Erklärungen für den Umstand, daß *Gras* anscheinend immun gegen die Pest war. Als einer der eifrigsten Befürworter dieser These erwies sich Dr. Bergrem. Einmal waren ihr einige Schiffspassagiere mit schmutziggrauen Läsionen aufgefallen. Nach einem mehrwöchigen Aufenthalt auf *Gras* waren sie wieder abgeflogen. Geheilt. Außerdem hatte sogar ein Mann in einer Quarantänekapsel gelegen …

Roald Few ließ nicht locker: »Es geht doch nicht nur darum, daß die Krankheit hier nicht auftritt, Doktor. Anscheinend *kann* sie hier nicht auftreten. Weil etwas auf *Gras* ihre Ausbreitung verhindert.«

Worauf sie nickte und sagte, aufgrund ihrer beruflichen Erfahrungen und Beobachtungen müsse es wohl so sein. Dann wandte sie sich an Tony und Rillibee, um deren Meinung einzuholen.

»Nein, daran liegt es nicht«, widersprach Tony

müde. »Die Pest könnte sich durchaus auch auf *Gras* ausbreiten. Die Leute sind keineswegs immun dagegen. Es ist vielmehr so, daß die Pest hier ihren Ursprung hat. Das nehmen die Füchse zumindest an.«

Diese Behauptung bedurfte mehr als nur einer oberflächlichen Erklärung. Seit wann kommunizierten die Füchse mit den Menschen? Und wo befanden diese Füchse sich überhaupt? Tony und Rillibee erzählten Roald und Bürgermeister Alverd Bee alles, was sie wußten. Sie versuchten, die Füchse zu beschreiben, anscheinend ohne großen Erfolg. Ihre Schilderungen stießen auf Skepsis, wenn nicht gar auf Unglauben.

Die Konfusion eskalierte, als Ducky Johns und Saint Teresa mit einer weiteren bizarren Story aufwarteten: Diamante bon Damfels sei nackt auf dem Raumhafen herumgeschlichen. Sie belegte nun im Krankenhaus ein Zimmer neben dem ihrer mißhandelten Schwester Emeraude sowie den Räumen von Amy und Rowena, die nicht mehr nach Klive zurückkehren wollten.

Nachdem Sylvan das zu Ohren gekommen war, sah er sofort nach seiner Mutter und den Schwestern. Die *Commoners* schauten ihm nur mitleidig nach. Ein *bon* in *Commons*. So deplaziert wie ein drittes Bein an einer Gans.

»Wie ist Diamante hierhergekommen?« fragte Tony die Gruppe. »Wir haben gerade den Sumpfwald durchquert, und eines steht fest: Es führt kein Weg hindurch! An den Rändern gibt es einige Inseln, aber in der Mitte gibt es nur tiefes Wasser und ein Gewirr aus Ästen und Lianen. Wie ein überwuchertes Labyrinth. Wenn sie keine Kletterin war wie Rillibee und auch nicht von den Füchsen gebracht worden war, wie ist sie dann hierhergekommen?«

»Das haben wir uns auch schon gefragt, Süßer«, sagte Ducky Johns. »Die ganze Zeit. Nicht wahr, Teresa? Und die einzige Antwort ist, daß es noch einen anderen Weg geben muß, den wir bisher nicht kannten.« Ducky hatte so viel Angst, daß ihr das Flirten vergangen war.

»Den wir bisher nicht kennen«, korrigierte Teresa.

»Natürlich kennen wir ihn, mein Schatz«, widersprach Ducky. »Wir wissen, daß es ihn gibt. Wir wissen nur noch nicht genau, wo er verläuft. Sofern diese seltsamen Fuchswesen sie nicht hergebracht haben, was natürlich auch möglich wäre.«

Erschöpft wie er war, vernahm Rillibee das alles wie durch einen Schleier. »Ich glaube nicht, daß die Füchse sie gebracht haben«, sagte er. »Bruder Mainoa hätte das gewußt.«

»Kenne ich diesen Bruder Mainoa, den Sie ständig erwähnen?« fragte Alverd Bee.

Rillibee half ihm auf die Sprünge.

Sylvan kam wieder zu ihnen. Er war blaß und wirkte bedrückt. Dimity war zwar bei Bewußtsein, erkannte ihn aber nicht. Emmy war bewußtlos, befand sich jedoch auf dem Weg der Besserung. Rowena schlief. Nur Amy hatte mit ihm gesprochen und ihm gesagt, sein Vater sei tot. Verwundert stellte er fest, daß er überhaupt keine Trauer verspürte.

Rillibee berichtete dem Bürgermeister von Mainoas Versuchen, die Arbai-Dokumente zu übersetzen.

»Und Sie sagen, ein Teil sei schon übersetzt?« rief Roald, wobei kein Erstaunen mitschwang, sondern nur eine starke Erregung. Das graue Haar ringelte sich wie eine stachelige Aureole um die Ohren; ungestüm hackte er auf der Tastatur des *Tellys* herum. Es hörte sich an, als ob er Nüsse knackte. »Ich möchte mir das so bald wie möglich ansehen. Ich muß nach Semling.«

»Sind Sie etwa ein Linguist?« fragte Sylvan neugierig, wobei er sich fragte, welche Verwendung wohl auf *Gras* für einen Linguisten bestand.

»O nein, mein Junge«, erwiderte Roald. »Meine Familie hat eine Spedition. Was die Sprachen betrifft, so bin ich nur ein Amateur.« Er sagte es, ohne Sylvan überhaupt anzuschauen und wandte sich dann an Rillibee. »Wer war Mainoas Kontaktperson auf Semling?«

Solcherart verabschiedet, setzte Sylvan sich an einen Tisch in der Nähe und stützte den Kopf in die Arme, während er das geschäftige Treiben beobachtete. In *Commons* herrschte ein regeres Treiben, als er gedacht hätte. Außerdem waren die Leute intelligenter und weitaus vermögender, als er es für möglich gehalten hätte. Sie verfügten über Dinge, die es nicht einmal auf den Estancias gab. Eine größere Auswahl an Lebensmitteln. Maschinen. Angenehmere Lebensbedingungen. Er fühlte sich unsicher und kam sich wie ein Narr vor. Trotz der Wut auf Stavenger und die übrigen Obermuns war er dennoch von der Überlegenheit der *bons* überzeugt gewesen. Nun geriet diese Überzeugung ins Wanken – standen die *bons* vielleicht auf einer Stufe mit den *Commoners?* Wie war er nur auf die Idee gekommen, Marjorie würde auf seine Annäherungsversuche eingehen? Was hatte er ihr überhaupt zu bieten?

Bei diesem Gedanken wurde ihm schier übel. Er suchte nach Worten, die eigentlich nicht zu seinem Vokabular gehörten. ›Engstirnig.‹ ›Provinziell.‹ ›Kleingeistig.‹ Wahre Worte. Was stellte ein *bon* unter diesen Menschen überhaupt dar? Niemand erwies ihm seine Reverenz. Niemand fragte ihn nach seiner Meinung. Rillibee und Tony hatten gesagt, Sylvan sei taub für die Botschaften der Füchse, und nun stieß er in *Commons* auf eine solche Ablehnung, als sei er auch in bezug auf die Menschen hier taub – und stumm. Er hätte ihre Ablehnung leichter ertragen, wenn sie Profis gewesen wären, wie der Doktor; aber sie waren bloß Amateure, wie dieser alte Mann, der sich mit Rillibee über Sprachwissenschaft unterhielt. Nur Hobbywissenschaftler. Leute, die Dinge studiert hatten, die mit ihrem Alltagsleben nichts zu tun hatten. Und jeder von ihnen war beschlagener als er! Er wollte unbedingt zu ihnen gehören, ein Teil von etwas sein …

Mühsam stand er auf und machte sich auf die Suche nach etwas Trinkbarem.

Rillibee erhob sich. »Ich habe Ihnen nun alles gesagt, Älterer Few«, sagte er zu Roald. »Ich muß jetzt zu den anderen zurück. Ich kann nicht hierbleiben.« Er gähnte und erwog, Tony zu fragen, ob er mitkommen wolle. Nein. Tony würde sicher lieber bei Stella bleiben. Und was Sylvan betraf – Sylvan blieb auch lieber hier. Marjorie legte keinen Wert auf ihn.

Er gähnte erneut, verließ das Krankenhaus und taumelte den Abhang hinunter, zu der Stelle, wo die Füchse warteten. Er spürte den Drang, in den Wald zurückzukehren. Vielleicht waren es die Bäume. Vielleicht noch mehr. Er wurde erwartet. Wenn er sonst schon nichts tun konnte, so würde er wenigstens mit der Neuigkeit über das bon Damfels-Mädchen, Rigos Verwundung und den Implikationen aufwarten, die sich aus alledem ergaben.

Währenddessen beschäftigten die Ärztin und die zwei Damen sich mit der Frage, weshalb ein nacktes, orientierungsloses Mädchen sich wohl in einen Frachter schmuggeln wollte. »Wieso hatte sie eine tote Fledermaus bei sich? Was hat das zu bedeuten?« wandte Dr. Bergrem sich an die gesamte Gruppe.

»Hippae«, sagte Sylvan im Vorbeigehen. »Die Hippae bewerfen sich gegenseitig mit toten Fledermäusen. Sie werden in den Hippae-Kavernen getrocknet.«

Alle Blicke richteten sich auf ihn. Plötzlich war er nicht mehr stumm. »Es ist eine Geste der Verachtung«, erläuterte er. »Das ist alles. Damit verleihen die Hippae ihrer Verachtung Ausdruck; es ist Teil des Rituals. Und am Ende des Kampfes demütigen sie den Unterlegenen, indem sie ihn mit toten Fledermäusen bewerfen.«

Lees Bergrem nickte. »Ich habe schon davon gehört. Die Hippae sollen ja viele symbolische Verhaltensweisen haben …«

Dankbar für ihre Aufmerksamkeit, erzählte Sylvan

ihnen alles, was er als Kind über die Hippae erfahren hatte; das war indes nicht viel, und er wünschte sich, Mainoa wäre hier gewesen, um einen ausführlicheren Bericht zu geben.

Am Vormittag trafen Mainoa, Vater James und Marjorie sich auf der weiten Plattform in der Baumstadt. Bruder Mainoa hatte das Material studiert, das per *Telly*-Modem eingegangen war, während Marjorie einen Erkundungsgang unternommen und Vater James versucht hatte, mit den Füchsen zu kommunizieren. Er dankte Gott dafür, daß er und nicht Vater Sandoval sich an der Mission beteiligt hatte. Vater Sandoval war nämlich nicht sonderlich aufgeschlossen für die Vorstellung, daß es auch noch andere intelligente Rassen gab. Vater James fragte sich, was der im Exil befindliche Papst wohl zu der ganzen Sache sagen würde.

Marjorie hatte nicht versucht, mit den Füchsen zu kommunizieren. Hin und wieder hatte Er Kontakt zu ihr aufgenommen. Sie hatte die Informationsfragmente entgegengenommen, wobei sie versuchte, die Empfindungen zu verbergen, wenn Er sprach: einen Schauder, eine ekstatische Aufwallung. Nun saßen die drei Menschen sich gegenüber und versuchten, die Mosaiksteinchen aus Wissen und Hypothese zu einem Bild zusammenzufügen.

»Die Arbai hatten Maschinen, die sie transportierten«, sagte Marjorie. Das war ihr mittlerweile klar. »Das Ding auf dem Podest im Stadtzentrum? Das war in Wirklichkeit ein Transportgerät. Mit solchen Maschinen haben die Arbai sich von einem Ort zum anderen bewegt.«

Seufzend massierte Bruder Mainoa sich die Schläfe. »Sie werden wohl recht haben, Marjorie. Schauen wir mal, was ich in den letzten Stunden in Erfahrung gebracht habe. Es ist wieder eine Meldung von Semling eingegangen.« Er brachte das *Telly* zum Vorschein, stellte es auf den Tisch und schlug mit der Hand darauf.

»Basierend auf der Theorie, daß die Dinge, die unmittelbar vor der Tragödie aufgeschrieben wurden, am wichtigsten für uns sind, mißt Semling der Übersetzung eines handschriftlich verfaßten Buchs, das ich vor einiger Zeit in einem der Häuser gefunden habe, höchste Priorität bei. Es ist bereits zu achtzig Prozent übersetzt. Anscheinend ist es ein Tagebuch und handelt von den Bemühungen des Autors, einem Hippae das Schreiben beizubringen. Weil der Erfolg ausblieb, wurde das Hippae wütend und tötete zwei Arbai, die gerade in der Nähe waren. Nachdem das Hippae sich wieder beruhigt hatte, machte der Autor ihm Vorhaltungen. Er oder sie sagte ihm, es sei nicht richtig, intelligente Wesen zu töten, daß die Arbai um ihre toten Freunde trauerten und daß so etwas nicht noch einmal passieren dürfe.«

»Armer Narr«, sagte Marjorie schwer atmend.

»Soll das bedeuten, dieser Arbai, der Tagebuchführer, hätte dem Hippae einfach *gesagt*, so etwas dürfe nicht wieder geschehen?« fragte Vater James ungläubig. »Hat er allen Ernstes geglaubt, das Hippae würde sich darum scheren?«

Mainoa nickte betrübt und rieb sich Schultern und Arme, als ob er Schmerzen hätte.

»Wenn Er … wenn die Füchse an die Arbai denken«, sagte Marjorie, »setzen sie ihnen immer eine Art Heiligenschein auf.«

Bruder Mainoa fragte sich, wie den güldenen Engeln auf den Türmen von *Heiligkeit* wohl die Klauen und Schuppen der Arbai zu Gesicht stünden. »Aber das heißt doch nicht, daß sie heilig seien, Marjorie? Eher, daß sie unberührbar sind.«

Marjorie nickte. Ja. Die Vision vermittelte diesen Eindruck. Unberührbare Arbai. Auf den Sockel gehoben. Unerreichbar.

»Die Arbai haben den Hippae nichts Böses zugetraut?« Vater James traute seinen Ohren nicht.

Mainoa nickte. »Nicht nur, daß sie den Hippae gegenüber ohne Arg waren. Das Paradigma des Bösen kannten sie anscheinend gar nicht. Es taucht in dem Material, das ich von Semling erhalten habe, nicht auf. Sie kannten wohl Begriffe wie ›Fehler‹ oder ›Fahrlässigkeit‹, auch ›Unfall‹, ›Schmerz‹ und ›Tod‹, aber es gibt kein Äquivalent für ›böse‹. Die Computer haben ermittelt, daß der Wortstamm des Arbai-Begriffs ›Intelligenzwesen‹ soviel wie ›Fehlervermeidung‹ bedeutet. Und weil die Arbai die Hippae für intelligent hielten – schließlich hatten sie ihnen das Schreiben beigebracht –, hielten sie es für ausreichend, sie auf den Irrtum hinzuweisen und darauf zu vertrauen, daß die Hippae sich daran halten würden.«

»In gewisser Hinsicht hatten sie sogar recht«, sagte Marjorie. »Die Hippae haben nämlich Spaß am Töten.«

»Es fällt mir schwer zu glauben, daß es eine solche Mentalität gibt ...«, sagte Vater James.

»Sie hat recht«, sagte Bruder Mainoa seufzend. »Sie haben das Wort decodiert, das die Hippae auf den Kavernenboden getrampelt haben. Es ist ein Arbai-Wort oder vielmehr eine Kombination aus drei Arbai-Wörtern. Das eine bedeutet ›Tod‹, das zweite ›Fremde‹ und das dritte ›Freude‹. Die plausibelste Übersetzung lautet nach Semlings Auffassung *Freude am Töten Fremder.*«

»Sie halten also jeden Fremden für Freiwild?« sagte Vater James kopfschüttelnd.

»Ist das denn so ungewöhnlich, Vater?« Marjorie lachte bitter. »Betrachten Sie doch nur unsere Heimatwelt. Hatten die Menschen denn nicht auch alle anderen Lebewesen für Freiwild gehalten? Und hatten sie nicht auch Spaß dabei? Wo sind denn die Wale geblieben? Wo die Elefanten? Wo sind die schönen Vögel, die einst in unseren Sümpfen lebten?«

»Nun, die Bewohner der Baumstadt haben sie jedenfalls nicht auf dem Gewissen«, sagte Bruder Mainoa. »Die Hippae können weder schwimmen noch klettern; also waren die hiesigen Arbai vor ihnen sicher.«

»Trotzdem muß es für die hier lebenden Arbai schon zu spät gewesen sein«, wandte Marjorie ein und betrachtete das schattenhafte Paar, das soeben wieder auf der sonnenüberfluteten Brücke erschienen war und sich Liebesschwüre ins Ohr flüsterte. Ein Liebespaar aus dem Schattenreich, das zu verliebt war, um die Gefahr zu erkennen. »Vielleicht sind sie gestorben, als der Winter kam. Es war auch zu spät für die Arbai auf den anderen Welten.«

»Die Bewohner dieser Stadt müssen immun gegen die Pest gewesen sein«, sagte Vater James. »Sie hätten sich unter die Erde verkriechen können. Weshalb taten sie es nicht? Wir sind auch immun. Alle Menschen auf *Gras* sind immun.«

»O ja«, erwiderte Marjorie. »Ich bin sicher, daß wir immun sind, aber nur solange wir uns auf *Gras* befinden. Vermutlich waren die Arbai auf *Gras* auch immun. Deshalb haben die Hippae sie auch getötet. Aber dieses Wissen hilft uns nicht weiter! Nichts von dem, was wir bisher herausgefunden haben, hilft uns weiter! Wir wissen nicht, wie es anfing. Und wir haben kein Gegenmittel. Ich muß ständig an die Erde denken. Ich habe eine Schwester dort. Rigos Mutter und Bruder leben dort, und unsere Nichten und Neffen. Und ich habe Freunde auf Terra!«

»Psst«, machte er. »Es besteht doch eine Heilungsmöglichkeit, Marjorie. Wenn die Leute herkommen ...«

»Nicht einmal das ist gewiß«, widersprach sie. »Selbst wenn wir die Menschen jeder besiedelten Welt nach *Gras* bringen würden, wüßten wir immer noch nicht, ob sie sich nach der Ankunft in ihrer Heimat erneut infizieren. Wir wissen auch nicht, ob wir uns infizieren, wenn wir *Gras* verlassen. Wir wissen nicht, wie die Pest übertragen wird. Die Füchse könnten uns weiterhelfen, aber sie tun es nicht! Es hat fast den Anschein, als ob sie auf etwas warteten. Aber worauf?« Sie blickte zu einer im Schatten liegenden Masse über dem Geländer hoch. Zwei Augen schauten kurz aus dem Dunkel. Etwas griff nach ihrem Bewußtsein. Verärgert schüttelte sie den Kopf. »Ich habe das Gefühl völliger Hoffnungslosigkeit. Als ob es bereits zu spät wäre. Als ob die Dinge nicht mehr rückgängig gemacht werden könnten.« Etwas hatte sich unwiderruflich verändert. Ein Punkt war überschritten worden. Dessen war sie sicher.

Ein Fuchs berührte sie mit virtuellen Händen. »Psst, Liebes, Psst«, sagte eine angenehme Stimme. Sie legte den Kopf auf eine massive Schulter. Der Fuchs tanzte in ihrem Bewußtsein, und sie mit ihm.

Plötzlich wurde die Schulter zurückgezogen. Sie schaute auf. Der Fuchs war verschwunden.

Und dann hörte sie es. Die gutturalen Laute der Arbai wurden von menschlichen Stimmen überlagert. Das war nicht Tony. Diese Stimmen hatte sie noch nie gehört.

»Hören Sie«, sagte sie und versuchte die Sprecher auszumachen.

Bevor ihr das gelang, wurde sie ihrerseits erkannt, und sie vernahm ein freudiges Rufen.

Es lag etwas Bedrohliches in diesen Lauten. Marjorie und die beiden alten Männer zogen sich über die Plaza zurück und sahen voller Unbehagen, wie drei jugendliche Gestalten sich von Baum zu Baum schwangen und affengleich auf der Plattform landeten.

»Bruder Flumzee«, sagte Bruder Mainoa mit ruhiger, müder Stimme. »Dich hätte ich hier nicht erwartet.«

Bruder Flumzee posierte auf dem Geländer; er hatte ein Bein angewinkelt und die Arme darum gelegt. »Nenn mich Highbones«, krähte er. »Ich darf meine Freunde vorstellen. Steeplehands. Long Bridge. Wir waren zu fünft, aber Little Bridge und Ropeknots sind von den Hippae gefressen worden.« Er wies in eine unbestimmte Richtung. »Der Ältere Bruder Fuasoi und sein kleiner Freund Shoethai waren auch dabei. Ob es sie auch erwischt hat, wissen wir nicht. Wir haben zwar ein großes Geheul gehört, aber vielleicht sind sie entkommen.«

»Weshalb seid ihr überhaupt ins Grasland gegangen?« fragte Bruder Mainoa.

»Um dich aufzuspüren«, sagte Highbones grinsend. »Sie sagten, du würdest nicht mehr zu uns gehören. Wir sollten dich erledigen.«

»Aber du hast doch gesagt, Fuasoi sei mitgekommen! Und Shoethai!«

»Wir hatten überhaupt nicht mit ihnen gerechnet. Sie haben uns erst in letzter Minute Bescheid gesagt. Sie wollten uns absetzen und dann woanders hinfliegen.«

Eine Schattengestalt tauchte unter den drei Kletterern auf. Highbones schlug nach ihr, als ob es sich um einen Mückenschwarm handelte. »Was, zum Teufel, ist das?«

»Nur Bilder«, sagte Marjorie. »Bilder der Leute, die einst hier lebten.«

Highbones drehte den Kopf und überflog die Stadt. »Hübsch«, sagte er. »Ein Kletterparadies. Gibt es hier auch so viel Nahrung, daß es zum Überleben reicht?«

»Im Sommer«, erwiderte Bruder Mainoa. »Früchte. Und Nüsse. Vielleicht gibt es so gar jagdbare Tiere.«

»Aber im Winter nicht, hmm? Nun, im Winter könnten wir in die Stadt gehen. Wollte immer schon mal in die Stadt. Ein paar Frauen abschleppen.«

»Du willst hierbleiben?« fragte Long Bridge. »Wenn wir den Job erledigt haben, bleiben wir hier?«

»Warum nicht?« sagte Highbones. »Könntest du dir einen besseren Ort zum Klettern vorstellen?«

»Das gefällt mir nicht.« Long Bridge schlug nach den

schemenhaften Gestalten, die an ihm vorbeigingen. »Diese Monster gefallen mir nicht.«

Die beiden Männer betrachteten die muskulösen Arme und Beine der Kletterer und ihre angespannten Gesichter. Bruder Mainoa wußte, daß sie nur um den heißen Brei herumredeten. Sie wollten Zeit schinden, um ihre Gegner einzuschätzen. Und wer waren diese Gegner? Ein alter Mann, ein schwächlicher Mann und eine Frau.

Bruder Mainoa streckte den Arm nach den Füchsen aus. Nichts. Weder Bilder noch Worte.

»Habt ihr Hunger?« fragte Marjorie. »Wir haben etwas zu essen da.«

»O ja, wir haben Hunger«, spöttelte Highbones. »Aber nicht auf Essen. Wir haben selbst genug dabei.« Er leckte sich die Lippen und zog sie schier mit den Augen aus. Sie schauderte. »Du machst einen jungen und gesunden Eindruck«, fuhr Highbones fort. »In der Abtei wurde die Pest erwähnt. Aber du hast keine Pest, nicht wahr, schönes Kind?«

»Vielleicht doch«, sagte sie mit bemüht ruhiger Stimme. »Es wäre durchaus möglich. Als wir Terra verließen, war die Pest dort schon ausgebrochen.«

Highbones Leute wollten sich mit einer Frage an ihn wenden, aber er brachte sie mit einer Handbewegung zum Schweigen. »Es ist unschicklich, zu lügen. Wenn du dich dort angesteckt hättest, wärst du jetzt schon tot. Das weiß doch jeder.«

»Manchmal dauert es Jahre, bis die Krankheit ausbricht«, sagte Vater James. »Der Betreffende hat sie zwar, aber man sieht es ihm nicht an.«

»Was bist du denn für einer?« fragte Highbones lachend. »Was ist das für ein Aufzug? Bist du etwa ein Diener? Und was sind das für Manieren, Diener? Dich hat überhaupt niemand gefragt.«

»Wenn Fuasoi euch auf mich angesetzt hat«, sagte Mainoa nachdenklich, »dann hatte das nur einen

Grund. Wenn er nicht wollte, daß die Ursache für die Pest bekannt wird, muß er ein *Moldy* gewesen sein.«

Marjorie stockte der Atem. Ein *Moldy* auf Gras? Jetzt schon? Dann waren sie also doch zu spät gekommen!

Highbones ignorierte Mainoas Einlassungen. Er sprang auf die Plattform und streckte sich. »Seid ihr bereit, Jungs?« fragte er. »Ihr nehmt euch die Opas vor. Ich kümmere mich um die Frau ...«

»Highbones.« Die Stimme kam von oben, wo das Sonnenlicht durch das Blätterdach drang. »Highbones der Feigling. Highbones der Lügner. Wird er klettern?«

Erneut stockte Marjorie der Atem. Rillibee. Aber nur Rillibee. Keine anderen Stimmen.

Highbones drehte sich um, legte den Kopf in den Nacken und suchte die Bäume ab. »Lourai!« schrie er. »Wo steckst du, du *Peeper!?*«

»Hier«, ertönte die Stimme von oben. »Wo Highbones nicht hinkommt.«

»Paßt auf sie auf«, knurrte Highbones und wies auf Marjorie und die alten Männer. »Bin gleich wieder zurück.« Dann hüpfte er auf das Geländer und verschwand in den Bäumen. »Jetzt bist du dran, *Peeper*. Ich krieg dich.«

Marjories Rucksack stand gleich hinter der Tür. Ein Messer befand sich darin. Sie drehte sich um und wollte es holen. Steeplehands rannte los, fing sie ab und stieß sie von der Tür weg. Sie taumelte und versuchte sich irgendwo festzuhalten. Dann stolperte sie über das niedrige Geländer und stürzte ab. Sie sah, wie die vom Sonnenlicht beschienenen Blätter sich um sie drehten und hörte sich selbst schreien, bis sie plötzlich nichts mehr hörte.

»Ein kleines Menschenkind möchte dich sehen, o Gott«, verkündete der Engel. Er sah so aus wie Vater Sandoval, nur daß er Flügel hatte. Marjorie blieb auf dem Korridor stehen und betrachtete sie. Sie glichen nicht den Schwanenflügeln, die sie eigentlich erwartet hatte, sondern transparenten Insektenflügeln, wie bei einer großen Libelle. In anatomischer Hinsicht war das auch sinnvoller als Vogelschwingen, denn sie stellten nur Hilfsflügel dar, die weiter oben am Körper sitzende Auswüchse ergänzten. Der Engel schaute sie auffordernd an.

»Ja, ja«, sagte Gott langmütig. »Kommt rein.«

Gott war in eine Wolke gehüllt und stand vor einem großen Fenster mit Blick auf die Gärten von Opal Hill, von denen aus sich ständig neue Perspektiven eröffneten. Bis Marjorie sah, daß der Garten aus Sternen bestand.

»Wie geht es dir?« hörte Marjorie sich sagen. Er kam ihr bekannt vor. Er war kleiner, als sie Ihn sich vorgestellt hätte, mit einem Totenkopfschädel und großen Augen. Allerdings hatte die Person, die sie mit Ihm assoziierte, nie so langes Haar gehabt wie Gott; dunkle Locken fielen ihm über die Schultern, aber die Schläfen waren weiß. »Willkommen, kleines Menschenkind«, sagte Er mit einem Lächeln. Licht durchflutete das Universum. »Hast du eine Beschwerde?«

»Daran, daß du meinen Namen nicht kennst, habe ich mich bereits gewöhnt«, sagte Marjorie. »Obwohl es ein Schock für mich war …«

»Moment«, sagte Er. »Ich kenne die Namen von allen Dingen. Was meinst du damit, ich würde deinen Namen nicht kennen?«

»Ich will damit sagen, du weißt nicht, daß ich Marjorie heiße.«

»Marjorie«, artikulierte Er, als ob Er den Namen ungewöhnlich fände. »Es ist wahr. Ich wußte nicht, daß man dich Marjorie nennt.«

»Es ist schon sehr schlimm, ein Virus zu sein.«

»Als Virus hätte ich dich nicht bezeichnet; du glaubst also, es sei schlimm, sich auszubreiten? Selbst wenn es erforderlich ist?«

Sie nickte beschämt.

»Du mußt wohl eine schwierige Zeit durchleben. Das ist aber normal für *Sehr kleine Entitäten*. Aus diesem Grund erschaffe ich sie schließlich. Wenn ich keine komplexen Konzepte in die Schöpfung einfügen müßte, bräuchte ich auch keine *Sehr Kleinen Entitäten*. Die großen Teile arrangieren sich fast von selbst.« Er wies auf das unter ihnen rotierende Universum. »Elementarchemie, eine Prise Höhere Mathematik, und die Sache klappt wie am Schnürchen. Es sind die Details, die sich über lange Zeit hinweg entwickeln. Quasi das Öl im Getriebe. Woran arbeitest du jetzt?«

»Ich weiß es nicht genau«, sagte sie.

»Das kleine Menschenkind befaßt sich mit Gnade, Sir«, sagte der Engel ungeduldig. »Und mit Gerechtigkeit. Und mit Schuld.«

»Gnade? Und Gerechtigkeit? Interessante Konzepte. Im Grunde würdig, sofort realisiert zu werden, anstatt eine lange Evolution zu durchlaufen. Mit Schuld würde ich meine Zeit indessen nicht vergeuden. Dennoch bin ich zuversichtlich, daß du dich durch die Permutationen arbeitest und dein Ziel schließlich erreichst...«

»Ich bin da weniger zuversichtlich«, sagte sie. »Vieles von dem, was man mich gelehrt hat, ergibt nämlich keinen Sinn.«

»Das liegt in der Natur der Sache. Wenn ein Ereignis eintritt, wird es zuerst kognitiv erfaßt. Dann wird eine Regel aufgestellt, die als Maßstab für alle nachfolgenden Ereignisse gilt. *Sehr kleine Entitäten* funktionieren nach diesem Prinzip. Während diese Information weitergegeben wird, treten jedoch neue Ereignisse ein, auf welche die alte Regel sich nicht mehr anwenden läßt. Schließlich hört die Intelligenz auf, Regeln zu erstellen und entwickelt statt dessen ein Verständnis für den Fluß.«

»Ich habe gelernt, daß die ewigen Wahrheiten...«

»Welche denn?« fragte Gott lachend. »Wenn es welche gäbe, müßte ich es wohl wissen! Ich habe ein Universum erschaffen, das auf Veränderung beruht, und eine *Sehr Kleine Entität* will mir etwas von ewigen Wahrheiten erzählen!«

»Ich wollte dir nicht zu nahe treten. Es ist nur so, wenn es keine Wahrheiten gibt, woran sollen wir uns dann halten?«

»Schon gut. Ich erschaffe keine Dinge, die meinen Vorstellungen zuwiderlaufen. Was die Wahrheit betrifft, so ist das wahr, was geschrieben steht. Jede Entität ist ein Ausdruck meiner Intention. Steine. Sterne. *Sehr kleine Entitäten*. Das ist der Lauf der Dinge. Das Problem ist nur, daß *Sehr Kleine Entitäten* Bücher schreiben, die den Steinen widersprechen; dann behaupten sie, ich hätte die Bücher geschrieben und die Steine würden lügen.« Er lachte. Das Universum erzitterte. »Sie stellen Verhaltensregeln auf, die zu befolgen nicht einmal die Engel imstande sind und sagen dann, ich hätte sie aufgestellt. Ich fühle mich geehrt.« Er lachte glucksend. »›Oh, diese Worte sind ewig‹, sagen sie, ›also muß Gott sie geschrieben haben.‹«

»Herrscher des Universums«, meldete der Engel sich. »Die Konferenz bezüglich des Arbai-Fiaskos …«

»Ach ja«, sagte Gott. »Ein schönes Beispiel. Hier habe ich völlig versagt. Wollte etwas Neues ausprobieren, aber sie waren zu gut für diese Welt, du verstehst?«

»Genau das ist es doch, was du willst«, erwiderte sie. »Daß wir gut sind!«

Er klopfte ihr auf die Schulter. »Aber auch nicht zu gut. Ein Messer muß eine scharfe Klinge haben, meine Liebe. Sonst schabt es nur auf der Oberfläche herum, ohne etwas zu bewirken …«

»Herrscher des Universums«, ertönte neuerlich die gereizte Stimme des Engels. »*Sehr Kleine Entität*, du hältst Gott von der Arbeit ab.«

»Wie du dich erinnerst«, sagte Gott, »wußte ich zwar nicht, daß dein Name Marjorie ist, aber ich wußte, wer du *wirklich* bist ...«

»Marjorie«, sagte der Engel.

»Mein Gott, Marjorie!« Sie wurde unsanft an der Schulter gerüttelt.

»Vater James«, sagte sie stöhnend und nicht im geringsten überrascht. Sie lag auf dem Rücken und schaute auf die Blätter über ihr, auf denen das Sonnenlicht tanzte.

»Ich dachte schon, er hätte Sie umgebracht.«

»Er hat mit mir gesprochen. Er hat mir gesagt ...«

»Ich dachte, der verdammte Kletterer hätte Sie umgebracht!«

Sie setzte sich auf. Der Kopf schmerzte. Sie fühlte sich benommen.

»Sie müssen mit dem Kopf aufgeschlagen sein.«

Sie erinnerte sich an die Konfrontation auf der Plattform und den Sturz über das Geländer. »Hat dieser junge Mann mich runtergeworfen?«

»Er hat Sie geschlagen, und Sie sind abgestürzt.«

»Wo ist er? Wo sind sie?«

»Ein Fuchs hat sie in ein Arbai-Haus gesperrt. In dem Moment, als Sie fielen, kam er brüllend aus dem Wald. Er ist noch hier draußen, aber ich sehe ihn nicht. Er kam in Begleitung von zwei anderen. Sie haben mich zu Ihnen gebracht.«

Mühsam stand sie auf, wobei sie sich an einer knorrigen Wurzel hochzog, und starrte ungläubig auf die Plattform hoch über sich. »Diesen Sturz hätte ich eigentlich nicht überleben dürfen.«

»Sie sind auf einen elastischen Ast gefallen. Dann sind Sie von einem Ast zum anderen in die Tiefe gestürzt und schließlich auf einem Grashaufen gelandet«, sagte er und deutete auf die Stelle. »Als ob Sie auf eine Matratze gefallen wären. Sie hatten einen Schutzengel.«

»Und wie kommen wir wieder hinauf?« fragte sie; ihr Vertrauen in Schutzengel war nicht besonders groß.

Er streckte den Arm aus. Zwei Füchse standen neben dem Baum. Diffuse, schemenhafte Silhouetten; kollektive Gedankenmuster drangen in ihr Bewußtsein.

»Haben sie uns gegen die Männer unterstützt?« fragte sie.

Er schüttelte den Kopf. »Der eine hat ausgereicht.«

Nachdenklich betrachtete sie die beiden. Auf einmal brach sie zusammen und murmelte: »Steine. Sterne. *Sehr kleine Entitäten.*«

»Was ist denn mit Ihnen los?« fragte er.

»Nichts«, entgegnete sie und versuchte zu lächeln. Sie ließ die jüngste Vision vor dem geistigen Auge Revue passieren. »Haben Sie schon einmal Gott gesehen, Vater?«

Die Frage irritierte ihn. Ihre Augen waren groß und glasig. »Ich glaube, Sie haben eine Gehirnerschütterung. Vielleicht sogar eine Schädelfraktur, Marjorie ...«

»Vielleicht hatte ich auch eine religiöse Erkenntnis. So etwas soll vorkommen.«

Darüber wollte er mit ihr nicht diskutieren, obwohl Vater Sandoval nicht so zurückhaltend gewesen wäre. Vater Sandoval war nämlich der Ansicht, daß ein Altkatholik sich im Interesse des Ausgleichs und der Mäßigung religiöser Erfahrungen enthalten sollte. Wenn ein verbindlicher Katechismus existierte, würden die Menschen durch religiöse Erfahrungen nur verwirrt. Vater James war sich da nicht so sicher. Er stützte Marjorie, während sie die paar Schritte zu den Füchsen zurücklegten. Einer von ihnen hob sie auf und beförderte sie über Äste und kaum sichtbare Ranken nach oben auf die Plattform. Sie spürte die Präsenz von vielen Füchsen, die sich als mentales Chaos in ihrem Bewußtsein manifestierte.

»Mein Gott«, flüsterte sie. »Woher kommen sie alle?«

»Sie waren schon immer hier«, sagte Mainoa. »Sie

haben uns von den Bäumen aus beobachtet. Sie sind nur näher heran gekommen. Marjorie, sind Sie in Ordnung?«

»Sie ist nicht in Ordnung«, sagte Vater James. »Sie hat einen seltsamen Blick und redet wirres Zeug...«

»Es geht mir gut«, sagte sie abwesend und warf einen Blick auf die versammelte Fuchsmeute; sie wußte, daß es ein ganzes Rudel war, aber sie war nicht in der Lage, die einzelnen Füchse zu unterscheiden. »Weshalb sind wir überhaupt hier?«

Bruder Mainoa schaute sie mit nachdenklich gerunzelter Stirn an »Sie versuchen etwas herauszufinden. Ich weiß aber nicht, was es ist.«

Ein Fuchs blockierte die Tür. Marjorie empfing ein klares Bild zweier Menschen, die von einem hohen Baum gestürzt wurden. Sie strich das Bild durch. In der Meute hinter ihr wurden sowohl Zustimmung als auch Mißbilligung laut. Sie strich auch dieses Bild durch. Zustimmung und Mißbilligung verstärkten sich. Offensichtlich war ein Streit ausgebrochen. Die Füchse waren über das weitere Vorgehen uneins.

Sie bekam weiche Knie und taumelte. »Ist Rillibee wieder zurück?«

Bruder Mainoa schüttelte den Kopf. »Nein. Er ist dort verschwunden«, antwortete er und wies in die entsprechende Richtung.

Sie näherte sich dem ›Gefängnis‹. Die beiden Kletterer, die an Händen und Füßen gefesselt waren, schauten sie grimmig an.

»Wer hat euch den Auftrag erteilt, Bruder Mainoa zu töten?« fragte sie.

Die beiden wechselten Blicke. Der eine schüttelte den Kopf. Der andere, Steeplehands, sagte schmollend: »Eigentlich war es Shoethais Idee. Aber der Befehl kam vom Älteren Bruder Fuasoi. Er sagte, Mainoa sei ein Verräter.«

Sie massierte sich den schmerzenden Kopf. »Und wie kam er darauf?«

»Shoethai sagte, Mainoa hätte ein Buch. Ein Buch aus der Stadt der Arbai.«

»Mein Tagebuch«, sagte Bruder Mainoa. »Ich war zu leichtsinnig. Ich hatte das neue Tagebuch offen liegenlassen. Wir waren so in Eile, daß …«

»Worüber hatten Sie denn geschrieben, Bruder?« fragte Marjorie.

»Über die Pest und das Mysterium der Arbai.«

»Aha«, sagte sie und wandte sich wieder an die Gefangenen. »Du … äh … Longbridge. Ihr wolltet mich vergewaltigen, du und die anderen, stimmt's?«

Long Bridge starrte auf seine Füße. Ein Nasenflügel bebte. »Klar, wir hätten es versucht. Warum auch nicht? Wir wollten dich ficken und mal diese … diese Möpse sehen.«

»Glaubst du, das wäre eine …« – sie versuchte es in seinem Jargon auszudrücken – »… eine mutige Tat gewesen. Eine gute Sache? Oder was?«

»Wer bist du überhaupt?« sagte er spöttisch. »Arbeitest du vielleicht für die Doktrin? Wir wollten es eben tun; das ist alles.«

»Habt ihr auch einmal daran gedacht, wie ich mich dabei gefühlt hätte?«

»Die Frauen mögen es, auch wenn sie das Gegenteil behaupten. Das weiß doch jeder.«

Sie schauderte. »Und dann hättet ihr mich umgebracht?«

»Wenn uns danach gewesen wäre, sicher.«

»Mögen die Frauen das auch?«

Das brachte ihn für einen Moment aus dem Konzept; er leckte sich die Lippen.

»Hätte es euch denn gar nichts ausgemacht, mich zu töten?«

Long Bridge schwieg. »Später hätte es uns dann leid getan«, murmelte Steeplehands schließlich, »wenn wir wieder Lust auf dich bekommen hätten.«

»Ich verstehe«, sagte sie. »Aber um mich als Mensch wäre es nicht schade gewesen?«

»Weshalb denn?« fragte Long Bridge wütend. »Weshalb hätten wir die auch nur eine Träne nachweinen sollen? Wo warst du denn, als wir zwangsverpflichtet und hierher gebracht wurden? Wo warst du, als man uns von zu Hause entführt hat?«

Erneut empfing Marjorie ein Bild der beiden Gefangenen, wie sie von einem hohen Baum gestürzt wurden. Sie strich es durch, allerdings mit weniger Elan als zuvor. »Was wollen die ganzen Füchse denn, Bruder Mainoa? Weshalb sind sie hier?«

»Ich glaube, sie sind gespannt, was Sie nun tun werden«, erwiderte er.

»Und was *werden* Sie nun tun?« fragte Vater James.

»Ich bin mir noch unschlüssig«, sagte sie. »Ich frage mich, ob wir es uns erlauben können, Gnade walten zu lassen. Die Arbai waren auch sanftmütige Wesen, aber Sanftmut kann unter Umständen sehr gefährlich werden, wie wir am Beispiel der Arbai sehen. Sie haben dafür mit dem Leben bezahlt. Und das gleiche könnte auch uns widerfahren, denn diese beiden kommen womöglich zurück und töten uns. Die Frage ist, ob sie böse Menschen sind. Wenn ja, dann spielt es keine Rolle, wie sie dazu geworden sind. Das Böse ist unumkehrbar ...«

»Vergebung ist eine Tugend«, sagte Vater James, bis ihm bewußt wurde, daß diese Aussage weniger seiner eigenen Einstellung als vielmehr der religiösen Konditionierung entsprang.

»Nein. So einfach ist es nun auch wieder nicht. Wenn wir die beiden laufen lassen, machen wir uns vielleicht an weiteren Morden mitschuldig, wenn auch nur indirekt.« Nachdenklich stützte sie den Kopf in die Hände. »Haben wir das Recht, eine Dummheit zu begehen, nur weil uns danach ist? Nein. Nicht auf Kosten anderer.«

Er musterte sie interessiert. »So habe ich Sie aber noch nie reden hören, Marjorie. Vergebung ist doch ein zentraler Aspekt unseres Glaubens.«

»Nur weil das irdische Dasein im Grunde für Sie nicht zählt, Vater. Gott sieht das aber anders.«

»Marjorie!« rief er. »Das ist nicht wahr.«

»Doch«, erwiderte sie in der gleichen Lautstärke. Der dumpfe Kopfschmerz hatte sich nun zu einem heftigen Pochen verstärkt. »Ich will Sie nicht persönlich angreifen, Vater; es geht mir nur um das, was ihr Priester immer predigt. Ich sage, das Leben hat doch einen Wert, und das bedeutet, daß ich ihnen nur dann vergeben kann, wenn andere, einschließlich meiner Person, dadurch nicht gefährdet werden! Ich werde den Fehler der Arbai auf keinen Fall wiederholen.«

»Marjorie!« rief er erneut. Er hatte selbst gewisse Zweifel und Bedenken, aber ihr Ausbruch verstörte ihn zutiefst. So aggressiv hatte er sie noch nie erlebt; die Worte sprudelten nur so aus ihr heraus.

»Es tut mir leid«, wandte sie sich an die Gefangenen. »Ich befürchte, wir sind nur dann sicher vor euch, wenn die Füchse euch töten.«

»Um Gottes willen, Lady«, rief Steeplehands voller Furcht. »Bringen Sie uns nach *Commons* und übergeben Sie uns der Polizei. Solange wir gefesselt sind, können wir Ihnen doch überhaupt nichts tun.«

Sie faßte sich an den Kopf. Das war eine schlechte Idee, ohne daß sie indes wußte, weshalb. Es war sogar eine ausgesprochen schlechte Idee. Dessen war sie sich sicher. Vor ihrem geistigen Auge stand ein großes Fragezeichen.

Vater James schüttelte besorgt den Kopf und versuchte, sie umzustimmen: »Mainoa hat sie fest verschnürt. Und wir müssen ohnehin nach *Commons*. Wir übergeben sie dem Sicherheitsdienst. Sie sind auch nicht schlechter als das Gesindel, das sich in der Hafengegend herumtreibt.«

Marjorie nickte; völlig überzeugt war sie jedoch nicht. Das war überhaupt keine gute Idee. Eine *Sehr Kleine Entität* sollte so etwas nicht tun. Eine sehr kleine Entität sollte vielmehr auf Nummer Sicher gehen und sie vom höchsten Baum stürzen ...

Der am nächsten stehende Fuchs, ein großer Schemen, schüttelte sich. Sie empfingen Visionen in Form zuckender Blitze.

»Er ist damit nicht zufrieden«, interpretierte Bruder Mainoa das Bild.

»Ich auch nicht«, sagte Marjorie mit schmerzlichem Blick. »Hören Sie nur. Alle sind unzufrieden. Und nur ein paar haben uns geholfen. Vielleicht sind sie wie ich. Voller Schuldgefühle und Selbstzweifel. Sie lassen die Dinge einfach auf sich zukommen; wie ich mich dabei fühle, interessiert sie nicht.«

Ihr Kopf drohte schier zu zerspringen. Sie empfing das Bild von Füchsen, die im Wald verschwanden. Im Geist zog sie einen leuchtenden Kreis darum. Ja. Warum auch nicht? Sollten sie doch verschwinden. »Sie gehen fort. Wir müssen hier auf Rillibee warten«, sagte sie.

Eine Kanone wurde in ihrem Kopf abgefeuert. Sie kroch zur Pritsche, legte sich hin und ließ die Stille auf sich wirken. Allmählich ließ der Schmerz nach. Die Füchse verschwanden im Wald. Bilder zogen an Marjories geistigen Auge vorbei: Gedanken und Kommunikation der Füchse. Die Symbole und Laute fluteten wie Wellen durch ihr Bewußtsein, und sie versank in einen Halbschlaf.

Die Sonne stand bereits im Westen, als ein »Hallo« aus dem Wald schallte.

Ein Fuchs war in der Nähe. Er keuchte bedrohlich.

»Hallo«, ertönte die Stimme erneut, diesmal aus geringerer Distanz. Die Bedrohung zwischen den Bäumen verschwand.

Mühsam erhob Marjorie sich und ging auf die Plattform hinaus. »Rillibee«, rief sie.

Schließlich tauchte er unter ihr auf und zog sich schlapp an den Lianen empor.

»Du bist ja ganz erschöpft!« Sein hageres Gesicht war blaß. Die Augen zeigten dunkle Ringe, wodurch sie größer wirkten, als sie eigentlich waren. Er sah aus wie eine Schleiereule.

»War lange unterwegs«, nuschelte er. »Sehr lange.« Er zog sich langsam nach oben und rutschte schließlich mit letzter Kraft über die Brüstung. »Zum Glück hatte ich in der Abtei hart trainiert. All diese Leitern und Brücken …«

»Was ist passiert?« fragte Bruder Mainoa.

»Highbones hat mich verfolgt. Aber er hat mich nicht erwischt. Ich habe ihn tief in den Wald gelockt. Dann habe ich mich versteckt und ihn vorbeigelassen. Anschließend bin ich umgekehrt. Leider hatte ich keine Möglichkeit, den Bastard zu erledigen. Sonst hätte ich es getan.«

Marjorie tätschelte seine Wange. »Wir gehen jetzt nach *Commons* zurück.«

Rillibee schüttelte den Kopf. »Nein. Noch nicht. Wir brauchen … wir brauchen die Füchse. Es tut mir leid, daß ich so viel Zeit wegen Highbones vergeudet habe, aber mir ist nichts anderes eingefallen, als ihn von hier wegzulocken. Ich dachte, daß sie mich alle verfolgen würden. Normalerweise greift Highbones nur zahlenmäßig unterlegene Gegner an. Aber wie ich sehe, habt ihr die anderen schon dingfest gemacht.«

»Das waren nicht wir, sondern ein Fuchs.«

»Aha.« Er sackte in sich zusammen. »Ich habe Neuigkeiten für Sie, Marjorie. Opal Hill ist von den Hippae niedergebrannt worden. Eine fast einen Kilometer breite Spur von Hippae und Hunden führt in Richtung Sumpfwald. Der Botschafter, Ihr Mann, liegt im Krankenhaus. Er hat es mit knapper Not überlebt. Stavenger bon Damfels und ein weiteres Dutzend *bons* sind tot. Das bon Damfels-Mädchen ist auf dem Hafengelände aufgegriffen worden: Dimity. Sie verschwand im Frühjahr dieses Jahres. Sie befindet sich im gleichen Zustand wie Janetta …«

»Beide wurden doch von den Hippae entführt«, sagte Marjorie verwundert. »Und beide sind auf dem Hafen wieder aufgetaucht!«

Rillibee nickte. »Nackt. Ihrer Intelligenz beraubt«, fügte er hinzu. »In *Commons* herrscht ziemlich große Aufregung; niemand weiß, wie Janetta und Dimity überhaupt in die Stadt gelangt sind. Durch den Wald sind sie nicht gekommen, es sei denn, die Füchse hätten sie hergebracht. Wenn die Füchse es nicht waren, muß es noch einen anderen Weg geben. Das ist die einzige Erklärung. Und wenn die Mädchen ihn benutzt haben, ist er vielleicht auch für Hippae gangbar. Wir müssen also herausfinden, wie sie in die Stadt gekommen sind …«

Ein Knurren drang aus dem Wald.

»Jetzt sind sie verärgert«, sagte Bruder Mainoa und massierte sich die Schläfen. »Sie haben Zorn. Rillibee, du und deine Begleiter, ihr seid die ersten, die überhaupt auf den Füchsen geritten sind. Die Füchse dachten, die Stadt sei sicher. Deshalb hatten sie den Menschen auch geraten, den Hafen hier anzulegen, wo die Hippae nicht hinkommen.«

»Geraten?« fragte Marjorie.

»Sie wissen schon, wie ich es meine«, sagte Bruder Mainoa seufzend. »Empfohlen. Beeinflußt. Wie auch immer.«

Sie spürte, daß die Füchse sich zurückzogen. »Wohin gehen sie?«

»Sie suchen nach dem Weg, den es laut Rillibees Aussage geben muß. Sie denken dabei an *Migerers*.«

»Maulwürfe? Dann glauben sie also, es handele sich um einen Tunnel.«

»Etwas in der Art.« Mainoa schauderte und stützte den Kopf in die Arme. »Marjorie, ich bin ein müder, alter Mann. Ich bin nicht mehr in der Lage, euch bei der Suche nach einem Tunnel zu helfen.«

Rillibee legte den Arm um Mainoa. »Und ich bin ein müder junger Mann, Bruder. Wenn die Füchse nach dem Weg suchen, genügt das. Ich muß mich jetzt ein wenig ausruhen. Oder glaubst du, daß sie unsere Hilfe brauchen?«

»Auf jeden Fall«, sagte Bruder Mainoa. Aber wie dem auch sei, er war am Ende seiner Kraft. Marjorie legte sich wieder auf die Pritsche und spürte, daß der Schmerz nachließ. Dann schlief sie ein, ohne daß die Füchse ihr im Traum erschienen wären. Rillibee lag in einer kindlichen Pose da, und Mainoa hatte sich zusammengerollt und schnarchte leise. Vater James saß auf der Plattform, ans Geländer gelehnt, und fragte sich, was Marjorie wirklich erlebt, was sie wirklich gesehen oder geträumt hatte. Long Bridge und Steeplehands zerrten murrend an den Fesseln.

Noch bevor der *Erste* am späten Nachmittag zurückkehrte, wußten sie, daß die Füchse den Weg nach Commons gefunden hatten. Er befand sich noch ein Stück weit von der Stadt entfernt, als plötzlich Pferde und Reiter im Bewußtsein der Menschen abgebildet wurden, und die Botschaft war klar. Sie wurden in einem weiten Halbkreis durch Tümpel und Flüsse geführt und ritten lange Alleen entlang. Ohne Führer hätten sie den Weg unmöglich gefunden. Unter manchen Tümpeln verbarg sich Treibsand. Andere waren gespickt mit tödlichem, spitzen Gehölz. Sie wußten es, denn die Füchse hatten es ihnen gesagt.

Schließlich erreichten sie das Grasland; sie befanden sich in der Nähe des Sees, wo sie Stella gefunden hatten. In der näheren Umgebung lagen große Heugarben herum, und im Erdreich klaffte eine Tunnelöffnung, die nach dem Vorbild der Hippae-Kavernen ausgeschachtet war. Das Gras hatte die Öffnung verdeckt. Als sie Stella gefunden hatten, waren sie nur wenige

Meter von der Stelle entfernt und hatten sie nicht entdeckt.

»Das ist das Werk von *Migerers*«, sagte Bruder Mainoa.

Irgendwo schrie ein Fuchs. Der Laut ging den Menschen durch Mark und Bein.

»Das Werk des Teufels«, ergänzte Mainoa. »Das behaupten unsere Führer. Dieser Tunnel verläuft tief unter dem Sumpf. Ein Fuchs hat ihn durchquert, die ganze Strecke bis zum Hafen.«

Die Frage erübrigte sich, wer ihn zuvor benutzt hatte. Überall fanden sich die Abdrücke der dreizehigen Hufe der Hippae, sofern sie nicht vom Wasser, das von der Decke tröpfelte, verwischt worden waren. »Hinein«, erging die Aufforderung an sie. »Hindurch! Schnell!«

Marjorie führte Don Quixote in den Tunnel und wurde sofort von dem schlammigen Wasser durchnäßt, das durch den weichen Stein sickerte. Die anderen folgten ihr, wobei sie über die stickige Luft, die stinkenden ›Hippaeäpfel‹ und den matschigen Boden schimpften. Die Gefangenen zerrten fluchend an den Fesseln. Der Tunnel war nicht hoch genug zum Reiten. Er war sogar so niedrig, daß Irish Lass' Ohren an den Wurzeln schabten, die durch die Decke wuchsen. Sie hatten zwar Lampen dabei, aber sie tauchten den Tunnel nur in ein trübes Licht. Pferde und Menschen kämpften sich über den aus Schlick und Fels bestehenden Boden.

»Die Füchse folgen uns«, rief Rillibee in seiner Eigenschaft als Nachhut. »Ich spüre ihre Anwesenheit. Für Hippae ist der Tunnel zu niedrig.«

»Nicht, wenn sie robben«, wandte Bruder Mainoa ein. »Wie große Löwen. Hintereinander. Aber es stimmt schon; eigentlich ist der Tunnel nicht für sie konzipiert.«

Nach einigen Metern fiel der Tunnel steil ab. Das

Wasser, das bisher Richtung Ausgang geströmt war, kehrte nun die Flußrichtung um. Die Pferde setzten sich auf der abschüssigen Bahn auf die Hinterbacken und wieherten protestierend. Etwas trieb sie an, eine unhörbare Stimme. Schließlich wurde der Tunnel wieder eben und das Wasser tiefer. Sie wateten durch das Wasser, wobei ein ständiger Zufluß von oben erfolgte. Dunkelheit hüllte sie ein.

Marjorie strahlte mit der Taschenlampe die Tunnelwände an und erkannte zahlreiche kleine Löcher. »Wozu sind die gut?« fragte sie.

»Vermutlich Abflüsse«, erklärte Vater James. »Das ganze Wasser muß schließlich irgendwohin abfließen.«

»Und wohin? Es wird doch nicht nach oben fließen!«

»Eigentlich befinden wir uns in einem Hügel«, sagte Bruder Mainoa und hustete. »*Commons*, einschließlich des Sumpfwaldes, ist auf einem felsigen Plateau gelegen, das sich über die Prärie erhebt. Wie eine Schüssel auf einem Tisch. Wenn man Löcher in die Schüssel bohrt, fließt das Wasser ab.«

»Glauben Sie, daß die *Migerers* den Tunnel gegraben haben?« fragte sie.

Erneut hustete er, als ob er die Schwindsucht hätte. »Ich glaube schon. Die Hippae haben sie wahrscheinlich mit dem Bau beauftragt.«

»Durch den Fels?«

»Nur zum Teil durch Fels. Das Gestein hier ist ziemlich weich. Und das können sie bearbeiten. Ich habe es selbst gesehen.«

»Wie weit noch?« fragte sie.

»Dort vorne ist etwas«, erwiderte Bruder Mainoa nach einer Weile.

Beim Näherkommen erkannten sie, daß es sich um eine wasserdichte, trockene Ausbuchtung des Tunnels handelte, die mit Gras ausgepolstert war. Marjorie leuchtete die Kammer mit der Taschenlampe aus. Auf dem Boden lagen zerfetzte Unterwäsche, zwei linke

Stiefel und eine verschlissene Jagd-Jacke. »Sie war hier«, sagte Marjorie. »Janetta.«

»Und noch jemand«, stellte Bruder Mainoa seufzend fest und zeigte auf die Stiefel. »Zwei linke Stiefel. Sie gehören wahrscheinlich Janetta und Dimity bon Damfels.«

Plötzlich ertönte im Tunnel eine Geräuschkulisse aus Trillern und Knurren.

»Wir sollen weitergehen«, sagte Bruder Mainoa. »Von hinten nähert sich Gefahr.«

Sie nahmen den Marsch durch den glitschigen Tunnel wieder auf, wobei die Angst ihren Schritt beschleunigte. Marjorie warf einen Blick auf Don Quixote und fragte sich, ob er nicht ein viel besseres Gespür für die Füchse hatte als sie. Er bewegte sich zielstrebig voran, als ob er einem Ruf folgte. Und nicht nur er. Alle Pferde.

Weit hinten im Tunnel ertönte ein Schrei. Das Echo lief an ihnen vorbei – *ee-yah, ee-yah, ee-yah* – und brach sich an den Wänden.

Sie erhielten die mentale Aufforderung, sich zu beeilen. Das entsprechende terranische Wort erschien pulsierend vor dem geistigen Auge der Menschen, schwarze Großbuchstaben auf orangefarbenem Grund, dazu unterstrichen und mit einem Ausrufungszeichen versehen. ›EILT!‹

»Was?« sagte Marjorie dumpf. »Was war das?«

»Das tut er manchmal«, sagte Mainoa kurzatmig. »Er hat zwar kein Faible für Schriftsprache, aber manchmal schnappt er ein Wort von mir auf und projiziert es irgendwohin.«

Ein neues Bild erschien; sie saßen auf und trieben die Pferde an. Das Bild war kaum verblaßt, als ein anderes erschien: Sie waren noch immer beritten und lagen flach auf den Rücken der Pferde, während diese durch das Wasser trabten und zielstrebig in die Dunkelheit eindrangen, als ob sie sich an einem Leitsystem orientierten, das nur ihnen allein bekannt war. Die Gefangenen, die man auf Irish Lass gesetzt hatte, murrten vernehmlich.

»Maul halten, oder wir werfen euch den Hippae zum Fraß vor«, drohte Rillibee. Die Kletterer verstummten.

Schließlich erblickten sie in der Ferne einen rosigen Lichtschimmer. Der Tunnel stieg an. Die Pferde stemmten sich mit den Hinterbeinen in den Morast und stießen sich ab. Die Konturen eines Fuchses zeichneten sich gegen das Licht ab; dann war er wieder verschwunden. Der Tunnel endete auf einer kleinen, von Teichen umgebenen Insel. Vor ihnen wichen die Bäume zurück und gaben den Blick auf eine im glühenden Sonnenuntergang liegende Anhöhe frei. Diffuse Schemen kamen hinter ihnen aus dem Tunnel und liefen in den Wald.

Das Wort ›WEITER‹ erschien vor ihrem geistigen Auge, diesmal rot auf weiß, mit Ausrufezeichen. ›WEITER!‹

Sie taten wie geheißen. Die Pferde wateten zur Baumgrenze und stiegen den hohen Hang hinauf. Die Reiter drehten sich um, auf das Schlimmste gefaßt. Aber da war nichts. Vielleicht hatten die Füchse ihnen einen Vorsprung verschafft.

»Ich bringe die beiden zur Polizeistation«, sagte Rillibee und zog an dem Seil, mit dem die Gefangenen verschnürt waren. Dann wies er den Hügel hinauf. »Dort ist das Krankenhaus, in dem Stella und Ihr Mann liegen. Gleich neben dem Hafenhotel.«

Marjorie trieb Don Quixote den Hang hinauf. Erst auf halber Höhe wurde ihr bewußt, daß sie Rigo gleich wiedersehen würde. Rigo, artikulierte sie stumm. Der Name brachte keine Saite bei ihr zum Klingen. Er war ein Bekannter, mehr nicht. Früher hatten sie beim Gedanken an ihn immer Schuldgefühle, Angst und Frustration überkommen. Nun war sie nur noch neugierig, vielleicht etwas besorgt. Sie fragte sich, wie es wohl wäre, ihn nach all diesen Ereignissen wiederzusehen.

Das Hafenhotel war überfüllt. Anonyme Gruppen liefen umher und anonyme Gesichter starrten Marjorie und die anderen neugierig an. Jemand stieß einen Schrei aus. Ein anderer zeigte mit dem Finger. Dann löste Sebastian Mechanic sich aus der Masse und kam auf sie zugerannt.

»Lady Marjorie«, rief er. »Ihr Sohn ist hier, Ihre Tochter und Ihr Mann.«

Mit steifen Gliedern stieg sie vom Pferd und wischte sich das schmutzige Gesicht ab. »Rillibee hat es mir schon gesagt«, erwiderte sie. »Ich muß sie sehen. Gibt es hier irgendwo eine Waschgelegenheit?« Dann tauchte Persun Pollut neben ihr auf und ging mit ihr fort, während Sebastian und Asmir die Pferde wegbrachten.

»Lady Westriding, ich bin froh, Sie hier zu sehen.« Seine Augen strahlten vor Freude, aber sie sah es nicht. »Sie bringen die Pferde in die Scheune. Kann ich etwas für Sie tun?«

»Wissen Sie, wo Rigo ist?«

»Da drin.« Er wies durch die Tür auf eine Gruppe von Leuten, die anscheinend alle durcheinanderredeten. »Vor ein paar Stunden hat er vom Doktor die Erlaubnis erhalten, aufzustehen. Die einzigen Gesprächsthemen sind die Pest und die Frage, ob die Hippae in die Stadt eindringen und uns alle fressen werden!«

»Die Pest!« Sie erkannte Rigos hageres Gesicht inmitten der Menge. Er saß auf einem Stuhl, bleich und abgemagert, aber er war am Leben. Und wurde mit Fragen bezüglich der Pest konfrontiert!

»Alle wissen Bescheid, gnädige Frau. Ihr Mann ist hier und versucht die Gemüter zu beruhigen ...«

»Ich gehe hin«, sagte Bruder Mainoa. »Ich muß

ihnen vom Tunnel berichten … in dieser Angelegenheit muß etwas unternommen werden.«

»Und Stella?« wandte Marjorie sich an Persun.

»Diese Richtung.« Persun wies auf einen Durchgang.

»Ich komme mit«, sagte Rillibee, als Bruder Mainoa, der sich auf Vater James stützte, auf die Menge zuging.

Persun führte Marjorie und Rillibee an der Gebäudefront entlang. Dann betraten sie es durch einen Seiteneingang und gingen durch einen Korridor zu einem Eckzimmer, das fast völlig von einem summenden Kasten, einem Universal-Medo-Robot, ausgefüllt wurde.

»Hier hinein«, sagte Persun.

Hinter dem transparenten Gehäuse sah sie Stella liegen, die über Drähte und Schläuche mit dem Kasten verbunden war.

»Sind Sie ihre Mutter?« Die Ärztin hatte hinter ihr den Raum betreten.

Marjorie drehte sich um. »Ja. Ist sie …? Ich meine, was tun Sie …?«

Die Ärztin bedeutete ihr, Platz zu nehmen. »Ich bin Doktor Lees Bergrem. Bisher war ich nicht in der Lage, eine Prognose zu stellen. Sie ist erst etwas über einen Tag hier. Es werden keine … nun, keine körperlichen Schäden zurückbleiben.«

»Haben sie etwas mit ihrem … ihrem Körper gemacht?«

»Ja. Eine Manipulation der Lustempfindungszentren des Gehirns und des Nervensystems. Ich weiß aber noch nicht, worum es sich genau handelt. Eine Perversion. Ihre sexuelle Lust resultiert anscheinend aus dem Befolgen von Befehlen. Aber das ist reparabel.«

Marjorie schwieg und wartete auf weitere Erläuterungen.

»Möglicherweise wird sie sich an nichts mehr erinnern. Ihre Persönlichkeit wurde verändert. Sie gleicht jetzt eher einem Kind …« Die Ärztin schüttelte den Kopf. »Haben Sie schon von Janetta bon Maukerden gehört? Wissen Sie, daß auch das andere Mädchen gefunden wurde? Diamante bon Damfels. Es hat den Anschein, daß sie einer Gehirnwäsche unterzogen wurden; nur ein Schaltkreis ist noch intakt.« Erneut schüttelte sie den Kopf. »Ihre Tochter hatte mehr Glück. Ihr Gehirn funktioniert noch. Selbst wenn ein Teilverlust eingetreten ist, kann das im Rahmen von Rehabilitationsmaßnahmen wieder kompensiert werden.«

Marjorie schwieg. Was hätte sie auch sagen sollen? Sie spürte Rillibees Hand auf der Schulter. »Es wird alles gut«, sagte er. »Ich habe es im Gefühl.«

Am liebsten hätte sie geweint. Sie verspürte Wut. Wut auf Rigo. Sogar auf Stella selbst. Das hatten Rigo und Stella nun von ihrer Dummheit. Und die *bons* waren mitschuldig. Die Hippae hatten damit nichts zu tun, so bösartig sie auch sein mochten. Es war menschliche Dummheit, die Stella in diese Kiste befördert hatte.

Vergebung, ertönte eine leise Stimme in ihrem Kopf. *Gerechtigkeit. Mit Schuld würde ich meine Zeit nicht vergeuden.*

Die Ärztin riß sie aus ihren Gedanken. »Sie selbst sehen aber auch nicht gut aus. Die Beule an Ihrem Kopf ist so groß wie ein Hühnerei. Schauen Sie.« Sie leuchtete in Marjories Augen und verkabelte sie mit diversen Geräten. »Gehirnerschütterung«, diagnostizierte sie. »Bleiben Sie eine Weile hier sitzen, bevor Sie noch zusammenbrechen. Ich schicke Ihnen jemanden, der Sie wäscht. Haben Sie Kleidung zum Wechseln dabei?«

Einige Krankenschwestern erschienen. Sie brachten Schüsseln mit Wasser und Handtücher. Jemand lieh ihr eine Bluse. Dann setzte Marjorie sich neben Stellas Kasten, wobei sie selbst über Schläuche und Drähte mit einer Box verbunden war. Allmählich verblaßte die Vision, die sie im Sumpfwald gehabt hatte. Sie erinnerte sich zwar noch daran, aber nur noch verschwommen.

Die Worte wurden undeutlich. Sie wußte nicht mehr, was Gott zu ihr gesagt hatte. Dann kam die Ärztin zurück, setzte sich neben sie und erzählte ihr mit leiser Stimme von ihrem Medizinstudium auf Semling, dem Aufbaustudium auf *Reue* und den jungen Leuten aus *Commons*, die kürzlich zu Wissenschaftlern ausgebildet worden waren und nun an der Lösung eines Rätsels arbeiteten, an dem Lees Bergrem selbst interessiert war.

»Ich weiß«, sagte Marjorie. »Ich hatte Ihre Bücher angefordert.«

Die Ärztin errötete. »Das sind aber Fachbücher und nicht für Laien geschrieben.«

»Dachte ich mir schon. Trotzdem habe ich sie zum Teil verstanden.«

Die Ärztin erkundigte sich nach dem Sumpfwald und den Füchsen. Marjorie berichtete ihr von den Angreifern und erzählte ihr auch sonst alles, was sie wußte; und vielleicht noch mehr... Die Vision verschwieg sie indessen.

»Oh, ich hätte ihnen durchaus verziehen«, sagte sie. »Ich hatte aber Bedenken, sie laufen zu lassen. Weil ich befürchtete, daß die Gesellschaft oder Gott mich deswegen verurteilt hätten. Auf ein paar Schmerzen mehr oder weniger wäre es mir nicht angekommen. Auch nicht auf ein paar Morde und Vergewaltigungen. Das alles zählt nämlich nicht im Himmel. So sagt man doch, Doktor, nicht wahr? Aber dazu hat Gott sich eigentlich gar nicht geäußert. Er hat lediglich gesagt, wir sollen unsere Arbeit tun ...«

Die Ärztin schaute sie befremdet an und sah ihr in die Pupillen.

Marjorie nickte. »Man verkündet uns Gottes Wort aus Büchern. Das ganze Leben hatte ich Gottes Wort in der Tasche, und dabei hat Er seine Worte ganz woanders niedergeschrieben ...«

»Psst«, machte Dr. Bergrem und tätschelte ihr den

Arm. Marjorie entspannte sich und ließ es dabei bewenden. Schließlich verließ die Ärztin den Raum, und nun hörte sie nur noch den eigenen Atem und das Summen der Apparate. Sie dachte an Dr. Bergrems Buch. Sie dachte über das Konzept der Intelligenz nach. Sie dachte über Stella nach. Schwach erinnerte sie sich an das Antlitz Gottes und daran, wie Vater Sandoval mit Libellenflügeln aussah. Als ob sie es vor langer Zeit in einem Märchen gelesen hätte.

Im überfüllten Raum, in dem Rigo saß, bestand Bruder Mainoa mit letzter Kraft darauf, daß Maßnahmen ergriffen würden. »Der Tunnel muß geschlossen werden«, sagte er. »Sofort. Sonst dient er den Hippae als Einfallstor nach *Commons*. Sie waren schon hinter uns. Zwar in geringer Zahl, weil der Tunnel so eng ist, daß sie nur in Einerreihe hindurchgehen können, aber diese wenigen würden schon genug Schaden anrichten.«

»Es sind Ihnen also einige gefolgt«, resümierte Alverd Bee, der Bürgermeister. »Als Sie hier ankamen und uns über die Existenz des Tunnels informierten, habe ich sofort zwei Posten abgestellt. Sie melden, ein paar Bestien würden sich am Eingang befinden.«

»Im Augenblick sind es noch ein Dutzend; bei Sonnenuntergang sind es vielleicht schon hundert«, gab Rigo zu bedenken. »Bruder Mainoa hat recht. Dieser Tunnel muß zerstört werden.«

»Leider habe ich nicht die geringste Ahnung, wie man das bewerkstelligen könnte«, sagte der Bürgermeister. »Hättest du vielleicht eine Idee, Roald?« wandte er sich an seinen Schwiegervater.

»Ja, was könnte man da tun«, sagte Roald nervös. »Ihn sprengen. Fluten. Oder irgendwie blockieren.« Er kratzte sich am Kopf. »Hime Pollut kennt sich in solchen Dingen aus. Fragt ihn.«

Alverd machte sich auf die Suche nach Hime Pollut.

Bald darauf kehrte er zurück. »Hime meint, wir sollten ihn sprengen. Allerdings weiß er nicht, was wir als Sprengstoff nehmen sollen.«

»Habt ihr vielleicht Sprengstoff, mit dem ihr die Winterquartiere aus dem Fels sprengt oder den ihr in den Minen verwendet? Ihr habt doch Minen. Dann besorgt das Zeug!«

»Daran haben wir auch schon gedacht, Botschafter, aber die Hippae versammeln sich auch schon an diesem Ende des Tunnels. Sie würden uns erwischen, bevor wir nahe genug herangekommen sind.« Alverd biß sich nachdenklich auf die Lippe.

»Und das andere Ende ...«

»Dasselbe, Botschafter. Hippae auf beiden Seiten. Als ich hörte, daß sie hier aufgetaucht sind, habe ich einen Gleiter zum anderen Ende geschickt. Der Pilot hat ungefähr hundert Bestien gezählt, wobei ein paar den Eingang bewachen. Unter diesen Umständen kommen wir nicht an den Tunnel heran.«

»Etwas aus der Luft abwerfen?«

»Was denn? Wir haben Sprengstoff, aber keine Bomben. Nein – wie sagen Sie dazu – Zünder. Es gibt hier zwar Leute, die in der Lage wären, eine Bombe zu bauen, wenn wir die Materialien hätten; vielleicht könnten sie die Komponenten sogar selbst herstellen, wenn die Zeit ausreichen würde. Sie und Ihr Freund hier sagen aber, so viel Zeit hätten wir nicht mehr. Wenn es uns gelänge, tief genug in den Sumpfwald vorzudringen, den Tunnel von oben zu orten und wenn uns dann ein paar Tage oder gar Wochen zur Verfügung stünden, könnten wir ihn anbohren und fluten. Aber so viel Zeit haben wir nicht. Uns bleiben noch ein paar Stunden. Falls überhaupt. Wir kennen die Pläne der Hippae. Ihre Frau hat gesehen, daß sie ihre Kriegserklärung in den Boden der Kaverne gestanzt haben. Wir haben es auch gesehen. Bruder Mainoa hat uns die Bedeutung erklärt. Sie planen, die

Stadt zu stürmen und uns alle umzubringen, wie sie es auch mit den Arbai gemacht hatten. Brot und Spiele für die Hippae.«

»Wo befindet sich der Tunnelausgang?« fragte Rigo.

»Auf einer kleinen Insel im Wald, am Fuß dieses Hügels«, erwiderte Bruder Mainoa. »Hier, an der Ostseite des Hafens, ist der Wald am schmalsten. Er ist vielleicht zwei bis drei terranische Meilen breit. Sonst ist er breiter, aber hier ragen zu beiden Seiten des Sumpfes Höhenzüge auf. Das Tal ist wie ein Flaschenhals, und hier haben die verdammten *Migerers* mit ihrer Wühlarbeit angesetzt. Sie müssen viele Jahre gebraucht haben, den Tunnel tief genug durch den Fels zu treiben. Andernfalls wäre er schon längst vollgelaufen.«

»Ist es überhaupt möglich, den Tunneleingang zu erreichen? Ist das physikalisch machbar?« fragte Rigo Alverd Bee.

»Wenn die Hippae nicht dort wären, ginge das auf jeden Fall. Aber nicht unter den gegebenen Umständen. Sie würden uns vorher abfangen.« Alverd fuhr sich mit den Fingern durchs Haar, bleckte die Zähne und zog eine Augenbraue hoch. »Wir haben weder Panzer noch sonstige Kampffahrzeuge. Die kleinen Roboter, die wir außerhalb der Stadt einsetzen, würden auch nichts ausrichten. Wir könnten sie höchstens mit Gleitern in den Tunnel zurücktreiben, aber sie wären wieder draußen, bevor jemand die Sprengladungen angebracht hätte.«

»Wenn wir sie aber ablenken würden, könntet ihr nahe genug herankommen und den Tunnel sprengen.«

»Und wie stellen Sie sich das vor?« wandte Alverd sich an Rigo, wobei sich auf seinem Gesicht gleichermaßen Hoffnung wie Skepsis spiegelten.

»Das muß ich mir noch überlegen. Könnten Sie es schaffen?«

»Vielleicht. Möglicherweise.«

»Dann bereiten Sie alles vor.«

»Mein Gott, die Lage scheint ziemlich hoffnungslos«, sagte Alverd kopfschüttelnd.

»Die Bewohner von *Gras* sind vielleicht die letzten Menschen überhaupt, Bürgermeister Bee«, erwiderte Rigo mit düsterem Blick. »Davon müssen wir jedenfalls ausgehen. Wie würden Sie lieber sterben? Abwarten oder kämpfen?«

Erneut bleckte Alverd die Zähne und ging davon. Rigo wandte sich an Roald Few. »Wenn wir die Hippae ablenken, wäre es möglich, daß einige uns umgehen. Schaffen Sie die Leute deshalb in die Winterquartiere und verbarrikadieren Sie die Zugänge. Haben Sie Waffen? Wenn nicht, dann rüsten Sie sie wenigstens mit Lasermessern aus.«

»Wir haben Waffen. Aber ich glaube, wir sollten zuerst eine vorgeschobene Verteidigungslinie errichten, bevor wir uns in die Winterquartiere zurückziehen, Botschafter. Der *EBG* stellt eine natürliche Barriere dar. Ich schlage vor, wir errichten dort die erste Front.«

»Das wäre eine Möglichkeit. Die Bevölkerung soll sich hinter diese Linie zurückziehen. Evakuieren Sie den Wirtschaftsbezirk und Portside. Sorgen Sie dafür, daß diejenigen, die nicht an der Verteidigung der Stadt beteiligt sind, die Winterquartiere aufsuchen. Stellen Sie sicher, daß die Schiffe auf dem Hafen verriegelt sind. Wir brauchen sie vielleicht noch. Wo ist das Kraftwerk?«

»Außerhalb der Stadt, in den Winterquartieren. Zutritt wäre quasi nur über unsere Leichen möglich.«

»Darauf wird es vielleicht auch hinauslaufen«, dachte Rigo laut. Roald störte ihn nicht bei seinen morbiden Gedankengängen. Was das Ablenkungsmanöver betraf, so war das leichter gesagt als getan. Er trat ans Fenster, sah jedoch nicht das hektische Treiben auf der Straße, sondern blickte nur auf sein verdammtes Spiegelbild.

»Botschafter?«

»Ja, Sebastian?«

»Ein Grüner Bruder möchte Sie sprechen. Der Obermotz persönlich. Chef des ganzen Haufens.«

»Wie ist sein Name?«

»Jhamless Zoe. Er sagt, es sei dringend.«

»Ich habe höchstens drei Minuten für ihn.«

»Ich habe ihm gesagt, Sie seien beschäftigt. Ich habe ihm auch den Grund genannt. Dort drüben ist ein leerer Raum. Ich bringe ihn hin.«

»Botschafter«, sagte der Ältere Bruder anmaßend, »erzählen Sie mir alles, was Sie über die Pest wissen.« Obwohl es kühl war im Raum, schwitzte der Mann.

»Nicht so voreilig. Mit welcher Begründung denn?« entgegnete Rigo und musterte das bizarre Gesicht des anderen.

»Ich handle im Auftrag von *Heiligkeit*, genau wie Sie. Ich soll mit Ihnen kooperieren.«

»Ich verfüge über keine derartigen Informationen. Mir wurde gesagt, meine Mission auf *Gras* sei streng geheim.« Rigo sah, daß eine Schweißperle über die winzige Nase des Mannes kullerte und unter der Spitze hängenblieb.

»Ich habe den Auftrag von Cory Strange erhalten, dem neuen Hierarchen. Die Botschaft kam mit demselben Schiff, mit dem auch Sie hier eingetroffen sind.«

Rigo lächelte freudlos. »Dann gibt es also einen neuen Hierarchen. Ich wünschte, er hätte das Amt früher angetreten, Bruder Zoe. Dann hätte ich nämlich jetzt nicht diesen Ärger am Hals. Nun, Ihre Autorität erkenne ich jedenfalls nicht an! Genausogut könnten Sie ein unbedeutender Novize sein. Wenn Sie es aber nicht von mir erfahren, dann spätestens in zehn Minuten im Hotel. Also: Es gibt keine Pest auf *Gras*. Das ist zumindest ein Indiz dafür, daß hier ein Gegenmittel existiert. Wir wissen aber nicht, worum es sich dabei handelt, wo es zu finden ist und wie es wirkt. Wir wissen auch nicht, ob Fremde, die hierherkommen, geheilt werden, und falls doch, ob der Effekt dauerhaft ist oder nur für eine gewisse Zeit anhält. Die Antwort liegt vermutlich hier auf *Gras*. Das ist alles, was wir wissen.«

Der Ältere Bruder zog ein Taschentuch aus der Kutte und wischte sich das Gesicht damit ab. »Ich... ich... ich weiß es zu schätzen, daß Sie mir diese Informationen gegeben haben, Botschafter.« Dann wandte er sich um und verließ hastig den Raum.

Rigo wollte ihm schon folgen, als er einen zusammengefalteten Zettel auf dem Boden liegen sah. Er war dem Bruder aus der Tasche gefallen, als er das Taschentuch herausgezogen hatte. Rigo hob das Papier auf, strich es glatt und überflog den Inhalt. Vielleicht war es so wichtig, daß er es dem Mann zurückgeben mußte.

›Mein lieber, alter Freund Nods‹, stand in einer deutlichen, schwungvollen Handschrift geschrieben; es hätte genauso gut ein Computerausdruck sein können.

Mit zunehmendem Unglauben las Rigo den Text, dann ein zweitesmal. ›Hier wie andernorts grassiert die Pest... Es liegt nicht in unserem Interesse, daß Informationen über die Pest und ein eventuelles Gegenmittel weitere Verbreitung finden... welche die Welten für eine alleinige Kolonisierung durch *Heiligkeit* säubert...‹

»Rigo.«

Er drehte sich um. Da stand sie neben ihm. »Marjorie! Ich dachte, du wärst bei Stella.« Sie war sehr blaß. Sehr müde.

»Ich bin in ihr Zimmer gegangen. Ich habe sie aber gar nicht richtig gesehen. Sie liegt in einem Reha-Tank. Rillibee ist bei ihr geblieben.«

»Wie geht es ihr?«

»Die Ärztin hat sich ziemlich optimistisch geäußert. Aber sie hat ausdrücklich gesagt, es gäbe keine Garantie für eine vollständige Genesung. Vermutlich liegen noch andere Schäden vor.« Marjorie rieb sich die Augen.

Er stand in einer verkrampften Haltung da. Obwohl sie ihm keine Vorwürfe gemacht hatte, fühlte er sich trotzdem schuldig. Er wollte jetzt nicht über ihre Tochter sprechen, noch nicht. Das Papier knisterte in seiner Hand. Plötzlich erinnerte er sich. »Das mußt du dir anschauen. Der Vorsteher der Abtei ist hergekommen und hat sich bei mir nach der Pest erkundigt. Dabei ist ihm das hier aus der Tasche gefallen.« Er gab ihr den Zettel.

Sie las den Text zweimal durch. Schließlich sah sie ihn an. Alle Farbe war aus ihrem Gesicht gewichen. »*Heiligkeit* wird das Gegenmittel nicht ausgeben, selbst wenn wir eins finden?«

»So steht es geschrieben. Der Text ist vom neuen Hierarchen unterzeichnet worden. Onkel Carlos mag vielleicht ein Apostat gewesen sein, aber dazu wäre er nicht fähig gewesen!«

»Was werden wir nun tun?«

»Bisher wünsche ich mir nur, ich hätte dem Kerl nichts gesagt. Im Moment weiß ich keinen Rat.«

Sie berührte ihn sanft an der Schulter. »Eins nach dem andern, Rigo. Mehr kann niemand tun.«

»Na gut. Eins nach dem andern. Im Augenblick geht die größte Gefahr von den Hippae beim Tunnel aus. Vielleicht bleibt uns nichts anderes übrig, als diese verdammten Hippae alle zu töten ...«

»Nein!« Sie faltete den Brief zusammen und steckte ihn in die Jackentasche. »Nein! Wir dürfen sie nicht töten. Sie verwandeln sich in andere Wesen. Wichtige Wesen. In Füchse, Rigo. Sie sind eine intelligente Rasse. Selbst die Hippae sind in gewisser Weise intelligent.«

»Ein paar werden wir aber töten müssen«, sagte er. Ihm fiel auf, daß Marjorie einen veränderten Eindruck machte. »Egal, in was sie sich verwandeln. Wenn wir sie nicht töten, töten sie uns. Wir müssen *Commons* gegen sie absichern, oder sie werden alle Einwohner umbringen, wie damals die Arbai.«

»Gut, dann tötet ein paar von ihnen«, willigte sie ein. »Das wird sich wohl nicht vermeiden lassen. Aber nicht mehr als unbedingt nötig. Aus diesem Grund wollte ich mit dir sprechen. Ich habe von deinem Plan mit dem Ablenkungsmanöver gehört. Wir müssen die Pferde nehmen.«

Zuerst war ihm zum Lachen zumute gewesen. Als er dann hörte, was sie zu sagen hatte, hätte er am liebsten geweint. Er war zwar nicht damit einverstanden, aber sie schaute ihn nur entschlossen an. So hatte er sie noch nie erlebt. Er hatte auch keinen besseren Vorschlag zu machen. Seine Stimmung war von Spott in Verzweiflung umgeschlagen. Mit unsicherem Gang verließ er das Hafenhotel, um die Vorbereitungen zu treffen, von deren Notwendigkeit sie ihn überzeugt hatte. Mit einem Gleiter konnte man den mitten im Wald gelegenen Tunnelausgang nicht erreichen. Beim geringsten Anzeichen eines Luftangriffs müßten die Hippae sich bloß in den Sumpf oder den Tunnel zurückziehen, wie sie sich auch vor dem Gleiter in Sicherheit gebracht hatten, der den verletzten Rigo ausgeflogen hatte. Wenn der Tunnel wirklich zerstört werden sollte, mußten die Hippae abgelenkt werden. Die Hippae haßten Pferde. Die Pferde waren der Schlüssel.

›Wenigstens …‹, sagte er sich und versuchte zu lachen, ›wenigstens muß ich nie mehr diese verdammten *bon*-Stiefel und die Hosen tragen, die so einen fetten Hintern machen.‹

Nach Einbruch der Dämmerung versammelten sie sich in der großen Scheune, in der die Pferde untergebracht waren. Es wurde nur wenig gesprochen. Alles Notwendige war bereits gesagt worden, und überhaupt hatten sie nun genug geredet. Sie waren der Worte überdrüssig und fürchteten sich vor dem bevorstehenden Einsatz. Ihre Entschlossenheit war jedoch ungebrochen.

Rigo, blaß, aber entschlossen, sattelte El Dia Octavo. Marjorie wählte Don Quixote. Tony nahm Blue Star und Sylvan ritt Her Majesty. Irish Lass, so hatten sie befunden, war leider nicht schnell genug. Blieb also nur noch Millefiori.

»Ich wünschte, wir hätten noch jemanden dabei«, sagte Sylvan und blickte auf die Stute.

»Haben wir auch«, erwiderte Marjorie. Sie war die Ruhe in Person. Vater Sandoval hatte vorgeschlagen, ihr die Beichte abzunehmen und Absolution zu erteilen. Sie hatte mit der Begründung abgelehnt, dafür sei jetzt keine Zeit. Zumal sie sich nicht sicher war, ob sie die Beichte ablegen wollte. Überhaupt waren ihr Zweifel am Sinn dieser Übung gekommen. Selbst wenn es doch einen Sinn haben sollte, war sie im Moment nicht willens oder in der Lage, zu beichten; zuerst mußte sie eine Entscheidung treffen. »Tony, hier ist sie.«

»Wer denn?« fragte er überrascht.

»Ich«, ertönte eine Stimme an der Tür. Sie stand im Lichtkegel, der von draußen hereinfiel. Sie war leichenblaß. Gekleidet war sie in einen *bon*-Reitmantel und eine geänderte Reithose.

»Mutter!« rief Sylvan verblüfft.

»Ich freue mich, daß ich wenigstens noch ein Kind habe, das mich ›Mutter‹ nennt«, sagte sie kühl. »Hast du Dimity gesehen, Sylvan?«

Er senkte den Kopf. Im ersten Moment hatte es ihm die Sprache verschlagen. »Ja, ich habe sie gesehen. Ich weiß, in welchem Zustand sie sich befindet. Aber damit wirst du ihr auch nicht helfen«, murmelte er. »Du bist doch noch gar nicht wieder gesund …«

»Ich habe Marjorie meine Hilfe versprochen, wenn sie sie braucht. Und nun braucht sie sie. Außerdem, wer sollte es sonst tun? Marjorie hat es mir vor ein paar Stunden gezeigt. Es ist gar nichts. Nichts verglichen mit dem, was ich in meiner Kindheit und als Obermum getan habe. Auch noch, als du schon geboren warst, Sylvan. Ich glaube, daß ich genug Erfahrung habe für diesen Ritt. Hast du Emmy gesehen, Sylvan? Sie sieht fast so aus wie Dimity. Aber die Ärzte sagen, daß sie bald wieder gesund wird.«

»Vater hat das getan«, sagte er tonlos.

»Ich mache Stavenger keinen Vorwurf«, sagte sie. »Welchen Sinn hätte das auch bei einem Toten? Die Hippae sind schuld daran. Ich mache den Verantwortlichen einen Vorwurf, und das sind schon immer die Hippae gewesen.«

»Die *bons* und die Füchse tragen auch einen Teil der Verantwortung«, sagte Marjorie hitzig. »Die Füchse haben sich der Unterlassung schuldig gemacht. Sie haben die Hände in Unschuld gewaschen. Sie haben es toleriert. Und als es dann zur Katastrophe kam, verlegten sie sich auf philosophische Diskussionen. Als die Menschen *Gras* kolonisierten, übernahmen die Füchse von ihnen neue Paradigmen wie Schuld und Vergebung und diskutierten darüber. Sie führten umfassende theologische Dispute und sandten Bruder Mainoa aus, auf daß er herausfinde, ob Gott ihnen vergeben würde. Sie erörterten das Konzept der Erbsünde und der Kollektivschuld. Das tun sie bis zum heutigen Tag. Sie wollen aber nicht begreifen, daß Reue manchmal kontraproduktiv ist.« Vor lauter Wut zog sie den Sattelgurt so stramm, daß Don Quixote ungehalten schnaubte.

»Mutter«, sagte Tony. »Tu es nicht.«

»Verdammt, Tony, wir sind auf sie angewiesen. Sie sind große, starke Wesen, die sogar imstande waren, sich gegen noch schrecklichere Entitäten zu verteidigen, die vor langer Zeit existierten. Nun haben sie allen weltlichen Aktivitäten entsagt. Sie meditieren nur noch und diskutieren. Aber sie treffen keine Entscheidungen mehr.«

»Sie haben aber die Entscheidung getroffen, dir zu helfen«, wandte Rigo ein. Sie hatte ihm nämlich die Geschichte von den Kletterern erzählt.

»Ach«, knurrte sie. »Ach. Einer hat mir geholfen. Ganz allein. Und gegen ein Dutzend Hippae wird er wohl auch nichts ausrichten. Die anderen hocken auf den Bäumen und meditieren. Sie fragen sich, was sie tun sollen, falls sie überhaupt jemals etwas tun. Ich habe in der Baumstadt den Fehler gemacht, die beiden Kletterer nicht zu töten. Damit habe ich ihnen ein gutes Beispiel gegeben. Sie sind allzugern bereit, einem guten Beispiel zu folgen, wenn das nur bedeutet, daß sie passiv bleiben dürfen und keine Verantwortung für eventuelle Aktivitäten übernehmen müssen.«

Zum wiederholten Mal überprüfte sie die Lanze, die aus einer festen Leichtmetallegierung bestand und mit einem Abzug versehen war, der ein großes Lasermesser aktivierte; eins von der Art, das sie ihren Bediensteten zum Heumachen gegeben hatte. Das Messer war an der Speerspitze aufgepflanzt, wobei seine Masse durch ein Gegengewicht am Ende der Lanze ausgeglichen wurde. Die Lanzen und die Rundschilde, die sie mitführten, waren von Roalds Leuten angefertigt worden. Die Schilde dienten als eine Art Brustpanzer und verfügten über einen Haken, in den die Lanzen eingesteckt wurden. Um das Gewicht zu minimieren, wurden Brust und Flanken der Pferde durch eine Art metallischen Schuppenpanzer geschützt. Die Brustpanzer waren Rigo noch aus der Zeit in Erinnerung, da die alten Rittersleut' sich mit schweren Lanzen abmühten, die genau waagrecht gehalten werden mußten.

Bei diesen leichten Lanzen kam es jedoch nicht darauf an, in welchem Winkel sie gehalten wurden. Vielmehr war die Wirkung um so stärker, je mehr Drall sie hatten. Weil die Spitze quasi um die Lanze kreiste, war sie eine verheerende Abstandswaffe. Gleichzeitig trug der Haken zur Stabilisierung bei und verhinderte, daß die Spitze unfreiwillig Bodenkontakt bekam – zumindest beim ersten Angriff. Aber Marjorie plante indes überhaupt keine Attacke. Ihr schwebte ein Ausfall vor, aufgrund dessen die Hippae die Verfolgung aufnahmen und sich vom Tunnel entfernten. Die Aktion sollte so lange dauern, bis Alvards Leute den Tunnel gesprengt hatten. Rigo, der sein Messer im Kampf gegen die Hippae bereits erprobt hatte, bestand darauf, daß sie sich bewaffneten. Also verfügte jeder über eine Lanze zuzüglich eines Reservemessers. Dennoch würden Pferde und Reiter nach dem ersten Angriff wahrscheinlich um ihr Leben laufen müssen, Bewaffnung hin oder her. Falls sie überhaupt solange überlebten.

Sie hatten nur wenig Zeit gehabt, sich mit den Lanzen vertraut zu machen. »Bedenkt, daß die Pferde in der Ebene schneller sind«, hatte Rigo gesagt. »Am Berg sind die Hippae schneller. Das liegt daran, daß sie eine größere Ähnlichkeit mit Katzen als mit Pferden aufweisen. An Steigungen entwickeln ihre Beine ein höheres Drehmoment als in der Ebene. Also bleiben wir nach Möglichkeit in flachem Gelände. Wir müssen versuchen, das Tor an der Polizeistation zu erreichen.«

Das Tor schien indessen in unerreichbarer Ferne zu liegen, als sie die Scheune verließen und über die gepflasterte Fläche ritten, die sich zwischen der Scheune und dem Hafenhotel befand. Sie ritten an dem verlassenen Hotel und dem Krankenhaus vorbei, und dann ging es den Abhang hinunter zum Sumpf. Jeder prägte sich das Gelände ein und legte im Geiste die Fluchtroute fest. Wenn sie die nördliche Richtung einschlugen, würden sie bald in einer Sackgasse landen, denn dort erhob sich die Barriere des *EBG*. Außerdem hatten Alverds Männer dort Stellung bezogen, um auf den Tunnel vorzurücken, nachdem die Hippae die Verfolgung aufgenommen hatten. Also würden sie die südliche Richtung einschlagen und in einem langen Bogen durch das Weideland und das Hügelland im Süden von Portside reiten. Dann würden sie der Portside Road bis zur *Grasbergstraße* folgen, wo sich das Tor befand. Die Bodenbeschaffenheit war über die gesamte Strecke identisch. Ein leicht ansteigendes Gelände mit Gras, Unkraut und Steinen, das außerdem mit tückischen Maulwurfshaufen übersät war. Sie hatten die Sonne im Gesicht. Der Sumpf lag im Schatten des Hügels, der sich dicht vor der Baumgrenze erhob. Die Hippae waren nicht zu sehen. Hin und wieder stießen sie ein Geheul aus. Niemand wußte, worauf sie noch warteten.

»Fertig?« fragte Rigo.

Schweigen. Er schaute sich um; alle nickten. Niemand sprach ein Wort. Er trieb El Dia Octavo an und ritt den Abhang hinunter.

17

Marjorie: Es läuft doch immer wieder auf dasselbe hinaus. Egal, was das Gewissen uns sagt, egal, welche Erziehung wir genossen haben, egal, wie viele ethischen Erwägungen uns durch den Kopf gegangen sind und die wir auch befolgen wollten, es läuft immer wieder darauf hinaus, daß wir uns mit tödlichen Waffen rüsten und in den Kampf ziehen…

Eigentlich müßte ich Angst haben, aber ich fühle mich fast wie vor einem Wettkampf. Eine hohe Wand. Es besteht immer das Risiko, daß man stürzt und sich dabei verletzt, vielleicht sogar tödlich. Nicht unbedingt die sicherste Sportart. Im Grunde geht es aber nur darum, den Parcours so schnell wie möglich zu bewältigen. Man muß sich im Sattel halten und dem Pferd vertrauen. Man muß mit dem Pferd denken statt für es…

Es geht nur darum, möglichst viele von ihnen zu töten. Mit der Ethik kann ich mich später befassen. Ich muß den Gedanken verdrängen, daß jedes Hippae am Fuß des Hügels ein potentieller Fuchs ist. Ein intelligenteres Wesen, als ich es bin. Jedes Hippae, das ich töte oder verstümmele, bedeutet, daß es einen weniger gibt wie Ihn. Vergiß Ihn. Lösche die Erinnerung an Ihn. Ich war im Delirium, mehr steckt nicht dahinter.

Was hat das alles mit Gerechtigkeit zu tun? Wenn die Menschen nicht nach *Gras* gekommen wären, wäre das nicht passiert. Wenn die Menschen und die Arbai nicht nach *Gras* gekommen wären, wäre das nicht passiert.

Wenn niemand irgendwohin gegangen wäre, wäre das nicht passiert …

Aber es wäre auf jeden Fall passiert. Irgendein bösartiges Virus hätte auch die Daheimgebliebenen infiziert. Brüllende Bestien wie die Hippae hätten unsere Häuser zerstört und uns geschändet, verstümmelt und getötet.

O Gott, ich bin doch so ein braves Mädchen! Ich habe immer die Messe besucht, die Beichte abgelegt und Buße getan. Ich habe gute Werke vollbracht. Ich bin meinen Kindern eine liebevolle und treusorgende Mutter gewesen, auch wenn sie es mir manchmal schwergemacht haben. Ich habe nach Kräften versucht, meinen Mann zu lieben. Ich habe schon an Selbstmord gedacht, aber dann habe ich diesen Gedanken wieder verworfen. Ich habe ein anständiges Leben geführt …

Scheiß drauf.

Hier möchte ich leben. Selbst wenn es mich das Leben kostet. Wenn es eine Aufgabe für eine *Sehr Kleine Entität* gibt, dann ist es die Bekämpfung der Pest. Das hat absoluten Vorrang. Wir brauchen Zeit, um die Antwort zu finden. Die Pest ist das einzige, was wichtig ist. Wir finden ein Gegenmittel und sorgen dafür, daß *Heiligkeit* es nicht unter Verschluß hält. Und wenn wir das geschafft haben … dann wenden wir uns anderen Dingen zu. O Gott, mach, daß Er zu mir spricht. Ich möchte, daß Er zu mir spricht.

Rigo: Diese verdammte Lanze ist schlecht ausbalanciert. Der Schwerpunkt müßte weiter hinten liegen; dann wäre sie besser zu führen. Vielleicht liegt es aber auch nur daran, daß ich mich so lausig fühle. Krank und schlapp. Eigentlich sollte ich noch im Rollstuhl sitzen und mich von hübschen Krankenschwestern umsorgen lassen. Statt dessen trödele ich hier im Gelände herum. Wo bin ich überhaupt? Was, zum Teufel, hat mich hierher verschlagen? Nun, schließlich hat mich niemand gezwungen. Ich bin der einzige, der jemals gegen ein Hippae gekämpft hat. Ich bin der einzige, der ihnen beikommen kann. Zuerst die Beine. Dann den Kopf. Beine abtrennen, Kopf ab, und dann soll der Kadaver verfaulen.

Ich bin noch nicht wieder auf dem Damm. Die Beine gehorchen mir nicht so recht. Sie sind schwach, als ob ich Muskelschwund hätte. Heute wird vielleicht jemand sterben. Möglicherweise erwischt es mich. Lieber mich als Marjorie oder Tony. Sie sind nicht solche Narren, wie ich einer bin.

Wenn ich sterbe, dann ist sie frei. Kann tun und lassen, was sie will. Sylvan. Schau sich einer den an. Hat noch nie auf einem Pferd gesessen und reitet wie ein Alter. Nun, im Grunde ist es auch das gleiche: Beinarbeit, Körperhaltung.

Wenn ich getötet werde, wird sie dann zu ihm gehen?

Schließlich hatte ich auch Eugenie. Arme Eugenie. Verdammt. Ich wünschte, sie hätte überlebt. Schöne Eugenie. Hatte nichts im Kopf, verstand es aber, ein behagliches Ambiente zu schaffen. Keine Ambitionen. Keine Unschuld vom Lande. Keine hochgesteckten Erwartungen. Intellektuell unbedarft. Trotzdem hatte sie keinen solchen Tod verdient.

Falls sie wirklich tot ist. Mein Gott. Vielleicht ist sie noch am Leben. Vielleicht haben die Hunde oder die Hippae sie entführt, wie sie auch Stella entführt hatten…

Vergiß es! Die Pest ist das einzige, was im Moment zählt. Wir müssen verhindern, daß *Commons* überrannt wird, bis wir die Antwort haben. Wir werden eine Antwort finden. Die Menschheit wird eine Antwort finden! Bisher haben wir es noch immer geschafft, wenn auch in letzter Minute. Gott wird intervenieren. Und dann wird Marjorie zu mir zurückkommen. Das hat sie immer getan. Egal, was geschehen ist…

Sylvan: Das muß man ihm lassen. Noch keinen Tag aus dem Bett, nachdem die Reittiere ihn fast getötet hätten, und er ist wieder in Aktion. Er beobachtet mich. Ich weiß, woran er jetzt denkt. Wenn er getötet wird, bekomme ich Marjorie. Der Narr. Wenn er getötet wird, macht Marjorie, was sie will. Aber ohne mich. Ich krieg das nicht auf die Reihe. Bisher habe ich jede Frau bekommen, die ich wollte, aber bei ihr beiße ich auf Granit. Ich bin der Narr. Ich habe sie für eine von uns gehalten. Wie lautet der terranische Ausdruck? Vergnügungssüchtig. Hedonistisch. Woran sollen wir auch sonst denken, wenn nicht an unser Vergnügen? Die verdammten Hippae lassen es ja nicht zu, daß wir uns mit anderen Dingen beschäftigen. Sie haben uns versklavt. Wir sind ihre Marionetten …

Schau sich einer Marjorie an! Wie eine Königin! Von edler Gestalt, und sie reitet dieses Ding, als ob sie eins mit ihm wäre. Das Ding! Haha. Pferd. Es ist ein Pferd. Sie geben leise Geräusche von sich, wenn man sie streichelt, und schauen einen dabei lieb an. Dieses hier, Her Majesty, tut alles, was ich von ihm verlange. Fast wie eine Frau. Ein Pferd. Kein Hippae.

Tony beobachtet mich auch. Er mag mich nicht. Zuerst dachte ich, es sei wegen Marjorie, aber das ist nicht der Grund. Ich muß ihn irgendwie reizen. Meine Allüren. Meine *bon*-Allüren. Womöglich liegt es daran, daß ich ihre Pest nicht ernstgenommen habe. Hat es mich vielleicht gar nicht interessiert, ob die Menschheit überlebt? Die Hippae denken jedenfalls so. Ihnen ist es egal. Und was sie denken, denken wir auch. Wie lange bestimmen sie schon unsere Gedanken? Sie dulden keine andere intelligente Rasse neben sich. Und sie glauben auch nicht, daß sie selbst sich in eine andere intelligente Rasse verwandeln. Füchse. Was hat Bruder Mainoa noch einmal gesagt? Wir glauben, daß wir für immer jung bleiben. Die Hippae wissen nicht, welches Potential sie in sich tragen. Sie stagnieren, bevor sie noch erwachsen werden. Sie sind quasi Halbstarke. Böse Sache, das. Kein Kind mehr, aber auch noch nicht erwachsen. Sie strotzen nur so vor Kraft und versuchen, ihr Mütchen zu kühlen …

Nun, ihretwegen stagnieren wir auch. Marjorie sieht mich so an, wie sie auch Tony ansieht. Als ob ich ein Junge wäre. Aber wann hätte ich je die Gelegenheit gehabt, erwachsen zu werden …

Mutter. Mutter. Du solltest nicht hier draußen sein. Oh, Mutter, glaubst du wirklich, du würdest Dimity damit helfen …

Tony: Bringen wir es hinter uns und gehen nach Hause. Wenn ich sterbe, dann sterbe ich eben, aber wenn ich es überlebe, will ich wieder nach Hause. Sollen diese Leute, diese verrückten *bons*, doch machen, was sie wollen. Ich will die paar Stunden, oder wie lange es auch dauern mag, hinter mich bringen, und dann werden ich, wir, nach Hause gehen. Irgendwie. Bringen wir es hinter uns. Wenn ich sterbe …

Rowena: Dimity. Ich tue es für Dimity. Für Emmy. Für Stavenger. Für meine anderen Kinder, die schon so lange tot sind, daß ich ihre Namen fast vergessen habe. Für euch alle. Für uns alle.

Sylvan. Ach, Sylvan. Was auch immer geschieht, vergiß nicht, daß ich dich liebe. Ich liebe euch alle …

Don Quixote: Sie reitet. Vertraut ihr. Vertraut dem, was sie tut. Und spitzt die Ohren. Achtet auf die Stimmen.

Am Fuß des Hügels trennten sie bloß noch ein paar tiefe Teiche und ein Blättervorhang von den Hippae am Tunneleingang. Rigo war der einzige, der ganz hinunterritt. Im Geiste maß er die Fluchtdistanz. Dann kehrte er um und versammelte die anderen in einem ausreichenden Sicherheitsabstand zu den Hippae. Sie wollten die Deckung des Hügels ausnutzen, brauchten aber auch ausreichend Raum zum Manövrieren, wenn sie nicht in den tückischen Sumpf am Fuß des Hügels geraten wollten. Stumm überprüfte Rigo die Lanze. Die anderen folgten seinem Beispiel. Dann schlug er mit dem Lanzenschaft gegen den Brustpanzer und stieß Schmährufe aus: »Ihr blöden Hippae. Pseudopferde. Dumme Viecher.« Nicht daß sie ihn verstanden hätten, aber sie spürten, was er ihnen sagen wollte.

»Mörder!« schrie Marjorie sich fast die Lunge aus dem Hals. »Undankbares Gesindel! Bösartige Bestien! Schweinehunde!«

Tony stieß den Rebellenschrei der alten Südstaatler aus; er war zu aufgeregt, um Worte zu formulieren.

»Für Dimity!« schrie Rowena. »Für Dimity, Dimity, Dimity!«

»Feiglinge«, rief Sylvan. »Feiglinge. Primitive Tiere. *Peepers. Migerers.* Räudige *Migerers.* Ihr seid nicht besser als Maulwürfe.«

Die Hippae brachen durch den Blättervorhang und blieben dann stehen. Die Menschen auf der Anhöhe verstummten. Sie hatten Hippae erwartet. Aber nicht, daß Reiter auf ihnen saßen. Auf dem Rücken des Anführers, eines großen grauen Hippae, hockte jemand, der allen wohlbekannt war.

»Shevlok«, sagte Rowena atemlos. »Um Gottes willen, mein Sohn.«

»Das ist nicht Shevlok«, sagte Sylvan barsch. »Sieh dir nur sein Gesicht an.«

Das Gesicht war maskenhaft starr. Völlig ausdruckslos. »Wir kämpfen gegen die Bestien, nicht gegen die Reiter«, rief Rigo. »Vergeßt das nicht. Die Tiere, nicht die Reiter!« Er trieb El Dia Octavo an. Die anderen folgten ihm in einer diagonalen Linie, so daß sie genügend Bewegungsfreiheit hatten und den Hintermann mit ihren Manövern nicht behinderten.

Rigo zählte die Hippae. Es waren zehn Tiere. Das

eine mit Shevloks Körper bildete mit drei weiteren einen Voraustrupp. Sie befanden sich halbrechts von Rigo. Gut. Der Graue würde also den Angriff auf sich ziehen. Am besten nahm Rigo ihn aufs Korn, anstatt sich darauf zu verlassen, daß die bon Damfels' das Hippae attackierten. Aber wo steckten die anderen Hippae-Reiter? Er riskierte einen schnellen Blick. Lancel bon Laupmon. Drei bon Maukerdens: Dimoth, Vince und einer, dessen Namen er vergessen hatte. Die anderen waren ihm unbekannt. Die Gesichter glichen Masken. Sie waren auf Symbole reduziert worden. Ihrer Persönlichkeit beraubt.

Er war noch ein paar Meter von den Hippae entfernt, als sie versuchten, sein Bewußtsein zu manipulieren. Er stieß ein Geheul aus, und sie zogen sich zurück. Mit einem Fingerschnippen aktivierte er das Messer und trieb Octavo an. Er fiel in einen langsamen Trab. Das graue Hippae stieg auf die Hinterhand. Octavo galoppierte frontal auf das Ungeheuer zu und schwenkte im letzten Moment nach rechts, während Rigo dem Hippae mit der feurigen Klinge die Reißzähne abschnitt. Damit hatte es nicht gerechnet!

Nummer eins!

Im gestreckten Galopp jagte Octavo am Fuß des Hügels entlang. Drei Hippae tauchten aus dem Sumpf auf und versuchten ihn abzufangen. Fluchend stemmte Rigo die Lanze in die rechte Achselhöhle und brachte den Speer in eine waagrechte Position. Die Laserklinge erwischte den ersten Angreifer unterhalb der Schultern. Das Bein war verletzt; das Hippae ging in die Knie, und die beiden anderen ergriffen schreiend die Flucht.

Nummer zwei.

Sylvan war hinter ihm. Her Majesty galoppierte auf die Hippae zu. Er sah, wie Rigo die Lanze ausrichtete und folgte seinem Beispiel. Er erinnerte sich, daß es im Augenblick nur darum ging, die Kreaturen in Bewegung zu halten und sie nicht unbedingt zu töten. Nur wenn es sich nicht vermeiden ließ. Er stach mit der Lanze auf ein grün gesprenkeltes Hippae ein und hörte sein schmerzerfülltes, wütendes Bellen. Dann war er an ihm vorbei. Er warf einen Blick über die Schulter und sah, daß das grüne Monster ihn verfolgte. Na schön. Er neigte die Lanze, beugte sich über den Hals des Pferdes und flüsterte ihm zärtliche Worte ins Ohr, wie er es immer bei seinen Geliebten getan hatte. Er fand nichts dabei, nun auch Her Majesty damit in Wallung zu bringen.

Rowena ritt hinter Sylvan. Allerdings imitierte sie seine Taktik etwas zu spät, als daß sie den weiten Bogen hätte reiten können, den er beschrieben hatte. Erst als sie die Lanze in die Kehle einer schreienden, lehmfarbenen Kreatur stieß, wurde ihr wieder bewußt, daß ihr Auftrag nicht Angriff, sondern Flucht lautete. Millefiori hatte das bereits erkannt. Sie wirbelte auf der Hinterhand herum und folgte den anderen. Das lehmfarbene Monster torkelte hinter ihnen, wurde aber schnell von den beiden anderen unverletzten Hippae abgehängt.

Nummer drei, sagte Marjorie sich. Die drei Pferde wurden von vier Hippae verfolgt, von denen zwei zumindest angeschlagen waren. Doch drei weitere lauerten schon auf sie und Tony. Der kleine Tony war ganz blaß. So sah er immer aus, wenn er ritt. Ängstlich. Aber er verdrängte die Furcht.

»Anthony!« schrie sie ihm ins Ohr. »Mir nach!«

Sie aktivierte das Messer und steckte im Geiste einen Kurs ab, der sie vor die beiden übrigen Hippae setzen würde. Das dritte folgte in einiger Entfernung, als ob es einen Hinterhalt plante. »Behalte es im Auge«, rief sie und deutete auf die bordeauxrot getupfte Bestie, die halb von den Bäumen verborgen wurde.

Tony rief etwas, aber sie verstand ihn nicht. Dann kreuzte Quixote den Pfad der beiden Hippae. Sie griffen mit gedrehten Köpfen an, um die Widerhaken ins Spiel zu bringen. Marjorie ließ die Lanze in die linke Hand gleiten, wie sie es bei den anderen gesehen hatte. Dann bestrich sie die Hippae mit der Klinge. Sie jaulten auf. Marjorie trieb Quixote den Hügel hinauf.

Tony war noch unten. Er richtete die Lanze aus und griff das letzte Hippae an, aber die Bestie hielt sich außerhalb seiner Reichweite. Andererseits war sie so nahe, daß sie Tony bei einem Fluchtversuch eingeholt hätte.

Marjorie schaute sich um. Die zwei Hippae, die sie touchiert hatte, waren nur leicht verletzt. Sie standen allerdings unter Schock und stellten im Augenblick keine Gefahr dar. Sie riß Quixote auf der Hinterhand herum. »Komm!« rief sie und ritt auf das Monster zu, das Tony bedrohte. Hinter der Bestie befand sich ein ebener Geländeabschnitt.

Das Herz schlug ihr bis zum Hals, und das Blut rauschte in den Ohren, so daß sie nicht einmal mehr den Hufschlag hörte. Sie nahm die Lanze in die linke Hand. Die Distanz zum Hippae verringerte sich zusehends. »Wir springen«, sagte sie zu Don Quixote. »Wir springen über ihn hinweg, Junge.« Und schon stieß Quixote sich vom Boden ab, und in hohem Bogen sprangen sie über das Monster hinweg, während Marjorie mit der Lanze zustach.

Sie landeten auf einer Insel, die gerade so groß war, daß Quixote ohne Schwierigkeiten zum Stehen kam. Dann setzte er zu einem weiteren Sprung an, der sie über den Tümpel auf den festen Boden am Fuß des Hügels brachte. Tony wartete bereits auf sie und schaute verständnislos auf das niedergestreckte Hippae, dem der Geifer aus dem Maul troff. Die beiden verwundeten Artgenossen trotteten mit staksigem Gang zu ihm hin.

Nummer vier.

»Anthony!« rief sie im Vorbeireiten. »Komm, Blue Star!«

Wenn der Reiter sie schon nicht hörte, reagierte wenigstens das Pferd. Quixote preschte die Anhöhe hinauf, dicht gefolgt von Blue Star. Die verwundeten Hippae fielen zurück. Als sie sich einen gewissen Vorsprung verschafft hatten, wandte Marjorie sich nach Süden. Blue Star lag fast gleichauf mit Quixote. Sie riskierte einen Blick auf Tony. Er sah fast so aus wie Shevlok; sein Gesicht war bleich und ausdruckslos. Sie brachte Quixote neben Blue Star, bis sie in einem Abstand von wenigen Zentimetern nebeneinanderher galoppierten. Dann beugte sie sich hinüber und schlug Tony mehrmals mit dem Handschuh ins Gesicht.

Unvermittelt kam er wieder zu sich. Tränen stiegen ihm in die Augen. »Ich konnte nicht mehr klar denken«, rief er. »Sie sind in mein Bewußtsein eingedrungen.«

»Wehr dich dagegen!« rief sie. »Schrei es an. Beschimpfe es. Aber wehr dich!«

Vielleicht eine halbe Meile voraus galoppierten Octavo und die beiden Stuten Seite an Seite über den Hügel, verfolgt von vier Hippae.

»Los«, rief Marjorie und wies nach halbrechts. »Wir werden sie abfangen.«

Sie beugte sich nach vorn. Anstatt den Hügel hinaufzureiten, ritten Rigo, Sylvan und Rowena an seinem Fuß entlang. Auf diese Art würden sie zwei bis drei Stunden zum Tor benötigen, wenn sie das bisherige Tempo beibehielten. Wenn sie und Tony jedoch ein Stück den Hügel hinaufritten und sich dann nach Westen wandten, müßten sie die anderen erreichen, kurz nachdem sie den südlichen Scheitelpunkt ihrer Route passiert hatten. Im gestreckten Galopp stoben Quixote und Blue Star nebeneinanderher, wie siamesische Zwillinge. Sie wurden von den schreienden Hippae mit den marionettenartigen Reitern verfolgt. Sie waren nicht schnell genug, um eine unmittelbare Gefahr darzustellen; außer Gefecht gesetzt waren sie indessen noch lange nicht: Weil das Lasermesser die Schnittverletzungen gleichzeitig ausgebrannt hatte, hielt der Blutverlust sich in Grenzen. Sie würden sich bald wieder erholt haben.

»Sie versuchen noch immer, sich in mein Bewußtsein zu drängen«, rief Tony. »Ich sage ihnen, sie sollen heimgehen.«

Sie lächelte ihn an und nickte aufmunternd. Es war egal, was er tat, solange es nur half. Sie hingegen spürte keine derartigen Manipulationsversuche. Sie spürte wohl etwas, aber es waren keine Hippae. Etwas anderes. Jemand anderes.

»Deine bösen Artgenossen hast du doch auch nicht getötet«, sagte eine Stimme mit verwundertem Unterton. »Weshalb tötest du dann unsere?«

»Weil ich sie gefesselt und daran gehindert habe, noch jemandem Schaden zuzufügen«, erwiderte sie. »Bei diesen Kreaturen ist das aber nicht möglich.«

»Du könntest dir etwas einfallen lassen«, schlug die Stimme vor.

»Nein!« sagte sie zornig. »Das sagt mir jeder. Aber es geht nicht. Sonst hätte ich schon längst eine Lösung gefunden. Wenn man nicht imstande ist, ein Problem zu lösen, liegt es daran, daß man keine Zeit, kein Geld oder keine Hilfsmittel zur Verfügung hat. Oder man ist einfach zu dumm, oder es gibt wirklich keine Lösung.«

Sie glaubte ein Seufzen zu hören und eine Liebkosung zu verspüren.

»Verdammt«, rief sie. »Begreifst du denn nicht, daß theoretische Antworten wertlos sind, wenn sie nicht in die *Praxis umgesetzt* werden?«

Die Stimme verstummte schockiert. Tony starrte sie an. »Was war denn das?« fragte er.

»Nichts«, murmelte sie und konzentrierte sich auf den Ritt. »Es war gar nichts.« Der Boden flog nur so unter ihnen dahin. Die Sättel knarrten. Sie preschten durch Grasinseln. Gestrüpp tauchte unvermittelt vor den Pferdehufen auf. Felsbrocken und Bodenvertiefungen flogen an ihnen vorbei. Das Hippae-Duo war ihnen noch immer auf den Fersen. Sie hatten alles Zeitgefühl verloren. Die Vergangenheit bedeutete nichts, die Zukunft alles. Tony war noch immer vollauf damit beschäftigt, die Übernahmeversuche der Hippae abzuwehren; vor lauter Anstrengung hatte er schon ganz glasige Augen. Die Ruhe, von der Marjorie erfüllt war, übertrug sich auch auf Quixote. Er würde sein Bestes geben. Obwohl sie auf direktem Weg den Hügel hinaufritten, kamen sie dem Kamm scheinbar nicht näher.

Schließlich gelangten sie doch oben an. Im Süden sahen sie Rigo und die anderen, die gerade den Hügel umrundeten und nun nach Westen einschwenkten, wo *Commons* sich befand. Rigo und die beiden anderen wurden noch immer von den vier Hippae verfolgt, wobei der Abstand sich bereits verringert hatte. »Weiter, Quixote«, rief sie und trieb ihn den Hang hinunter. Sie wollte Rigo auf sich aufmerksam machen, aber er befand sich noch außer Hörweite.

Sie fixierte den Punkt, wo die beiden Pfade sich schneiden würden, beugte sich über Quixotes Hals und trieb ihn an. Nachdem sie die Distanz um die Hälfte verkürzt hatte, stieß sie einen gellenden Schrei aus und sah, daß die drei Reiter nach oben blickten.

Rigo schaute über die Schulter und begriff sofort, was Marjorie vorhatte. Sie würde sich hinter die vier Hippae setzen, die Rigo, Rowena und Sylvan verfolgten. Dann würden er und die anderen kehrtmachen und die Hippae gemeinsam mit Marjorie und Tony in die Zange nehmen. Dieser Taktik wäre auch Erfolg beschieden gewesen, wenn in diesem Moment nicht die beiden anderen Hippae hinter Marjorie und Tony auf dem Hügel aufgetaucht wären. Nun saßen sie zwischen den beiden Hippae-Abteilungen fest. Gestikulierend machte Rigo sie auf die Verfolger aufmerksam.

Sie wandte sich um und stieß einen Fluch aus. Sie hatte angenommen, die Pferde würden die verwundeten Bestien abhängen, aber die hatten Schritt gehalten. Nun stand es sechs Hippae gegen fünf Menschen. Obwohl vier der Hippae leicht verwundet waren, standen ihre Chancen nicht gut.

Im Osten ertönte ein lautes Geräusch, als ob etwas *zerdrückt* worden wäre. Es klang wie ein Donnern. Der Boden erbebte. Die beiden Hippae auf dem Hügel stießen ein wütendes Gebrüll aus. Sie hatten noch vor Marjorie erkannt, was geschehen war. Alverd Bees Leute hatten den Tunnel gesprengt. *Den* Tunnel. Jetzt erst wurde Marjorie bewußt, daß der Tunnel zu eng und niedrig für eine großmaßstäbliche Invasion gewesen wäre. Wenn die Hippae den Angriff schon lange geplant hatten, gab es vielleicht noch andere Tunnel. Da war diese breite Spur, die sich durchs Grasland zog. Es mußte einfach noch weitere Tunnel geben …

»Wir suchen danach«, sagte Jemand. »Bisher haben wir aber noch nichts gefunden.«

Was indes nicht bedeutete, daß es keine weiteren Tunnel mehr gab.

»Wollt ihr uns helfen?« fragte sie. »Oder sollen wir es allein machen und vielleicht noch dabei umkommen?«

Keine Antwort.

Rigo hatte die Explosion auch gehört. Er beugte sich über Octavos Hals und trieb ihn an. Her Majesty und Millefiori galoppierten schnell wie der Wind hinter ihm her. Der Abstand zu den Hippae vergrößerte sich wieder.

Marjorie hielt sich weiter nördlich. Es hatte keinen Zweck mehr, zu den anderen aufzuschließen. Jetzt ging es bloß noch darum, die Verfolger abzuschütteln. Sie mußten das felsige Gelände des *EBG* und das Tor erreichen.

»Wenn ihr in einer solchen Lage wärt, würde ich auch versuchen, euch zu helfen«, sagte Marjorie.

»Die Menschen haben den Hippae geholfen, Füchse zu töten«, kam die unwirsche Antwort. Diesmal erging der Sprecher sich nicht in Andeutungen, sondern redete Klartext. Es handelte sich auch nicht um die bekannte Stimme, sondern um eine andere. »Seitdem sie auf *Gras* sind.«

»Du weißt verdammt genau, daß das nicht stimmt«, rief sie. »Die Menschen sind von den Hippae *benutzt* worden, um Füchse zu töten. Das ist etwas ganz anderes.« Das war indes auch nur die halbe Wahrheit. Die Menschen hatten sich nämlich allzu bereitwillig auf die Jagd eingelassen.

Keine Antwort.

Sie stoben über die Ebene. Quixote hatte Schaum vor dem Maul und keuchte. Es war ein langer Aufstieg gewesen, und die Panzerung war schwer. Marjorie nahm die Zügel zwischen die Zähne, holte das Messer aus der Tasche und durchtrennte die Gurte, an denen die Panzerung befestigt war: einer vor Quixotes Brust und zwei auf jeder Seite. Die Panzerplatten fielen ab, worauf das Pferd ein Geräusch ausstieß, das wie ein Dankgebet klang. Tony folgte ihrem Beispiel.

Rigo hatte den Vorgang gleichfalls verfolgt. Er nickte und sagte es auch den beiden anderen. Sylvan befreite sein Pferd von der Last. Rowena indes stieß einen Schrei aus. Sie hatte kein Messer. Sie war zuletzt gekommen, und niemand hatte daran gedacht, ihr auch eins zu geben.

Als ob sie durch diesen Schrei abgelenkt worden wäre, stolperte Millefiori und stürzte. Rowena rollte sich ab und stand mit flackerndem Blick auf. Dann rannte sie zum Pferd und saß in einer fließenden Bewegung auf, während Millefiori mühsam auf die Beine kam. Sie hinkte. Schließlich setzte die Stute sich langsam wieder in Bewegung. Die anderen hatten bereits einen beträchtlichen Vorsprung.

Sylvan bemerkte das. Er riß Her Majesty herum und ritt einen engen Bogen, der ihn an die Seite seiner Mutter brachte. Dann zog er sie vor sich in den Sattel. Nun mußte Her Majesty die doppelte Last tragen. Sie wurde langsamer. Millefiori ebenfalls. Sylvan rutschte ein Stück zurück, damit seine Mutter genug Platz hatte. Ein Hippae riß das Maul auf, machte einen Satz und riß ihn vom Pferd. Ein zweites Hippae lief auf gleicher Höhe mit Millefiori und setzte zum Sprung an. Mit leichenblassem Gesicht und den Mund zu einem stummen Schrei geöffnet ritt Rowena weiter.

Sylvan war wie vom Erdboden verschwunden. Wütend und voller Schmerz schrie Marjorie auf; Tränen strömten ihr übers Gesicht. »Zuerst brenne ich den Sumpfwald nieder. Das ist zwar nicht einfach, aber irgendwie werden wir es schaffen. Und dann das ganze Grasland. So schaffen wir uns die Pest und die Hippae vom Hals. Es wird keine Hippae mehr geben.«

»Und was ist mit uns?« riefen etliche Stimmen.

»Was soll schon mit euch sein?« knurrte sie. »Ihr seid uns keine Hilfe. Wir sind euch doch egal. Weshalb sollten wir uns dann um euch Gedanken machen?«

Ein Winseln. Ein Knurren. Ein Klatschen, als ob ein Wesen einem anderen einen Schlag versetzt hatte. Und plötzlich erschien ein Schemen hinter Millefiori und stellte sich den Hippae in den Weg. Mauve und purpur, ein peitschender Schwanz und muskulöse Schultern, eine wandernde Luftspiegelung.

»Wenn Er die ganze Arbeit allein tun muß«, rief Marjorie, »wird der Wald trotzdem brennen, und wenn ich ihn persönlich anzünden muß.«

»Sie holen auf«, rief Tony. »Blue Star ist erschöpft.«

»Wir sind alle erschöpft«, rief sie, wobei ihr Tränen übers Gesicht liefen. An der Stelle, wo Sylvan sich zuletzt befunden hatte, war ein Tumult ausgebrochen.

»Halte dich näher an der Straße.« Sie schaute sich um und prüfte anschließend den Stand der Sonne. Die Hatz dauerte schon über eine Stunde. Vielleicht sogar zwei. Bisher hatten sie an die dreißig Meilen zurückgelegt, durch schweres Gelände, zum großen Teil bergauf. Und bis zum Tor waren es noch einmal zwölf bis fünfzehn Meilen. »Wenn ich hier draußen umkomme«, drohte sie, »wird meine Familie den Wald niederbrennen, das schwöre ich bei Gott.«

»Was ist denn nun los?« rief Tony. »Die Hippae sind stehengeblieben.«

Sie waren wirklich stehengeblieben. Dann drehten sie sich um und liefen davon. Allerdings nicht die Route, die sie gekommen waren, sondern den Hügel hinauf, auf Marjorie zu. »Füchse«, rief Marjorie. »Zwar nicht dort, wo ich sie haben wollte, aber wenigstens sind sie überhaupt da.«

Sie versuchte, den Tod unter philosophischen Gesichtspunkten zu betrachten, was ihr aber nicht gelang. Dann versuchte sie, die Angst zu verdrängen, was ihr auch nicht gelang. »Tony, wir müssen uns um die beiden hinter uns kümmern, bevor die anderen uns erreichen.«

Er schaute sie verängstigt an.

»Wir müssen es tun! Wenn die anderen vier zuerst da sind, haben wir es nämlich mit allen zu tun.«

Er nickte und biß sich die Lippe blutig. Das war die einzige Farbe in seinem Gesicht.

»Schalte die Lanze ein!«

Daran hatte er überhaupt nicht gedacht. Per Daumendruck aktivierte er sie und starrte wie hypnotisiert auf die sirrende Klinge.

»Tony! Paß auf!« Sie zeigte ihm, wie sie die Verteidigung aufbauen wollte – sie würden sich in gegenläufigen, weiten Kreisen bewegen und die verwundeten Hippae in die Zange nehmen.

Schließlich trennten sie sich und rannten in einem

Bogen auf die Hippae zu, bevor diese überhaupt begriffen, was vorging. Dann teilten auch sie sich, wobei jedes Hippae ein Pferd aufs Korn nahm. Marjorie verdrängte die Gedanken an ihren Sohn und konzentrierte sich auf den Kampf. Der feurige Schein der Klinge war selbst im Tageslicht noch zu erkennen.

Plötzlich hörte sie ein Brüllen über sich. Sie schaute hoch und sah, daß Asmir Tanlig und Roald Few ihr von einem Gleiter aus zuwinkten und etwas riefen. ›Wir nehmen euch auf‹, las sie ihnen von den Lippen ab.

Dann hätte sie Quixote und Blue Star diesen Bestien ausgeliefert! Sie schüttelte den Kopf und schickte sie mit einer Handbewegung fort. Erst als der Gleiter aufstieg, wurde ihr bewußt, welch eine Dummheit sie soeben begangen hatte. Und doch …

Zwischenzeitlich war das Hippae herangekommen. Es hielt sich außerhalb der Reichweite der Lanze und unternahm nur gelegentliche Vorstöße. Das Hippae war wendiger als Quixote. Quixote fixierte die Bestie und tänzelte. Marjorie hörte Tony schreien, wagte es aber nicht, sich umzudrehen. Unvermittelt stürmte Quixote los, ohne daß sie ihn dazu aufgefordert hätte. Er tat es aus eigenem Antrieb. Das Hippae riß das Maul auf, sie stieß die Lanze hinein, und weg waren sie, während das Monster zusammensackte und mit halb durchschnittenem Hals ein klägliches Blöken ausstieß.

Fünf, jubelte sie innerlich, während sie nach Tony suchte. *Fünf.*

Das sechste stand über ihrem Sohn, während Blue Star auf das entfernte Tor zustob, als ob sie genau wüßte, wo es sich befand und daß sie dort in Sicherheit wäre. Das Hippae hatte sich hingekniet, das Maul weit aufgerissen und heulte den Jungen an, bereit, ihm den Kopf abzubeißen. Quixote stürmte wiehernd los …

Plötzlich erschien ein pelziger Schemen auf dem

Rücken des Hippae. Ein zweiter drängte sich zwischen das Hippae und den Jungen. Ein dritter verbiß sich in die Hinterbeine. Drei Füchse. Dann kippten die Kreaturen um und rollten als brüllendes Knäuel den Abhang hinunter.

Tony lag reglos da.

Sie saß ab und versuchte, ihn auf Quixotes Rücken zu heben. Erneut bewies das Pferd Initiative und kniete sich hin, um ihr die Sache zu erleichtern. Dann saß Marjorie wieder auf, hielt ihren Sohn fest und folgte Blue Star. Nicht daß sie galoppiert wären, aber zumindest ging es voran.

Am Fuß des Hügels waren die übrigen Hippae von anderen Füchsen gestellt worden. Rowena ritt direkt hinter Rigo. Millefiori bildete die Nachhut. Sie hinkte stark.

»Jetzt«, sagte Marjorie sich. »Hol uns mit deinem verdammten Gleiter ab.«

Und da schwebte er auch schon ein; Persun Pollut fungierte als Pilot, und Sebastian Mechanic fuhr eine Rampe für die Pferde aus.

»Ich wußte, daß Sie die Pferde nicht im Stich lassen würden«, sagte Persun, als sie an Bord gingen. »Das hatte ich auch zu Asmir gesagt, aber Roald meinte, so dumm wären Sie nicht.«

Dumm, sagte sie sich. Dumm? Als ob das die Antwort auf ein Problem gewesen wäre, das sie schon seit langer Zeit belastet hatte. In ihrem Bewußtsein tobte ein Sturm der Begeisterung.

Unter der Leitung von James Jellico war in der Polizeistation das Hauptquartier eingerichtet worden. Ein Dutzend Freiwilliger erbot sich, die Pferde abzureiben. Von Millefioris Beinverletzung abgesehen, schienen alle in Ordnung zu sein. In einer Ecke kümmerte Dr. Bergrem sich mit besorgtem Gesichtsausdruck um Rowena. Rowena hatte sich bei dem Sturz etwas gebrochen. Vielleicht die Schulter. Aber sie hatte auch innere Verletzungen. Sie saß reglos und mit bleichem Gesicht da. Als Marjorie zu ihr hinüberging, flüsterte sie ständig Sylvans Namen.

»Wir haben ihn gefunden«, sagte Marjorie. »Wir haben ihn gefunden, Rowena.«

»Was?« fragte sie. »Wie?«

»Er ist tot, Rowena. Er hat sich beim Sturz den Hals gebrochen. Sie haben ihn nicht berührt.«

»Er ist nicht … oh, er ist nicht …«

»Nein, Rowena«, sagte sie unter Tränen. »Er ist nicht verstümmelt. Wir haben seine Leiche mitgebracht, damit sie begraben werden kann.«

Sie ging wieder zu Tony, der mit weißem Gesicht in einer Ecke hockte und allmählich wieder zur Besinnung kam. Dann erblickte sie Bruder Mainoa, der am *Telly* saß. Fahrig fummelte Marjorie am Taschenaufschlag; ihre Hände waren ganz steif vom langen Halten der Zügel und dem Führen der Lanze. Es kam ihr so vor, als ob sie Finger aus Holz hätte. Schließlich gelang es ihr, die Tasche zu öffnen und den Brief herauszuholen.

Sie legte ihn vor Bruder Mainoa auf den Tisch. »Ich glaube, das sollte nach Semling gefaxt werden«, sagte sie.

Er las den Brief durch und wurde grau im Gesicht, als ihm die Weiterungen dieses Schriftstücks bewußt wurden. »Äh … ah«, stammelte er. »Äh … ja … aber …«

»Aber?«

Er fuhr sich über die Stirn, wollte schon etwas sagen und schwieg dann doch. Statt dessen überlegte er. »Wenn Sie das jetzt publik machen, werden Panik, Unruhen und Aufstände ausbrechen. Und wenn wir dann ein Gegenmittel finden, werden die Behörden so mit der Aufrechterhaltung der Ordnung beschäftigt sein, daß sie nicht in der Lage sind, das Gegenmittel zu verteilen. Dieses Schreiben sollte erst dann veröffentlicht werden, nachdem ein Gegenmittel gefunden wurde, Marjorie.«

»In Ordnung«, stimmte sie zu. »Aber ich befürchte, daß es überhaupt nicht mehr veröffentlicht wird, wenn wir noch warten. Wer weiß, was diese ...«

»Teufel«, half er ihr. »*Geheiligte* Teufel. Der Hierarch und sein Gefolge.«

»Es ist Ihre Religion. Ich wollte nicht ...«

»Ich bin damit aufgewachsen«, berichtigte er. »Ich bin in diesem Glauben erzogen worden. Das hat aber nichts mit Religion zu tun. Nein. Wer das hier verfaßt hat, ist jeder Religion unwürdig, Marjorie.«

Sie warf die Hände in die Luft. »Sie wissen, was ich damit sagen will, Bruder. Dieser Zoe, oder wie er heißt, wird den Brief irgendwann vermissen. Vielleicht wird er ihn suchen und verhindern wollen, daß er publik gemacht wird.«

»Wir kopieren ihn«, schlug Bruder Mainoa vor. »Den Text nur im Universum zu veröffentlichen, wäre ohnehin nicht genug. Der Hierarch würde nämlich alles abstreiten. Er muß mit einer Kopie konfrontiert werden. Und weil aus diesem Brief hervorgeht, daß der Hierarch sich auf dem Weg nach *Gras* befindet, sollten wir die Kopien überall verteilen. Im Hafen steht ein Frachter aus Semling, die *Star-Lily*. Er ist startbereit.«

»Wie weit ist es bis zum nächsten ... wie lange dauert es bis nach Semling?«

»Zwei *Gras*-Wochen.«

»Dreißig Tage«, murmelte sie. »Wäre schön, wenn wir bis dahin ein Gegenmittel hätten.«

»Wer ist wir?«

»Die hiesige Ärztin. Sie ist eine bemerkenswerte Frau, Bruder Mainoa. Sie hat auf Semling und auf *Reue* studiert. Sie hat einige junge wissenschaftliche Mitarbeiter, die gerade von der Uni kommen. Ihr Interesse an Immunologie rührt daher, weil sie als Kind etwas auf *Gras* gefunden hatte.«

»Und was war das?«

»Äh … ich bin keine Wissenschaftlerin. Sie hat ein Buch darüber geschrieben. Es hat einen langen Namen, an den ich mich nicht mehr erinnere. Es handelt sich um einen Nährstoff. Etwas, das wir für den Zellstoffwechsel benötigen. Und hier auf *Gras* kommt er in zwei Formen vor, der natürlichen und einer invertierten. Nirgendwo sonst. Nur hier.«

»Wann hat sie Ihnen das erzählt?«

»Als ich Stella besuchte. Sie wollte mich nur ablenken, aber sie wirkte so kompetent, daß ich etwas Hoffnung schöpfte.« Sie nahm ihm den Brief aus der Hand und las ihn noch einmal durch. Es fiel ihr noch immer schwer, dem Inhalt Glauben zu schenken. »Sie haben wohl recht. Wenn wir kein Gegenmittel finden, ist es egal, ob die Menschen es erfahren oder nicht. Aber falls doch? Dann müssen wir die Menschen über diesen Brief informieren. Die Leute haben ein Recht darauf, über die Verschwörung von *Heiligkeit* aufgeklärt zu werden!«

»In Ordnung, Marjorie. Vorsichtshalber werden wir auf allen Planeten Kopien verteilen. Die *Star-Lily* wird morgen starten. Wo der Tunnel nun gesprengt ist, werden wir Alverd Bee bitten, die Besatzung und das Bodenpersonal wieder zum Hafen zurückzubringen, damit sie das Schiff startklar machen.«

»Tony«, sagte sie. »Wir schicken Tony.« Das war eine gute Idee. Er war den Hippae nicht gewachsen. Sie mußte ihn fortbringen, bevor er noch so endete wie Stella. Aber … vielleicht grassierte die Pest auch auf Semling. Welche Option barg nun das größere Risiko? Es war in beiden Fällen gleich; es ging um Leben oder Tod. »Sagen Sie der Besatzung, sie soll aufpassen. Es muß noch einen zweiten Tunnel geben. Anders ist die breite Hippae-Spur nämlich nicht zu erklären!«

Er nickte und tätschelte ihr die Hand. »Wenn die Männer Posten aufstellen und ein paar Gleiter bereitstehen, dürfte keine Gefahr bestehen. Und für den Fall, daß der Hierarch nach mir sucht – was durchaus möglich ist, wenn Zoe ihm von mir erzählt –, werde ich mich irgendwo verstecken. Ich gehe in den Wald zurück. Rillibee wird mich begleiten. Wenn sie nach mir suchen, sagen Sie ihnen, ich sei wieder in den Wald gegangen. Und wenn sie nach dem Brief fragen, erzählen Sie ihnen, Sie hätten keinen gesehen. Dasselbe gilt für Rigo. Wenn wir ein Gegenmittel gefunden haben, wird Tony dafür sorgen, daß der Brief überall verbreitet wird, genauso wie das Gegenmittel.«

Rillibee erschien neben ihnen. »Ich bin soweit«, sagte er. »Ich bringe Bruder Mainoa auf irgendeinen Baum, und dann warten wir, daß ein Fuchs uns abholt.«

Sie suchte nach einer Begründung dafür, selbst zu gehen. Sie wollte selbst gehen. Sie wollte dort sein, im Wald, und nicht unter all den Leuten hier. Sie schaute sich um, und als sie sich wieder umdrehte, war Rillibee schon verschwunden.

Verdammt. Sie fühlte eine unbeschreibliche Trauer und hätte am liebsten geweint, wehrte sich aber dagegen. »Wissen die Leute, daß es vielleicht noch einen zweiten Tunnel gibt?« fragte sie Roald Few in einem Versuch, sich abzulenken.

»Natürlich«, erwiderte Roald. »Vielleicht gibt es auch mehrere. Vermutlich sind sie aber noch nicht fertig, denn sonst hätten sie schon längst angegriffen.«

»Ein Tunnel könnte ohne weiteres auch auf dieser Seite des Berges herauskommen«, flüsterte sie und schaute sich um, um sich zu vergewissern, daß niemand zuhörte. »Er könnte auch mitten in der Stadt herauskommen. Haben Sie schon einmal an diese Möglichkeit gedacht?«

Roald nickte müde. »Lady Westriding, wir haben zum einen diese Möglichkeit in Betracht gezogen als auch einige andere Horrorszenarios. Die Leute fragen sich bereits, wie lange die Winterquartiere einem Ansturm der Hippae wohl standhalten.«

»Wenn der Tunnel also noch nicht fertig ist, was werden die Hippae als nächstes tun?«

»Die Estancias niederbrennen«, erwiderte er. »Wie sie es mit Opal Hill gemacht haben. Das ist eine der Möglichkeiten, die wir erörterten, während Sie die Hippae ablenkten. Darin sind wir uns alle einig. Wenn sie nicht in die Stadt gelangen, werden sie Feuer legen. Das würde ihrer Natur entsprechen.«

»Sind die Estancias gewarnt worden?«

Er vergrub den Kopf in den Händen. »Dazu war keine Zeit! Und auf mich würden sie eh nicht hören. Höchstens auf die Obermum bon Damfels.«

Marjorie ging davon, um Kopien des Briefs anzufertigen und Tony an Bord der *Star-Lily* zu bringen. Außerdem mußte sie Rowena suchen.

Auf Klive ging niemand ans *Telly*. Bei den bon Laupmons meldete sich zwar jemand, wollte aber nicht zur Kenntnis nehmen, daß Taronce überlebt hatte und die Estancia evakuiert werden mußte. Auf Stane reagierte man jedoch rationaler. Nachdem Geraldria bon Maukerden erfahren hatte, daß Dimoth und Vince tot waren, bat sie Rowena um Hilfe bei der Evakuierung der Estancia und des Dorfes. Bürgermeister Bee hatte bereits alle verfügbaren Gleiter und Transporter zu den Dörfern geschickt, auch zum bon Damfels-Dorf.

»Meinetwegen sollen die verdammten *bons* im eigenen Saft schmoren«, knurrte er. »Aber unsere Leute werden wir rausholen.«

Für Klive indes kam jede Hilfe zu spät. Noch vor der Sprengung des Tunnels hatten die Hippae Klive angegriffen. Es gab keine Überlebenden, weder in der Estancia noch im Dorf – bis auf Figor, der mit einem Lasermesser bewaffnet in den rauchenden Trümmern umherwanderte.

Als sie die Nachricht hörte, brach Rowena in Tränen aus und wischte sie mit der linken Hand fort. Der rechte Arm steckte in einer Medo-Box. »Emmy ist hier«, sagte sie. »Amy ist hier. Shevlok ist hier. Figor hat es überlebt. Aber um Sylvan tut es mir leid. Um meine Nichten. Und um die alte Tante Jem.«

Niemand hatte Zeit, ihr Trost zu spenden. Eine Spur führte von Klive zum Sumpfwald. Alle Hippae, die auf *Gras* existierten, schienen sich dort zu versammeln.

Die Bergungsflotte pendelte zwischen den Estancias und *Commons*, auch nachdem auf Stane und Jorum, dem Anwesen der Bindersens, Feuer ausgebrochen war. Obermun Kahrl und Obermum Lisian weigerten sich, die Bindersen-Estancia zu verlassen, aber die Bewohner des Dorfes und viele Bewohner des Anwesens ließen sich nur zu gerne ausfliegen.

Auf der Estancia der bon Haunsers schlossen Eric und Jason, der Sohn der Obermum, sich den Flüchtlingen an. Felitia war vor der bon Laupmon-Estancia bei dem Vorfall umgekommen, den Rigo als ›Das Turnier‹ bezeichnete.

Als die Gleiter auf dem Anwesen der bon Laupmons eintrafen, war es bereits zerstört, obwohl die Dörfler eine Brandschneise um die Estancia gezogen hatten. Sie verteidigten ihr Vieh mit Sensen. Bei den bon Smaerloks hieß es, die *bons* seien mit den bon Tanligs auf die Jagd gegangen. Alle, sogar die Alten. In den frühen Morgenstunden sei eine riesige Hunde- und Reittier-Meute erschienen, und jeder Bewohner der Estancias sei auf die Jagd gegangen. Nur die Kinder waren auf den Estancias zurückgeblieben. Die Kinder und die Dörfler wurden evakuiert; eine breite Hippae-Spur führte von den Estancias in Richtung *Commons*.

Die Polizeistation verwandelte sich in das ›Nervenzentrum‹ von *Commons*. Von dort wurden die Schiffe abgefertigt und ankommende Schiffe eingewiesen. Außerdem diente die Station als Gefechtsstand für den Fall, daß die Hippae durch einen anderen Tunnel kamen.

In den Winterquartieren unter der Station wurde ein Notkrankenhaus eingerichtet, in das Rowena, Stella, Emmy, Shevlok, Figor und ein Dutzend anderer Leute eingeliefert wurden, die vor oder während der Evakuierung verletzt worden waren. Leute mit leichten Verletzungen wurden ambulant behandelt. Nachdem die letzten Patienten verarztet waren, bestand Lees Bergrem darauf, mit einigen Assistenten durch das Tor zum Krankenhaus zurückzugehen.

»Ob es nun noch einen Tunnel gibt oder nicht, die Ausrüstung befindet sich im Krankenhaus«, sagte sie zu Marjorie. »Ich bin vielleicht die einzige, die etwas gegen die Pest unternehmen kann, aber dazu benötige ich meine Ausrüstung. Die Hippae werden mich nicht daran hindern, sie zu holen.«

»Haben Sie schon eine Idee? Einen Ansatzpunkt?« fragte Marjorie.

»Nein. Noch nicht. Ich habe zwar eine Testreihe durchgeführt, aber es liegen noch keine konkreten Resultate vor.« Trotz Jellys Warnungen brach sie mit ihren Assistenten auf. Alle waren sie mit Lebensmitteln und diversen esoterischen Gerätschaften beladen, die sie bei der Räumung des Wirtschaftsdistrikts mitgenommen hatten.

Nun gab es für Marjorie nichts mehr zu tun. Tony schlief im Ruheraum der Polizeistation. In wenigen Stunden würde er mit der *Star-Lily* abfliegen. Mainoa und Rillibee befanden sich im Wald. Persun und Sebastian unterstützten Bürgermeister Bee bei der Unterbringung der Flüchtlinge und der Befestigung der Winterquartiere.

Für Marjorie gab es also nichts mehr zu tun. »Roald hat uns angeboten, uns in seinem Stadthaus unterzubringen«, sagte sie zu Rigo. »Kinny, seine Frau, macht uns etwas zu essen. Wir könnten sofort gehen ...«

Mit einem Grinsen, das wohl eine Entschuldigung

ausdrücken sollte, stand er mühsam auf. »Ich glaube nicht, daß ich gehen kann.«

Persun hatte das mitbekommen. »Draußen steht ein kleiner Gleiter, Sir. Es wird zwar etwas eng, aber für Sie und Lady Westriding ist noch Platz. Ich muß sowieso in die Stadt.«

Rigo lächelte dankbar, und dann flogen sie zum Sommerquartier der Fews. Sie waren zu erschöpft, um auch nur ein Wort zu sprechen.

Mit Tränen in den Augen führte Kinny sie nach unten in eine komfortable Suite. »Wir haben nur ein Dorf verloren«, sagte sie weinend. »Eins von sieben. Aber jeder in der Stadt hatte Verwandte dort. Wir trauern um Klive.«

Marjorie bedauerte den sinnlosen Verlust von Klive ebenfalls.

»Wußten Sie schon«, fuhr Kinny fort und schüttelte ungläubig und verärgert den Kopf, »daß diese *bons* versuchen, die Stadt zu übernehmen?«

»Nein«, sagte Rigo. »Wie meinen Sie das?«

»Ach, Botschafter, Sie werden es nicht glauben... Nun, ich erzähle es Ihnen. Es handelt sich um Eric, Bruder des toten Obermuns Jerril bon Haunser und Jason, Jerrils Sohn. Und um Taronce bon Laupmon, Neffe des toten Obermun Lancel und Traven, Bruder des toten Obermun bon Bindersen. Diese vier. Sie haben beschlossen, die Herrschaft über *Commons* zu übernehmen.« Sie lachte, gleichermaßen zornig und belustigt. »Sie haben Roald erzählt, sie hätten einen Viererrat gebildet. Roald und Alverd versuchen ihnen gerade klarzumachen, daß das so nicht läuft. Ist nicht leicht. Nicht bei solchen Leuten.«

»Glauben die denn im Ernst, Sie würden Befehle von ihnen entgegennehmen?« fragte Rigo verblüfft.

»Ja. Das glauben sie wirklich. Schließlich hatten wir immer den Anschein erweckt, wenn wir die Estancias besuchten, wissen Sie. Den *bons* schmeichelte es, und uns tat es nicht weh. Aber hier in *Commons* steht zuviel auf dem Spiel, als daß wir ihre Allüren akzeptieren dürften. Sie sind ja solche Ignoranten.« Sie schnitt eine Grimasse und fragte sie, ob sie Hunger hätten.

»Ja«, sagte Marjorie seufzend. »Ich weiß gar nicht mehr, wann ich zuletzt etwas gegessen habe. Ich glaube, es war in der Baumstadt.«

»Oh, davon müssen Sie mir erzählen! Jetzt waschen Sie sich erst einmal, und dann kommen Sie zum Essen hoch.«

Kinny trug in der Küche auf, während Marjorie von der Baumstadt und einem Dutzend anderer Dinge erzählte. Zwischendurch brach sie in Tränen aus und stieß dann wieder ein unmotiviertes Gelächter aus. Erst nach dem Essen, beim Teetrinken, erinnerte Kinny sich, daß Roald vorhin angerufen hatte. »Ich soll Ihnen von Roald ausrichten, daß morgen ein großes Schiff hier eintrifft. Es kommt von *Heiligkeit*. Der Obermotz persönlich soll an Bord sein. Wie nennen Sie ihn gleich noch. Der Hierarch.«

»Geht er in den Orbit?« fragte Rigo, wobei ihm sich schier der Magen umdrehte angesichts der Tragweite dieses Ereignisses.

Kinny schüttelte den Kopf. »Roald sagte, weder er noch Bürgermeister Bee wären damit einverstanden. Die Frage ist nur, wie sollte man ihn an der Landung hindern?«

Marjorie hatte bereits ein paar Schritte weiter gedacht. »Rigo, wir müssen dafür sorgen, daß Dr. Bergrem das Krankenhaus verläßt. Es befindet sich direkt am Hafen. Wenn dieses Schiff landet und *Heiligkeit* herausfindet, woran sie arbeitet …«

Stöhnend erhob er sich. »Reden wir also noch einmal mit Alverd Bee.«

»Was ist denn die ›Galaxis-Klasse‹?« fragte Bürgermeister Bee.

»Es ist ein Schiff von *Heiligkeit*«, erläuterte ein Mitarbeiter der Raumüberwachung. »Mit dem Namen *Israfel*. So etwas habe ich noch nie gesehen.«

Sie befanden sich in den Winterquartieren der Polizeistation. Aus den benachbarten Räumen drang das Stöhnen von Verwundeten und das Geschrei ängstlicher Babies. Jemand eilte den Korridor entlang, und das Stöhnen hörte auf. Das Schreien der Babies aber nicht.

Der Mann am *Telly* achtete nicht darauf. »Ein Kriegsschiff«, sagte er und schaute auf ein Diagramm, das auf dem Bildschirm erschien. »Gehört zur Flotte von *Heiligkeit*. Dieser Hundesohn.«

»Es ist ein Truppentransporter«, sagte Rigo, der dem Operator mit schmalen Augen über die Schulter schaute. »Zugleich auch ein Schlachtschiff. Es ist ein altes Schiff. Alle ihre Schiffe sind alt.«

»Egal wie alt es ist, es hat tausend Mann an Bord«, sagte der Mann von der Raumüberwachung. »Voll bewaffnet.«

»Dr. Bergrem muß verschwinden«, sagte Marjorie. »Auf die *Star-Lily*. Sie darf nicht hierbleiben.«

»Dr. Bergrem wird nirgendwo hingehen«, ertönte da die Stimme der Frau. »Was hat das alles überhaupt zu bedeuten?«

Die Ärztin entledigte sich ihres Kittels und nahm Platz, als ob sie für eine Weile bleiben wollte. »Ich war gerade auf dem Weg in die Stadt, um mir ein Buch zu besorgen, und dann hörte ich, daß mein Name erwähnt wurde.«

»Der neue Hierarch von *Heiligkeit* ist im Anflug«, informierte Marjorie sie. »Cory Strange. Sie sollten besser verschwinden, bevor er landet.«

»Weshalb, zum Teufel?« Nun machte die Frau es sich erst richtig bequem.

»Haben Sie schon ein Gegenmittel gefunden?«

»Nein, noch nicht. Aber ich führe gerade eine Testreihe durch. Wenn ich nur wüßte ...«

»Dann müssen Sie gehen«, fiel Rigo ihr ins Wort.

Zornesröte überzog das Gesicht der Ärztin.

»Keine Aufregung«, sagte Marjorie. »Dr. Bergrem, niemand will Sie herumschubsen. Lesen Sie das.« Sie holte eine Kopie des Schreibens an Jhamless Zoe aus der Tasche und reichte sie der Frau.

Lees Bergrem las den Brief einmal durch, dann ein zweitesmal. »Das glaube ich nicht!«

Rigo wollte schon zu einer geharnischten Erwiderung ansetzen, als Marjorie ihm den Mund mit den Fingern verschloß. »Was glauben Sie nicht?«

»Daß jemand so etwas tun könnte – es muß sich um eine Fälschung handeln …« Sie schaute ihnen ins Gesicht und erkannte, daß es die Wahrheit war. »Aber wieso …? Verdammt!« Sie gab den Brief an Alverd Bee weiter.

»Sie müssen gehen«, wiederholte Marjorie. »Sie stehen kurz davor, ein Gegenmittel zu finden oder etwas, das zu einem Gegenmittel führt. Das haben Sie selbst gesagt. Wenn Sie hier eine Antwort finden, werden Sie keine Gelegenheit mehr haben, sie publik zu machen, wenn das Schiff erst einmal im Hafen liegt. Tausend Soldaten sind genug, um uns alle unter Hausarrest zu stellen. Wir werden unseren Sohn mit einer Kopie dieses Briefs nach Semling schicken. Aber Sie würden noch mehr bewirken, weil man Sie an der Universität kennt.«

»Wenn ich den Planeten verlasse, werde ich überhaupt nichts bewirken«, widersprach Lees Bergrem. »Ich benötige Gewebe- und Bodenproben, die es auf Semling nicht gibt. Vergessen Sie es.«

Mit gestreßtem und verärgertem Gesichtsausdruck schaute Alverd Bee vom Brief auf. »Wenn Sie *Gras* nicht verlassen wollen, müssen wir Sie irgendwo verstecken, Lees. Also muß Ihre Ausrüstung auch abtransportiert werden. Sagen Sie uns, was Sie benötigen. Wir haben ungefähr sechs Stunden, Sie zu verstecken und die *Star-Lily* wegzuschicken. Danach wird es zu spät sein.«

»Der neue Hierarch weiß noch nicht Bescheid«, sagte Rigo. »Jhamless Zoe wird ihn erst dann informieren können, wenn er auf *Gras* gelandet ist.«

»Jhamless Zoe wird ihm überhaupt nichts mehr sagen können«, meldete Persun Pollut. »Sebastian und ich wollten die Abtei aufsuchen, um sie zu fragen, ob sie sich das mit der Evakuierung noch einmal überlegt hätten. Die Hippae haben die Abtei angegriffen. Das Feuer war schon von Klive aus zu sehen. Dieser Abschnitt von *Gras* steht in Flammen.«

»Also wird der Hierarch nichts erfahren«, sagte die Ärztin und wandte den Kopf, um dem Argument Nachdruck zu verleihen. »Ich habe das Krankenhaus schon einmal verlassen. Wir sind gerade erst wieder eingezogen. Ich kann dort bleiben. Der Hierarch wird nichts über meine Arbeit erfahren.«

»Ihre Arbeit wird ihm auch völlig egal sein«, wandte Marjorie ein. »Wenn er erst einmal hier auf *Gras* ist, werden Sie ihm ohnehin gehorchen müssen. Dr. Bergrem, Sie hatten noch nie etwas mit *Heiligkeit* zu tun. Aber Rigo und ich wissen, wovon wir reden. Glauben Sie mir! Selbst ihre eigenen Leute haben kaum Rechte; Ungläubige haben überhaupt keine, es sei denn, sie nehmen sie sich. Wenn der Hierarch beschließt, tausend Soldaten auf *Gras* zu stationieren, können wir nichts dagegen unternehmen!«

»Schon gut, schon gut. Ich werde mich verstecken! Gewebeproben, Alverd. Ich brauche Proben von allen überlebenden *bons*. Meine Leute werden sie abholen. Außerdem brauche ich Gewebeproben der Kinder und Bodenproben, sowohl von *Commons* als auch vom Grasland. Persun, kommen Sie mit. Ich sage Ihnen, was ich benötige. Dann packe ich die Sachen zusammen. Sie sind schwer. Schicken Sie mir ein paar Leute, die mir beim Verladen helfen.«

Und weg war sie.

»Und was ist mit Ihnen beiden?« fragte Alverd.

Rigo stand müde auf. »Im Moment können wir nichts tun. Tony liegt unten, und er soll ruhig schlafen, bis er an Bord der *Star-Lily* geht. Wir sollten vielleicht auch etwas schlafen. Wecken Sie uns aber, wenn das Schiff von Heiligkeit landet. Dann müssen wir uns einige Ablenkungsmanöver einfallen lassen.«

Die *Israfel* glühte auf wie eine Nova und stand fortan als heller Lichtpunkt am Himmel. Ein Beiboot landete mit einer kleinen Truppe, die von einem Seraphen mit sechsflügeligen Engeln auf den Schultern kommandiert wurde. Er wurde von Bürgermeister Bee empfangen.

»Der Hierarch wünscht, mit Administrator Jhamless Zoe von der Abtei der Grünen Brüder zu sprechen. Es ist uns nicht gelungen, den Administrator über Ihr Kommunikationssystem zu erreichen.«

Bürgermeister Bee nickte betrübt. »Die Abtei wurde von einem Steppenbrand vernichtet«, sagte er. »Wir sind noch auf der Suche nach Überlebenden.«

Der Kommandeur verfiel in ein nachdenkliches Schweigen. »Der Hierarch wird das vielleicht selbst überprüfen wollen«, sagte er schließlich.

»Wir haben das Hafenhotel evakuiert. Es steht dem Hierarchen zur Verfügung«, erwiderte der Bürgermeister. »Das Feuer hat einen großen Teil des Graslandes und sieben Dörfer vernichtet. Die Stadt ist voller Flüchtlinge.«

»Trotzdem wird der Hierarch vielleicht eine Unterbringung in der Stadt vorziehen«, sagte der Seraph.

»Selbstverständlich; wenn er das wünscht«, entgegnete Bürgermeister Bee. »Obwohl in der Stadt eine Krankheit ausgebrochen ist, mit der der Hierarch sicher nicht in Berührung kommen möchte.«

»Das Büro des Hierarchen wird auf Sie zurückkommen. Um welche Krankheit handelt es sich denn«, fragte der Seraph, wobei er keine Miene verzog; seine Stimme indes hatte einen lauernden Unterton angenommen.

»Das wissen wir noch nicht genau«, entgegnete Bürgermeister Bee. »Die Leute haben plötzlich wunde Stellen am ganzen Körper …« Rillibee hatte ihn über das Krankheitsbild informiert und dabei mit mehr Details aufgewartet, als die *Commoners* eigentlich hören wollten.

Die Abteilung quartierte sich im leeren Hotel ein, aber der Hierarch selbst kam nicht nach *Gras*. Statt dessen schickte er nach Rigo. Marjorie bestand darauf, ihn zu begleiten.

»Das erhöht unsere Glaubwürdigkeit«, sagte sie. »Wir sind zusammen hergekommen. Dann sollten wir auch zusammen auftreten.«

»Ich brauche dich, Marjorie.«

Sie schaute ihn nachdenklich an. »Das hast du mir noch nie gesagt, Rigo. Hast du es denn zu Eugenie gesagt?«

Er errötete. »Kann sein.«

»Gebraucht zu werden ist etwas anderes, als begehrt zu werden; das hast du mir oft gesagt, auch wenn es schon lange her ist. Ich glaube, der Seraph wartet auf uns.«

»Seraph«, sagte er schnaubend. »Weshalb bezeichnen sie ihn nicht als Oberst oder General? Aber Seraph!«

»Wir dürfen uns nichts anmerken lassen! Dieser Hierarch ist nicht dein Onkel, und er mißtraut uns vielleicht allein schon deshalb, weil wir Außenseiter sind.«

Der Hierarch legte indes kein Mißtrauen an den Tag, obwohl er das leicht hätte verbergen können, denn er empfing sie hinter einer transparenten Trennwand, auf deren Vorhandensein er sie auch noch hinwies; als ob sie es nicht selbst gesehen hätten. »Meine Berater«, sagte er. »Man gestattet es mir nicht, mich einem möglichen Risiko auszusetzen.«

»Sehr weise«, bemerkte Rigo.

»Besteht hier ein Risiko, Botschafter?« Der Hierarch trug eine weiße Robe, die am Saum und an der Brust mit goldenen Engeln verziert war. Die metallischen Schwingen tauchten ihn in ein flackerndes Licht, wie eine Aureole. Er hatte ein Dutzendgesicht. Was ihm in dieser Hinsicht an Ausstrahlung fehlte, wurde jedoch durch die Robe kompensiert. »Gibt es Todesfälle?« wiederholte der Hierarch die Frage. »Unerklärliche Todesfälle? Oder Pest-Tote?«

»Das wissen wir nicht«, sagte Rigo; ihm war bewußt, daß der Hierarch womöglich die Klangfarbe ihrer Stimmen analysieren ließ. Die beste Taktik bestand also darin, mit seinem Wissen hinter dem Berg zu halten. Ihn der Lüge zu überführen war ohnehin unmöglich.

»Es verschwinden Menschen auf *Gras*«, warf Marjorie ihm einen Brocken hin. »Wir versuchen herauszufinden, wie das geschieht und weshalb. Es würde uns vielleicht weiterhelfen, wenn wir wüßten, aus welchem Grund *Heiligkeit* überhaupt sein Augenmerk auf *Gras* gerichtet hat. Bisher verfügen wir diesbezüglich nur über spärliche Informationen.«

Der Hierarch taxierte sie von Kopf bis Fuß, als ob er ihren Nährwert ermitteln wollte. Auf diese Art hatte sie noch niemand angesehen, und sie schauderte. Sie war weder als Frau noch als Mensch für den Hierarchen von Interesse; das zumindest stand fest.

»Ich werde Ihnen sagen, was wir wissen. Ein kleiner Funktionär von *Heiligkeit* besuchte seine Familie. Ein Verwandter, der ebenfalls zu Besuch war, arbeitete als Disponent auf dem Raumhafen von Shafne. Nach Feierabend frequentierte besagter Verwandter manchmal eine Hafenkneipe, wo er sich eines Tages beim Bier mit einem Besatzungsmitglied eines unbekannten Frachters unterhielt. Dieses Besatzungsmitglied sagte, bei einem Freund, dessen Identität auch nicht bekannt ist, wären kurz vor der Landung auf *Gras* Wunden an Armen und Beinen aufgetreten. Der Kranke wurde in eine Quarantänekapsel gesteckt. Das Schiff lag für unbestimmte Zeit auf *Gras*. Als es schließlich wieder abflog, war der Mann geheilt.«

»Ist das alles?«

»Besagter Funktionär bestätigte diese Geschichte, nachdem er den Familienbesuch beendet hatte. Der Computer sagt, mit großer Wahrscheinlichkeit hätte das anonyme Besatzungsmitglied die Pest gehabt, aber bisher ist es uns nicht gelungen, die Sache zu verifizieren. Wir haben weder das Schiff noch das Besatzungsmitglied ausfindig gemacht.«

In einer Geste, die Frustration signalisieren sollte, warf Rigo die Hände in die Luft. »Angenommen, die Geschichte ist wahr, dann hätte das Gegenmittel von überallher stammen können. Oder er hatte überhaupt keine Pest. Die Pest ist nämlich nicht die einzige Krankheit mit einer derartigen Phänomenologie!« Er bemühte sich, mit Körpersprache und Klangfarbe Frustration und Angst zu vermitteln. Das war dem Inhalt des Berichts durchaus angemessen und kaschierte zudem seine Nervosität.

Der Hierarch starrte sie ausdruckslos an. »Hat es in der Abtei irgendwelche Überlebenden gegeben?«

Rigo nickte. »Ja, ein paar. Sie gehen wieder zur Abtei zurück, weil sie wissen, daß wir dort nach ihnen suchen.«

»Mein alter Freund Nods – will sagen, Jhamless Zoe?«

Rigo schüttelte den Kopf. Diesmal wollte er sich nicht darauf verlassen, daß seine Stimme die erforderliche Emotionalität transportierte. Nein, Jhamless Zoe war nicht wieder aufgetaucht. Wenn Rigo das verbalisiert hätte, wäre keine Maschine erforderlich gewesen, um zu erkennen, daß er sich über diese Tatsache freute.

Der Hierarch nickte, als ob jemand ihm eine Frage gestellt hätte. »Ich glaube, wir werden eine Weile hierbleiben. Vielleicht taucht Zoe doch noch auf. Oder Sie stoßen auf präzisere Informationen.«

»Rigo«, fragte Marjorie, als sie wieder im Beiboot saßen, »das Besatzungsmitglied in der Quarantänekapsel, falls es das überhaupt gab, hat doch sicher auf *Gras* hergestellte Lebensmittel gegessen, Wasser von *Gras* getrunken und die Luft von *Gras* geatmet, nicht wahr?«

»Sicher.« Er nickte und zeigte auf die vor ihnen sitzenden Männer. »Die Quarantänekapseln sind zwar hermetisch dicht, aber die Insassen müssen schließlich versorgt werden.«

Ein Gedanke ging ihr im Kopf herum, aber sie stellte keine weiteren Fragen.

Sie wurden von einer Gruppe Soldaten zur Polizeistation zurückgebracht. »Es gibt genug Soldaten auf diesem Schiff, um den ganzen Planeten zu kontrollieren«, sagte Marjorie zu Roald Few.

»Falls sie das überhaupt vorhaben«, relativierte Rigo.

»Was sagst du denn dazu?« fragte Roald mit einem Seitenblick auf den Bürgermeister, seinen Schwiegersohn.

»Ich glaube, der Hierarch ist sich nicht schlüssig«, erwiderte Rigo. »Wenn ich der Hierarch wäre, würde mein nächster Schritt darin bestehen, Wissenschaftler nach *Gras* zu entsenden.«

»Hätte er Ihnen das nicht gesagt?« fragte der Bürgermeister.

Marjorie stieß ein freudloses Lachen aus. »Wir gehören nicht zu den *Geheiligten*, Bürgermeister Bee. Er mag uns nicht und vertraut uns auch nicht. Womöglich bringt er niemandem Sympathie und Vertrauen entgegen. Er wird uns abschöpfen, ohne jedoch eine Gegenleistung zu erbringen.«

»Cleverer Bursche«, bemerkte Alverd Bee. »Sein

Mißtrauen gegenüber uns *Commoners* ist durchaus begründet. Wir empfinden auch keine Sympathie für *Heiligkeit*. Von mir aus soll er an der Pest verrecken.«

»Wenn sein Brief publik wird, wird er sich das vielleicht auch wünschen«, sagte Marjorie. »Bis dahin machen wir einfach weiter und führen ihn an der Nase herum.«

Dieser Option wurden sie jedoch schnell beraubt. Wissenschaftler von *Heiligkeit* trafen auf *Gras* ein, besetzten das Krankenhaus und bauten ihre eigenen mysteriösen Apparaturen auf.

»Es spielt keine Rolle, was sie herausfinden«, sagte Marjorie zu Rigo. »Solange Dr. Bergrem zu den gleichen Resultaten gelangt.«

»Es wäre besser, wenn sie es zuerst herausfindet«, wandte Rigo ein, nahm Marjorie am Arm und bugsierte sie in eine ruhige Ecke. »Wir müssen unsere Antworten abstimmen für den Fall, daß der Hierarch uns noch einmal befragt. Das gilt auch für die Einwohner von *Commons*.« Sie diskutierten ihre Strategie, zunächst unter vier Augen, dann mit Roald und Alverd. Nachdem sie die Sache geklärt hatten, gingen sie in ihre Räume im Winterquartier zurück, um ein wenig zu schlafen und sich an Kinnies Kochkünsten zu delektieren.

Am späten Abend kam Rillibee aus dem Sumpfwald zurück und weckte die Yrariers. Gähnend und in einen Morgenmantel gehüllt betrat Marjorie Rigos Zimmer. Er saß aufrecht im Bett und Rillibee am Fußende.

»Ich bin gekommen, um Vater James abzuholen«, erklärte er. »Und den anderen Vater, falls er zurückkommt.«

»Was ist denn los, Rillibee?«

»Das wüßte ich auch gern. Die Füchse versuchen ein Problem zu lösen. Es hat mit Ihnen zu tun, Marjorie. Sie haben doch mit den Füchsen gesprochen, nicht wahr?«

»Ja, während der … der Episode.«

»Davon hast du mir nichts erzählt«, sagte Rigo gereizt.

»Ich hatte den Vorgang als eher irreal empfunden«, erwiderte sie ruhig. »Es würde mir schwerfallen, den Inhalt wiederzugeben. Im Grunde war es nur eine bildliche Kommunikation, aber die Füchse haben anscheinend verstanden, daß ich ihnen drohen wollte.«

»Ich glaube nicht, daß es eine Drohung war. Nein. Es handelte sich um etwas anderes. Bruder Mainoa rauft sich die wenigen Haare, die er noch hat, um es herauszufinden. Was auch immer Sie getan haben, es hat eine Änderung in ihrer Einstellung bewirkt. Es gibt Hunderte von Füchsen im Wald, müssen Sie wissen. Alle reden sie durcheinander und wirken überhaupt ziemlich derangiert. Als ob man von einem Schattenrudel umgeben wäre. Man sieht sie nicht. Man geht mitten durch sie hindurch. Aber man hört sie, und das Bewußtsein suggeriert einem, es sei der Wind. Nach einer Weile hält man es nicht mehr aus und wünscht sich, sie würden alle verschwinden …

Wie dem auch sei, sie führen eine intensive Diskussion. Es liegt etwas in der Luft. Ein Fuchs hat nach Ihnen verlangt, Marjorie, aber ich sagte ihm, daß ich nicht wüßte, ob Sie kommen werden. Er wäre auch mit Vater James zufrieden.«

Sehnsüchtig schüttelte Marjorie den Kopf. »Ich muß hierbleiben. Wenn ich mitginge, würde der Hierarch Verdacht schöpfen. Er hat tausend Bewaffnete, und er würde wohl nicht zögern, den Sumpfwald, die Stadt oder sonst etwas zu vernichten, wenn ihm danach wäre. Vater James wird Sie vielleicht begleiten, wenn er sich dazu in der Lage fühlt.«

»Stella würde ich auch gern mitnehmen«, sagte Rillibee mit gesenktem Blick.

Seufzend wandte Marjorie sich ab. Stella lag noch immer im Notkrankenhaus, wenn sie auch nicht mehr im Reha-Tank steckte. »Haben Sie sie schon gesehen, Rillibee?«

»Ich bin bei ihr gewesen, bevor ich herkam.«

»Sie ist nicht … sie ist nicht mehr sie selbst.«

»Sie ist wie ein Kind«, bestätigte Rillibee. »Ein liebes Kind.«

»Und welche Verwendung hätten Sie denn für das liebe Kind?« fragte Rigo lauernd.

Rillibee straffte sich; gerade aufgrund seiner schlanken, drahtigen Statur strahlte er in diesem Moment eine gewisse Würde aus. »Ich habe nicht vor, sie zu belästigen, wenn Sie das meinen. Hier ist sie nicht sicher. Das gilt übrigens für Sie alle. Aber im Gegensatz zu Ihnen ist Stella nicht in der Lage, eigene Entscheidungen zu treffen. Mit derselben Begründung möchte ich auch Dimity und Janetta mitnehmen. Wenn die Hippae ihre Identität zerstört haben, können die Füchse sie vielleicht wiederherstellen.«

»Warum nicht?« sagte Marjorie. »Wenn Rowena und Geraldria damit einverstanden sind, daß Sie ihre Töchter mitnehmen, soll es mir auch recht sein. Sie müssen sie noch fragen, aber was mich betrifft, dürfen Sie Stella mitnehmen.«

»Marjorie!« rief Rigo erzürnt.

»Schrei mich nicht an, Rigo«, sagte sie in einem Ton, den er noch nie bei ihr gehört hatte. »Denk doch mal nach! Du zeigst schon wieder diese Reflexe von übertriebenem Stolz und Männlichkeitswahn.«

»Sie ist meine Tochter!«

»Sie ist auch meine Tochter, aber sie hat ihre Persönlichkeit verloren. Sie erkennt mich nicht mehr. Ihre Aktivitäten beschränken sich darauf, einen Ball gegen die Wand zu werfen. Was willst du denn mit ihr machen? Sie nach Terra zurückschicken und einen Babysitter für sie engagieren?«

»Dieser … dieser …« Er wies auf Rillibee.

»Dieser junge Mann«, präzisierte sie, »wurde von

Heiligkeit mißbraucht, wie wir alle. Dieser junge Mann verfügt über etliche Begabungen und Fähigkeiten. Was ist mit ihm?«

»Traust du ihm etwa ...«

»Ich traue ihm nicht annähernd das zu, was die Hippae ihr schon angetan haben«, rief sie unter Tränen. »Du hast es doch zugelassen. Er wird sie besser behandeln, als wir es getan haben, Rigo! Besser als ihr Vater und ihre Mutter. Ich vertraue ihm.«

»Ich werde gut auf sie aufpassen«, versprach Rillibee, der sich während dieser Auseinandersetzung im Hintergrund gehalten hatte. »Darauf gebe ich Ihnen mein Wort. Im Moment gibt es nur einen sicheren Ort auf *Gras*, und das ist die Baumstadt.«

Rigo schwieg. Marjorie sah ihn nicht an. Sie wollte ihn auch nicht ansehen und legte keinen Wert auf einen weiteren Streit. Per *Telly* informierte sie Geraldria und Rowena von Rillibees Angebot und empfahl ihnen, es anzunehmen. Sie drehte sich um und sah Rigo vor sich. »Ja?« fragte sie ungeduldig.

»Ja«, erwiderte er, als ob er ihr einen Gefallen erwiesen hätte. »Ich bin einverstanden. Dort ist sie fürs erste am besten aufgehoben.«

Sie versuchte, sich ein Lächeln abzuringen. »Ich hoffe, daß ich richtig gehandelt habe, Rigo. Ich möchte auch einmal etwas richtig machen.«

Darauf erwiderte er nichts. Er drehte sich um und ging auf sein Zimmer. Sie versuchte wieder einzuschlafen, aber es gelang ihr nicht. Als sie im Morgengrauen vom Seraphen und seiner Truppe abgeholt wurden, erfuhr sie von Rigo, daß er auch nicht geschlafen hatte.

Sie ließen ihnen kaum Zeit zum Anziehen. Vielleicht war es nur Einbildung, aber sie hatten den Eindruck, daß sie nicht mehr mit der gleichen Höflichkeit wie zuvor behandelt wurden. Als sie in die Kabine des Hierarchen gebracht wurden, befanden sich bereits zwei Personen dort. Beim Anblick der ersten Gestalt umklammerte Rigo Marjories Arm. Ihre Gesichtszüge verhärteten sich, als sie die zweite Person erkannte.

»Admit!« rief sie, wobei sie sich bemühte, erfreut zu klingen. »Rigo, das ist Admit Maukerden. Ich bin wirklich froh, daß Sie das Feuer auf Opal Hill überlebt haben. Sebastian und Persun haben nach Überlebenden gesucht, aber Sie waren nicht dabei.«

»Mein Name ist Admit *bon* Maukerden«, korrigierte er.

»Ein *bon?* Jerril bon Haunser sagte mir, Sie seien ein entfernter Verwandter«, sagte sie verwundert.

»Mein Auftrag lautete, den Grund Ihrer Anwesenheit auf *Gras* zu ermitteln«, erklärte er. »Die *bons* wollten wissen, was Sie vorhaben. Und der da will es nun auch wissen.« Er zeigte auf den hinter der Trennwand sitzenden Hierarchen. »Er will wissen, was Sie vorhaben.«

»Um Himmels willen«, rief Marjorie, »sagen Sie es ihm, Admit. Sagen Sie dem Hierarchen alles, was er wissen will.«

»Ich interessiere mich eher für die Erläuterungen des anderen«, sagte der Hierarch mit zuckersüßer Stimme.

Der andere fläzte sich auf dem Stuhl wie eine Eidechse auf einem Felsen, wobei die Schürfwunden und Quetschungen an Gesicht und Armen jedoch in krassem Kontrast zu dieser Lässigkeit standen.

»Bruder Flumzee?« wandte Marjorie sich mit ruhiger Stimme an den Hierarchen. »Er und seine Freunde wollten mich im Sumpfwald töten. Was hat er Ihnen alles erzählt?« Sie schaute Highbones düster an.

Als er diesen Blick sah, erinnerte er sich wieder daran, was er über das Wesen von Frauen wußte. Manchmal verspürten sie Mitleid mit einem. Auch wenn man gar nicht wußte, weshalb.

»Er hat gesagt, Sie würden einen gewissen Bruder Mainoa gut kennen«, sagte der Hierarch mit falscher

Freundlichkeit. »Außerdem hat er gesagt, daß Bruder Mainoa vermutlich ein Verräter sei. Und daß er über die Pest Bescheid wüßte.«

»Wirklich? Was wußte er denn, Bruder Flumzee? Oder soll ich Sie Highbones nennen?«

»Er wußte etwas«, schrie Highbones. Der Ausdruck in ihren Augen gefiel ihm nicht. »Fuasoi hatte seine Hinrichtung angeordnet.«

»Was wußte er?« fragte der Hierarch. »Es liegt in Ihrem Interesse, Lady Westriding, und auch in Ihrem, Botschafter, mir zu sagen, was der Bruder wußte oder was er zu wissen glaubte.«

»Sehr gern«, erwiderte Rigo. »Obwohl er Ihnen sicher viel mehr erzählen könnte als wir …«

»Ist er noch am Leben?« fragte der Hierarch barsch.

»Natürlich«, entgegnete Marjorie gelassen. »Highbones hat seine beiden Freunde damit beauftragt, Mainoa und Bruder Lourai zu töten, aber es ist ihnen nicht gelungen. Ich glaube, Highbones' Motiv war Haß auf Bruder Lourai.«

»Fuasoi hat den Tod von Mainoa befohlen!« schrie Highbones.

»Das ist durchaus möglich«, fuhr Marjorie ruhig und konzentriert fort. »Bruder Mainoa hatte Fuasoi nämlich im Verdacht, ein *Moldy* zu sein.« Sie nickte Rigo zu. Bisher hatte sie ihm noch nichts von Bruder Mainoas Vermutung erzählt. Sie betete, daß Rigo begriff, was sie vorhatte.

Der Hierarch, der sich zu Beginn der Befragung recht energisch gegeben hatte, machte nun einen betroffenen Eindruck. »Ein *Moldy?*«

»Bruder Mainoa hatte ihn jedenfalls im Verdacht«, sagte Rigo, wobei er Marjories Marschroute folgte. »Weil …«

»Weil Fuasoi sonst nicht die Anordnung erteilt hätte, Mainoa zu töten«, folgerte Marjorie. »Wenn er glaubte, daß Mainoa etwas über die Pest *wußte,* wäre dieser Befehl nur dann plausibel gewesen, wenn Fuasoi ein *Moldy* war. Jeder andere hätte nämlich ein Interesse daran gehabt, daß Bruder Mainoa sich bester Gesundheit erfreute und aus dem Nähkästchen plauderte.« Sie sah den Hierarchen hilfesuchend an; sie spürte, daß Hysterie in ihr aufwallte.

»*Moldies* hier auf *Gras?*« flüsterte der Hierarch. Er war leichenblaß, und sein Gesicht war zu einer Fratze des Schreckens verzerrt. »Hier?«

Mit Befriedigung nahm Rigo den desolaten Zustand des Mannes zur Kenntnis. »Nun, Eure Eminenz«, sagte er in beruhigendem Ton, »es war nur eine Frage der Zeit, bis sie auch hier auftauchten. Das war jedem klar. Sogar Sender O'Neil hatte mich darauf hingewiesen!«

Damit war die Audienz zu Ende. Sie wurden aus der Kammer eskortiert und gingen an Bord des Beiboots. Highbones und Admit *bon* Maukerden waren jedoch nicht dabei. Sie wurden woandershin gebracht.

»Wohin gehen sie?« fragte Marjorie.

»Zum Hafen«, sagte der Rottenführer. »Wir halten sie dort fest, falls der Hierarch sie noch einmal sprechen will.«

Hoffnung keimte in Marjorie auf. Wenn der Hierarch ihnen geglaubt hatte, würde er vielleicht wieder abfliegen. Vielleicht waren sie damit aus dem Schneider! Als Marjorie und Rigo wieder am Hafen eintrafen, durften sie jedoch nicht in die Stadt zurückgehen. Statt dessen wurden sie zum Hafenhotel gebracht und in einer Suite einquartiert. Vor der Tür wurde eine Wache postiert.

»Wollt ihr uns hier vielleicht verhungern lassen?« rief Marjorie.

»Sie bekommen etwas aus dem Offizierskasino«, sagte die Wache. »Der Hierarch möchte, daß Sie verfügbar sind, wenn er Sie braucht.«

»Wir werden vielleicht abgehört«, flüsterte Marjorie

Rigo ins Ohr, nachdem der Posten die Tür geschlossen hatte.

Er nickte. »Ich glaube, Mainoa hatte recht«, sagte er laut. »Ich glaube, dieser obskure Bruder war ein *Moldy*. Vielleicht hat er schon vor Wochen das Virus eingeschleppt. Wahrscheinlich haben die Einwohner der Stadt sich damit infiziert. Ich glaube, wir sollten von diesem Planeten verschwinden, Marjorie. So bald wie möglich.« Er schüttelte müde den Kopf. Mehr als diese Halbwahrheiten fielen ihm nicht ein. Vielleicht genügte das aber schon, den Hierarchen so in Angst und Schrecken zu versetzen, daß er das Feld räumte.

Rigo setzte sich hin, lehnte sich zurück und schloß die Augen. Marjorie setzte sich neben ihn. Der Raum war angefüllt mit ungesagten Dingen und der Erinnerung an das, was bereits ausgesprochen worden war. Beim Anblick seines müden Gesichts verspürte sie ein indifferentes Mitleid, wie sie es oft für die Menschen in *Breedertown* empfunden hatte. Und nun war sie ihm auch keine größere Hilfe als sonst.

Rigo hatte die Augen zu Schlitzen verengt. Er fragte sich, ob es nicht schon zu spät war. Zu viel war bereits geschehen. Eugenie. Stella. Die unbegründeten Anschuldigungen gegen Marjorie. Er hätte es besser wissen müssen. Wenn er überhaupt etwas von ihr wußte, dann das, daß sie keine derartigen Gelüste verspürte. Weshalb hatte er ihr also Vorhaltungen gemacht?

Weil er ihr welche machen wollte.

Und nun? War es zu spät, ihr etwas zu verzeihen, das sie nie getan hatte?

18

In der Baumstadt der Arbai saßen zwei Männer der Kirche in der milden Abendbrise und labten sich an Früchten, die Füchse von den umgebenden Bäumen gepflückt hatten. Ein Fuchs war geblieben und schlemmte mit.

»Wie Pflaumen«, befand Vater James. Am Vormittag hatten die Füchse ihn in der Stadt abgesetzt. Vater Sandoval hatte es abgelehnt, mitzukommen. Bruder Mainoa hielt sich schon länger in der Stadt auf; es war eine anstrengende Reise gewesen, von der er sich noch nicht erholt hatte. Nun lehnten die Brüder an der Brust des Fuchses, wie in einem plüschigen Ohrensessel, wobei Vater James sich zum wiederholten Mal ins Gedächtnis rief, daß die Füchse real waren – weder Träume noch amorphe Visionen, weder Abstraktionen noch Trugbilder. Nur fiel es ihm schwer, etwas für real zu halten, das er nicht richtig sah. Hin und wieder erhaschte er einen Blick auf eine Pfote oder Hand, ein Auge, ein diffuses Bein oder einen Rücken. Beim Versuch, das Wesen in seiner Gesamtheit zu erkennen, überanstrengte er die Augen und bekam Kopfschmerzen. Resigniert gab er es auf. Bald würde sich ohnehin etwas tun, auf die eine oder andere Art.

»Chamäleons«, flüsterte Bruder Mainoa. »Psychische Chamäleons. Die Hippae beherrschen das auch, aber nicht so gut.«

Vater James' Lippen zitterten. »Finden Sie nicht auch, daß diese Frucht nach Pflaume schmeckt? Obwohl das Fruchtfleisch eher an Birne erinnert. Klein und fest.«

»Frühobst ist immer klein«, erwiderte Bruder Mainoa flüsternd. »Die Sommer- und Herbstfrüchte sind größer, sogar von diesen Bäumen.« Er klang zufrieden, aber auch sehr schwach.

»Dann tragen sie öfter als nur einmal pro Jahr?«

»O ja«, murmelte Mainoa. »Sie tragen durchgehend, bis zum Spätherbst.«

Auf einer Brücke, die von der Plaza wegführte, tanzte Janetta bon Maukerden und summte dabei vor sich hin. Mit einem Anflug von Neugier sah Dimity bon Damfels ihr von der Plaza aus zu. Sie hatte den Daumen in den Mund gesteckt. Stella befand sich mit Rillibee in einem Haus direkt an der Plaza. Die beiden Männer hörten seine Stimme.

»Nimm die Frucht in die Hand, Stella. Gut. Jetzt beiß rein. Gutes Mädchen. Wisch dir den Mund ab. *Gutes* Mädchen. Nun noch einen Bissen ...«

»Er ist sehr geduldig«, flüsterte Bruder Mainoa.

»Die Geduld braucht er auch«, murmelte Vater James. »Bei dreien!«

»Die armen Mädchen«, sagte Vater James dann. »Wir unterstützen ihn, solange wir hier sind. Das ist das mindeste, was wir tun können.« Er überlegte einen Moment und fügte hinzu: »Falls wir überhaupt lange genug hier sind.«

Eine Gruppe Schatten-Arbai kam auf sie zu und ging mitten durch sie hindurch, wobei ein gutturaler Redeschwall über ihnen zusammenschlug. Dann waren sie fort. Ein purpurn und diamantblau gefiedertes Wesen stob unter ihnen von Baum zu Baum, ein bunter Quasi-Vogel, der sich zwar deutlich von den terranischen Spezies unterschied, aber dennoch so viel Ähnlichkeit mit ihnen aufwies, daß man ihn mit einem Papagei assoziieren konnte. Ein Schemen schwang sich auf das Geländer der Brücke, auf der Janetta tanzte und machte es sich dort bequem. Die Arbai schienen ihre Eliminierung locker wegzustecken.

»Es liegt bei Ihnen«, flüsterte Bruder Mainoa leise. »Ihre Wahl, Vater. Ob wir gehen oder bleiben.«

»Wir wissen nicht einmal, ob wir hier überleben können!« gab der Priester zu bedenken. »Wovon sollen wir uns zum Beispiel ernähren? Vielleicht haben diese Früchte überhaupt keinen Nährwert.«

»Die Früchte und Grassamen sind mehr als ausreichend«, beruhigte Bruder Mainoa ihn. »Bruder Laeroa hat in jahrelangen Untersuchungen den Nährwert verschiedener Gräser ermittelt. Schließlich haben sich auch auf Terra viele Menschen hauptsächlich von Weizen, Reis oder Mais ernährt, Vater. Das sind im Grunde auch Grassamen.«

»Um Grassamen zu sammeln« wandte Vater James ein, »müßte man in die Prärie hinausgehen. Dort sind aber die Hippae.«

»Sie wären durchaus dazu in der Lage«, entgegnete der Bruder. »Sie genießen Schutz ...« Er schloß die Augen und schien einzuschlafen, wie er das seit ihrer Ankunft schon öfter getan hatte.

»Eigentlich«, sagte Vater James, dem plötzlich wieder die Bauernhöfe einfielen, die er als Kind besucht hatte, »könnte man hier im Sumpf auch Enten und Gänse halten.« Statt des beabsichtigten Gelächters brachte er aber nur einen Seufzer zustande. Dem jungen Priester war soeben nämlich eingefallen, daß die paar Menschen auf *Gras* vielleicht die einzigen Menschen überhaupt waren. Ob das Terrain nun für Enten geeignet war oder nicht, sie saßen ohnehin hier fest.

»Wisch dir den Mund ab«, sagte Rillibee Chime erneut. »Oh, Stella, was bist du für ein liebes, kluges Mädchen.«

Janetta drehte summend eine Pirouette und blieb unvermittelt stehen. »Potty!« sagte sie laut und deutlich. Sie raffte den Rock und schwang sich in der gleichen Pose auf das Geländer, die der Schatten-Arbai vor wenigen Augenblicken eingenommen hatte.

»Sie spricht wieder«, stellte Vater James überflüssigerweise fest; mit rotem Gesicht wandte er den Blick von Janettas blankem Po ab.

»Sie wird es wieder lernen«, pflichtete Bruder Mainoa ihm bei; plötzlich war er wieder hellwach.

Vater James seufzte und sagte mit abgewandtem Gesicht: »Hoffen wir, daß sie auch noch ein wenig Schamgefühl entwickelt.«

Bruder Mainoa lächelte. »Oder daß wir lernen – was bei den Arbai offensichtlich der Fall war –, dem Körperlichen weniger Beachtung zu schenken.«

Vater James wurde von Traurigkeit erfaßt. Die Emotion war derart intensiv, daß er den Schmerz fast körperlich spürte. Plötzlich sah er Bruder Mainoa mit anderen Augen: ein schwacher Freund, ein Mensch am Ende seiner Kraft, der dem Körperlichen bald gar keine Beachtung mehr schenken würde.

Jemand beobachtete ihn. Er schaute auf und blickte in zwei glühende, nicht-menschliche Augen. In ihnen standen höchst menschliche Tränen.

Kurz nach der Internierung der Yrariers versammelte der Seraph, der die Truppen des Hierarchen kommandierte, ein paar seiner ›Heiligen‹, steckte sie in Kampfanzüge – womit er jedoch weniger taktische Ziele verfolgte, sondern die Bevölkerung einschüchtern wollte – und durchsuchte die Stadt und die umliegenden Farmen. Die Suche galt, so der Seraph, einer Person namens Bruder Mainoa. Jeder wollte ihn irgendwann einmal gesehen haben. Manche wußten sogar, wo er sein Quartier hatte. Wieder andere wußten, daß er vor wenigen Stunden zu Abend gegessen hatte. Niemand indes wußte, wo er sich zum gegenwärtigen Zeitpunkt aufhielt.

»Er wirkte ziemlich niedergeschlagen«, sagte ein Informant namens Persun Pollut. Das war auch plausibel. »Fast alle Brüder sind beim Brand in der Abtei umgekommen. Es sollte mich nicht wundern, wenn er in den Sumpfwald gegangen wäre. Mehrere Leute haben das in jüngster Zeit getan.« All das entsprach der Wahrheit. Obwohl Persun einen Seufzer ausstieß und den Seraphen betrübt anschaute, konnte er es kaum erwarten, die Baum-Stadt mit eigenen Augen zu sehen.

Die Truppe suchte den Waldrand ab, und eine Abteilung drang sogar ein Stück weit in den Wald ein. Die Soldaten kehrten mit nassen Hosenbeinen zurück und sagten, sie würden sich nicht erinnern, etwas gesehen zu haben. Drohnen, die in den undurchdringlichen Forst geschickt wurden, lieferten auch keine Ergebnisse. Zumindest waren die Leute, welche die Aufnahmen der Drohnen auswerteten, dieser Ansicht. Schließlich einigte man sich auf die Lesart, daß dieser Bruder, falls er wirklich in den Wald gegangen sein sollte, wahrscheinlich längst ertrunken war.

Die in der Stadt zurückgebliebenen Soldaten wurden unterdessen mit Kuchen, Gänsebraten und reichlich Bier verpflegt und durften sich zudem Geschichten anhören, die mit ihrer Mission in keinem Zusammenhang standen. Im Lauf des Tages nahm die Motivation der Suchtrupps stetig ab.

Der Seraph war ein *Geheiligter* von echtem Schrot und Korn, der für jede Gelegenheit den passenden katechetischen Spruch parat hatte. In *Commoner Town* stießen seine Darlegungen auf derartige Aufmerksamkeit, daß er sich schier geschmeichelt fühlte und allmählich Gefallen an der Mission fand, obwohl er sich – und damit hielt er auch nicht hinter dem Berg – sicherer gefühlt hätte, wenn er ein paar hundert *Heilige* um sich gehabt hätte statt nur deren zwei. Den Ausführungen dieser guten Leute zufolge war der Planet von feindlichen Wesen bevölkert, die sich bereits einen Weg unter dem Wald gebahnt hatten.

»Habt ihr denn keine Sonden oder Seismographen,

mit denen ihr tektonische Erschütterungen messen könnt?« fragte er.

»Auf *Gras* gibt es keine Erdbeben«, belehrte Roald Few ihn. »Die heftigsten Erschütterungen treten dann auf, wenn die Hippae tanzen.«

Irritiert schüttelte der Seraph den Kopf. »Ich hole ein paar Detektoren vom Schiff. Standardausrüstung. Wir spüren mit ihnen Mineure auf, die Befestigungen sabotieren wollen. Das müßte genügen.«

»Und wo sollen wir sie einsetzen?« fragte Bürgermeister Bee. »Hier in der Stadt?«

Mit den Fingern zeichnete der Seraph eine Landkarte auf das Tischtuch. »Im Norden der Stadt, etwa zwei Drittel der Entfernung zum Wald. Stellt ungefähr ein Dutzend im Halbkreis auf. Der Empfänger kann hier in der Stadt aufgestellt werden. Die Polizeistation wäre ein günstiger Ort. Wenn jemand sich durchwühlen will, werdet ihr es rechtzeitig merken!« Er lächelte gütig und freute sich, daß er ihnen behilflich sein konnte.

Alverd und Roald sahen sich an. Sie würden es also rechtzeitig merken. Schön und gut. Aber was sollten sie, verdammt noch mal, tun, wenn sie es merkten?

In der *Israfel*, dem ›irdischen‹ Chaos weit entrückt, steigerte der ältliche Hierarch sich in einen Wutausbruch hinein. Als er die Yrariers zum erstenmal befragt hatte, war er der Ansicht gewesen, der Botschafter würde ihn belügen, obwohl die Stimmenauswertung diese Vermutung nur bedingt unterstützt hatte. Beim zweitenmal hatten die Maschinen Rigo und Marjorie jedoch volle Glaubwürdigkeit attestiert. Im Gegensatz zu Highbones und diesem Maukerden – die (nach Aussage der Maschinen) notorische Lügner waren –, waren die Yrariers aufrichtig und kooperativ. Allerdings waren sie keine Angehörigen von *Heiligkeit* und nach Ansicht des Hierarchen auch nicht übermäßig intelligent. Da war diese Sache mit den *Moldies*. Das konnte einfach nicht wahr sein. *Heiligkeit* hatte alles getan, um so etwas im Ansatz zu unterbinden. Die Pest unterlag der höchsten Geheimhaltungsstufe. Was auch immer dieser Bruder Mainoa bezüglich der Pest gesagt hatte, die Yrariers mußten es falsch interpretiert haben.

Der Hierarch spann diesen Gedanken weiter. Sein Vorgänger im Amt hatte die beiden ausgewählt, weil sie Verwandte und gute Sportler waren. Allerdings schlossen sportliche Höchstleistungen und Intelligenz sich aus. Mithin hatte der alte Carlos einen Fehler gemacht. Er hätte eine klügere Person schicken sollen. Jemanden, der sich unauffälliger verhielt. Und er hätte das schon viel früher tun sollen und nicht erst auf den letzten Drücker. Es gab also keinen Grund, die Yrariers festzuhalten. Und er, der Hierarch, wäre in dem Beiboot, das seine Leute nach besonderen Spezifikationen umgebaut hatten, ohnehin in Sicherheit. Wenn er erst einmal gelandet war, würde Bewegung in die Sache kommen! Er würde große Dinge vollbringen! Er wußte es!

Kurz vor dem Abflug ging indes eine Nachricht vom Planeten ein. Der Seraph meldete, daß Gefahr im Verzug sei. Nicht nur, daß Pestgefahr bestünde, auch die Existenz großer, wilder Bestien würde eine Landung des Hierarchen nicht ratsam erscheinen lassen. Möglicherweise würden feindselige Kreaturen den Hafen überrennen.

Das brachte das Faß zum Überlaufen. Der Hierarch bekam einen Tobsuchtsanfall. Die Servitoren, welche diese Anfälle in der Vergangenheit mit knapper Not überlebt hatten, brachen in panikartigen Aktionismus aus. Der Leibarzt des Hierarchen stellte ihn ruhig, und als der Hierarch schließlich eingeschlafen war, atmeten alle erleichtert auf. Er schlief die nächsten Tage durch, und so blieb auch die Anweisung aus, die Yrariers freizulassen.

Persun Pollut, Sebastian Mechanic und Roald Few stellten die Seismographen des Seraphen auf der Weide nördlich der Stadt auf. Die Installation war ganz einfach: dünne Röhren wurden mittels einer mechanischen Presse in den Erdboden getrieben, lange, filigrane Drahtgespinste wurden in die Röhren eingeführt, und schließlich wurden die Sender aufgeschraubt.

»Narrensicher«, hatte der Seraph ihnen versichert. »Damit auch der dümmste Soldat auf Anhieb zurechtkommt. Eins-Zwei-Drei. Reinkloppen, einwerfen, draufschrauben.«

Narrensicher waren die Gerätschaften wohl, aber auch schwer. Die Männer transportierten die Sonden und die massive Presse in einem Gleiter zum Einsatzort. Sie fingen am westlichen Ende des projektierten Bogens an und arbeiteten sich dann nach Norden vor, parallel zum Waldrand. Am frühen Abend hatten sie bereits sieben Sonden vergraben und bewegten sich schon in östlicher Richtung, als Persun die Augen mit der Hand beschirmte und sagte: »Dort ist jemand in Schwierigkeiten.«

Sie stellten die Arbeit ein, und nun hörten es alle: einen stotternden Motor, wobei die Aussetzer jedesmal so lange dauerten, daß sie schon glaubten, die Maschine hätte den Geist aufgegeben. Aber dann kam der Motor doch wieder.

Schließlich tauchte der Gleiter dicht über den Wipfeln auf. Er ruckte und taumelte. Die Maschine hatte kaum den Wald überflogen, als sie ins Trudeln geriet, ein letztesmal abgefangen wurde und dann endgültig abschmierte. Hart setzte der Gleiter auf halber Strecke zwischen ihnen und dem Sumpf auf, keine hundert Meter entfernt.

Persun rannte los, dicht gefolgt von Sebastian. Roald folgte in größerem Abstand. Zunächst blieb alles still im abgestürzten Gleiter, doch dann wurde die Tür geöffnet, wobei das Metall gequält kreischte, und ein Grüner Bruder taumelte heraus. Er hielt sich den Kopf. Andere folgten: sechs, acht, ein Dutzend. Offensichtlich erschöpft sanken sie neben dem Gleiter zu Boden.

Persun war zuerst bei ihnen. »Mein Name ist Pollut«, sagte er. »Wir können ein paar Gleiter anfordern, denn Ihrer ist anscheinend defekt.«

Der Älteste der Gruppe kam mühsam auf die Füße und streckte eine altersfleckige Hand aus. »Ich bin der Ältere Bruder Laeroa. Wir sind in der Nähe der Abtei geblieben, um nach Überlebenden Ausschau zu halten. Offensichtlich sind wir zu lange geblieben. Der Treibstoff ist uns ausgegangen.«

»Ich wundere mich überhaupt, Sie zu sehen«, sagte Sebastian. »Die Abtei ist doch völlig zerstört.«

Mit zitternden Fingern fuhr Laeroa sich übers Gesicht. »Als wir vom Angriff auf Opal Hill und die Estancias hörten, rieten wir dem Älteren Bruder Jhamless Zoe, die Abtei zu evakuieren. Er sagte nur, die Hippae hätten keinen Streit mit den Brüdern. Ich versuchte ihm zu erklären, daß die Hippae auch ohne ersichtlichen Grund töten.« Er taumelte, und einer seiner Mitbrüder stützte ihn. Dann fuhr er artikuliert fort, als ob er von der Kanzel predigte. »Zoe war noch nie rationaler Argumentation zugänglich gewesen. Also haben diese Brüder und ich im Gleiter übernachtet.«

»Sie waren im Gleiter, als die Hippae angriffen?«

»Wir waren im Gleiter, als das Feuer ausbrach«, sagte ein jüngerer Bruder. »Wir sind gestartet und ein Stück weit ins Grasland hinausgeflogen, um später nach Überlebenden zu suchen. Ich weiß nicht, wie lange wir dort draußen waren, aber wir haben nur einen Überlebenden gefunden.«

»Wir haben ein Dutzend von euch aufgesammelt«, sagte Sebastian Mechanic. »Überwiegend junge Leute. Sie sind ziemlich weit draußen im Grasland umhergewandert. Vielleicht gibt es noch weitere Überlebende.

Wir schicken jeden Tag Suchtrupps los. Es gibt keine Hippae mehr im der Prärie. Sie haben sich alle vor dem Sumpfwald versammelt.«

»Sie kommen nicht durch, nicht wahr?« fragte einer der Männer, offenbar derjenige, den die Brüder gerettet hatten. Sein Gesicht war leichenblaß, und er trug einen Arm in der Schlinge.

»Soweit wir wissen, nicht«, erwiderte Sebastian in dem Versuch, ihn zu beruhigen. »Und falls sie doch durchkämen, sind die Winterquartiere mit schweren Türen gesichert, und die Leute dort stellen Waffen für uns her.«

»Waffen«, sagte einer der Brüder atemlos. »Ich hatte gehofft ...«

»Du hattest gehofft, mit ihnen zu reden?« fragte der Ältere Bruder Laeroa mit bitterer Stimme. »Vergiß es, Bruder. Ich weiß, daß du für das Büro der Doktrin gearbeitet hast, aber vergiß es trotzdem. Ich bin sicher, Jhamless Zoe hoffte bis zum letzten Atemzug, die Hippae zu konvertieren. Diese Hoffnung hatte er schon gehegt, seit er nach *Gras* kam. Er hielt daran fest, obwohl wir ihm immer wieder sagten, genausogut könne er versuchen, aus einem Tiger einen Pflanzenfresser zu machen.«

Sebastian nickte zustimmend und sagte: »Zum Glück haben die Hippae nicht solche Krallen wie terranische Tiger. Sonst könnten sie nämlich auch klettern, und dann hätten wir überhaupt keine Chance mehr. Gehen Sie jetzt den Abhang hinauf. Ich fordere über das *Telly* einen Gleiter für Sie an.«

Mühsam standen die Brüder auf und schlurften im Gänsemarsch über die große Wiese. Nachdem Sebastian und Persun sich von ihrer Marschtauglichkeit überzeugt hatten, bezogen sie vor dem Gleiter Posten, während Roald einen Notruf absetzte.

»Sind schon unterwegs«, meldete Roald schließlich.

»Gut«, murmelte Sebastian. »Ein paar von ihnen machen nicht den Eindruck, als ob sie weit kommen würden.«

»Etwas über dreißig Brüder von tausend sind übrig«, bemerkte Persun, als sie die Installation der nächsten Sonde in Angriff nahmen.

»Wenigstens ein Gutes hat die Sache«, sagte der andere. »Wir müssen die anderen neunhundertsiebzig nicht begraben.« Er verhielt neben der Presse. »Ist dir auch schon aufgefallen, wie still es ist?«

Die beiden Männer schauten sich um. »Der Krach der Presse hat die Tiere verängstigt«, mutmaßte Persun.

»So viel Krach macht die Presse nun auch wieder nicht. Außerdem ist sie seit einer Weile nicht mehr in Betrieb.«

»Dann war es vielleicht der Gleiterabsturz.«

Die Stille hielt an. Aus dem Sumpfwald, der sonst immer von krächzenden und rasselnden Geräuschen, dem Zwitschern der Kolibris und dem Schrei der Steinbeißer widerhallte, drang kein Laut.

»Richtig unheimlich«, flüsterte Persun. »Etwas stimmt nicht. Das spüre ich.« Er zog sich hinter den Gleiter zurück und tastete nach dem Messer in der Tasche.

Hinter ihm stöhnte Sebastian auf.

Ein Kopf schaute aus dem Blättervorhang. Blinde Augen sahen in ihre Richtung. Über den Augen lag der Schädelknochen frei. Er schimmerte weißlich. Der Kopf schlackerte haltlos auf dem Hals, dann erschienen Schultern, Arme und schließlich das Hippae. Ein Reiter auf einem Reittier! Ein toter Reiter; selbst wenn er noch nicht tot war, war er dem Tod doch so nahe, daß es im Grunde auf dasselbe hinauslief. Der Untote öffnete den Mund und stieß einen rasselnden Schrei aus. Das war das Signal.

Auf breiter Front brachen sie aus dem Wald, Reiter und Hippae. Ihre gellenden Schreie kündeten von Haß,

Wut, Tod und Gewalt. Persun wirbelte herum und packte Sebastian, der wie hypnotisiert dastand.

Sebastians letzter Gedanke, bevor er zerfetzt wurde, war, daß sie zu spät mit der Arbeit angefangen hatten.

Persun suchte die Deckung des Gleiters und schwang das Messer. Er unterdrückte einen Schrei. Im Norden hatte es einen zweiten Tunnel gegeben. Rasiermesserscharfe Zähne wurden in seinen Messerarm geschlagen. Die Waffe fiel klappernd auf einen Felsen. In Erwartung des Schmerzes biß er die Zähne zusammen und schaute in die leeren Augen des Reiters über sich.

Da drängte sich etwas zwischen ihn und das Gebiß des Hippae. Der Gleiter schwebte dicht neben ihm; Roald rief ihm etwas zu. Das Hippae schnappte nach ihm und wich dann zurück. Er warf sich rücklings in den Gleiter, wobei er sah, daß weitere Gleiter neben der Reihe der traurigen Gestalten in den grünen Roben schwebten; einige von ihnen versuchten zu fliehen, andere lagen tot auf der Erde, und wieder anderen gelang es, die rettenden Gleiter zu erreichen. Überall wüteten die Hippae, wobei die Reiter sich steif und eckig bewegten, als ob man sie im Sattel festgebunden hätte.

Der Gleiter gewann an Höhe. Persun versuchte, nicht auf Sebastians Überreste hinunterzublicken. Blut tröpfelte von seinen steifen Fingern. Sein Kopf hing halb aus der Gleitertür. Hippae- und Hunderudel bewegten sich bereits auf die Stadt zu. Roald schrie ins *Telly*. Persun sah, wie ein Bruder in zwei Teile gerissen wurde. Andere schrien. Alles, woran er in diesem Moment dachte, waren seine steifen Finger. Er konnte die gekrümmten Finger nicht bewegen. Neben ihm schrie Roald auf. Er mußte etwas Schreckliches gesehen haben, aber Persun drehte sich nicht um. Er konnte die Finger nicht bewegen und wünschte sich fast, er wäre tot.

Während die Hippae zu Hunderten die nördlichen Bezirke der Stadt überrannten, wühlten Legionen von

Migereres sich durch die letzten Meter Erdreich, die bis zum Durchstich des zweiten Tunnels noch bewältigt werden mußten. Er verlief im Süden und war sowohl höher als auch breiter als der erste, wodurch den Hippae eine zügige Passage ermöglicht wurde. Sie kamen in Wellen, wie sie vor langer Zeit über die Arbai-Stadt gekommen waren; sie wälzten sich vom Wald zur Stadt und stießen ein mordlustiges Geheul aus. Im Süden des *EBG* gab es keinen nennenswerten Widerstand. Die paar Rekruten am Hafen wurden einfach überrannt.

Dennoch gelang es einigen Soldaten, einen Portalkran zu erklimmen, wohin die Hippae ihnen nicht folgen konnten. Im folgenden wurden Dutzende von Hippae erlegt. Sie schrien ungläubig im Todeskampf, aber die Überlebenden begriffen schnell, welche Gefahr von den Gewehren ausging.

Im Norden des *EBG* war nach Roalds Alarmmeldung die Sirene ertönt, und die Einwohner von *Commons* waren in die Winterquartiere geflüchtet. Obwohl die Türen verstärkt worden waren, befürchteten die meisten Leute, daß sie einem massiven Angriff der Hippae nicht standhalten würden. Als die Sirene ertönte, verriegelte James Jellico die großen Tore. Außerdem besaß er die Geistesgegenwart, Läufer loszuschicken, die in der Stadt nach versprengten Soldaten suchen sollten. Obwohl Jelly die Stoßrichtung des Angriffs nicht kannte, wollte er das Dutzend Soldaten, die der Seraph mitgebracht hatte, in der Nähe haben. Sie verfügten wenigstens über ordentliche Waffen. Vielleicht würde der Seraph noch weitere Soldaten vom Schiff abziehen.

Der eilig herbeigerufene Seraph richtete in der Polizeistation einen Gefechtsstand ein und organisierte die Verteidigung der Stadt.

»Zwei Leute an jeden Durchgang«, befahl er. Der Anblick der Hippae, die inmitten der reglosen Körper auf dem Hafen herumtobten, trieb ihm den Angstschweiß auf die Stirn. »Schußwinkel fünfundneunzig Grad; Dauerfeuer. Helmlampen maximale Leistung. Nachtsichtbrillen. Schießt auf alles, was sich bewegt.«

»Es sind ein Dutzend *Heilige* auf dem Hafen«, gab ein Soldat mit belegter Stimme zu bedenken. »Sie werden vielleicht versuchen, das Tor zu erreichen.«

»Von den oberen Ebenen dieser Struktur fallen Schüsse, Cherub«, erwiderte der Seraph mit rauher Stimme und wies in die entsprechende Richtung, als ob der Soldat blind gewesen wäre. »Wenn die Leute auch nur einen Hauch von Intelligenz besitzen, bleiben sie, wo sie sind. Dort sind sie sicherer, als wir es hier sind. Wenn du eine Bewegung am Tor siehst, draufhalten. Es wird Funkstille angeordnet; nur Lageberichte werden durchgegeben. Ich muß Verstärkung von oben holen.« Er wußte, daß das Stunden, vielleicht sogar Tage dauern konnte. Die *Israfel* verfügte nicht über Kampfgleiter. Wer hätte auch geahnt, daß sie einmal gebraucht würden? Es gab nur Beiboote mit einer Kapazität von zehn Personen und leichter Defensivbewaffnung.

»Sir«, meldete der Cherub sich erneut, »was ist mit den Leuten im Hotel?«

»Welche Leute?« fragte James Jellico überrascht.

»Die Forscher, die der Hierarch hergeschickt hat«, erwiderte der Cherub. »Und der Botschafter. Er und seine Frau.«

In der Suite des Hafenhotels wurde Marjorie vom Geheul der angreifenden Hippae geweckt. Ihr Zimmer lag jedoch auf der falschen Seite. Sie ging durch den Raum, in dem Rigo in tiefem Schlaf lag, zum Fenster des gegenüberliegenden Zimmers. Lichter wirbelten über den Hafen. Sie sah Hippae aus dem Schatten auftauchen. Ohne Rigo aufzuwecken, ging sie zur Tür der Suite und öffnete sie. Die Wache war mittlerweile abgelöst worden.

»Soldat«, sagte sie. »Werfen Sie mal einen Blick aus dem Fenster. Auf dem Hafengelände treiben sich sehr gefährliche Kreaturen herum.«

Er bedeutete ihr, zurückzutreten, als ob die Gefahr von ihr ausginge; sie stand einfach nur da, im verknitterten Nachthemd, gänzlich unbewaffnet und mit strubbeligem Haar. Verwirrt musterte der Soldat sie, als ob er eine Konkurrenz unterschiedlicher Begierden verspürte.

»Wenn wir hierbleiben«, sagte sie, »müssen wir Vorsichtsmaßnahmen gegen diese Bestien treffen. Wir müssen damit rechnen, daß sie auch hierher kommen.«

»Was?« fragte er. »Wie meinen Sie das?«

»Sie können nicht klettern«, erklärte sie. »Aber sie sind nicht dumm. Vielleicht gelingt es ihnen, die Aufzüge in Betrieb zu nehmen. Wir müssen den Strom abschalten. Wir befinden uns hier im dritten Stock. Ohne Aufzüge kommen sie vielleicht nicht so weit.«

»Die Schaltkästen sind wahrscheinlich im Keller«, sagte er.

»Dann gehen wir eben in den Keller.«

Unschlüssig schaute er zum Lift und dann wieder auf sie.

»Machen Sie schon, Junge«, sagte sie barsch. »Ich könnte Ihre Mutter sein, also darf ich Sie auch anschreien. Treffen Sie eine Entscheidung!«

Er ließ die Waffe sinken.

»Geben Sie uns Feuerschutz«, sagte sie. »Vielleicht dringen sie ins Hotel ein, während wir unten sind.«

Zusammen betraten sie den Aufzug und fuhren nach unten. Für Marjories Geschmack war er viel zu langsam. Langsame Aufzüge galten wohl als Ausweis für Luxus. Schließlich nahm das Hafenhotel dieses Prädikat für sich in Anspruch. Sie schwebten wie Federn nach unten und hielten im fünften Untergeschoß an. Aus dem Display ging hervor, daß es insgesamt zehn Untergeschosse gab.

»Das sind die Winterquartiere«, sagte Marjorie. »Ich hatte ganz vergessen, daß es hier auch welche gibt.«

»Es wird hier wohl ziemlich kalt, was?« fragte der Soldat und schaute sich um.

»Ich glaube, die Kälte ist nur ein Teil des Problems«, erwiderte Marjorie. »Wohin jetzt?«

Er zeigte auf eine schwere Stahltür gegenüber dem Fahrstuhlschacht. Der Raum dahinter war mit Konsolen und Instrumenten angefüllt.

»Vielleicht sollten wir alles abschalten«, sagte Marjorie.

»Alles? Dann haben Sie dort oben gar nichts mehr, auch kein Wasser. Außerdem, wie sollen wir dann zurückkommen?«

»Wir klettern im Fahrstuhlschacht nach oben«, antwortete sie spontan. Sie ging an den Konsolen entlang und studierte die Beschriftung. Hauptschalter. Hauptpumpe. Die Hauptpumpe und der Hauptschalter schienen an getrennten Stromkreisen zu hängen. Also würde die Wasserversorgung vielleicht nicht unterbrochen. Sie schob die Blende zurück und legte den Hauptschalter um. Es wurde dunkel.

»Verdammt«, knurrte sie.

Plötzlich stach ihr ein grelles Licht in die Augen. »Ich hatte ganz vergessen, sie einzuschalten«, entschuldigte der Soldat sich und justierte die Helmlampe. »Welchen Weg nehmen wir?«

»Durch den Schacht«, sagte sie. »Über die Notleiter.«

Sie gingen zum Aufzug zurück, beugten sich über einen kühlen, dunklen Abgrund und bekamen schließlich eine Metallsprosse zu fassen. Sie begannen den Aufstieg, wobei Marjorie die Führung übernahm. Die Lampe des Soldaten leuchtete den Schacht aus.

»Das ist eine praktische Sache«, sagte sie atemlos, als sie sich dem dritten Stock näherten. »Ihr Helm, meine ich. Hat er auch Infrarotlicht?«

»Ja«, bestätigte er. »Und noch sechs weitere Filterkombinationen. Man kann sogar lebende von toter Materie unterscheiden. Außerdem hat er einen Bewegungsmelder. Und wenn man ihn mit den Anzugkontrollen verbindet, verwandelt er sich in eine automatische Waffe.« Stolz schwang in seiner Stimme mit. Marjorie freute sich über diese Zuversicht. Er würde sie noch brauchen. Ihr Leben würde vielleicht davon abhängen.

»Nun«, sagte sie, als sie den dritten Stock erreicht hatten, »Sie können ebensogut mit hineinkommen. Wir schließen die Tür ab für den Fall, daß etwas hier hochkommt.«

Rigo schlief noch immer. Er wirkte erschöpft.

»Er wird Hunger haben, wenn er aufwacht«, sagte sie. »Wir haben aber nichts zu essen hier.«

»Notrationen«, sagte da der Junge und tippte auf eine große Beintasche. »Eine Person kann zehn Tage davon leben. Für drei Leute wird es auch eine Weile reichen. Das Zeug schmeckt zwar nicht besonders, aber die Cherubim sagen, es macht satt.« Er deutete auf den Schläfer. »Ist er krank gewesen?«

Sie nickte. Ja, Rigo war krank gewesen. Alle Reiter waren krank gewesen.

»Wie ist Ihr Name?« fragte sie ihn. »Sind Sie ein *Geheiligter?*«

Er grinste stolz. »Favel Cobham, Ma'am. Ja, ich bin ein *Geheiligter*, Ma'am. Die ganze Familie. Ich wurde gleich nach der Geburt registriert. Ich werde ewig leben.«

»Sie Glücklicher«, sagte sie und drehte sich wieder zu Rigo um. Sie und Rigo würden nicht einmal dieses Leben bis zu Neige auskosten, wenn die Hippae ins Hotel eindrangen. Tony würde vielleicht auch überleben, wenn man rechtzeitig ein Gegenmittel fand. Und Stella auch. So, wie Rillibee Stella angesehen hatte, hatte sie vielleicht eine Chance. Wenn sie schon nicht ewig leben würde, so wäre ihr zumindest die Lebensspanne einer *Sehr Kleinen Entität* gewiß.

Sie trat wieder ans Fenster und schaute zur großen Scheune hinüber, die jenseits des Schlachtfeldes lag. Die Pferde! Die Scheune, in der sie untergebracht waren, war zwar stabil, aber nicht unzerstörbar. Sie war mit dem Hotel über ein Tunnelsystem verbunden. Dieses System erstreckte sich unter der ganzen Stadt. Vielleicht gelang es ihr, die Scheune zu erreichen. Sie kramte in der Jackentasche und fand das Peilgerät, das Bruder Mainoa ihr wiedergegeben hatte.

»Der Seraph hat ein paar Mann in der Stadt stationiert«, sagte der Soldat.

»Was wollen sie denn da?« fragte sie.

Er schüttelte den Kopf. »Der Seraph ist in gewisser Weise ein Konservativer, Ma'am. Der Cherub hat das ein paarmal gesagt. Er wird bis zum Morgen abwarten und dann einen Angriff starten. Bis dahin wird auch vom Schiff Verstärkung eingetroffen sein.«

»Die Hippae sind durch mindestens einen Tunnel gekommen«, sagte Marjorie. »Man müßte ihn sprengen, fluten oder was auch immer.«

»Wissen die Leute in der Stadt das?« fragte er. Sie nickte, und er sagte: »Dann werden sie es dem Seraphen sagen, und der wird sich darum kümmern. Vielleicht schon heute nacht, wenn er einen Kampfgleiter bekommt. Die Seraphim werden auf Schritt und Tritt von einem Einsatzkommando begleitet. Diese Kommandos sind bestens ausgerüstet.«

»Würde er eine solche Truppe auch in der Stadt stationieren?« fragte sie ungläubig.

»Überall«, erwiderte er nüchtern. »Sie folgen ihm sogar auf die Toilette. Damit will er verhindern, daß ihm während seiner Abwesenheit sein Kommando streitig gemacht wird. Zum Beispiel durch eine Meuterei.«

»Meuterei?« ertönte eine verärgerte Stimme von der

Tür. Dort stand Rigo, barfuß und mit nacktem Oberkörper. »Was geht hier eigentlich vor?«

Marjorie trat vom Fenster zurück. Er sah hinaus.

»Sie sind durchgebrochen«, stellte er fest. »Der junge Mann und ich haben im Hotel den Strom abgeschaltet«, sagte sie. »Sie werden nicht heraufkommen, es sei denn, es gibt Treppen, von denen ich nichts weiß. Das bedeutet aber auch, daß wir hier festsitzen. Vorerst jedenfalls.« Im Grunde glaubte sie nämlich nicht, daß sie es überleben würden, aber sie sprach es nicht aus.

Mit ausdruckslosem Gesicht schaute Rigo aus dem Fenster. »Hippae«, bemerkte er überflüssigerweise. »Wie viele?«

»Jedenfalls genug, um großen Schaden anzurichten«, erwiderte Marjorie. »Bei etwas über achtzig habe ich aufgehört zu zählen; es kommen ständig welche nach.«

»Würden Sie bitte nach draußen gehen«, wandte Rigo sich an den Soldaten. »Ich möchte mich mit meiner Frau unter vier Augen unterhalten.«

»Nein«, sagte sie. »Er kann ruhig hierbleiben. Wenn er auf den Korridor geht, hören oder riechen sie ihn vielleicht. Womöglich gibt es noch einen anderen Weg nach oben, und es hat keinen Zweck, sie herzulocken. Wenn du reden willst, tun wir das in deinem Zimmer.« Sie ging vor ihm her, derangiert, ungekämmt und dennoch herrschaftlich. In Rigos Zimmer setzte sie sich auf einen Stuhl, während er umherlief, drei Schritte vor, drei Schritte zurück.

»Während du fort warst«, eröffnete er, »hatte ich die Gelegenheit, mit Vater Sandoval die Lage zu erörtern. Ich glaube, wir müssen über unsere Zukunft sprechen.«

Sie spürte Mitleid und einen Anflug von Verärgerung. Das war typisch für ihn, über ihre Zukunft sprechen zu wollen, wo es vielleicht gar keine Zukunft mehr für sie gab. Er hatte immer schon dazu geneigt, den denkbar ungünstigsten Zeitpunkt für derartige

Unterhaltungen auszusuchen. Als ob Emotionen wie Liebe und Vertrauen überhaupt keine Gefühle wären, sondern nur Symbole oder Werkzeuge, die als Mittel zum Zweck dienten. Als ob die Worte selbst schon der Schlüssel zu einem Schloß wären. Sprich von Liebe, und Liebe ist da. Sprich von Vertrauen, und Vertrauen ist da. Sprich von der Zukunft …

»Was soll mit unserer Zukunft sein?« fragte sie emotionslos.

»Vater Sandoval geht mit mir konform, daß ein Gegenmittel gefunden wird«, sagte er mit der Autorität eines Richters, als ob diese Annahme durch die bloße Artikulation schon zum Faktum würde. Nun, bisher hatte Rigo mit dieser Technik auch immer Erfolg gehabt. So hatte er mit seiner Mutter gesprochen, seinen Schwestern, mit Eugenie und den Kindern und nicht zuletzt mit Marjorie selbst. Und wenn es wider Erwarten nicht den gewünschten Erfolg gehabt hatte, dann hatte Vater Sandoval die Situation gerettet, indem er ihnen kraft der ihm von der Kirche verliehenen Autorität Buße auferlegte. Und nun sagte Rigo ihr die Zukunft voraus.

»Jemand wird ein Gegenmittel finden. Wo wir nun wissen, daß die Antwort hier zu finden ist, wird jemand ein Gegenmittel finden, und zwar schon bald. Wir müssen nur noch solange hierbleiben, bis das Gegenmittel ausgegeben wird. Und dann geht das richtige Leben für uns weiter. Für uns vier.«

»Wir müssen was?« fragte sie, wobei sie an die Ungeheuer in der Stadt und im Hafen dachte. Er schien sie einfach zu ignorieren. Aber zuvor hatte er ihre Existenz doch auch zur Kenntnis genommen. Das war schon sonderbar. »Was müssen wir tun?«

»Wir vier«, wiederholte er. »Einschließlich Stella.« Er schaute böse. Offensichtlich wurde das durch die Vorstellung verursacht, daß Stella sich nun im Wald aufhielt. »Sie wird viel Zuwendung brauchen, aber deswegen brauchst du nicht deine Wohltätigkeitsarbeit aufzugeben. Wir könnten Betreuer für sie einstellen.«

»Betreuer.«

Er preßte die Lippen zu einem schmalen Strich zusammen. »Ich weiß, daß sie viel Zuwendung brauchen wird, Marjorie. Was ich damit sagen will, ist, daß es keine zusätzliche Belastung für dich darstellen muß. Ich weiß ja, was deine Arbeit dir bedeutet und wie wichtig sie dir ist. Vater Sandoval hat gesagt, ich hätte mich mit dir nicht so oft deswegen streiten sollen. Das war falsch von mir. Du hast ein Recht darauf, eigenen Interessen nachzugehen ...«

Ungläubig schüttelte sie den Kopf. Was erzählte er denn da? Glaubte er ernsthaft, sie könnten dort anknüpfen, wo sie aufgehört hatten, als ob überhaupt nichts gewesen wäre? Er würde sich einen Ersatz für Eugenie suchen und dann weitermachen wie gehabt? Sie würde wieder nach *Breedertown* gehen und sich um die Versorgung der Leute kümmern? Wie gehabt?

»Haben du und Vater Sandoval auch erörtert, wie du Stella deinen Freunden vorstellen willst?« fragte sie. »Wirst du ihnen vielleicht sagen: ›Das ist Stella, meine behinderte Tochter. Ich habe zugelassen, daß sie auf *Gras* sexuell und mental mißbraucht wurde, weil ich Leuten meine Männlichkeit beweisen wollte, die ich überhaupt nicht mochte.‹ Etwas in der Art?«

Zornesröte überzog sein Gesicht. »Du hast kein Recht ...«

Sie hob die Hand. »Ich habe jedes Recht, Rigo. Ich bin ihre Mutter. Du hast nicht allein über sie zu bestimmen. Sie ist auch mein Kind. Außerdem ist sie eine eigenständige Persönlichkeit. Du kannst ja versuchen, Stella nach Terra zurückzubringen. Aber du glaubst doch nicht im Ernst, daß du sie so ohne weiteres von dort wegbringst, wo sie jetzt gerade ist. Es würde dir schon schwer genug fallen, mich von hier wegzuschaffen. Wenn du auf die alte Art weitermachen willst, kann ich dich nicht daran hindern. Aber du darfst nicht erwarten, daß Stella und ich brav hinter dir herdackeln!«

»Du willst doch nicht etwa hierbleiben! Was willst du hier überhaupt machen? Du hast zu Hause deine Arbeit. Unser Zuhause ist auf Terra.«

»Früher hätte ich dir recht gegeben. Jetzt nicht mehr.«

»Und was ist mit den Begründungen, die du mir für deine Arbeit in *Breedertown* genannt hast? Willst du sagen, das sei alles nur heiße Luft gewesen? Lügen?«

»Damals habe ich es für wichtig gehalten.« Oder ich habe es mir bloß eingeredet, sagte sie sich.

»Und jetzt nicht mehr?«

»Es ist doch völlig egal, was ich glaube. Ich *weiß* nicht einmal, was ich glaube. Auch wenn du meinst, daß die Pest besiegt wird, sterben wir vielleicht trotzdem noch daran! Oder wir werden von den Hippae getötet. Jetzt ist nicht der richtige Zeitpunkt, *falls* und *wenn* zu diskutieren! Im Moment geht es für uns nur ums Überleben.« Sie stand ruckartig auf. Im Vorübergehen legte sie ihm die Hand auf die Schulter, wobei sie nicht wußte, ob sie nun ihn oder sich selbst trösten wollte. Es war nicht der richtige Zeitpunkt für einen Streit mit ihm gewesen. Wenn sie hier schon ihr Leben beschließen sollten, hätte sie sich gewünscht, daß das nicht im Zorn geschah. Aber nun war es nicht mehr ungeschehen zu machen.

Er folgte ihr; sie stand mit dem Soldaten am Fenster. Rigo schaute ihnen über die Schulter und überflog das brennende und zerstörte Hafengelände; er fragte sich, weshalb überhaupt noch jemand auf *Gras* bleiben sollte. Die Hippae hatten die Wissenschaftler aus dem benachbarten Krankenhaus geholt und auf den Abhang gezerrt. Obwohl sie schon längst tot waren, trampelten die Hippae noch immer brüllend auf den Leichen herum.

Marjorie stieß einen tonlosen Fluch aus und brach in Tränen aus. Sie hatte nicht gewußt, daß sich noch Menschen im Hafengebäude aufhielten. Vielleicht hatte sie es auch nur vergessen. Als sie und der Soldat den Strom abgeschaltet hatten, wäre es durchaus möglich gewesen, die anderen in Sicherheit zu bringen. Beim Anblick der tobenden Kreaturen mußte sie wieder an die Pferde denken. Sie würde sie nicht im Stich lassen.

Die beiden Männer standen wie angewurzelt am Fenster. Leise drehte sie sich um und verließ das Zimmer, ohne daß die beiden es bemerkt hätten. Es war ein weiter Weg hinunter zu den Winterquartieren und dem Tunnelsystem, das sich laut Persun Polluts Aussage wie ein Labyrinth unter der Stadt hinzog.

Den meisten Einwohner von *Commons* gelang es, vor dem Erscheinen der Hippae in die gut gesicherten Winterquartiere auszuweichen. Wie gesagt, den meisten. Diejenigen, die nicht so viel Glück gehabt hatten, schlugen sich zu halbwegs sicheren Orten durch. Die meisten Gebäude der Stadt waren zwar flach, hatten aber in der Regel ein Obergeschoß. Die Treppenhäuser konnten eine Zeitlang gehalten werden. Aber die Leute besaßen keine Abstandswaffen. Mit einem Messer konnte man den Hippae zwar Beine und Köpfe abtrennen, aber dabei bestand auch die Gefahr, hinterrücks von einem Hund angefallen zu werden. Die Hunde schlichen mit katzenartiger Gewandtheit die Treppen hinauf. In den Straßen von *Commons* häuften sich Leichenteile. In der Polizeistation schwitzte der Seraph Blut und Wasser. Er hatte nämlich keine Verbindung zu den Verteidigern der Stadt.

»Ein Gleiter«, schlug James Jellico vor. »Sie können die Stadt überfliegen. Die Gleiter sind mit Lautsprechern ausgestattet.«

»Sie übernehmen das«, sagte der Seraph barsch. »Sagen Sie ihnen, sie sollen sich auf den Dächern versammeln. Wir nehmen sie von dort auf. Sie sollen nicht sinnlos ihr Leben riskieren; die Verstärkung ist noch nicht eingetroffen.«

Also flog Jelly mit Asmir, Alverd und dem alten Roald los. Im Tiefflug flogen sie über die Häuser und forderten die Leute auf, auf die Dächer zu kommen.

»Klettert rauf«, riefen sie. »Wir holen euch raus.«

Diejenigen, die sie gehört hatten, versuchten auf die Dächer zu gelangen, während die Bestien sie wie aus heiterem Himmel von allen Seiten attackierten. Bisher hatten die Hippae immer Wert auf Präsenz gelegt. Jetzt, im Kampf, operierten sie aus dem Hinterhalt. Wie Chamäleons paßten sie sich dem jeweiligen Hintergrund an, wobei ihre gesprenkelte Haut mit den Farben der Mauern und des Straßenpflasters verschmolz. Nur die Zähne und die glühenden Augen verrieten sie, in vielen Fällen zu spät.

Die Hippae, die so arrogant waren, Reiter mitzuführen, konnten diese natürlich nicht tarnen. Der Anblick eines erhobenen Totenschädels, der hinter einer Mauer auftauchte, war ein sicheres Indiz dafür, daß sich darunter ein Hippae versteckte. Roald, der vom Gleiter aus die Szenerie betrachtete, fragte sich, was die Hippae zu dieser Travestie einer Jagd veranlaßt hatte. Weshalb belasteten sie sich mit diesen unnützen Anhängseln? Die Reiter rutschten von den sterbenden Hippae, manche lebend, manche halbtot und manche tot. Roald hatte ein paar aufgesammelt, von denen er den Eindruck hatte, daß sie durchkommen würden. Selbst diejenigen von ihnen, die noch in vergleichsweise guter Verfassung waren, wußten nicht, was sie überhaupt hier machten. Sie waren völlig desorientiert.

»Ich sehe immer mehr tote Hippae«, sagte Roald zu Alverd, während sie die Stadt überflogen.

»Ich auch«, erwiderte Alverd erstaunt. »Wer sie wohl erlegt hat? Die Soldaten jedenfalls nicht. Die sitzen in der Polizeistation.«

»Dann sind wir es wohl gewesen.«

»Unwahrscheinlich, Schwiegervater«, sagte Alverd schnaubend. »Da ist wieder ein Kadaver, dort an der Straßenecke. Er ist völlig zerfetzt.«

»Was bringt sie dann um, wenn wir es nicht sind?«

»Ich weiß nicht«, erwiderte er. »Irgend etwas. Etwas, das wir nicht sehen. Etwas mit Zähnen.«

Von der untersten Ebene der Winterquartiere des Hafenhotels arbeitete Marjorie sich durch das Tunnelsystem auf die Scheune zu, die sich fast an der Wand des *EBG* befand. Mit dem Peilsender konnte sie sich zwar nicht orientieren, aber er verhinderte zumindest, daß sie verlorenging. Die Scheune war nicht weit von der ›Arena‹ entfernt, wo die Hippae im Blutrausch wüteten. Es würde nicht einfach sein, die Pferde unentdeckt herauszuholen. Wenn sie erst den Sumpfwald erreicht hatten, wären sie in Sicherheit. Wenn sie aber vorher entdeckt wurden, wäre das mit Sicherheit das Ende. Sie spürte, daß die Wut der Hippae sich gegen sie persönlich richtete. Sie haßten sie. Sie hatte sie ausspioniert, war in ihre Kaverne eingedrungen und hatte den Angriff gegen sie geführt. Sie würden sich nicht die Gelegenheit entgehen lassen, ihr das heimzuzahlen.

Dennoch – wenn es ihr gelang, die Pferde zum Abhang zu führen, würden einige von ihnen es schaffen. Sie würde sie wenigstens in die gewünschte Richtung schicken. Wenn sie erst den Wald erreicht hatten, würde der *Erste* sich ihrer annehmen und sie beschützen. Sie hatten es nicht verdient, von diesen Bestien zerfleischt zu werden. Sie verdienten saftige, von der Sonne beschienene Weiden und viele Fohlen.

Ihre Schritte hallten auf dem Stein. Trübe Lichter markierten die Abzweigungen. Als der Peilsender ihr mitteilte, daß sie sich in der Nähe des Ziels befand, suchte sie nach einem Aufstieg. Die Pferde mußten irgendwo über ihr sein. Sie konnte nur hoffen, daß die

Hippae ihr Augenmerk noch nicht auf die Scheune gerichtet hatten. Hoffentlich waren die Pferde noch unverletzt.

Nein, sagte da jemand. *Die Pferde sind in Sicherheit.*

Wie vom Donner gerührt blieb sie stehen. Das war die Stimme der Wildnis und des Waldes, nicht dieser düsteren Korridore. Nachdem sie die Fassung wiedererlangt hatte, folgte sie der Stimme, wie eine Kompaßnadel, die sich nach Norden ausrichtet. Sie zitterte.

Hier, sagte die Stimme. *Hier*.

Sie folgte den Rufen, ging durch aufwärtsführende Korridore und stieg Wendeltreppen hinauf, wie ein Hund an der Leine.

Er war bei den Pferden in der Scheune; er hatte sich vor die Tür gelegt. Sie sah die flirrende Luft, das einer Luftspiegelung gleichende Flimmern, blitzende Zähne und Augen. Die Pferde delektierten sich in aller Ruhe am Heu. Als sie die Scheune betrat, stieß Quixote ein Begrüßungswiehern aus, und sie lehnte sich zitternd an die Wand. War Er der einzige, der sie unterstützte, oder waren noch mehr Füchse hier?

Weshalb bist du hier? fragte sie.

Ich wußte, daß du kommen würdest, erwiderte ER in absolut menschlichen Worten.

Sie verdrängte die Implikationen dieser Aussage. *Ich konnte meine Freunde nicht im Stich lassen*, sagte sie.

Ich weiß, sagte er. *Ich wußte es schon die ganze Zeit, aber mein Volk glaubte nicht an dich.*

Haben sie ihre Meinung nun geändert? fragte sie.

Ja. Wegen ihnen, entgegnete Er. *Wegen der Pferde.*

Sie sah sich wieder auf Quixotes Rücken, von allen Seiten in Bedrängnis, sie sah den Sicherheit verheißenden Gleiter, sie sah, daß sie sich weigerte zu gehen. Das Bild in ihrem Bewußtsein war überlebensgroß. Sie würde die Pferde nicht verlassen.

Dumm, sagte sie sich. *Damals dachte ich, es wäre dumm gewesen.*

Dumm, griff er das Wort auf. *Wichtig. Wichtig zu wissen, daß man sein Leben für ein anderes Lebewesen riskiert. Wichtig zu wissen, daß die Menschen Loyalität kennen. Wichtig zu wissen, daß Freundschaft über die Rassen hinweg möglich ist.*

Waren die Arbai eure Freunde?

Eine Negation. Sie sah, daß die Arbai mit den Hippae in Kontakt standen und mit ihnen arbeiteten, während die Füchse in der Nähe umherstreiften und die Arbai sie geflissentlich ignorierten. Die Füchse hatten den Eindruck, daß die Arbai die direkte Ansprache der Kommunikation der Füchse vorzogen; sie spürte, daß die Arbai sich affektiert zurückzogen, sie spürte ihren Kleinmut, der so große Ähnlichkeit mit ihren eigenen Gefühlen hatte, aber schier auf die Spitze getrieben war! Sie betrachteten die Füchse nicht als Bedrohung, wohl aber als Beeinträchtigung ihrer Privatsphäre, und das war ihnen zuwider. Das kam ihr nur zu bekannt vor!

Er stimmte ihr zu. Dennoch spürte Er Mitleid mit ihnen und fühlte sich schuldig wegen ihres Todes.

Sie sind gestorben, sagte sie. *Und nun sterben wir. Dort oben sind die Hippae. Sie werden in Commons eindringen und uns töten.*

Sie sind schon in Commons. Aber es sterben nicht viele. Diesmal nicht.

Beschützt ihr uns?

Diesmal wissen wir, was geschieht.

Damals habt ihr es nicht gewußt? fragte sie. Ihr wollt nicht gewußt haben, was mit den Arbai geschehen ist? Es schien zwar unmöglich, aber vielleicht hatten die Füchse es wirklich nicht gewußt. Schließlich hatte das Gemetzel draußen in der Prärie stattgefunden, weit weg vom Wald …

Manche haßten die Menschen, weil ihr uns gejagt habt, sagte Er. *Manche dachten, es ginge uns nichts an, denn ihr wärt genausowenig unsere Freunde wie die Arbai. Ich sagte ihnen, daß Mainoa ein Freund wäre. Sie sagten, es wäre bloß einer, ein Sonderling, der nicht repräsentativ sei für die anderen Menschen. Ich widersprach ihnen und sagte, daß es sehr wohl noch weitere gäbe. Wir stritten uns deswegen. Schließlich haben wir einen Kompromiß geschlossen.* Belustigung. Fast Gelächter, in dem jedoch auch Trauer und Skepsis mitschwangen. *Wenn du wirklich meine Freundin sein willst, sage ich dir unsere Hilfe zu.*

Ich?

Wenn du mir dein Wort gibst und meine Freundin wirst, wie Mainoa mein Freund war. Wenn du mich begleitest.

Ohne zu überlegen ging sie auf die Bedingung ein. Sie hatte sich ohnehin schon entschlossen, hierzubleiben. Sie würde Stella nicht von hier wegbringen. Hier hatte man wenigstens Verständnis für ihre Befindlichkeit.

Ich gebe dir mein Wort, sagte sie.

Du wirst mich begleiten?

Ja.

Auch wenn wir woanders hingehen?

Wohin denn? Wo sollte Er sich denn sonst aufhalten, wenn nicht hier? Sie wartete auf eine Erklärung, ohne eine zu erhalten. Im Grunde wußte sie auch, daß sie keine bekommen würde. Wenn sie nur Sein Gesicht gesehen hätte …

Wir sehen uns, sagte Er zu ihr. Wir Füchse.

Sie errötete. Natürlich sahen sie sich; sie hatten keine Geheimnisse voreinander. Diesen Einblick hätte sie auch haben können, wenn sie sich überwunden und sich ihnen angeschlossen hätte. Wie die Menschen sich allmählich vor ihren Liebhabern entblößten, so entledigten die Füchse sich der Illusion und drangen zur Realität vor …

Aber sie sah Ihn nicht. Wenn sie diesen Zustand akzeptierte, müßte sie das blindlings tun, wie ein Ritual, eine Hochzeit, bei der sie schwor, nur diesem einen, den sie zudem überhaupt nicht kannte, treu zu sein und allen anderen für immer zu entsagen. Zumal dieser Akt an der bisherigen Ungewißheit nichts ändern würde. Sie sollte schwören, sich für etwas anderes aufzugeben. Sie zitterte. Eine prekäre Situation.

Ja oder nein.

War sie dazu imstande? Genau das hatte Rigo nämlich auch von ihr verlangt, immer wieder, aber sie war dazu nicht in der Lage gewesen. Sie hatte ihn nämlich nicht gekannt und ihm auch nicht vertraut …

Vertraute sie nun diesem Wesen?

Er hatte sie gefunden. Er hatte ihr versprochen, daß Er und Sein Volk sie und die anderen Menschen retten würde. Was sollte Er sonst noch tun, um Seine Vertrauenswürdigkeit unter Beweis zu stellen? Was sollte sie sonst noch von Ihm verlangen?

Sie seufzte und sprach mit belegter Stimme die Worte: *Ja. Ich verspreche es.*

Dann zeigte Er ihr, weshalb und wie die Arbai gestorben waren. Weshalb Menschen starben.

Sie lehnte sich an Ihn, wobei in ihrem Kopf ein Chaos aus Erinnerungen und Assoziationen tobte. Er unterbrach sie nicht. Schließlich kristallisierten sich Strukturen aus dem Chaos heraus. Obwohl sie es noch nicht vollständig begriff, sah sie die Antwort schon vor sich, wie ein Schiff am Horizont, das immer näher kam.

Etwas mußt du unbedingt für mich holen, sagte sie. *Dann muß ich durch diese Tunnels in die Stadt …*

Marjorie betrat die Kaverne, wo Lees Bergrem an einem Schreibtisch saß. Zunächst stand sie unbemerkt in einer Ecke und sammelte sich. Lees schaute auf; sie spürte, daß sie beobachtet wurde.

»Marjorie?« fragte sie. »Ich dachte, Sie wären im Hafenhotel! Es ist doch von Hippae umstellt!«

»Ich bin durch einen Tunnel unter dem Berg gekommen«, sagte sie. »Ich muß mit Ihnen reden.«

»Keine Zeit«, beschied die Ärztin sie und widmete sich wieder ihrer Arbeit. »Ich habe keine Zeit, mich mit Ihnen zu unterhalten.«

»Es geht um das Gegenmittel«, sagte Marjorie. »Ich glaube, ich weiß, wie man es gewinnt.«

Mit flackerndem Blick drehte die Ärztin sich um. »Was wollen Sie wissen?«

»Es ist wichtig«, erwiderte Marjorie. »Es handelt sich um zwei Aspekte.«

»Sagen Sie's mir.«

»Erstens: Die Hippae haben die Arbai getötet, indem sie tote Fledermäuse in ihre Transporter geschleudert haben. Wir haben zwar keine Transporter, aber dafür bringen die Hippae uns um, indem sie tote Fledermäuse in unseren Schiffen deponieren.«

»Tote Fledermäuse!« Nachdenklich schürzte sie die Lippen. »Der Mann von den bon Damfels sagte doch, das sei eine symbolische Geste!«

»O ja. Das ist schon richtig. Das Problem ist nur, daß wir es *ausschließlich* als symbolisch betrachtet haben. Wir haben nicht bedacht, daß Symbole oftmals ein Destillat der Realität darstellen – so wie Fahnen einst Banner waren, die bei Feldzügen mitgeführt wurden. So wie das Kruzifix einst ein Folterinstrument war. Beides sind Symbole für eine vergangene oder aktuelle Realität.«

Lees setzte sich. »Und für welche Realität stehen dann die Fledermäuse?« fragte sie und schaute Marjorie düster an.

Marjorie massierte sich die Schläfe. »Bisse in den Hals. Sie sind richtige Quälgeister. Die Hippae bewerfen sich gegenseitig mit toten Fledermäusen. Ich habe es selbst gesehen.«

»Das wissen wir schon! Sylvan bon Damfels sagte, es würde ›Du bist nichts als Abschaum‹ bedeuten.«

»Ja. Das war die ursprüngliche Bedeutung. Die Hippae hatten die Arbai nämlich auch mit toten Fledermäusen beworfen. Sogar auf Terra gab es früher Tiere, die Eindringlinge mit Fäkalien bewarfen. Die Hippae sind fremdenfeindlich. Entweder betrachten sie andere Wesen als nützliche Werkzeuge, wie die *Migerers* und die Jäger, oder sie halten sie für verachtenswerte Kreaturen, die nach Möglichkeit zu liquidieren sind. In diese letztere Kategorie fielen auch die Arbai, und deshalb bewarfen die Hippae sie, ihre Häuser und Transporter mit toten Fledermäusen. Es war purer Zufall, daß eine Fledermaus in einen Transporter gelangte und auf einen anderen Planeten befördert wurde. Für die Hippae war es Symbolik. Für die Menschen bedeutete es die Pest. Tod.«

»Der Ausgangspunkt der Infektion ...«

»Ja. An der Gegenstelle des Transmitters starben plötzlich die Arbai. Und dann erzählten die Arbai hier auf *Gras* leichtsinnigerweise den Hippae, was geschehen war. Von jenem Moment an stand dieses Ritual nicht mehr für ›Du bist Abschaum‹, sondern für ›Du bist tot‹. Nachdem die Hippae erst einmal erkannt hatten, daß die Fledermäuse den Tod brachten, verschickten sie sie laufend per Transmitter. Aus der Symbolik war Realität geworden.«

»Und dann ...«

»Haben sie so lange weitergemacht, bis alle Arbai infiziert waren. Es hat wahrscheinlich nicht lange gedauert. Zwischen einem Tag und einer Woche. Immer wenn sie unbeobachtet waren. Die Arbai waren so ... so durchgeistigt, daß sie gar nicht daran dachten, Wachen zu postieren. Ich vermute, daß es sich bei den Transportern um Transmitter mit Spracherkennung handelte. Wenn das Netz aktiv war, wurden die Fledermäuse zu einem weit entfernten Ort abgestrahlt. Nach *Reue?* Oder Shafne? Auf beiden Planeten existieren verlassene Arbai-Ruinen. Vielleicht auch auf hundert anderen Welten. Wie dem auch sei, das Kalkül der Hippae ging auf. Die Arbai sind ausgestorben. Und die

Hippae führen Freudentänze auf. Ein großer Sieg. ›Macht Spaß, Fremde zu töten.‹

Als Menschen nach *Gras* kamen, wollten die Hippae den Vorgang wiederholen, aber wir hatten keine Transmitter, sondern Schiffe. Weil die toten Fledermäuse bei den Arbai funktioniert hatten, wollten die Hippae nun auch die Schiffe damit bewerfen. Allerdings befanden die Schiffe sich im Wald; die Füchse hatten uns dahingehend beeinflußt, daß wir den Hafen dort anlegten. Sie glaubten nämlich, daß die mitten im Sumpfwald gelegene Stelle sicher wäre. Die Füchse hatten die Präsenz der Arbai genossen. Obwohl sie den direkten, telepathischen Kontakt bevorzugt hätten, tat das der Sache keinen Abbruch. Sie hatten die Nähe der Arbai gesucht und waren zurückgewiesen worden; also versuchten sie es bei uns erst gar nicht. Statt dessen unterstellten sie uns, wir hätten Interesse an intelligenten und interessanten, ansonsten aber distanzierten Tierchen, und überhaupt dachten sie, es bestünde keine Gefahr für uns …

Damit hatten sie die Hippae aber unterschätzt. Vielleicht hatten sie auch angenommen, die Hippae würden sich nach all den Jahrhunderten nicht mehr an die Vorgänge erinnern, aber weit gefehlt. Sie hatten die Erinnerung in einem komplizierten Tanz codifiziert. Nach der Ankunft der ersten Menschen beauftragten die Hippae die *Migerers* mit dem Bau eines Tunnels; er sollte zunächst nur so groß sein, daß ein menschlicher Bote hindurchpaßte. Menschliche Boten, die von den Hippae einer Gehirnwäsche unterzogen und mit einem bestimmten Programm konditioniert worden waren …«

»Das ist ja unvorstellbar.«

»Das ist durchaus vorstellbar, wenn man bedenkt, daß es sich bloß um eine geringfügige Variation ihres natürlichen Verhaltens handelt. Die *Peepers* verfügen überhaupt nicht über diese Fähigkeit. Die Hunde nur sehr bedingt. Aber die Hippae sind ohne weiteres in der Lage, ein Bewußtsein zu manipulieren. Sehen Sie nur, was sie mit den *Migerers* und den Jägern machen! Wenn die Hippae sich in Füchse verwandeln, wird diese Fähigkeit noch hundertfach verstärkt. Hippae sind im Grunde überhaupt nicht intelligent. Sie sind bösartig, verschlagen und wohl auch lernfähig, aber nicht abstraktionsfähig. Sie haben das Töten per Zufall entdeckt und dann weiterbetrieben. Sie haben sich lediglich an starren Verhaltensmustern orientiert ...«

Die Ärztin schwieg nachdenklich. »Sie sagten, Sie wüßten *zwei* wichtige Dinge.«

»Das andere betrifft Ihre Bücher. Ich habe versucht, mich einzulesen. Ich bin keine Wissenschaftlerin. Ich erinnere mich nur noch an diesen Nährstoff, diese Protease. Sie sagten, er sei lebenswichtig für uns, für den Zellstoffwechsel. Hier auf *Gras*, und nur hier, soll er in zwei Formen vorliegen. Ich habe mich gefragt, weshalb das so ist. Wieso gibt es hier zwei Formen? Und dann fragte ich mich, ob es hier vielleicht etwas gibt, das diesen Nährstoff gedreht hat. Was, wenn etwas auf *Gras* diesen essentiellen Nährstoff gedreht hat, auf den unser Körper angewiesen ist? Den wir in gedrehter Form jedoch nicht aufschließen können ...«

Es trat ein langes Schweigen ein.

»Ich brauche eine tote Fledermaus«, sagte Lees Bergrem schließlich.

»Ich habe eine dabei«, erwiderte Marjorie und griff tief in die Tasche. Der *Erste* hatte die Scheune verlassen und ihr eine besorgt. Sie legte das vertrocknete, bröselige Ding auf Lees Bergrems Tisch. Dann setzte sie sich hin, legte den Kopf auf die zitternden Knie und versuchte alle Gedanken zu verdrängen.

Die beiden Frauen blieben für zwei Tage in dem provisorischen Labor. In der Stadt über ihnen tobte ein Straßen- und Häuserkampf. Die Verluste an Menschenleben indes waren nicht so hoch wie anfangs befürchtet. Sie hatten unsichtbare Verbündete. Sie hatten unsichtbare Gegner. Hippae wurden tot aufgefunden, ohne daß jemand sich erinnerte, sie erlegt zu haben. Weil der Hierarch schlief, hatte der Seraph das Oberkommando übernommen und forderte Verstärkung an, die schubweise mit dem Beiboot angelandet wurde. Langsam eroberten sie *Commons* zurück. Sprengkommandos spürten die Tunnels unter dem Sumpfwald auf und machten sie unbrauchbar. Somit erhielten die Hippae keine Verstärkung mehr. Diejenigen, die sich in der Stadt befanden, versteckten sich wie Chamäleons und jagten dann brüllend durch die Straßen, wobei ihre Schreie von den Häusern widerhallten. Mit dieser Tarnung, die sie mit den Füchsen gemeinsam hatten, drangen sie in die Häuser ein. Der Tod hielt reiche Ernte in *Commons*, Tod, Blut und Schmerz. Aber die Menschen schlugen zurück.

Roald Few entging dem Tod um Haaresbreite, ohne zu wissen, wem er seine Rettung zu verdanken hatte. Einer seiner Söhne indes überlebte es nicht. Viele seiner Freunde waren tot oder vermißt. Eine Leichenhalle wurde in den Winterquartieren eingerichtet. Das erste Opfer, das eingeliefert wurde, war Sylvan bon Damfels. Er war nur der erste von vielen hundert. Im Tod trat das ein, was ihm zeitlebens nicht gelungen war: Er wurde eins mit den Menschen von *Commons*.

Eins nach dem anderen wurden die restlichen Hippae aufgespürt und erlegt. Viele versteckten sich noch im Wald. Soldaten umstellten den Abschnitt und stellten die mit Infrarotsuchern bestückten Waffen auf Dauerfeuer. Was die Kugeln nicht bewirkten, erledigten die Bewohner des Waldes, und kein Hippae ward mehr in *Commons* gesehen.

Als die Schlacht sich dem Ende zuneigte, ging Favel Cobham zum Hafenhotel und schaltete den Strom ein, bevor er sich wieder seinen Kameraden anschloß. Man hatte ihm zwar nicht befohlen, die Bewachung der Yrariers einzustellen, aber er war auch nicht angewiesen worden, sie weiterhin zu bewachen.

Als Rigo sah, daß die letzten Soldaten auf dem Raumhafen eintrafen, verließ er das Hotel und machte sich auf den Weg zum Tor. Am Rand des Hafengeländes begruben die Soldaten bereits ihre Toten und bereiteten sich auf den Abflug vor.

»Geht ihr schon?« fragte Rigo einen zynisch dreinblickenden, grauhaarigen Cherub mit runzligem Gesicht.

»Unser Herr und Meister ist aufgewacht und hat erfahren, was den Wissenschaftlern zugestoßen ist«, erwiderte der Cherub. »Er weiß auch, was sich in der Stadt abgespielt hat. Er befürchtet wohl, von irgendeinem Vieh gefressen zu werden, wenn er selbst herunterkommt.«

In *Commons* erkundigte Rigo sich nach seiner Frau. Man sagte ihm, er solle dort suchen, wo alle nach vermißten Verwandten suchten – in der Leichenhalle. Dort fand er sie dann auch; sie stand neben Sylvans Leiche.

»Rowena hat mich gebeten, zu kommen und das Begräbnis zu arrangieren«, sagte sie. »Sie möchte, daß er in den Ruinen von Klive beerdigt wird.«

»Wärst du nicht sowieso gekommen?« fragte er sie. »Hast du denn nichts für ihn empfunden? Hast du dich nicht in ihn verliebt?« Das hatte er eigentlich nicht sagen wollen. Schließlich waren er und Vater Sandoval übereingekommen, daß Schuldzuweisungen zu nichts führten. Er hatte eigentlich damit gerechnet, Marjories Leiche zu finden und war daher auf Trauer eingestellt. Weil sie diese edle Absicht nun zunichte gemacht hatte, mußte er sich irgendwie Luft machen.

Sie zog es vor, diese Frage nicht zu beantworten. »Sebastian ist auch tot, Rigo«, sagte sie statt dessen. »Kinny hat ein Kind verloren. Persun Pollut wäre fast umgekommen. Er hat eine schlimme Armverletzung. Er wird vielleicht nie mehr schnitzen können.«

Er schwieg schamhaft und ärgerte sich gleichzeitig über dieses Gefühl.

Sie ging zur Tür; er folgte ihr. »Ich habe mit Lees Bergrem zusammengearbeitet«, sagte sie und wandte den Kopf, um sich zu vergewissern, daß er es auch gehört hatte. »Sie glaubt, daß wir das Gegenmittel gefunden haben. Sie hat schon ein Präparat entwickelt. Nur kann sie es hier nicht testen. Sie hat Semling informiert. Dort wird man das Gegenmittel herstellen und es an ein paar Patienten testen.«

»Herstellen?« fragte er ungläubig. »Eine Art Impfstoff?«

Sie nickte. Dann ging sie zu ihm hin und drückte ihn tatsächlich an sich. Es war eine unbeholfene Geste, zumal sie nur einen Arm nahm. Sie hatte Tränen in den Augen. »Nein, es ist kein Impfstoff. Oh, Rigo, ich glaube, wir haben die Antwort gefunden.«

Er wollte sie umarmen, aber sie hatte sich schon wieder abgewandt.

Sie äußerte sich nicht mehr dazu, bis Semling das ganze Material erhalten hatte, das Lees Bergrem zur Verfügung stand. »Wartet erst mal ab«, sagte Marjorie zu Rigo, Roald und Kinny. »Sagt nichts, bis eine Antwort vorliegt. Nicht daß falsche Hoffnungen bei den Leuten geweckt werden.«

Seit Marjories und Lees Bergrems Entdeckung waren nun schon drei Tage vergangen. Nervös pirschten die beiden Frauen durch die Kaverne, in der sie gearbeitet hatten. An diesem Tag waren die Probanden auf Semling entweder auf dem Weg der Besserung oder tot. Am frühen Nachmittag des vierten Tages traf endlich die Nachricht von Semling ein. Wenige Stunden nach der Verabreichung des Gegenmittels befanden die Patienten sich bereits auf dem Weg der Besserung.

»Na also«, sagte Marjorie weinend und gleichzeitig

lächelnd. »Nun können wir die gute Nachricht verbreiten.« Sie ging ans *Telly*, um Bruder Mainoa zu informieren. Sie mußte indes erfahren, daß er schon vor einigen Tagen in den Armen eines Fuchses gestorben war. Jetzt erst begriff sie im Ansatz, was der *Erste* ihr hatte sagen wollen.

19

Unsere Arbeit ist getan«, sagte Marjorie. »Wir haben unseren Auftrag ausgeführt.« Sie, Rigo und Vater Sandoval saßen in Bürgermeister Bees Taverne und tranken echten terranischen Kaffee. Der Wiederaufbau der Stadt war in vollem Gange. Wiederaufbau und Begräbnisse. Mit Leichen beladene Lkw fuhren am Restaurant vorbei. Marjorie wandte den Blick ab. Sie wollte nicht mehr mit dem Tod konfrontiert werden.

»Meinen Sie«, erwiderte Vater Sandoval in dem herablassenden Ton, den er ihr gegenüber seit einiger Zeit an den Tag legte. »Ich bin da anderer Ansicht.«

»Soll ich es Ihnen erklären?« erbot sie sich. Während der letzten Tage hatten sie kaum ein Wort miteinander gewechselt. Vater Sandoval hatte es ihr immer noch nicht verziehen, daß sie einfach so verschwunden war. Weil sie aber anscheinend an der Entdeckung des Gegenmittels beteiligt war, verlor er nicht viele Worte darüber. Vater James hatte er auch noch nicht verziehen. Er und Rigo hatten sich über die Renitenten ausgelassen, Rigos Neffen und seine Frau. Ihre Emotionen lagen im Widerstreit mit ihrem Verstand, und sie wollte den beiden helfen. »Ich kann euch zumindest das sagen, was Lees Bergrem mir gesagt hat und auch allen anderen sagt.«

Vater Sandoval setzte die Tasse ab und bewegte sie über den Tisch; als er sie wieder aufnahm, blieb ein feuchter Rand zurück, den er mit der Fingerspitze verschmierte.

»Das wäre vielleicht ganz hilfreich«, sagte er.

Sie faltete die Hände im Schoß, wie sie es früher als Kind beim Beten getan hatte.

»Lees sagt, daß fast alle Materie in unserem Universum die gleiche Anzahl links- beziehungsweise rechtsgedrehter Moleküle aufweist. Es gibt keinen ersichtlichen Grund, weshalb manche Moleküle auf die eine und andere auf die andere Art gedreht sind, aber so ist es nun einmal. Wir sind überall von ihnen umgeben. Manche dieser Substanzen sind sogar für verschiedene Lebensformen essentiell, und dazu gehört auch das sogenannte L-alanin. L-alanin ist ein universaler Baustein des Lebens. Der menschliche Körper und auch die meisten anderen Lebewesen sind darauf angewiesen.

Hier auf *Gras* hat sich jedoch ein Virus entwickelt, das bei seiner Reproduktion ein Enzym erzeugt, eine *Isomerase,* die L-alanin in D-alanin umwandelt. L-alanin ist die normale Variante. D-alanin ist quasi deren Spiegelbild, das Isomer; es kommt in praktisch keiner uns bekannten Substanz vor. Ich zitiere Lees. So oft, wie sie es wiederholt hat, ist ein Irrtum ausgeschlossen.« Sie legte eine kurze Pause ein, wobei ihre und Rigos Blicke sich trafen. Er bedeutete ihr, fortzufahren.

»Nach vielen hunderttausend Jahren hatte das Virus die Lebewesen auf allen Planeten des Universums infiziert. Wenn Pflanzen absterben, wird die D-Variante freigesetzt; schließlich war die D-Variante auf *Gras* genauso weit verbreitet wie die L-Variante. Das ist eine wichtige Tatsache, Rigo. Hier auf *Gras* liegen sowohl D-alanin als auch L-alanin in ungebundener Form vor. Mit jedem Atemzug, mit jedem Schluck Wasser und dem Verzehr hier produzierter Lebensmittel nehmen wir die beiden Substanzen auf – zusammen mit dem Virus.

In dem Moment, wo wir das Schiff verließen, waren wir infiziert. Das Virus ist in der Luft, im Boden und im Wasser. Lees meint, daß nach wenigen Minuten wahrscheinlich schon jede einzelne Zelle von dem Virus infiziert war. Allerdings benötigt das Virus einen Katalysator zur Reproduktion. Eine Art Aktivator. Und dieser Katalysator ist D-alanin. Die Viren-RNS lagert sich an den Katalysator an, woraufhin L zu D konvertiert wird. Dieser Vorgang läuft sehr schnell ab. Das Virus arbeitet indes im Zwei-Wege-Modus. Es lagert sich auch an L-alanin an, worauf die Viren-RNS D zu L konvertiert.

Wegen des hohen Vorkommens an D-alanin auf *Gras* erfolgt die Bindung an D-alanin fast sofort. An Orten wie Terra, wo nur ein paar vereinzelte Moleküle existieren, würde es jedoch sehr lange dauern. Deshalb hatte es auch so lange gedauert, bis die Pest auf den anderen Planeten ausbrach. Gleichzeitig ist das auch der Grund, weshalb es auf *Gras* keine Pest gibt. Mit dem ersten Atemzug, den wir hier machten, wurden unsere Zellen sowohl mit D als auch mit L gesättigt.

Also invertiert das Virus auf *Gras* das lebensnotwendige L zu D, das der Körper nicht verwerten kann. Weil aber D und L in großen Mengen vorkommen, werden beide Varianten paritätisch gedreht, so daß unser Bedarf an L-alanin dennoch gedeckt wird. Auf anderen Planeten kam D-alanin nur als Spurenelement oder gar nicht vor. Nach der Drehung von L gab es nur noch D, das für die Zellen wertlos war. Wenn eine Zellregion abgestorben war, wechselten die Viren sofort in benachbarte Zellen über und wiederholten den Vorgang. Die Menschen verfaulten nachgerade. Verbände, Waschwasser und sonst alles, was mit dem Körper in Berührung gekommen war, stellten eine Infektionsquelle dar, und die toten Zellen dienten als Katalysator für die neu infizierten Zellen.«

»Hier aber nicht«, sagte Rigo unbehaglich.

»Nein, hier nicht. Auf *Gras* kommen sowohl D-alanin als auch L-alanin reichlich vor. Das garantiert unser Überleben. Der Lebenszyklus des Virus wird unterbrochen, und die Zellen sterben im natürlichen Rhythmus ab. Besucher dieses Planetens werden infiziert, ohne daß sie es jemals erfahren…«

»Wurde die Krankheit also von den Fledermäusen übertragen?« fragte Vater Sandoval.

»Lees sagt, daß die Fledermäuse kein Alanin benötigen. Die Substanz besteht nur aus einigen Aminosäuren, und die Fledermäuse sind eben nicht darauf angewiesen. Im Blut von anderen Tieren finden sich aber Alanine. Weil die Fledermäuse es nicht benötigen, residieren das Virus und die Katalysatoren in der Blutblase der Fledermäuse. Wenn eine Fledermaus verendet und austrocknet, besteht der Kadaver nur noch aus pulvriger Materie mit einer enormen Viren- und Katalysatorkonzentration. Tote Fledermäuse sind die aktivsten Überträger, die man sich überhaupt vorstellen kann.«

»Sie haben uns immer noch nicht verraten, worum es sich beim Gegenmittel handelt«, monierte Vater Sandoval und erkannte in Rigos Gesicht einen Ausdruck von Frustration und Zorn, der die eigene Befindlichkeit nur noch verstärkte. Nicht daß er sich darüber ärgerte, *daß* man ein Gegenmittel gefunden hatte; es war die Art und Weise, *wie* man es gefunden hatte.

»Das Gegenmittel?« Sie schaute irritiert auf. »Ja, natürlich, Vater. Ich dachte aber, das sei längst klar. Man muß nur ausreichend große Mengen D-alanin ausbringen. Geringe Dosen genügen nicht. Behandelt man die Patienten mit geringen Dosen D, lagert es sich an das Enzym an. Das würde den Tod der Leute bedeuten. Wenn sie aber massive Dosen erhalten, die über die für die Anlagerung erforderliche Menge hinausgehen, läuft die Umwandlung von L zu D und D zu L proportional ab. Semling hatte übrigens keine Probleme mit der Herstellung. Sie haben einfach das Virus benutzt, um D-alanin aus L-alanin zu gewinnen.«

Vater Sandoval schüttelte den Kopf. »Es hört sich so einfach an, wie Sie es beschreiben. Aber die Arbai sind trotz ihrer Intelligenz nicht dahintergekommen?« Er glaubte indes nicht an ihre Intelligenz, auch wenn Vater James das Gegenteil behauptet hatte. Zumal er den Eindruck hatte, daß die Kirche überhaupt an ihrer Intelligenz zweifeln würde. Die Doktrin, so wie er sie kannte, hatte keinen Platz für andere Kinder Gottes.

»Vielleicht sind sie schneller gestorben als wir. Mein Informant weiß aber auch nichts Genaueres.«

»Dein Informant?« fragte Rigo sarkastisch. »Ein Fuchs! Pferde haben dir wohl nicht genügt, Marjorie?«

Mit gerunzelter Stirn schaute sie ihn tadelnd an und unterdrückte den aufkommenden Zorn. »Nein, Rigo. Wenn du schon Botschafter auf *Gras* bist, dann bist du auch Botschafter für sie. Sie sind keine Tiere.«

»Darüber haben Sie nicht zu befinden«, sagte der Priester, wobei ihre Wut als Verstärker seines eigenen dumpfen Zorns diente. »Diese Frage muß von der Kirche beantwortet werden, Marjorie. Nicht von Ihnen. Selbst wenn sie intelligent sind, sind es vielleicht trotzdem Tiere. Ihre Beziehung zu ihnen könnte sich als gravierender Fehler erweisen. Ich warne Sie!«

»Was sagen Sie da?« fragte sie ungläubig. »Was sagen Sie da?«

»Ich warne Sie. Sie riskieren die Exkommunikation, Marjorie. Beenden Sie die unkritische Beweihräucherung dieser Kreaturen.«

Sie schaute den Priester ausdruckslos an. Seine Gesichtsfarbe wechselte von Rot zu Weiß. Er ballte die auf dem Tisch liegende Hand zur Faust. Rigos Gesichtsausdruck unterschied sich kaum von dem des Priesters. Sie hatten wieder über sie gesprochen. Sie hatten wohl erörtert, wie sie am besten unter Kuratel zu stellen sei. Sie wollte schon die übliche Beschwichtigungstaktik praktizieren, bis sie auf einmal das Gefühl hatte, gegen eine Wand gelaufen zu sein.

Sie hatte ein Versprechen gegeben.

Sie lachte.

»Spricht er auch für dich?« fragte sie Rigo.

Er antwortete nicht. Das brauchte er auch gar nicht, denn die Antwort stand ihm schon ins Gesicht geschrieben, das sich nun auch mit Zornesröte überzog.

Sie erhob sich halb vom Stuhl und beugte sich nach vorn. »Ihr beiden…«, sagte sie ruhig, »ihr beiden könnt zum Teufel gehen.« Sprach's und ließ die beiden sitzen. Sie schauten ihr nach, wobei der Zorn in ihren Gesichtern allmählich einem Ausdruck der Verblüffung wich.

Die einzige Frage, die Rigo sich stellte, als er ihr nachschaute, war, wer wohl bei ihr die Nachfolge des toten Sylvan angetreten hatte.

»Vater?«

Vater James war unvermittelt erschienen.

Vater Sandoval nickte knapp.

»Ich wollte mich nur verabschieden«, sagte der junge Priester, ohne daß ihm übermäßige Furcht vor seinem Vorgesetzten anzumerken gewesen wäre.

»Du weißt ja, was ich dir gesagt habe«, bemerkte Vater Sandoval zähneknirschend.

»Ja, Vater. Ich bedaure zutiefst, daß Sie meinen Standpunkt nicht teilen. Dennoch glaube ich, daß Sie im Unrecht sind, und mein Gewissen verbietet es mir…«

»Du hast zu gehorchen!«

Der jüngere Mann schüttelte den Kopf und fuhr fort: »Mein Gewissen verlangt, daß ich konsequent bleibe. Heute habe ich vom Gegenmittel erfahren. Bevor Bruder Mainoa starb, sagte er, er wüßte, daß wir es finden. Er sagte auch, daß die Füchse uns helfen würden. Wußten Sie eigentlich, daß Mainoa fast hundert terranische Jahre alt war? Aber weshalb hätten Sie sich dafür interessieren sollen. Er war ein wunderbarer Mensch. Er hatte eigentlich selbst kommen wollen…«

»Willst du in den Wald zurückgehen? Obwohl ich es dir verboten habe?«

»Ja, das will ich. Ich glaube, daß ich hierbleiben muß, Vater. Ich stimme mit Marjorie überein, daß es keine wichtigere Arbeit als diese gibt.«

Rigo blähte die Nüstern. »Was soll das denn für eine Arbeit sein? Wohltätigkeitsveranstaltungen? Die heimatlosen *Grassians* umsiedeln? Noch mehr Witwen und Waisen?«

Vater James schüttelte den Kopf und musterte Rigo mit vorgerecktem Kopf. »Keine Witwen und Waisen, Onkel Rigo. Nein. Die Füchse sind neben den Menschen die einzige intelligente Rasse im bekannten Universum. Ich habe bereits eine Anfrage an die Exilkirche auf Shafne gerichtet. Auch wenn Vater Sandoval das Gegenteil behauptet, bin ich davon überzeugt, daß das Sekretariat es durchaus für wichtig erachtet, freundschaftliche Beziehungen zu den Füchsen aufzubauen. Im Grunde sind wir Verwandte. Wir müssen uns einbringen. Marjorie sagt, daß selbst *Kleine Entitäten* Freundschaft schließen könnten.« Er zuckte die Achseln und lachte. »Wußtest du übrigens ...«

»Ich weiß gar nichts«, erwiderte Rigo patzig. »Sie redet ja kaum mit mir.«

»Nun«, sagte der junge Mann, »eigentlich wundert mich das auch nicht. Schließlich hast du auch nie viel mit ihr geredet, Onkel Rigo. Sie sagte, sie hätte an der Arbai-Krankheit gelitten.«

»Arbai-Krankheit?«

»Die unheilbare Gewissenlosigkeit«, erläuterte er und zog eine Braue hoch. »Die Skrupellosigkeit, mit der Bedingungen geschaffen werden, aufgrund derer Armut und Krankheit unvermeidlich werden und deren Verursacher sich dann damit brüsten, daß sie die Armen speisen und die Kranken pflegen. Das sind meine Worte, nicht ihre, und vielleicht habe ich sie auch mißverstanden ...«

Er nickte und wandte sich dann in der gleichen Körperhaltung wie Marjorie ab. Rigo und Vater Sandoval diskutierten nun diverse Optionen, sie zur Räson zu bringen, obwohl sie im Grunde jetzt schon wußten, daß sie damit keinen Erfolg haben würden. Weder Marjorie noch Vater James würden in der Zeit, die bis zum Abflug des Schiffes nach Terra noch verblieb, ihre Meinung ändern; auch wenn sie bald gewahr werden sollten, daß das, was sie sich vorgenommen hatten, sich weitaus schwieriger gestalten würde, als sie zunächst erwartet hatten.

20

In der Baumstadt der Arbai wich der Frühling dem Sommer, und der Sommer dem Herbst. Langsam nahte der Winter, und die Tage verstrichen in einer Art einlullender Monotonie. Obwohl die Bewohner der Stadt wußten, daß sie bald die Winterquartiere aufsuchen mußten, ließen sie sich Zeit. Einige wollten einen bestimmten Zeitpunkt abwarten, andere lebten unbekümmert in den Tag hinein. Noch immer drang das Sonnenlicht durch das Blätterdach. Gelegentlich kam aber schon eine kühle Brise auf. Dennoch waren die Tage noch so mild, daß man bei geöffnetem Fenster ein Buch lesen oder einen Brief schreiben konnte …

Mein lieber Rigo, schrieb Marjorie.

In Deinem letzten Brief hast Du mich und Tony erneut gebeten, mit Dir nach Terra zurückzukehren. Diese Entscheidung muß Tony selbst treffen. Was mich betrifft, so habe ich Dir seit Deinem Abflug schon ein paarmal erklärt, weshalb ich nicht zurückkommen kann. Es erscheint mir sinnlos, mich ständig zu wiederholen. Auf Gras *ist nun Herbst. Also müssen auf Terra schon Jahre vergangen sein. Ich wundere mich, daß Du Dich nach so langer Zeit überhaupt noch für mich interessierst.*

Sie schaute aus dem Fenster und sah, daß Rillibee von einem Ausflug in den Wald zurückkam und sich auf die Plaza hinunterhangelte. Einige andere Grüne Brüder befanden sich noch draußen im Wald. Sie hörte ihr Rufen. Die älteren Brüder, einschließlich des Älteren Bruders Laeroa, hielten sich in ihrer Klause irgendwo in den Bäumen auf. Es lebten noch immer Grüne Brüder auf *Gras*, und es würde auch weiterhin welche geben. Wer sollte sonst Grasgärten anlegen?

»Das Laub rollt sich zusammen, fällt ab oder verschwindet in den Zweigen«, rief Rillibee ihr zu. »Alle Lebewesen verlassen die Bäume.« Er verharrte neben Stella, die auf der Plaza ein Buch las. »Die Frösche und anderes Getier graben sich in den Schlamm ein.«

Stella schaute vom Buch auf. Sie hatte ein offenes und kindliches Gesicht, und dennoch war es nicht das Gesicht eines Kindes. Sie war eine junge Frau, wenn auch nicht dieselbe wie zuvor. »Auch die Pelztiere?«

»Die auch«, erwiderte er, beugte sich zu ihr hinunter und küßte sie. Sie erwiderte den Kuß. Aus einem hoch über der Brücke befindlichen Fenster ertönten Schmatzlaute, wie junge Hunde, die an einem Knochen zerrten.

»Ihr da oben«, schrie Rillibee. »Zurück an die Arbeit.«

Fügsam zogen die beiden Köpfe sich zurück. »Sie machen Fortschritte«, sagte Stella. »Janetta hat schon einen Wortschatz von zehn Wörtern, und Dimity behält fast immer die Kleider an.«

»Dein Bruder ist ein guter Lehrer.«

»Die Füchse sind gute Lehrer«, erwiderte sie. »Sie zwingen einen nicht, in der Sprache der Menschen zu sprechen. Dimity und Janetta sprechen schon etwas *Foxen*. Ich wünschte, ich könnte das auch.«

»Möchtest du dich denn nicht mit deiner Mutter unterhalten können?«

Stella rümpfte die Nase.

Marjorie starrte auf das fast unbeschriebene Blatt auf dem Klapptisch und stieß einen lautlosen Seufzer aus. Nein. Stella hatte noch immer keine große Lust, sich mit ihrer Mutter zu unterhalten, obwohl sie nun viel netter zu ihr war. Bald würde sie sowieso keine Mutter mehr haben, mit der sie sich unterhalten konnte; also machte sie sich die Mühe erst gar nicht.

»Und möchtest du dich denn mit mir unterhalten?« fragte Rillibee.

»Ja«, krähte Stella. »Ja, mit dir möchte ich mich unterhalten.«

»Worauf hast du heute nachmittag Lust?«

»Ich möchte zu Bruder Mainoa gehen. Bald wird er ganz allein sein, also besuchen wir ihn lieber sofort.«

»Das ist wahr«, sagte Rillibee und nickte. Er nahm sie bei der Hand, und dann gingen sie langsam auf die Brücke zu, wobei sie alle paar Schritte stehenblieben und beim Anblick eines Lebewesens oder einer Pflanze einen entzückten Ruf ausstießen.

Marjorie widmete sich wieder dem Brief.

Danke, daß Du uns über die aktuelle Entwicklung bei Heiligkeit *informiert hast. Wir hatten schon gehört, daß der Hierarch in Abwesenheit gestürzt und daß* Heiligkeit *selbst erstürmt und weitgehend zerstört worden sei. Als Rillibee zuletzt in* Commons *war, erfuhr er, daß von* Heiligkeit *nur noch die Fassaden stehen und daß die Engel die Posaunen in den leeren Himmel richten. Er hat ebenfalls erfahren, daß die Besatzung der* Israfel *auf einem unbesiedelten Planeten, wo sie Zuflucht gesucht hatte, an der Pest gestorben sei. Sie müssen sich auf* Gras *infiziert haben. Ich trauere um Favel Cobham. Er war ein guter Mensch.*

»Stopp!« ertönte Stellas Stimme.

Marjorie schaute aus dem Fenster. Rillibee war kurz vor der Brücke stehengeblieben. »Was ist denn los?« fragte er sie.

»Ich möchte die Arbai-Pärchen sehen. Sie gehen gerade über die Brücke.«

Die beiden Menschen an der Brücke und die Frau im Haus sahen, wie die Aliens sich über das Geländer beugten und sich innig umarmten. »Wie heißen sie denn?« fragte Stella im Flüsterton, als ob ein Bühnenstück aufgeführt würde.

»Du kennst ihre Namen doch so gut wie ich«, erwiderte Rillibee.

»Sag sie mir trotzdem!«

»Der wie ein Junge aussieht heißt Ssanther. Die wie ein Mädchen aussieht heißt Usswees.«

»Arbai-Namen.«

»Ja. Arbai-Namen.«

Marjorie formte die Namen mit den Lippen. Linguisten waren von Semling und Shafne gekommen, hatten das in dieser Stadt gesprochene Idiom aufgezeichnet und es mit der Schriftsprache abgeglichen. Ihren Aussagen zufolge würden die winzigen, in den Bäumen versteckten Projektoren noch für mindestens ein Jahrhundert funktionieren und Arbai in die Stadt projizieren, die sie erbaut hatten und in der sie gestorben waren. Ähnliche Projektoren hatte man auch in der anderen Stadt gefunden, unter den Trümmern und im Erdboden. Sie waren also der Ursprung der mysteriösen Visionen gewesen, die in den Ruinen umhergegeistert waren. Wo die Experten die Sprache nun verstanden, lüfteten sie auch das Geheimnis der Arbai-Transporter. Den Wissenschaftlern war es sogar gelungen, die Arbai-Transporter zu restaurieren, auch wenn sie sie noch nicht getestet hatten.

Marjorie widmete sich wieder dem Brief.

Die Füchse haben sich entschieden, ihr Leben selbst in die Hand zu nehmen. Mehrere neue Dörfer sind errichtet worden, um die Peepers *vor den Hippae zu schützen. Sie sind von elektrischen Zäunen umgeben, die von Solarzellen gespeist werden. Die noch fruchtbaren Füchse haben bereits Eier in diesen Schutzzonen gelegt. Die aus diesen Eiern geschlüpften* Peepers *werden dann von den übrigen abgesondert. Die Füchse fressen nämlich nur Nachwuchs aus Hippae-Eiern. Durch diese Selektion werden die Hippae vielleicht diszipliniert.*

Die Grünen Brüder legen Gärten um diese Dörfer an.

Auf der Ersten Fläche *von Opal Hill habe ich bereits wieder das erste Grün sprießen sehen. Der große Snipopean wird sich eines Tages erstaunt die Augen reiben. Die Füchse sind der Ansicht, daß alles Schöne bewahrt werden muß; es ist eine Bereicherung unseres Lebens. Auch Klive wird wiederauferstehen.*

Marjorie legte den Stift weg und massierte die verkrampften Finger. Sie schaute aus dem Fenster und erinnerte sich an Klive. An Opal Hill. Die Zierde des Graslands. Nicht einmal Snipopean hätte sich eine solche Pracht vorstellen können, denn er hatte nie mit den Füchsen getanzt …

Sie rief sich zur Ordnung. Sie brachte nur einige Erinnerungen zu Papier, um die letzten paar Stunden zu überbrücken. Sie hatte alle Vorbereitungen getroffen. Die Tasche stand gepackt neben der Tür. Wer hätte gedacht, daß ein Versprechen sie so weit fortführen würde.

Draußen auf der Plaza zog Stella Rillibee mit sich. »Komm«, sagte sie. Die beiden gingen über die Brücke bis zur Insel. Im grünen Rasen, vor einem großen Obstbaum, befand sich Mainoas Grab, auf das ein ständiger Regen aus Früchten, Samen und Rinde niederging.

Marjorie erhob sich und ging zu Persun Polluts Wandtäfelung. Die erste Schnitzerei, die er linkshändig ausgeführt hatte, wirkte zwar noch unbeholfen, strahlte aber eine rustikale Vitalität aus. Die späteren Werke indes waren subtiler und von zierlicher Eleganz. Er war schon ein großer Künstler, dieser Persun. Zu schade, daß er sein Talent hier auf *Gras* verschwendete. Woanders hätte man ihm eine neue rechte Hand klonen können. Nun, bald würden die Bande, die ihn noch an *Gras* fesselten, zerreißen. Dann würde er vielleicht gehen …

Marjorie klappte den Tisch zusammen und folgte Stella und Rillibee, wobei schemenhafte, sprechende Arbai um sie herumstrichen. Ihre Sprache war enträtselt. Ihre Mentalität war bekannt. Angesichts der Konfrontation mit dem Bösen hatten sie sich für den Tod entschieden. Marjorie bedauerte das zwar, verspürte aber kein Mitleid mit ihnen. Sie waren zu gut gewesen, um Gutes zu tun. Das war ein Zitat. Vermutlich von Rillibee. Rillibee liebte Stella.

Als sie den Abhang hinunterkam, saßen die beiden auf Mainoas Grabhügel. »Und wie geht es Bruder Mainoa heute?« fragte sie.

Stella beugte sich nach vorn, um das Unkraut zu entfernen und die duftenden Kräuter neu zu arrangieren. »Er fühlt sich etwas einsam hier draußen.«

»Das glaube ich nicht«, sagte Marjorie, drehte sich langsam um und nahm den Anblick der Wiese in sich auf: der hinter dem Schutzzaun emporragende Bogen des Arbai-Transporters; das Schilf am Sumpfrand; die Bäume, deren Blätter wie Gold leuchteten. Lächelnd drehte sie sich wieder zu den jungen Leuten um. »Nicht Bruder Mainoa. Er freut sich schon auf den Winter. Und die Füchse werden ihm Gesellschaft leisten. Sie sind auch im Winter aktiv.«

»Und was tun Sie?« fragte Rillibee und deutete auf den Klapptisch. »Ein Buch schreiben?«

Wehmütig schüttelte sie den Kopf. »Rigo möchte schon wieder eine Erklärung.«

»Vater James meint, er würde nach Belastungsmaterial suchen, um Ihre Ehe annullieren zu lassen.«

Erst schaute sie nachdenklich drein, und dann lachte sie. »Daran hatte ich noch gar nicht gedacht, aber es wäre durchaus möglich! Vater Sandoval hat ihn sicher auf diesen Gedanken gebracht. Vielleicht gelten auf Terra jetzt andere Gesetze, und er dürfte eine neue Familie gründen. Nun, auf jeden Fall ist das die letzte Gelegenheit, ihm von seiner ersten Familie zu berichten.« Sie zuckte die Achseln und erwiderte gelassen Rillibees Blick.

»Sie sind noch immer entschlossen ...«

»Das ist kein Entschluß, Rillibee. Ich habe ein Versprechen gegeben. Ich habe mich schon immer bemüht, meine Versprechen einzuhalten.«

»Schreib Daddy, daß Rillibee und ich bald ein Kind bekommen werden«, sagte Stella. »Schreib ihm das. Wenn es ein Junge wird, nennen wir ihn Joshua. Wenn es ein Mädchen wird, Miriam.«

Das waren magische Namen für Rillibee. Namen, die ihm heilig sein würden, selbst wenn die Hölle über ihn hereinbräche. Nun würde er dem Baby einen dieser Namen geben und es wie ein Glühwürmchen in die Dunkelheit entlassen. Irgendwann würde es dann andere geben, deren Namen in vollem Glanz im endlosen All erstrahlten, so hell wie Sterne. Bei diesem Gedanken lächelte Marjorie. Das würde sie Rigo nicht schreiben. Er würde es doch nicht verstehen.

Von oben ertönten ein Trillern und ein Schnurren. Füchse. Marjorie stieß ebenfalls ein Trillern aus. Auf der angrenzenden Wiese wieherte ein Pferd.

»Hast du schon das neue Fohlen gesehen?« fragte Stella unvermittelt.

Marjorie nickte. »Heute morgen. Mutter und Kind sind wohlauf. Alle sechzehn Pferde sind wohlauf. Die Füchse haben sich wieder mit den Fohlen unterhalten. Sie haben einen richtig intelligenten Blick! Das Fohlen von Blue Star sieht genauso aus wie Don Quixote. Bürgermeister Bee ist schon ganz aufgeregt.«

»Der Bürgermeister bekommt das Fohlen, nicht wahr?« fragte Rillibee.

»Nun, ich habe es ihm versprochen. Ein paar Hippae sind beim Wehrdorf in der Nähe von Klive aufgetaucht, und der Bürgermeister möchte die Expedition anführen.«

»In Übereinstimmung mit dem Plan«, sagte er.

»In Übereinstimmung mit dem Plan«, wiederholte Stella.

In Übereinstimmung mit dem Plan, sagte Marjorie

sich. Sie setzte sich hin, legte den Klapptisch auf die Beine und betrachtete ihn resigniert. Wahrscheinlich hatte Vater James recht. Rigo wollte Beweise für ihr absonderliches Verhalten, für den Abfall vom Glauben.

»Wir wollen Sie nicht länger stören«, sagte Rillibee. »Ich werde Tony ablösen. Er arbeitet mit Dimity und Janetta. Sie werden sich nie mehr erholen, Marjorie. Das ist jetzt allen klar. Ich weiß nicht, weshalb Tony überhaupt noch weitermacht...«

»Er ist eben hartnäckig«, erwiderte Marjorie. »Wie ich. Hat er etwas gesagt?« fragte sie mit einem besorgten Unterton. »Wegen...?«

Rillibee nickte stirnrunzelnd. »Er wird nach Terra zurückgehen. Er hat sich die Bitte seines Vaters gründlich durch den Kopf gehen lassen und dann beschlossen, zurückzukehren. Jedenfalls fürs erste. Weil er und Stella die einzigen Kinder sind, die Rigo haben darf, hält Tony es nur für fair, wenn er zumindest befristet zurückgeht.« Er nahm ihre Hand und drückte sie. Er verstand ihre Enttäuschung. Dann gingen er und Stella den Hügel hinauf.

Marjorie seufzte. Sie hatte gehofft, daß Tony hierbleiben würde. Die Winter hätte er in der Gemeinschaft von *Commons* verbracht, wäre mit den Jahren gereift und hätte Freunde gewonnen. Im Frühjahr würde Amy bon Damfels zusammen mit Emmy und ihrer Mutter die Baumstadt besuchen. Marjorie hatte sich vorgestellt, daß Amy und Tony... Aber wenn er zurück nach Terra wollte... Er war noch sehr jung. Vielleicht brauchte er zumindest noch ein Elternteil.

Sie schlug den Klapptisch auf und begann einen neuen Abschnitt. Wenn Rigo schon nach einem Beweis dafür suchte, daß sie verrückt, gottlos oder was auch immer war, dann sollte er ihn eben bekommen!

Du brauchst mich nicht auf meine religiösen Obliegenheiten hinzuweisen, Rigo. Ich habe sie nicht vergessen...

Wir sind zusammen nach Gras *gekommen, weil wir einen Auftrag auszuführen hatten. Auf Terra hatte ich genügend Gelegenheit, Pflichtgefühl zu entwickeln, auch ein Gefühl für Anstand. Auch nachdem ich erkannt hatte, daß ich mit meinen Besuchen in* Breedertown *nur sehr wenig bewirkte, habe ich aus Pflichtgefühl weitergemacht. In letzter Zeit bin ich zu der Einsicht gelangt, daß ich mich im Grunde gar nicht so sehr von den* bons *unterschieden hatte. Wie sie Sklaven der Hippae waren, war ich Sklavin meiner Gewohnheiten. Ich war ein braves Mädchen und eine treue Ehefrau. Ich habe ein tadelloses Verhalten an den Tag gelegt. Ich habe regelmäßig die Beichte abgelegt und den Rat meines Beichtvaters befolgt. Ich habe gute Werke vollbracht, wobei ich mich sogar schuldig fühlte, weil ich manchmal die Gesetze der Menschen brach, die Disziplin fordern, um die Gesetze Gottes zu befolgen, der Gnade fordert. Ich war Dir treu, weil es meine Pflicht war, und ich erfüllte diese Pflicht, weil ich nicht gegen Gottes Gebote verstoßen wollte.*

Hier auf Gras *kamen noch mehr Pflichten auf mich zu. Ich freute mich sogar auf den Tod, weil er mich von allen Pflichten befreit hätte. Da war ich nun kaum vierzig Terra-Jahre alt und freute mich auf den Tod, der mich von dieser Last erlöst hätte! Also bin ich eines Tages hinaus ins Grasland gegangen, um dort den Tod zu finden. Was sich mir dort anbot, war auch eine Art von Tod, die geistige Versklavung, und diese schreckliche Vorstellung brachte mich wieder zur Besinnung.*

Schlichte Pflichterfüllung war einfach nicht genug. Es mußte noch mehr geben als das!

Vater James wies mich auf die Möglichkeit hin, daß womöglich ein Virus existierte. Heute weiß ich, daß das nur ein Scherz sein sollte. Er hält mich für humorlos. Ich mich selbst auch. Alle halten mich für humorlos, sogar Tony. Aus diesem Grund nahm ich seine Worte auch für bare Münze. Später verglich ich die Menschen dann mit weißen Blutkörperchen und Neurotransmittern, mit Freß-

zellen und Botenstoffen. Solche Zellen erfüllen im Körper, dessen Bestandteile sie sind, einen Zweck oder zumindest eine Funktion. *Die Evolution hat ihnen diese Funktionen zugewiesen. Also erfüllen auch wir in dem Körper, den wir bewohnen, einen ähnlichen Zweck oder eine ähnliche Funktion, obwohl wir in meinen Augen nur* Sehr Kleine Entitäten *sind …*

Oben in den Bäumen führte Vater James eine erregte Diskussion mit den Füchsen. Wo er nun Leiter einer offiziellen Mission zu den Füchsen war, führte er öfter solche Diskussionen und versuchte, schwache Argumente durch eine erhobene Stimme auszugleichen. Kürzlich hatten sie Sünden des Fleisches erörtert, wobei er die Stimme sehr oft erhoben hatte. Die Füchse glaubten nämlich nicht an fleischliche Sünden, und sie brachten den Priester in Verlegenheit, indem sie Passagen aus der Schrift zitierten, die er ihnen gegenüber früher selbst zitiert hatte.

Auf der Weide sagte einer von Rillibees bunten Papageien am laufenden Band dieselbe Litanei auf: ›Songbird Chime. Joshua Chime. Miriam Chime. Stella …‹

Marjorie widmete sich wieder der Schreibarbeit.

Als die Menschen sich noch für die einzige intelligente Rasse hielten und die Erde ihr einziger Lebensraum darstellte, war die Ansicht vielleicht zu vertreten, daß jeder *Mensch eine Bedeutung hatte. Wir waren der Nabel der Welt. Wie Frösche ihren Teich für den Mittelpunkt des Universums halten, so glaubten auch wir, daß Gott sich um jeden einzelnen von uns kümmern würde. Seltsam, daß wir Stolz als Sünde betrachten, eine solche Arroganz aber noch nicht.*

Dabei hätten wir uns bloß einmal umschauen müssen, um die Absurdität dieser Einstellung zu erkennen. Wo war der Bauer, der jedes einzelne Saatkorn beim Namen kannte? Wo war der Imker, der seinen Bienen Namens-

schildchen umhängte? Wo war der Schäfer, der jeden Grashalm auseinanderhielt? Was sind wir denn, verglichen mit dem Umfang der Schöpfung, wenn nicht Sehr Kleine Entitäten, *nicht bedeutender als ein Saatkorn, eine Biene oder ein Grashalm?*

Und doch wird aus Getreide Brot; Bienen geben Honig; Gras dient als Nahrung oder zur Gestaltung von Gärten. Sehr Kleine Entitäten *sind durchaus wichtig, aber nicht als Individuen, sondern wegen ihres Potentials …*

Die Arbai sind gescheitert, weil sie dieses Potential nicht genutzt haben. Die Menschheit wäre fast gescheitert. Erst als wir Terra heruntergewirtschaftet hatten und vor der Wahl standen, unterzugehen oder zu überleben, sind wir zu neuen Ufern aufgebrochen. Als wir dann endlich neue Welten entdeckt hatten, ließen wir uns von Heiligkeit *an die Kandare nehmen. ›Besiedelt die Welten‹, hieß es. ›Sucht nicht weiter. Geht keine Risiken ein.‹ Und wir haben nicht weitergesucht. Wir haben uns vermehrt. Aber wir haben nicht …*

Hinter ihr ertönte ein Trillern. Auch ohne daß sie sich umdrehte, wußte sie, wer es war. Er berührte ihren Hals so zart wie ein fallendes Blatt. Die Kralle war kaum ausgefahren; sie spürte nur ein winziges Pieksen.

»Jetzt?« fragte sie atemlos.

Er stellte die Tasche neben ihr auf den Boden.

Sie war unschlüssig. »Ich habe mich noch nicht von Tony und Stella verabschiedet!«

Schweigen.

Sie hatte sich bereits verabschiedet. Jede Stunde der letzten Jahreszeit war ein Abschied gewesen. Vater James hatte ihr erst an diesem Morgen seinen Segen gegeben. Es war alles gesagt. Er berührte sie erneut.

»Ich muß das erst noch beenden«, sagte sie und beugte sich über den Tisch.

...wir haben unser Potential nicht genutzt. Wir haben uns nicht verändert.

Aber wir müssen uns ändern. Wir müssen Risiken eingehen. Es gibt weiß Gott genug von uns, daß wir ein paar Verluste verkraften könnten! Weshalb sind wir denn so viele? Auch wenn es so viele Grashalme wie Sterne gibt, man muß trotzdem einen Anfang machen, um einen Garten anzulegen...

Von Persun hatte sie sich nicht verabschiedet. Das war vielleicht auch besser so. Sonst wäre sie vielleicht noch...

Ein Fuchs und ich werden eine Reise unternehmen. Niemand weiß, ob wir überhaupt irgendwo ankommen werden oder es überleben. Wenn wir keinen Erfolg haben, dann vielleicht jemand anders. Schließlich sind wir so viele, daß man es versuchen kann, bis der Erfolg eintritt.

Erneut berührte er sie mit der Klaue.

Sie ging die Seiten noch einmal durch und brachte sie in die richtige Reihenfolge. Sie war sich durchaus bewußt, daß das, was sie geschrieben hatte, Rigo nicht zufriedenstellen würde und im Grunde nicht einmal ihr eigentliches Anliegen zum Ausdruck brachte. Sie hatte keine Zeit mehr, einen weiteren Brief zu schreiben, zumal sie nicht wußte, wie sie ihn sonst hätte formulieren sollen. Wenn die Dinge sich anders entwickelt hätten, wäre Rigo an diesem Tag vielleicht bei ihr gewesen. Er hatte sich für die Rückkehr entschieden. Sie hatte sich entschieden zu bleiben. Die jeweiligen Entscheidungen waren völlig legitim.

Sie schaute zur Stadt empor. Schatten wanderten über das vom Sonnenlicht beschienene Laub. Den Brief würde sie hier in der Schreibtischschublade deponieren. Tony oder Rillibee würden ihn finden und abschicken. Sie hatte von vornherein geplant, ohne großes Aufsehen zu verschwinden.

Jetzt, sagte Er wie eine Fanfare. *Jetzt*. Er wurde von anderen Füchsen begleitet, von sehr vielen Füchsen. Auch wenn Marjorie keinen Wert auf eine Verabschiedungszeremonie legte, die Füchse waren gekommen, um sich von ihr zu verabschieden.

Sie beendete den Brief und unterschrieb ihn, wobei sie sich fragte, ob Rigo nun erleichtert wäre, daß sie weg war oder ob er sich ärgern würde, weil er sie nun nicht mehr schikanieren konnte. Was würde er mit diesen Seiten anfangen? Sie stellte den Tisch auf Mainoas Grab. Ihre Pflicht hatte sie erfüllt; nun mußte sie ihr Versprechen einlösen.

Sie wurde von Füchsen umringt. Sie bestieg den vertrauten Schemen und machte es sich bequem. Hundert Meter entfernt war der Arbai-Transporter in eine glühende Aureole gehüllt; die durch den Bogen begrenzte Fläche schimmerte perlmuttfarben, wie ein Schleier, hinter dem sich ein Geheimnis verbarg. Es gab nur eine Möglichkeit, es zu lüften: Sie mußte hindurch. Würde, sagte sie sich, während sie sich dem Transmitter näherten. Man sollte sich seinem Schicksal mit Würde stellen.

»Marjorie«, artikulierte sie das letzte Wort, das sie geschrieben hatte. Er kannte sie nicht als Marjorie. Es war vielleicht das letztemal, daß sie ihren Namen hörte.

Marjorie.
Gott mit dir.
Amen.